最精彩的
演讲词

一生的读书计划　永恒的收藏经典

最精彩的演讲词

闻一多　（美）林肯等　著

黎　娜　主编

中国华侨出版社

北京

图书在版编目（CIP）数据

最精彩的演讲词/闻一多等著；黎娜主编. -- 北京： 中国华侨出版社，2010.9（2018.6重印）

ISBN 978-7-5113-0684-5

Ⅰ.①最… Ⅱ.①闻…②黎… Ⅲ.①演讲—世界—选集 Ⅳ.①I16

中国版本图书馆CIP数据核字（2010）第177643号

最精彩的演讲词

作　　著：闻一多（美）林肯等

主　　编：黎　娜

出 版 人：方　鸣

责任编辑：文　臣

装帧设计：李艾红

文字编辑：黎　诺

美术编辑：潘　松

经　　销：新华书店

开　　本：720mm×1010mm　　1/16　　印张：24　　字数：321千字

印　　刷：北京德富泰印务有限公司

版　　次：2010年11月第1版　　2018年6月第5次印刷

书　　号：ISBN 978-7-5113-0684-5

定　　价：39.80元

中国华侨出版社　北京市朝阳区静安里26号通成达大厦3层　邮编：100028

法律顾问：陈鹰律师事务所

发 行 部：(010) 58815874　　　　传　　真：(010) 58815857

网　　址：www.oveaschin.com　　　E-mail：oveaschin@sina.com

如果发现印装质量问题，影响阅读，请与印刷厂联系调换。

前　言

　　政治家的热忱、科学家的缜密、思想家的深邃、文艺家的浪漫与典雅、外交家的机敏与睿智……在人类社会和历史这个精彩的大舞台上，英雄豪杰、时代精英、志士仁人们的一幕幕精彩演讲叩动和唤醒无数人的心灵，吹起行动的号角，产生着巨大的力量，回响在悠悠的历史长河中。流传下来的一篇篇演讲词无不显露出演讲者的智慧与才情，它们是历史的音符、时代的记录、艺术的绝唱、智慧和思想的结晶。经过时间的磨洗，这些演讲词已成为超越民族、超越国别、超越时空的不朽经典，叩击着一代又一代人的心灵，给人们以思想上和艺术上的双重享受和熏陶。

　　演讲是一门语言逻辑巧妙运用的学问，无论是经过深思熟虑写成的讲稿，还是慷慨激昂的即兴演说，它的背后都有数年甚至数十年的口才训练和文化积淀；演讲更是一种机智幽默激励人心的艺术，它把社会文化、道德伦理、政治军事等有机融汇在一起，把语言的美与生活的真如艺术般完美而巧妙地结合。一次成功的演讲，可以对人类历史文明的进程产生重大的影响；一篇引人入胜的演讲词，往往能给人们带来心灵的享受和情感的震撼。一个人在其一生中，阅读一定数量的优秀演讲词，不仅可以汲取其中的思想精华，增加知识储备，获得艺术熏陶，使自己的人生更加丰富完美，而且可以培养好的口才，在职位竞聘、主持活动、社交请赠等重要生活和工作场合一展才华。

　　鉴此，我们组织编写了本书，精选了100余篇古今中外著名政治家、军事家、科学家、文学家、艺术家、社会活动人士等的演讲佳作。这些经典之作，有的高屋建瓴、气势逼人，有的引经据典、高谈阔论，有的慷慨激昂、奔放热烈，有的低回舒缓、委婉哀怨，有的汪洋恣肆、游刃有余……所选的演讲词形式多样、风格各异，具有较高的思想性和艺术性，代表了中外演讲的高成就。通过阅读它们，读者可以在较短的时间里获得绝佳的阅读效果。

　　为了帮助读者深入理解作品，本书增设了"演讲词档案"、"历史背景"、

"演讲者简介"、"作品赏析"等栏目。"演讲词档案"对每篇演讲词进行简要的介绍，让读者对下一步的阅读有个初步的认识；"历史背景"为读者提供理解作品的时代及社会背景；"演讲者简介"对演讲者的人生历程、成就等进行扼要的介绍，使读者对演讲者有个清晰概括的了解；"作品赏析"对每篇演讲词的思想内容、语言特色、风格手法等进行精当的解析，引导读者从不同角度去品味。同时，为让读者深入、具象地了解作品，我们还选配了100余幅与内容相契合的精美图片。图文联袂，相得益彰，通过极具艺术美感的版式设计，创造出轻松的、富有文化魅力的阅读空间。

我们希望通过本书，引领读者领略中外演讲的艺术魅力，进而启迪心智，陶冶性情，提高个人的演讲技巧、审美水准，为走向成功的人生打下坚实的基础。

目录

Contents

第一篇 改变历史的政治宣言

我对这部宪法很满意 / 富兰克林 2

美国人民的实验 / 华盛顿 4

总统就职演说 / 杰斐逊 7

最后的演说 / 罗伯斯庇尔 11

联邦是不容分裂的 / 林肯 13

关于对德宣战在国会的讲话 / 威尔逊 20

热血、辛劳、眼泪和汗水 / 丘吉尔 23

新的大厦 / 黄炎培 25

共渡危机 / 片山哲 27

中国人民站起来了 / 毛泽东 30

一个国家，两种制度 / 邓小平 34

我们必将取胜 / 林登·约翰逊 37

国家成功的要素 / 李光耀 43

是的，我们能 / 奥巴马 47

第二篇 将军和勇士的梦想与荣光

我们是战无不胜的 / 伯里克利 52

对马其顿士兵的演说 / 亚历山大 56

要么胜利，要么死亡 / 汉尼拔 59

非战胜，决不离开战场 / 恺撒 62

在安葬恺撒时的演说 / 安东尼 64

尊重将被你们解放的全民 / 拿破仑 67

让我们前进吧 / 拿破仑 69

制造国旗的人们 / 弗兰克林·耐特·莱恩 71

责任·荣誉·国家 / 麦克阿瑟 73

真正的男子汉都喜欢打仗 / 巴顿 77

最精彩的演讲词

目录

一

反攻动员令 / 艾森豪威尔 81

第三篇 除旧鼎新的革命豪情

在沃姆斯国会上的讲话 / 马丁·路德 84

关于对路易十六判刑的意见 / 罗伯斯庇尔 87

名誉重于生命 / 伊墨刺多 89

在南京同盟会会员饯别会的演说 / 孙中山 92

致中国革命作家的祝词 / 高尔基 96

在伯尔尼国际群众大会上的演说 / 列宁 98

关于军国主义问题的发言 / 罗莎·卢森堡 101

少年中国说 / 梁启超 104

"五四"运动的精神是什么 / 陈独秀 107

在左翼作家联盟成立大会上的讲话 / 鲁迅 109

"少年中国"的"少年运动" / 李大钊 113

最后一次演讲 / 闻一多 116

第四篇 公平与正义的坚定信念

帕拉梅德斯辩护词 / 高尔吉亚 120

临终辩词 / 苏格拉底 124

金冠辩 / 德摩斯提尼 128

控告威勒斯 / 西塞罗 130

反对征收印花税 / 威廉·皮特 132

反对墨西哥战争 / 科温 134

论公民的不服从 / 梭罗 137

反对帝国主义 / 乔治·弗里斯比·霍尔 141

我也是义和团 / 马克·吐温 144

纪念拿破仑逝世 100 周年的演说 / 斐迪南·福煦 146

在七十寿庆时的讲话 / 萧伯纳 148

我投反对票 / 李卜克内西 151

置人类于末日还是弃绝战争 / 罗素 153

对广播业的讲话 / 牛顿·迈诺 156

第五篇 对自由和独立的热烈呼唤

我们已遍地燃起自由的希望 / 西塞罗 160

不自由，毋宁死 / 帕特里克·亨利 162

致意大利青年 / 马志尼 165

只有民主的波兰才能获得独立／马克思 167

论不合作／甘地 170

在普拉的演说／铁托 174

愚公移山／毛泽东 177

印度尼西亚控诉／苏加诺 179

为光复祖国而顽强战斗／金日成 182

历史将判我无罪／卡斯特罗 185

拉丁美洲需要自由与独立／加西亚·马尔克斯 191

第六篇 捍卫人类和平的激昂声音

为保卫苏联国土而战斗／斯大林 196

这是自由打败暴政的胜利／杜鲁门 199

要为自由而战斗／卓别林 202

谁说败局已定／戴高乐 205

中国的自由与反战斗争／宋庆龄 207

在万隆会议上的补充发言／周恩来 212

作家和战争／海明威 216

让新的亚洲和新的非洲诞生吧／苏加诺 219

和平属于我们大家／萨达特 228

睦邻友好的新起点／拉宾 233

第七篇 倡言平等和尊严的不朽演说

西雅图酋长的演说／西雅图酋长 236

生命的最后一刻／约翰·布朗 239

对美利坚合众国黑奴们的演说／亨利·海兰德·加尼特 241

我们需要与男人同等的权利／伊丽莎白·凯蒂·斯坦顿 245

在罗切斯特的独立日演说／弗雷德里克·道格拉斯 249

论妇女选举权／苏珊·安东尼 253

工人要求什么／塞缪尔·冈伯斯 255

在亚特兰大博览会上的演讲／布克·华盛顿 258

让人们忘记贫困的古老歌曲／让·饶勒斯 261

娜拉走后怎样／鲁迅 265

我有一个梦想／马丁·路德·金 269

第八篇 传播科学精神的精彩演讲

在接受宗教裁判所审判时的演说／布鲁诺 274

地球在转动／伽利略 277

支持"物种起源"的学说／赫胥黎 280

精神分析的起源／弗洛伊德 282

探索的动机／爱因斯坦 286

科学史上的东方和西方／乔治·萨顿 289

科学的春天／郭沫若 292

以广阔的视野思考问题／李约瑟 295

科学技术是第一生产力／邓小平 299

科学家为什么应该普及科学／卡尔·萨根 301

第九篇 经济规律的发现与阐扬

培育人才／松下幸之助 304

用货币政策调节经济／弗里德曼 307

分析经济学中的最大原理／萨缪尔森 310

质量是企业的生命／石川馨 313

经营必须以用户为中心／科特勒 315

谈"变革时代的领导力"／卡莉·菲奥莉娜 319

对国际货币体系的思考／罗伯特·蒙代尔 324

有关金融危机的讲话／亨利·鲍尔森 334

国际金融危机／萨科齐 337

第十篇 文学和艺术的永恒之光

莎士比亚纪念日的讲话／歌德 346

音乐，带电的土壤／贝多芬 350

巴尔扎克葬词／雨果 352

普希金纪念像揭幕致词／屠格涅夫 355

在荷默斯七十寿辰时的致词／马克·吐温 359

在莫泊桑葬礼上的演说／左拉 361

向塞尚致意／克莱夫·贝尔 363

在孤独中前行／聂鲁达 365

人们一思索，上帝就发笑／米兰·昆德拉 370

第一篇

改变历史的
政治宣言

我对这部宪法很满意

/ 富兰克林

演讲词档案

演讲者：富兰克林（1706～1790）
演讲时间：1787 年
演讲者身份：美国杰出的政治家、教育家和科学家

历史背景

《美国宪法》是世界上最早制定成文的宪法，也是世界上适用时间最长的宪法，历时已有 200 多年。这篇演讲是富兰克林在 1787 年起草和讨论美国宪法的独立大会上发表的。

原文欣赏

我得承认我对目前的宪法并不完全赞成。可是，诸位先生，我可不敢说我以后还会不赞成它，因为，我活得这么久，我经历过许多事，这些事都必须在以后借更好的资料或更周密的考虑，来改变甚至是不容易更改的意见，而这些意见我一度认为是对的，现在才发现它的错误。因此，我活得越久，就越易怀疑自己对别人的判断是否正确。说真的，大多数的人和大多数宗教教派一样，都认为自己才拥有全部真理，别人都跟他们大相迥异，这简直是大错特错！斯蒂尔，是位新教徒，他有一次在祝圣礼上对教众说，他们两个教会都各自相信自己教条的正确性，这两者意见的唯一差别，是罗马教堂的教条是颠扑不破的，还是英格兰的教条绝不会有错。可是，虽则有许多人就跟相信自己的教派一样，认为自己是绝不会有错的，但是却没有人能够像一名法国小姐在与她姐姐有点小争执中，很自然地说出这句话："除了我之外，我所交谈的人都认为他们是对的。"

如同我这样感触，各位先生，我得同意宪法是有其缺点的——假使这句话不错——因为我认为我们必须有个一般的政府，假使宪法能好好执行，它就会为公众带来福祉；而且我更相信，这部宪法可能会认真执行数年，而且当人民只需要专制政府而不需要别的政府时，它最后也会变成专制政府。同样地，我也怀疑我们所举办的任何大会是否能缔造出较好的宪法来；这是因为您得召集一些人，集思广益，可是不可避免的，您也集结了他们所有的成见，他们的私情，他们意见的谬误，他们地方的利益和他们自私的想法。像这样的一个大会，会产生出完美的结果么？

因此，先生们，我如果发现这部宪法接近完美，我将会大感惊异。我也认为这部宪法也会使我们的敌人大吃一惊。因为我们的敌人正乐于听到我们的国策顾问们也像建造巴贝尔城的人一样，因意见不同而内部混乱。他们也乐于见到我国濒于分裂，以便达到他们扼住我们命运的目的。所以，先生们，我对这部宪法很满意，因为我们没有更好的了，同时也因为我确定不了它不是最好的。若有人指

·演讲者简介·

富兰克林(1706～1790)，只上了两年学便辍学回家。12岁时，他到哥哥经营的一家小印刷所当学徒，自此他当了近10年的印刷工人。1723年，富兰克林离开波士顿，先后到费城和伦敦的印刷厂当工人，后来还在费城开了一家自己的印刷所。1730年，他创办以艺术和科学为主要内容的《宾夕法尼亚报》。他还与别人共同创办了"共读社"。这个会社就是宾夕法尼亚大学的前身。

1746年，富兰克林对电学产生了浓厚的兴趣，开始研究电学，并取得了很大的成就。北美独立战争爆发后，富兰克林积极投入到这场伟大的斗争中。他作为北美殖民地的代表与英国政府进行谈判；代表宾西法尼亚州参加了第二届大陆会议；并参与《独立宣言》的起草工作。1776年，他远涉重洋出使法国，成功说服路易十六国王派兵参与北美的抗英斗争。1787年，他被任命为宪法起草委员会的成员，参与制定美国宪法。1788年，他辞去所有公职，安度晚年。

富兰克林像

责它的错误，我也拿来贡献给国家。我绝不会把这些意见泄露出去的。它们生于斯，也应死于斯。假使我们每一个人能为关心这部宪法，而说出他们指责的意见，并尽力找出和您有同感的同志，我们可以阻止您的意见被广泛探知，以免在国外和在我们之间，由于我们的意见不一致，而失去了它对于国家利益的重大贡献。一个政府在追求和保障人民的幸福上，是否有成绩，是否有效率，大部分要依靠人民是否为政府着想，以及政府人员本身的才智和团结一致。因此，我希望，为了我们自己，作为一个民众的立场，也为了我们的繁荣，我们应该热诚一致，使宪法也能臻于我们影响力所及的地方，并要把握将来的目标，努力去寻求能使宪法贯彻到底的方法。

总而言之，先生们，我总是希望与会的人们当中对宪法仍持有反对意见的人，在这种情况下，他会跟我一样，怀疑我们的反对意见是否真的可以成立，而且为了表示我们的意见一致，我希望他也签他的大名于这个法定文件上。

．．．．．．．．．．．．．．．．．．．．．．．．．．．

作/品/赏/析

演讲在技巧运用方面，最大特点就是开宗明义，故作惊人之语。富兰克林在演讲中劈头就说"我得承认我对目前的宪法并不完全赞成"，使听众为之感到震惊，以激发其兴趣，吸引其对下文的关注。紧接着，演讲者以自己思维认识的发展例子和宗教历史上的例证及个人认识的局限，进一步阐述自己的观点："宪法是有其缺点的。"临近结束时，才峰回路转，说出自己的中心意思："先生们，我对这部宪法很满意，因为我们没有更好的了，同时也因为我确定不了它不是最好的。"由批评到充分肯定，先是云遮雾障，后来云开雾散，拨云见日。这样的演说，构思角度新颖绝妙，一波三折，大落大起，充满新鲜感和新奇性，容易引起听众的极大注意。

美国人民的实验 / 华盛顿

演讲词档案

演讲者：华盛顿（1732～1799）
演讲时间：1789年4月30日
演讲地点：纽约
演讲者身份：美国首任总统，被尊为"美国国父"

历史背景

这篇演讲是华盛顿首次就任总统的演说词，作为第一任美国总统，华盛顿的这篇演说开美国总统就职演说之先河。赢得人民的拥戴，接受总统的职务，心情应该是振奋和激昂的，但是华盛顿演讲中流露出的却是一种沉重的任重道远的责任感和交织着信念与焦虑的复杂心情。

原文欣赏

参议院和众议院的同胞们，本月14日收到根据两院指示送达给我的通知。阅悉之余，深感惶恐。我一生饱经忧患，唯过去所经历的任何焦虑均不如今日之甚。一方面，因祖国的召唤，要我再度出山，对祖国的号令，我不能不肃然景从。然而，退居林下，系我一心向往并已选定的归宿。我曾满怀奢望，也曾下定决心，在退隐之地度过晚年。对此退隐的居所，除喜爱之外，已经习惯；看到自己的健康，因长期操劳，随着时光的流逝而日益衰退之时，对之更感需要和亲切。另一方面，祖国委我以重托，其艰巨与繁剧，即使国内最有才智和最有阅历的人士，亦将自感难以胜任，何况我资质鲁钝，又从未担任过政府行政职务，更感德薄能鲜，难当重任，处于此种思想矛盾中，但我一直认真致力于正确估量可能影响我执行任务的每一种情况，以确定我的职责，这是我所敢断言的。我执行任务时，如因往事留有良好的记忆而使我深受其影响，或因我的当选使我深感同胞对我高度信任，并为此种感情所左右，以致对自己从未担负过的重任过少考虑自己能力的微薄及缺乏兴趣，我希望，我的动机将减轻我的错误，国人在判断错误的后果时，也会适当考虑所以产生此种偏颇的根源。

既然这就是我在响应公众召唤就任现职时所抱有的想法，在此举行就职仪式之际，

华盛顿塑像

如不虔诚地祈求上帝的帮助时极欠允当，因为上帝统治着全宇宙，主宰世界各国，神助能弥补凡人的任何缺陷。愿上帝赐福，保佑美国民众的自由与幸福，及为此目的而组成的政府，并保佑他们的政府在行政管理中顺利完成其应尽的职责，在向公众和个人幸福的伟大缔造者谢恩之际，我确信我所表述之意愿同样是诸位及全国同胞的意愿。美国民众尤应向冥冥之中掌管人间一切的神力感恩和致敬。美国民众在取得独立国家地位的过程中，每前进一步，似乎都有天佑的征象。联邦政府制度的重要改革甫告完成；虽然性质不同的集团为数众多，但均能心平气和，互谅互让，经过讨论，卒底于成。若非我们虔诚的感恩得到回报，若非过去似乎已经呈现出预兆，使我们可以预期将来的赐福，这种方式是无法与大多数国家组建政府时采取的方式相比的。在目前这一紧急关头，产生这些想法，确系深有所感而不能自已。我相信你们与我会有同感，即没有任何一个政府像我们这个新的自由政府这样，从一开始就诸事顺利。

根据设立行政机构条款的规定，总统有责"将他认为必要和有益的措施提请你们考虑"。现在和你们会见的这一场合，我无法详细谈论这个问题，我只想提一提我国的伟大宪法，我们就是根据宪法的规定举行这次会议的。宪法为诸位规定了权力范围，也指出了诸位应该注意的目标。在今天这次大会上，我将不向诸位提出某些具体的建议，而是颂扬被选出来考虑和采纳这部宪法的代表们的才能、正直和爱国热忱。这样才更适合这次会议的气氛，我的感情也驱使我这样做。我从诸位这些高尚品德中，看到了最可靠的保证，一方面是，地方偏见或感情以及党派的分歧，都不能转移我们统观全局和一视同仁的视线。我们的视线是理应照

·演讲者简介·

华盛顿（1732～1799），1732 年生于美国弗吉尼亚州，父亲早年去世，后由哥哥劳伦斯抚养长大。华盛顿没有上过大学，但他勤奋上进，自学成才。16 岁时，华盛顿在哥哥的帮助下成为土地测量员。1752 年，哥哥去世，华盛顿继承了哥哥的遗产，成为大种植园主。同年，他担任了弗吉尼亚民兵少校副官长，开始了军旅生涯。1758 年，他当选为弗吉尼亚州议员，翌年与富孀马撒·丹特里奇结婚，获得大批奴隶和 60.75 平方千米土地。

1773 年，波士顿倾茶事件爆发，华盛顿积极投入到反对英国在北美殖民统治的斗争中。1774 年，第一届大陆会议召开，华盛顿支持通过了不惜以武力抵抗为最后手段的决议。1775 年 4 月 19 日，英军同北美洲殖民地民兵在莱克星顿发生枪战，北美独立战争开始。同年 5 月 10 日，在费城举行了第二届大陆会议，决定任命华盛顿为大陆军总司令。1777 年秋天，华盛顿指挥美军取得萨拉托加战役的胜利，迫使英国名将柏高英的 8000 余人投降。1781 年 8 月，华盛顿率军在约克敦包围康华利的 7000 名英军，10 月 19 日康华利投降。1783 年 1 月 20 日，美、英在巴黎签订了一项全面条约，北美独立战争以美国的胜利而告终。

独立战争结束后，华盛顿辞去大陆军总司令职务回到家乡，开始了为期 3 年的田园生活。1787 年，华盛顿再入政坛，被推举为制宪会议主席，主持制定了沿用至今的美国宪法，在美国建立了民主共和制。1788 年 3 月 4 日，第一届国会在纽约开幕，选举团全票选举华盛顿为美利坚合众国第一任总统。此后，华盛顿又担任了一届总统。

1799 年 12 月 14 日，华盛顿在家乡平静地去世。

1789年4月30日在纽约的老市政厅举行的华盛顿总统授权仪式

纽约市法官罗伯特·利文斯顿领读誓词，华盛顿摩下的两名老将军以及他的密友肃立两旁。华盛顿把手放在《圣经》上，郑重地重复说："我庄严宣誓，我将忠诚地履行美利坚合众国总统的职责，尽最大的能力维护和保卫美国宪法。愿上帝保佑！"

顾各方面的大联合和各方面的利益的。所以，在另一方面，我们国家的政策将建筑在纯正不移的个人道德原则的基础上，这个自由政府将以它能博得公民的热爱与全世界的尊重等特点而显示出它的优越性。

我对祖国的热爱激励我以满怀愉悦的心情展望未来。这是因为，在我国的体制和发展趋势中，出现了又有道德又有幸福，又尽义务又享利益；又有公正和宽仁的方针政策作为切实准则，又有社会繁荣昌盛作为丰硕成果的不可分割的统一：这已是无可争辩的事实。这也因为，我们已充分认识，上帝决不会将幸福赐给那些把他所规定的秩序和权利的永恒准则弃之如粪土的国家。这还因为，人们已将维护神圣的自由火炬和维护共和政体命运的希望，理所当然地、意义深远地、也许是最后一次地，寄托于美国民众所进行的这一实验上。

作/品/赏/析

华盛顿是一个伟大的政治家，他在演说中阐释重大问题，表明对政府的基本立场和政治理想都显示出一个新生国家和时代的政治高度。这篇就职演说词语言朴素平实、情感真实，但是思想深刻，见解高远，显然所有的话都经过深思熟虑的，演讲者的真挚情感和严肃的态度使得演讲给人以强烈的震撼，并从中得到极大的鼓舞和感动。华盛顿的演讲涉及许多对国家和社会的重大看法，这些看法都倾注着演讲者本人长期花费心血的思索，包含着极大的热情和责任感，而在这些问题中，宪法是当时人们关注的焦点，也就是说，一个国家，能不能真正维护好自己的宪法，关系到这个新生国家的前途和命运。华盛顿对这个问题高度重视，所以他特别提到"我们伟大的宪法"，并指出："上帝决不会将幸福赐给那些把他所规定的秩序和权利的永恒准则弃之如粪土的国家。"这种坚定的信念同样给听众以无限的信心。华盛顿向来口才极好，言谈富于幽默感，加上在美国民众中的崇高威望，其演讲对民众产生了极大的感染力。

总统就职演说 / 杰斐逊

演讲词档案

演讲者：杰斐逊（1743 ～ 1826）
演讲时间：1801 年 3 月 4 日
演讲者身份：美国第 3 任总统，著名的政治家和思想家

历史背景

1800 年杰斐逊的当选标志着美国两党轮流执政的开始，在竞选中，在野的民主共和党与执政的联邦党曾不遗余力相互攻击。因此，在竞选成功之后，杰斐逊为平息政治上的争执，寻求团结，在就职仪式上发表了这篇极具调和色彩的演说。

原文欣赏

朋友们、同胞们：

我应召担任国家的最高行政长官。值此诸位同胞集会之时，我衷心感谢大家寄予我的厚爱。诚挚地说，我意识到这项任务非我能力所及，其责任之重大，本人能力之浅薄，自然使我就任时感到忧惧交加。一个沃野千里的新兴国家，带着丰富的工业产品跨海渡洋，同那些自恃强权、不顾公理的国家进行贸易，向着世人无法预见的天命疾奔——当我冥思这些超凡的目标，当我想到这个可爱的国家，其荣誉、幸福和希望都系于这个问题和今天的盛典，我就不敢再想下去，并面对这宏图大业自惭形秽。确实，若不是在这里见到许多先生在场，使我想起无论遇到什么困难，都可以向宪法规定的另一高级机构寻找智慧、美德和热忱的源泉，我一定会完全心灰意懒。因此，负有神圣的立法职责的先生们和各位有关人士，我鼓起勇气期望你们给予指引和支持，使我们能够在乱世纷争中同舟共济，安然航行。

在我们过去的意见交锋中，大家热烈讨论，各扬其长，以至于有时情况相当紧张，忽略了这些行为可能对那些不惯于自由思想和自由言论的人施加了一些影响。但如今这种意见争执的结果已由全国的民意作出决定，而且根据宪法的规定予以公布，所有的意志当然会在法律的意志下，彼此妥善安排，并且为共同的幸福团结一致共同努力。大家当然也不会忘记那个神圣的法则，这就是虽然在任何情况下多数人的意见会被采纳，但是那些意见，必须合理而正当，而且其他的少数人也拥有同样的权利，平等地受到法律的保护。如果予以侵犯，那无异于高压手段。

因此，让我们一心一意地团结起来！让我们恢复和谐与友爱的社会！因为如果没有和谐和友爱，那么自由，甚至于生活的本身，就将成为枯燥而无味的事情。让我们仔细想想，那些使人类长期流血、受苦的宗教偏见，已被我们驱逐于国土

·演讲者简介·

杰斐逊（1743～1826），1743年生于弗吉尼亚州的一个贵族家庭，受过良好的教育。1761～1765年，他专门学了5年法律，并于1767年取得律师执照。此后，当了7年的律师，为以后从政打下良好基础。1769年，成功竞选为弗吉尼亚议会议员，开始走上政坛。1773年，他与P.亨利发起成立弗吉尼亚通讯委员会，积极投入反英斗争。1774年，撰写《英属美洲权利综论》，宣传北美人民民族自决的思想，主张殖民地独立。1775年5月，北美殖民地第二届大陆会议在费城召开，杰斐逊作为弗吉尼亚代表参加了这次具有重大历史意义的会议。在会上，他当选为"独立宣言起草委员会"的首席委员，执笔起草《独立宣言》。《独立宣言》被马克思称为"第一个人权宣言"，成为北美人民争取独立的旗帜。

杰斐逊像

1776年10月，杰斐逊返回弗吉尼亚，再次当选议员。期间他提出一生中引以为荣的《弗吉尼亚宗教自由法案》，并主张废除奴隶制度。1784年，与富兰克林、约翰·亚当斯一同出使法国，与法国政府签订商约。1785年，担任驻法全权公使。

1800年，杰斐逊当选为美国第3任总统，4年后连任，被誉为美国的"民主之父"。1809年离任后，退居蒙蒂塞洛私邸。他晚年致力于科学研究和发展教育事业。1812～1825年，筹建了著名的弗吉尼亚大学。

1826年7月4日，杰斐逊在美国的国庆日与世长辞，享年83岁。

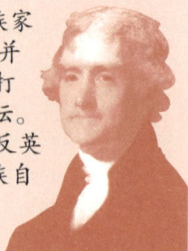

之外。如果我们让政治上的偏见存在，使之成为与宗教上的不宽容一样专制与邪恶，并造成痛苦与流血的迫害，那么我们的努力便会付之东流。

当旧世界经历痛苦和激变时，当盛怒的人们挣扎着想通过流血和战争寻找他们失去已久的自由时，那种波涛般的激动，甚至会冲击到遥远而和平的彼岸，这些都不足为奇了。它会引起某些人颇深的感慨与恐惧，而某些人却不会。因此，对安全的衡量，不同人就会有不同的意见。但是，并非每一个意见上的差异都是原则上的差异，只是在同一原则上，我们有不同的说法罢了。我们都是共和党成员，我们也都是联邦主义者。如果我们当中有人想解散这一联邦，或改变它的共和形式，那就让他们不受干扰，以便使其有言论自由的保障。这样错误的意见能被容忍，而我们则可根据理智加以判断并作出抉择。

我知道，事实上，有些正直的人士担心共和政府无法强大，恐怕这个政府不够强大。但是一个最诚实的爱国者，在成功试验的大潮中，难道会因一种理论和空想的疑惧，就以为这个政府，这个全世界最高的希望，可能缺乏力量维护自己，从而放弃这个到目前为止带给我们自由和安全的政府吗？我相信不会。相反，我相信这是世界上最强大的政府。我相信，在这个政府之下，无论何人，一经法律的召唤，就会按照法律的要求，将公共秩序所受到的侵犯视为个人的事。有些人可能会认为，人自己管自己都是不可靠的，那么，难道受别人的管束就很可靠吗？或者说，在国王的管理下，我们就能发现天使吗？就让历史来回答这个问题吧！

因此，让我们以勇气和信心，追寻我们自己的联邦与共和的原则，并热爱我们的联邦和代议制政府。由于大自然和大洋仁慈的阻隔，我们得以幸免于地球另一区域毁灭性的灾害；我们品格高尚，不能容忍他人的堕落；我们拥有幅员广阔的国土，足以容纳千万代的子孙。我们充分意识到，在发挥自己的才能，争取我们的劳动所得，博取同胞对我们的行为而不是我们的出生背景的尊敬与信心等方面，我们都享有同等的权利。我们有良好的宗教，虽然各以不同的形式自称和实践，但出发点都是教育人们诚实、坦白、自制、感恩和爱他人。我们承认和崇拜万能的上帝，由于他的支配管理，使这里的人们享受着幸福而且直到永远。有了这所有的恩赐，还有什么比这更能使我们成为一个幸福和繁荣的民族呢？同胞们！还有一点，那就是我们仍需要一个睿智和廉洁的政府，它能制止人们互相伤害，使人们自由地从事自己的工作并进行改善，而且不剥夺任何人以劳动所赚取的报酬。这是一个良好的政府所要具备的，也是我们达到幸福圆满所必需的条件。

同胞们，我即将开始履行职责，它包括了一切对你们而言珍贵而有价值的东西。此时你们应当了解，什么是我们政府所坚持的主要原则，以及接下来制定政策的依据。我将把这些原则，尽量简要地加以讲述，只讲一般原则，而不涉及其所有的限制。不论其地位、观点、宗教的或政治的派别，所有人一律公正和平等；与所有国家和平相处，相互通商，并保持真诚的友谊，但不与任何国家结盟；维护各州政府的一切权利，使其成为处理内政方面最胜任的行政机构，并成为抵抗反共和势力的坚强堡垒；维护联邦政府在宪法上的地位，作为对内安定与对外安全保障的最后依靠；注意维护人民的选举权——对于革命战争中由于缺乏和平手段所产生的权利滥用的弊端，要以一种温和而安全的方式予以矫正；绝对服从多数人的决议，是共和制的重要原则，如果为推翻这项决议而施以强制手段，就是独裁统治的主要原则和直接根源；维持一支训练有素的民兵，作为和平时期和战争初期的最好依靠，直到正规军来接替；民权高于军权；节省公共开支，以减轻公民负担；诚实偿付我们的债务，以郑重维持人民对政府的信心；鼓励农业，并促进商业发展，协助农业；传播知识，并在公共理性的审判席上控诉一切弊端；保障宗教自由及出版自由，并根据人身保障法保障民众自由；公正地选出陪审员以从事审判和判决。这些原则在革命和改革时期，已成为我们的指明灯，为我们指引前进的道路。

先哲的智慧和英雄们的鲜血，都是为了这些理想的实现。它们应当是我们政治信仰的信条，公民教育的范本，检验我们工作的试金石。如果我们因为一时的错误想法或过分警觉而背弃了这些原则，就应当赶快调整脚步，重返这唯一通向和平、自由与安全的大道。

起草《独立宣言》的委员会成员们站在主席约翰·汉考克面前，站立者中左数第四人为杰斐逊

1776 年 6 月 7 日，大陆会议代表提出北美各殖民地脱离英国的决议案，并选出杰斐逊、亚当斯和富兰克林等人组成的委员会，起草《独立宣言》。杰斐逊起草了《独立宣言》的第一稿，富兰克林等人进行了润色。7 月 4 日《独立宣言》获得通过，并分送十三州的议会签署及批准。

同胞们！我现在开始担负起你们所委派给我的职务。根据以往在其他任职中所获得的经验，我已觉察到这是所有任务中最艰巨的一项。我知道，一个不尽完美的人，当其卸任时，很少能够得到他在任时所享有的声望与荣誉。我不敢要求大家对我也能像过去对我们的第一位也是最伟大的革命元勋一样抱以高度的信任，他卓越的功绩使他深受全国人民的爱戴，他的英名在历史上享有最崇高的地位。我仅要求大家给我相当的信任，使我在处理你们全体的事务时，能够满怀信心并力求完美。由于判断失误，我将时常出现差错。即使我的想法是对的，那些不是站在统筹全局的立场上看问题的人，也会认为我是错的。我希望大家能宽容我所犯的错误，那绝不是有意的；也希望大家能支持我，以修正他人因未能从大局着眼而对我产生的误解。从大家的投票结果来看，我知道我过去的表现已获得大家的赞许，使我感到莫大的安慰。未来我所渴望的是，如何使那些已经给我嘉许的人，继续保持着良好的印象；对其他人，如何在自己力所能及的情况下，尽最大的努力，以博得他们对我的好感与尊敬。同时，我要为所有同胞的幸福与自由而努力。

最后，仰承诸位善意的恩惠，我将尽忠职守，一旦大家感觉到在你们权利范围内可做好更好的选择，我便准备辞去此职。同时，祈求主宰宇宙命运的神灵，使我们的行政机构日臻完善，并且给我们一个良好的开端，使大家能享受和平与昌盛。

作/品/赏/析

杰斐逊去宣誓就职的那天，他仍像往常去上班一样，跟几个朋友同事走在一起，也不坐马车，穿过两条烂泥街道，向国会走去。他认为自己不过是个受雇于人民做事的打工仔，多余的排场毫无必要，因此他总是尽量把总统形象平民化，被人们称为平民总统。他的就职演说真诚、朴素、谦虚、坦白，同时具有政治家的胸有成竹，充满资产阶级民主思想。他在演讲中强调"我们都是共和党成员，我们也都是联邦主义者"，并提出了一系列符合当时时代潮流的"杰斐逊民主"的施政原则。从演讲中可以注意到杰斐逊在自由问题上花了大量的篇幅，他不遗余力地对听众阐明了他对民主的理解和对有关民主具体实施的建议和设想。作为美利坚合众国的第一代政治家，杰斐逊同他的战友一样注意维护宪法的权威性和有效实施，这在使得美国的自由民主得以薪火相传的过程中具有非同寻常的意义。真诚和谨慎的品质及政治上的现实能力使得杰斐逊的演说同样出色并感染听众，赢得信任。

最后的演说 / 罗伯斯庇尔

演讲词档案

演讲者：罗伯斯庇尔（1758～1794）
演讲时间：1794年7月26日
演讲地点：国民公会
演讲者身份：18世纪法国大革命时期政治活动家，雅各宾派领袖

历史背景

罗伯斯庇尔在出任雅各宾派政府首脑期间，面对当时法国的严峻形势，颁布宪法，摧毁封建土地所有制，严禁囤积垄断，实行恐怖的革命政策。革命初期，这一系列措施对保卫和推动法国大革命向前发展起了积极的作用。但是，也触犯了掌握国家权力的大资产阶级的利益。他们对罗伯斯庇尔大为不满，对其实施的措施更是深恶痛绝。于是，他们暗中串通，散布流言，对罗伯斯庇尔大肆攻击，想借此推翻雅各宾派政权。罗伯斯庇尔在这样的背景下发表这篇演讲，意欲澄清相关事实，揭穿阴谋。

原文欣赏

共和国的敌人说我是暴君！倘若我真是暴君，他们就会俯伏在我的脚下了。我会塞给他们大量的黄金，赦免他们的罪行，他们也就会感激不尽了。倘若我是个暴君，被我们打倒了的那些国王就绝不会谴责罗伯斯庇尔，反而会用他们那有罪的手支持我了。他们和我就会缔结盟约。暴政必须得到工具。可是暴政的敌人，他们的道路又会引向何方呢？引向坟墓，引向永生！我的保护人是怎样的暴君呢？我属于哪个派别？我属于你们！有哪一派从大革命开始以来查出这许多叛徒，并粉碎、消灭这些叛徒？这派别就是你们，是人民——我们的原则。我忠于这个派别，而现代的一切流氓恶棍都拉帮结党反对它！

确保共和国的存在一直是我的目标；我知道共和国只能在永存的道德基础上才能建立起来。为了反对我，反对那些跟我有共同原则的人，他们结成了联盟。

·演讲者简介·

罗伯斯庇尔（1758～1794），18世纪末法国大革命时期革命家，雅各宾派专政时期的实际政府首脑。

1758年，罗伯斯庇尔出生于法国北部加来海峡省阿拉斯。年轻时受启蒙思想家卢梭的影响，提倡无神论和民主学说，抨击封建制度。1780年，从巴黎路易大王学法院毕业后从事律师工作。1789年，当选为三级会议代表。1792年巴黎人民起义后，被选入巴黎公社和国民公会。1793年5月起义后，领导雅各宾派政府，废除封建土地制，平定吉伦特派反革命叛乱，粉碎外国武装干涉，在保卫和推动法国大革命向前发展中起过重大作用。1794年热月党人发动政变，罗伯斯庇尔被捕并被处死。罗伯斯庇尔以廉洁著称，被称为"不可收买的人"。他在法国大革命时期发表过许多精彩的演讲。他的演讲雄辩有力，气势磅礴。

1794 年 6 月 28 日，罗伯斯庇尔和他的几个忠实追随者退到了市政厅，但是此时市政厅已经被国民卫队夺取了。这样一来他自己也就成为了他一手策划的"大恐怖"的最后一位殉难者。

至于说我的生命，我早已把生死置之度外了！我曾看见过去，也预见将来。一个忠于自己国家的人，当他不能再为自己的国家服务，再不能使无辜的人免受迫害时，他怎么会希望再活下去？当阴谋诡计永远压倒真理、正义受到嘲弄、热情常遭鄙薄、有所忌惮被视为荒诞无稽，而压迫欺凌被当做人类不可侵犯的权势时，我还能在这样的制度下继续做些什么呢？目睹在革命的潮流中，泥沙俱下，鱼龙混杂，周围都是混迹在人类真诚朋友之中的坏人，我必须承认，在这样的环境下，有时我确实害怕我的子孙后代会认为我已被他们的污秽沾染了。令我高兴的是，这些反对我们国家的阴谋家，因为不顾一切的疯狂行动，现在已和所有忠诚正直的人划下了一条深深的界限。

只要向历史请教一下，你便可以看到，在各个时代，所有自由的卫士是怎样受尽诽谤的。但那些诽谤者也终不免一死。善人与恶人同样要从世上消失，只是死后情况大不相同。法兰西人，我的同胞啊，不要让你的敌人用那为人唾弃的原则使你的灵魂堕落，令你的美德削减吧！不，邵美蒂啊，死亡并不是"长眠"！公民们！请抹去这句用亵渎的手刻在墓碑上的铭文，因为它给整个自然界蒙上一层丧礼黑纱，使受压迫的清白者失去依赖与信心，使死亡失去有益的积极意义！请在墓碑刻上这样的话吧："死亡是不朽的开端。"我为压迫人民者留下骇人的遗嘱；只有一个事业已近尽头的人才能毫无顾忌地这样说，这也就是那严峻的真理："你必定要死亡！"

作/品/赏/析

1794 年 7 月，面对反对势力的大肆攻击，罗伯斯庇尔已经察觉，于是准备迎击。7 月 26 日，他登台发表了这篇演讲。他运用大量鲜明的事实，凭借严密的逻辑，将反对势力对他的指责驳得体无完肤。演讲从侧面说明了雅各宾专政时期实行的恐怖政策在当时是完全必要的，因为它关系到共和国的生死存亡。

演讲一开始，罗伯斯庇尔就反驳反对势力攻击他是"暴君"的言论，然后一针见血地指出，反对共和国的人已经结成联盟了，呼吁人们在复杂形势下，擦亮眼睛，分清敌友。最后，罗伯斯庇尔从历史的角度谈论了个人的安危问题，认为自由的卫士历来是要受到诽谤的，也向大家表明了自己早已把生死置之度外的决心。

这篇演讲前半部分因驳斥敌人而充满理性论战色彩，后半部分则是对听众进行情感呼唤，通篇具有浓厚的诗意与哲理。特别是结尾，颇具气势，耐人回味。

联邦是不容分裂的 / 林肯

演讲词档案

演讲者：林肯（1809 ～ 1865）
演讲时间：1861 年 3 月 4 日
演讲者身份：美国第 16 任总统

历史背景

本篇是林肯首任美国总统的演说，这次演说主要是针对废除奴隶制以及南北战争进行论辩。他在所有历任美国总统中是最具演说能力的总统，他本人和他的演说深深为美国人民所赞誉和钦佩。

原文欣赏

合众国国民们：

按照一个与政府本身同时产生的惯例，我来到你们面前发表简短的讲话，并遵照合众国宪法对总统在"就职前"必须宣誓的规定，当着你们的面宣誓。

我想，我现在不必讨论那些并不特别令人忧虑或激动的行政问题。

南方各州人民似乎担心，共和党一旦执政，将会危及他们的财产、和平与个人安全。这种担心从来就没有什么合理的根据。实际上，足以说明相反事实的充分证据却一直存在着，并且随时可以进行检查。这种证据在现在向你们讲话的这个人的几乎所有发表过的演说中都可以找到。我只引述其中的一篇，我曾宣布——

"我无意直接或间接地干涉各蓄奴州的奴隶制度。我认为我没有那样做的合法权利，而且也没有那样做的意向。"

提名并选举我的那些人完全知道我作过这一声明和许多类似的声明，而且我从未宣布撤回这些声明；不仅如此，他们还把一个鲜明有力的决议列入竞选政纲，并为我所接受，作为彼此都应遵守的准则，我现在读一读这个决议：

维护各州的各种权利不受侵犯，特别是每一个州完全根据自己的判断决定并管理其内部机构的权利不受侵犯，这对我们政治结构的完善与持久所依赖的权力平衡是必不可少的；我们谴责非法使用武力侵犯任何一个州或准州的领土，不论其凭借何种借口，都是最严重的罪行。

我现在重申这些看法，我这样做只是提请公众注意有关这一情况的最确实的证据，即任何地区的财产、和平与安全都不会受到即将掌权的政府的危害。我还要补充一下，所有各州如果合法提出要求，政府都乐于给予符合宪法和法律的保护，而不论其出于什么原因——不分地区都一样愉快地对待。

关于从劳务或劳役中逃亡出来的人的引渡问题，人们有着许多争论。我现在要读的这个条款和宪法其他条款一样清楚：

"凡依一州法律应在该州服劳务或劳役者逃往他州时，不得依后者任何法律或法规解除该项劳务或劳役，而应依享有该项劳务或劳役的当事人的要求予以引渡。"

毫无疑问，制定这一条款的那些人的意图在于要求归还我们所说的逃奴；而立法者的意图就成了法律。所有国会议员都宣誓拥护全部宪法——包括这一条款和其他任何条款。对于把符合该条款所列条件的奴隶"予以引渡"的主张，他们的誓言是一致的。那么，如果他们能心平气和地进行努力，难道就不能以几乎同样的一致来草拟并通过一项法律，以便使那个一致的誓言同样有效吗？

关于这一条款究竟应由联邦政府抑或由州政府来执行，现在存在某些分歧。如果奴隶要被遣还事宜，这对该奴隶或其他人来说并没有什么差别。难道会有人仅因在履行誓言的方式上存在无关紧要的争议就愿意违背誓言吗？

应该不应该把文明的、人道的法学中保证自由的所有规定都列入与这个问题有关的任何法律，以便使一个自由人在任何情况下都不会沦为奴隶？与此同时，可以不可以通过法律使宪法中关于保证"每州公民在其他各州均应享有公民的一切特权和豁免权"的条款得以实施？

我今天正式宣誓时，并没有保留意见，也无意以任何苛刻的标准来解释宪法和法律；尽管我不想具体指明国会通过的哪些法案是适合施行的，但我确实要建议，所有的人，不论处于官方还是私人的地位，都得遵守那些未被废止的法令，这比泰然认为其中某个法案是违背宪法的而去触犯它，要稳当得多。

· 演讲者简介 ·

林肯（1809～1865)，1809年生于肯塔基州一个农民家庭。从7岁开始帮助父母放牛、开地和打柴。年龄稍大一点，又当过雇农、船夫、小店铺里的伙计，后来又当过乡邮员和土地测量员。曾做过伊利诺斯州的律师。1830年，在伊利诺斯州发表了第一次政治演说，开始走上仕途。1834年，被选为该州的州议员。1844年，成功当选为国会议员，来到首都华盛顿。1854年，加入主张废除奴隶制的共和党，并很快成为该党的领袖。1858年，发表著名演说《家庭纠纷》。这次极富魅力的演讲使他名声大震，成为全国闻名的人物。1860年，以共和党候选人的身份当选为美国第16任总统。

由于林肯在竞选纲领中提出坚决反对奴隶制的主张，还没等他宣誓就职，南方7州就发动了叛乱，宣布脱离联邦。林肯就职后曾试图同南方奴隶主和解，但遭到拒绝，遂宣布对南方同盟作战，美国内战爆发。内战初期，由于联邦政府没有进行充分的战争准备，加上军事指挥的失利，屡次被南方同盟打败。为了扭

林肯坐像

转不利局面，林肯在1862年先后颁布了《宅地法》和《解放黑奴宣言》，并进行了军事上的改革。从1862年夏开始，北方军队转入反攻。同年7月取得葛底斯堡大捷，北方军队掌握了战争主动权。1865年4月9日南方同盟向联邦政府投降，持续4年之久的内战结束，美国重新恢复了统一。

内战的胜利大大提高了林肯的威望，1864年11月8日他再次当选为美国总统。但是战争的胜利并没有消除南方奴隶主对林肯的仇恨。1865年4月14日，林肯在华盛顿的福特剧院遇刺，凶手是被南方奴隶主收买的演员蒲斯。第二天，林肯在医院去世，时年56岁。

自从第一任总统根据我国宪法就职以来已经 72 年了。在此期间，有 15 位十分杰出的公民相继主持了政府的行政部门。他们在许多艰难险阻中履行职责，大致说来都很成功。然而，虽有这样的先例，我现在开始担任这个按宪法规定任期只有短暂 4 年的同一职务时，却处在巨大而特殊的困难之下。联邦的分裂，在此以前只是一种威胁，现在却已成为可怕的行动。

从一般法律和宪法角度来考虑，我认为由各州组成的联邦是永久性的。在各国政府的根本法中，永久性即使没有明确规定，也是不言而喻的。我们有把握说，从来没有哪个正规政府在自己的组织法中列入一项要结束自己执政的条款。继续执行我国宪法明文规定的条款，联邦就将永远存在，毁灭联邦是办不到的，除非采取宪法本身未予规定的某种行动。

再者：假如合众国不是名副其实的政府，而只是具有契约性质的各州的联盟，那么，作为一种契约，这个联盟能够毫无争议地由缔约各方中的少数加以取消吗？缔约的一方可以违约——也可以说毁约——但是，合法地废止契约难道不需要缔约各方全都同意吗？

从这些一般原则往下推，我们认为，从法律上来说，联邦是永久性的这一主张已经为联邦本身的历史所证实。联邦的历史比宪法长久得多。事实上，它在 1774 年就根据《联合条款》组成了。1776 年，《独立宣言》使它臻于成熟并持续下来。1778 年，《邦联条款》使联邦日趋成熟，当时的 13 个州都信誓旦旦地明确保证联邦应该永存。最后，1787 年制定宪法时所宣布的目标之一就是"建设更完善的联邦"。

但是，如果联邦竟能由一个州或几个州按照法律加以取消的话，那么联邦就远不如制宪前完善了，因为它丧失了永久性这个重要因素。

根据这些观点，任何一个州都不能只凭自己的决议就能合法地脱离联邦；凡为此目的而作出的决议和法令在法律上都是无效的，任何一个州或几个州反对合众国当局的暴力行动都应根据情况视为叛乱或革命。

因此，我认为，根据宪法和法律，联邦是不容分裂的；我将按宪法本身明确授予我的权限，就自己能力所及，使联邦法律得以在各州忠实执行。我认为这仅仅是我分内的职责，我将以可行的方法去完成，除非我的合法主人——美国人民，不给予我必要的手段，或以权威的方式作出相反的指示。我相信大家不会把这看做是一种威胁，而只看做是联邦已宣布过的目标：它一定要按照宪法保卫和维护它自身。

进行这项工作不需要流血或诉诸暴力，除非强加于国家当局，流血和暴力绝不会发生。委托给我的权力将被用来保持、占有和掌握属于政府的财产和土地，征以普通税和关税；但是，除了为达到这些目的所必需进行的工作外，将不会对人民有任何侵犯，不会对任何地方的人民或在他们之间使用武力。在国内任何地方，如果对联邦的敌意非常强烈而普遍，致使有能力的当地公民不能担任联邦公职，在那种地方就不要企图强使引起反感的外地人去担任那些职务。尽管政府据有强制履行这些职责的合法权利，但那样做会激怒大众，它几乎是行不通的，所以我认为目前还是放弃履行这些职责为好。

邮件，除非被人拒收，将继续投递至联邦各地。我们要尽力使各地人民获得最有助于冷静思考和反省的充分的安全感。这里表明的方针必将得到贯彻，除非当前的一些事件和经验表明需要我们作适当的修正或改变。对任何事件和变故，我都将根据实际存在的情况，抱着和平解决国家困难并恢复兄弟般同情与友爱的观点和希望，以最慎重的态度加以处理。

林肯（左三）召开废除奴隶制的内阁部长会议

废奴运动是一次资产阶级性质的民主运动，在美国人民争取民主的斗争史上占有重要地位。1861～1865年的美国南北战争，最终以武力推翻了南方的奴隶制。

某些地区有人企图破坏联邦，并且爱用各种借口去实现这一点，对此我既不肯定也不否认；但若真有这样的人，对他们我什么话都不必讲。然而，对于真心热爱联邦的那些人，我能不说点什么吗？

在开始讨论关系到我国的政体、它所带来的一切利益、美好的往事以及未来的希望都面临着毁灭这样一个严重问题之前，先弄清我们究竟为什么要这样做，难道不是一种明智的做法吗？当你想要逃避的灾难可能并不真正存在时，你还会不顾一切地去冒险吗？你如果是走向一个比你所躲避的灾难更大的不幸，你还甘愿冒风险去犯这么大的错误吗？

大家都声称，如果宪法所规定的各项权利都能得到保证，就愿意留在联邦内。那么，宪法明文规定的权利是否真有哪一项被否定了呢？我认为没有。幸运得很，人脑的构造使得任何一方都不敢那样做。你们能找出一个例子来说明宪法中明文规定的条款有哪一条曾被否定掉吗？如果多数人只靠数目上的力量就去剥夺少数人应该享受的任何一项明文规定的宪法权利，就道德观点而言，这就可以证明进行革命是有理的；如果那是一项重要的权利，当然应该进行革命。但是我们的情况并非如此。少数人和个人的一切重要权利都得到宪法中所列的各种肯定和否定、保证和禁止的明确保障，在这方面从未引起过任何争议。但是，任何组织法都不能在制定时就针对实际行政工作中可能出现的每一个问题都提出专门适用的条款。对于一切可能发生的问题，没有那样的先见之明，也没有任何篇幅适当的文献容得下那么多明文规定。逃避劳役的人应由联邦政府抑或由州政府遣还？宪法未作明确规定。国会可以禁止各个准州的奴隶制吗？宪法未作明确规定。国会应保护各个准州的奴隶制吗？宪法未作明确规定。

从这类问题中产生了我们有关宪法的各种争议，由于这些争议我们分成了多数派和少数派。如果少数派不能默然同意多数派，多数派就得默然同意少数派，否则政府就不能存在下去。别无其他选择，因为要使政府能继续存在，就必须有这一方或那一方默然同意对方。在这种情况下，如果少数派宁愿退出联邦而不肯默然同意多数派，他们就创立了一个导致自我分裂和毁灭的先例，因为他们本身也有多数少数之分，一旦多数派拒绝接受少数派的控制，他们自己的少数派便会退出。举例来说，正如我们现在这个联邦的某些部分日前要求退出一样，一个新联盟的任何部分一两年后为什么就不可以任意退出呢？一切怀有分裂情绪的人正在接受着这样的熏陶。

在想要组成一个新联盟的各个州之间，是否有着完全一致的利益，足以使它们和睦相处而不会重新发生退出联盟的事呢？很明显，退出联邦的中心思想实质上是无政府主义。一个接受宪法所规定的检查和限制，并经常按照公众舆论和情绪的审慎变化而转变的多数派，乃是自由人民的唯一真正的统治者。凡拒绝接受它的人，必然走向无政府主义或者专制主义。完全一致的意见是不可能有的。由少数人实行统治，并作为一种永久的办法，是完全不能接受的；因此，如果否定少数服从多数这条原则，那么剩下的就只有某种形式的无政府主义或专制主义了。

我没有忘记某些人认为各种有关宪法的问题应由最高法院进行裁决的主张，我也不否认这样的裁决在任何案例中对诉讼各方以至诉讼的目的都具有约束力，同时它们在所有类似案例中也值得受到政府其他各部门的高度尊重与考虑。尽管在某一特定案例中，这样的裁决可能明显有误，但随之而来的不良后果却只限于这个案例，且有被驳回的可能，而决不会成为其他案例可借鉴的先例，因而同采取其他措施所产生的后果相比，这还是比较可以接受的。与此同时，诚实的公民必须承认：如果政府在那些影响到全体人民的重大问题上的政策也得由最高法院的裁决来确定的话，那么，个人之间的普通诉讼案件一经裁定，人民就不再享有自主权，因为到了那种程度，人民实际上已经将政府交给了那个显赫的法庭。上述看法不是对法院和法官的攻讦。他们无可推卸的责任便是裁定以正当方式提交给他们的案件，如果别人想把他们的裁决转用于政治目的，那绝不是他们的过错。

我国一部分地区认为奴隶制是正确的，应该得到扩展，而另一部分地区认为它是错误的，不应得到扩展。这就是唯一的实质性争论。在人民的道德观念并不完全支持法律的社会里，宪法中有关逃亡奴隶的条款和禁止贩卖外籍奴隶的法律都得和其他任何法律一样严格执行。人民中的大多数能够遵行这两项枯燥的法律义务，但每一项都被少数人触犯。我认为这是无法完全纠正的。这两种情况在上述两种地区分离之后还会更糟。如外籍奴隶贩卖，现在没有完全遭到禁止，最终会在一个地区不受限制地恢复起来；而逃亡奴隶，另一地区现在只是部分地遣返，那时就根本不会遣返。

以自然条件而言，我们是不能分开的。我们无法把各地区彼此挪开，也无法在彼此之间筑起一堵无法逾越的墙垣。夫妻可以离婚，不再见面，互不接触，但是我们国家的各地区就不可能那样做。它们仍得面对面地相处，它们之间还得有或者友好或者敌对的交往。那么，分开之后的交往是否可能比分开之前更有好处，更令人满意呢？外人之间订立条约难道还比朋友之间制定法律容易吗？外人之间执行条约难道还比朋友之间执行法律忠实吗？假定你们进行战争，你们不可能永远打下去；在双方损失惨重，任何一方都得不到好处之后，你们就会停止战斗，那时你们还会遇到诸如交往条件之类的老问题。

这个国家及其机构，属于居住在这个国家里的人民。一旦他们对现存政府感到不能容忍，就可以行使他们的宪法权利去改组政府，或者行使革命权利去解散或推翻政府。我当然知道：许多可贵的、爱国的公民渴望宪法能得到修改。尽管我未提出修改宪法的建议，但我完全承认人民对整个这一问题所具有的合法权利，他们可以施行宪法本身所有的两种方式中的任何一种；在目前情况下，我应该赞同而不是反对公平地为人民提供对此采取行动的机会。我愿大胆补充说明：在我看来，采取会议的形式是可行的，因为它可以让人民自己提出修正案，而不是只让人民去采纳或反对别人所提出的某些方案，那些人不是专为这一目的而被推选出来的，那些方案也并非恰恰就是人民想要接受或拒绝的。我知道，国会已经通过一项宪法修正案——但我尚未看到那项修正案，其大意是：联邦政府永远不得干涉各州的内部制度，包括对应服劳役者规定的制度。为了避免对我所说的话产生误解，我放弃不谈某些特定修正案的打算，而只是提出：鉴于这样一项条款现在已意味着属于宪法中的条款，我不反对使它成为明确的、不可改变的规定。

总统的一切权力来自人民，但人民没有授权给他为各州的分离制造条件。如果人民有此意愿，那他们可以这样做，而作为总统来说，则不可能这样做。他的责任是管理交给他的这一届政府，并将它完整地移交给他的继任者。

为什么我们不能对人民所具有的最高的公正抱有坚韧的信念呢？世界上还有比这更好或一样好的希望吗？在我们目前的分歧中，难道各方都缺乏相信自己正确的信心吗？如果万能的主将以其永恒的真理和正义支持你北方这一边，或者支持你南方这一边，那么，那种真理和那种正义必将通过美国人民这个伟大法庭的裁决而取得胜利。

就是这些美国人民，通过我们现有的政府结构，明智地只给他们的公仆很小的权力，使他们不能为害作恶，并且同样明智地每隔很短的时间就把那小小的权力收回到自己手中。只要人民保持美德和警惕，无论怎样作恶和愚蠢的执政人员都不能在短短4年的任期内十分严重地损害政府。

《解放黑奴宣言》发表后的华盛顿一片欢腾

美国内战期间，林肯政府于1862年9月22日颁布解放黑人奴隶的宣言。它宣布：自1863年1月1日起，凡叛乱诸州的奴隶，"从现在起永远获得自由"；政府和军队"将承认和保障他们的自由"；获得自由的人，除非必要，"应避免使用任何暴力"；合乎条件的人，"可以参加联邦军队"。《宣言》大大激发了人民群众和黑人奴隶的革命积极性，扭转了战争的形势。

我的同胞们，大家平静而认真地思考整个这一问题吧。任何宝贵的东西都不会因为从容对待而丧失。假使有一个目标火急地催促你们随便哪一位采取一个措施，而你绝不能不慌不忙，那么那个目标会因从容对待而落空；但是，任何好的目标是不会因为从容对待而落空的。你们现在感到不满意的人仍然有着原来的、完好无损的宪法，而且，在敏感问题上，你们有着自己根据这部宪法制定的各项法律；而新的一届政府即使想改变这两种情况，

也没有直接的权力那样做。那些不满意的人在这场争论中即使被承认是站在正确的一边，也没有一点正当理由采取鲁莽的行动。理智、爱国精神、基督教义以及对从不抛弃这片幸福土地的上帝的信仰，这些仍然能以最好的方式来解决我们目前的一切困难。

不满意的同胞们，内战这个重大问题的关键掌握在我手中。政府不会对你们发动攻击。你们不当挑衅者，就不会面临冲突。你们没有对天发誓要毁灭政府，而我却要立下最庄严的誓言：“坚守、维护和捍卫合众国宪法。”

我不愿意就此结束演说。我们不是敌人，而是朋友。我们一定不要成为敌人。尽管情绪紧张，也决不应割断我们之间的感情纽带。记忆的神秘琴弦，从每一个战场和爱国志士的坟墓伸向这片广阔土地上的每一颗跳动的心和家庭，必将再度被我们奏响！

作/品/赏/析

作为共和党人领袖的林肯，在1860年当选为美国总统，但是他面临的困难也是空前的，因为当时南方和北方的关系已经十分紧张，内战不可避免。林肯在首任总统仪式上发表的就职演说也着重地谈论了与此相关的问题，使得这篇演讲的主题无比沉重，它关系到一个国家的存亡。在这篇张扬着自由和民主精神的演说中，林肯阐明了国家政府与人民的关系，指出人民有改组或推翻政府的绝对权利，“在目前情况下，我应该赞同而不是反对公平地为人民提供对此采取行动的机会”。这是一个前提，这个前提是为了说明人民没有授权给他（总统）为各州的分离制造条件。在关键的历史时期，林肯需要民众的支持，所以他强调：“如果万能的主将以其永恒的真理和正义支持你北方这一边，或者支持你南方这一边，那么，那种真理和那种正义必将通过美国人民这个伟大法庭的裁决而取得胜利。”林肯是非常善于演讲的，作为一个国家的总统，他即使深知内战无法避免，也还坚持在演讲中呼吁和平解决问题。这是一种负责的态度。他在演讲中反复说理，用极其真诚的态度来对待听众，其中倾注着对民族、国家和人民的感情，使演讲达到非常良好的效果。

关于对德宣战在国会的讲话 / 威尔逊

演讲词档案

演讲者：威尔逊（1856～1924）
演讲时间：1917 年
演讲地点：美国国会
演讲者身份：美国第 28 任总统

历史背景

1914 年第一次世界大战爆发，欧洲列强为了重新瓜分世界开始相互残杀，并在战争中迅速结成同盟国与协约国两大敌对阵营。起初，美国没有参战，而是打起"中立国"的旗号，同时向同盟国与协约国出售军火以及发放贷款，大发战争财。

随着时间的推移，德国感觉到美国在"中立"的背后偏袒英国。1917 年，德国放弃了曾在 1916 年作出的限制潜艇战的承诺，随后又击沉五艘美国商船，直接威胁到美国的利益。在这种情况下，威尔逊总统发表了这篇演讲，要求国会同意美国对德宣战。

原文欣赏

今年 1 月 3 日我正式通知你们，德意志帝国政府发表了异乎寻常的通告，宣称从 1 月 1 日起它的宗旨是把法律的限制或仁慈的考虑统统抛置一边，用它的潜艇去击沉任何驶近英国和爱尔兰港口的船只，或驶近欧洲西海岸或地中海内德国的敌人所控制的任何港口的船只。这似乎是德国潜艇战在大战之初的目标。在这以前，德意志帝国对其潜艇指挥官们多少有所限制，以实践当时它对我们许下的诺言，即不击沉客轮，对其他它的潜艇可能摧毁的船只，只要不作抵抗、留在原地，便会向它们预先发出警告，而且让它们的船员至少有机会在不设防的船上逃生。在残酷无情的战争中，一桩桩令人悲痛的事件证明，德方的克制是很不够的，而且带有任意性，但确实有一定程度的节制。而新政策把任何限制都取消了，

·演讲者简介·

威尔逊（1856～1924），美国第 28 任总统。1856 年生于弗吉尼亚州。威尔逊毕业于普林斯顿大学，此后任教多年。1910 年，当选为新泽西州州长。1912 年击败罗斯福当选美国总统，1916 年连任。任内，推动美国参加第一次世界大战。

1918 年 1 月，威尔逊提出十四点和平原则。德国战败后，此原则成为与战败国和谈方案的基础。1919 年，威尔逊赴巴黎筹建国际联盟以及拟定《凡尔赛条约》。这时，美国国内政治形势出现逆转，威尔逊提出的方案未获得国会的批准。方案后来付诸公民表决，最终仍未完全通过。因此，提出建立国际联盟的美国，却未能参加国联。1920 年，威尔逊因在创建国际联盟中的巨大贡献，被授予诺贝尔和平奖。4 年后，他在睡眠中死去。

任何种类的船只，不论它挂什么旗，具有什么性质，载什么货，驶向何处，完成什么使命，全都被击沉，不给预先警告，也全然不顾船上人员的死活；友好中立国的船只与敌国的船只同样对待。甚至连医护船以及向比利时死伤惨重的人民运送救济物资的船只——后者被德国政府允许安全通过禁海而且带有明确无误的标记——同样也被丧失同情心和原则性的德军击沉。

有一度我无法相信，这种行径竟然真是一个一贯赞同文明世界人道惯例的政府的所作所为。国际法起源于人类试图制订的某种的海洋上得到尊重和遵守的法律，该法律规定，任何国家无权统治海洋，世界各国的船只都可以在海上自由航行……德国政府以报复和必需为借口，已将这起码的法律规定一脚踢开，因为德国在海上除了毫不顾忌人道，蔑视对国际交往的共识，穷兵黩武之外，干不了什么别的事。我现在想到的不是德国在海上造成的财产损失，尽管损失惨重，而是对大批平民生命肆无忌惮的屠杀，而这些男人、妇女和儿童所追求的目标向来——甚至在现代历史最黑暗的时期——被认为是无辜和合法的。财产可以赔偿，而和平无辜人民的生命则无法赔偿。目前德国对付海上贸易的潜艇战其实是以人类为敌。

这是针对所有国家的战争。美国船只被击沉，美国公民葬身海底，消息传来令人震惊。但其他中立或友好国家的船只和人员在海上遭到相同的厄运，没有什么差别。这是对整个人类的挑战。每个国家必须独自决定它应如何对付这一挑战。我们必须适应我国的特点和宗旨审时度势，谨慎考虑，以作出我们自己的决定。我们绝对不应感情用事。我们的动机既非为复仇也不是为了耀武扬威，而仅仅为维护权利，维护人权，在这场斗争中我们国家仅仅是一名斗士……

我深刻认识到我正采取的步骤的严重乃至悲剧的性质，以及它所包含的重大责任，但是我对履行自己由宪法规定的义务毫不迟疑。正是以这样的态度我建议国会宣布，德意志帝国最近的行动事实上已对美国政府和人民发动了战争；美国正式接受已强加于它的交战国地位；美国将立即行动，不仅使国家处于完全的防御状态，而且将竭尽全力，使用一切手段迫使德国政府屈服，结束战争……

当我们采取行动，这些重大行动的时候，我们自己应当清楚，也应让全世界明白我们的动机和目的是什么……我们的目的……是维护国际生活的和平与正义的原则，反对自私和专制的力量，我们要在世界上真正自由和自治的各国人民之中确立一种意志与行动的概念，有了它就能保证这些原则得到遵循。当问题涉及世界和平，涉及世界各国人民的自由时，当组织起来的势力支持某些专制政府按自己的意志而非人民的意志独断专行从而对世界人民的和平与自由构成威胁时，中立便不再是可行或可取的了。我们看到，在这种情况下中立已成为历史。我们处在一个新时代的开端，在这个时代中人们坚决要求，凡文明国家每个公民遵循的关于行为和承担罪责的准则，各个国家和它们的政府也必须同样遵循。

我们与德国人民之间不存龃龉。对他们，我们除了同情和友谊没有别的情感。他们的政府投入战争并不是因为人民的推动，他们事先一无所知，并未表示赞同。决定打这场战争与过去不幸的岁月中决定打一场战争的方式相同。旧时统治者从不征求人民的意见，战争的挑起和发动全都是为着王朝的利益或是为野心勃勃的人组成的小集团的利益，这些人惯于利用同胞作为走卒和工具……

我们接受这一敌意的挑战，因为我们知道与这样一个采用这种手段的政府是绝对不可做朋友的；只要它组织起来的力量埋伏着准备实现不可告人的目的，世界上一切民主政府便无法得到安全保障。我们接受的将是一场与这个自由的天敌展开的宏大战役，如有必要，将动用我国的全部力量去制止和粉碎敌人的意图和势力。我们感到欣慰，因为敌人撕去伪善的面纱，使我们看清了真相，这样我们将为世界最终和平，为世界各国人民包括德国人民的解放而战：为大大小小各国的权利和世界各地人们选择自己的生活与服从权威的方式的特权而战。世界应该让民主享有安全。世界和平应建立在政治自由历经考验的基础上。我们没有什么私利可图。我们不想要征服，不想要统治。我们不为自己索取赔偿，对我们将慷慨作出的牺牲不求物质补偿。我们只不过是为人类权利而战的斗士之一。当各国的信念和自由能确保人类权利不可侵犯之时，我们将心满意足。

在我们面前很可能有旷日持久的战火考验和惨重牺牲。把我们伟大、爱好和平的人民领入战争是件可怕的事。因为这场战争是有史以来最血腥最残酷的，甚至文明自身似已岌岌可危。然而权利比和平更宝贵。我们将为自己一向最珍惜的东西而战——为了民主，为人民服从权威以求在自己的政府中拥有发言权，为弱小国家的权利和自由，为自由的各国人民和谐一致共同享有权利以给所有国家带来和平与安全，使世界本身最终获得自由。为完成这样一个任务，我们可以献出我们的生命财产，献出我们自己以及我们所有的一切；我们满怀自豪，因为我们知道，这样的一天已经到来：美国有幸得以用她的鲜血和力量捍卫那些原则，正是它们给予她生命和快乐，给予她一向珍视的和平。上帝保佑她，她别无选择。

作/品/赏/析

单从这篇演讲词来看，威尔逊的演讲可谓义正词严，感人肺腑。在演讲中，威尔逊列举了德国发动潜艇战所犯下的疯狂罪行，说明了德国已经成为全人类的敌人。那么，美国对德宣战便是向人类的敌人宣战，美国也因此升华为一个为维护人类利益而战斗的角色。当时，多数美国人支持参战，但却不了解战争的起因和目的。针对美国民众的心态和思维习惯，威尔逊在演讲中有意识地运用了大量美国人酷爱的有关理想主义的词句来说明战争的目的，成功地激发了美国人民的参战热情，如："我们接受这一敌意的挑战，因为我们知道与这样一个采用这种手段的政府是绝对不可做朋友的；只要它组织起来的力量埋伏着准备实现不可告人的目的，世界上一切民主政府便无法得到安全保障。"这次演讲标志着美国正式参加第一次世界大战。而美国的参战，增强了协约国的力量，加速了同盟国的失败。这场大战削弱了英、法、德、意，而适时参战的美国在战争中大获其利，一举成为世界头号经济强国。

热血、辛劳、眼泪和汗水 / 丘吉尔

演讲词档案
演讲者：丘吉尔（1874～1965）
演讲时间：1940 年 5 月 13 日
演讲者身份：英国首相、政治家、演说家及作家

历史背景

1940 年 5 月 10 日，英王授权丘吉尔组织政府。丘吉尔受命于危难之际，但他很快就组成了战时内阁。5 月 13 日，下议院召开特别会议，丘吉尔要求宣布对新政府的信任，发表了这篇演讲。

原文欣赏

上星期五晚上，我接受了英王陛下的委托，组织新政府。这次组阁，应包括所有的政党，既有支持上届政府的政党，也有上届政府的反对党，显而易见，这是议会和国家的希望与意愿。我已完成了此项任务中最重要的部分。战时内阁业已成立，由五位阁员组成，其中包括反对党的自由主义者，代表了举国一致的团结。三党领袖已经同意加入战时内阁，或者担任国家高级行政职务。三军指挥机构已加以充实。由于事态发展的极端紧迫感和严重性，仅仅用一天时间完成此项任务，是完全必要的。其他许多重要职位已在昨天任命，我将在今天晚上向英王陛下呈递补充名单，并希望于明日一天完成对政府主要大臣的任命。其他一些大臣的任命，虽然通常需要更多一点的时间，但是，我相信议会再次开会时，我的这项任务将告完成，而且本届政府在各方面都将是完美无缺的。

我认为，向下院建议在今天开会是符合公众利益的。议长先生同意这个建议，并根据下院决

丘吉尔像

· 演讲者简介 ·

丘吉尔（1874～1965）出身贵族，1895 年从英国著名的桑德斯军事学校毕业后，进入英国海军。1900 年，当选为保守党议员。1908 年，出任自由党内阁的贸易大臣。随后又担任过内政大臣、海军大臣、军需大臣、陆军大臣、空军大臣、财政大臣等职务，成了几届内阁的常客。1940 年 5 月，英王乔治五世授权丘吉尔组织战时内阁。1942 年 1 月 1 日，与美、苏、中等国的代表共同签署了《联合国家宣言》，建立起反法西斯统一战线。1943 年 11 月，参加德黑兰会议，决定开辟欧洲第二战场。1945 年 5 月 8 日，通过广播向英国人民宣告战争结束。1946 年 3 月在美国发表著名的"铁幕"演说，揭开了"冷战"的序幕。1965 年 1 月 24 日，因中风而病逝。

议所授予他的权力，采取了必要的步骤。今天议程结束时，建议下院休会到5月21日星期二。当然，还要附加规定，如果需要的话，可以提前复会。下周会议所要考虑的议题，将尽早通知全体议员。现在，我请求下院，以我的名义提出决议案，批准已采取的各项步骤，将它记录在案，并宣布对新政府的信任。

组成一届具有这种规模和复杂性的政府，本身就是一项严肃的任务，但是大家一定要记住，我们正处在历史上一次最伟大的战争的初期阶段，我们正在挪威和荷兰的许多地方进行战斗，我们必须在地中海地区做好准备，空战仍在继续，众多的战备工作必须在国内完成。在这危急存亡之际，如果我今天没有向下院作长篇演说，我希望能够得到你们的宽恕。我还希望，因为这次政府改组而受到影响的任何朋友和同事，或者以前的同事，会对礼节上的不周之处予以充分谅解，这种礼节上的欠缺，到目前为止是在所难免的。正如我曾对参加本届政府的成员所说的那样，我要向下院说："我没什么可以奉献，有的只是热血、辛劳、眼泪和汗水。"

摆在我们面前的，是一场极为痛苦的严峻的考验，在我们面前，有许多许多漫长的斗争和苦难的岁月。你们问：我们的政策是什么？我要说，我们的政策就是用我们全部能力，用上帝所给予我们的全部力量，在海上、陆地和空中进行战争，同一个在人类黑暗悲惨的罪恶史上所从未有过的穷凶极恶的暴政进行战争。这就是我们的政策。你们问：我们的目标是什么？我可以用一个词来回答：胜利——不惜一切代价，去赢得胜利。无论多么可怕，也要赢得胜利。无论道路多么遥远和艰难，也要赢得胜利。因为没有胜利，就不能生存。大家必须认识到这一点：没有胜利，就没有英帝国的存在，就没有英帝国所代表的一切，就没有促使人类朝着自己目标奋勇前进，这一世代相因的强烈欲望和动力。但是当我挑起这个担子的时候，我是心情愉快、满怀希望的。我深信，人们不会听任我们的事业遭受失败。此时此刻，我觉得我有权利要求大家的支持，我要说："来吧，让我们同心协力，一道前进。"

作/品/赏/析

这是一篇成功的就职和施政演讲，丘吉尔先是简明扼要地向下议院汇报了任职以来的主要工作，表明自己将尽职尽责，同时提出了严峻形势下的部署和目标，号召大家齐心协力，一道前进。这篇演讲的最大特点是诉真情、讲真话，他说："正如我曾对参加本届政府的成员所说的那样，我要向下院说：'我没什么可以奉献，有的只是热血、辛劳、眼泪和汗水。'摆在我们面前的，是一场极为痛苦的严峻的考验，在我们面前，有许多许多漫长的斗争和苦难的岁月。"演讲既是就职演说，又是战时动员令，丘吉尔在演讲中语气是斩钉截铁的："你们问：我们的目标是什么？我可以用一个词来回答：胜利——不惜一切代价，去赢得胜利。无论多么可怕，也要赢得胜利。无论道路多么遥远和艰难，也要赢得胜利。因为没有胜利，就不能生存。大家必须认识到这一点：没有胜利，就没有英帝国的存在，就没有英帝国所代表的一切，就没有促使人类朝着自己目标奋勇前进，这一世代相因的强烈欲望和动力。"整篇演讲简洁明了，气魄恢弘大度。

新的大厦 / 黄炎培

演讲词档案

演讲者：黄炎培（1878 ~ 1965）
演讲时间：1949 年 9 月 21 日
演讲地点：中南海怀仁堂第一届政协全体会议
演讲者身份：中国民主建国会领导人

历史背景

1949 年 9 月 21 日，中国人民政治协商会议第一届全体会议在北平中南海怀仁堂隆重开幕。这次会议代行全国人民代表大会的职权，代表全国人民的意志，宣告了中华人民共和国的成立，具有重要的历史作用。会上，各党派团体及各方面的代表先后发言，热烈祝贺第一届政协的开幕。黄炎培代表民主建国会作了这篇讲话。

原文欣赏

主席团、诸位代表们、来宾们、工作同志们：

我们兴奋了，我们这一群人，今天在中国共产党毛主席领导之下，要从地球几万万年一部大历史上边，写出一篇意义最伟大最光荣的记录，它的题目，就是中国人民政治协商会议开幕。

我们要在这中国人民政治协商会议中间，在东半个地球大陆上边，建造起一所新的大厦来。这一所新的大厦，已提名了是中华人民共和国，这一所新的大厦，是钢骨水泥的许多柱子撑起来的。这些柱子是什么？第一是中国共产党，还有各民主党派、各人民团体、各地区、人民解放军、各少数民族、国外华侨，和其他爱国分子，这些单位就是一根一根柱子。这钢骨水泥是什么？就是中国工人阶级、农民阶级、小资产阶级、民族资产阶级，和其他爱国分子的人民民主统一战线。这所新的大厦的基础是什么？说理论基础吧，就是马克思列宁主义，毛泽东思想。这所新的大厦最高的顶尖上边，飘扬着一面大旗，大旗上写的是什么？是新民主主义。这所新的大厦多少大，有九百五十九万多平方公里。中间住着多少人？有

· 演讲者简介 ·

黄炎培（1878 ~ 1965），早年父母双亡，迫于生计，不到 20 岁，就在家乡任塾师。1901 年，进入南洋公学，选读外文科，受知于蔡元培。之后，返乡兴办学校。1905 年，参加了同盟会。中华人民共和国成立后，黄炎培破"不为官吏"的立身准则，欣然从政。1949 年 9 月，出席中国人民政治协商会议。之后历任中央人民政府委员、政务院副总理兼轻工业部部长、全国人大副委员长、全国政协副主席、中国民主建国会中央委员会主任委员等职。1965 年 12 月 21 日，病逝于北京。

四万万七千五百多万人。连我在内。我们将乘着大厦成立的机会，立刻创设一个工作总机构，就是中华人民共和国中央人民政府。这所新的大厦，在没有建造起来的时候，这一群人常常闹着外来的大强盗，就是帝国主义。家里常常闹着一群小偷，就是官僚资本家和封建地主。中间有一根柱子，它也是当冲的。它给这帮外来的大强盗和家里的小偷破坏它，迫害它，这根柱子是什么？就是民族工商业者们。现在这老的柱子，变成新的柱子了。民族工商业者们都在共同地卖着气力来建造这所新的大厦了。小偷快完全消灭了，大强盗不许进门了。

这所新的大厦的环境，多么美丽！多么伟大！有很高的高山，很大的大水，很多座高山，很多条大水，统统趋向着一个很大的大洋，就是太平洋。太平洋应该是太平的。可是一群小的海盗，想倚靠着大的海盗，来兴风作浪，并且强盗们自己先闹起来了。只有沿太平洋的各国人民自己觉悟起来，才能保障太平洋的太平。

这所新的大厦，有五个大门，每个门上两个大字，让我读起来：独立、民主、和平、统一、富强。

这所新的大厦，周围有很辉煌灿烂的墙壁；墙壁上写着一行一行顶大的大字，就是中国人民政治协商会议共同纲领。

这所新的大厦，有很好的邻居，最好最接近的邻居，是一所世界上最伟大的大厦，就是苏维埃社会主义共和国联盟。它是唯一的帮助我们建造这所新的大厦最出力的一个邻居。

回过头来想，为了建造这所新的大厦，不知多多少少人卖尽了他们的气力，流尽了他们的血汗，多多少少劳苦大众，爱国志士，伤残了他们的肢体，牺牲了他们再宝贵没有的生命，就是换得来这所新的大厦。

这所新的大厦完成了。这所新的大厦的主人，四万万七千五百万人民，大家要站立在各个岗位上，去好好地工作了。我们全国人民要谢谢建造这所新的大厦的几百万人民解放军战斗员、指挥员，他们的总司令朱德先生。我们全国人民要谢谢领导建造这所新的大厦的空前伟大工程的中国共产党主席毛泽东先生。

作/品/赏/析

黄炎培在《新的大厦》这篇演讲中，把新中国比喻为一座刚刚建造起来的大厦，然后分别描绘大厦的柱子、基础、顶尖、规模、居住的人员、工作机构以及环境、墙壁、邻居、建造的过程等。表面上看，他似乎在介绍一座矗立在大地上的真实大厦，其实，他是以此作比喻，让他的主旨从这精彩的比喻中鲜明而形象地体现出来。通篇运用比喻的手法，给人耳目一新的感觉。黄炎培把通俗易懂的事物作为喻体，形象地阐述了他的思想，给人们以深切的启迪与感触。同时也使与会的各位民主人士深切地感到新中国的来之不易，心中平添了一份历史使命感和责任感。黄炎培鼓励人们以加倍的热情与信心团结在中国共产党周围，众志成城，奋发图强，艰苦创业，为建设好新中国而继续贡献自己的力量。

共渡危机 /片山哲

演讲词档案

演讲者：片山哲（1887～1978）
演讲时间：1947 年 7 月 1 日
演讲地点：日本国会
演讲者身份：日本第 46 任首相

最精彩的演讲词

第一篇 改变历史的政治宣言

历史背景

1945 年，在全世界反法西斯力量的打击下，日本被迫接受《波茨坦公告》，宣布无条件投降。而片山哲，作为日本战后第一位根据新宪法由国会推选的首相，当时上任可谓"受命于危难之际"。在就职仪式上，片山哲发表了这篇演讲。

原文欣赏

在按新宪法组建的首届国会上，我能代表政府发表施政演说感到无比荣幸。自着手组阁以来就努力想建立一个举国一致的四党联合政府，虽未取得圆满的成功，但现已成立的三党联合内阁，仍希望留在阁外的自由党人士通力合作，举国一致突破危机。

在日本历史上首届国会召开之际，谈谈政府对目前时局的信心和看法，希望得到诸位的合作。

政府对贯彻新宪法的信心。政府宣誓将严格遵守新宪法，忠实新宪法的原则精神，特别要将新宪法中的民主主义伟大精神及和平主义的远大理想，作为一切政治行动的基本目标，并毫不含糊付诸实施。也就是说，要自觉意识到政府是由国民代表组成的国会提名的，应尊重国会，根据宪法的条款处理政府和国会的关系，避免各种矛盾。尤其要关注司法权的独立、最高法院的构成以及根据宪法精神所产生的各种民主方法，尽快实现新宪法提出的各种远大理想和目标，尽快准备向国会提出各种必要的法规。

政府的施政方针。根据目前形势，政府必须全面考虑发展理想的民主主义，建立高度民主的民主主义体制，使各个领域充满体现新时代精神的政治观念。本届内阁的最高指导思想是在各个方面都能自觉地贯彻高度民主。

毋庸说，政治上迫切需要彻底的民主。不仅如此，产业经济的各个方面也需要贯彻民主思想。产业经济的发展实际反映了组织民主化的程度。社会生活方面

· 演讲者简介 ·

片山哲（1887～1978），日本第 46 任首相，东京帝国大学毕业。曾任日本劳动总同盟法律部长、日本农民组合法律顾问。1945 年，任日本社会党书记长，第二年被选为中央执行委员长。1947 年，出任首相。1956 年，与中岛健藏等发起成立日中文化交流协会。1978 年 5 月 30 日，逝于日本东京，享年 90 岁。

为发展健康的文化生活，必须改革社会领域，将民主引入人们的日常生活。生活方式的民主化是日本社会改革的当务之急。政治上实行民主，能彻底扫除封建的官僚机构；产业经济中贯彻民主，将推动产业的全面发展；在社会各领域推进民主，将提高全民的文化素养；在国际关系方面倡导民主，将会结出和平的硕果。

民主主义作为人类生活规律的政治原理，较 18 世纪有了更大发展，在几经周折，直至第一次与第二次世界大战后，才首次作为世界各国新生活的共同原理和准则。西方文明是希腊文明、基督教文明和现代科学的聚集。

今天我们所说的高度民主，既包括西方文明的内涵，又是以和平为基础的。没有民主，决不可能实现全面和平和世界和平。发展产业经济和提高人民生活水平的原则，也是以高度民主为基础的。

高度民主是一种人道主义、合理主义和社会民主主义。因此，在反对一切暴力的同时，严格遵循民主主义政治体制的议会政治原则，坚定地选择基于这一信念的施政方针，就是本届政府的基本政治纲领。

我国的特殊性质。鉴于目前的国际形势，必须向世界各国明确而坦率地说明我国的特殊性质，以便在谋求各国理解和援助的同时恢复国际信誉。新宪法明文规定主权在民、放弃战争和尊重人权，因而我国的性质将发生根本变化。一个崭新的日本将重现于世。我国明确宣布已不再是穷兵黩武或好战国家，并要从制度上肃清封建官僚机构，重建民主议会政治，以这些事实向全世界表明日本国民的努力和真挚的情感。

我们正在建设一个和平国家，它具有下列特征：一、保障宪法赋予国民的各种基本权利和自由；二、保障国民健康与文化生活；三、排斥暴力、非理性和非正义，铭记道德、仁爱、和平及维护正义；四、尊重劳动、科学、艺术和宗教；五、建立正确的教育制度，努力培养和平民主的一代新人。从这个意义上，我认为应该向全世界宣告，我们日本人民正在建设的是和平民主的新国家。

我国经济所面临的危机。因战争失败，诸般值得忧虑的现实问题摆在日本人民面前，如粮食匮乏、通货膨胀、企业萧条、失业增加、黑市猖獗等。政府组阁后立即提出这一问题，决心排除万难，克服危机，并提出了 8 项经济紧急对策，希望国民配合。

关于目前经济的困难程度及具体事实，在经济实况报告书中可见端倪。经济持续恶化的根本原因可归纳为下述几点：其一，我国因战败丧失了相当部分的经济资源，生产与运输设备因战争而破损老化，生产资料库存渐趋枯竭，劳动生产率也比战前低下；其二，生产能力如此低下，人口却呈增长趋势，消费需求随战时被压抑的欲望的解放而越来越大；其三，由于战争和商品供应无法保证而爆发的巨大购买力，引起了通货膨胀，导致了经济赤字，形成了工资与物价的恶性循环并逐渐加速。

这些原因不是孤立的，它们盘根错节，互为因果，将经济引向崩溃。面对这样的经济状态，更坚定了我们竭尽全力重建日本经济的决心，只要措施正确，万众一心共同努力，相信定能挽回持续恶化的经济局面，把经济纳入重建的轨道。

政府的当务之急。政府的当务之急首先是改革行政机构，刷新人事制度。改革的精神准备是打破官僚观念，政府官员无论到哪里都担负着为国民服务的职责，对自己承担的任务要有强烈的责任感，将正义、公平作为生命来捍卫。同时，要废除内务省，彻底改革地方自治制度，实行新的警察制度、官吏任免制度和服务纪律，肃正官纪。从实现行政机构民主化的精神出发，希望国民也积极参加建设自主新日本的国民运动。

国民运动决不仅是思想运动和表面文章。经常可以听到粮食问题比思想运动更重要的议论，然而，政府准备将突破粮食危机与这一国民运动作为不可分离的两个方面同时贯彻执行。政府公平而全面地要求国民过艰苦生活。前景是充满光明和希望的。

与国民运动密切相关的是恢复宪法精神的文教问题。目前，全面推广第92次议会通过的新教育制度，尤其是六三学制尚有种种困难，但政府将尽可能地实现这一目标。

关于媾和会议。召开媾和会议对日本人民是充满希望和光明的大事。政府与全国人民一样，都热切盼望能尽早举行。战后两年来，波茨坦宣言规定的我国非军事化和民主化的进程，在国民共同努力下已有了明显进展。今后，政府将更加努力和诚心诚意地忠实履行我们在宣言中承诺的义务，建设真正的和平民主国家，创造回归国际社会的条件。

经联合国军司令部的同意，决定 8 月 15 日起恢复民间贸易，我衷心祝愿并希望能顺利展开。日本人民应向世界各国显示自己坦荡的胸怀和不断革新的形象。我们希望国民生活安定，重建产业经济，维持永久世界和平，谋求联合国及各国的精神和经济援助。政府将注意制定相应政策，鼓励海外同胞奋发向上。

总之，时局困难，危机深刻，为克服经济危机，迎接媾和会议，重建祖国，全国人民必须艰苦努力和忍耐。作为按新宪法和国民自由意志选举的第一届民主的国民政府和人民的公仆，政府真正意识到目前正处在生死存亡关头，更坚定了迈步重建祖国的决心。无论如何，请诸位体谅并协助政府，举国一致共度危机。

我们的道路充满艰辛，但我们的前途充满了光明和希望。我坚信，如果突破这一危机，在联合国的仁慈帮助下，是能够立于国际社会之林，建设和平、民主和文明国家，并实现生活安定和提高民族文化素质的。为了拯救祖国，为了光明的明天，我衷心希望全国人民齐心协力。

作/品/赏/析

第二次世界大战后的日本需要重建，而首先最需要重建的便是信心与精神，片山哲深刻意识到了这一点。在演讲中，他态度诚恳，逐一分析问题，讲困难的同时也讲有利条件。片山哲不回避问题，亦不妄自菲薄，把自己重建日本的信心传递给大臣与国民。片山哲在演讲中强调要把日本建设成和平、民主的新国家。这既有利于缓解国际社会对日本的忧虑与压力，同时也向国内民众指明了一条重建祖国的正确道路。在如何克服经济困难的问题上，片山哲分析了原因，并提出了很多改革措施，增强了国民对政府的信任感。

片山哲这篇演讲，语言朴实，态度恳切，条理清楚，论述严谨。既阐述了他的救国方略，亦向国际社会作出了承诺，提振了日本国民重建家园的信心。

中国人民站起来了 / 毛泽东

演讲者：毛泽东（1893～1976）

演讲时间：1949年9月21日

演讲地点：中国人民政治协商会议第一次全体会议

演讲者身份：伟大的马克思主义者，无产阶级革命家、战略家和理论家，中国共产党、中国人民解放军和中华人民共和国的主要缔造者与领导人

历史背景

经过几十年艰苦卓绝的斗争，到1949年中国人民的解放战争终于取得了决定性的胜利。9月21日，中国人民政治协商会议第一次全体会议在北平隆重开幕。本文就是毛泽东在本次会议上所致的开幕词。全文气势磅礴，洋溢着中国人民胜利的喜悦和自豪，他向全世界庄严宣告：占人类总数四分之一的中国人从此站起来了！这是中国人民走向新世界的伟大宣言，也是一篇记录中国革命进程的历史性文献。

原文欣赏

诸位代表先生们，全国人民所渴望的政治协商会议现在开幕了。

我们的会议包括600多位代表，代表着全中国所有的民主党派、人民团体、人民解放军、各地区、各民族和国外华侨，这就指明，我们的会议是一个全国人民大团结的会议。

这种全国人民大团结之所以能够成功，是因为我们战胜了美国帝国主义所援助的国民党反动政府。在三年多的时间内，英勇的世界上少有的中国人民解放军，战胜了美国援助的国民党反动政府所有的数百万军队的进攻，并使自己转入反攻和进攻。现在，数百万人民解放军的野战军已经打到接近台湾、广东、广西、贵州、四川和新疆的地区去了，中国人民的大多数已经获得了解放。在三年多的时间内，全国人民团结起来，援助人民解放军，反对了自己的敌人，取得了基本的胜利。在这个基础上，召开了今天的人民政治协商会议。

我们的会议之所以称为政治协商会议，是因为三年以前我们曾和蒋介石国民党一道开过一次政治协商会议。那次会议的结果是蒋介石国民党及其帮凶们破坏了，但是已在人民中留下了不可磨灭的印象。那次会议证明，和帝国主义的走狗蒋介石国民党及其帮凶们一道，是不能解决任何有利于人民的任务的。即使勉强地作了决议也是无益的，一待时机成熟他们就要撕毁一切决议，并以残酷的战争反对人民。那次会议的唯一收获是给了人民以深刻的教育，使人民懂得：和帝国主义的走狗蒋介石国民党及其帮凶们绝无妥协的余地，或者是推翻这些敌人，或者是被这些敌人所屠杀和压迫，二者必居其一，其他的道路是没有的。中国人民

在中国共产党的领导之下，在三年多的时间内，很快地觉悟起来，并且把自己组织起来，形成了全国规模的反对帝国主义、封建主义、官僚资本主义及其集中的代表者国民党反动政府的统一战线，援助人民解放战争，基本上打倒了国民党反动政府，推翻了帝国主义在中国的统治，恢复了政治协商会议。

现在的中国人民政治协商会议是在完全新的基础之上召开的，它代表全国人民的意愿，它获得全国人民的信任和拥护。因此，中国人民政治协商会议宣布自己执行全国人民代表大会的职权。中国人民政治协商会议在自己的议程中将要制定中国人民政治协商会议的组织法，制定中华人民共和国中央人民政府的组织法，制定中国人民政治协商会议的共同纲领，选举中国人民政治协商会议的全国委员会，选举中华人民共和国中央人民政府委员会，制定中华人民共和国的国旗和国徽，决定中华人民共和国国都的所在地以及采取和世界大多数国家一样的年号。

诸位代表先生们，我们有个共同的感觉，这就是我们的工作将写在人类的历史上，它将表明：占人类总数四分之一的中国人从此站起来了。中国人从来就是一个伟大的、勇敢的、勤劳的民族，只是在近代是落伍了。这种落伍，完全是被外国帝国主义和本国反动政府所压迫和剥削的结果。100 多年以来，我们

·演讲者简介·

毛泽东（1893～1976），湖南湘潭人，1914～1918 年就读于湖南第一师范学校。1921 年 7 月到上海出席中国共产党第一次全国代表大会。会后，任中国共产党湘区（包括江西安源）委员会书记、中国劳动组合书记部湖南分部主任和湖南省工团联合会总干事。1923 年 6 月到广州出席中国共产党第三次全国代表大会，当选为中央执行委员。1924 年初参与中国共产党帮助孙中山改组国民党的活动，在国民党第一、第二次全国代表大会上被选为中央候补执行委员，并任宣传部代理部长。1926 年主持广州农民运动讲习所（第六届）。同年 11 月到上海任中共中央农民运动委员会书记。1927 年到武汉任全国农民协会总干事，主持中共农民运动讲习所。1927 年 8 月 7 日，出席了中共中央

毛泽东像

在汉口召开的政治局扩大会议（通称"八七会议"），提出"枪杆子里面出政权"的著名论断，当选为临时中央政治局候补委员，会后作为中央特派员领导了湘赣边界秋收起义，创建了工农革命军第一师，在井冈山创立了第一个农村革命根据地。后与朱德、陈毅率领的一部分部队会师，组成工农革命军（不久改称红军）第四军，任党代表。1931 年 11 月中华苏维埃共和国临时中央政府在江西瑞金建立，被选为主席。1933 年 1 月被补选为党中央政治局委员。1935 年 1 月，中共中央在贵州遵义召开了政治局扩大会议，推选毛泽东为政治局常委。1936 年 12 月任中共中央军委主席，他担任这一职务直至逝世。1942 年号召开展全党范围的整风运动，使党在思想上、政治上、组织上达到空前的统一。1943 年 3 月在中央政治局会议上被选为中央政治局主席、中央书记处主席。以后在历届中央委员会上都连续当选为中央委员会主席、中央政治局主席，直至逝世。1945 年 8 月 28 日与周恩来等赴重庆谈判。1948 年 9 月至 1949 年 1 月，指挥辽沈、淮海、平津三大战役，取得了伟大的战略决战的胜利。1949 年 9 月 21 日，在中国人民政治协商会议第一届全体会议上当选为中华人民共和国中央人民政府主席。1952 年底，提出过渡时期的总路线。1954 年 9 月，第一届全国人民代表大会第一次会议通过了毛泽东主持制定的《中华人民共和国宪法》，并选举毛泽东为中华人民共和国主席。1974 年提出了划分三个世界的正确战略和我国永远不称霸的重要思想。1976 年 9 月 9 日在北京逝世。

开国大典　油画　董希文

1949 年 10 月 1 日下午 2 时 55 分，毛泽东、朱德、刘少奇、宋庆龄、李济深、张澜、周恩来等党和国家领导人及中央人民政府委员经新华门来到天安门，从西头马道登上天安门城楼。3 时整，盛大而隆重的开国大典开始。毛泽东主席向全世界庄严地宣布：中华人民共和国中央人民政府已于今天成立了。

的先人以不屈不挠的斗争反对内外压迫者，从来没有停止过，其中包括伟大的中国革命先行者孙中山先生所领导的辛亥革命在内。我们的先人指示我们，叫我们完成他们的遗志。我们现在是这样做了。我们团结起来，以人民解放战争和人民大革命打倒了内外压迫者，宣布中华人民共和国的成立。我们的民族将从此列入爱好和平自由的世界各民族的大家庭，以勇敢而勤劳的姿态工作着，创造自己的文明和幸福，同时也促进世界的和平和自由。我们的民族将再也不是一个被人侮辱的民族了，我们已经站起来了。我们的革命已经获得全世界广大人民的同情和欢呼，我们的朋友遍于全世界。

　　我们的革命工作还没有完结，人民解放战争和人民革命运动还在向前发展，我们还要继续努力。帝国主义者和国内反动派绝不甘心于他们的失败，他们还要作最后的挣扎。在全国平定以后，他们也还会以各种方式从事破坏和捣乱，他们将每日每时企图在中国复辟。这是必然的，毫无疑义的，我们务必不要松懈自己的警惕性。

　　我们的人民民主专政的国家制度是保障人民革命的胜利成果和反对内外敌人的复辟阴谋的有力的武器，我们必须牢牢地掌握这个武器。在国际上，我们必须和一切爱好和平自由的国家和人民团结在一起，首先是和苏联及各新民主国家团结在一起，使我们的保障人民革命胜利成果和反对内外敌人复辟阴谋的斗争不致处于孤立地位。只要我们坚持人民民主专政和团结国际友人，我们就会是永远胜利的。

　　人民民主专政和团结国际友人，将使我们的建设工作获得迅速的成功。全国规模的经济建设工作业已摆在我们面前。我们的极好条件是有 4.75 亿人口和 960

万平方公里的国土。我们面前的困难是有的，而且是很多的，但是我们确信：一切困难都将被全国人民的英勇奋斗所战胜。中国人民已经具有战胜困难的极其丰富的经验。如果我们的先人和我们自己能够度过长期的极端艰难的岁月，战胜了强大的内外反动派，为什么不能在胜利以后建设一个繁荣昌盛的国家呢？只要我们仍然保持艰苦奋斗的作风，只要我们团结一致，只要我们坚持人民民主专政和团结国际友人，我们就能在经济战线上迅速地获得胜利。

随着经济建设的高潮的到来，不可避免地将要出现一个文化建设的高潮。中国人被人认为不文明的时代已经过去了，我们将以一个具有高度文化的民族出现于世界。

我们的国防将获得巩固，不允许任何帝国主义者再来侵略我们的国土。在英勇的经过了考验的人民解放军的基础上，我们的人民武装力量必须保存和发展起来。我们将不但有一个强大的陆军，而且有一个强大的空军和一个强大的海军。

让那些内外反动派在我们面前发抖吧，让他们去说我们这也不行那也不行吧，中国人民的不屈不挠的努力必须稳步地达到自己的目的。

在人民解放战争和人民革命中牺牲的人民英雄们永垂不朽！

庆贺人民解放战争和人民革命的胜利！

庆贺中华人民共和国的成立！

庆贺中国人民政治协商会议的成功！

作 / 品 / 赏 / 析

本篇演讲是一份非同寻常的历史性文献。1949 年，中国人民解放战争取得了决定性的胜利，9 月 21 日中国人民政治协商会议第一次全体会议在北平召开。伟大领袖毛泽东在会上致开幕词，庄严宣布：中国人民从此站起来了。全文气势磅礴，洋溢着中国人民胜利的喜悦和豪迈之情，毛泽东先总结了解放战争所取得的成就，并分析了当前的形势，说明了政治协商会议召开的前提基础，指出："现在的中国人民政治协商会议是在完全新的基础之上召开的，它代表全国人民的意愿，它获得全国人民的信任和拥护。"接着介绍了政协会议所要承担的历史使命。然后，毛泽东进一步阐述了政协会议召开的重大历史意义和世界意义："这就是我们的工作将写在人类的历史上，它将表明：占人类总数四分之一的中国人从此站起来了。"毛泽东简短地回顾了中国近现代历史，指出胜利的来之不易。但是"我们的革命工作还没有完结，人民解放战争的人民革命运动还在向前发展，我们还要继续努力"。毛泽东预见了在建设国家的过程中可能出现的问题，指出："只要我们坚持人民民主专政和团结国际友人，我们就会是永远胜利的。""只要我们仍然保持艰苦奋斗的作风，只要我们团结一致，只要我们坚持人民民主专政和团结国际友人，我们就能在经济战线上迅速地获得胜利。"演讲主题宏大，高瞻远瞩，气势磅礴，振奋人心，是共和国开国第一华章。

一个国家，两种制度 / 邓小平

演讲词档案

演讲者：邓小平（1904～1997）
演讲时间：1984年
演讲地点：人民大会堂
演讲者身份：伟大的无产阶级革命家、政治家、军事家，
　改革开放的总设计师，邓小平理论的创立者

历史背景

实现祖国统一是中华民族的共同愿望，是全国人民包括台湾同胞、港澳同胞以及海外侨胞的殷切心愿，也是中国共产党面临的一项重大历史任务。

自20世纪70年代末开始，国际国内形势发生了一些重要变化：中美建立外交关系，实现了关系正常化；中国共产党召开十一届三中全会，决定把党和国家的工作重心转移到现代化经济建设上来。与此同时，海峡两岸的中国人、港澳同胞以及海外侨胞、华人，都期望两岸携手合作，共同振兴中华。在这样的历史条件下，邓小平萌发了"一国两制"的科学构想，并在实践中逐步发展和完善。

原文欣赏

中国政府为解决香港问题所采取的立场、方针、政策是坚定不移的。我们多次讲过，我国政府在一九九七年恢复行使对香港的主权后，香港现行的社会、经济制度不变，法律基本不变，生活方式不变，香港自由港的地位和国际贸易、金融中心的地位也不变，香港可以继续同其他国家和地区保持和发展经济关系。我们还多次讲过，北京除了派军队以外，不向香港特区政府派出干部，这也是不会改变的。我们派军队是为了维护国家的安全，而不是去干预香港的内部事务。我们对香港的政策五十年不变，我们说这个话是算数的。

我们的政策是实行"一个国家，两种制度"，具体说，就是在中华人民共和国内，十亿人口的大陆实行社会主义制度，香港、台湾实行资本主义制度。近几年来，中国一直在克服"左"的错误，坚持从实际出发，实事求是，来制定各方面工作的政策。经过五年半，现在已经见效了。正是在这种情况下，我们才提出用"一个国家，两种制度"的办法来解决香港和台湾问题。

"一个国家，两种制度"，我们已经讲了很多次了，全国人民代表大会已经通过了这个政策。有人担心这个政策会不会变，我说不会变。核心的问题，决定的因素，是这个政策对不对。如果不对，就可能变。如果是对的，就变不了。进一步说，中国现在实行对外开放、对内搞活经济的政策，有谁改得了？如果改了，中国百分之八十的人的生活就要下降，我们就会丧失人心。我们的路走对了，人民赞成，就变不了。

我们对香港的政策长期不变，影响不了大陆的社会主义。中国的主体必须是社会主义，但允许国内某些区域实行资本主义制度，比如香港、台湾。大陆开放一些城市，允许一些外资进入，这是作为社会主义经济的补充，有利于社会主义社会生产力的发展。比如外资到上海去，当然不是整个上海都实行资本主义制度。深圳也不是，还是实行社会主义制度。中国的主体是社会主义。

1997 年 6 月 30 日午夜至 7 月 1 日凌晨，在香港会议展览中心中英两国政府举行香港政权交接仪式。

"一个国家，两种制度"的构想是我们根据中国自己的情况提出来的，而现在已经成为国际上注意的问题了。中国有香港、台湾问题，解决这个问题的出路何在呢？是社会主义吞掉台湾，还是台湾宣扬的"三民主义"吞掉大陆？谁也不好吞掉谁。如果不能和平解决，只有用武力解决，这对各方都是不利的。实现国家统一是民族的愿望，一百年不统一，一千年也要统一的。怎么解决这个问题，我看只有实行"一个国家，两种制度"。世界上一系列争端都面临着用和平方式来解决还是用非和平方式来解决的问题。总得找出个办法来，新问题就得用新办法来解决。香港问题的成功解决，这个事例可能为国际上许多问题的解决提供一些有益的线索。从世界历史来看，有哪个政府制定过我们这么开明的政策？从资本主义历史看，从西方国家看，有哪一个国家这么做过？我们采取"一个国家，两种制度"的办法解决香港问题，不是一时的感情冲动，也不是玩弄手法，完全是从实际出发的，是充分照顾到香港的历史和现实情况的。

要相信香港的中国人能治理好香港。不相信中国人有能力管好香港，这是老

·演讲者简介·

邓小平（1904～1997），四川广安人，原名邓先圣，学名邓希贤。1920 年赴法国勤工俭学。1922 年参加旅欧中国少年共产党。1924 年转入中国共产党。1926 年离法赴苏联学习。1927 年回国。1929 年赴广西发动百色起义、龙州起义，任红七军、红八军政委。1931 年起，先后任中共瑞金县委书记、会昌中心县委书记、江西省委宣传部长。长征途中任中共中央秘书长、红一军团政治部副主任、主任。抗日战争期间，任八路军政治部副主任、八路军一二九师政委等职。1947 年 6 月，与刘伯承率部千里挺进大别山，任中共中央中原局第一书记、中原军区和中原野战军政委。淮海战役时任总前委书记，旋兼任中央西南局第一书记、西南军政委员会副主任、西南军区政委。1952 年后任政务院副总理兼财经委员会副主任、财政部部长。1954 年任中共中央秘书长、国务院副总理、国防委员会副主席。1956 年中共八届一中全会上当选为中央政治局常委、中央委员会总书记。1966 年"文化大革命"开始后受错误批判，被撤销一切职务。1977 年 7 月复职，同年在中共第十一次全国代表大会上当选为中央副主席。1981 年被选为中共中央军委主席。次年中共十二届一中全会上当选为中央政治局常委、中央军委主席，并任中央顾问委员会主任。1987 年中共第十三次全国代表大会上，中央同意其本人的请求，退出中央委员会和中央顾问委员会。1992 年视察深圳、上海等地并发表重要谈话，将中国的改革开放推进到一个新阶段。1997 年 2 月 19 日病逝于北京。

殖民主义遗留下来的思想状态。鸦片战争以来的一个多世纪里，外国人看不起中国人，侮辱中国人。中华人民共和国建立后，改变了中国的形象。中国今天的形象，不是晚清政府、不是北洋军阀、也不是蒋氏父子创造出来的。是中华人民共和国改变了中国的形象。凡是中华儿女，不管穿什么服装，不管是什么立场，起码都有中华民族的自豪感。香港人也是有这种民族自豪感的。香港人是能治理好香港的，要有这个自信心。香港过去的繁荣，主要是以中国人为主体的香港人干出来的。中国人的智力不比外国人差，中国人不是低能的，不要总以为只有外国人才干得好。要相信我们中国人自己是能干得好的。所谓香港人没有信心，这不是香港人的真正意见。目前中英谈判的内容还没有公布，很多香港人对中央政府的政策不了解，他们一旦真正了解了，是会完全有信心的。我们对解决香港问题所采取的政策，是国务院总理在第六届全国人民代表大会第二次会议的政府工作报告中宣布的，是经大会通过的，是很严肃的事。如果现在还有人谈信心问题，对中华人民共和国、对中国政府没有信任感，那么，其他一切都谈不上了。我们相信香港人能治理好香港，不能继续让外国人统治，否则香港人也是决不会答应的。

港人治港有个界限和标准，就是必须由以爱国者为主体的港人来治理香港。未来香港特区政府的主要成分是爱国者，当然也要容纳别的人，还可以聘请外国人当顾问。什么叫爱国者？爱国者的标准是，尊重自己民族，诚心诚意拥护祖国恢复行使对香港的主权，不损害香港的繁荣和稳定。只要具备这些条件，不管他们相信资本主义，还是相信封建主义，甚至相信奴隶主义，都是爱国者。我们不要求他们都赞成中国的社会主义制度，只要求他们爱祖国，爱香港。

到一九九七年还有十三年，从现在起要逐步解决好过渡时期问题。在过渡时期中，一是不要出现大的波动、大的曲折，保持香港繁荣和稳定；二是要创造条件，使香港人能顺利地接管政府。香港各界人士要为此作出努力。

························

作/品/赏/析

这篇谈话是邓小平在 1984 年 6 月分别会见香港工商界访京团和香港知名人士钟士元等的谈话要点。邓小平在谈话中重申了"一国两制"这一决策。邓小平高屋建瓴提出的"一国两制"构想是祖国统一大业的纲领，它为和平解决香港和澳门回归祖国指出了正确的方向，奠定了坚实的基础。这篇谈话中，邓小平对人们有关"一国两制"构想的种种问题进行了一一解释；对如政策是否会变、港人治港问题、大陆制度问题等给予了透彻剖析，显示了他对这一构想有着严谨而周密的考虑。1997 年香港及 1999 年澳门的回归，就是"一国两制"构想的成功实践。这在当时极大地激发了整个中华民族的爱国热情，也对台湾问题的解决起了重要的现实示范作用。

在谈话中，邓小平坦诚的姿态、恳切的用语，都能让我们感受到他的务实态度及伟大的爱国情怀。

我们必将取胜 /林登·约翰逊

演讲者：林登·约翰逊（1908～1973）
演讲时间：1965 年 3 月 15 日
演讲地点：美国国会
演讲者身份：美国第 36 任总统

历史背景

1964 年，美国国会通过《民权法案》，宣布在公共设施如餐馆、车站、旅馆等实行种族隔离是违法的，另外也不得以种族、肤色、宗教、性别、国籍为由在雇佣上给予歧视，同时也保护公民的选举权。尽管《民权法案》在美国历史上意义重大，但在选举权方面，黑人仍受到歧视，一些州的黑人仍然没有选举权。

1965 年 3 月，为了推动《选举权法》的通过，马丁·路德·金等民权运动领袖在亚拉巴马州的塞尔马市举行了空前的示威游行，队伍与警察发生了冲突。《华盛顿邮报》和《纽约时报》对此作了详尽的追踪报道，并配有警察施暴的照片。在新闻媒介的刺激下，国民的良心被唤醒，公众的情绪被激怒。在此情况下，为了平息黑人的民权运动，使《选举权法》尽快通过，约翰逊在国会发表了这篇演讲，劝说两党议员支持该法案。

原文欣赏

今天晚上，我是为了人类的尊严和民主的命运来到这里演讲的。为了这一使命，请两党人士和全国各地的所有美国人——不管宗教信仰和肤色如何——都和我站在一起。

每当历史和命运交会在一起，就成为人们不懈探求自由的转折点。在莱克星顿和康科德是这样，在一个世纪前的阿托克马斯是这样，上周在亚拉巴马州的塞尔马也是这样。在那里，饱受煎熬的男男女女和平抗议拒绝给予他们公民权，许多人遭受毒打，其中一个义人、上帝的使者被杀害了。

我们没有理由对在塞尔马发生的一切沾沾自喜；不给数百万美国人民同等的权利，我们没理由心满意足。但是，我们有理由对我们的民主、对我们今天晚上这里所发生的一切充满希望和信任。因为受压迫人民的悲号、圣歌和控诉已经唤醒了这个世界上最伟大国家政府的尊严。于是，我所面临的任务就自然回归到美国最古老的和最根本的国家职责：纠正错误、主持正义、服务人民。

当今，我们面临着一系列重大危机。我们天天沉浸于对战争与和平、繁荣与萧条等一些严峻问题的争论，可我们很少触及美国的心灵深处，除了增长经济、丰富物质以及福利和安全外，我们很少对国家的价值、信仰和目标提出挑战。美国黑人的平等权问题就是这样的一个问题。即使我们打败了所有的敌人，即使我

·演讲者简介·

林登·约翰逊（1908～1973），美国第36任总统。1908年生于德克萨斯州，父亲是州议员。约翰逊从西南师范毕业后从事过多种职业。1935年，罗斯福总统任命他为全国学生事务管理局的德克萨斯州负责人。任职期间，成绩卓著。

1948年，当选为参议员。1951年成为民主党议员领袖。1960年，未能获得民主党总统候选人提名，便接受了肯尼迪提名他为副总统的建议。1963年11月12日，肯尼迪遇刺身亡，约翰逊继任总统。1964年，正式当选为总统。他在位期间，不遗余力地推行各项福利法案、民权法案、消灭贫穷法案和减税法，提出了建立"伟大社会"的口号，并出台了一些实际措施，也取得了某些成效。外交上，他奉行前届政府的政策，并且扩大了越南战争，但遭到了国内外的普遍反对。任期届满之后，宣布不再竞选总统。退休后，在德克萨斯的一个牧场住了下来。1973年，因心肌梗塞去世，享年65岁。

们的财富成倍增长，即使我们征服太空，如果我们不能公正地解决这个问题，那么我们整个民族和国家还是失败了。治国和做人的道理是一样的，"人若赚得全世界，赔上自己的生命，有什么益处呢"？

不存在美国黑人问题，不存在南方问题，不存在北方问题，我们只有一个美国问题。我们今天晚上就是作为美国人相聚在一起的——而不是民主党人或共和党人。我们作为美国人相聚在这里的目的就是要解决那个美国问题。

美国是世界历史上第一个建立在信仰基础上的国家。不管是在南方还是在北方，阐述该信仰的伟大誓词仍然在每个美国人的心中回响："人人生而平等"、"被管辖者同意的政府"、"不自由，毋宁死"。那些誓词不是花言巧语，也不是空洞的理论。两个世纪以来，美国人民为之前仆后继、流血牺牲，今天晚上，为了捍卫我们的自由，美国军人在全世界冒着生命危险屹立在各自的阵地上。那些誓词是让每个美国公民享有做人尊严的承诺。一个人不能用财富、权势和地位换取这种尊严。这种尊严来自一个人拥有和他人平等机会的权利，也就是说，他能分享自由，他能选择自己的领导、教育自己的孩子、根据自己的能力和特长体面地照顾自己的家庭。根据一个人的肤色、种族、宗教信仰或出生地等检验标准来拒绝一个人的希望，那不仅是不公正的做法，同时也背叛了美国，玷污了那些为了美国自由而献身的先烈的英灵。

我们先辈认为，要想让神圣的人权之花更繁茂，它就必须扎根在民主的土壤里。大家最基本的权利就是选择领导的权利。这个国家的历史在很大程度上是让我们所有的人得到那种权利的历史。许多民权问题既复杂、处理起来也困难。但对于选择领导的权利这一点，不存在也不应该存在什么争论。

每个美国公民都有平等选举的权利。没有任何理由原谅拒绝给公民那种权利的行为。我们再也没有比确保那种权利更重要的职责了。

然而，残酷的现实是，在我们国家的许多地区，一些男男女女仅仅是因为他们是黑人就被禁止投票。人们想方设法地用各种手段拒绝给予黑人选举权。当一个黑人公民到选民登记处时，人们就用"日子错了"或"时间太晚了"或"负责人不在"把他给打发走了。如果他坚持要进行登记，当来到选民登记员面前，他会被轻而易举地认定不符合选民资格，仅仅是因为没有写出他的中间名字，或因

为他在申请表上用了一个缩略语。如果他硬是填完了申请表，他又必须经过一次测验，而选民登记员是认定他能否通过测验的唯一的裁判。他被要求背诵整部《美国宪法》，或解释复杂的州法律条款，即使受过高等教育的人也不可能完全理解并写出这些法律。

实际上，逾越这些障碍的唯一途径就是展示白色皮肤。经验清楚地证实，通过法律诉讼途径并不能战胜系统的、精心设计的歧视。我们现在还没有任何成文法律，刚起草的有关这方面的三个法律能够在地方官员故意刁难的情况下确保公民的选举权。在这种情况下，我们必须牢记自己的职责。《美国宪法》说：合众国公民的投票权，不得因种族、肤色或曾被强迫服劳役而被合众国或任何一州加以剥夺或限制。我们都曾在上帝面前宣誓，要拥护、捍卫《美国宪法》，现在就是我们用实际行动来履行誓言的时候了。

星期三，我将向国会递交一个消除对投票非法设置障碍的法律。明天，民主党和共和党的领袖们就可以拿到那个议案的框架。他们复议后，就会把它作为一个正式的议案拿到这里来表决。我对两院领导今天晚上邀请我来这里不胜感激，我可以借此机会把我的观点告诉朋友们，并拜访我先前的同事。我对这个法律进行了比较全面的分析，我原计划明天把它转给有关人员，看来我今天晚上就要把它交给他们。但我很想现在就和你们简要讨论一下这个立法的主要目的。

这个法案将打破在联邦、州和地方选举中对黑人选举权的限制。该法案将建立一个简单、统一的标准，我们要深思熟虑，尽最大努力不让这个法案对我们的宪法有任何蔑视。该法案将在州官员拒绝为公民进行选民登记的情况下，由联邦官员为他们登记，并将取消冗长乏味、不必要的诉讼，以免延误了投票权的行使。最后，这项立法将确保那些正当登记的选民的投票不受到阻碍。

为让这个法律更完善并使之付诸实施，我欢迎所有国会议员对该法案的方式、方法提出意见，实践证明，这是实施宪法的唯一途径。

对那些在自己管辖区内拒不执行联邦政府行动的人，对那些想方设法维持纯粹由地方控制选举的人，答案很简单：把你们的投票站向所有人开放。不管男女公民的肤色如何，都要允许他们进行选民登记和投票，让国土上的所有公民享有公民权。

这不存在宪法问题，宪法已经表述得很清楚；这不存在道德问题，拒绝你们任何美国同胞在这个国家的选举权是绝对不道德的；这不存在危害州和地方政府权力问题，我们仅仅是为人权而战。我相信，你们会给出让人满意的答案。

肯尼迪总统提交国会的人权法案包含一个在联邦选举中保护投票权的条款，那个人权法案在经过长达 8 个月的辩论后通过。当那个法案由国会转到我这里来签署的时候，发现关于投票条款的实质内容被取消了。这次，我们在这个问题上必须当机立断、毫不妥协。我们不能也一定不允许拒绝保护任何一个美国人在任何选举中的投票权，因为他渴望参与选举。我们不应该、不会也绝对不能让这个法案再拖上 8 个月。我们已经等了一百多年了，再也没有等待的时间了。

正因为如此，我请求你们和我一道加班加点地工作，如果需要，还要牺牲晚上和周末的时间，以求尽快通过这个法案。我不是轻率地提出那个请求的，因为

透过我办公室的窗户,我看到了我们国家的严峻问题。我意识到,在这个大厅外面,国家的道义在受到践踏,众多国家对此给予急切的关注,我们的行动受到严厉的历史审判。

然而,即使我们通过了这个法案,战斗仍不会停止。塞尔马发生的波澜壮阔的抗议运动已波及美国的任何一个州、任何一个角落。美国黑人为确保他们自己能够享有美国生活的所有赐福而斗争,我们必须把他们的事业当做我们的事业,因为不仅是黑人,而是我们所有的人,务必战胜历史遗留下来的极其有害的偏见和不公正。我们必将取胜。

我来自南方,知道种族情感是何等的令人痛苦,知道改变我们社会的观念和结构是多么的艰难。一个世纪过去了,黑奴已经被解放了一百多年,但他们至今仍未完全自由。一百年以前,伟大的共和党总统亚伯拉罕·林肯签署了《解放宣言》,然而,"解放"只是个"宣言",并非是事实。自从许诺种族平等以来,已经一百多年了,然而黑人并没得到平等。宣布种族平等这个诺言到现在已经过去一个世纪了,可这个诺言并没有得到遵守。

现在,正义的时刻已经来临,我坚信,没有任何力量能够阻止它的到来。在人类和上帝的眼里,它的到来是天经地义的事情。可一旦它真的来临,必将照亮每个美国人的生命。因为黑人不是唯一的受害者,有多少白人的孩子得不到教育?有多少白人家庭生活在赤贫之中?由于我们消耗了我们的精力和物质去设置仇恨和恐怖的障碍,又有多少白人的生命留下恐惧的伤疤?所以,今天晚上我要对在座的诸位和全国人民说,那些求助于你们保住旧制度的人,也是在断送你们自己的未来。

这个伟大、富饶、生机勃勃的国家能够为所有公民提供机会、教育和希望,所有的黑人和白人,所有的北方人和南方人,所有的佃农和城市居民。我们的敌人是贫穷、愚昧和疾病,而不是我们的同胞和邻居。我们同样要战胜这些敌人——贫穷、愚昧和疾病。我们必将取胜。

现在,我们所有的人在任何一个地区都不要为另一个地区或我们邻居面临艰难而幸灾乐祸。实际上,在美国的任何一个地区,平等的许诺从来没有被完全遵守过。不管是在水牛城还是在伯明翰,不管是在费城还是在塞尔马,美国人民正在为获得自由的果实而斗争。这是一个统一的国家,在塞尔马、在辛辛那提市发生的一切必然会影响到每个美国人。然而,让我们每个人都认真检查自己,检查自己的社区,让我们每个人都奋力推动历史车轮的前进,不管哪里有不公正,我们都毫不留情地将它铲除。

今天晚上,我们会聚在这个和平、历史性的大厅里,来自南方的人,他们有的曾经在硫黄岛驻扎过;来自北方的人,他们让"老荣誉"在世界各地飘扬,当回来的时候,上面没有一丝污染;来自东部和西部的人们不管宗教信仰、肤色和地区的差别,都在越南战场上并肩战斗。20年前,世界各地的人们都在为我们而战。面对这些危险和牺牲,南方为国家所赢得的荣誉和所表现出来的勇敢精神不亚于伟大美国的任何地区,在某些情况下,甚至比其他地区更多。

全国各地人民——从大湖区到墨西哥湾,从金门到大西洋沿岸的各个港

口——为了维护所有美国人的自由，将重新团结在一起。我对此深信不疑。这是我们所有人的责任。我作为你们的总统，请求每个美国人都勇于承担此重任。

美国黑人是这次斗争的真正英雄。他们在抗议行动中表现出来的不惧危险、不怕牺牲的精神唤醒了这个国家的良知。他们声势浩大的示威引起了人们对不公正的重视，激发起人们改革的热情。他们请求我们要信守美国诺言。

深深根植于民主进程的信念的实质就是为平等而战。平等不是依靠武力或催泪弹，而是依靠正义的道德力量；不是诉诸暴力，而是遵守法律和秩序。

你们的总统承受着来自多方的压力，随着时间的推移，将会有更多的压力。但是，今天晚上我向你们发誓，不管战场在哪里——在法庭、在国会、在人们的心灵，我决心要打这场战争。

我们必须捍卫言论自由和集会自由的权利。但是，言论自由的权利并不是在拥挤的剧院中大喊"失火了"。我们捍卫集会自由的权利，但是，集会自由并不是阻塞公共交通。我们确实有抗议的权利，我们也有游行的权利，但行使这些权利的前提是不侵犯他人的宪法权利。只要还允许我在总统职位上，我就决心维护所有那些权利。

我们要防止任何暴力，因为它会危害我们手里的有效武器：发展进步、遵纪守法和对美国价值的信念。在塞尔马和其他地方一样，我们寻求和平、安定与团结。但是，我们不会寻求扼杀了权利的和平，我们不寻求恐怖笼罩下的安定，我们不寻求窒息了抗议的团结。绝不能用牺牲自由的代价来换取和平。

今天晚上，在塞尔马——我们在那里曾经有过美好的时光——和在其他城市一样，我们正在为找到公正、和平的解决方案而努力。要知道，在我今天晚上的演讲结束后，在警察、联邦调查员和司法官都离开后，在你们尽快通过这个法案后，塞尔马和美国其他城市的市民必定还要在一起生活工作，当国家转移了那里的注意力时，他们必须医治创伤、建设一个新社会。

南方的经验已经证明，在暴力的战场上是不可能实现这一切的。近几天，如上个星期二和今天，白人和黑人明显展示出令人敬佩的责任。

我向你们提交的法案叫《选举权法》，其目标是将希望的大门向所有种族开放。因为所有美国人一定要拥有投票权，那么，我们就给他们这种权利。所有种族的美国人一定要拥有宪法赋予的基本民权，我们就不分种族地给他们那些公民权利。提请大家注意的是，落实那些权利要比单纯通过法律困难得多。它需要人们改变观念，需要一个健康的政府机构，需要体面的家和工作，需要有摆脱贫穷的机会。

当然，如果公民永远不会读写，如果他们的身体因饥饿不能健康成长，如果他们有病不能医治，如果他们生活在绝望的贫穷中，如果他们依靠福利度日，那他们就不能为国家作出贡献。所以，我们要打开希望之门，同时，我们也要帮助我们所有的人民——不管是黑人还是白人——走进希望之门。

我大学毕业后，在德克萨斯州科图拉一个不大的"墨西哥裔美国人"学校当老师。那里能讲英语的学生很少，而我的西班牙语也很糟糕。学生们很穷，他们经常饿着肚子来上学。尽管他们年纪不大，他们却饱受歧视的痛苦。从他们的眼睛里可以看出，他们似乎永远不会知道为什么人们讨厌他们，他们认为这是命运。

下午放学后，我很晚才步行回家，我留下来希望把我的知识传授给他们，希望这能帮助他们战胜将面临的各种困难。

当你看到孩子们希望的脸上布满贫穷和仇恨的伤疤时，你永远不会忘记，贫穷和仇恨会带来什么。在 1928 年，我从来没有想过我会在 1965 年站在这里，我做梦也没有想到我会有机会帮助我学生的子女，帮助全国像他们一样的人们。现在，我确实有了那种机会，而且还要利用那种机会。我希望你们要和我一道利用那种机会。

我们这个最富有、最强大的国家曾称霸全世界，旧帝国势力与我们现在的相比微不足道。然而，我不想做一个帝国总统，不想做一个追求奢侈豪华或扩展疆域的总统。我想做一个教育孩子们在他们的世界出现奇迹的总统。我想做一个帮助饥饿的人吃饱饭，让他们成为纳税人而不是吃税人的总统。我想做一个帮助贫穷的人找到出路，捍卫每个公民在任何选举中的投票权的总统。我想做一个帮助结束同胞中的彼此仇恨，在所有种族、所有地区、所有党派中激发友爱的总统。我想做一个在全世界的兄弟姐妹间消灭战争的总统。

我今天晚上来到这里，不是像罗斯福总统那样否决一个补贴法案，也不像杜鲁门总统那样敦促通过一个铁路法案。我来到这里是请求你们和我一起分担任务，让国会——不管是共和党人还是民主党人——为人民做所有这些事情。

在这个大厅外面是 50 个州，那里有我们为之服务的人民。今天晚上，他们坐在电视机和收音机旁收看、收听我的演讲，谁能说出他们内心深处的希望是什么。我们都能从我们的生活中猜测，他们要想获得自己所追求的幸福是多么艰难，每个小家庭所面临的困难又是何其多。他们不但依靠自己寻求未来，也依靠我们帮助他们寻求未来。

合众国国徽背面的金字塔上方用拉丁文庄严地写着："上帝指引我们的事业。"上帝不会指引我们所做的一切，我们要能领悟上帝的意志。

我相信，上帝明白并真正指引我们今天晚上在这里开始的事业。

作/品/赏/析

1965 年 3 月 15 日，约翰逊发表讲话，他引述圣歌《我们必将取胜》，呼吁美国终结种族歧视。他首次以总统身份全力支持民权运动，推动了《选举权法》的通过。演讲中，他承认黑人遭受了不公平待遇，宣称否决黑人选举权是一个错误；他要求大家必须克服这种不公正，要不拖延、不犹豫、不妥协地进行选举权立法。

约翰逊的演讲受到舆论的一致赞扬，民权评论家称之为"总统在民权方面所作的最激进的讲话"。3 月 17 日，约翰逊把《选举权法案》正式递交参众两院。8 月 4 日，《选举权法案》在国会最终获得通过。

国家成功的要素 / 李光耀

演讲词档案
演讲者：李光耀（1923～2015）
演讲时间：1971年
演讲地点：新加坡大会堂
演讲者身份：新加坡总理

历史背景

《国家成功的要素》是李光耀于1971年4月28日应邀在新加坡大会堂向大学先修班的学员所作的政治演讲。当时，新加坡国民经济发展正进入第三阶段。政府制订了1971～1980年经济发展十年计划，提出应该向提高"质"的方向努力，目标是发展高级技术和精密工业，以求得经济结构现代化。李光耀深知，在政治稳定的前提下，狠抓教育是发展经济、促进社会进步的重要前提。为了实现经济政策设定的目标，李光耀政府制定了一系列的措施，其中就包括这篇演讲所提的最重要一点：加强科技教育和训练工作。

原文欣赏

1959年到1965年这6年当中，我们是以新加坡和马来半岛合而为一作为策划基础的。但1965年8月9日，我们独立，自己当家，从那时起，我们不得不在我们的政治、社会和安全政策上，作一些基本的调整和改变。其中最重要的一点，是在教育方面。必须改变原来的方向和节奏，为你们纳进一个和以前不同的生活方式作准备，我们明白在安全或防卫事务上，我们须跟马来西亚多方合作，但是我们也明白，要发展经济合作，是需要慢慢来的。转口贸易将会逐渐减少。我们一定要更集中于制造业，主要是运销世界市场的输出品。因此我们需要的书记和商店职员较少，技术人员、工程师和执行人员较多。

我把政治、经济和安全这三项，按照它们对你们前途的重要性的先后加以排列。没有稳定的政治局面以及合理和现实的政治领导，那就不可能谈到经济发展。投资开设的工厂一定很少，工作职位也一定很少，失业的人数就一定很多，危险的内部安全局面也就一定跟着产生。没有繁荣的经济，你们就不必担心如何保卫你们还没有建立起来的优美家园，和还没有制造出来的财富。

不幸的是许多新兴国家的情形正是如此。在混乱的政治局面下，要争取那些教育水准不够的人民支持，往往得靠情感，而不是理性的辩论。结果，选出新政府之后，它也无从兑现所许下的诺言。人民在失望之余，暴力行动就发生了。

像新加坡这样一个新兴国家，面对着许多问题。它所缺乏的是建立有效率政府的工具，是足够的受过训练的行政人员、工程师和技术人员；是足够的资金，是少有的工艺方面的专门人才。受过训练的人才本来已经很少，再加上没有把他

们健全地组织起来，使问题变得更糟。可是，如果有了刚毅和诚实的政治领导，这些问题是可以慢慢克服的。

在西方，像英国这样根基已稳的社会，它的政府制度经过三个多世纪，一直没有什么改变，或者只是逐渐地改变。这种社会培养出大批人才，他们一方面为他们个人或一部分人的利益而斗争；另一方面，他们已经养成了把国家利益放在本身利益之上的习惯。他们从经验当中学到如果没有国家安全和强有力的经济，他们本身的利益将会跟着丧失。他们一方面求个人的生存，也同时培养出集体生存所必需的自然反应。

在发生严重危机的时候——像第二次世界大战——他们就联合组织一个全民政府，把政党之间的敌对放在一旁，以确保国家的生存。

新兴国家没有这样一个连绵不断的作为核心分子的人民，来提供政治领导方面的连续性。更糟的是他们甚至没有足够的对本国经济有任何认识的领袖，知道如何推动经济的成长。

第一代的领袖是那些领导他们的人民争取独立的人物。他们多不明白政府的任务不单是动员人民的支持，抗议殖民地主义缺乏公平正义而已。争取到独立之后，他们就没有办法向人民交代，满足他们的要求。他们没有认识到行政和经济成长的相依关系。他们不能够使人民对政府的诺言和承担产生信心，他们无法吸引外国投资来充实本国的资金。此外，他们没有教育和训练他们的青年，学习技能和养成守纪律的精神，使用资金和机器，让美好的生活得以实现。

更糟的是当第一代领袖去世时，他们的继承者都不习惯把国家利益看得比个人利益更高。他们只担心本身的前途，而不大担心人民的前途。于是，他们为个人的前途打算。结果使经济进一步衰退，社会秩序进一步恶化。

……

在新加坡，还没有足够数量的人民作为核心分子，具备国家生存该先于个人生存的反应。我们必须养成习惯，先照顾集体利益，然后才照顾个人的利益。新加坡人必须深切觉悟到，在贫困和多灾多难的亚洲，作为个别存在的民族，我们得靠自己具备能力，能够作出迅速和一致的反应，来保卫我们的经济利益。

·演讲者简介·

李光耀（1923～2015），被誉为"新加坡国父"，不仅是新加坡的开国元老之一，也是现今新加坡政坛极具影响力的人物之一。

1923年9月16日，李光耀生于新加坡，是当地的第四代华裔。他曾在伦敦经济学院、剑桥大学和中殿律师学院深造。留英期间，参加过英国工党，后回国开设律师事务所。1952年，因代表"新加坡罢工的邮差"与政府谈判而声名大噪。这次谈判也使他在工会中建立了广泛的群众基础，为他后来从政铺平了道路。

1954年，李光耀参与发起组织人民行动党，并任该党秘书长。1955年，当选为立法议会议员，之后三次赴英谈判新加坡自治问题。1959年，出任新加坡自治政府首届总理。自1965年新加坡独立以来，积极推动经济改革与发展，采取了诸如开发裕廊工业园区、创立公积金制度、成立廉政公署、进行教育改革等一系列措施，使新加坡在30年内发展成为亚洲最为繁荣富裕的国家之一。

最精彩的演讲词

第一篇 改变历史的政治宣言

许多人年纪太轻，对于过去所发生的事究竟坏到什么程度都记不起来了。他们把新加坡稳健的进步和持续的繁荣看做是理所当然的事。那些对过去记忆犹新的人当然明白我们现有的稳定和繁荣，都是由一小群人的团结、决心和策划所建立起来的。我们规模虽小，但我们成功地创造一个全面发展的国家。如果下一代了解成功的要素是什么，那么，新加坡就有良好的机会可以继续作为成功的国家。这些要素是：

第一，一个稳走的政治局势。

第二，一批有干劲，愿意付出代价，而又受过良好教育，并且训练有素的人口。

第三，具有吸引高度工艺水准工业的能力。

第四，具有较美好生活的水准，而又具有更清洁、更青翠、更优雅的环境。

第五，具有能力的国防部队，足以保证不让任何人相信他可以长驱直入，占据我们所创造和建立起来的一切。

目前负责策划和执行的重担，主要是落在约 300 名主要分子的肩上。他们包括人民行动党要员、国会议员和干部党员——他们负责动员民众和向民众解释政策，尤其是某些政策引起一时的不便或照顾不到局部利益的时候。此外一些杰出的文官、警察部队、武装部队人员、法定机构的主席和属下的高级行政人员——他们负责拟定政府政策的细节，并且确保政策有效实施。

千千万万人的命运往往决定于国家基本单位人员的素质、力量和眼光。这说来有些奇怪，但倒是千真万确的。一个国家是否能够在稳健的进步中团结坚强起来，或者在混乱中支离瓦解，衰败堕落，都全由他们来决定。

第二次世界大战期间，丘吉尔和他周围的一小批人使整个国家获得鼓舞和决心，与几乎不可克服的险恶环境奋斗。结果，他胜利了，而英国也胜利了。今天，英国新一代的领袖也正在设法以类似的方法，谋求国家团结，群策群力使英国能在大不相同的世界形势中，保持它在主要发达国家中的地位。这个领导层拥有几位有才干和有决心的人物。但是，他们也必须同时具有能力，激发国人为国家前途而团结，把国家利益放在第一位，把职工会利益或个人局部利益放在第二位。

戴高乐成功地在第二次世界大战局面下，把支离破碎的法国重建成一个紧密团结的国家。1945 年和 1958 年间，各政党相互攻击，带来了一连串不稳定的、短命的、没有长期打算或没有一贯政策的联合政府。最后，当他们为了 100 万名白种的法籍阿尔及利亚人而卷入阿尔及利亚动乱时，他们几乎搞出内战。法国繁荣的恢复和目前享有的进步，主要应归功于戴高乐，他的领导，以及他周围的一群领袖。

……

我们应该给下一代人更多的共同点，以保障他们的前途。我们必须给我们的子女在他们的语言和文化方面奠下根基，同时也通过一种第二语文，使他们产生最大的共同点，在这基础上展开平等的竞争。

现在，通晓两种语文的学生人数越来越多。我们的一个难题是如何提高第二语文的程度，使学生可以在没有深厚语文家庭背景熏陶的情形下，也能够通晓两种语文——自己的母语和英文。目前已有越来越多的家长逐渐了解这样做才是对的。

未来几年中，我们的学校应该能够令学生有效地使用两种语文，不管他们在家里讲的是哪一种语文，也不管他们在哪一种语文源流学校念书，这是一定要做到的。

这样一来，我们将成为一个更紧密团结的民族，所有的人民都有他们自己的传统价值观念和文化语言作根基，而且也都有效地掌握英语，这是获取西方高深工艺知识的钥匙。

如果我们的政治局势继续保持稳定，如果我们不让机会主义者破坏人们对新加坡前途所怀的普遍信心，那么新加坡会有快速的经济发展。西方工业家将在新加坡投资，他们向我们输出的将不是货物，而是工厂，以及随着这些工厂而来的有关制造精密产品所需的工艺知识和技能。这是获得更好的工作，兴建更好的住屋、学校、医院、牙科诊疗所、公园和娱乐中心的途径。到了那时候，我们就有充裕能力负担自己的国防开支，由训练有素的国民服役人员，在素质优越的专司战斗和参谋官员的指挥下，运用特别精良和昂贵的武器，执行防卫工作。这一切都得靠领袖人才以及曾受良好教养、纪律优良的人民。有了健全的政治，才有良好的经济发展，有了良好的经济发展，才有健康的社会和巩固的国防。只有这样，才能保证我们的安全和你们的前途。

作/品/赏/析

李光耀在这次演讲中以通俗易懂的语言向青年学生阐述了新加坡成功的几大要素，如良好的教育、稳定的政治环境、民族的团结、繁荣的经济及巩固的国防等。随后，他列举了丘吉尔与戴高乐两个人物的事迹来论证领导层的团结与群策群力是一个国家繁荣进步的关键。该演讲严肃又充满热情，既把政治理念传达给学生，又能对青年学生起到良好的教育作用。

在演讲中，李光耀花了很多篇幅来讨论国民素质教育问题。他认为一批有干劲，愿意付出代价，而又受过良好教育，并且训练有素的人口是国家成功的要素之一。他的这种狠抓科教兴国、重视教育的治国方略对于新加坡的经济迅速发展起了十分重大的作用，新加坡后来几十年的发展历程也证明了这一方略的正确性。

这篇演讲有着深刻的政治理念和无可辩驳的逻辑力量。通过细致入微的阐述，李光耀把这些理论讲得朴实亲切，让人易于接受。

是的，我们能 /奥巴马

演讲词档案
演讲者：奥巴马（1961～）
演讲时间：2009 年 1 月 20 日
演讲地点：美国国会大厦
演讲者身份：美国第 44 任总统

历史背景

美国共和党布什政府执政 7 年来，经济不振，财政巨额亏空，美元贬值，物价飞涨。随着次贷危机引发的世界性的金融危机，美国人民生活日趋艰难，没有医疗保险的人数更是高达 5000 万。自参加总统竞选以来，奥巴马相当关注社会底层。他围绕着能源、医疗、教育等一系列人民最关心的问题提出了切实可行的政策措施，迅速赢得人民支持。2008 年 11 月 4 日，美国总统选举落幕，奥巴马以巨大优势击败共和党对手麦凯恩，历史性地当选为美国首位黑人总统。这篇演讲是奥巴马的就职演说。

原文欣赏

芝加哥，你好！

如果有人怀疑美国是个一切皆有可能的地方，怀疑美国奠基者的梦想在我们这个时代依然燃烧，怀疑我们民主的力量，那么今晚这些疑问都有了答案。

学校和教堂门外的长龙便是答案。排队的人数之多，在美国历史上前所未有。为了投票，他们排队长达三四个小时。许多人一生中第一次投票，因为他们认为这一次大选结果必须不同以往，而他们手中的一票可能决定胜负。

无论年龄，无论贫富，无论民主党人或共和党人，无论黑人、白人，无论拉美裔、亚裔、印第安人，无论同性恋、异性恋，无论残障人、健全人，所有的人，他们向全世界喊出了同一个声音：我们并不隶属"红州"与"蓝州"的对立阵营，我们属于美利坚合众国，现在如此，永远如此！

·演讲者简介·

奥巴马（1961～），美国第 44 任总统，民主党人。1961 年生于美国夏威夷檀香山。中学毕业后，进入加利福尼亚州西方学院学习，后转入位于纽约的哥伦比亚大学，1983 年毕业。1985 年，到芝加哥从事社区工作。1988 年，进入哈佛大学法学院深造，成为院刊《哈佛法律评论》首位非洲裔负责人。1991 年在获得哈佛大学法学博士学位后，返回芝加哥，成为一名律师，并在芝加哥大学法学院教授宪法。

1997 年，奥巴马进入政坛，当选伊利诺伊州参议员。2000 年，竞选联邦众议员，但没有成功。2004 年 11 月，当选伊利诺伊州联邦参议员。2007 年 2 月，参加总统竞选。2008 年 11 月 4 日，击败共和党候选人约翰·麦凯恩，正式当选为美国第 44 任总统。

长久以来，很多人说：我们对自己的能量应该冷漠，应该恐惧，应该怀疑。但是，历史之轮如今已在我们手中，我们又一次将历史之轮转往更美好的未来。

漫漫征程，今宵终于来临。特殊的一天，特殊的一次大选，特殊的决定性时刻，美国迎来了变革。

刚才，麦凯恩参议员很有风度地给我打了个电话。在这次竞选中，他的努力持久而艰巨。为了这个他挚爱的国家，他的努力更持久、更艰巨。他为美国的奉献超出绝大多数人的想象。他是一位勇敢无私的领袖，有了他的奉献，我们的生活才更美好。我对他和佩林州长的成绩表示祝贺。同时，我也期待着与他们共同努力，再续美国辉煌。

我要感谢我的竞选搭档——当选副总统乔·拜登。为了与他一起在斯克兰顿市街头长大、一起坐火车返回特拉华州的人们，拜登全心全意地竞选，他代表了这些普通人的声音。

我要感谢下一位第一夫人米歇尔·奥巴马。她是我家的中流砥柱，是我生命中的最爱。没有她在过去 16 年来的坚定支持，今晚我就不可能站在这里。我要感谢两个女儿萨沙和玛丽娅，我太爱你们两个了，你们将得到一只新的小狗，它将与我们一起入住白宫。我还要感谢已去世的外婆，我知道此刻她正在天上注视着我。她与我的家人一起造就了今天的我。今夜我思念他们，他们对我的恩情比山高、比海深。

我要感谢我的竞选经理大卫·普鲁夫，感谢首席策划师大卫·阿克塞罗德以及整个竞选团队，他们是政治史上最优秀的竞选团队。你们成就了今夜，我永远感谢你们为今夜所付出的一切。

但最重要的是，我将永远不会忘记这场胜利真正属于谁——是你们！

我从来不是最有希望的候选人。起初，我们的资金不多，赞助人也不多。我们的竞选并非始于华盛顿的华丽大厅，而是起于德莫奈地区某家的后院、康科德地区的某家客厅、查尔斯顿地区的某家前廊。

劳动大众从自己的微薄积蓄中掏出 5 美元、10 美元、20 美元，拿来捐助我们的事业。年轻人证明了他们绝非所谓"冷漠的一代"。他们远离家乡和亲人，拿着微薄的报酬，起早摸黑地助选。上了年纪的人也顶着严寒酷暑，敲开陌生人的家门助选。无数美国人自愿组织起来，充当自愿者。正是这些人壮大了我们的声势。他们的行动证明了在两百多年以后，民有、民治、民享的政府并未从地球上消失。这是你们的胜利。

你们这样做，并不只是为了赢得一场大选，更不是为了我个人。你们这样做，是因为你们清楚未来的任务有多么艰巨。今晚我们在欢庆，明天我们就将面对一生之中最为严峻的挑战——两场战争、一个充满危险的星球，还有百年一遇的金融危机。今晚我们在这里庆祝，但我们知道在伊拉克的沙漠里，在阿富汗的群山中，许许多多勇敢的美国人醒来后就将为了我们而面临生命危险。许许多多的父母会在孩子熟睡后仍难以入眠，他们正在为月供、医药费，孩子今后的大学费用而发愁。我们需要开发新能源，创造就业机会，建造新学校，迎接挑战和威胁，并修复与盟国的关系。

前方道路还很漫长，任务艰巨。一年之内，甚至一届总统任期之内，我们可能都无法完成这些任务。但我从未像今晚这样对美国满怀希望，我相信我们会实现这个目标。我向你们承诺——我们美利坚民族将实现这一目标！

我们会遇到挫折，会出师不利，会有许多人不认同我的某一项决定或政策。政府并不能解决所有问题，但我会向你们坦陈我们所面临的挑战。我会聆听你们的意见，尤其是在我们意见相左之时。最重要的是，我会让你们一起重建这个国家。用自己的双手，从一砖一瓦做起。这是美国立国221年以来的前进方式，也是唯一的方式。

21个月前那个隆冬所开始的一切，绝不应在这一个秋夜结束。我们所寻求的变革并不只是赢得大选，这只是给变革提供了一个机会。假如我们照老路子办事，就没有变革；没有你们，就没有变革。

让我们重新发扬爱国精神，树立崭新的服务意识、责任感，每个人下定决心，一起努力工作，彼此关爱；让我们牢记这场金融危机带来的教训：不能允许商业街挣扎的同时却让华尔街繁荣。在这个国家，我们作为同一个民族，同生死共存亡。

党派之争、琐碎幼稚，长期以来这些东西荼毒了我们的政坛。让我们牢记，当来自伊利诺伊州的一位先生首次将共和党大旗扛进白宫时，伴随着他的是自强自立、个人自由、国家统一的共和党建党理念。这也是我们所有人都珍视的理念。虽然民主党今晚大胜，但我们态度谦卑，并决心弥合阻碍我们进步的分歧。

当年，林肯面对的是一个远比目前更为分裂的国家。他说："我们不是敌人，而是朋友……虽然激情可能不再，但是我们的感情纽带不会割断。"对于那些现在并不支持我的美国人，我想说，虽然我没有赢得你们的选票，但我听到了你们的声音，我需要你们的帮助，我也将是你们的总统。

对于关注今夜结果的国际人士，不管他们是在国会、皇宫关注，还是在荒僻地带收听电台，我们的态度是：我们美国人的经历各有不同，但我们的命运相关，新的美国领袖诞生了。对于想毁灭这个世界的人们，我们必将击败你们。对于追求和平和安全的人们，我们将支持你们。对于怀疑美国这盏灯塔是否依然明亮的人们，今天晚上我们已再次证明：美国的真正力量来源并非军事威力或财富规模，而是我们理想的恒久力量：民主、自由、机会和不屈的希望。

美国能够变革，这才是美国真正的精髓。我们的联邦会不断完善。我们已经取得的成就，将为我们将来能够并且必须取得的成就增添希望。

这次大选创造了多项"第一"，诞生了很多将流芳后世的故事，但今晚令我最为难忘的却是一位在亚特兰大投票的妇女：安妮·库波尔。她和无数排队等候投票的选民没有什么差别，唯一的不同是她高龄106岁。

在她出生的那个时代，黑奴制刚刚废除。那时路上没有汽车，天上没有飞机。当时像她这样的人由于两个原因不能投票——第一因为她是女性，第二个原因是她的肤色。

今天晚上，我想到了安妮在美国过去一百年间的种种经历：心痛和希望，挣扎和进步，那些我们被告知我们办不到的年代，以及我们现在这个年代。现在，我们坚信美国式信念——是的，我们能！

在那个年代，妇女的声音被压制，她们的希望被剥夺。但安妮活到了今天，看到妇女们站起来了，可以大声发表意见了，有选举权了。是的，我们能。

安妮经历了上世纪 30 年代的大萧条。农田荒芜，绝望笼罩美国大地。她看到了美国以新政、新的就业机会以及崭新的共同追求战胜了恐慌。是的，我们能。

"二战"时期，炸弹袭击我们的海港，全世界受到独裁专制威胁，安妮见证了一代美国人的英雄本色，他们捍卫了民主。是的，我们能。

安妮经历了蒙哥马利公交车事件、伯明翰黑人暴动事件、塞尔马血腥周末事件。来自亚特兰大的一位牧师告诉人们：我们终将胜利。是的，我们能。

人类登上了月球、柏林墙倒下了，科学和想象把世界连成了一块。今年，在这次选举中，安妮的手指轻触电子屏幕，投下自己的一票。她在美国生活了 106 年，其间有最美好的时光，也有最黑暗的时刻，她知道美国能够变革。是的，我们能。

美利坚，我们已经一路走来，我们已经看到了那么多变化，但我们仍有很多事情要做。今夜，让我们问自己这样一个问题：假如我们的孩子能够活到下一个世纪，假如我的女儿们有幸与安妮一样长寿，她们将会看到怎样的改变？我们又取得了怎样的进步？

现在，我们获得了回答这个问题的机会。这是我们的时刻，我们的时代。让我们的人民重新就业，为我们的孩子打开机会的大门；恢复繁荣，促进和平；让美国梦重放光芒，再证这一根本性真理，那就是：团结一致，众志成城；一息尚存，希望就在；倘若有人嘲讽和怀疑，说我们不能，我们就以这一永恒信条回应，因为它凝聚了整个民族的精神——是的，我们能！

谢谢大家！愿上帝保佑你们，保佑美利坚合众国。

作/品/赏/析

2008 年 11 月 4 日，经历了两年多的美国总统大选终于落下了帷幕，历史毫无悬念地将奥巴马推上了第 44 任美国总统的宝座。奥巴马成为美国历史上第一位黑人总统。由于种族问题一直以来是美国的敏感问题，再加上当时世界处在全球经济危机的大背景下，因此，奥巴马的当选对美国、对世界都有着深刻而非凡的影响。

这是奥巴马竞选获胜时所作的演讲。他谈到了胜选的意义、麦凯恩、家庭、外婆的去世、两党合作及美国的力量等问题，宣称美国变革的时代已经到来。尤其是演讲词的后半部分，6 个"是的，我们能"的排比，读来不由得令人心潮澎湃、热血奔腾。

奥巴马演讲有激情，有力量，极具感染力。他唤起人们的希望，让人们重新看到美国梦。可以这样讲，在全球经济危机的背景下，奥巴马不仅是给美国选民传达梦想和信念，同样也给世界传达了希望与信心。

第二篇

将军和勇士的梦想与荣光

我们是战无不胜的 / 伯里克利

演讲词档案

演讲者：伯里克利（约前 495～前 429）

演讲时间：公元前 432 年

演讲地点：雅典公民大会

演讲者身份：古代雅典政治家，雅典黄金时期统治者

历史背景

公元前 432 年，斯巴达对雅典发出最后通牒，强硬地要求雅典放弃其贸易优势及提洛同盟的领导权。为此，雅典召开公民大会商议对策，但主战派与主和派意见相峙不下。于是，首席将军伯里克利发表这篇主战演讲。

原文欣赏

雅典人，我的意见完全和过去一样：对伯罗奔尼撒人，我反对作任何让步，虽然我知道，说服人们参加战争时的热烈情绪到了战争开始行动的时候是不会保持得住的，并且人们的心理状态是随着事件的发展过程而变化的，但是我认为这时候我一定向你们提出和我过去所提出的完全相同的意见。我请求你们那些因我的言辞而被说服的人以全力支持我们现在正在一起所作出的一些决议，我请求你们坚持这些决议，虽然在某些地方我们发现自己会遭遇着困难的；因为，如果不是这样做的话，在事情进行得顺利的时候，你们不能表现你们的智慧。事物发展的过程往往不会比人们的计划更来得有逻辑性些；正因为这样，所以当事物的发生出乎我们意料之外的时候，我们常常归咎于我们的命运。

很明显地，过去斯巴达是阴谋反对我们的；现在甚至更加明显了。和约上规定：我们之间的争执应当由仲裁来解决；在仲裁之前，双方应当维持现状。对于他们所抱怨的事情，他们宁愿以战争来解决，而不愿意以和平谈判的方式来解决；现在他们到这里来，不是提出抗议，而是向我们下命令。他们命令我们解除波提

・演讲者简介・

伯里克利（约前 495～前 429）出身贵族，自幼接受良好的教育。青年时代是在希腊同盟抗击波斯侵略者的战火中度过的。公元前 466 年前后，追随雅典民主派的首领埃菲阿尔特斯，成为雅典民主派的重要代表人物，埃菲阿尔特斯被雅典贵族派刺杀后，他成为雅典民主派和国家政权的重要领导人。从公元前 443 年起，连续 15 年当选为雅典最重要的官职——首席将军。公元前 430 年被解除将军职务，并被控滥用公款处以罚款。公元前 429 年，再度当选为将军，不久，就被鼠疫夺去了生命。

伯里克利半身雕像

狄亚之围，给予厄基那以独立和撤销麦加拉法令。最后，他们到我们这里来，宣称我们应当给予希腊人以自由。

如果我们拒绝撤销麦加拉法令的话，你们任何人不要以为我们不应该为这一点小事情而作战。这一点是我们特别坚持的。他们说，如果我们撤销这个法令的话，战争可以不发生，但是，如果我们真的作战的话，你们心中不要有一点怀疑，以为战争是为着一件小小事情的争执。对于你们来说，这点小小的事情是保证，是你们决心的证据。如果你们让步的话，你们马上就会遇着一些更大的要求，因为他们会认为你们是怕他们而让步的。但是如果你们采取坚决态度的话，你们向他们很明显地表示他们应当以平等地位来对待你们。你们打算怎样做，你们现在就一定要下定决心——不要在他们还没有伤害你们的时候，就向他们屈服；就是，如果我们将要战争的话（我认为这是应当的），就下定决心，不管外表上的理由是大的或小的；无论怎样，我们不会屈服，也不会让我们的财产经常有受人干涉的威胁。在请求仲裁之前，处于平等地位的人向他们的邻人提出要求，而把这些要求当做命令的时候，向他们屈服，就是受他们的奴役，不论他们的要求是怎么大或怎么小。

至于战争以及双方所能利用的资源，我想要你们听听我的详细报告，认识到我们的势力不是较弱的一边。伯罗奔尼撒人自己耕种他们自己的土地；无论在个人方面或国家方面，他们没有金融财富；因此，他们没有在海外作战的经验，也没有作长期战争的经验；因为他们彼此间所发生的战争，由于贫穷的缘故，都是短期的。这样的人民不能经常配备一个舰队的海员，也不能经常派遣陆军；因为这样，就会使他们离开自己的土地，花费自己的资金，何况我们还控制着海上。战争经费的支持依靠储金的积累，而不能依靠税收的突增。并且，那些耕种自己的土地的人在战争中，对他们的金钱比对他们的生命更为担心；他们有一种刻薄的观念，认为他们自己的生命是会安全地从危险中逃出的，但是他们的金钱在那时候是不是会完全被花光了，他们完全没有把握，特别是当战争出于他们意料之外地延长的时候，战争很可能是会延长的。在单独一个战役中，伯罗奔尼撒人和他们的同盟者能够抵抗其他所有的希腊人，但是他们不能跟一个和他们完全不同的强国作战，他们没有一个慎重考虑的中央政权可以做出迅速果决的行动，因为他们都有平等的代表权，他们来自各个不同的国家，每个国家只关心它自己的利益——其结果，往往是一事无成，因为有些国家特别急于为它们自己报复一个敌人，而其他的国家并不那么焦急，以免自己受到损害。只经过很长的间隔时期后，他们才举行会议；就是在会议中，他们也只花费一小部分的时间来考虑他们的共同利益，大部分的时间都花费在处理他们个别的事件上。他们中间没有一个人想到一个国家的漠不关心会损害到全体的利益的。每个国家都认为它自己的前途是其他国家的责任；因为每个国家暗里都有这种思想，没有人注意到，这种情况使整个事业日趋衰微了。

但是最重要的一点是这样的：金钱的缺乏会使他们处于不利的地位，在筹得金钱的过程中，所需要的时间会使他们迟延。但是在战争中，机会是不等待任何人的。

并且，对于他们的海军，我们一点也用不着害怕；对于他们将来在亚狄迦建筑要塞的事，我们也用不着吃惊。关于这一点，要建筑一个城市，有足够的力量控制另一个城市的话，就是在平时，也不是一件容易的事；而现在要在敌国的境内，面临着我们自己的要塞来建筑一个城市，那么，这就更加困难得多了，何况我们的要塞有足够的力量对付他们所能建筑的任何东西。如果他们只建筑一些小的前哨据点的话，他们虽然能够从事劫掠，收容我们的逃亡者，给我们一部分土地带来一些灾祸，但是这绝对不能阻止我们利用我们的海军力量，航海到他们的领地上去，在那里建要塞，以资报复。因为我们从海军战役中所得到的陆战经验，远远地超过他们从陆地战役中所得到的海战经验。至于航海技术，他们会觉得这是他们所很难学得的一课。你们自从波斯战争以来，一直总是在这里学习的，至今还没有完全精通这一项技术。那么，怎么能够认为他们在这方面有什么发展呢？他们是农民，而不是水手；并且他们也绝对没有学习的机会，因为我们将用强大的海军封锁他们的。对抗一个弱小的封锁军队时，他们可能由于愚昧无知，相信自己的人数众多，而准备冒险作战；但是如果他们面对着一个强大的舰队，他们不会冒险冲出的，所以训练的缺少会使他们对于航海技术更加不能熟练了，而技术的缺少会使他们更加不敢冒失了。航海技术，也和任何其他技术一样，是一门艺术。它不是什么只是偶尔作为闲暇时的职业的；当然，一个从事航海事业的人也不可能有闲暇去学习别的东西。

假如他们攫取奥林匹亚或特尔斐的金钱，而提供高的薪水以吸引我国海军中的外国水手，那时候，假如我们自己和住在我国的异邦人都在船舰上服务，还不是他们的敌手的话，这就是一件严重的事了。但事实上，我们总是能够对付他们的。还有一点也是很重要的：在我们自己的公民中间，所有的舵手和水手比希腊其他一切地区所有的舵手和水手总合起来还要多些。那么，我们的外国水手有多少人会为着几天的额外工资，不仅冒着被战败的危险，并且还冒着被他们自己的城市剥夺法律上的保护的危险，而去替对方作战呢？

对于伯罗奔尼撒人所处的地位，我认为我已经作了一个很公平的叙述。至于我们自己的地位，在我说到他们的缺点之中，我们一个也没有；至于其他方面，我们完全有自己的优点。如果他们从陆地上来进攻我国的话，我们一定从海上进攻他们的国家，结果，伯罗奔尼撒半岛一部分土地的破坏对于他们的影响，比整个亚狄迦的破坏对于我们的影响，更要厉害些；因为他们除了伯罗奔尼撒以外，非经过战争不能再得到土地，而我们在岛屿上和大陆上都有充足的土地。

海上势力是非常重要的。让我们从这方面看看。假如我们住在一个岛上的话，难道我们不是绝对安全，不受他人的攻击吗？事实上，我们一定要努力把我们自己看做岛上居民；我们必须放弃我们的土地和房屋，保卫海上的城市。我们一定不要因为丧失土地和房屋而愤怒，以致和远优于我们的伯罗奔尼撒陆军作战。如果我们胜利了，我们还是不得不用同样多的军队来和他们再战；如果我们战败了，我们会丧失我们的同盟国，同盟国是我们力量的基础；如果我们所剩下来的军队不够派出去镇压同盟国的话，它们马上会暴动。我们所应当悲伤的不是房屋或土地的丧失，而是人民生命的丧失。人是第一重要的；其他一切都是人的劳动成果。假如我认为能够说服你们去做的话，我愿意劝你们往外去，并且亲手把你们的财产破坏，对伯罗奔尼撒人表示：你们是不会为了这些东西的缘故而向他们屈服的。

只要你们在战争进行中，下定决心，不再扩大你们的帝国，只要你们不自动地把自己牵入新的危险中去，我还可以举出许多理由来说明你们对于最后的胜利是应当有自信心的。我所怕的不是敌人的战略，

伯罗奔尼撒战争绘画 公元前 5 世纪

而是我们自己的错误。但是这一点，我要在另一个机会，当我们实际作战的时候，才再说了。在目前，我建议：送回斯巴达的代表，并给他们带回我们下面的答复：我们愿意允许麦加拉人应用我们的市场和港口，只要斯巴达也同时对我们和我们的同盟者停止执行它禁止外人入境的法令（因为和约中并没有条款禁止他们的法令，也没有禁止我们反对麦加拉人的法令）；我们愿意允许我们的同盟国独立，只要它们在订立和约的时候已经是独立了的，同时斯巴达人也要允许他们自己的同盟国独立，允许它们各自有它自己所愿意有的那种政府，而不是那种服从于斯巴达利益的政府。让我们又说：我们愿意，依照和约中明文的规定，提交仲裁；我们不会发动战争，但是我们将抵抗那些实际发动战争的人。这是一个正当的答复，同时也是我们这样一个城市所应当做的一个答复。我们要知道，这个战争是强迫加在我们身上的，我们愈愿意接受挑战，敌人向我们进攻的欲望将愈少。我们也要知道，无论对于城市也好，对于个人也好，最大的光荣是从最大的危险中得来的。当我们的祖先反对波斯人的时候，他们还没有我们现在所有的这样的资源；就是他们所有的那一点资源，他们也放弃了，但是他们驱逐了外族的入侵，把我们的城邦建成现在这个样子，这是由于他们的贤智，而不是由于他们的幸运；由于他们的勇敢，而不是由于他们的物质力量。我们要学他们的榜样：我们应当尽一切力量，抵抗我们的敌人，努力把与平常一样伟大的雅典遗传给我们的后代。

作/品/赏/析

当时，面对斯巴达的挑衅，雅典是战是和，国内意见不一。作为力主建立雅典在希腊世界霸权地位的国家统治者，伯里克利发表了这篇颇具说服力和鼓动性的战前动员令。他在分析时事的基础上指出雅典应战的必然性，表达了自己必战的决心。雅典的国民公会最终作出了应战的决定，明确表示雅典将不屈服于任何威胁。一开篇伯里克利便掷地有声地表明态度：反对作任何让步。然后他详细论证应战的可行性，并指出雅典必将取得胜利。他的这篇演讲充满激情，说理充分，具有极强的感染力，激励了雅典人以破釜沉舟的决心迎击敌人。

对马其顿士兵的演说 / 亚历山大

演讲词档案

演讲者：亚历山大（前 356 ~ 前 323）
演讲时间：公元前 325 年
演讲地点：前线军营
演讲者身份：马其顿帝国国王，军事家、政治家

历史背景

公元前 327 年，亚历山大率领军队离开中亚，南下侵入印度，在印度河谷建立了两座亚历山大城，迅速占领了印度西北的广大地区。他想进一步征服印度的心脏地带，向恒河流域进发。在欧皮斯整编军队时，亚历山大宣布将超过年龄或因残废不能继续服役的马其顿人都遣送回家，并发给每个人许多钱。但马其顿人认为，亚历山大已经瞧不起他们了。再加上之前亚历山大征服波斯后采取的一些东方化的措施早已让这些人心中愤愤不平，马其顿士兵终于，发生哗变。在处死13 名扰乱军心者后，亚历山大借机发表了这篇演讲。

原文欣赏

马其顿同胞们：

现在我想对你们说的，并不是要阻挡你们回家的愿望。就我个人说，你们愿意上哪儿去都可以。但是，你们应当想想，假如你们就这样走掉，那你们究竟算是怎样对待寡人的呢？而寡人又是怎样对待你们的呢？因此，我打算先从我父亲腓力说起，这是应该的，也是适当的。腓力起初看到你们的时候，你们不过是些走投无路的流浪汉，大多数人只穿着一张老羊皮，在小山坡上放几只羊。为了这几只羊，还常常和边界上的伊利瑞亚人、特利巴利人和色雷斯人打个不休，而且往往吃败仗。后来，是腓力叫你们脱下老羊皮，给你们穿上大衣，把你们从山里带到平原上，把你们训练成能够对付边界敌寇的勇猛的战士。因

· 演讲者简介 ·

亚历山大（前 356 ~ 前 323），即亚历山大大帝，马其顿帝国国王，世界古代史上著名的军事家和政治家。少时拜亚里士多德为师，醉心于《荷马史诗》中的英雄人物。16 岁起随其父腓力二世出征。公元前 336 年，其父遇刺身亡，亚历山大继承王位。即位后，他镇压了希腊各城邦的叛乱，确立了马其顿在希腊的统治。后又灭亡波斯帝国，南下侵入印度。短短 13 年间，亚历山大以其雄才大略，东征西讨，在横跨欧、亚的辽阔土地上，建立起了一个西起希腊、马其顿，东到印度恒河流域，南临尼罗河第一瀑布，北至药杀水的以巴比伦为首都的庞大帝国。他创下了前无古人的辉煌业绩，促进了东西方文化的交流和经济的发展，对人类社会的进展产生了重大的影响。

公元前 323 年 6 月，亚历山大染疾死于巴比伦。马其顿帝国在他死后迅速瓦解。

此，你们才不再相信你们那些小山村的天然防卫能力，而相信了你们自己的勇气。不仅如此，他还把你们变成城市的居民，用好的法律和风俗把你们变成文明的人。腓力使你们当上了原先那些欺压你们、抢劫你们财物和亲人的部落的主子，再也不当他们的奴隶和顺民。他把色雷斯大部并入了马其顿版图，夺取了交通便利的沿海城镇，给你们的家乡带来了商业，使你们能安全地开发自己的宝藏。然后，他又叫你们当上了多年来叫你们怕得要死的色雷斯人的老太爷。他还制伏了福西亚人。由你们家乡通到希腊的道路原来既窄又难走，后来他把它开成又宽又好走的大路。过去，雅典和底比斯一直在伺机毁灭马其顿，但他后来降伏了他们。我们马其顿不再向雅典和底比斯缴纳贡赋，相反，他们现在必须争取到我们的允许才能生存。现在，我们大家正在分享我父亲腓力这些功业的成果。后来他又进入伯罗奔尼撒，把那个地方也搞得服服帖帖。然后，他被宣布为全希腊的最高统帅远征波斯。他赢得这么高的威望，并不只是为他自己，主要地还是为了马其顿。

我父亲为你们大家完成的这些崇高的事业，就其本身而言，确实是很伟大的，但跟寡人的成就相比，不免显得貌小。我从我父亲手里继承下来的，只有几只金杯银碗，还有不到 60 塔仑的财宝。可是他欠的债务却多达 500 塔仑。在这个数字之外，后来我自己又借了 800 塔仑。当时我们的国家不可能叫大家过舒适的生活。就是从这样一个国家里，我带领你们出发，开始远征。虽然当时波斯人是海上霸主，但寡人还是一举打通了赫勒斯滂海峡。然后，又用我的骑兵打垮了大流士的许多督办，于是就在你们的帝国的版图上加上了爱奥尼亚和伊欧利亚全部，上下福瑞吉亚和利地亚；米莱塔斯是在寡人围攻之下夺到手的；其余各地都是投降的。这些胜利果实我都交给你们分享。埃及和西瑞尼，我不费一枪一箭就拿到手，那里的东西都归了你们。叙利亚盆地、巴勒斯坦和美索不达米亚现在也为你们所有。巴比伦、巴克特利亚和苏萨也属于你们。利地亚的财富、波斯的珍宝、印度的好东西，还有外边的大洋，通通归你们所有。你们有的当了督办，有的当了近卫军官，有的当了队长。在经历这么多的艰难困苦之后，留给我自己的，除了王位和这顶王冠之外，还有什么呢？除了你们已经占有的和我为你们保存的以外，谁也指不出我还有什么财产。我并未为我个人需要保留什么东西。因为我跟你们吃一样的饭，睡一样的觉——不，在你们当中有些人，我很难说我跟他们吃得一样，他们吃得可讲究呢。我还知道，我每天比你们早起，为的是让你们安安静静地在床上多睡一会儿。

可是，你们也许认为当你们忍受劳累和痛苦的时候，我自己则是轻闲自在地坐享其成。但我要问，你们当中有谁真正感觉到他为我受的苦和累比我为他受的还多呢？或者，你们当中那些负了伤的，不论是谁，谁把衣服脱下来叫大家看看，我也脱下来叫大家看看。我的全身，至少是前面，没有一个地方没有伤疤。没有一种武器，不管是近距离的还是远距离的，没有在我身上留下伤痕。这是事实。在肉搏中我挨过敌人的刀；还不知道挨过敌人多少箭；还受过弹弓子弹的打击；棒打石击则更是不可胜数。这一切都是为了你们，为了你们的荣誉，为了你们的财富。我带着你们以胜利者的姿态走遍陆地、海洋、河流、山脉和平原。我结婚，

你们也结婚。你们许多人的孩子将和我的孩子结为血肉相连的亲戚。还有，对你们当中欠了债的人，我不是好管闲事的人，都未加追究，而你们的薪饷确也已够高，每当攻下一个城镇时，你们还都分了那么多战利品。我实在不明白你们怎么会欠下公家的债。但我不管这些，把你们欠下的债务通通一笔勾销。而且，你们大多数都得到了金冠。这是你们英勇功勋的纪念，也是我对你们关怀爱护的象征，是永远磨灭不了的纪念品。不论谁牺牲了，他的死都是光荣的，葬礼也都是隆重的。多数还在家乡立了铜像。父母受到尊敬，还豁免一切捐税和劳役。因为自从我率领你们远征以来，还没有一个人是在溃逃中死掉的。

现在，我本来打算把你们当中那些不能再参加战斗的人送回家乡，成为乡亲们羡慕的人。但是既然你们都想回家，那你们通通都走吧。到家之后，告诉乡亲们，就说你们的国王亚历山大打败了波斯、米地亚、巴克特利亚、萨卡亚，征服了攸克西亚、阿拉科提亚和德兰吉亚，当了帕西亚、科拉斯米亚以及直至里海的赫卡尼亚的主人；他曾越过了里海关口以远的高加索山，渡过了奥克苏斯河和塔内河，对了，还有除了狄俄尼索斯之外谁都未曾渡过的印度河，还有希达斯皮斯河、阿塞西尼斯河、布德拉欧提斯河，如果不是因为你们退缩的话，他还会渡过希发西斯河；他还曾由印度河的两个河口闯入印度洋，还越过了前人从未带着部队越过的伽德罗西亚大沙漠；在行军中，还占领了卡曼尼亚和欧瑞坦地区；当他的舰队由印度驶回波斯海时，他又把你们带回苏萨。我再说一遍，你们回家之后，告诉乡亲们，就说你们自己总算回了家，但把国王扔下了，把他扔给你们曾经征服过的那些野蛮部族去照顾。当你们当众宣布这件事的时候，毫无疑问，这在人世间一定算得上是无上的光荣；在老天看来，也一定够得上是虔诚无比。你们走吧！

作/品/赏/析

动之以情，晓之以理是这篇演讲最大的特点。亚历山大通过这番感人肺腑且独具语言风格的讲话，促使士兵们从情感上回心转意，从而稳定了军心，化解了当时军队中迫在眉睫的危机。几天后，约一万名不宜继续服役的马其顿士兵愉快地向亚历山大告别，踏上了归途。

首先，亚历山大以事实来说服和感化马其顿人。他回顾了父亲腓力二世的功绩，讲述了马其顿王国从弱到强的历史，以及他父亲给马其顿人带来的巨大改变和荣誉。随后，亚历山大开始讲述自己的赫赫战功。他父亲完成的事业虽然伟大，但是相对自己的贡献，又显得藐小。他讲述自己的雄才伟略，勇于善战，领军驰骋欧亚非大陆，建立起一个地跨三大洲的前所未有的大帝国，并因此给士兵们带来了莫大的财富和荣誉。演讲中，亚历山大善于通过小事情，用情感来打动士兵。最终，亚历山大成功地获得了士兵们的理解与支持。

要么胜利，要么死亡 / 汉尼拔

演讲词档案

演讲者：汉尼拔（前247～前183）
演讲时间：公元前218年
演讲地点：前线军营
演讲者身份：迦太基军事统帅

历史背景

第一次布匿战争结束后，罗马掌握了地中海西部的制海权。战败的迦太基受条款所限，无法建立能与其抗衡的海军。为了收复失地，汉尼拔制定了一个前所未有的进攻策略。公元前218年春，他率领38000步兵、8000骑兵，及37头战象从新迦太基出发，率军翻越比利牛斯山，穿过高卢人的领土，在9月渡过隆河，避开罗马派往高卢拦截的军队，于秋天抵达阿尔卑斯山脉附近。

面对难以忍受的气候、险峻的地形，统率一支种族语言混杂的军队，还要挡住高卢和蛮族不断的骚扰，汉尼拔完成了在罗马人眼中绝不可能达成的任务。他率军在冬季成功跨过阿尔卑斯山，兵力损失过半。《要么胜利，要么死亡》是汉尼拔率军翻越阿尔卑斯山后，准备向意大利出击时的战前鼓动演说。

原文欣赏

士兵们：

你们在考虑自己的命运时，如果能记住前不久在看到被我们征服的人溃败时的心情，那就好了；因为那不仅是一种壮观的场面，还可以说是你们的处境的某种写照。我不知道命运是否已给你们戴上了更沉重的锁链，使你们处于更紧迫的

·演讲者简介·

汉尼拔（前247～前183），迦太基将领哈米尔卡·巴卡之子。汉尼拔时代正逢古罗马共和国势力的崛起。他幼年随父渡海远征西班牙，受过良好的教育和军事训练。公元前221年，仅26岁的汉尼拔被任命为迦太基军事统帅。

第二次布匿战争爆发后，汉尼拔率大军征战高卢南境，翻越阿尔卑斯山，同年秋进入意大利。随后他率军粉碎罗马人的阻击，绕过敌人重兵设防的阵地向罗马挺进。公元前217年，在特拉西米诺湖战役中，指挥军队重创罗马军。次年，坎尼战役汉尼拔又获大胜，罗马陷于困境。但长期转战，汉尼拔军力耗竭。罗马人积蓄力量，派兵反击，占领新迦太基。公元前204年，罗马军在北非登陆，危及迦太基。翌年秋，汉尼拔奉命回国救援。公元前202年，汉尼拔在扎马战役中惨遭失败，迦太基被迫求和。

公元前196年，汉尼拔任迦太基最高行政长官。实行改革后，汉尼拔遭到贵族派反对和政敌诬陷，逃亡叙利亚。公元前183年，流亡小亚细亚的汉尼拔在罗马人的追捕下服毒自杀。

汉尼拔的"坦克"

最著名的战象属于迦太基统帅汉尼拔。公元前216年，在意大利南部与罗马人进行的坎尼战役中，他使用了从西班牙带来的大象。

形势。你们在左面和右面都被大海封锁着，可用于逃遁的船只连一艘都没有。环绕着你们的是波河，它比罗纳河更宽，水流更急；后面包围着你们的则有阿尔卑斯山，那是你们在未经战斗消耗、精力充沛时，历尽艰辛才翻越过来的。

士兵们，你们已在这里同敌人初次交锋，你们必须战胜，否则便是死亡；命运使你们不得不投身战斗，它现在又站在你们面前。如果你们战胜，你们就能得到即使从永生的众神那儿都不敢指望得到的最大报酬。我们只要依靠勇敢去收复敌人从我们先辈手里强夺去的西西里和萨迪尼亚，我们就会得到足够的补偿；罗马人通过多次胜利的战斗所取得和积聚起来的财富，连同这些财富的主人，都将属于你们。在众神的庇护下，赶快拿起武器去赢得这笔丰厚的报酬吧。

你们在荒凉的卢西塔尼亚和塞尔蒂韦里亚群山中追逐敌人为时已久，历经如许艰辛危难却一无所获；你们跋山涉水，转战数国，长途劳顿，现在是打响夺取丰富收获的战役，为你们的劳苦求得巨大报酬的时候了。这里的命运允许你们结束辛苦的努力，这里她将赐予与你们的贡献相称的报酬。你们不要按照这场战争表面上的巨大规模，而担心难于取胜。敌对双方受藐视的一方往往坚持浴血抗争，而一些著名的国家和国王却常被人并不费力地征服。

因为，撇开罗马徒有其表的显赫名声，它还有什么可与你们相比的？默默地回顾你们20年来以勇敢和成功而著称的战绩吧，你们从赫拉克勒斯支柱，从大洋和世界最遥远的角落来到这里，一路上征服了高卢和西班牙的许多最凶悍的民族；如今你们将同一支缺乏经验的军队作战，它就在今年夏天曾被高卢人击败、征服和包围过，至今它的统帅还不熟悉他的军队，而军队也不知道它的统帅。要把我同他作一比较吗？我的父亲是最杰出的指挥官，我在他营帐中出生、长大，我荡平了西班牙和高卢，我不仅征服了阿尔卑斯山诸国，还征服了阿尔卑斯山本身；而那个就任仅6个月的统帅是他的军队里的逃兵。如果把迦太基人和罗马人的军旗拿掉，我敢肯定他不知道自己是哪一支军队的指挥官。

你们中每一个人都看到了我的累累战功，同样地，我作为你们英雄气概的目击者，能列举每一个勇敢人作战的具体时间和地点。士兵们，我认为这一点很重要。我在成为你们的指挥官以前是你们大家的学生，我将率领曾千百次地受过我表彰和犒赏的士兵，阵容威武地阔步迎击那支官兵互不熟悉的军队。

不论我把眼光转向何处，我看到的都是斗志旺盛、精神饱满的士兵，一支

由各个最英勇的民族组成的久经沙场的步兵和骑兵——你们，我们最可靠、最勇敢的盟军，你们，迦太基人，即将为你们的国家并出于最正义的愤恨而出征。我们是战争中的攻击者，高举仇恨的旗帜 进入意大利，将以远远超出敌方的胆量和勇气发起进攻，因为攻击者的信心和骁勇总是大于防卫者。此外，我们所受的痛苦、损伤和侮辱燃烧着我们的心：它们首先要求我、你们的领袖，其次要求曾围攻过萨贡塔姆的你们大家去惩罚敌人；如果我们畏缩怯战，它们将使我们受到最严厉的折磨。

那个最为残暴、狂妄的民族认为，一切都应归它所有，听它摆布；应当由它决定我们同谁交战、同谁媾和；它划定界限，以我们不得逾越的山脉河流把我们封锁起来，而它却不遵守自己规定的界限。它还说，不得越过伊比利亚半岛，不得干预萨贡廷人；萨贡塔姆在伊比利亚半岛，你们不得朝任何方向跨出一步！拿走我们最古老的省份——西西里和萨迪尼亚是件小事吗？你们还要拿走西班牙吗？让我从那里撤走，以便你们横渡大海进入阿非利加吗？

我说他们要横渡大海，是不是？他们已经派出本年度的两位执政官，一个派往阿非利加，一个派往西班牙。除了我们用武器保住的地方外，他们什么地方都没有给我们留下。有后路的人可能成为懦夫，他们可以通过安全的道路逃跑，回到自己的国土家园请求收容。但你们必须勇敢无畏。你们在胜利和覆灭之间绝无回旋余地，或者战胜，或者死亡。如果命运未卜，与其死于逃亡，毋宁死于沙场。如果这就是你们大家确实不变的决心，我再说一遍，你们就已经战胜了；这是永生的众神在人们夺取胜利时所赐予的最有力的鼓励。

作/品/赏/析

这篇演讲是战前鼓动演说中颇为成功的典范之作。演讲一开始，汉尼拔就明确指出当时的形势是背水一战："你们必须战胜，否则便是死亡；命运使你们不得不投身战斗，它现在又站在你们面前。如果你们战胜，你们就能得到即使从永生的众神那儿都不敢指望得到的最大报酬。"汉尼拔以巨大的热情和坚定的意志，鼓励将士们奋勇作战。他从袍泽之情出发，以鲜明的对比向部下传递必胜的信心，激励将士们必战的决心。这篇演说提振了本来有些低落的士气，为军队取得后来一系列战役的胜利提供了保障。

接下来，汉尼拔降伏了都灵地区的敌对部落，解除了后方的威胁。随后在波河流域提契诺附近，他运用骑兵优势打败罗马军队，罗马在当地的统治崩溃。不久，整个意大利北部部落全部倒向迦太基阵营，高卢与利古里亚佣兵也加入了汉尼拔的军队，汉尼拔的军队达到全盛状态。

非战胜，决不离开战场 / 恺撒

演讲词档案

演讲者：恺撒（前 100～前 44）
演讲时间：公元前 48 年 6 月
演讲地点：法萨卢前线军阵
演讲者身份：古罗马军事统帅、政治家

历史背景

公元前 50 年，元老院和庞培通过决议，拒绝延长恺撒担任高卢总督的任期，令其遣散军队。恺撒拒不执行这一决定。公元前 49 年，恺撒率领身边仅有的一个军团，跨过卢比孔河，进军罗马。庞培猝不及防，逃亡希腊。公元前 48 年，他们又在法萨卢展开了一场对决，当时，恺撒军队只有 2 万人左右，而庞培军队的人数是恺撒的两倍。在决战前夕，面对数量上占绝对优势的敌军，恺撒发表了这篇鼓舞全军士气的演讲。

恺撒半身雕像

原文欣赏

我的朋友们，我们已经克服了我们更可怕的敌人，现在我们所要对抗的不是饥饿和贫乏，而是人。一切决定于今日。记着你们在提累基阿姆时所给我的诺言。记着你们是怎样当着我的面，彼此宣誓：非战胜，决不离开战场。同伴士兵们啊，这些人就是我们过去在赫丘利的石柱所遇着的那些人，就是在意大利从我们面前溜跑了的那些人。他们就是在我们十年艰苦奋斗之后，在我们完成那些伟大战争之后，在我们取得无数胜利之后，在我们为祖国在西班牙、高卢和不列颠增加了 400 个属国之后，不与我们以荣誉，不与我们以凯旋，不与我们以报酬，而要解散我们的那些人。我向他们提出公平的条件，不能说服他们；我给他们以利益，

·演讲者简介·

恺撒（前 100～前 44），出身贵族。从政初期，支持平民反对苏拉派。公元前 60 年，与庞培、克拉苏结成"前三头同盟"。公元前 59 年，当选执政官，随后出任山南高卢总督。自公元前 58 年起，8 年间率军屡次征服高卢全境。此后，权势日重。公元前 49 年，元老院与庞培联合，解除恺撒军权并召之回国。他率军占领罗马，打败庞培，集执政官、终身保民官、大将军等大权于一身，实行独裁统治。公元前 45 年，被元老院封为终身独裁官。恺撒的专制日益招致元老院内贵族共和派的反对。公元前 44 年 3 月 15 日，恺撒被布鲁图斯、卡西乌等刺杀。

恺撒带兵打仗几十年，指挥过几十个战役，大都是以少胜多，出奇制胜。他的战略思想和战术原则为西方许多著名军事统帅所效法，对西方军事学的发展作出了杰出的贡献。此外，还曾与幕僚共同著有《高卢战记》、《内战记》、《亚历山大战记》、《阿非利加战记》等。

也不能争取他们。你们知道，他们中间有些人是我释放的，不加伤害，希望我们可以使他们有一点正义感。今天你们要回忆所有这些事实；如果你们对于我有些体会的话，你们也要回忆我对你们的照顾、我的忠实和我所慷慨地给予你们的馈赠。

吃苦耐劳的老练士兵战胜新兵也是不难的，因为新兵没有战斗经验，并且他们像儿童一样，不守纪律，不服从他们的指挥官。我听说，他害怕，不愿作战。他的时运已经过去了；他在一切行动中，变为迟钝而犹疑；他已经不是自己发号施令，而是服从别人的命令了。我说这些事情，只是对他的意大利军队而言。至于他的同盟军，不要去考虑他们，不要注意他们，根本不要和他们战斗，他们是叙利亚的、福里基亚的和吕底亚的奴隶，总是准备逃亡或做奴役的。我知道得很清楚，你们马上就会看见的，庞培自己不会在战斗行列中给他们以地位的。纵或这些同盟军像狗一样向你们周围跑来威胁你们的时候，你们也只要注意意大利的士兵。当你们已经击溃敌人的时候，让我们饶恕意大利士兵，因为他们是我们的同族人，而只屠杀同盟军，使其他的人感到恐怖。为了使我知道你们没有忘记你们不胜即死的诺言起见，当你们跑去作战的时候，首先摧毁你们军营的壁垒，填起壕沟；这样，如果我们不战胜的话，我们就没有逃避的地方，使敌人看见我们没有军营，知道我们不得不在他们的军营里驻扎。

恺撒遇刺

表现恺撒被刺死的绘画。尽管事先受到威胁，恺撒还是没带武器便来到元老院，在凶手中，他认出布鲁图斯——他之前非常信任的人，死前他说道："你也这样，我的儿子！"

作/品/赏/析

一支军队取得战争的胜利，兵力的多少固然重要，但更重要的是军队的战斗力，而影响军队战斗力最重要的因素便是士气的高低。法萨卢战役前夕，恺撒的演讲成功地鼓舞了军队的士气。面对两倍于自己的庞培军，恺撒军队最终以少胜多，彻底击败庞培。此役之后，恺撒迅速平定了庞培剩余势力，胜利结束内战。公元前45年，恺撒集大权于一身，实现了他的军事独裁统治。

恺撒在演讲中首先指出这场战斗的重要性"一切决定于今日"，激励将士们勇敢杀敌，夺取彻底胜利。然后指出庞培军队的弱点，坚定将士们必胜的决心。演讲语言简洁干练，对比鲜明有力，展现了恺撒卓越的演讲才华。

在安葬恺撒时的演说 / 安东尼

演讲词档案

演讲者：安东尼（前82～前30）
演讲时间：公元前44年3月20日
演讲地点：罗马广场
演讲者身份：古罗马政治家、军事家

历史背景

公元前44年，古罗马著名的政治家和军事家恺撒被布鲁图斯刺杀于罗马元老院。恺撒被刺死的消息传开，举国震惊。以元老院为首的共和派坚决支持布鲁图斯，并称颂他是为罗马国民除害的英雄；以安东尼为代表的恺撒党却大肆攻击布鲁图斯，并斥责他为凶手、叛徒。布鲁图斯为了掌握主动权，赢得国民的支持，在刺死恺撒的当日，在罗马广场上发表演讲。正当布鲁图斯的演讲进行到高潮时，安东尼及其同党抬着恺撒的尸体走入广场。接着，安东尼便发表了这篇著名的演讲。

原文欣赏

让我们歌唱我们常用的挽歌来哀悼他，护送这位神圣的死者往幸福之乡去吧！

我今天来，是来安葬恺撒，并不是来赞扬他的功德。我看人生在世，"好事入泥沙，坏事传千古"这句话无疑是为恺撒说的。布鲁图斯是一个高尚的人，他告诉你们，说恺撒的野心勃勃，若果真是如此，自然是恺撒的大错，恺撒已死，也算是已偿了他的债了。我今天承布鲁图斯的好意，准我演说，所以我得在恺撒的灵前说几句话。

布鲁图斯真可算是一个好人，他们同谋的人也都是好人，恺撒原来是我的至交，待我忠厚公平；但是照布鲁图斯这样的好人，偏说他私怀野心。他从前曾获

·演讲者简介·

安东尼（前82～前30），古罗马政治家和军事家，恺撒麾下最重要的军队指挥官和管理人员之一。在对庞培的战斗中，安东尼追随恺撒并参加过法萨卢之战。公元前44年，任执政官。恺撒被刺后，与屋大维和雷必达一起组成了"后三头同盟"。

公元前42年秋，安东尼战胜布鲁图斯后成为罗马统帅。公元前40年，出治东部行省，与坐镇罗马的屋大维形成对峙。公元前37年，在埃及与女王克娄巴特拉七世结婚，并宣称将罗马东部一些领土赠给她的子嗣。此项决定激起罗马元老院的强烈不满，也给屋大维以反对安东尼的良机。公元前32年，元老院和公民大会宣布安东尼为"祖国之敌"。公元前31年9月，安东尼与女王在亚克兴海战中败于屋大维，狼狈逃回埃及，次年又被屋大维打败，途穷自尽。

胜边疆，所得的财帛都归入国库，难道这算是野心吗？他听着穷人的叫唤，也曾经流下泪来，有野心的人，未必有这样慈悲。但是布鲁图斯一定要说他有野心，而布鲁图斯又是一个好人，我有什么法子和他辩呢！那天过节的时候，你们眼睁睁地看着，我三次皇冕劝进，他三次拒绝，这也算野心么？但是布鲁图斯一定说他有野心，而布鲁图斯又确是一个好人，你看有什么法子呢！我并不是说布鲁图斯的话说得不对，我不过是知道什么便说什么罢了。从前的时候，你们大家都曾爱戴过恺撒。你们爱戴他，并不是无因。现在他死了，你们都没有人替他伤心，这件事我真不解。唉！天良呀！你跑到禽兽身上去了么！人的理性都丧失尽了么！唉！我的心现在已到恺撒棺材里面去了！我要等他回来才能再说话了！

唉！昨天的恺撒一句话足以翻天覆地，何等尊严！哪知道今天躺在这里，无人睬他。啊！若是我要把你们的心激动起来，那我一定对不起布鲁图斯，我一定对不起布鲁图斯的同谋卡西乌斯了。他们是好人，我哪里敢这样！我情愿对不起已死的人，我情愿对不起自己，对不起你们大家；不情愿对不起他们这些好人。但是我这里有一张羊皮纸，是我在恺撒的卧房里找出来的，这就是他的遗书。他这里面的话，我不愿意读出来；要是我读出来，哪怕愚夫愚妇听见，恐怕也要去对尸痛哭，拿帕子去沾他的圣血。唉！恐怕还要在他身上求一根毛发，拿回家去做纪念品；到了死的时候，还传给子孙，看做宝贝一样呢！

你们不要性急，我万不能读给你们听。我若使你们知道恺撒待你们的厚道，恐怕要坏事，你们不是一条木桩，不是一块石头，你们是人！人听了恺撒这些话，心里一定要烧起来，一定要变成疯子，你们不知道你们是恺撒的后嗣，倒是很好；如果让你们知道，我就不知道要闹出什么事来了！

难道你们现在一定要听么？你们等一会都等不了么？我很懊悔我的口太快了，错把这件事告诉你们了。我自己不觉得，恐怕已经对不起那些杀恺撒的好人了。不该！不该！

难道你们要逼我读么？那么就请你们站开，在恺撒尸首的侧边站成一个圈子，让我把那写遗书的人指给你们看。你们准下来么？

你们若要流眼泪，现在便是你们流眼泪的时候了！这件大袍（指着恺撒的袍）你们大家都知道的。我还记得恺撒第一次穿上这件大袍的时候，是在夏天一个晚上，那天就是他征服内尔微的一天。现在你看，卡西乌斯的刀子，从这里穿进去；你看，还有一个与布鲁图斯同谋的人加斯加，用这样毒手，杀了偌大一个口子；你们看，这个地方就是恺撒所宠爱的布鲁图斯所杀的，你看他刀子抽出来的时候，恺撒鲜血淋漓，他好像跑出大门来问问恺撒那样地爱布鲁图斯，难道布鲁图斯也忍心来行刺么？啊！天知道！地知道！恺撒是何等地爱布鲁图斯！这一刀真是最无情的一刀，当时恺撒看见他竟来杀自己，恺撒心里受"无情"两字的伤，比刀伤还更厉害，简直气得心碎胆裂，鲜血长流，倒在罗马将军的旁边的石像下面，脸也被大袍子盖上了。唉！诸君啊！试想一想是怎样大的一个冤劫啊！照这样杀人放火，你我都在冤劫之中啊！啊！你们也哭起来了么！我也看出你们也知道心痛了啊！大家同洒伤心之泪！你们这些良心未死的人，才看见恺撒的衣服，就这样哭，你们还没有看见他尸首哪。他的尸首在这里，你们看，被这些大逆不道的叛贼弄得不像样了！

诸位好朋友，不要慌，不要因为我讲这些话，就把你们大家都激成这个样子。杀恺撒的人，都是些好人。他们有什么私仇、隐怨，做到了这一步，我实在不知道。但是他们既是好人，聪明厚道，定有他们的道理向你们讲。朋友们，我来并不是煽动你们的心。我不会说话，没有布鲁图斯那种口才。你们谁不知道我是一个忠厚老实人，只知爱我朋友。就是杀恺撒的人，也深知我是这样，所以才肯让我当众演说。我一无聪明，二无门第，既无口才，又无手段，哪里能激动人心。我说话只是随口乱说，自己知什么就和你们说什么。你们看恺撒的伤，请这些已经哑了的嘴，替我嘴说话。唉！如果我是布鲁图斯，布鲁图斯是我安东尼呢，我怕那个安东尼硬要把你们激动起来，我怕他要在恺撒的每个伤口上都栽一个舌头，简直能把罗马的顽石都说得跳起来，烧起来呢！

朋友们，再听我说几句话。你们现在只是要跑，跑去干什么，你们自己也不知道。我问你们，恺撒为什么值得你们这样爱戴呢？哈哈！你们还是不知道，听我告诉你们：我先前不是有一个遗书么？你们居然忘记了。遗书就在这里，书上有恺撒的印。凡是罗马的人，每人他都给七十五个"抓黑码钱"花的；花园树林，在泰伯尔河这边岸上的，也都送给你们，送给你们的子子孙孙，永远作为公共游乐，大家享福的地方。

唉！照恺撒这样的人，世间哪里还找得出第二个来呢！

作/品/赏/析

恺撒被刺后，他的部将与密友安东尼发表了这篇演讲。名义上，安东尼是在悼念恺撒，但实际上是有着自己强烈的政治目的。演讲中，安东尼通过渲染恺撒的仁慈，突出了凶手的残忍，从而激起群众的愤怒，鼓励他们向凶手发动进攻。"项庄舞剑，意在沛公"，安东尼利用群众的情绪进行煽动，以达到扩充实力，取得政权的目的。

在演讲中，安东尼多次巧妙采用欲擒故纵的方法。他并不直接指责布鲁图斯是刽子手，而是一开始就称布鲁图斯是个"好人"，而且不断重复，可这些"好人"究竟好在哪里？在后面的论述中，群众分明能听出他们是一群薄情寡义的政客。安东尼没有从正面去攻击布鲁图斯，而是善于让听众把他要说的话喊出来，达到置对方于死地的目的。

在这里我们可以看出，安东尼很善于用演讲来激发群众情绪，也很会抓住群众心理，争取群众。演讲一结束，被激怒的群众发疯似的冲向凶手家，并烧毁了他们的房子。

尊重将被你们解放的全民 / 拿破仑

演讲者：拿破仑（1769～1821）
演讲时间：1796年4月26日
演讲者身份：法国近代史上著名的军事家和政治家，法兰西第一帝国皇帝

历史背景

1793年，以英国为首，与奥地利、普鲁士、撒丁等国组织第一次反法联盟，对法国发起战争。当时奥地利是欧洲强国，也是法国的主要敌手之一，只有击败奥地利才有可能结束反法战争。在意大利北部打击奥地利，是拿破仑早在雅各宾派专政时期就提出的军事方案，但一直未受重视。1796年，拿破仑再次提出几经修改的作战计划，终于被采纳。当时的督政府认为意大利并不是主要战场，而仅仅起牵制作用，所以只给了拿破仑一支残破的军队。但是，拿破仑凭借卓越的指挥才能，带领这支军队在意大利北部皮埃蒙特地区连续打赢几场胜仗。在追击敌军途中，拿破仑发表了这篇演讲。

原文欣赏

士兵们！

在十五天内，你们打了六次胜仗，夺得了二十一面军旗，五十门炮，好几处要塞，还占领了皮埃蒙特最富庶的部分。你们俘获了一万五千名俘虏，打死打伤了一万多人……你们缺乏一切，你们却补充了一切。你们没有炮，却赢得了这些战役；没有桥，却渡过了江河；没有鞋子，却还急行军；你们露宿，可没有烧酒，而且经常没有面包。只有共和主义的军队，自由的士兵，才能经受你们所经受过的艰苦。士兵们，得向你们致谢！满怀感激的祖国将把它的昌盛部分地归功于你们……而你们目前的胜利，还预示着更大的光荣……那些讥笑过你们的困苦、在他们思想中为我们的敌人的胜利而高兴的坏人困窘了，发抖了。但是，士兵们！你们不应该回避这一点，即你们什么也没有干完，因为你们仍然还有要干的事。都灵、米兰都没有为你们所占有……

大家都渴望着把法兰西人民的光荣带给远方！大家都愿意打垮那些打算奴役我们的国王！大家都要赢得光荣的和平，以补偿祖国所业已作出的巨大牺牲。大家都想在回到他们的村庄里去的时候能够骄傲地说："我曾是征服意大利的部队里的人！"

朋友们！我答应进行这一征服。但是，你们必须明确保证完全地履行一个条件，即尊重将被你们解放的人民，亦即严禁由你们的敌人阴谋煽动起来的丑恶的劫掠。不这样做，你们将不能成为人民的解放者，你们将会是为人民造成灾难的人。

拿破仑（1769～1821），1769 年生于科西嘉岛的阿雅克修城。15 岁那年进入巴黎陆军学校学习，在校深受法国启蒙思想的影响，毕业后成为一名炮兵少尉。

1793 年，拿破仑奉命参加土伦战役，因战功卓著被破格提升为准将。1796 年 3 月初，被任命为法国意大利军司令官，统率数万大军直驱意大利，取得了一系列的辉煌胜利。1798 年 4 月 12 日，被任命为埃及军团司令官。5 月 18 日，挥师东下，远征埃及。1799 年，率亲信离开埃及，返回巴黎。11 月 9 日，发动雾月政变成功，成为第一执政官。1804 年，加冕称帝，即拿破仑一世，法国进入了法兰西第一帝国时期。

1805 年，奥、英、俄结成反法同盟，拿破仑率军东进应战，取得了乌尔姆、奥斯特里茨等大战的胜利，并乘胜组建"莱茵同盟"。1807 年 10 月，发动了征服伊比利亚半岛的战争，并占领葡萄牙和西班牙的大部分。1809 年 5 月 12 日，打败奥军主力，随后占领维也纳、罗马等地。1812 年，集兵 50 万远征俄罗斯。但俄罗斯人的顽强抵抗和严寒的气候最终使法军大败而归。1814 年的莱比锡战役中拿破仑又败给了反法同盟，被流放到意大利的厄尔巴岛。1815 年，成功逃出流放地，返回法国，再次登上皇帝宝座。但在滑铁卢战役中法军惨败，拿破仑第二次退位，流放到更加遥远的圣赫勒拿岛。1821 年 5 月 5 日，在岛上病逝，终年 52 岁。

你们就不会是法兰西人民的光荣；他们反而会否定你们。你们的胜利、勇敢、成就，你们在战斗中死去的兄弟们的血，甚至已经得到的尊敬和光荣，都会丧失掉。至于信任你们的我和将军们，我们对于指挥这样一支没有纪律，不受约束，不懂法律，只知暴力的部队，也会感到惭愧。但是，被赋予国家权力，坚持正义，遵守法律的我，将使这一小撮没有勇气、没有心肠的人尊重人类和荣誉的法则，而这种法则正是被他们踩在脚下的……

意大利各族人民们！法国部队将为你们挣断锁链：法兰西人民是全体人民的朋友；你们应该以信任的心情来迎接他们。你们的财产、宗教、习惯将受到尊重。我们是向共同的敌人作战，我们只是对奴役你们的暴君作战。

作 / 品 / 赏 / 析

这篇演讲是拿破仑领导军队在远征意大利皮埃蒙特地区取得几次胜利后发表的。当时战斗并没有结束，因此这篇演讲对于鼓舞士兵士气，促使军队在后来攻克都灵、米兰，乃至夺取最后的胜利起了重要作用。

拿破仑深知激发士兵自尊心与荣誉感对于取得战争胜利的重要性。一开始，他便历数军队这些天所面对的恶劣条件及士兵克服艰险所取得的辉煌胜利，以胜利来鼓舞士兵为了以后更大的胜利而继续战斗。然后，他又激励士兵为法兰西的荣誉与和平而战，从而激发他们为祖国而战的献身精神。最后拿破仑告诫士兵要尊重当地人民，严禁掠夺。拿破仑在演讲中动之以情、晓之以理，士兵能很容易接受。整篇演讲朴实流畅，气势磅礴，具有很强的感染力。

让我们前进吧 / 拿破仑

演讲词档案

演讲者：拿破仑（1769～1821）
演讲时间：1796年5月15日
演讲地点：米兰
演讲者身份：法国近代史上著名的军事家和政治家，法兰西第一帝国皇帝

历史背景

这篇演讲是1796年5月15日拿破仑军队攻占意大利王国首都米兰后，旨在勉励全军将士保持恒久的战斗士气，以荣誉相砥砺，进而激发全军，乘胜追击，一鼓作气，廓清残敌，以争取最后的胜利。

原文欣赏

士兵们：

你们像山洪一样从亚平宁高原上迅速地猛冲下来。你们战胜并消灭了一切阻挡你们前进的敌人。

从奥地利暴政下解放出来的皮埃蒙特，表现了与法国和平友好相处的天然感情。米兰是你们的，在全伦巴迪亚上空，到处都飘扬着共和国的旗帜。

帕尔马公爵和莫德纳公爵能够保留政治生命，完全归功于你们的宽宏大量。号称能够威胁你们的敌军，再也找不到更多的可以凭借的障碍物，来抵挡你们的勇气了。波河、提契诺河和阿达河不再阻挡你们前进了。意大利这些所谓了不起的堡垒看来都是不堪一击的，你们像征服亚平宁山脉一样迅速地征服了它们。

你们取得这样多的胜利使祖国充满喜悦。你们的代表们规定了节日，以表示对你们胜利的庆贺，共和国所有的公社都在庆祝这个节日。你们的父亲、母亲、妻子、姊妹以及你们所有心爱的人，都为你们的胜利而欢欣鼓舞，他们都以自己是你们的亲人而感到自豪！

是的，士兵们！你们做了许多事情。可是，这是不是说你们再没有什么事可做了呢？人们在谈到我们时会不会说，我们善于取得胜利，却不善于利用胜利呢？后代会不会责备我们，说我们在伦巴迪亚碰上了卡普亚呢？不过我已经看见你们在拿起武器，懦夫般的休养生活已经使你们烦恼啦！你们为荣誉而花去的时

拿破仑越过圣伯尔纳山　法国　大卫

拿破仑加冕典礼

1804年12月2日，加冕典礼在巴黎圣母院大教堂隆重举行。为了给典礼罩上豪华的气派，凡是金钱和艺术能做到的事都做到了。皇帝和皇后加冕时所穿的皇袍，耗费了112.3万法郎，而他们的冠冕所花的钱还要多得多。当庇护七世像一千年前他的前辈圣皮埃尔主教给查理大帝戴上皇冠一样，举起沉重的皇冠给皇帝戴上的时候，拿破仑突然从教皇手里夺过皇冠，自己戴上；接着，约瑟芬跪在皇帝面前，拿破仑把一个比较小些的皇冠给她戴上。

光，也就是为了自己的幸福而花去的时光。总而言之，让我们前进吧！目前我们还需要急行军，我们必须战胜残敌，我们要给自己戴上桂冠，必须报复敌人给我们的侮辱！

让那些准备在法国挑起内战的人等着吧！让那些卑鄙地杀死我们的驻外使节和烧毁我们土伦军舰的人等着吧！复仇的时刻到了。

但是，要叫老百姓放心。我们是一切老百姓的朋友，特别是布鲁图家族、西庇阿家族和一切我们奉为典范的大人物的后裔的忠实朋友。恢复卡皮托利小山上的古迹，在那儿恭敬地树起一些能使古迹驰名的英雄雕像。唤醒罗马人，使他们摆脱几百年的奴役造成的昏沉欲睡的状态。这些将是你们的胜利果实，这些果实将在历史上创造一个新的时代。不朽的荣誉将归于你们，因为你们改变了欧洲这一最美丽地方的面貌。

自由的、受全世界尊敬的法国人民正在给全欧洲带来光荣的和平，这种和平将补偿它在六年中所忍受的一切牺牲。那时你们回到自己的家乡，你们的同胞就会指着你们说：他是在意大利方面军服过役的！

作/品/赏/析

拿破仑的演说非常富于激情，具有极大的鼓动性和号召力，他在演讲中高度赞扬了士兵们在战争中英勇的表现和所建立的卓越功勋："你们战胜并消灭了一切阻挡你们前进的敌人。""号称能够威胁你们的敌军，再也找不到更多的可以凭借的障碍物，来抵挡你们的勇气了。""你们的父亲、母亲、妻子、姊妹以及你们所有心爱的人，都为你们的胜利而欢欣鼓舞，他们都以自己是你们的亲人而感到自豪！"这些华丽壮美的语言充分体现了拿破仑在演讲和修辞方面的天赋。拿破仑在演讲中对前景胜利的期许和对前景的展望极大地鼓舞了士兵，更加激发了他们无畏的战斗精神和坚强的战斗力量。"人们在谈到我们时会不会说，我们善于取得胜利，却不善于利用胜利呢？"这样的反问实际上更加地起到了激励的作用，"我们还需要急行军，我们必须战胜残敌，我们要给自己戴上桂冠，必须报复敌人给我们的侮辱！"拿破仑的这篇演讲大量使用呼告和排比，充满战斗的激情和意志力。

制造国旗的人们 / 弗兰克林·耐特·莱恩

演讲词档案
演讲者：弗兰克林·耐特·莱恩（1864～1921）
演讲时间：1914年
演讲地点：美国国务院内政部
演讲者身份：美国内政部长

历史背景

美国的国旗日是为了纪念 1777 年 6 月 14 日美国大陆会议通过由贝蒂·罗斯所设计的国旗（当年只有 13 颗星）。本篇是莱恩在 1914 年 6 月 14 日国旗日上对内政部工作人员的演讲。

原文欣赏

今天早晨，我走进土地管理局的时候，国旗飘扬着，似乎向我热情敬礼。从那旗面的褶皱中，我仿佛听到它说："早上好，制旗者先生。"

"请原谅，光荣的老友，"我说，"你搞错了吧？我不是合众国总统，也不是国会议员，连部队里的将军也不是。我不过是个政府职员罢了。"

"我再次向你致敬，制旗者先生，"它高高兴兴地回答，"我对你熟悉得很。你就是昨天在埃达荷为移民家宅地基问题费尽心血解纷排难的那个人，或者你就是那个发现和俄克拉荷马印第安人签订的契约中有弊病的人，要不然你就是帮助了那位有前途的纽约发明家解决专利权的人，或许是开办了科罗拉多一项新的挖渠工程的人，或许是使伊利诺斯矿山更安全的人，或许是使怀俄明老兵得到救济的人。没有关系，不管你是上述哪一位做好事的人，我要向你这位制旗者先生问好。"

我正要走过去，国旗把我叫住，对我说：

"昨天总统说了一句话，使千百万在墨西哥欠债的佣工得到未来幸福。但是总统呈现在国旗上的这个行动，并不一定大于今年夏天一个男孩在乔治亚州赢得玉米俱乐部奖所作的努力。"

"昨天国会说了一句话，这句话将把阿拉斯加的大门打开；但是密歇根的一位母亲为了使儿子受到教育，从早到晚辛劳工作，这位母亲也同样是在制造国旗。"

"昨天，我们通过了一项新的法律，防止发生经济恐慌；也可能是昨天，俄亥俄州一位小学教师教他的学生学写最初几个字母，这学生也许有一天会谱出一

·演讲者简介·
弗兰克林·耐特·莱恩（1864～1921），年轻时就读于旧金山黑斯廷斯法律学院，于 1888 年取得律师资格。1913 年，获任威尔逊政府内政部长。在任期内，关注公益事业，促成国家公园事务局的创设。

首使我们民族千万人振奋的歌曲。我们都在制造国旗。"

我不耐烦地说："可是这些人不过是在做工作呀！"

国旗大声喊起来：

"我们做的工作就是制造国旗。"

"我不是国旗，根本就不是，我只不过是它的影子。"

"你们把我做成什么样子，我就是什么样子。"

"我是你们对自己的信心，我是你们对民族发展方向的理想。"

"我生活在变化之中，心绪起伏，感情多变，有时伤心，有时疲劳。"

"有时我会满怀豪情，感到坚强，这是人们诚实工作、井然有序的时候。"

"有时我嗒然若丧，因为我那时失去了目标，可悲地成为懦夫。"

"有时我趾高气扬，华而不实，自我中心，完全失去了判断力。"

"但是，你们希望我成为什么样子，并且有勇气努力去做，我就永远是你们希望的样子。"

"我是欢歌，我是恐惧，我是斗争，我是惊惶，我是使人高尚的希望。"

"我是最弱小者的日常工作，又是最强大者的最高梦想。"

"我是宪法和法庭，我是法规和立法者，我是士兵和大无畏的人，我是运货的马车夫，我是扫街的工人，我是厨子、律师和职员。"

"我是昨天的战争和明天的失误。"

"我是一个谜，众人不知其所以然而为之的一个谜。"

"我执著与把握一种理想，我是下定决心的人们冷静考虑去争取的目标。"

"你们相信我成为什么，我就只能成为什么；你们相信我能成为什么，我就能成为什么。"

"你们把我造成什么样子，我就是什么样子。"

"我在你们的眼前飘扬，像一束五彩的光，象征着你们自己，上面画出创造我们国家的伟大精神。我的星条是你们的梦想和劳动。它们振奋明亮，果敢光辉，信仰坚定，因为那是你们用心做成的。你们是国旗的制造者，所以你们应当为制造国旗而感到无上光荣。"

作 / 品 / 赏 / 析

在国旗日发表演讲，其最大的作用便是对国民进行爱国主义教育。莱恩的演讲旨在阐明国旗是一个国家的象征，是所有公民共同创造的，从而激发人们热爱国旗和为国旗增辉的责任感与荣誉感。莱恩通过拟人化的手法，把国旗比作一个有生命、有思想和感情的人，然后通过与"国旗人"对话，让"国旗人"说出它与每个公民不可分割的关系。演讲中，莱特运用了对比的手法，来说明为国旗增辉既是最强大者的梦想，也是最弱小者的希望。每个人各司其职，都是在"制造国旗"，都是在为着国旗的无限荣誉而在努力。莱恩通过多种表现手法的综合运用，把枯燥抽象的话题讲得极为轻松、有趣，从而获得演讲的成功。

责任·荣誉·国家 / 麦克阿瑟

演讲词档案

演讲者：麦克阿瑟（1880～1964）
演讲时间：1962 年 5 月 2 日
演讲地点：西点军校
演讲者身份：美国著名军事家，美国陆军五星上将

历史背景

麦克阿瑟是一位富有激情的演说家。1962 年 5 月 2 日，82 岁高龄的麦克阿瑟回到阔别多年的母校——西点军校，接受美国军事学院的最高荣誉奖——西尔韦纳斯·塞耶荣誉勋章，并在授勋仪式上发表了这篇最动人，也是最后的公开演讲。

原文欣赏

今天早晨，我走出旅馆时，看门人问道："将军，您上哪儿去？"一听说我到西点时，他说："那是个好地方，您从前去过吗？"

这样的荣誉是没有人不深受感动的，长期以来，我从事这个职业；我又如此热爱这个民族，这样的荣誉简直使我无法表达我的感情。然而，这种奖赏主要的并不意味着尊崇个人，而是象征一个伟大道德情操——捍卫这块可爱土地上的文化与古老传统的那些人为的行为与品质的准则。这就是这个大奖章的意义。从现在以及后代来看，这是美国军人道德标准的一种表现。我一定要遵循这种方式，结合崇高的理想，唤起自豪感；也要始终保持谦虚。

责任——荣誉——国家，这三个神圣的名词尊严地命令您应该成为怎样的人，可能成为怎样的人，一定要成为怎样的人。它们是您振奋精神的转折点；当您似乎丧失勇气时鼓起勇气；似乎没有理由相信时重建信念；几乎绝望时产生希望。遗憾的是，我既没有雄辩的辞令，诗意的想象，也没有华丽的隐喻向你们说明它们的意义。怀疑者一定要说它们只不过是几个名词，一句口号，一个浮夸的短语。每一个迂腐的学究，每一个蛊惑人心的政客，每一个玩世不恭的人，每一个伪君子，每一个惹是生非者，很遗憾，还有其他个性完全不同的人，一定企图贬低它们，甚至达到愚弄、嘲笑它们的程度。

但这些名词却能完成这些事。它们建立您的基本特性，它

美国陆军军官学校，即西点军校，位于纽约州哈得孙河西岸上，根据国会法案始建于 1802 年。图为该校举行毕业典礼时，传统的抛帽子习俗

们塑造您将来成为国防卫士的角色；它们使您坚强起来，认清自己的懦弱，而且，让您勇敢地面对自己的胆怯。它们教导您在真正失败时要自尊，要不屈不挠；胜利时要谦和，不要以言语代替行动，不要贪图舒适；要面对重压以及困难和挑战的刺激；要学会巍然屹立于风浪之中，但是，对遇难者要寄予同情，要律人得先律己；要有纯洁的心灵，崇高的目标；要学会笑，不要忘记怎么哭；要长驱直入未来，可不该忽略过去；要为人持重，但不可过于严肃；要谦逊，这样您就会记住真正伟大的淳朴，真正智慧的虚心，真正强大的温顺。它赋予您意志的韧性，想象的质量，感情的活力，从生命的深处焕发精神，以勇敢的优势克服胆怯，甘于冒险胜过贪图安逸。它们在你们心中创造奇境，意想不到的无尽无穷的希望，以及生命的灵感与欢乐。它们以这种方式教导你们成为军官或绅士。

您所率领的是哪一类士兵？他们可靠吗？勇敢吗？他们有能力赢得胜利吗？他们的故事您全部熟悉，那是美国士兵的故事。我对他们估计是多年前在战场上形成的，至今并没有改变。那时，我把他看做世界上最高尚的人物；现在，仍然这样看待他，不仅是具有最优秀的军事品德，而且也是最纯洁的一个人。他的名字与威望是每一个美国公民的骄傲。在青壮年时期，他献出了一切人类所能给予的爱情与忠贞。他不需要我与其他人的颂扬，他自己用鲜血在敌人的胸前谱写自传。可是，当我想到他在灾难中的坚韧，在战火里的勇气，胜利中的谦虚，我满怀的赞美之情是无法言状的。他是历史上一位成功的爱国者的伟

·演讲者简介·

麦克阿瑟（1880～1964）出身军人世家，1903年毕业于西点军校后，在工程部队任职。第一次世界大战中，于1917年10月起在美驻法军队中任师参谋长，后任旅长，大战结束时任第42师师长。1919～1922年任西点军校校长，主持西点军校教学工作。

1930年11月，50岁的麦克阿瑟成为美国陆军史上最年轻的参谋长。第二次世界大战爆发后，1941年7月应召服现役，并以中将衔任远东美军司令，统管远东全部陆军和空军，驻守菲律宾群岛。1942年3月，在准备反攻的军事调整中，任西南太平洋盟军三军总司令。5月，指挥了太平洋战场上的珊瑚海战役，使南进的日军第一次没达到预定的目标。此后，亲自指挥了各次重大战役，先后解放了菲律宾，收复吕宋岛。1944年12月，由于战绩突出，被授予美国特等军衔"五星上将"。

麦克阿瑟像

1945年9月2日，麦克阿瑟登上停泊在东京湾的美国"密苏里号"军舰，接受了日本正式向盟军的投降。随后，担任了盟军驻日本占领军的最高统帅。此后5年中，成了"八千多万日本国民的绝对统治者"。在日本的权力和地位，成了他一生军人生涯的顶峰。

1950年6月25日，朝鲜战争爆发，在朝鲜战场上，麦克阿瑟忠实地执行了杜鲁门政府的侵略政策。在中朝军民的痛击下，美国侵略军遭到可耻失败。杜鲁门妄图挽回败局，借口麦克阿瑟违令抗上，肆意扩大事态，于1951年4月11日解除了他的一切职务，并调回美国。于是，麦克阿瑟成了杜鲁门侵略政策失败的替罪羊。

麦克阿瑟回国后，应邀参加雷明顿—兰德公司的工作，1952年7月31日就任该公司的董事长。1964年4月5日病故。

大典范；他是后代的，作为对子孙进行解放与自由主义的教导者；现在，他把美德与成就献给我们。在二十次战役中，在上百个战场上，围绕着成千堆的营火，我亲眼目睹不朽的坚忍不拔的精神，爱国的自我克制以及不可战胜的决心，这些已经把他的形象铭刻在他的人民的心坎上。从世界的这一端到那一端，从天涯到海角，我们已经深深地喝干勇敢的美酒。

……

这几个名词的准则贯穿着最高的道德准则，并将经受任何为提高人类而传播的伦理或哲学的检验。它所要求的是正确的事物，它所制止的是错误的东西。高于众人之上的战士要履行宗教修炼的最伟大的行为——牺牲。在战斗中，面对着危险与死亡，他显示出造物者按照自己意愿创造人类时所赋予的品质，只有神明的援助能支持他，任何肉体的勇敢与动物的本能都代替不了。无论战争如何恐怖，召之即来的战士准备为国捐躯是人类最崇高的进化。

现在，你们面临着一个新世界——一个变革中的世界。人造卫星进入星际空间，星球与导弹标志着人类漫长的历史开始了另一个时代——太空时代的篇章。自然科学家告诉我们，花费了五十亿年或更长的时期造成的地球，在三万万年才出现人类，再没有比现在发展得更快、更伟大的了。我们现在不但是从这个世界，而且涉及不可估量的距离，还要从神秘莫测的宇宙来论述事物。我们正在伸向一个崭新的无边无际的界限。我们谈论着不可思议的话题：控制宇宙的能源；让风与潮汐为我们工作；创造空前的合成物质，补充甚至代替古老的基本物质；净化海水供我们饮用；开发海底作为财富与粮食的新基地；预防疾病，延长寿命几百岁；调节空气，使冷热晴雨分布均衡……使生命成为有史以来最扣人心弦的那些梦境与幻想。

通过所有这些巨大的变化和发展，你们的任务就是坚定与不可侵犯地赢得我们战争的胜利。你们的职业中只有这个生死攸关的献身，此外，什么也没有。其余的一切公共目的、公共计划、公共需求，无论大小，都可以寻找其他的方法去完成；而你们就是训练好参加战斗的，你们的职业就是战斗——决心取胜。在战争中明确的认识就是为了胜利，胜利是任何都代替不了的。假如您失败了，国家就要遭到破坏，唯一缠住您的公务职责就是责任——荣誉——国家。其他人将争论着国内外的、分散人思想的争论的结果，可是，您将安详、宁静地屹立在远处，作为国家的卫士，作为国际矛盾怒潮中的救生员，作为战斗竞技场上的领头人士。一个半世纪以来，你们曾经防御、守卫、保护着解放与自由、权力与正义的神圣传统。让老百姓的声音来辩论我们政府的功过，是否因联邦的家长式统治力量过大，权力集团发展过于骄横自大，政治太腐败，罪犯太猖獗，道德标准降得太低，捐税提得太高，极端分子的偏激衰竭；我们个人的自由是否像完全应有的那样完全彻底，这些重大的国家

麦克阿瑟与士兵在菲律宾

问题无须你们的职业去分担或军事来解决。你们的路标：责任——荣誉——国家，这抵得上夜里的十倍灯塔。

你们是联系我国防御系统全部机构的发酵剂。从你们的队伍中涌现出战争警钟敲响时刻手操国家命运的伟大军官。从来也没有人打败过我们。假如您这样做，一百万身穿橄榄色、棕卡其、蓝色和灰色制服的灵魂将从他们的白色十字架下站起来，以雷霆般的声音响起神奇的词句：责任——荣誉——国家。

这并不意味着你们是战争贩子。相反，高于众人之长的战士祈求和平，因为他必须忍受战争最深刻的伤痛与疮疤。可是，在我们的耳边经常响起大智大慧的哲学之父柏拉图的不祥之言："只有死者看到战争的终结。"

我的年事渐高，已过黄昏。我的过去已经消失了音调与色彩，它们已经随着往事的梦境模模糊糊地溜走了。这些回忆是非常美好的，是以泪水洗涤，以昨天的微笑抚慰的。我渴望的耳朵徒然聆听着微弱的起床号声的迷人旋律，远处咚咚作响的鼓声。在我的梦境里，又听到噼啪的枪炮声、啪啪的步枪射击声、战场上古怪而忧伤的低语声。可是，在我记忆的黄昏，我总是来到西点，那里始终在我的耳边回响着：责任——荣誉——国家。

今天标志着我最后一次检阅你们。但是，我希望你们知道，当我死去时，我最后内心深处一定是这个部队的——这个部队的——这个部队的。

我向你们告别了。

作/品/赏/析

这是一篇热情洋溢的演讲，家常的开场白创造了良好的氛围，然后麦克阿瑟围绕着责任、荣誉、国家这三个核心名词，展开了他的宏论，同时用充满激情的语言描绘了一幅幅波澜壮阔的感人画卷，属于军人的责任、荣誉的画卷，这也是麦克阿瑟一生的经验总结、西点军校学生奋斗的目标。演讲的语言朴素而真挚，演讲者用真挚，饱含深情的话语对听众动之以情、晓之以理，意蕴博大精深、意味深长幽远。西点军校是麦克阿瑟军人生涯的起点，现在他告别西点，告别军旅生活，内心的依依不舍之情流露在话语之间，这种浓烈的感情也打动着每一位听众："在我记忆的黄昏，我总是来到西点，那里始终在我的耳边回响着：责任——荣誉——国家。"演讲的结构严谨，层次有序，主旨鲜明，军人的荣誉是承担责任，保卫国家这样一个主题贯穿全文，明确表达了麦克阿瑟对军人价值的理解以及对西点军校的深厚感情。本篇演讲充满了诗意般的魅力，作者大量运用修辞，如排比、比喻、夸张、引用等，非常得体，绚丽多彩，造成磅礴的气势和强烈的感染力。

真正的男子汉都喜欢打仗 / 巴顿

演讲词档案

演讲者：巴顿（1885 ~ 1945）
演讲时间：1944 年 6 月 5 日
演讲地点：英国东南部的多佛尔地区
演讲者身份：美国陆军四星上将

历史背景

在诺曼底登陆战役前夕，为了迷惑德军统帅部，保障登陆作战的隐蔽性，盟军运用了双重特工、电子干扰，以及在英国东南部地区伪装部队及船只的集结等一系列措施。这期间，盟军司令部还让巴顿将军在英国进行战前演讲以蒙蔽敌人。

这些措施再加上严格的保密，使德军统帅部在很长时间里对盟军登陆地点、时间都作出了错误判断。当盟军在诺曼底登陆，并建立起滩头阵地时，德军仍认为只是牵制性的佯攻。当时，德军在西线的大部分兵力部署在加莱地区，而在诺曼底，则因兵力单薄无法抵御。这篇演讲是诺曼底登陆战前夕，巴顿将军对第 3 集团军将士的战前动员。

原文欣赏

弟兄们，最近有些小道消息，说我们美国人对这次战争想置身事外，缺乏斗志。那全是一堆臭狗屎！美国人从来就喜欢打仗。真正的美国人喜欢战场上的刀光剑影。你们今天在这里，有三个原因。一、你们来这，是为了保卫家乡和亲人。二、你们来这，是为了荣誉，因为你此时不想在其他任何地方。三、你们来这，是因为你们是真正的男子汉，真正的男子汉都喜欢打仗。当今天在座的各位还都是孩子的时候，大家就崇拜弹球冠军、短跑健将、拳击好手和职业球员。美国人热爱胜利者。美国人对失败者从不宽恕。美国人蔑视懦夫。美国人既然参赛，就要赢。我对那种输了还笑的人嗤之以鼻。正因为如此，美国人迄今尚未打输过一场战争，将来也不会输。一个真正的美国人，连失败的念头，都会恨之入骨。

你们不会全部牺牲。每次主要战斗下来，你们当中只可能牺牲百分之二。不要怕死。每个人终究都会死。没错，第一次上战场，每个人都会胆怯。如果有人说他不害怕，那是撒谎。有的人胆小，但这并不妨碍他们像勇士一样战斗，因为如果其他同样胆怯的战友在那奋勇作战，而他们袖手旁观的话，他们将无地自容。真正的英雄，是即使胆怯，照样英勇作战的男子汉。有的战士在火线上不到一分钟，便会克服恐惧。有的要一小时。还有的，大概要几天工夫。但是，真正的男子汉，不会让对死亡的恐惧战胜荣誉感、责任感和雄风。战斗是不甘居人下的男子汉最能表现自己胆量的竞争。战斗会逼出伟大，剔除貌小。美国人以能成为雄中之雄而自豪，而且他们也正是雄中之雄。大家要记住，敌人和你们一样害怕，很可能更害怕。他

们不是刀枪不入。在大家的军旅生涯中，你们称演习训练为"鸡屎"，经常怨声载道。这些训练演习，如军中其他条条框框一样，自有它们的目的。训练演习的目的，就是培养大家的警惕性。警惕性必须渗透到每个战士的血管中去。对放松警惕的人，我决不手软。你们大家都是枪林弹雨里冲杀出来的，不然你们今天也不会在这儿。你们对将要到来的厮杀，都会有所准备。谁要是想活着回来，就必须每时每刻保持警惕。只要你有哪怕是一点点的疏忽，就会有个狗娘养的德国鬼子悄悄溜到你的背后，用一坨屎置你于死地！

在西西里的某个地方，有一块墓碑码得整整齐齐的墓地，里面埋了四百具阵亡将士的尸体。那四百条汉子升天，只因一名哨兵打了个盹。令人欣慰的是，他们都是德国军人。我们先于那些狗杂种发现了他们的哨兵打盹。一个战斗队是个集体。大家在那集体里一起吃饭，一起睡觉，一起战斗。所谓的个人英雄主义是一堆马粪。那些胆汁过剩、整日在星期六晚间邮报上拉马粪的家伙，对真正战斗的了解，并不比他们搞女人的知识多。

巴顿像

我们有世界上最好的给养、最好的武器设备、最旺盛的斗志和最棒的战士。说实在地，我真可怜那些将和我们作战的狗杂种。真的。

我麾下的将士从不投降。我不想听到我手下的任何战士被俘的消息，除非他们先受了伤。即便受了伤，你同样可以还击。这不是吹大牛。我愿我的部下，都像在利比亚作战时的一位我军少尉。当时一个德国鬼子用手枪顶着他胸膛，他甩下钢盔，一只手拨开手枪，另只手抓住钢盔，把那鬼子打得七窍流血。然后，他拾起手枪，在其他鬼子反应过来之前，击毙了另一个鬼子。在此之前，他的一侧肺叶已被一颗子弹洞穿。这，才是一个真正的男子汉！

不是所有的英雄都像传奇故事里描述的

· 演讲者简介 ·

巴顿（1885～1945），1885年生于加利福尼亚州一个军人世家。1909年6月，军校毕业后到骑兵部队服役。1917年，随美国远征军赴法参战。同年11月，负责组建美军第一个装甲旅。1918年9月指挥该旅参加圣米耶勒战役。

1940年7月，巴顿受命组建一个装甲旅。同年，被任命为第2装甲师师长。1942年1月，升任第1装甲军军长。11月，作为北非远征军西部特遣部队司令，率部参加北非登陆战役，占领法属摩洛哥。1943年3月5日，接任被隆美尔击败的美第2集团军军长，4月升任美第7集团军司令。1943年7月9日，盟军发起西西里岛登陆战役，巴顿率美第7集团军攻取巴勒莫，随后占领墨西拿城。

1944年1月，巴顿在英国就任美国第3集团军司令。7月赴法国诺曼底，8月1日率部投入战斗，突入布列塔尼半岛和法国中部。1945年12月9日，在外出打猎时突遇车祸，伤重不治，享年60岁。

那样。军中每个战士都扮演一个重要角色。千万不要吊儿郎当，以为自己的任务无足轻重。每个人都有自己的任务，而且必须做好。每个人都是一条长链上的必不可少的环节。大家可以设想一下，如果每个卡车司机都突然决定，不愿再忍受头顶呼啸的炮弹的威胁，胆怯起来，跳下车去，一头栽到路旁的水沟中躲起来，那会产生什么样的后果。这个懦弱的狗杂种可以给自己找借口："管他娘的，没我地球照样转，我不过是千万分之一。"但如果每个人都这样想呢？到那时，我们怎么办？我们的国家、亲人甚至整个世界会是怎么一个样子？不，他奶奶的，美国人不那样想。每个人都应完成他的任务。每个人都应对集体负责。每个部门，每个战斗队，对整个战争的宏伟篇章，都是重要的。弹药武器人员让我们枪有所发，炮有所射。没有后勤人员给我们送衣送饭，我们就会饥寒交迫，因为在我们要去作战的地方，已经无可偷抢。指挥部的所有人员，都各有所用，即使是个只管烧水帮我们洗去征尘的勤务兵。

每个战士不能只想着自己，也要想着身边一起出生入死的战友。我们军队容不得胆小鬼。所有的胆小鬼都应像耗子一样被斩尽杀绝。否则，战后他们就会溜回家去，生出更多的胆小鬼来。老子英雄儿好汉，老子懦夫儿软蛋。干掉所有狗日的胆小鬼，我们的国家将是勇士的天下。我所见过的最勇敢的好汉，是在突尼斯一次激烈的战斗中，爬到电话竿上的一个通讯兵。我正好路过，便停下问他，在这样危险的时候爬到那么高的地方瞎折腾什么？他答道："在修理线路，将军。"我问："这个时候不是太危险了吗？"他答道："是危险，将军，但线路不修不行啊。"我问："敌机低空扫射，不打扰你吗？"他答："敌机不怎么打扰，将军，你倒是打扰得一塌糊涂。"弟兄们，那才是真正的男子汉，真正的战士。他全心全意地履行自己的职责，不管那职责当时看起来多么的不起眼，不管情况有多危险。还有那些通往突尼斯的路上的卡车司机，他们真了不起。他们没日没夜，行驶在那狗娘养的破路上，从不停歇，从不偏向，把四处开花的炮弹当成伴奏。我们能顺利前进，全靠这些天不怕地不怕的美国硬汉。这些司机中，有人连续开车已经超过四十小时。他们不属战斗部队，但他们同样是军人，有重要的任务要完成。任务他们是完成了，而且完成得真他娘的棒！他们是大集体的一部分。如果没有大家的共同努力，没有他们，那场战斗可能就输掉了。只因所有环节都各司其职，各尽其责，整个链条才坚不可破。

大家要记住，算我没来过这里。千万不要在信件里提及我。按理说，我是死是活，对外界要保密，我既不统率第3集团军，更不在英国。让那些狗日的德国佬第一个发现吧！我希望有一天看到，那些狗杂种屁滚尿流，哀鸣道："我的天哪！又是那挨千刀的第3集团军！又是那狗娘养的巴顿！"

我们已经迫不及待了。早一日收拾掉万恶的德国鬼子，我们就能早一日掉转枪口，去端日本鬼子的老巢。如果我们不抓紧，功劳就会全让狗娘养的海军陆战队抢去了。

是的，我们是想早日回家。我们想让这场战争早日结束。最快的办法，就是干掉燃起这场战争的狗杂种们。早一日把他们消灭干净，我们就可以早一日凯旋。回家的捷径，要通过柏林和东京。到了柏林，我要亲手干掉那个纸老虎、狗杂种希特勒，就像干掉一条蛇！

谁要想在炮弹坑里蹲上一天，就让他见鬼去吧！德国鬼子迟早会找到他的头上。我的手下不挖猫耳洞，我也不希望他们挖。猫耳洞只会使进攻放缓。我们要持续进攻，不给敌人挖猫耳洞的时间。我们迟早会胜利，但我们只有不停战斗，比敌人勇敢，胜利才会到来。我们不仅要击毙那些狗杂种，而且要把他们的五脏六腑掏出来润滑我们的坦克履带。我们要让那些狗日的德国鬼子尸积成山，血流成河。战争本来就是血腥野蛮残酷的。你不让敌人流血，他们就会让你流。挑开他们的肚子，给他们的胸膛上来上一枪。如果一颗炮弹在你身旁爆炸，炸了你一脸灰土，你一抹，发现那竟是你最好伙伴的模糊血肉时，你就知道该怎么办了！

我不想听到报告说，"我们在坚守阵地。"我们不坚守任何见鬼的阵地。让德国鬼子坚守去吧！我们要一刻不停地进攻，除了敌人的卵子，我们对其他任何目标都不感兴趣。我们要扭住敌人的卵子不放，打得他们魂魄出窍。我们的基本作战计划，是前进前进再前进，不管要从敌人身上身下爬过去，还是要从他们身体中钻过去。我们要像挤出鹅肠或小号的屎那样执著，那样无孔不入！

有时免不了有人会抱怨，说我们对战士要求太严，太不近情理。让那些抱怨见鬼去吧！我坚信一条金玉良言，就是"一杯汗水，会挽救一桶鲜血"。我们进攻得越坚决，就会消灭越多的德国鬼子。我们消灭的德国鬼子越多，我们自己人死得就会越少。进攻意味着更少的伤亡。我希望大家牢牢记住这一点。

凯旋后，今天在座的弟兄们都会获得一种值得夸耀的资格。二十年后，你会庆幸自己参加了此次世界大战。到那时，当你在壁炉边，孙子坐在你的膝盖上，问你："爷爷，你在第二次世界大战时干什么呢？"你不用尴尬地干咳一声，把孙子移到另一个膝盖上，吞吞吐吐地说："啊……爷爷我当时在路易斯安那铲粪。"与此相反，弟兄们，你可以直盯着他的眼睛，理直气壮地说："孙子，爷爷我当年在第3集团军和那个狗娘养的乔治·巴顿并肩作战！"

作 / 品 / 赏 / 析

在演讲一开始，巴顿就开宗明义，明确地对士兵提出来打仗的三个目的：保卫家乡和亲人、为了荣誉和真正的男子汉都喜欢打仗。这三个目标层次分明，为下一步的激励埋好了伏笔。接着，巴顿在阐述道理的同时列举了一些真实的故事，使他的演讲更具有说服力。巴顿这篇像旋风一样的演讲使将士们热血沸腾，激励他们以百倍的勇气冲向前线。巴顿的演讲风格独特，粗犷豪放，中间穿插了很多带着他强烈的军人特质和个人烙印的粗词糙语。不过这并不影响他演讲的效果，相反，这样的语言更合乎即将上战场的美国大兵的口味，使他们充满必胜的信念和激昂的斗志。

这篇演讲也不时闪烁着巴顿的军事思想。如他认为个人英雄主义一文不值，军队集体的力量才是强大的；他倡导不要防守，只管进攻的作战策略等。

反攻动员令 / 艾森豪威尔

演讲词档案

演讲者：艾森豪威尔（1890～1969）

演讲时间：1944年6月6日

演讲地点：英国

演讲者身份：美国第34任总统，美国陆军五星上将

历史背景

第二次世界大战爆发不久，英法等国一败涂地，西欧大陆几乎全部被德军控制。苏德战争爆发后，苏联曾多次要求美国和英国在西欧开辟第二战场。1943年，在德黑兰会议上，斯大林、罗斯福和丘吉尔正式商定，美英盟军于1944年5月在法国北部地区登陆，行动代号为"霸王"。会后，艾森豪威尔被任命为"霸王"行动的盟军最高司令。

盟军经过反复分析研究，最终确定以诺曼底地区的奥恩河口到科塘坦半岛南端的地域作为盟军的登陆地域。原先选定6月5日发动登陆进攻，然而6月初风浪颇大，大多数将领主张延后行动。艾森豪威尔权衡利弊，毅然决定利用6月6日这天天气有短暂好转的间隙展开攻击行动。这就是著名的诺曼底登陆战役。作战前，艾森豪威尔发表了这篇《反攻动员令》。

原文欣赏

各位联合远征军的海陆空战士们：

你们马上就要踏上征程去进行一场伟大的圣战，为此我们已精心准备了数月。全世界的目光都注视着你们，各地热爱和平的人们的期望与祈祷伴随着你们。

你们将与其他战线上的英勇盟军及兄弟一起并肩战斗，摧毁德国的战争机器。推翻压在欧洲人民身上的纳粹暴政，保卫我们在一个自由世界的安全。这是一个艰巨的任务。你们的敌人训练有素，装备精良，久经沙场，他们肯定会负隅顽抗。但是现在是1944年。与纳粹1940年、1941年连连取胜时大不相同。联合国家在正面战场予以德军迎头痛击，空军削弱了德军的空中力量和陆上战斗能力；后方弹药充足、武器精良、部署得当、后备力量丰富。潮流已经逆转，全世界自由的人们正在一起向胜利迈进。

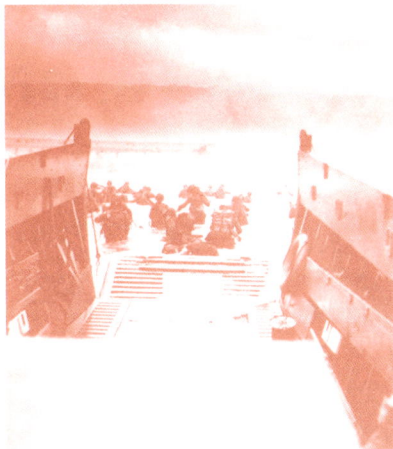

盟军登陆舰在诺曼底登陆的场面

·演讲者简介·

艾森豪威尔（1890～1969），1890 年 10 月 14 日生于美国德克萨斯州的丹尼森。1915 年，从西点军校毕业，到步兵团队服役。第一次世界大战期间，留在国内任科尔特坦克训练中心主任。1933 年，任陆军参谋长麦克阿瑟的副官。1939 年欧战爆发后回国，历任营长、师参谋长、军参谋长、集团军参谋长。

第二次世界大战期间，艾森豪威尔受命担任欧洲盟军最高统帅。1944 年 6 月，指挥了历史上规模最大的诺曼底登陆战役。同年，晋升五星上将。战后历任美国陆军参谋长、北大西洋公约组织武装部队最高司令、哥伦比亚大学校长。

1953～1961 年，艾森豪威尔连任两届美国总统。在任内继续推行杜鲁门的"冷战"政策，扩大核武器生产，加速发展战略空军，推行"大规模报复战略"。1969 年 3 月 28 日，在华盛顿病逝，终年 79 岁。

1952 年，艾森豪威尔竞选总统成功。

我对你们的勇敢、责任心和作战技巧充满了信心，我们迎接的只会是彻底的胜利。

祝你们好运，并让我们祈求万能的上帝祝福这伟大而崇高的事业获得成功。

作/品/赏/析

在诺曼底登陆进攻前夕发表这篇演讲，艾森豪威尔可谓用心良苦。盟军经过大半年的准备，成败就在此一举。面对强大的德国法西斯，只有激发士兵们必胜的信心，登陆才有可能顺利进行。该演讲鼓舞了盟军的士气，为诺曼底登陆的胜利开启了序幕。诺曼底登陆的胜利，标志着盟军在欧洲大陆成功开辟第二战场。

演讲一开始，艾森豪威尔便指出这次行动是一场伟大的"圣战"，点明这是一场世界人民期待的正义之战。接着，他冷静而自信地分析了盟军与德国法西斯的力量对比以及这场战争的发展趋势，指出最后的胜利必将属于盟军，属于全世界自由的人们。

演讲十分简短，这可能与战前时间紧迫有关，但正是这些简短而充满力量的话语，给了士兵最大的鼓励。严谨的逻辑，冷静的分析，使演讲具有很强的说服力。从这篇演讲中，我们可以看出艾森豪威尔是一位兼具政治家眼光的优秀军人。

诺曼底登陆的宏大场景

除旧鼎新的
革命豪情

在沃姆斯国会上的讲话 /马丁·路德

演讲者：马丁·路德（1483～1546）
演讲时间：1521年
演讲地点：沃姆斯帝国会议
演讲者身份：著名的宗教改革家

历史背景

1520年6月2日，教皇颁布敕令，让马丁·路德在60天内撤回《九十五条论纲》中的41条，否则就开除教籍。路德不为所动，公开把教皇的敕令付之一炬。1521年，路德被捕，并被要求在德皇召集的沃姆斯帝国会议上承认错误。在会上，路德拒绝承认错误，义正词严地为自己申辩。

原文欣赏

最尊贵的皇帝陛下、各位显赫的亲王殿下和仁慈的国会议员们：

遵照你们的命令，我今天谦卑地来到你们面前。看在仁慈上帝的分上，我恳求皇帝陛下和各位显赫的亲王殿下，聆听我为千真万确的正义事业进行辩护。请宽恕我，要是我由于无知而缺乏宫廷礼仪，那是因为我从未受过皇帝宫廷的教养，而且是在与世隔绝的学府回廊里长大的。

昨天，皇帝陛下向我提出了两个问题。第一个问题是：我是否就是人们谈到的那些著作的作者；第二个问题是：我是想撤回还是捍卫我所讲的教旨。关于第一个问题，我已经作了回答，我现在仍坚持这一回答。

关于第二个问题，我已经撰写了一些主题截然不同的文章。在有些著作中，我既是以纯洁而明晰的精神，又是以基督徒的精神论述了宗教信仰和《圣经》，对此，甚至连我的对手也丝毫找不出可指责的内容。他们承认这些文章是有益的，值得虔诚的人们一读。教皇的诏书虽然措辞严厉（指利奥十世1520年6月签发的《斥马丁·路德谕》，限路德60天内取消自己的论点，否则施以重罚。路德当众烧毁诏书，与教廷公开决裂），但又不得不承认这一点。因此，如若我现在撤回这些文章，那我是在做些什么呢？不幸的人啊！难道众人之中，唯独我必须放弃敌友一致赞同的这些真理，并反对普天下自豪地予以认可的教义吗？

其次，我曾写过某些反对教皇制度的文章。在这些著述中，我抨击了诸如以谬误的教义、不正当的生活和丑恶可耻的榜样，致使基督徒蒙受苦难，并使人们的肉体和灵魂遭到摧残的制度。这一点不是已经由所有敬畏上帝的人流露出的忧伤得到证实了吗？难道这还未表明，教皇的各项法律和教义是在纠缠、折磨和煎熬虔诚的宗教徒的良知？难道这还未表明，神圣罗马帝国臭名昭著的和无止境的敲诈勒索是在吞噬基督徒们的财富，特别是在吞噬这一杰出民族的财富吗？

如若我收回我所写的有关那个主题的文章，那么，除了是在加强这种暴政，并为那些罪恶昭著的不恭敬言行敞开大门外，我是在做些什么呢？那些蛮横的人在怒火满腔地粉碎一切反抗之后，会比过去更为傲慢、粗暴和猖獗！这样，由于我收回的这些文章，必须会使现在沉重地压在基督徒身上的枷锁变得更难以忍受——可以说使教皇制度从而成为合法，而且，由于我撤回这些文章，这一制度将得到至尊皇帝陛下以及帝国政府的确认。天哪！这样我就像一个邪恶的斗篷，竟然被用来掩盖各种邪恶和暴政。

第三点，也是最后一点，我曾写过一些反对某些个人的书籍，因为这些人通过破坏宗教信仰来为罗马帝国的暴政进行辩护。我坦率地承认，我使用了过于激烈的措辞，这也许与传教士职业不相一致。我并不把自己看做是一个圣徒，但我也不能收回这些文章。因为，如果我这样做了，就定然是对我的对手们不敬上帝的言行表示认可，而从此以后，他们必然会乘机以更残酷的行为欺压上帝的子民。

然而，我只不过是个凡夫俗子，我不是上帝，因此，我要以耶稣基督为榜样为自己辩护。耶稣说："如若我说了什么有罪的话，请拿出证据来指证我。"（《圣经·新约·约翰福音》第18章第23节）我是一个卑微、无足轻重、易犯错误的人，除了要求人们提出所有可能反对我教义的证据来，我还能要求什么呢？

因此，至尊的皇帝陛下，各位显赫的亲王，听我说话的一切高低贵贱的人士，我请求你们看在仁慈上帝的分上，用先知和使徒的话来证明我错了。只要你们能使我折服，我就会立刻承认我所有的错误，首先亲手将我写的文章付之一炬。

我刚才说的话清楚地表明，对于我处境的危险，我已认真地权衡轻重，深思熟虑，但是我根本没有被这些危险吓倒，相反，我极为高兴地看到今天基督的福音仍一如既往，引起了动荡和纷争。这是上帝福音的特征，是命定如此。耶稣基督说过："我来，并不是叫地上太平，乃是叫地上动刀兵。"（《圣经·新约·马太福音》第10章第34节）上帝的意图神妙而可敬可畏。我们应当谨慎，以免因制止争论而触犯上帝的圣诫，招致无法解脱的危险，当前灾难以至永无止境的凄凉

· 演讲者简介 ·

马丁·路德（1483～1546），1483年生于德国萨克森州的埃斯勒本，两岁时举家迁往曼斯费尔德。18岁时，进入爱尔福特大学攻读法律，4年后获硕士学位。1505年，进入圣奥古斯丁修道院当修士。1512年，获得维登堡大学的神学博士学位，并成为该校的一名教授。他在维登堡大学的图书馆里潜心研读《圣经》，创立了"因信称义"的宗教学说，认为"信仰耶稣即可得救"，否定教皇和教会的权威。1517年万圣节前夕，教皇又派人到德国大量兜售"赎罪券"，宣称只要交钱上帝就会免除其罪行。马丁·路德对教皇的做法非常不满，于是写了《九十五条论纲》张贴在维登堡卡斯尔教堂的大门上，引起了强烈反响，由此拉开了德国宗教改革的序幕。1519年，马丁·路德在莱比锡与天主教神学家艾克进行了一场大辩论，他借机宣传自己的宗教改革主张。1520年，为了更加广泛地传播自己的思想，马丁·路德撰写了一系列文章和小册子。后来，为了避免遭到教会的迫害，他隐居到瓦特堡，从事《圣经》的德文翻译工作。1546年2月，因病去逝，被葬于维登堡大教堂墓地。

马丁·路德像

路德派与天主教大讨论

宗教改革时期，德国的政治舞台上形成了三派势力：保守派支持罗马教廷，反对宗教改革；温和改革派支持路德，主张没收教产，取消教会特权、等级制和繁琐的崇拜仪式，要求建立一个摆脱教皇控制的国家教会，但反对暴力；激进改革派在宗教改革的旗帜下要求变革整个社会制度。

悲惨。我们务必谨慎，使上天保佑我们高贵的少主查理皇帝不仅开始治国，且国祚绵长。我们对他的希望仅次于上帝。我不妨引用神谕中的例子，我不妨谈到古埃及的法老、巴比伦诸王和以色列诸王。他们貌似精明，想建立自己的权势，却最终导致了灭亡。"上帝在他们不知不觉中移山倒海。"（《圣经·旧约·约伯记》第9章第5节）

我之所以这样说，并不表示诸位高贵的亲王需要听取我肤浅的判断，而是出于我对德国的责任感，因为国家有权期望自己的儿女履行公民的责任。因此，我来到陛下和诸位殿下尊前，谦卑地恳求你们阻止我的敌人因仇恨而将我不该受的愤怒之情倾泻于我。

既然至尊的皇帝陛下、诸位亲王殿下要求我简单明白，直截了当地回答，我遵命作答如下：我不能屈从于教皇和元老院而放弃我的信仰，理由是他们错误百出，自相矛盾，犹如昭昭天日般明显。如果找出《圣经》中的道理或无可辩驳的理由使我折服，如果不能用我刚才引述的《圣经》文句令我满意信服，如果无法用《圣经》改变我的判断，那么，我不能够，也不愿意收回我说过的任何一句话，因为基督徒是不能说违心之言的。这就是我的立场，我没有别的话可说了。愿上帝保佑我。阿门！

作/品/赏/析

作为一次答辩，路德的演讲在语言上修辞非常谨慎，但是充满了毋庸置疑的正义感，演讲直接针对问题，非常有条理地回答了德皇向他提出的两个问题，并重点针对第二个问题作了阐释，其核心主题是他坚持自己的论点的理由，在自己的立场上，路德认为，他不能收回自己论点是因为它们是敌友一致赞同的真理和普天下自豪地予以认可的教义。也就是说，他不能够背叛自己认定的真理；路德认为自己所写的反对教皇制度的文章是抨击诸如谬误的教义、不正当的生活和丑恶可耻的榜样，致使基督徒蒙受苦难，并使人们的肉体和灵魂遭到摧残的制度，如果他收回有关这些主题的文章，就会成为邪恶的斗篷；路德认为自己写过反对某些个人的文字，是因为这些个人通过破坏宗教信仰来为罗马的暴政进行辩护，如果收回这些文章就等于对不敬上帝的人的言行表示认可，他坚持自己的论点是在充分意识到自己处境危险的基础上作出的选择，但是他缜密理性的演讲表明他的立场是坚定不移的，不可动摇的。

关于对路易十六判刑的意见 / 罗伯斯庇尔

演讲词档案

演讲者：罗伯斯庇尔（1758 ~ 1794）
演讲时间：1792 年
演讲者身份：18 世纪法国大革命时期政治活动家，雅各宾派领袖

第三篇 除旧鼎新的革命豪情

八七

历史背景

1792 年 8 月 10 日，巴黎人民起义，推翻王权和君主立宪派。起义前夕成立并且领导了这次起义的巴黎公社，在 8 月 10 日胜利后实际上成了巴黎的第二个政权，与当权的吉伦特派统治相对立。9 月 31 日，新的议会——国民公会召开。国民公会已没有君主立宪派的席位了，吉伦特派与雅各宾派成为两个对立的主要派别。双方斗争的实质在于，是否继续把革命向前推进。围绕处理路易十六的问题，两派展开一场激烈斗争。吉伦特派极力拯救路易十六，雅各宾派则坚持处死路易十六。罗伯斯庇尔在此期间发表了两次演讲。

原文欣赏

一个共和国里被废位的国王是危险的泉源：或者扰乱国家的安宁，破坏自由，或者两者同时进行……

为了巩固这个年轻的共和国，应该怎样做才是健全的政策呢？我们的目的应该是在人们心中深深铭刻对王室的蔑视，使国王的一切支持者感到恐怖。现在，如果我们把他的罪当做可以讨论的问题向世界提出来……你们就会发现，这里允许他继续威胁自由的真正秘密所在。

……

路易是不能加以审判的。他的罪已定了，否则我们也不会有共和国了。现在再建议我们开始审讯路易十六，那就等于倒退到君主专制或立宪专制上去。这是反革命的想法，因为这不折不扣是对革命本身的起诉……

审讯路易十六是王室向制宪会议提出的请求。如果为路易十六的律师提供讲坛，你们就为专制反对自由的斗争开辟了道路，使诬蔑和亵渎共和国成为名正言顺的事……你们在给予一切被打倒的集团以新的生命；你们鼓励他们，你们使被打倒的君主制取得新的力量，你们承认人们有权毫无阻碍地拥护或反对国王……

所有外国专制主义的嗜血匪帮都准备假路易十六之名对我们作战。路易在监狱的角落里同我们进行斗争，可是我们仍然在考虑他是不是有罪，仍然在考虑是不是可以把他当做敌人看待。我不认为共和国这个词可以等闲对待，我不认为共和国是为了让人对它开玩笑而存在的。现在所做的事是有利于王朝复辟的事。

有人说这次审讯是重大的事件，应该慎重处理。但是，恰恰是你们自己在

给予这件事以巨大的重要性！这有什么重要性呢？有任何困难吗？没有！是因为所牵涉到的人物吗？在自由的眼中，他比谁都藐小。在人道的眼中，他比谁都有罪……你们难道是害怕伤害人民的情感吗？要知道，人民所害怕的只是他们的代表的怯懦和野心……你们害怕国王们联合起来反对你们吗？如果你们愿意被他们打败，只要让他们得到你们害怕他们的印象就行了。你们只要稍微表现出对废位的国王们的帮手和同盟的尊敬，你们就

1793 年 1 月 21 日路易十六被送上断头台

1793 年 1 月 15 日晚上，法国议会大厅里召开国民公会表决对国王路易十六的判刑问题。表决的方法叫"唱名表决"，被点到的议员逐个上台发表意见。当点到罗伯斯庇尔时，他步伐矫健地走上台，以充满哲理的语言发表了自己的意见，坚决地投票赞成死刑。表决整整进行了两天三夜，大多数议员赞成判处死刑。

一定会被打败……也许你们害怕后代的议论吧？毫无疑问，后代是会迷惑不解的。但是，他们迷惑不解的是我们的软弱，我们的偏见，我们的动摇。

国家要生存，路易就必须死。在内外都平静无事、我们获得自由和受人尊敬的时候，也许可以考虑宽大的处理办法。但是，在还没有获得自由的今天，在我们作了那样多的牺牲和战斗以后，严刑峻法还只适用于不幸者的今天，在暴君的罪行还成为争论题目的今天——在这样的时刻，不能有慈悲的想法；在这样的时刻，人民要求的是报复，打倒君主制取得新的力量，你们承认人们有权毫无阻碍地拥护或反对国王……

作/品/赏/析

1792 年 9 月 31 日，国民公会召开。围绕处理路易十六的问题，吉伦特派和雅各宾派展开激烈的争论，吉伦特派极力拯救路易十六，而雅各宾派坚持要处死路易。罗伯斯庇尔的演讲就是在此期间发表的，作为政治演讲，罗伯斯庇尔的措辞激烈，气势磅礴，观点鲜明，不容置辩，而且涉及事实非常具体：共和国和国王是势不两立的，"在内外都平静无事、我们获得自由和受人尊敬的时候，也许可以考虑宽大的处理办法。但是，在还没有获得自由的今天，在我们作了那样多的牺牲和战斗以后，严刑峻法还只适用于不幸者的今天，在暴君的罪行还成为争论题目的今天——在这样的时刻，不能有慈悲的想法"。罗伯斯庇尔滔滔不绝的演讲具有排山倒海、不可阻挡的气势，其中的逻辑论证无懈可击，分析透彻，使人折服，最终使国民公会的 726 名代表中半数以上的人赞成判处路易十六死刑。

名誉重于生命 / 伊墨刺多

演讲词档案
演讲者：伊墨刺多（1780～1803）
演讲时间：1803 年
演讲者身份：爱尔兰爱国志士

历史背景

为反抗英国统治，爱尔兰爱国志士进行了不屈的斗争。在一次袭击达布林的战斗中，爱国志士伊墨刺多被捕。之后，爱尔兰政府判处伊墨刺多死刑，主要借口是说他卖国投法。面对死亡，伊墨刺多无所畏惧，在法庭上发表了《名誉重于生命》这一庄严的演说。

原文欣赏

法官先生：

先生今天要宣告我的死刑，这件事，已经法律上正当的审理，我还有什么话说呢？我想变更先生既定的严命，还是甘心受先生的严命？或者用卑劣的手段，请求先生减轻刑罚么？这都不是我愿意的，这我都不愿意辩论，不值得辩论。可是比我生命更加贵重的一点，却不得不辩论一下。现在我要在没有证据的许多虚言中，为救济我的名誉起见，不得不辩论，不得不抗议。名誉重于生命，我不愿意为生命辩论，我不得不为名誉来辩论。

我知道先生的良心被名利迷惑了，我的言语决不能感动先生的良心。况且在残忍无情的法官所组织的法庭里，要救护我的名誉，更加不容易。但不得不望先生虚心听一听我的辩论。我快要渡过大风大浪的人海中，宿于清风凉月的坟墓里。如果我愿意受先生死刑的宣告，不注意于名誉，我就可以默默承受，笑着欢迎；但是我将从先生管理的法庭，交付我的身体，给执行死刑的刽子手，用法律的威势，把我的名誉埋没在暧昧之中，使后世的人，不知道哪个是，哪个不是，这真可痛！为什么呢？因为"是"和"非"是势不两立的：要是先生的宣告不对，那么我的行为便是对的；要是我的行为不对，那么先生的宣告，自然有理。究竟是什么人对，

·演讲者简介·

伊墨刺多，爱尔兰爱国志士。自从 17 世纪英国资产阶级革命以来，爱尔兰就正式沦为英国的殖民地。这期间，一批批爱尔兰爱国志士为了民族独立而奋起斗争。伊墨刺多就生活在爱尔兰沦为英国统治的时代。他 18 岁参加革命，和许多爱国志士一样，扛起反英斗争的旗帜。1803 年，年仅 23 岁的伊墨刺多被爱尔兰政府逮捕并以通敌罪名判处死刑。他把自己有限的一生都献给了反英帝国主义的民族独立斗争及反对本国统治者的专制压迫斗争。

什么人不对，后世的人，也自有公论。

要是把没有罪的人送到断头台上去，强迫他屈服，造成虚伪的证据，那么我的心痛，比杀头之痛，痛过万倍！先生是堂堂的法官，判我区区的平民有罪，我又哪里敢和先生辩论。可是先生是一个男子汉，我也是一个男子汉，不过因权势的不同，先生的地位才和我不同。我们的地位虽然可以变更，我们的性格，却不能变更。假使立在先生之前，我不能辩护我的名誉，那便没有公理了。如我在这法庭上，不能保护我的名誉，那么先生便是诬告。唉！先生能杀我的躯体，先生又怎么永远杀我的名誉呢？刽子手虽然能缩短我的寿命，但是在我的眼睛未闭，呼吸未绝的时候，我万不能不为我的名誉辩护。唉！名誉是极贵重的东西呢！啊！我的名誉，比我的生命更加贵重的啊！我的名誉，决不能和我共死，我的名誉，一定要留给我的同志，做极可宝贵的遗产。我们的良心，自然有上帝知道：谁是为正义牺牲的？谁是做情感的奴隶的？先生要虐待我么？我的良心，与先生的良心，上帝看得很清楚的。先生能杀死我的身体，先生却不能挖去上帝的眼睛啊！先生指控我是法国的侦探，那真是荒谬！侦探的目的在哪里呢？无非是我把本国卖给法国。我为什么要卖国呢？先生编造成许多牵强附会的证据，说我卖国。法官先生！我不是丧心病狂的人，我的所作所为，决不是卖国，更不是法国的侦探。我的希望，我的所为，不是为我个人权利，实在是为我的好名誉。我要模仿爱尔兰的义士，所以我替国民出力，替国家出力。不料先生一定要说我是卖国贼！我如果卖爱尔兰的独立于法国，只不过将法国的虐政，来换英国的虐政啊！出死力换到了，仍是没有幸福享。我不是疯子，我肯做这种疯子做的事情么？

啊呀！我本国的爱尔兰诸君，我爱本国自由，我望本国独立，我照我的门第及教育，承袭祖先的位置，如做高傲专制的魔王，我也可和先生相比。我的本国是我崇拜的偶像呀！我对此偶像，我应当牺牲私利之念，变恋爱之情，再奉以我的生命，来求爱尔兰的独立自由。我既为爱尔兰的男子，不得不希望本国的独立，依此希望，所以要扑灭专制魔王使本国独立于世界之上。上帝原来给了爱尔兰以独立的资格，有此天赋的资格，爱尔兰的独立，所以是我终身的大希望。

先生看我是叛徒之命、叛党之血，除去我这条命，这点血，其余的党徒，自然会灭尽。先生这种推想，先生这样的看重我，真叫我受当不起。先生知道胜过我的人杰极多，他们都不愿立于先生的下风，我常尊重他们的聪明。他们都不愿以先生等做英杰的朋友，他们因为与先生等的血手相握后，自己便染得不洁了。法官先生！流我的血在断头台上，只说是我的罪，却不深辨罪的性质，只想流我无罪之血以为快，照先生如此行为，为什么不痛痛快快地流尽天下无罪人的血，造成一个大血池，好让先生在其中游泳呢！

我也愿意死，但是我死之后，请勿把不良的名誉来污辱我。我愿意为着本国的独立自由，牺牲我的身体。除去这种爱国的事实以外，先生千万不要捏造没有证据的诬说，辱没我的名誉。我们同志所组织的"地方政府"的宣言书，足以代表我的意见。我反抗本国压制的理由，便是防御外国攻击的道理，我为着自由独立而死，死也值得。可是活着的时候，受暴政的虐待，死了以后，又受先生的诬蔑，我实在觉得痛心！

先生为什么急急地要牺牲我的身体呢？先生所渴望的我的鲜血，已经被围绕我身边的刽子手所威吓，受了他们的威吓，所以鲜血已经不凝结了。我的鲜血，我的可贵的热血，他通行在我的身体之中，洋洋地流动，漫漫地溢出。

请先生忍耐一下，让我临死的时候，还能够说几句话。我现在将到荒凉寂寞的坟墓里面去，我生命的灯光，从今以后消灭无存。唉！我的事业已经终了了，无情的黄土，伸手来欢迎我，我将要长眠在黄土之下了。

唉！可爱的国民，切勿替我立墓碑！如果知道我死的原因，死的事实，一行行写到墓碑上去，那么作者也将受暴政的虐待，也要死在无情的刑具之下。况且时势一转，后世人对于我，如果不能下极公允的评论，那么我的事实反不如任他埋没。要是我可爱的爱尔兰，国运勃兴，能够独立，得到自由，和别的国家并立，这时候再来替我做墓碑，那真不嫌迟，那我死在黄泉之下也高兴。否则，千万不要替我立碑啊！这是我的希望，我到了此时也没有话讲了！亲爱的爱尔兰，亲爱的国民，我与你们长别了！请你们努力自爱！

··

作 / 品 / 赏 / 析

23岁的伊墨刺多在这篇辞世演说中，阐述了生与死、是与非、肉体消亡与名誉永存之间的关系。他强调名誉是极其贵重的东西，比生命更加贵重。因此，他发出强烈的呼声："刽子手虽然能缩短我的寿命，但是在我的眼睛未闭，呼吸未绝的时候，我万不能不为我的名誉辩护。唉！名誉是极贵重的东西呢！啊！我的名誉，比我的生命更加贵重的啊！我的名誉，决不能和我共死，我的名誉，一定要留给我的同志，做极可宝贵的遗产。"肉体死了，但名誉活着，依然闪烁着光芒。他的精神激励着爱尔兰的爱国志士继续战斗，为祖国的独立解放而奋斗。

伊墨刺多在演讲中对政府强加到他头上的卖国罪的诬陷进行了驳斥，指出爱尔兰当局专制反动，以爱国志士的鲜血去讨英国统治者的欢心。23岁的他以一种无所畏惧的气概抒发了自己未酬的壮志，义正词严地争回自己的名誉。这种为祖国独立自由而献身的青春热情，仿佛让人看到他喋血沙场的战斗姿态。这篇演讲犹如一曲慷慨悲歌，喷射出他牺牲小我拯救大我的至悲至爱，撼人心魄、震人心弦。

在南京同盟会会员饯别会的演说 / 孙中山

演讲词档案

演讲者：孙中山（1866～1925）
演讲时间：1912 年 4 月 1 日
演讲地点：南京同盟会会员饯别会
演讲者身份：中国近代民主革命的伟大先行者，中华民国第一任临时大总统

历史背景

孙中山自 1912 年 1 月 1 日就任临时大总统以来，致力于继续推进革命，然而却遇到重重阻力。在帝国主义国家逼迫和袁世凯诱胁兼施下，再加上革命党人内部存在种种问题，孙中山不得不以清帝退位，实行共和为条件，同意推举袁世凯为总统。4 月 1 日，孙中山正式辞去临时大总统职务。辞职当天，孙中山发表了这篇演讲。

原文欣赏

诸君：

今日同盟会会员开饯别会，得一最好机会，大家相见，诚一幸事。今日中华民国成立，兄弟解临时总统之职。解职不是不理事，解职以后，尚有比政治紧要的事待着手。自二百七十年前，中国亡于满洲，中国图光复之举，不知凡几。各处会党遍布，皆是欲实行民族主义的。五十年前，太平天国即纯为民族革命的代表。但只是民族革命，革命后仍不免为专制，此等革命，不能算成功。八九年前，少数同志在日本发起同盟会，定三大主义：一、民族主义，二、民权主义，三、民生主义。今日满清退位、中华民国成立，民族、民权两主义俱达到，唯有民生主义尚未着手，今后吾人所当致力的即在此事。社会革命为全球所提倡，中国多数人尚未曾见到，即今日许多人以为改造中国，不过想将中国弄成一个极强大的国，与欧美诸国并驾齐驱罢了。其实不然。今日最富强的莫过英、美，最文明的莫过法国。英是君主立宪，法、美皆民主共和，政体已是极美的了，但是贫富阶级相隔太远，仍不免有许多社会党要想革命。盖未经社会革命一层，人民不能全数安乐，享幸福的只有少数资本家，受痛苦的尚有多数工人，自然不能相安无事。中国民族、民权两层已达到，只民生还未做到。即本会中人亦有说种族革命、政治革命皆甚易，唯社会革命最难。因为种族革命，只要将异族除去便了，政治革命，只要将机关改良便了，唯有社会革命，必须人民有最高程度才能实行。中国虽然将民族、民权两革命成功了，社会革命只好留以有待。这句话又不然。英美诸国因文明已进步，工商已发达，故社会革命难。中国文明未进步，工商未发达，故社会革命易。英美诸国资本家已出，障碍物已多，排而去之故难。中国资本家未出，障碍物未生，因而行之故易。然行之之法如何？今试设一问，社会革命尚须用武力乎？

兄弟敢断然答曰：英美诸国社会革命，或须用武力，而中国社会革命，则不必用武力。所以刚才说，英美诸国社会革命难，中国社会革命易，亦是为此。中国原是个穷国，自经此次革命，更成民穷财尽，中人之家已不可多得，如外国之资本家，更是没有。所以行社会革命是不觉痛楚的，但因此时害犹未见，便将社会革命搁置，是不可的。譬如一人医病，与其医于已发，不如防于未然。吾人眼光不可不放远大一点，当看至数十年、数百年以后，及于全世界各国方可。如以为中国资本家未出，便不理会社会革命，及至人民程度高时，贫富阶级已成，然后图之，失之晚矣。英美各国从前未尝着意此处，近来正在吃这个苦。去冬英国煤矿罢工一事，就是证据。然罢工的事，不得说是革命，不过一种暴动罢了。因英国人欲行社会革命而不能，不得已而出于暴动。然社会革命，今日虽然难行，将来总要实行。不过实行之时，用何等激烈手段，呈何等危险现象，则难于预言。吾人当此民族、民权革命成功之时，若不思患预防，后来资本家出现，其压制手段恐怕比专制君主还要甚些，那时杀人流血去争，岂不重罹其祸么！

　　本会从前主义，有平均地权一层。若能将平均地权做到，那么社会革命已成七八分了。推行平均地权之法，当将此主义普及全国，方可无碍。但有一事此时尤当注意者，现在旧政府已去，新政府方成，民政尚未开办。开办之时，必将各地主契约换过，此实历代鼎革时应有之事。主张社会革命，则可于换契约时少加变改，已足收效无穷。从前人民所有土地，照面积纳税，分上中下三等。以后应改一法，照价收税。因地之不同，不止三等。以南京土地较上海黄浦滩土地，其价相去不知几何，但分三等，必不能得其平。不如照价征税，贵地收税多，贱地收税少。贵地必在繁盛之处，其地多为富人所有，多取之而不为虐。贱地必在穷乡僻壤，多为贫人所有，故非轻取不可。三等之外，则无此等差别。譬如黄浦滩一亩纳税数元，乡中农民有一亩地亦纳税数元，此最不平等也。若照地价完税，则无此病。以后工商发达，土地腾贵，势所必至。上海今日之地价，与百年前相较，至少亦贵至万倍。中国五十年后，应造成数十上海。上年在英京，见一地不过略为繁盛，而其价每亩约值六百万元。中国后来亦不免到此地步。此等重利，皆为地主所得。比如在乡间有田十亩，用人耕作，不过足养一人。如发达后，可值

· 演讲者简介 ·

　　孙中山（1866～1925），1866年11月12日生于广东省香山县。1894年，上书李鸿章，提出改革主张，遭到拒绝。同年11月，在檀香山创立兴中会。1905年，中国同盟会在东京成立，孙中山系统地提出三民主义思想。1895～1911年，策划多次反清武装起义均遭失败。

　　1911年，辛亥革命推翻了清朝专制统治。1912年元旦，孙中山就任中华民国临时大总统，创立了中国第一个共和政体。袁世凯窃踞大总统职位后阴谋复辟帝制，孙中山相继发动"二次革命"、"护国运动"反袁。1917年，开展护法运动。1919年，改组中华革命党为中国国民党。1921年，在广州就任非常大总统，再举护法旗帜。1923年，接受苏俄建议，决定国共两党实行合作，以推进国民革命。1924年1月，中国国民党召开第一次全国代表大会，孙中山重新解释三民主义。同年秋，冯玉祥发动"北京政变"，邀孙中山北上。1925年3月12日，孙中山因肝癌不治，逝世于北京。

六千万，则成一大富翁。此家资从何得来，则大抵为铁道及地业发达所坐致，而非由己力之作成。数十年之后，有田地者，皆得坐享此优先莫大之权，据地以收人民之税，就是地权不平均的说话了。求平均之法，有主张土地国有的。但由国家收买全国土地，恐无此等力量，最善者莫如完地价税一法。如地价一百元时完一元之税者，至一千万元则当完一十万元。此在富人视之仍不为重。此种地价税法，英国现已行之，经解散议会数次，始得通过。而英属地如澳洲等处，则早已通行。因其法甚美，又无他力阻碍故也。然只此一条件，不过使富人多纳数元租税而已。必须有第二条件，国家在地契之中，应批明国家当须地时，随时可照地契之价收买，方能无弊。如人民料国家将买此地，故高其价，然使国家竟不买之，年年须纳最高之税，则已负累不堪，必不敢。即欲故低其价以求少税，则又恐国家从而买收，亦必不敢。所以有此两法互相表里，则不必定价而价自定矣。在国家一方面言之，无论收税买地，皆有大益之事。中国近来患贫极了，补救之法，不但收地税，尚当收印契税。从前广东印契税，每百两取九两，今宜令全国一律改换地契，定一平价，每百两取三两至五两，逾年不换新契者，按年而递加之，则人民无敢故延。加以此后地价日昂，国家收入益多，尚何贫之足患。地为生产之原素，平均地权后，社会主义则易行。如国家欲修一铁路，人民不能抬价，则收买土地自易。于是将论资本问题矣。

国家欲兴大实业，而苦无资本，则不能不借外债。借外债以兴实业，实内外所同赞成的。前日闻唐少川先生言：京奉铁路借债，本可早还，以英人不欲收，故移此款以修京张。此可见投资实业，是外人所希望的。至中国一言及外债，便畏之如酖毒，不知借外债以营不生产之事则有害，借外债以营生产之事则有利。美洲之发达，南美、阿金滩（阿根廷）、日本等国之勃兴，皆得外债之力。吾国借债修路之利，（如京奉）以三年收入，已可还筑路之本，此后每年所进皆为纯利。如不借债，即无此项进款。美国铁道收入，岁可得七万万美金，其他附属之利，尚可养数百万工人，输送各处土货。如不早日开办，迟一年即少数万万收入。西人所谓时间即金钱，吾国人不知顾惜，殊为可叹！昔张之洞议筑芦汉铁道，不特畏借外债，且畏购用外国材料。设立汉阳铁厂，原是想自造铁轨的，孰知汉阳铁厂屡经失败，又贴了许多钱，终归盛宣怀手里，铁道又造不成功。迟了二十余年，仍由比国造成，一切材料，仍是在外国买的。即使汉阳铁厂成功，已迟二十余年，所失不知几何？中国知金钱而不知时间，顾小失大，大都如是。中国各处生产未发达，民人无工可作，即如广东一省，每年约有三十万"猪仔"输出，为人作牛马。若能输入外资，大兴工作，则华人不用出外佣工，而国中生产又不知增几倍。余旧岁经加拿大，见中国人在煤矿用机器采挖，每人日可挖十余吨，人得工资七八元，而资本家所入，至少犹可得百数十元。中国内地煤矿工人，每日所挖不足一吨，其生产力甚少。若用机器，至少可加十数倍。生产加十数倍，则财富亦加十数倍，岂不成一最富之国。能开发其生产力则富，不能开发其生产力则贫。从前为清政府所制，欲开发而不能。今日共和告成，措施自由，产业勃兴，盖可预卜。然不可不防一种流弊，则资本家将从此以出是也。

如有一工厂，佣工数百人，人可生二百元之利，而工资所得不过五元，养家

糊口，犹恐不足，以此不平，遂激为罢工之事，此生产增加所不可免之阶级。故一面图国家富强，一面当防资本家垄断之流弊。此防弊之政策，无外社会主义。本会政纲中，所以采用国家社会主义政策，亦即此事。现今德国即用此等政策。国家一切大实业，如铁道、电气、水道等事务皆归国有，不使一私人独享其利。英美初未用此政策，弊害今已大见。美国现时欲收铁道为国有，但其收入过巨，买收则无此财力，已成根深不拔之势。唯德国后起，故能思患预防，全国铁道皆为国有。中国当取法于德，能令铁道延长至二十万里，则岁当可收入十万万。只此一款，已足为全国之公用而有余。尚有一层，为中国优于他国之处。英国土地多为贵族所有，美国已垦之地，大抵归人民，惟未垦者，尚未尽属私有。中国除田土房地之外，一切矿产山林，多为国有。英国矿租甚昂，每年所得甚巨，皆入于地主之手。中国矿山属官，何不可租与人民开采以求利？使中国行国家社会政策，则地税一项，可比现在收入加数十倍。至铁道收入，三十年后，归国家收回，准美国约得十四万万，矿山租款约十万万。即此三项，共为国家收入，则岁用必大有余裕。此时政府所患已不在贫。国家岁用不足，是可忧的。收入有余而无所用之，亦是可虑的。此时预筹开销之法，则莫妙于用作教育费。法定男子五六岁入小学堂，以后由国家教之养之，至二十岁为止，视为中国国民之一种权利。学校之中，备各种学问，务令学成以后，可独立为一国民，可有参政、自由、平等诸权。二十以后，自食其力，幸者为望人、为富翁，可不须他人之照顾。设有不幸者，半途蹉跎，则五十以后，由国家给予养老金。此制英国亦已行之，人约年给七八百元。中国则可给数千元。如生子多，凡无力养之者，亦可由国家资养。此时家给人乐，中国之文明，不止与欧美并驾齐驱而已。凡此所云，将来必有达此期望之日，而其事则在思患预防。采用国家社会政策，使社会不受经济阶级压迫之痛苦，而随自然必至之趋势，以为适宜之进步。所谓国利民福，莫不逾此，吾愿与我国民共勉之。

作 / 品 / 赏 / 析

　　在本篇演讲中，孙中山提出了发展中国的设想，第一次系统地阐述了民生主义思想。他从"平均地权"、"振兴实业"等方面对民生主义进行了论述，指出民生主义是当时形势下的紧要事情。孙中山在演讲中将抽象的政治理想和具体的事物及社会实践结合起来，简洁透彻，用语风格自然，容易让人接受。

　　这篇演讲很快就译成英文发表在美国《独立杂志》上，之后又被译成法文、俄文，在世界范围内得到广泛传播。不过我们也应该认识到，孙中山的这些思想都没有脱离资本主义的框架。因此，列宁把这篇演讲称为"中国民主主义者的主观社会主义思想和纲领"。

致中国革命作家的祝词 / 高尔基

演讲词档案

演讲者：高尔基（1868～1936）
演讲时间：1934年9月2日
演讲地点：莫斯科
演讲者身份：苏联伟大的无产阶级作家

历史背景

高尔基十分关注中国人民的革命斗争，从1900年中国义和团反帝斗争到1931年"九一八"事变，他曾经多次写信撰文表达对中国革命的支持。1934年9月2日，高尔基得知中国红军在湖南取得胜利的消息，十分高兴。当晚，中国革命作家们在莫斯科举行庆祝大会，高尔基到会发表了这篇热情洋溢的祝词。

原文欣赏

亲爱的革命中国的文学家同志们！

今天的报纸上发表了有关中国红军的新的胜利的喜讯。

中国同志们！我代表苏联的文学界，庆贺你们获得新的胜利，我深信你们一定能够最后战胜敌人，谨对你们国家的无产者们的勇敢精神表示崇敬！无产者在今天所显示出的那种英勇的力量，世界上还从来没有显示过；并且在文学家面前，也从来没有出现过这样的可能性，使他们能如此广泛而又现实地参加各国劳动人民、世界各族人民的历史活动。因此，我们每个文学家的责任——要意识到自己是为整个世界而工作的人，要培养自己和感觉自己是所有各国革命烈火的鼓舞者。

工人的力量创造着新的历史，在无产阶级走向建立工人力量的国际社会主义团结的道路上，我们每个人都应该像火炬一样燃烧起来。我们这个星球上的劳动人类，已经受够了它的共同的敌人——资本家的磨难，从国籍上来说，不管他是英国人、德国人、俄国人，还是日本人，都毫无区别。一个文学家，假如他是一个马克思主义者、列宁主义者、斯大林主义者，他就不是俄国人，不是中国人，

·演讲者简介·

高尔基（1868～1936），1868年3月28日生于俄国伏尔加河畔的下诺夫哥罗德城。4岁丧父，和母亲寄居在经营小染坊的外祖父家。11岁，开始独立谋生。1892年，发表处女作《马卡尔·楚德拉》。1898年，出版两卷集《随笔和短篇小说》，从此蜚声俄国和欧洲文坛。1905年革命前夕，创作转向了戏剧。此后，相继写出了《小市民》、《底层》和《野蛮人》等剧本。1906年，完成长篇小说《母亲》和剧本《敌人》。这两部作品标志着其创作达到了新的高峰。1913～1922年，发表了自传体三部曲《童年》、《在人间》和《我的大学》。1934年，第一次全苏作家代表大会召开，当选为苏联作家协会主席。1936年逝世。

不是法国人，他首先是革命家，是同志，而且一方面是无产阶级的导师，另一方面又是它的学生。他不拒绝参加发展本民族文化的工作，同时又是一个国际主义者，假如语言——文字——允许他的话，他在使用不同语言的一切国家里，也是为革命无产阶级的同一历史事业服务的。

同志们！假如我们，国际主义者的革命家，通晓世界各国的语言，假如我们能避免相对哑口无言，我们革命语言的力量的影响将会扩大到什么程度，这种语言将更能够包容对无产者的热爱、对它的功绩的赞美，并能表现出和燃烧起对它的敌人的憎恨与蔑视。但在我们今天，还不是幻想那些尚未存在的东西的时候，我们今天要求我们加强那些已经存在的东西，加强那些由劳动群众的力量已经创造出来和正在创造着的东西。

同志们！我们今天的任务，是要唤起无产阶级的战斗力量，鼓舞它必须勇敢地抵抗那驱使西方和东方的无产者进行新的全世界规模的互相残杀的卑鄙而血腥的企图，抵抗那想用某些国家的无产者的体力来奴役另一些国家的无产者的企图，抵抗日本和欧洲奴役中国人、德国人奴役法国人、法国人和英国人奴役德国人的企图，抵抗欧洲和日本的资本家奴役苏联无产阶级的企图。

我们的任务，是要揭穿法西斯主义的陈旧腐朽的内容、它的虚伪的宗教的基础、按种族来分化各民族的理论、异族通婚有害的理论，这种理论早已被自古以来的生活实践的令人信服的力量驳倒了。这个实践向我们指出，血缘的交流能创造出更高级的人，地中海的人民富有才能，正是因为他们先增加了野蛮人的血液，后来又加上了以阿拉伯等民族为代表的闪族人的血液。

我们的武器，是语言，我们的责任，是尽可能在思想上更好地锻炼自己，把我们的语言磨炼得更加锋利，并且使它深入到世界各国无产阶级的心灵中去，成为他们自己的语言。

中国同志们，向你们致热烈的布尔什维克的敬礼！

作/品/赏/析

在这篇祝词中，高尔基以高度的政治敏感，指出中国红军表现出的英勇力量是世界上还从来没有显示过的，点出红军胜利的伟大意义。同时，他也为中国及世界各国的革命作家指出他们的历史使命："我们的任务，是要揭穿法西斯主义的陈旧腐朽的内容、它的虚伪的宗教的基础、按种族来分化各民族的理论、异族通婚有害的理论，这种理论早已被自古以来的生活实践的令人信服的力量驳倒了。"高尔基的演说，思想深刻，话语中充满革命激情和对中国人民的深情，体现了他坚定的马克思主义信念和对全世界无产阶级的浓厚感情。

在发表的第二天，祝词便被苏联《真理报》刊发。祝词给当时处于第二次国内革命战争时期的中国革命战士和作家极大鼓舞，从另一个角度说，这不仅是一篇祝词，更是一篇号召全世界革命作家投身无产阶级革命斗争的宣言书。

在伯尔尼国际群众大会上的演说 / 列宁

演讲词档案

演讲者：列宁（1870～1924）
演讲时间：1916年2月8日
演讲地点：伯尔尼国际群众大会
演讲者身份：列宁主义创始人，国际无产阶级的伟大导师和领袖

历史背景

曾经多次聆听过列宁演讲的日本共产党人片山潜在回忆中说："列宁同志没有用任何专为加强听众印象的矫揉造作的词句和修饰，但是却具有非凡的魔力，每当他一开始讲话，场内马上就肃静下来，所有的眼睛都集中到他身上。"本篇是列宁在伯尼尔国际群众大会上所作的政治演说。

原文欣赏

同志们！欧战逞狂肆虐已经一年零六个多月了，战争每拖长一月，每拖长一天，工人群众就更加清楚地知道齐美尔瓦尔得宣言说的是真理："保卫祖国"之类的词句不过是资本家骗人的话。现在人们一天比一天看得更清楚，这是资本家、大强盗的战争，他们所争的不过是谁能分到更多的赃物，掠夺更多的国家，蹂躏和奴役更多的民族。

这些话听起来似乎不足信，特别是对于瑞士的同志们，然而这些话都是确实的，就在我们俄国，不但血腥的沙皇政府，不但资本家，而且有一部分所谓的或过去的社会主义者，也说俄国进行的是"自卫战争"，也说俄国反对的不过是德国的侵略。其实全世界都知道，沙皇政府压迫俄国境内其他民族的1亿多人民，已经有好几十年，俄国对中国、波斯、阿尔明尼亚和加里西亚实行掠夺政策，也已经有好几十年了。无论是俄国、德国其他任何一个强国，都没有权利谈什么"自卫战争"；一切强国所进行的都是帝国主义的、资本主义的战争，都是强盗性质的战争和压迫弱小民族及其他民族的战争，都是保证资本家利润的战争，使资本能够以群众遭受的骇人听闻的痛苦和无产阶级流出的鲜血换得亿亿万万纯金的收入。

4年以前，在1912年11月，当战争日益逼近这一形势已经很明显的时候，全世界社会主义者的代表在巴塞尔召开的国际社会党人代表大会。那时对于将来的战争是列强之间的、大强盗之间的战争，战争的罪过应当由各强国的政府和资本家阶级承当，已经是无可怀疑的了。全世界的社会主义政党一致通过的巴塞尔宣言，公开说出了这个真理。巴塞尔宣言没有一句话提到"自卫战争"，提到"保卫祖国"。它无一例外地抨击各强国的政府资产阶级。它公开说，战争是滔天的罪行，工人认

为相互射击就是犯罪，战争的惨祸和工人对这种惨祸的愤怒，必然会引起无产阶级革命。

后来战争真正爆发了，大家都看到，巴塞尔宣言对这次战争性质的估计是正确的。但是，社会主义组织和工作组织不是一致地拥护巴塞尔决议，而是发生了分裂。现在我们都看到，世界各国的社会主义组织和工作组织是怎样分成两大阵营的。一小部分人，就是那些领袖、干事、官僚，背叛了社会主义，站到各国政府那一边去了。另一部分人，包括自觉的工人群众，继续聚集力量，为反对战争、实现无产阶级革命而奋斗。

后一部分人的观点也反映在齐美尔瓦尔得宣言里。

在我们俄国，战争一开始，杜马中的工人代表就进行了反对战争和沙皇君主制的坚决的革命斗争。彼得罗夫斯基、巴达也夫、穆拉诺夫、沙果夫、萨莫依洛夫这五名工人代表广泛发出了反对战争的革命号召，努力进行了革命鼓动。沙皇政府下令逮捕了这五名代表，法庭判处他们终身流放西伯利亚。这些俄国工人阶级的领袖已经在西伯利亚受了好几个月的折磨，但是他们的事业并没有被摧毁，全俄自觉的工人正循着同样的方向继续干着他们的工作。

同志们！你们在这里听到了各国代表的关于工人如何进行反战革命斗争的演说。我只想给你们举一个最富强的国家，即美国的例子。这个国家的资本家现在由于欧战而得到巨大的利润。他们也鼓动战争。他们说，美国也应当准备参战，应当向人民榨取几亿金元来进行新的军备、无穷无尽的军备，美国的一部分社会

·演讲者简介·

列宁（1870～1924），1870年生于伏尔加河畔的辛比尔斯克。原名弗拉基米尔·伊里奇·乌里扬诺夫，列宁是他参加革命后的名字。1887年中学毕业后，进入喀山大学学习法律。1889年，随全家迁往萨马拉，组织了当地第一个马克思主义小组。1891年，以校外生资格通过圣彼得堡大学法律系的国家考试，获得大学毕业文凭。1895年，在圣彼得堡建立工人阶级解放斗争协会。同年12月，在领导首都工人进行罢工斗争的过程中遭逮捕，被流放到西伯利亚。

流放期满后，由于革命工作的需要，于1900年出国侨居。1900年年底，创办《火星报》。1903年，参加俄国社会民主工党第二次代表大会。这次大会宣告了以列宁为首的布尔什维克党的建立，标志着列宁主义的诞生。

列宁像

1905年俄国资产阶级民主革命爆发后，于11月回到圣彼得堡直接领导革命斗争。12月莫斯科工人武装起义失败，被迫再次流亡国外。1917年俄国二月革命推翻沙皇统治后，从瑞士回到圣彼得堡。1917年11月6日，在圣彼得堡领导武装起义，取得十月革命的胜利，建立了人类历史上第一个社会主义国家。

1918～1920年，面临外有14个帝国主义国家的武装干涉，内有反动势力反叛的严峻考验，列宁领导布尔什维克党进行了艰苦卓绝的斗争，最终粉碎了国内外敌人的进攻。国内局势稳定后，开始着手领导人民进行国民经济的恢复工作。1920年在苏维埃第八次代表大会上提出电气化计划。1921年年初，在党的十大上提出振兴国民经济的新经济政策。

1924年病逝，终年54岁。

主义者也响应这种骗人的、罪恶的号召。但是我要把美国社会主义者的最有声望的领袖，美国社会党的共和国总统候选人尤金·德布兹同志写的一段话念给你们听一听。

在 1915 年 9 月 11 日的美国《呼吁理智报》上，他说道："我不是资本家的士兵，而是无产阶级的革命者，我不是财阀的正规军的士兵，而是人民的非正规军的战士。我坚决拒绝为资本家阶级的利益作战。我反对任何战争，但是有一种战争我是衷心拥护的，那就是为了社会革命而进行的世界战争。如果统治阶级迫不及待地需要战争，那么我决心参加这种战争。"

正在演讲的列宁
虽然俄国的大部分地区都遭受到战争的蹂躏，但布尔什维克领袖的决心和力量极大地促进了革命的发展。

美国工人热爱的领袖，美国的倍倍尔——尤金·德布兹同志就是这样向美国工人们讲的。

同志们，这又向我们表明，世界各国的工人阶级真正在集聚力量。人民在战争中所受的灾难和痛苦是难以设想的，但是我们不应当，也没有任何理由对将来悲观失望。

在战争中阵亡的和由于战争而丧生的几百万人并不是白白地牺牲的。千百万人在忍饥挨饿，千百万人在战壕中牺牲性命，他们不但在受苦受难，而且也在聚集力量，思索大战的真正原因，锻炼自己的意志，他们对革命有了越来越清楚的认识。在世界上所有的国家里，群众的不满越来越增长，风潮、罢工、游行示威和抗议战争的运动越来越激烈。对于我们这就是保证，保证反对资本主义的无产阶级革命一定会在欧战以后到来。

作/品/赏/析

演说的核心目的就是要通过通俗简明的语言、确切的事实和有力的论证来说明："一切强国所进行的都是帝国主义的、资本主义的战争，都是强盗性质的战争和压迫弱小民族及其他民族的战争，都是保证资本家利润的战争，使资本能够以群众遭受的骇人听闻的痛苦和无产阶级流出的鲜血换得亿亿万万纯金的收入。"列宁综观国际风云，准确地揭示其实质，立场鲜明，用词极具感情色彩，对听众造成极强的感染力，从而形成强大的号召力，作者在分析了这些罪恶的事实之后，并没有形成悲观的看法，而是科学地得出无产阶级必然取得胜利的光明的结论："在世界上所有的国家里，群众的不满越来越增长，风潮、罢工、游行示威和抗议战争的运动越来越激烈。对于我们这就是保证，保证反对资本主义的无产阶级革命一定会在欧战以后到来。"整篇演讲感情充沛，气势磅礴。

关于军国主义问题的发言 / 罗莎·卢森堡

演讲词档案

演讲者：罗莎·卢森堡（1871～1919）
演讲时间：1900 年 9 月 27 日
演讲地点：巴黎国际社会党人代表大会
演讲者身份：德国社会民主党和第二国际左派领袖，德国共产党创始人之一

历史背景

军国主义是把国家完全置于军事控制之下，使国家生活的各方面都为军事侵略目的服务的思想和政治制度。现代军国主义是帝国主义战争和侵略政策的产物，又是推行侵略战争政策的一种手段。根源在于资本主义国家内的阶级压迫与剥削。军国主义对内把国家的政治、经济、文化等各个方面都纳入军事侵略和战争的轨道，向人民灌输侵略战争的思想，实行军事独裁的恐怖统治；对外推行霸权主义、殖民主义、侵略和战争政策，掠夺、奴役、控制和颠覆其他国家，以至发动干涉战争。本篇是罗莎·卢森堡在巴黎国际社会党人代表大会上的发言，这次大会的重要任务是形成一个反对军国主义的决议。

原文欣赏

社会主义活动家一贯赞成与军国主义作斗争的基本原则，军国主义首先是工人阶级的大敌，它力图压垮我们，使我们挨饿，败坏我们的道德。老的国际发出了反对资本主义和军国主义势力的呼声；每一次国际社会党代表大会都抗议并谴责军国主义这一资产阶级和资本家阶级的最有力的工具。从这一意义上说，公民们，我们的代表大会通过一个同以前的历次代表大会的决议相类似的反对军国主义的决议，并没有做什么新的事情。

但是，我所要宣读的以及我们准备投票表决的内容，并不是重复这一观点；相反，我很高兴地看到，在两个委员会中，我们大家一致希望做得更远一些，提出某种新的东西，首先是某种实际的东西。这就是在讨论我们的决议时大家一致同意接受的纲领。

某种新的东西？难道军国主义不是资产阶级社会的最老的祸害之

第二国际期间多次爆发无产阶级的罢工运动

工人阶级为反对军国主义进行着持续的抗争，他们通过示威游行、停产罢工、武装起义等各种不同的形式，坚决地同军国主义做斗争。

一，最老的罪行之一？会产生什么新东西呢？这就是：这种军国主义政策已经普遍化，并且在帝国主义世界政策的形势下变本加厉。这不再仅仅是在两个或三个邻国之间为可能发生的战争作准备的大规模武装；这是一种军国主义，它经常地促使世界列强进行新的殖民掠夺，它把美利坚合众国变成一个纯粹的军国主义国家，英国也同样；迄今为止，德国几乎是唯一致力于不断扩充自己的军队和舰队的国家，现在这种政策成了整个世界的口号。这种政策以中日战争为发端，接着是美西战争、德兰士瓦战争以及欧洲国家联合反对中国的战争。公民们，如此迅速地接连发生酷烈战争，军国主义为何这样疯狂！

确实，资产阶级进入了一个新的发展阶段，资本主义世界在自己的发展中获得了新的推动力；但是它将耗尽自己的最后的力量，从而加快自己的不可避免的崩溃时刻的到来。

这种殖民政策开始对资本主义世界的全部对内对外政策起决定性作用，因此在社会主义的政策中必须准备好应付的办法。现在该是社会党通过自己的代表对世界政策公开表明态度的时候了，这正是我们想要通过这个决议所指出的。

我现在谈一谈这个决议的实际方面。决议建议经常地展开反对军国主义的国际性行动。公民们，迄今为止，社会主义者的国际团结主要表现在一些原则宣言和社会主义的代表们在各次代表大会上进行定期的磋商；至于自己的行动，它迄今主要只限于经济领域，只限于工会领域。国际团结迄今只具有这样的性质，这不是没有原因的。无产阶级的经济状况在所有国家几乎都是同样的，而政治状况则差别很大。但是，这种世界政策也将改变所有国家的政治状况。

自从这个新时代开始以来，无论在法兰西共和国或俄国专制制度下，无论在古老的英国或年轻的德意志帝国，我们到处看到同样的军国主义统治、同样的殖

· 演讲者简介 ·

罗莎·卢森堡（1871～1919），1871年生于波兰一犹太商人家庭。中学时代就参加反对沙皇俄国侵略的斗争。1887年加入波兰无产阶级社会主义革命党。1893年参与创建波兰王国和立陶宛社会民主党。1898年取得德国国籍，移居柏林。此后，积极投入德国社会民主党的活动。1899年发表《社会革命还是社会改良》一书，率先对伯恩施坦主义作了系统的批判。1900年出席第二国际巴黎代表大会，就反对军国主义问题支持法国的盖德派，对米勒兰入阁表示严厉谴责。在1907年第二国际斯图加特代表大会上，同列宁一起对倍倍尔关于军国主义问题的决议草案提出原则性的修正意见。1912年在第二国际巴塞尔代表大会上，支持大会通过符合马克思主义原则的反战宣言。

罗莎·卢森堡像

第一次世界大战爆发后，同梅林、李卜克内西、蔡特金一起创办《国际》杂志。在德国国内，于1916年1月1日建立左派社会民主党人的革命组织斯巴达克同盟。1917年4月该派加入中派建立的德国独立社会民主党。大战期间，曾两次被捕。1918年获释出狱，即投身德国十一月革命。1919年1月，领导柏林工人举行武装起义。12日，起义被镇压。15日，和李卜克内西一起被右派社会民主党临时政府杀害。

民政策、同样的反动，所有国家都处于经常的战争状态。正是这种同样的反动，在所有国家为社会主义者的行动和宣传造成了新的基础和一致性。正是这种不断的战争状态导致无产者不断地团结起来维护和平！

然而不仅为了给予我们的日常斗争以新的推动力，而且从我们的最终目的来看，各国无产者在政治方面更紧密地团结起来在目前是迫切需要的。公民们，在社会主义运动开始的时候，一般设想，一次大规模的经济危机将成为资本主义末日的开头，资本主义大崩溃的开端。现在这种设想在许多方面失去了可能；恰恰相反，越来越可能的是，一次大规模的世界政治危机将敲响资本主义的丧钟。

因此，公民们，既然资本主义的马尔波罗（约翰·丘吉尔·马尔波罗公爵，英国统帅和政治活动家，1702～1711 年在西班牙王位继承战争中任英军总司令）不断地处于战争状态，既然世界政策引起各种冲突和突然的、难以预料的事变，那么，我们就必须为我们迟早必然要担负起的重大任务做好准备。

当然，我十分清楚，大崩溃并不是在今天或明天就会到来，也许，我们的被奴役状态比我们所设想的还要长久，还要痛苦。但是这个时刻必将到来，我们的代表大会敲起警钟，号召全体无产者联合起来，结成联盟，进行政治行动！

全世界无产者，联合行动的时刻到来了，让我们手挽着手，共同前进，组成一支队伍，为反对共同敌人的斗争做好准备！

<hr>

作/品/赏/析

发表这篇演讲时，卢森堡是德国社会民主党和第二国际左派领袖，她的演讲重在分析军国主义的根源和本色，以此来说明反对军国主义的必要性和迫切性。卢森堡在演讲中指出，军国主义是工人阶级和整个人类文明的死敌，"它力图压垮我们，使我们挨饿，败坏我们的道德"，而且"这种军国主义政策已经普遍化，并且在帝国主义世界政策的形势下变本加厉。这不再仅仅是在两个或三个邻国之间为可能发生的战争作准备的大规模武装"，"它经常地促使世界列强进行新的殖民掠夺，它把美利坚合众国变成一个纯粹的军国主义国家"。卢森堡尖锐地揭露了军国主义的本质以及在全球产生的灾难性后果，并说明它将耗尽自己的最后的力量，从而加快自己的不可避免的崩溃时刻的到来。所有这些都造成了与军国主义斗争的必要性，无产者必须团结起来维护和平。卢森堡的演讲条理非常清晰，逻辑严密，揭露现象深刻透彻，对世界形势的分析具有非同一般的高度，演讲主旨清楚、观点鲜明、分析精辟、语言简练有力，充满激情和斗志，给人以信心和力量。

少年中国说 / 梁启超

演讲词档案

演讲者：梁启超（1873～1929）
演讲时间：1900 年 2 月 10 日
演讲者身份：中国近代资产阶级著名的改良主义政治家，
　启蒙宣传家，近代著名政治、学术演说家

历史背景

　　梁启超目睹清廷的腐败、列强的凌辱，心中的烈火熊熊燃烧，于 1900 年发表了这篇著名的演讲。他饱含爱国激情，抨击了清政府的腐败政治，极力歌颂了少年的精神作用，强烈地表达了使中国"雄于地球"、自立于世界民族之林的愿望。

原文欣赏

　　日本人之称我中国也，一则曰老大帝国，再则曰老大帝国。是语也，盖袭译欧西人之言也。呜呼！我中国其果老大矣乎？梁启超曰：恶是何言？是何言，吾心目中有一少年中国在！

　　我中国其果老大矣乎？是今日全地球之一大问题也。如其老大也，则是中国为过去之国，即地球上昔本有此国，而今渐渐灭，他日之命运殆将尽也。如其非老大也，则是中国为未来之国，即地球上昔未现此国，而今渐发达，他日之前程且方长也。欲断今日之中国为老大耶，为少年耶？则不可不先明"国"字之意义。夫国也者，何物也？有土地，有人民，以后于其土地之人民，而治其所居之土地之事，自制法律而自守之；有主权，有服从，人人皆主权者，人人皆服从者。夫如是，斯谓之完全成立之国。地球上之有完全成立之国也，自百年以来也。完全成立者，壮年之事也；未能完全成立而渐进于完全成立者，少年之事也。故吾得一言以断之曰：欧洲列邦在今日为壮年国，而我中国在今日为少年国。

　　夫古昔之中国者，虽有国之名，而未成国之形也，或为家族之国，或为酋长之国，或为诸侯封建之国，或为一王专

梁启超像

·演讲者简介·

　　梁启超（1873～1929），字卓如，号任公，又号饮冰室主人。广东新会人，光绪举人。1890 年拜康有为为师。1896 年在上海办《时务报》，提倡维新变法，宣传改良主义。还介绍了西方资产阶级哲学和政治学说，对当时思想界有重大影响。1898 年戊戌变法失败后，因受清政府通缉逃亡日本。辛亥革命后回国，1925 年任清华大学研究院导师，京师图书馆馆长。晚年致力于著书讲学，其著作编为《饮冰室全集》共 148 卷。

制之国。虽种类不一，要之，其于国家之体质也，有其一部而缺其一部，正如婴儿自胚胎以迄成童，其身体之一二官肢，先行长成，此外则全体虽粗具，然未能得其用也。故唐虞以前为胚胎时代，殷周之际为乳哺时代，由孔子以来至于今为童子时代，逐渐发达，而今乃始将入成童以上少年之界焉……譬犹童年多病，转类老态，或且疑其死期之将至焉，而不知皆由未完全、未成立也，非过去之谓，而未来之谓也。

且我中国畴首，岂尝有国家哉？不过有朝廷耳。我黄帝子孙，聚族而居，立于此地球之上者既数千年，而问其国之为何名，则无有也。夫所谓唐、虞、夏、商、周、秦、汉、魏、晋、齐、梁、陈、隋、唐、宋、元、明、清者，则皆朝名耳。朝也者，一家之私产也；国也者，人民之公产也。朝有朝之老少，国有国之老少，朝与国既异物，则不能以朝之老少而指为国之老少明矣。文、武、成、康，周朝之少年时代也。幽、厉、桓、赧，则其老年时代也；高、文、景、武，汉朝之少年时代也，元、平、桓、灵，则其老年时代也。自余历朝，莫不有之。凡此者，谓为一朝廷之老也则可，谓为一国之老也则不可。一朝廷之老且死，犹一人之老且死也，于吾所谓中国者何与焉？然则吾中国者，前此尚未出现于世界，而今乃始萌芽云尔。天地大矣，前途辽矣，美哉，我少年中国乎！

玛志尼者，意大利三杰之魁也，以国事被罪，逃窜异邦，乃创立一会，名曰"少年意大利"。举国志士，云涌雾集以应之，卒乃光复旧物，使意大利为欧洲之一雄邦。夫意大利者，欧洲第一之老大国也，自罗马亡后，土地隶于教里，政权归于奥国，殆所谓老而濒于死者矣。而得一玛志尼，且能举全国而少年之，况我中国之实为少年时代者耶？堂堂四百余州之国土，凛凛四百余兆之国民，岂遂无一玛志尼其人者！

龚自珍氏之集有诗一章，题曰《能令公少年行》。吾尝爱读之，而有味乎其用意之所存。我国民而自谓其国之老大也，斯果老大矣；我国民而自知其国之少年也，斯乃少年矣。西谚有之曰：有三岁之翁，有百岁之童。然则国之老少，又无定形，而实随国民之心力以为消长者也。吾见乎玛志尼之能令国少年也。吾又见乎我国之官吏士民能令国老大也，吾为此惧。夫以如此壮丽浓郁、翩翩绝世之少年中国，而使欧西、日本人谓我为老大者何也？则以握国权者皆老朽之人也。非哦几十年八股，非写几十年白折，非当几十年差，非捱几十年俸，非递几十年手本，非唱几十年喏，非磕几十年头，非请几十年安，则必不能得一官、进一职。其内任卿贰以上、外任监司以上者，百人之中，其五官不备者，殆九十六七人也，非眼盲，则耳聋，非手颤，则足跛，否则半身不遂也。彼其一身饮食、步履、视听、言语，尚且不能自了，须三四人在左右扶之捉之，乃能度日，于此而乃欲责之以国事，是何异立无数木偶而使之治天下也。且彼辈者，自其少壮之时，既已不知亚细亚、欧罗巴为何处地方，汉祖、唐宗是哪朝皇帝，犹嫌其顽钝腐败之未臻其极，又必搓磨之、陶冶之，待其脑髓已涸，血管已塞，气息奄奄，与鬼为邻之时，然后将我二万里山河、四万万人命，一举而界于其手，呜呼！老大帝国，诚哉其老大也！而彼辈者，积其数十年之八股、白折、当差、捱俸、手本、唱诺、磕头、请安，千辛万苦，千苦万辛，乃始得此红顶花翎之服色，中堂大人之名号，乃出其全副精神，竭其毕生力量，以保持之。如彼乞儿，拾金一锭，虽轰雷盘旋其顶上，而两手犹紧抱其荷包，他事非所顾也，非所知也，非所闻也。于此而告之以亡国也，瓜分也，彼乌从而听之？乌从而信之？即使果亡矣，果分矣，而吾今年既七十矣八二矣，但求其一两年内，洋人不来，强盗不起，我已快活过了一世矣。若不得已，则割三头两省之土地奉申贺敬，以换我几个衙门；卖三几百万之人民作仆为奴，以赎我一条老命，有何不可？有何难办？呜呼，今之所谓老后、老臣、老将、老吏者，其修身、齐家、治国、平天下之手段，皆具于是矣。西风一夜催人老，凋尽朱颜白尽头。使走无常当医生，携催命符以祝寿。嗟乎痛哉！以此为国，是安得不老且死，且吾恐其未及岁而殇也。

造成今日之老大中国者，则中国老朽之冤业也；制出将来之少年中国者，则中国少年之责任也。彼老朽者何足道？彼与此世界作别之日不远矣，而我少年乃新来而与世界为缘。如僦屋者然，彼明日将迁居地方，而我今日始入此室处，将迁居者，不爱护其窗棂，不洁治其庭庑，俗人恒情，亦何足怪。若我少年者前程浩浩，后顾茫茫，中国而为牛、为马、为奴、为隶，则烹脔鞭笞之惨酷，唯我少年当之；中国如称霸宇内、主盟地球，则指挥顾盼之尊荣，唯我少年享之。于彼气息奄奄、与鬼为邻者何与焉？彼而漠然置之，犹可言也；我而漠然置之，不可言也。使举国之少年而果为少年也，则吾中国为未来之国，其进步未可量也；使举国之少年而亦为老大也，则吾中国为过去之国，其渐亡可翘足而待也。故今日之责任，不在他人，而全在我少年。少年智则国智，少年富则国富，少年强则国强，少年独立则国独立，少年自由则国自由，少年进步则国进步，少年胜于欧洲，则国胜于欧洲，少年雄于地球，则国雄于地球。红日初升，其道大光；河出伏流，一泻汪洋；潜龙腾渊，鳞爪飞扬；乳虎啸谷，百兽震惶；鹰隼试翼，风尘吸张；奇花初胎，矞矞皇皇；干将发硎，有作其芒；天戴其苍，地履其黄；纵有千古，横有八荒；前途似海，来日方长。美哉，我少年中国，与天不老！壮哉，我中国少年，与国无疆！

作/品/赏/析

本篇演讲发表于1900年，当时清廷腐败垂朽，昏聩无能，列强辱华，争相分割，民不聊生，有论调以为中国要灭。梁启超的这篇演讲，饱含爱国激情，猛烈抨击了清廷的腐败政治，极力歌颂少年精神，指出中华的希望所在。演讲开门见山，直呼主旨："吾心目中有一少年中国在！"然后旁征博引，纵横捭阖，贯古通今，分析深刻，语言气势磅礴，采用反复对比的手法说明中国确实已经老了的事实，但他认为："造成今日之老大中国者，则中国老朽之冤业也；制出将来之少年中国者，则中国少年之责任也。彼老朽者何足道？彼与此世界作别之日不远矣，而我少年乃新来而与世界为缘。"语言酣畅淋漓，骈散结合，情绪饱满，格调高昂，具有强烈的时代感。

"五四"运动的精神是什么 /陈独秀

演讲词档案

演讲者：陈独秀（1879 ~ 1942）
演讲时间：1920 年
演讲地点：上海中国公学
演讲者身份：新文化运动的领袖，中国共产党创始人之一

历史背景

第一次世界大战结束后，战胜国在巴黎召开"和平会议"。会议在帝国主义列强的操纵下，对中国收回山东、取消列强特权及二十一条等合理要求置若罔闻，激起了中国人民的强烈反对。1919 年 5 月 4 日，北京爆发了一场中国人民轰轰烈烈的反对帝国主义、封建主义的爱国运动，即"五四"运动。陈独秀对这场运动十分关注，并加入到反帝反封建的行列当中。1920 年 4 月，在"五四"运动一周年纪念前夕，陈独秀被邀请到武汉、上海演讲。本篇是他在上海中国公学所发表的演讲。

原文欣赏

如若有人问"五四"运动的精神是什么？大概的答词必然是爱国救国。我以为"五四"运动的发生，是受了日本和本国政府的两种压迫而成的，自然不能说不是爱国运动。但是我们的爱国运动，远史不必说，即以近代而论，前清末年，也曾发生过爱国运动，而且上海有爱国学社和爱国女学校。10 年前就有标榜爱国主义的运动。何以社会上对于"五四"运动无论是赞美、反对或不满足，都有一种新的和前者爱国运动不同的感想呢？他们所以感想不同的缘故，是"五四"运动的精神，的确比前者爱国运动有不同的地方。这不同的地方，就是五四运动特有的精神。这种精神就是：一、直接行动；二、牺牲的精神。直接行动就是人民对于社会国家的黑暗，由人民直接行动，加以制裁，不诉诸法律，不利用特殊

· 演讲者简介 ·

陈独秀（1879 ~ 1942），早年留学日本，曾参加反对清王朝和反对袁世凯的斗争。1915 年创办《新青年》杂志，举起民主与科学的旗帜，提倡新文化，宣传马克思主义，成为新文化运动的主要领导人之一。1916 年任北京大学教授。1920 年初前往上海，在共产国际的帮助下，创立共产党早期组织。1921 年，与其他各地的先进分子联系，发起成立中国共产党。7 月，在上海举行的中国共产党第一次全国代表大会上，被选为中央局书记。后被选为中共第二、第三届中央执行委员会委员长，第四、第五届中央委员会总书记。第一次国共合作时期，他的决策多有失当，导致大革命失败。1927 年 7 月中旬，离开中央领导岗位。1932 年 10 月，在上海被国民党政府逮捕，判刑后囚禁于南京。1942 年 5 月 27 日，在贫病交加中去世。

势力，不依赖代表。因为法律是强权的护符，特殊势力是民权的仇敌，代议员是欺骗者，决不能代表公众的意见。清末革命的时候，人人都以为从此安宁了，不料袁世凯秉政结果，反而不好。袁世凯死的时候，人人又以为从此可以安宁了，不料现在的段祺瑞、徐世昌执政，国事更加不好。这个时候，中国人因为对于各方面的失望，大有坐以待毙的现象。自从德国大败，俄国革命以后，世界上的人思想多一变。于是，中国人也受了两个教训：一是无论南北，凡军阀都不应当存在；一是人民有直接行动的希望。"五四"运动遂应运而生。一般工商界所以信仰学生，所以对于"五四"运动有新的和前次爱国运动不同的感想，就是因为学生运动是直接行动，

陈独秀像

不是依赖特殊势力和代议员的卑劣运动呵。中国人最大的病根，是人人都想用很小的努力牺牲，得很大的效果。这病不改，中国永远没有希望。社会上对于"五四"运动，与以前的爱国运动的感想不同，也是因为有无牺牲的精神的缘故。然而我以为"五四"运动的结果，还不甚好。为什么呢？因为牺牲小而结果大，不是一种好现象。在青年的精神上说起来，必定要牺牲大而结果小，才是好现象。此时学生牺牲的精神，若是不如去年，而希望的结果，却还要比去年的大，那更不是好的现象了。以上这两种精神，就是"五四"运动重要的精神。我希望诸君努力发挥这两种精神，不但特殊势力和代议员不是好东西，就是工商界也不可依赖。不但工商界不可依赖，就是学界之中，都不可依赖。最后只有自己可靠，只好依赖自己。

作/品/赏/析

在这篇演讲中，陈独秀总结了"五四"运动的意义，阐述并宣扬了"五四"精神。那么，什么是"五四"精神？陈独秀指出，"五四"运动不是一般意义上的爱国救国运动，而有独特的内涵，"五四"精神的特质就是"直接行动"和"牺牲精神"。"直接行动"是指"人民对于社会国家的黑暗，由人民直接行动，加以制裁，不诉诸法律，不利用特殊势力，不依赖代表"；而"牺牲精神"则是指大无畏的革命牺牲精神。他认为人们希冀"牺牲小而结果大，不是一种好现象"，而要"牺牲大而结果小，才是好现象"。陈独秀号召青年学生努力发扬"五四"精神，以不怕牺牲的豪情投身中国革命。

作为"'五四'运动的总司令"，陈独秀在青年心目中有着崇高的地位。他的这篇演讲具有强大的号召力，使许多青年投身运动，对新文化运动产生了强大的推动作用。演讲主题明确，逻辑严密，分析准确，具有极强的说服力。

在左翼作家联盟成立大会上的讲话 / 鲁迅

演讲词档案

演讲者：鲁迅（1881～1936）

演讲时间：1930 年 3 月 2 日

演讲地点：上海中华艺术大学

演讲者身份：伟大的文学家、思想家和革命家

历史背景

1928～1929 年，中国文艺界发生了一场论争。在这场论战中，鲁迅、茅盾、郭沫若等左翼作家的观点逐渐接近，提倡和发展无产阶级文学成为他们的共同要求。资产阶级文艺家对于革命文学的攻击也促使他们认识到，必须联合起来才能有力地进行文艺思想斗争。在这种背景下，左翼作家联盟成立，鲁迅成为常委会成员之一。1930 年 3 月 2 日，左翼作家联盟成立大会在上海中华艺术大学举行。鲁迅在大会上发表了这篇演讲。

原文欣赏

有许多事情，有人在先已经讲得很详细了，我不必再说。我以为在现在，"左翼"作家是很容易成为"右翼"作家的。为什么呢？第一，倘若不和实际的社会斗争接触，单关在玻璃窗内做文章，研究问题，那是无论怎样的激烈，"左"，都是容易办到的；然而一碰到实际，便即刻要撞碎了。关在房子里，最容易高谈彻底的主义，然而也最容易"右倾"。西洋的叫做"Salon 的社会主义者"，便是指这而言。"Salon"是客厅的意思，坐在客厅里谈谈社会主义，高雅得很，漂亮得很，然而并不想到实行的。这种社会主义者，毫不足靠。并且在现在，不带点广义的社会主义的思想的作家或艺术家，就是说工农大众应该做奴隶，应该被虐杀，被

·演讲者简介·

鲁迅（1881～1936），原名周树人，字豫才。1881 年，生于浙江绍兴的一个书香门第，少年时家道中落。1902 年，到日本留学，在仙台医学院学医，后从事文艺，希望以此改变国民精神。1909 年回国，先后在杭州、绍兴任教。辛亥革命后，在北京政府教育部任职，兼在北京大学、女子师范大学等校授课。1918 年 5 月，发表了中国现代文学史上第一篇白话小说《狂人日记》。1918～1926 年，陆续创作出版了小说集《呐喊》、《彷徨》、散文诗集《野草》、散文集《朝花夕拾》、杂文集《热风》、《华盖集》等集子。

1927 年 1 月，鲁迅到中山大学任教务主任。1927 年 10 月，定居上海。1930 年起，先后参加左翼作家联盟和民权保障同盟，反抗国民党政府的独裁统治和政治迫害。1936 年 10 月 19 日，病逝于上海。

鲁迅像

剥削的这样的作家或艺术家，是差不多没有了，除非墨索里尼，但墨索里尼并没有写过文艺作品（当然，这样的作家，也还不能说完全没有，例如中国的新月派诸文学家，以及所说的墨索里尼所宠爱的邓南遮便是）。

第二，倘不明白革命的实际情形，也容易变成"右翼"。革命是痛苦，其中也必然混有污秽和血，决不是如诗人所想像的那般有趣，那般完美；革命尤其是现实的事，需要各种卑贱的、麻烦的工作，决不如诗人所想像的那般浪漫；革命当然有破坏，然而更需要建设，破坏是痛快的，但建设却是麻烦的事。所以对于革命抱着浪漫谛克的幻想的人，一和革命接近，一到革命进行，便容易失望。听说俄国的诗人叶遂宁，当初也非常欢迎十月革命，当时他叫道，"万岁，天上和地上的革命！"又说"我是一个布尔什维克了！"然而一到革命后，实际上的情形，完全不是他所想像的那么一回事，终于失望，颓废。叶遂宁后来是自杀了的，听说这失望是他的自杀的原因之一。又如毕力涅克和爱伦堡，也都是例子。在我们辛亥革命时也有同样的例子，那时有许多文人，例如属于"南社"的人们，开初大抵是很革命的，但他们抱着一种幻想，以为只要将满洲人赶出去，便一切都恢复了"汉官威仪"，人们都穿大袖的衣服，峨冠博带，大步地在街上走。谁知赶走满清皇帝以后，民国成立，情形却全不同，所以他们便失望，以后有些人甚至成为新的运动的反动者。但是，我们如果不明白革命的实际情形，也容易和他们一样的。

还有，以为诗人或文学家高于一切人，他底工作比一切工作都高贵，也是不正确的观念。举例说，从前海涅以为诗人最高贵，而上帝最公平，诗人在死后，便到上帝那里去，围着上帝坐着，上帝请他吃糖果。在现在，上帝请吃糖果的事，是当然无人相信的了，但以为诗人或文学家，现在为劳动大众革命，将来革命成功，劳动阶级一定从丰报酬，特别优待，请他坐特等车，吃特等饭，或者劳动者捧着牛油面包来献他，说："我们的诗人，请用吧！"这也是不正确的；因为实际上决不会有这种事，恐怕那时比现在还要苦，不但没有牛油面包，连黑面包都没有也说不定，俄国革命后一二年的情形便是例子。如果不明白这情形，也容易变成"右翼"。事实上，劳动者大众，只要不是梁实秋所说"有出息"者，也决不会特别看重知识阶级者的，如我所译的《溃灭》中的美谛克（知识阶级出身），反而常被矿工等所嘲笑。不待说，知识阶级有知识阶级的事要做，不应特别看轻，然而劳动阶级决无特别例外地优待诗人和文学家的义务。

现在，我说一说我们今后应注意的几点。

第一，对于旧社会和旧势力的斗争，必

鲁迅先生的卧室和书房

鲁迅与进步文学青年在一起

鲁迅是新文化运动的主将之一，一生著作近1000万字，而且他还十分关心和支持青年的文艺活动，帮助他们学习和战斗，因而成了进步青年爱戴的导师。

须坚决，持久不断，而且注重实力。旧社会的根柢原是非常坚固的，新运动非有更大的力不能动摇它什么。并且旧社会还有它使新势力妥协的好办法，但它自己是决不妥协的。在中国也有过许多新的运动了，却每次都是新的敌不过旧的，那原因大抵是在新的一面没有坚决的广大的目的，要求很小，容易满足。譬如白话文运动，当初旧社会是死力抵抗的，但不久便容许白话文底存在，给他一点可怜地位，在报纸的角头等地方可以看见用白话写的文章了，这是因为在旧社会看来，新的东西并没有什么，并不可怕，所以就让它存在，而新的一面也有满足，以为白话文已得到存在权了。又如一二年来的无产文学运动，也差不多一样，旧社会也容许无产文学，因为无产文学并不厉害，反而他们也来弄无产文学，拿去做装饰，仿佛在客厅里放着许多古董磁器以外，放一个工人用的粗碗，也很别致；而无产文学者呢，他已经在文坛上有个小地位，稿子已经卖得出去了，不必再斗争，批评家也唱着凯旋歌："无产文学胜利！"但除了个人的胜利，即以无产文学而论，究竟胜利了多少？况且无产文学，是无产阶级解放斗争底一翼，它跟着无产阶级的社会的势力的成长而成长，在无产阶级的社会地位很低的时候，无产文学的文坛地位反而很高，这只是证明无产文学者离开了无产阶级，回到旧社会去罢了。

第二，我以为战线应该扩大。在前年和去年，文学上的战争是有的，但那范围实在太小，一切旧文学旧思想都不为新派的人所注意，反而弄成了在一角里新文学者和新文学者的斗争，旧派的人倒能够闲舒地在旁边观战。

第三，我们应当造出大群的新的战士。因为现在人手实在太少了，譬如我们有好几种杂志，单行本的书也出版得不少，但做文章的总同是这几个人，所以内容就不能不单薄。一个人做事不专，这样弄一点，那样弄一点，既要翻译，又要做小说，还要做批评，并且也要做诗，这怎么弄得好呢？这都因为人太少的缘故，如果人多了，则翻译的可以专翻译，创作的可以专创作，批评的专批评；对敌人应战，也军势雄厚，容易克服。关于这点，我可带便地说一件事。前年创造社和太阳社向我进攻的时候，那力量实在单薄，到后来连我都觉得有点无聊，没有意思反攻了，因为我后来看出了敌军在演"空城计"。那时候我的敌军是专事于吹擂，不务于招兵练将的；攻击我的文章当然很多，然而一看就知道都是化名，骂来骂去都是同样的几句话。我那时就等待有一个能操马克思主义批评的枪法的人来狙击我的，然而他终于没有出现。在我倒是一向就注意新的青年战士底养成的，曾经弄过好几个文学团体，不过效果也很小。但我们今后却必须注意这点。

我们急于要造出大群的新的战士，但同时，在文学战线上的人还要"韧"。

所谓韧，就是不要像前清做八股文的"敲门砖"似的办法。前清的八股文，原是"进学"做官的工具，只要能做"起承转合"，借以进了"秀才举人"，便可丢掉八股文，一生中再也用不到它了，所以叫做"敲门砖"，犹之用一块砖敲门，门一敲进，砖就可抛弃了，不必再将它带在身边。这种办法，直到现在，也还有许多人在使用，我们常常看见有些人出了一二本诗集或小说集以后，他们便永远不见了，到哪里去了呢？是因为出了一本或二本书，有了一点小名或大名，得到了教授或别的什么位置，功成名遂，不必再写诗写小说了，所以永远不见了。这样，所以在中国无论文学或科学都没有东西，然而在我们是要有东西的，因为这于我们有用（卢那卡尔斯基是甚至主张保存俄国的农民美术，因为可以造出来卖给外国人，在经济上有帮助。我以为如果我们文学或科学上有东西拿得出去给别人，则甚至于脱离帝国主义的压迫的政治运动上也有帮助）。但要在文化上有成绩，则非韧不可。

最后，我以为联合战线是以有共同目的为必要条件的。我记得好像曾听到过这样一句话："反动派且已经有联合战线了，而我们还没有团结起来！"其实他们也并未有有意的联合战线，只因为他们的目的相同，所以行动就一致，在我们看来就好像联合战线。而我们战线不能统一，就证明我们的目的不能一致，或者只为了小团体，或者还其实只为了个人，如果目的都在工农大众，那当然战线也就统一了。

作/品/赏/析

在左翼作家联盟成立大会上，鲁迅针对当时文坛的现状，直言不讳地指出"左翼"作家存在变成"右翼"作家的危险性，告诫作家们，只有深入革命斗争，贴近工农生活，才能坚定自己的立场。接着，他指出了左翼作家联盟的责任所在：一是要与旧社会和反动势力作坚决斗争，二是扩大战线，三是造出大群的新的战士。在整篇演说中，鲁迅特别强调了"韧"的战斗精神，告诉作家们要戒除浮躁心理，要坚持创作，坚持斗争。最后，鲁迅指出了联合战线的重要性，呼吁"左联"深入工农大众。这篇演讲阐述的思想，对后来左翼文艺运动具有很强的指导性。

鲁迅这篇演讲，恰如其为人与作文的风格，没有虚情假意的客套话，也没有拖泥带水的陈述。语言朴实，主题明确，条理清晰，逻辑严密，极具感染力。

"少年中国"的"少年运动" / 李大钊

演讲词档案

演讲者：李大钊（1889～1927）

演讲时间：1919年

演讲地点：少年中国筹备会

演讲者身份：伟大的无产阶级革命家，中国共产党创始人之一

历史背景

1918年前后，留日学生因反对日本帝国主义侵略中国，全体回国。而国内各学校学生请愿又因受到反动军阀的压制而失败，学生们迫切认识到有必要创建一个带有学术性质的政治团体来推动革命运动。在李大钊等人的努力下，少年中国会于1919年7月1日成立，其宗旨是"本科学的精神为社会活动，以创造少年中国"。学会的建立对"五四"运动起到了一定的推进作用。在少年中国会筹建期间，李大钊就"少年中国的少年运动"作了系列演讲，本篇就是系列演讲内容的归纳整理。

原文欣赏

我们的理想，是在创造一个"少年中国"。

"少年中国"能不能创造成立，全看我们的"少年运动"如何。

我们"少年中国"的理想，不是死板的模型，是自由的创造；不是铸定的偶像，是活动的生活。我想我们"少年中国"的少年，人人理想中必定都有一个他自己所欲创造而且正在创造的"少年中国"。你理想中的"少年中国"，和我理想中的"少年中国"不必相同；我理想中的"少年中国"，又和他理想中的"少年中国"未必一致。可是我们的同志，我们的朋友，毕竟都在携手同行，沿着那一线清新的曙光，向光明方向走。那光明里一定有我们的"少年中国"在。我们各个不同的"少年中国"的理想，一定都集中在那光明里成一个结晶，那就是我们共同创造的"少

·演讲者简介·

李大钊（1889～1927），字守常，河北省乐亭县人。16岁考入天津北洋法政专门学校，24岁留学日本，入早稻田大学本科，学习法律和经济。在日本，接触到各种社会主义学说，并开始学习和研究马克思主义。1916年回国后，先后担任《新青年》、《少年中国》、《每周评论》和《晨钟报》等进步刊物的编辑或主任编辑。1918年受聘担任北京大学图书馆主任。1920年，发起组织马克思主义学说研究会。同年，任北京大学教授，在史学、经济、法律等系，以及北京朝阳大学、中国大学、女子高师等院校授课，并参加了筹建中国共产党和领导北京地区党组织的革命活动。1927年4月6日被奉系军阀逮捕，28日遇害。

李大钊像

年中国"。仿佛像一部洁白未曾写过的历史空页，我们大家你写一页，我写一页，才完成了这一部"少年中国"史。

我现在只说我自己理想中的"少年中国"。

我所理想的"少年中国"，是由物质和精神两面改造而成的"少年中国"，是灵肉一致的"少年中国"。

为创造我们理想的"少年中国"，我很希望这一班与我们理想相同的少年好友，大家都把自己的少年精神拿出来，努力去作我们的"少年运动"。我们"少年运动"的第一步，就是要作两种文化运动：一个是精神改造的运动，一个是物质改造的运动。

精神改造的运动，就是本着人道主义的精神，宣传"互助"、"博爱"的道理，改造现代堕落的人心，使人人都把"人"的面目拿出来对他的同胞；把那占据的冲动，变为创造的冲动；把那残杀的生活，变为友爱的生活；把那侵夺的习惯，变为同劳的习惯；把那私营的心理，变为公善的心理。这个精神的改造，实在是要与物质的改造一致进行，而在物质的改造开始的时期，更是要紧。因为人类在马克思所谓"前史"的期间，习染恶性很深，物质的改造虽然成功，人心内部的恶，若不剔除净尽，他在新社会新生活里依然还要复萌，这改造的社会组织，终于受他的害，保持不住。

物质改造的运动，就是本着勤工主义的精神，创造一种"劳工神圣"的组织，改造现代游惰本性、掠夺主义的经济制度，把那劳工的生活，从这种制度下解放出来，使人人都须作工，作工的人都能吃饭。因为经济组织没有改变，精神的改造很难成功。在从前的经济组织里，何尝没有人讲过"博爱"、"互助"的道理，不过这表面构造（就是一切文化的构造）的力量，到底比不上基础构造（就是经济构造）的力量大。你只管讲你的道理，他时时从根本上破坏你的道理，使你永远不能实现。

"少年中国"的少年好友呵！我们的一生生涯，是向"少年中国"进行的一条长路程。我们为达到这条路程的终点，应该把这两种文化运动，当做车的两轮，鸟的双翼，用全生涯的努力鼓舞着向前进行，向前飞跃。

"少年中国"的少年好友呵！我们要作这两种文化运动，不该常常漂泊在这都市上，在工作社会以外作一种文化的游民；应该投身到山林里村落里去，在那绿野烟雨中，一锄一犁的作那些辛苦劳农的伴侣。吸烟休息的时间，田间篱下的场所，都有我们开发他们，慰安他们的机会。须知"劳工神圣"的话，断断不配那一点不作手足劳动的人讲的。中国今日的情形，都市和村落完全打成两橛，几乎是两个世界一样。都市上所发生的问题，所传播的文化，村落里的人，毫不发生一点关系；村落里的生活，都市上的人，大概也是漠不关心，或者全不知道他是什么状况。这全是交通阻塞的缘故。交通阻塞的意义，有两个解释：一是物质的交通阻塞，用邮电舟车可以救济的；一是文化的交通阻塞，非用一种文化的交通机关不能救济的。在文化较高的国家，一般劳农容受文化的质量多，只要物质的交通没有阻塞，出版物可以传递，文化的传播，就能达到这个地方；而在文化较低的国家，全仗自觉少年的宣传运动，在这个地方，文化的交通机关，就是在

山林里村落里与那些劳农共同劳动自觉的少年。只要山林里村落里有了我们的足迹，那精神改造的种子，因为得了洁美的自然，深厚的土壤，自然可以发育起来。那些天天和自然界相接的农民，自然都成了人道主义的信徒。不但在共同劳作的生活里可以感化传播于无形，就是在都市上产生的文化利器——出版物类——也必随着少年的足迹，尽量输入到山林里村落里去。我们应该学那闲暇的时候就来都市里著书，农忙的时候就在田间工作的陶士泰（今译为托尔斯泰）先生，文化的空气才能与山林里村落里的树影炊烟联成一气，那些静沉沉的老村落才能变成活泼泼的新村落。新村落的大联合，就是我们的"少年中国"。

我们"少年中国"的少年好友啊！我们既然是20世纪的少年，就该把眼光放得远些，不要受腐败家庭的束缚，不要受狭隘爱国心的拘牵。我们的新生活，小到完成我的个性，大到企图世界的幸福。我们的家庭范围，已经扩充到全世界了，其余都是进化轨道上的遗迹，都该打破。我们应该拿世界的生活作家庭的生活，我们应该承认爱人的运动比爱国的运动更重。我们的"少年中国"观，决不是要把中国这个国家，作少年的舞台，去在列国竞争场里争个胜负，乃是要把中国这个地域，当做世界的一部分，由我们居住这个地域的少年朋友们下手改造，以尽我们对于世界改造一部分的责任。我们"少年运动"的范围，决不止于中国：有时与其他亚细亚的少年握手，作亚细亚少年的共同运动；有时与世界的少年握手，作世界少年的共同运动，也都是我们"少年中国主义"分内的事。

总结几句话，就是：我所希望的"少年中国"的"少年运动"，是物心两面改造的运动，是灵肉一致改造的运动，是打破知识阶级的运动，是加入劳工团体的运动，是以村落为基础建立小组织的运动，是以世界为家庭扩充大联合的运动。

少年中国的少年呵！少年中国的运动，就是世界改造的运动，少年中国的少年，都应该是世界的少年。

· ·

作/品/赏/析

在一系列演讲中，李大钊提出要创造一个"少年中国"，同时他指出"少年中国"能不能创造成立，全看"少年运动"如何。接着他阐述了这两者之间的关系，指出应该怎样去创造"少年中国"。李大钊认为"少年中国"应该从精神改造和物质改造两方面着手，并且这两种文化运动不应该"漂泊"在都市上，而要深入农村与山区。最后，他指出"少年运动"不仅仅是中国的运动，而且是世界范围内的联合运动。演讲为少年中国会的成立作了思想上的动员和准备。少年中国会成立后团结其他社团，形成了统一战线，有力地推进了学生运动的开展。

演讲逻辑严密，论证有力，说理透彻，很好地阐释了"少年中国"与"少年运动"。语言清淡文雅，自然流畅，很有田园诗的美感。

最后一次演讲 /闻一多

演讲词档案

演讲者：闻一多（1899～1946）
演讲时间：1946年
演讲地点：李公朴先生的追悼会上
演讲者身份：中国民主同盟早期领导人，著名诗人、文史学者

历史背景

1946年2月，国民党特务制造重庆较场口惨案，李公朴与郭沫若等遭特务殴打致伤，引发了一场延及全国的反对国民党反动派暴行的民主运动。此后，李公朴返回昆明为民主而奔走。昆明"整肃"期间，李公朴的名字已排在国民党特务暗杀名单第一位。许多朋友劝其离开以暂避，而其依然一副"死何惧之"的凛然正气。他说："既然要从事民主运动，就要抱着跨出了门就不准备再跨回来的决心！"7月11日雨夜，李公朴终于未能再跨回来，倒在国民党特务黑色的枪口之下。这篇演讲为闻一多在李公朴的追悼会上所作。

原文欣赏

这几天，大家晓得，在昆明出现了历史上最卑污、最无耻的事情！李先生究竟犯了什么罪，竟遭此毒手？他只不过用笔写写文章，用嘴说说话，而他所写的、所说的，都无非是一个没有失掉良心的中国人的话！大家都有一支笔，有一张嘴，有什么理由拿出来讲啊！有事实拿出来讲啊！为什么要打要杀，而且不敢光明正大地来打来杀，而偷偷摸摸地来暗杀，这成什么话？

今天，这里有没有特务？你站出来！是好汉的站出来！你出来讲！凭什么要杀死李先生？杀死了人，又不敢承认，还要诬蔑人，说什么"桃色事件"，说什么

· 演讲者简介 ·

闻一多（1899～1946），湖北浠水人。1913年考入北京清华大学，"五四"运动时参加学生运动，曾代表学校出席全国学联会议。抗战开始后在昆明西南联大任教，并投身爱国民主运动。1946年李公朴惨遭杀害，闻一多义无反顾地参加公朴先生的追悼活动。追悼会后，闻一多又出席了民盟在《民主周刊》社为李公朴被暗杀事件举行的记者招待会。在回家途中，遭到国民党特务杀害。

闻一多是"新月诗派"的主将之一，他提倡新诗的音乐美、绘画美和建筑美，为新格律诗完成了理论奠基工作。在诗歌创作中，大力地歌颂自然、歌颂青春，感情热烈，形式精美，突出地抒发了强烈的爱国主义情感。新诗集《红烛》、《死水》是现代诗歌经典之作。他对《周易》、《诗经》、《庄子》、《楚辞》四大古籍的整理研究，为我国传统文化的研究作出了巨大贡献，被郭沫若称为"前无古人，后无来者"。他的散文抨击社会时弊、批判传统文化，其中尤以《最后一次演讲》最为惊心动魄。

共产党杀共产党，无耻啊！无耻啊！这是某集团的无耻，恰是李先生的光荣！李先生在昆明被暗杀，是李先生留给昆明的光荣，也是昆明人的光荣！

去年"一二·一"昆明学生为了反对内战，遭受屠杀，那算是青年的一代，献出了他们最宝贵的生命！现在李先生为了争取民主和平，而遭受了反动派的暗杀，我们骄傲一点说，这就是像我们这样大年纪的一代，我们的老战友，献出了最宝贵的生命。这两桩事发生在昆明，这算是昆明无限的光荣！

闻一多（左三）等教授为死难学生送葬、致意

为了反对内战，呼吁和平，1945 年 11 月 25 日，西南联大、云南大学等 4 校学生在街上进行宣传活动。12 月 1 日，数批国民党军人与特务袭击联大新校舍、联大师院、云南大学等大中学校，造成 20 多名师生死伤，此即震惊全国的"一二·一惨案"。惨案发生后，全省和全国各阶层人民以极大的愤怒声讨国民党反动派的暴行。

反动派暗杀李先生的消息传出后，大家听了都悲愤痛恨。我心里想，这些无耻的东西，不知他们是怎么想法？他们的心理是什么状态？他们的心怎样长的？其实很简单，他们这样疯狂地来制造恐怖，正是他们自己在慌啊！在害怕啊！所以他们制造恐怖，其实是他们自己在恐怖啊！特务们，你们想想，你们还有几天，你们完了，快完了！你们以为打伤几个，杀死几个，就可以了事，就可以把人民吓倒了吗？其实广大的人民是打不尽的，杀不完的，要是这样可以的话，世界上早没有人了。你们杀死一个李公朴，会有千百万个李公朴站起来！你们将失去千百万人民！你们看着我们人少，没有力量。告诉你们，我们的力量大得很！多得很！看今天来的这些人，都是我们的人，都是我们的力量！此外还有广大的市民，我们有这个信心：人民的力量是要胜利的，真理是永远存在的。历史上没有一个反人民的势力不被人民毁灭的！希特勒，墨索里尼，不都在人民之前倒下去了吗？翻开历史看看，你还站得住几天！你完了，快完了！我们的光明就要出现了。我们看，光明就在我们眼前，而现在正是黎明之前那个最黑暗的时候。我们有力量打破这个黑暗，争到光明！我们的光明，就是反动派的末日！

反动派故意挑拨美苏的矛盾，想利用这矛盾来打内战。任你们怎样挑拨，怎么样离间，美苏不一定打呀！现在四外长会议已经圆满闭幕了。这不是说美苏间已没有矛盾，但是可以让步，可以妥协，事情是曲折的，不是直线的。

李先生的血，不会白流的！李先生赔上了这条性命，我们要换来一个代价。"一二·一"四烈士倒下了，年轻的战士们的血，换来了政治协商会议的召开，现在李先生倒下了，他的血要换取政协的重开！我们有这个信心！

"一二·一"是昆明的光荣，是云南人民的光荣，云南有光荣的历史，远的如护国，这不用说了。近的如"一二·一"，都是属于云南人民的，我们要发扬云南光荣的历史！

反动派挑拨离间，卑鄙无耻，你们看见联大走了，学生放暑假了，便以为我们没有力量了吗？特务们，你们错了！你们看见今天到会的一千多青年，又握起手来了，我们昆明的青年绝不会让你们这样蛮横下去的！

反动派，你看见一个倒下去，可也看得见千百万个站起的？正义是杀不完的，因为真理永远存在！

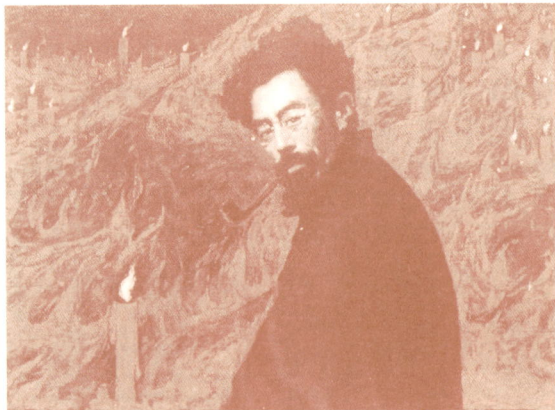

闻一多像 闻一多之子闻立鹏作

闻一多是中国现代著名的诗人，也是一位英勇无畏的民主战士。他一生都在为追求真理、追求自由、追求光明而不懈地探索奋斗，并不惜为之献出自己的生命。

历史赋予昆明的任务是争取民主和平，我们昆明的青年必须完成这任务！

我们不怕死，我们有牺牲的精神，我们随时像李先生一样，前脚跨出大门，后脚就不准备再跨进大门！

作/品/赏/析

这是一篇著名的演讲，浸透着烈士和正义者的鲜血，这次演讲因为暗杀的事情而起，而演讲结束后不久，演讲者闻一多即遭国民党反动派特务暗杀，在全国引起极大轰动。这篇演讲发表在李公朴先生的追悼会上，演讲的场合与内容配合非常密切，闻一多所讲之事是他所亲身经历，也是听众确切知道的，演讲者和听者都感同身受，所以演讲具有很强的说服力和感染力。演讲开门见山，直接说明事实和提出问题，言辞激烈，慷慨激昂，大义凛然，具有极强的战斗性和鼓动性。这是正面的直接的斗争，"今天，这里有没有特务？你站出来！是好汉的站出来！你出来讲！凭什么要杀死李先生？杀死了人，又不敢承认，还要诬蔑人，说什么'桃色事件'，说什么共产党杀共产党，无耻啊！无耻啊！"全篇的诘问和排山倒海的排比句，句句愤怒谴责，气势磅礴，其中"正义是杀不完的，因为真理永远存在"，尤其"前脚跨出大门，后脚就不准备再跨进大门"等已经成为人们广为传诵的名句。

第四篇

公平与正义的
坚定信念

帕拉梅德斯辩护词

/ 高尔吉亚

演讲词档案

演讲者：高尔吉亚（前 483 ~ 前 375）

演讲时间：公元前 5 世纪

演讲者身份：古希腊著名哲学家和修辞学家

历史背景

帕拉梅德斯，荷马史诗《伊利亚特》中希腊军队中最有见识的英雄。正是由于他的辩才才使希腊的大多数部落首领赞同远征特洛伊，他也是攻打特洛伊城的英雄之一。远征在即，部落首领奥德赛却因喜得贵子，不愿远离妻儿出征。为了逃避出征，他故意装疯，用盐播种。帕拉梅德斯为了揭穿奥德赛装疯的把戏，抱着他刚满月的儿子，放在他的耕犁前面，奥德赛被迫停了下来，暴露了真相。因此，奥德赛对帕拉梅德斯恨之入骨，后来，他寻机以反叛的罪名将帕拉梅德斯诬陷致死。这篇辩护词是希腊早期著名哲学家高尔吉亚针对这一案件而借帕拉梅德斯之口拟就的法庭辩词。

原文欣赏

我的控告和辩护并不是针对死刑的判决，因为总有一天自然将宣判一切人死刑，我之所以提出控告和辩护是因为事关荣誉：究竟我必须正义地死去，还是在巨大的阴谋和无耻的陷害之后被暴力处死？我们是两军对垒，你们有你们的一切，我有我的一切，你们有暴力，我有正义。你们很容易随心所欲地处死我；你们掌握了我所没有掌握的权力。如果奥德塞之所以提出控告是因为他确实知道我把希腊出卖给外邦人，或者他真的相信我出卖了祖国而出于希腊人的善良愿望提出控告，那么他就是一个优秀的人。他既然拯救了父亲、孩子，拯救了全体希腊人而且还惩罚了非法的人，为什么不是优秀的人呢？但是，如果他集妒忌、阴谋、诡计于一身，则这些既能使他成为强有力的人，也能使他成为最坏的人。我的话从何说起呢？从什么地方开始？开始说些什么？从何处开始我的辩护？一种无以名状的原因使我要把我的痛苦公诸于世，但这种痛苦又迫使我难于用语言表达，我不知道这种痛苦的真实原因，不知它为什么一定出现，只有经过更多的危险，克服更多的困难才能使我懂得这一切。

· 演讲者简介 ·

高尔吉亚（前 483 ~ 前 375），约公元前 483 年生于西西里岛。公元前 427 年，锡拉库斯入侵莱昂蒂尼，他作为使者被派往雅典寻求支援。尽管最终雅典拒绝出兵援助，但高尔吉亚出色的口才震撼了整个雅典并引起广泛关注。之后，他便周游于希腊各地进行演说并开班授徒。公元前 375 年，在色萨利平原中部城市拉里萨去世。

我清楚地看到，我的控告者并不知道要控告我什么。因为他和我一样清楚，我并没有做那件事。我不知道那位先生怎么能看到没有发生的事。如果他说是他知道真有那件事他才提出控告的，那他说的不是真话，因为我可以向你们提供不同的证据。因为，即使我愿意，我也不可能做那件事；即使我可能，也不愿意做那件事。

我提出的第一个理由是我是不可能做那件事的。叛卖活动也总要有个开头，而开头总要有个理由。后果总要有个前因。请你说说，如果没有勾结串通，这件事又怎样能发生？如果外邦人没有派人到我这里来，而我又没有派人到他那里去，这件事是用什么方式串通的？如果没有串通，任何信件也不能传递。然而语言居然能有那样大的力量，现在我竟和外邦人联系上了，他们也和我联系上了——用什么方式联系的？谁跟谁联系？希腊人与外邦人互相怎样听和说呢？是一对一单独谈吗？但我们互相是不懂话的。通过翻译吗？如果有第三者在场就会成为证人，而秘密就不称其为秘密了。

既然我做了那件事实上没有做的事，这里总需要提出一定的保证，这种保证是什么？是誓言吗？谁能相信我这个卖国者的誓言呢？是人质吗？谁是人质？譬如把我的兄弟（我没有别人了）给他们做人质，而外邦人则把他儿子给我做人质，我看由我的兄弟和他的儿子做人质是最可靠了，但这些事你们都会一清二楚的，并非秘密。有人说，我们以金钱作保证。他给我钱，我就收下了。那么给的钱很少吗？做那样大的事给少了是不可能的。收很多的钱吗？谁运输的？怎样运法？很多人运吗？很多人运很多钱财就是阴谋的证据，但一个人又是运不了许多钱的。再说，是白天还是夜晚运的？夜晚有许多人守卫着，他们不会疏忽的。白天吗？阳光会揭穿这些事情。那么，是我自己去拿这些贿赂，还是那人送来的？这两种情形都是不可能的。就算我接受了，我又是怎样藏起来的？藏在家里还是藏在外面？放在何处？怎样看守它？显然我是要用它们的，如果不用，它们又有什么好处呢？

于是，我就做了我所没有做过的事。我们居然接上了头，交谈了，也听懂了；我从他们那里拿了钱，偷偷地拿了，藏了起来。还有比这个说法更荒谬的，做这种卖国的事是一个人还是有同伙？一个人干不了，那么有同伙？同伙又是谁？显然都是同党人。是自由民还是奴隶？我和你们都是自由民，你们当中有谁参与了？出来说说。如果是奴隶，为什么奴隶就不可信呢？他们自己会被迫起来愤怒控告自由民的。

这种事情又是怎样发生的？显然必须引进比你们更强的士兵来，这是不可能的。怎样引进来的？是通过门吗？这个门不论开着或关着对我都一样，因为都有长官守卫着。用梯子爬墙过去？难道没有巡逻的？从墙洞里爬进来？这一切都会被看得清清楚楚。光天化日之下军营中的人都全副武装，在这里所有的人都能看到别人，也会被别人看到。因此我不能当着这些人的面来做这一切。

你们大家都来看看这种情形：如果我能够做许多重大的事，为什么要做这件事呢？没有人愿意平白无故地冒那样大的危险，没有人愿意做那样大的坏事。究竟为了什么（我还要再一次提这个问题）？为了当僭主吗？当你们的僭主还是外邦人的僭主？你们有着一切光荣的历史，你们的祖先拥有财富和美德，丰功伟绩、意气风发，具有王道传统，而不可能容忍僭主。做外邦人的僭主吗？我给他们什么？我用什么方法把希腊出卖给人数众多的外邦人？用说服还是暴力？他们既不愿被说服，我也没有暴力。也许是两相情愿以出卖希腊来换取报酬？这才是最愚蠢不过的事。谁能宁愿为奴不愿为王，拿钱买一个王来？谁愿以最坏的人为王而不愿以强者为王？

有人说，我因为爱钱财才做这种事。但我已是小康之家，不需要更多的钱。而只有那些挥霍浪费的人才需要大量的钱，而不是那些能控制自然欲求的人。因此应该谴责那些为快乐所役、追求名利之心，而这一切对我都是格格不入的。说真话，我可以对我过去的生活提出可信的证据，这个证据就是你们自己，你们和我在一起，因此你们是了解这些事情的。

只要有中等的聪明就不会为了荣誉做这种事。荣誉来自德行，不能来自作恶。出卖希腊的人怎能得到荣誉？再说，我也不缺少荣誉，有德行的人尊敬我的德行，你们尊敬我的智慧。

要做那样的事是要很坚定的，他出卖了城邦的一切，出卖了法律、正义、神和人的财富。他无视法律，破坏正义，瓦解财富，亵渎神明。但做这样事的人要冒很大的危险，因而又是不可能坚定的。

他做这种不正义的事是想要帮助朋友，损害敌人吗？我认为适得其反，他使亲者痛，仇者快。这种行为对任何人都没有好处，但没有一个人做事是要自己受害的。还有一些人是要躲避责罚和危险而做这种事，但没有一个人能说我有这些需要来做那事。人们做这一切有两方面原因，或是为了分享某种利益，或是逃避危害。我如做了那些事，对我自己也有害处，这一点不是不清楚的。出卖了希腊，就是出卖了自由，出卖了子孙、朋友、尊敬的祖先、神圣的祖国、社稷、伟大的希腊城邦，所有这一切，都只能以不正义的手段得来。

请看：我并不是一个衣食无着的人，怎么做出这些事来？（做了这些事后）我该何处存身？在希腊吗？因干了不正义之事受到法律制裁吗？谁能使我躲避恶运？留在外邦吗？这样不就抛弃了一切伟大的事业、玷污了最美好的荣誉，陷于可耻的不幸之中，把过去为美德所作的努力一笔勾销了？如果我这样的可耻，真是咎由自取了。

我在外邦人当中也不会得到信任。他们为什么要信任做了这种事的人呢？为什么要把私通敌人的人当做朋友呢？当权者对卑贱者是不给予信任的。如果说，失去金钱、王位都可以重新获得，但失去信任是不能重新得到的。因此，通过上述，出卖希腊这件事，即使我能够，我也不愿意；即使我愿意，我也不能够。

现在，我想对控告我的人说几句话。谁能信你这些控告呢？应该承认，没有价值的东西就说是没有价值的东西。你对我的控告，是你亲眼所见，还是靠传言？如果是亲见，那你也知道，这就是指或者你亲眼看到了，或者你亲自参加了；如果是靠传言，那你就是问了参加者。如果你是亲见，那么请说说时间、地点、方式、是什么时间、什么地方，又是怎样看到的？如果你也参与了，那你也要因同样的原因受到谴责；如果是从参与者那里听来的，那参与者又是谁？请你走到大庭广众中来，请你来作证，这正是控告者最好的证人，可是我们之中没有人来作这个证。

或许你会说，无论有没有证人事情都是一样。不，事情并不一样。没有发生的事无论如何不能有证人，但对于发生了的事，不仅不能没有证人，而且很容易有证

人，甚至必然有证人。你们不仅没有证人，而且制造伪证，我真是没有这种本领。

你根本不知道要控告什么，这一点是很明显的。此外，你自己心里明白你一无所知。亲爱的勇士啊！你相信道听途说的意见，相信最不可信的事，看不见真理，你围着变幻不定的意见转倒很勇敢，你掌握事实之所以如此的真相吗？意见对一切人、一切事都是共同的，在这方面你并不比别人更聪明点。但是意见是不可信的，只有亲眼所见才可信，并不是意见比真理更可信，而是真理比意见才更可信。

由上述可见，对我的控告有相反的两条理由，一是说我有智慧，一是说我发了疯，而这二者不可能在一个人身上同时存在。当你们说我有计谋、有能力、有办法时，是指控我有智慧，但当说我出卖希腊时，又在指控我发了疯。所谓发疯，就是要做不能做的事，做没有利、可耻的事，这些事有害于朋友、有利于敌人，做这种事的人是该诅咒的、不正常的。但对于那种对同一件事、同一个人却有相反的说法的人我们又怎能信任他呢？

我要问你，有智慧的人是有头脑的，还是无头脑的？如果是无头脑的，那么此说倒颇新鲜，但并非真理；如果有头脑，那么聪明人就不该犯这样大的错误，就会避善趋恶。如果我是智者，就不应犯错误，如果我犯了错误，就不是智者，二者必居其一。

对你提出的数量众多、罪名重大的新老控告，我尽可一一反驳，但我不想这样做。我不愿以你的恶来洗清自己，而要以我自己的善来洗清自己。

如果你们非法地处死我，那么一切都会昭然若揭。我会看到，全希腊都知道你们的劣行。你们的控告的非正义性就会尽人皆知，而被告则会被认为无罪。受到法律制裁是你们唯一的下场。一切罪行莫过于此了。你们不仅对我、对我的子孙犯罪，而且你们会使天下都相信你们是渎神的、不正的、违法的，你们处死了一个和你们共事的人、对你们有功的人、对希腊有贡献的人，希腊人都会清楚，这些指控全无任何可靠的证据。

我的话就说到这里。以上长篇的辩护概括起来说的是诬陷问题。希腊人中最优秀的人现在或将来都不应该忽视或忘记这些话。

··

作／品／赏／析

这篇辩护词借帕拉梅德斯之口，把他所遭受的难以言说而又不吐不快的冤屈倾诉出来。高尔吉亚从为荣誉而辩的立场出发，连续使用反证的手法说明了帕拉梅德斯并没有变节投敌，揭露了奥德赛陷害他致死的巨大阴谋。通过此辩护词，高尔吉亚使帕拉梅德斯的冤案大白于天下，这对于后来人们了解这桩案件的真实情况起了重要作用。帕拉梅德斯也因此被人们尊为贤者。本篇演讲词最大的特点就是采用反证法来达到辩护的目的。为了证明帕拉梅德斯没有私通特洛伊，高尔吉亚先假设这是真的，然后再层层分析，不断推出与事实不符的矛盾之处，最终有力地证明了帕拉梅德斯是清白的。整个辩护词逻辑缜密且精彩纷呈，提出一系列的反问，语调铿锵，促人深思。全篇感情充沛、说理充分，展现了高尔吉亚卓越的演讲才能。

临终辩词 / 苏格拉底

演讲词档案

演讲者：苏格拉底（前469～前399）
演讲时间：公元前399年
演讲地点：雅典法庭
演讲者身份：古希腊著名哲学家

历史背景

古希腊的民主制度是一种直接民主制度，也就是每一位雅典公民都能够充分地行使自己的权利，政府还在关键性投票中采用给与参与者一天口粮的方式鼓励公民参与。还采用陶片放逐制度，把威胁雅典民主制度的人逐出雅典。主张言论自由的苏格拉底与雅典民主制度发生了严重冲突，因此，被三个希腊城邦的公民起诉。审判苏格拉底的是由500个雅典普通公民组成的陪审法院，也就是公民大会。苏格拉底的审判大会经历了初审和复审，初审中500个公民进行了投票，结果是280票对220票判处苏格拉底有罪；复审是决定苏格拉底是否该判死刑，复审之前，苏格拉底有为自己脱罪的辩护权利。但苏格拉底的临终辩词不但没有说服希腊民众，相反还激怒了他们，结果是360人对140人判苏格拉底死罪。

原文欣赏

亲爱的雅典同胞们：

所剩的时间不多了，你们就要指责那些使雅典城蒙上污名的人，因为他们把那位智者苏格拉底处死。而那些使你们也蒙上污名的人坚称我是位智者，其实并不是。如果你们再等一段时间，自然也会看见一个生命终结的事情，因为我的年纪也不小，接近死亡的日子实在也不远了。但是我并不是要对你们说话，而是要对那些欲置我于死地的人说话。同胞们：或许你们会以为我被定罪是因为我喜好争辩，其实如果说我好辩的话，那么只要我认为对的话我或许还可以借此说服你们，并替自己辩护，尚可免除死刑，其实我并不是因好辩被判罪，而是被控竟敢胆大妄为向你们宣传异端邪说，其实那些只不过像平常别人告诉你们的

在古希腊，民主是指一种政体，按近代政治术语称之为民主政体、民主政治。根据史料，古希腊城邦中，雅典民主政体的建立在时间上先于其他城邦，因此可以认为雅典是古希腊民主政体的发源地。这幅古希腊时期的壁画体现了运行中的民主政体，传说中的希腊武士正在胜利女神雅典娜的监视下用石子投票表决。

话一样罢了。

但是我不以为，为了避免危险起见，就应该去做不值得一个自由人去做的事，也不懊恼我用现在这样的方式替自己辩护。我宁可选择死亡，也不愿因辩护得生存。因为不管是我还是任何其他的人，在审判中或打仗时，利用各种可能的方法来逃避死亡，都是不对的。在战时，一个人如想逃避死亡，他可以放下武器，屈服在敌人的怜悯之下，其他尚有许多逃避死亡之策，假如他敢做、敢说的话。

但是，雅典的同胞啊！逃避死亡并不难，要避免堕落才是难的，因它跑得比死要快。我，因为上了年纪，动作较慢，所以就被死亡赶上了；而控告我的人，他们都年轻力壮，富有活力，却被跑得较快的邪恶、腐败追上了。现在，我因被他们判处死刑而要离开这个世界，但他们却背叛了真理，犯了邪恶不公之罪。既然我接受处置，他们也应该接受裁决，这是理所当然之事。

下一步，我要向你们预言到底是谁判我的罪，及你们未来的命运如何：因为人在将死之际，通常就成了先知，此时我正处于这种情况。同胞们！我告诉你们是谁置我于死地吧！而在我死后不久，天神宙斯将处罚你们，比你们加害在我身上的更加残酷，虽然你们以为对自己的所作所为不需负责，但我敢保证事实正相反。控告你们的人会更多，而我此时在限制他们，虽然你们看不见；并且他们会更加凶猛，由于他们较年轻，而你们也将更愤怒。如果你们认为把别人处死就可以避免人们谴责你们，那你们就大错特错了。这种逃避的方式既不可能也不光荣，而另有一种较光荣且较简单的方法，即是不去抑制别人，而注意自己，使自己趋向最完善。对那些判我死刑的人，我预言了这么多，我就此告辞了。

但对于那些赞成我无罪的人，我愿意趁此时法官正忙着，我还没有赴刑场之际，跟你们谈谈到底发生了什么事。在我死前陪着我吧！同胞们！我们就要互道再见了！此时没有任何事情能阻碍我们之间的交谈，我们被允许谈话，我要把你

· 演讲者简介 ·

苏格拉底（前 469 ~ 前 399），公元前 469 年生于伯里克利统治的雅典黄金时期，出身贫寒，父亲是一名雕刻师，母亲为助产士。自幼随父学艺，后来，当过兵，曾经三次参战，在伯罗奔尼撒战争中是一个勇敢、顽强的战士。在 40 岁左右出了名，进入五百人会议。

苏格拉底与他的学生柏拉图及柏拉图的学生亚里士多德并称"希腊三贤"。苏格拉底一生未曾著述，其言论和思想多见于柏拉图和色诺芬的著作，他是柏拉图哲学路线的创始者。苏格拉底长期靠教育为业，他的教学方式独特，他常常用启发、辩论的方式来进行教育。他重视伦理学，是古希腊第一个提出要用理性和思维去寻找普遍道德的人，是道德哲学的创始人。在欧洲哲学史上，他最早提出唯心主义的目的论，认为一切都是神所创造与安排的，体现了神的智慧与目的。在逻辑学方面，他提出归纳论证，从具体事实中找出确定的论点，并注意一般定义的方法，对概念作出精确的说明。

苏格拉底像

大约公元前 399 年，苏格拉底因触犯了当时权贵的利益而被冠以"不敬国家所奉的神，并且宣传其他的新神，腐蚀青年思想"的罪名被判死罪，在狱中被迫饮毒堇汁而死，终年 70 岁。

们当成朋友，让你们知道刚刚发生在我身上的事是怎么一回事。公正的审判官们！一件奇怪的事发生在我身上，因为在平常，只要我将做错事，即使是最微小的琐事，我的守护神就会发出他先知的声音来阻止我；但是此时，任何人都看到了发生在我身上的事，每个人都会认为这是极端罪恶的事，但在我早上离家出门时，在我来此赴审判时，在我要对你们做演讲时，我都没有听到

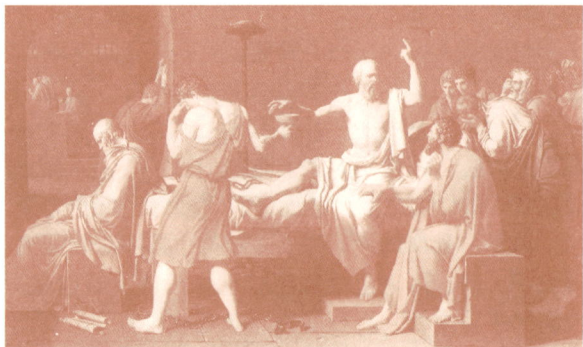

苏格拉底之死　法国　雅克－路易·达维特

苏格拉底因坚持自己的信念将被判处鸩刑，但他神色安然，面无惧色。他手指更高的天国，表明那是他的最终归宿。苏格拉底的死是对雅典的一种抗议，他必须在法律上忠诚才能在精神上反抗。就在他死的那天，他留给我们的遗言是："尽可能少去想苏格拉底，更多地去探索真理吧！"

神的警告，而在其他场合，他都常常在我说话说到一半时就阻止我再说下去。现在，不管我做了什么，或说了什么，他都不来反对我。那么，这是什么原因呢？我告诉你们：发生在我身上的事，对我来讲反而是一种祝福；我们都把死视为是一种罪恶，那是不正确的，因为神的信号并没有对我发出这样的警告。

再者，我们更可由此归纳出，死是一种祝福，具有很大的希望。因为死可以表示两回事：一者表示死者从此永远消灭，对任何事物不再有任何感觉；二者，正如我们所说的，人的灵魂因死而改变，由一个地方升到另一个地方。如果是前者的话，死者毫无知觉，就像睡觉的人没有做梦，那么死就是一种奇妙的收获。假如有人选择一个夜晚，睡觉睡得很熟而没做什么梦，然后拿这个夜晚与其他的晚上或白天相比较，他一定会说，他一生经过的白日或夜晚没有比这个夜晚过得更好、更愉快的了。我想不只是一个普通人会这样说，即使是国王也会发现这点的。因此，如果死就是这么一回事的话，我说它是一种收获，因为，一切的未来只不过像一个无梦的夜晚罢了！

反之，如果死是从这里迁移到另一个地方，这个说法如果正确，那么所有的死人都在那里，审判官啊！那又有什么是比这个更伟大的幸福呢？因为假如死者到了阴府，他就可以摆脱掉那些把自己伪装成法官的人，而看到真正的法官在黄泉当裁判，像弥诺斯（希腊神话人物，冥府判官之一，决定鬼魂未来的命运，惩罚犯罪者的灵魂）、剌达曼堤斯、埃阿科斯、特里普托勒摩斯，及其他一些半神半人，跟他们活着的时候一样。难道说这种迁移很可悲吗？而且，还可见到像俄耳甫斯、穆赛俄斯、赫西俄德及荷马等人。如果真有这回事，我倒真是希望自己常常死去，对我来讲，寄居在那儿更好，我可以遇见帕拉墨得斯、忒拉蒙的儿子埃阿斯及任何一个被不公平处死的古人。拿我的遭遇与他们相比，将会使我愉快不少。

但最大的快乐还是花时间在那里研究每个人，像我在这里做的一样，去发现到底谁是真智者，谁是伪装的智者。判官们啊！谁会失去大好机会不去研究那个率领大军对抗特洛亚城的人？或是俄底修斯？或是西绪福斯？或是其他成千上万

的人？不管是男是女，我们经常会提到的人。跟他们交谈、联系，问他们问题，将是最大的快慰。当然了，那里的法官是不判人死刑的，因为住在那里的人在其他方面是比住在这里的人快乐多了，所以他们是永生不朽的。

因此，你们这些判官，要尊敬死，才能满怀希望。要仔细想想这个真理，对一个好人来讲，没有什么是罪恶的，不管他是活着还是死了，或是他的事情被神疏忽了。发生在我身上的事并非偶然。对我来说，现在死了，即是摆脱一切烦恼，对我更有好处。由于神并没有阻止我，我对置我于死地的人不再怀恨了，也不反对控告我的人，虽然他们并不是因这个用意而判我罪，控告我，只是想伤害我。这点他们该受责备。

然而，我要求他们做下面这些事情：如果我的儿子们长大后，置财富或其他事情于美德之上的话，法官们，处罚他们吧！使他们痛苦，就像我使你们痛苦一样。如果他们自以为了不起，其实胸中根本无物时，责备他们，就像我责备你们一样。如果他们没有做应该做的事，同样地责罚他们吧！如果你们这么做，我和儿子们将自你们的手中得到相同的公平待遇。

已到了我们要分开的时刻了——我将死，而你们还要活下去，但也唯有上帝知道我们中谁会走向更好的国度。

作/品/赏/析

古希腊伟大的哲学家苏格拉底死于雅典的民主，对于了解雅典的民主运行方式和程序的人来说，这一点很容易理解。公元前399年，雅典法庭以"传播异端"和"腐蚀青年"罪将苏格拉底判处死刑。本文是苏格拉底在雅典法庭上所作的临终演讲，他在法庭上慷慨陈词，或反诘原告，为自己辩护，或抨击现实政治，或表达自己的人生哲学，都表现出超于常人的大气魄和大智慧。在演讲中，苏格拉底的主题集中在两个问题上，一是那些控诉他和判他死刑的人是邪恶的已经堕落了的雅典文明的践踏者，在谈论这些问题的时候苏格拉底基本采用诘问的方式；二是死亡问题，苏格拉底认为死是一种祝福，具有很大的希望。他无畏地选择了死亡，以此来表示对统治者的蔑视和对真理的坚定信念，在这一部分，苏格拉底更多地直抒胸臆。苏格拉底在演讲的开头就说明他不打算辩论，因为他宁可选择死亡，也不愿因辩护得以生存："因为不管是我还是任何其他的人，在审判中或打仗时，利用各种可能的方法来逃避死亡，都是不对的。"他坚持认为逃避死亡是不难的，要避免堕落才是难的，但是他的演讲仍然充满了理性思辨和智慧的光芒，修辞和语言都非常精彩。

古希腊法庭计时水钟

金冠辩 / 德摩斯提尼

演讲词档案

演讲者：德摩斯提尼（前384～前322）
演讲时间：公元前330年
演讲地点：雅典公民大会
演讲者身份：古希腊雄辩家、民主派政治家

历史背景

公元前346年4月，雅典与马其顿议和，德摩斯提尼亲自参加谈判。由于之前他发表了一系列声讨马其顿的演讲，腓力二世对他的雄辩极为畏惧。故腓力二世只同雅典的另一代表埃斯基涅斯协商，双方订立了《菲洛克拉特和约》。德摩斯提尼回国后，斥责埃斯基涅斯媚敌，并发表《论和平》演说，对缔结的和约表示不满。公元前343年，他又发表《伪使节》控告埃斯基涅斯在与腓力二世的谈判中通敌受贿。因此，埃斯基涅斯对他恨之入骨。公元前330年，雅典决定授予德摩斯提尼金冠。埃斯基涅斯借机抓住德摩斯提尼的某些事情大做文章，并控告提出此项决定的泰西封等人。德摩斯提尼不得不与埃斯基涅斯展开公开辩论，怒斥对手的诬蔑和攻击。

原文欣赏

埃斯基涅斯，我可以下断言，你是利用这件事来显示你的口才和嗓门，而不是为了惩恶扬善。但是，埃斯基涅斯，一个演说家的语言和声调的高低并没有什么价值。能够以人民的观点为自己的观点，以国家的爱憎为自己的爱憎，这才有意义。只有心里怀着这点的人才会以忠诚的心志说每一句话。要是对威胁共和国安全的人阿谀奉承，同人民离心离德，那自然无法指望与人民一道得到安全的保障了。但是——你看到了吗——我却得到了这种安全保障，因为我的目标与我的同胞一致，我关注的利益跟人民无异。你是否也是这样呢？这又怎么可能？尽管众所周知，你原来一直拒绝接受出使腓力（腓力二世，马其顿王）的任务，战后你却立刻就到腓力那里做大使了，那时给我们国家带来大难的罪魁祸首正是他。

是谁欺骗了国家？当然是那个内心所想与口头所说不一的人。宣读公告的人该对谁公开诅咒？当然是上述那类人。对于一个演说家，还有比心思与说话不一更大的罪名吗？你的品格却正是这样。你还胆敢张口说话，敢正视这些人！你以为他们没有认清你吗？你以为他们昏昏沉睡或如此健忘，已忘记你在会上的讲话？你在会上一面诅咒别人，一面发誓与腓力绝无关系，说我告发你是出于私怨，并无事实根据吗？等到战争的消息一传来，你就把这一切都忘记了。你发誓表示和腓力很友好，你们之间存在友谊——其实这是你卖身的新代名词。埃斯基涅斯，你只是鼓手格劳柯蒂亚的儿子，又能够在什么平等和公正的恳词下成为腓力的朋友或知交呢？我看是不可能的。不，

·演讲者简介·

　　德摩斯提尼（前384～前322），极力反对马其顿入侵希腊，曾多次登上公民大会的讲坛，声讨腓力二世。公元前340年，反马其顿同盟结成，援助拜占庭的希腊人打败了马其顿的舰队。随后，德摩斯提尼被任命为海军部监，他立即着手整顿海军。公元前388年，他以重装兵的身份参加了喀罗尼亚战役。由于内部的分裂，希腊战败。公元前323年，亚历山大大帝去世，德摩斯提尼返回雅典组织反马其顿运动。公元前322年，反对马其顿的起义被镇压，马其顿人要求交出德摩斯提尼。他不得不离开雅典，流亡异乡，最后服毒自杀。

　　绝不可能！你是受雇来破坏国人利益的。虽然你在公开叛变中被当场捉获，事后也受到了告发，你却还以一些别的人都可能犯而我却不会犯的事来辱骂我、谴责我。

　　埃斯基涅斯，我们共和政体的许多伟大光荣事业是由我完成的，国家没有忘记我的业绩。以下事例就是明证：选举由谁来发表葬礼后的演说时，有人提议你，可是，尽管你的声音动听，人民不选你；也不选狄美德斯，尽管他刚刚达成和平；也不选海吉门或你们一伙的任何人，却选了我。你和彼梭克列斯以粗暴而又可耻的态度（慈悲的上天啊！）列出你现在所举的这些罪状来谴责、辱骂我时，人民却更要选举我。原因你不是不知道，但我还是要告诉你。雅典人知道我处理他们的事务时的忠诚与热忱，正如他们知道你和你们一伙的不忠。共和国昌盛时你对某些事物发誓拒认，国家蒙受不幸时，你却承认了。因此，对于那些以共和国灾难来取得政治安全的人，我们的人民认为远在他们如此做时已是人民的敌人，现在则更是公认的敌人。对于那向死者演说致敬、表扬烈士英勇精神的人，人民认为他不应和烈士为敌的人共处一室，同桌而食；他不该与杀人凶手一起开怀饮宴，并为希腊的大难唱欢乐之歌后，再来这里接受殊荣；他不该用声音来哀悼烈士的厄运而应以诚心吊唁他们。人民在我和他们自己身上体会得这一点，却无法在你们任何人中寻得。因此他们选了我，不选你们。人民的想法如此，人民选出来主持葬礼的死者父兄的想法也一样。按照风俗，丧筵应设在死者至亲家属中，但人民却命令将筵席设在我家。他们这样做有道理：因为单独来说，各人与死者的亲属关系要比我密切，可是，对全体死者而言，却没有人比我更亲了。更深切关心他们安危成就的人，对他们死难的哀痛也最深。

作/品/赏/析

　　在本篇演讲中，德摩斯提尼以尖锐的言辞一针见血地揭露了埃斯基涅斯投敌叛国的阴险嘴脸，指出他内心所想与口头所说不一，并举出一系列事实来证明埃斯基涅斯所作所为是欺骗国家欺骗人民的。而这一切又反衬出德摩斯提尼对国家和人民的赤胆忠诚，使他赢得了雅典民众的广泛支持。最终，公民大会授予德摩斯提尼金冠，赞颂他完成的许多光荣而伟大的业绩，而埃斯基涅斯被迫离开雅典。演讲中，为说明埃斯基涅斯是个表里不一的人，德摩斯提尼运用了对比的手法。他列举出埃斯基涅斯在战争前后的两种截然不同的表现，从而有力地证明了埃斯基涅斯的欺骗行为。整篇演讲主题突出，举例翔实，逻辑缜密，一气呵成，堪称经典。

控告威勒斯 / 西塞罗

演讲词档案

演讲者：西塞罗（前106～前43）
演讲时间：公元前70年
演讲地点：罗马元老院
演讲者身份：古罗马政治家、哲学家

历史背景

随着罗马在三次布匿战争中的胜利以及随后对全地中海地区征服的开始，行省成了罗马贵族掠夺的对象。在充任行省总督期间，共和国贵族大肆侵占行省土地并搜刮当地财宝。对贵族阶层的贪赃枉法行为，元老院睁一只眼闭一只眼，有时还会对揭发贵族的控诉进行干预，保护贵族阶层的利益。公元前73年，威勒斯出任西西里行省总督。他在任期间，残酷压迫当地人民，大肆掠夺该岛财宝，行迹十分恶劣。最终，西西里人民忍无可忍了，决定向元老院控告威勒斯。公元前71年，西西里人请西塞罗担任控告威勒斯一案的起诉人。此篇就是他对威勒斯的控诉演讲。

原文欣赏

各位元老，长时期以来大家有这样的见解：有钱人犯了罪，不管怎样证据确凿，在公开的审判中总还是安然无事。这种见解对你们的社会秩序十分有害，对国家十分不利。现在，驳斥这种见解的力量正掌握在你们手中。在你们面前受审的是个有钱人，他指望以财富来开脱罪名；可是在一切公正无私的人心中，他本身的生活和行为就足以给他定罪了。我说的这个人就是凯厄斯·威勒斯。假如今天他并未受到罪有应得的惩处，那不是因为缺乏罪证，也不是因为没有检察官，而是

· 演讲者简介 ·

西塞罗（前106～前43），公元前106年生于古罗马的奴隶主骑士家庭。早年从事过律师工作，后进入政界，因善于雄辩逐渐成为罗马政治舞台的显要人物。公元前63年，在贵族的拥护下担任执政官。在任职期间，镇压了卡提利那的阴谋暴乱。因此而荣获"祖国之父"的称号。

公元前50年，当庞培和恺撒的矛盾日渐升级之时，西塞罗倾向支持庞培，但他也努力避免与恺撒为敌。公元前49年，恺撒侵入意大利，西塞罗逃往罗马。恺撒被刺后，西塞罗反对安东尼。他曾模仿德摩斯提尼反对马其顿国王腓力二世的演讲，连续发表了14篇反对安东尼的演讲。后来，安东尼和屋大维、雷必达结成了"后三头联盟"。在为恺撒复仇的口号下，他们对元老院共和派进行疯狂报复。公元前43年，西塞罗被安东尼所杀。

西塞罗一生发表了100多篇政治演讲和法庭演讲，现存58篇。他的演讲词独具一格，被称为"西塞罗体"。著作有《论雄辩术》、《论演讲家》、《论国家》及《论法律》等。

因为司法官失职。威勒斯青年时放荡无行，后来任财务官时，除为恶之外又岂有其他？他虚耗国库，欺骗并出卖一位执政官，弃职逃离军队使之得不到补给，劫掠某省，践踏罗马民族的公民权和宗教信仰权！威勒斯在西西里任总督时，罪恶满盈，使他的劣迹遗臭万年。他在这期间的种种决策违反了一切法律、一切判决先例和所有公理。他对劳苦人民的横征暴敛无法计算。他把我们最忠诚的盟邦当做仇敌对待。他把罗马公民像奴隶一样施以酷刑处死。许多杰出的人物不经审讯就被宣布有罪而遭流放，暴戾的罪犯却用钱行贿得以赦免。

威勒斯，我现在要问你对这些控告还有什么辩解的话说？不正是你这暴君，胆敢在意大利海岸目力所及的西西里岛上，将无辜不幸的公民帕毕列阿斯·加弗斯·柯申纳斯钉在十字架上，使他受辱而死吗？他犯了什么罪？他曾表示要向国家法官上诉，控告你残酷迫害！他正要为此乘船归来时，就被捉拿到你面前控以密探之罪，受到严刑拷打。虽是徒然无效，他仍宣称："我是罗马公民，曾在鲁克斯普列蒂阿斯手下工作。他现刻在盘诺马斯，他将证明我无罪！"你对这些抗辩充耳不闻，你残忍已极、嗜血成性，竟下令施此酷刑！"我是一个罗马公民！"这句神圣的话，即使在最僻远之地也还是安全的护身凭证。但柯申纳斯语音未绝，你就将他处死，钉在十字架上！

啊，自由，这曾是每个罗马人的悦耳音乐！啊，神圣的罗马公民权，一度是神圣不容侵犯的，而今却横遭践踏！难道事情真已至此地步？难道一个低级的地方总督，他的全部权力来自罗马人民，竟可以在意大利所见的一个罗马省份里，任意捆缚、鞭打、刑讯并处死一位罗马公民吗？难道无辜受害者的痛苦叫喊，旁观者的同情热泪，罗马共和国的威严以至畏惧国家法制的心理都不能制止那残忍的恶人吗？那人恃仗自己的财富，打击自由的根基，公然蔑视人类！难道这恶人可以逃脱惩罚吗？诸位元老，这一定不可以啊！这样做了，你们就会挖去社会安全的基石，扼杀正义，给共和国招来混乱、杀戮和毁灭！

- - - - - - - - - - - - - - - - - - - -

作/品/赏/析

在这篇控告演讲中，西塞罗以无可辩驳的证据揭发了威勒斯出任西西里省总督期间所犯的罪行。演讲发表后，引起了强烈反响。最终，威勒斯受到了应有的惩处。这次演讲也确立了西塞罗在罗马至高无上的、最有权威的演说家地位。

演讲一开始，西塞罗便开门见山地描述了长期以来的社会陋习，一针见血地指出威勒斯如果不受到惩处就是司法官的失职。接下来，西塞罗抓住威勒斯曾未经合法程序，便残忍处死了一位罗马公民这一罪行大做文章，指控威勒斯践踏罗马公民神圣的自由权利。因为在当时的共和时期，自由和权利是罗马人最为看重的东西，元老院对这样的指控不可能再坐视不管了，这样，西塞罗成功地说服了元老们。

西塞罗在演讲中运用了很多修辞手法，如排比、反问等。这些手法的运用使演讲颇具气势，具有强大的说服力。

反对征收印花税 /威廉·皮特

演讲词档案

演讲者：威廉·皮特（1708 ~ 1778）
演讲时间：1766 年
演讲地点：英国议会下院
演讲者身份：英国首相

历史背景

1765 年，英国议会颁布"印花税法令"，规定北美殖民地一切印刷品、商业票据、法律文件乃至报纸、小册子、广告、遗书、历书和毕业文凭等都必须购买半便士至 20 先令的印花票附贴于上。该法的颁布，意味着北美殖民地几乎一切经济与文化活动都要向英国支付税金，因此，北美人民强烈抵制该法，开展抗税运动。面对激烈的冲突，身为英国首相的皮特在下议院发表了这篇演说。

原文欣赏

我只准备说一点，这一点看来没有被人普遍理解，这就是关于权利的问题。有几位先生似乎把这看成是有关荣誉的问题。假如他们那样想，就等于抛弃了衡量一切是非的标准，沉迷于幻想之中，面临毁灭而无所觉察。我认为这王国无权向各殖民地征税。同时，我又完全肯定，不论政府和立法机构情况如何，这王国对各殖民地享有至高无上的权威。殖民地人民都是这王国的臣民，跟你们一样享有一切天赋的人权和英国人特有的权利；他们受自己国家的法律约束，也同样分享、分担英国这自由国家宪法所规定的权利和义务。北美人民是英国的亲生儿，不是私生子！征税权不是统治权与立法权的一部分。税租是自愿捐献的赠款，唯有下议院才能接受。英国的三个等级同样有立法权；可是，贵族议员和王室批准税收的权力只是法律形式所需。赠礼和捐款只属于下议院议员。

古时候的王室、贵族和教会拥有土地。那时，贵族与教会向王室纳贡。他们缴纳属于自己的东西！自从发现美洲以后，加上其他情况，土地归平民拥有了。上帝保佑，教会拥有的土地真是少得可怜。贵族的地产与平民相比，也不过是沧海一粟。本院代表土地拥有者平民；土地拥有者实质上代表了其余的所有居民。因此，我们

·演讲者简介·

威廉·皮特（1708 ~ 1778），1708 年生于伦敦。曾就读伊顿公学和牛津大学。1735 年，当选下议院议员。1756 年 11 月，七年战争初期英国失利。国王任命皮特为国务大臣兼下院领袖，全面主持外交和军事。他指挥英国海军主动出击，取得全面胜利，使英国最终在加拿大、印度取代了法国的统治。1766 年，出任首相，并被英王封为查塔姆伯爵。晚年极力反对英国对北美殖民地的税收政策，支持北美"无代表不纳税"的权利。

在下议院决定纳贡是我们自己的东西。但是，如果我们向北美征税，那是什么意思呢？"我们，您大不列颠国王陛下的下议院议员，向陛下进贡。"进贡的是什么？我们自己的财产吗？不是的！"我们向陛下您进贡北美平民的财产！"这说法是荒唐的。

清楚地区分立法权与征税权，对于维护自由极其重要。国王和贵族同平民一样享有立法权。如果征税权只是立法权简单的一部分，那么国王和贵族就同你们一样有权征税了。只要权力可以支持这原则，他们就要要求征税权利，享受征税权利。

有些人认为下议院实际上已经代表了殖民地人民。我倒想知道到底是谁在这里代表北美人？是这王国中某州某郡的哪一位代表北美人说话吗？要是那样，但愿这些代表的人数大大增加！也许你们会告诉一位北美人说，某市镇的代表已在这里替他说话了。但是这代表可能从没到过这市镇来！这就是宪法上失策的地方，这情况不能长久延续下去。如果再不停止，就必须删掉。认为下议院里确实有北美的代表因而下议院有权决定征税，这想法非常可鄙，不值一驳。

北美平民在北美各州州议会中有自己的代表，他们一直享有宪法所赋予的纳税权利。如果他们不享有此种权利，早就成为奴隶了！与此同时，作为最高统治与立法力量的英国，一直以各种法律、规章及各方面的限制，包括贸易、海上交通、制造业等方面，来约束管理各殖民地。可是，未得北美平民的同意，英国没有权力去掏北美平民的腰包。

……

总之，我请求议会容许我陈述意见，那就是：印花税法必须绝对地、完全地、立即地废除。废除的理由已经明确指出，即这法案是以错误的原则为根据。与此同时，让我们以最强烈的词句再次肯定我国对殖民地的最高权威，并从一切立法的观点加以确认这点。我们可以约束他们的贸易，限制他们的企业，行使我们的一切权力，但却无权未经他们的同意掏他们的腰包。

作/品/赏/析

演讲中，作为英国首相，皮特似乎是在支持北美平民的抗税运动。但是，他反对征收印花税的根本目的是想为英国谋取更长远的利益，是想巩固大英帝国对各殖民地的统治。不过，也确实在客观上维护了北美人民的权利。

一开始，皮特便指出征税是有关权利的问题。他认为英国无权向各殖民地征税，但同时，为了争取下议院的支持，他又肯定王国对各殖民地享有至高无上的权威。接着，皮特进一步对立法权与征税权进行阐述，确认税收权只有下议院才能决定。但皮特又指出下议院虽然有北美的代表，但在实质上并不能真正代表北美平民的意愿。因此未得北美平民的同意，英国没有权力去掏北美平民的腰包。最后，皮特斩钉截铁地指出："印花税法必须绝对地、完全地、立即地废除。"整篇演讲在阐述事实和道理的基础上，对错误观点进行了严厉驳斥，逻辑严谨，说理充分。

反对墨西哥战争 /科温

演讲词档案

演讲者：科温（1794～1865）
演讲时间：1847 年 2 月 11 日
演讲地点：美国国会
演讲者身份：美国政治家

历史背景

1836 年，原墨西哥德克萨斯的美国开拓者们宣布独立，成立共和国。美国于 1845 年宣布德克萨斯加入美利坚合众国，德克萨斯成了美国的一个州。1846 年，美国开拓者进军加利福尼亚，挑起纠纷。不久，美国与墨西哥边界谈判破裂，对墨西哥的战争爆发。美国参议员科温力排众议，发表了这篇演讲，公开谴责这场战争。

原文欣赏

总统先生，你提议从墨西哥夺取的领土是什么？是墨西哥古老的卡斯提长老通过多少次浴血奋战才获得并成为墨西哥神圣核心的土地。墨西哥人的邦克山、萨拉托加和约克敦全在这一带！墨西哥人会说："我在这儿为了自由流血！我能把我心爱的神圣的家园拱手交给盎格鲁撒克逊入侵者吗？他们要这土地干什么？他们已经把德克萨斯弄到手了。他们已经拥有从新亚西斯河到格兰德河之间的土地，他们还要什么？如果我将失去这些战场，那么我能传给儿孙哪些独立之丰碑呢？"

先生，倘若有人向马萨诸塞州的人民索取邦克山，倘若英国狮在那儿露面，又有哪个年龄在 13 岁到 93 岁之间的人不会毅然决然地去迎战他呢？这片土地上的哪一条江河不会被鲜血染红呢？倘若要把这些神圣的自由之战的战场从我们手中夺走，又有哪一片土地不会堆起一层又一层被杀戮而又来不及掩埋的美国人的尸骨呢？但就是这些美国人践踏姐妹邻邦，对贫穷软弱的墨西哥人说："放弃你们的国土吧，你们不配拥有它。我已经有了一半了，我向你要的不过是另那一半！"英国人，在上述情况下，可能吩咐我们说："放弃大西洋坡地吧——放弃从阿勒格尼山到海边的那片不起眼的土地，那只不过从曼恩到圣·马雷，不到你们共和国的三分之一领土，又是令人最不感兴趣的那部分领土。"那么，我们将如何回答呢？他们会说，我们必须把这土地让给约翰·布尔。为什么？"他缺少空间"。密执安的参议员说他必须要这片土地。天哪，我尊敬的基督徒兄弟，这是根据哪条正义的原则呢？"我缺少空间！"

·演讲者简介·

科温（1794～1865），1794 年生于美国俄亥俄州，靠自学成才当上律师。后来从政，历任美国众议院议员、俄亥俄州州长、美国参议院议员和美国财政部长等重要职位。

先生，瞧瞧这条缺少空间的借口吧。两千万人口，拥有一亿公顷的土地。以各种能够想象出来的理由招募人去开发，每公顷的地价低到二十五美分，并且允许任何人选择他喜欢的任何地方。但是，密执安的参议员说，数年内，我们的人口将达到两亿，所以我们缺少空间。倘若我是墨西哥人，我就会告诉你，"在你们自己的国家，没有埋葬人的空间吗？如果你们到我的国家来，我们将用带血的双手迎接你们，欢迎你们到好客的坟墓中去"。

前些日子，我有点惊讶地听那位来自密执安的参议员宣称，欧洲已经快把我们忘得干干净净了，除非用这些战争来唤醒他们的注意力。我想，参议员先生很感激总统先生，因为他"唤醒"了欧洲。我希望总统先生通晓民事与军事的知识，他是否记得有人说过他曾长期思考过历史，长期思考过人类、人的本质和人的真正命运。孟德斯鸠对这种"唤醒"方式没有什么好感。他说："如果一个民族的年鉴是枯燥无味的话，那么这个民族就有福了。"

密执安的参议员先生的观点则不同。他认为，一个民族除非以战争著称，否则就不是一个杰出的民族。他担心酣睡的欧洲无能力察觉这儿有两千万盎格鲁撒克逊人，在铺铁路、开运河，正飞速地将所有和平的手段发展到优秀文明的最完美的程度！他们对此一无所知！那么，为了使我们声名远扬，这种创造历史的民主方式将采取的绝妙手段是什么呢？轰炸城市、摧毁和平、幸福的家园，枪杀男人——唉，先生，这就是战争——而且还枪杀妇女……

有一个与这个问题相关的话题，每次提及这话题，便使我发抖。可是，我却忍不住要留意它。你每采取一个步骤都会碰到它，无论你以何种方式发动这场战争，它都威胁着你。我指的是奴隶制问题。显而易见，反对奴隶制的进一步蔓延是一个深深植根在我们称之为非蓄奴州的所有党派人士心中的决心。纽约、宾夕法尼亚、俄亥俄这三个最强大的州已经把他们的法律指令送交到此。我相信，所有其他州也会这样做。现在推测其缘由毫无用处。南方的先生们可能会称之为偏见、欲望、虚伪和狂热。在这一点上，我现在不与他们争论。事实的确如此。我们关切的是了解这一个重要的事实。你我都无法变更或改变这个观点，即使我们愿意的话。这些人只会说，我们不会、也不能同意你在不存在奴隶制的地方实行奴隶制。如果你们州里存在奴隶制，他们不想打扰你，你就好好受用吧，如果你想而且能够的话。这就是他们的语言；这就是他们的打算。南方的情况如何呢？指望他们同样流血出资来谋取那片广袤的土地，然后，又指望他们心甘情愿地放弃他们把奴隶带到那儿，并居住在那被征服的国土的权利，如果他们想那样干的话。这怎么可能呢？先生，我太了解南方人的感情和观点了。我对他们丝毫不抱这种指望。我相信，他们会竭尽全力争取这种权利，即使他们并不想行使这种权利。我相信，在这可怕的问题上，双方都同样固执己见（我承认，当我想到这一点的时候，我颤抖了）。

那么，如果我们坚持发动战争，如果战争不是仅仅以无端浪费生命与财富而告终，就必然（正如此议案所提议的那样）以取得领土而告终，而这场争论必然立刻与这片领土联系在一起——那么，这项议案就似乎是彻头彻尾的一项引发内部混乱的议案。倘若我们再延长这场战争一分钟，或再多花上一美元来购买或占领哪

怕是一公顷墨西哥的土地的话，北方和南方便将被带入一场双方都不会妥协的冲突之中。谁能预见或预知其后果！谁会如此大胆或鲁莽以至于面对这种冲突而无动于衷！如果一个人能意识到这种冲突的可能性，而又不至于被痛苦的感情所折服，那么，我决不会羡慕这种人的心灵。那么，我们作为合众国各主权州的代表，作为被挑选来捍卫合众国的人们，为什么我们明知道战争的结果必然迫使我们立刻面对一场内战，却要继续这场战争以加速这场可怕的冲突的来临呢？先生，确切地说，这是背叛，是对合众国的背叛，是对我们选民的最宝贵的利益、最崇高的理想、最珍惜的希望的背叛。冒引起这种冲突的风险是一种犯罪，一种十恶不赦的罪孽，任何邪恶与之相比，都将升华为美德。哦，总统先生，在我看来，如果地狱能够张口吐出囚禁在它炼狱中的妖魔，吩咐他们来破坏这世界的和谐，来捣碎人们憧憬的最美好的幸福前景的话，那么完美实现这个魔鬼意图的第一步便将是点燃内战的战火，将合众国的姐妹州全都抛进这无底的内乱的深渊。今天，我们就站在这深渊的正在崩溃的边缘之上——我们看它血腥的浪潮在我们跟前翻滚——趁现在还来得及，我们为什么不能停下来呢？在这儿，道路是明摆着的。我可以说，这是唯一负责任的、谨慎的、真正爱国的路。让我们抛弃一切进一步获取领土的念头，进而立刻停止发动这场战争。让我们把军队召回来吧，立刻把他们召回到我们自己承认的边界内。向墨西哥表明，当你们说你们不希望占领任何东西时，你们是真诚的。墨西哥知道她无法同你们诉诸武力。如果她不曾诉诸武力的话，那是因为她太软弱了，不能在这儿打搅你们。给予她和平，我以性命担保，她就将接受和平。不过，不论她同意与否，你们没有她的同意，照样还会有和平。你们的侵略导致了这场战争；你们的撤军将会恢复和平。那么，让我们永远地封闭通往内部敌对的途径，回到古老的和谐和古老的通往民族昌盛和永恒的光荣的道路上来。让我们在这儿，在这奉献给合众国的神圣殿堂里，举行庄严的驱除邪恶的仪式；洗去我们手上沾着的墨西哥人的鲜血，在这圣坛上，在这庇佑我们的圣父的神像前，发誓保卫光荣的世界和平，保卫彼此间永恒的兄弟之情。

作/品/赏/析

　　演讲充满了爱国激情，表达了科温对和平的渴望以及对新殖民主义的不满。演讲一开始，他便责问美国总统："你提议从墨西哥夺取的领土是什么？"然后，他从三个方面论证这场战争是不可取的观点，揭露了美国发动战争借口的荒谬性。接着，他指出墨西哥战争将有可能会导致美国内部混乱，加剧美国南北之间的矛盾。最后，他道出唯一有效的途径，就是停止发动战争。在演说中，他描述了战争的残酷和对人民的危害，强烈要求美国放弃非正义战争。整篇演讲逻辑严谨，环环相扣，采用了反诘、比喻、排比等多种手法。

论公民的不服从 / 梭罗

演讲词档案

演讲者：梭罗（1817～1862）
演讲时间：1849年
演讲者身份：美国作家、哲学家

历史背景

在瓦尔登湖隐居期间，1846年7月的一天，当地警察突然闯入梭罗的小木屋，向他索取投票税。梭罗隐居深林，很久没有行使过选举权，于是他拒绝交税。当晚，他即被警方拘留，第二天被保释。为了表明自己的观点，对自己的行为作出解释，他创作了这篇《论公民的不服从》。

原文欣赏

我由衷地同意这个警句——"最好的政府是管得最少的政府"。我希望看到这个警句迅速而且系统地得到实施。我相信，实施后，其最终结果将是——"最好的政府是根本不进行治理的政府"。当人们做好准备之后，这样的政府就是他们愿意接受的政府，政府充其量不过是一种权宜之计，而大部分政府，有时所有的政府却都是不得计的。对设置常备军的反对意见很多、很强烈，而且理应占主导地位，它们最终可能转变成反对常设政府。常备军队不过是常设政府的一支胳臂。政府本身也只不过是人民选择来行使他们意志的形式，在人民还来不及通过它来运作之前，它同样也很容易被滥用或误用，看看当前的墨西哥战争，它是少数几个人将常设政府当做工具的结果，因为，从一开始，人民本来就不同意采取这种做法。

目前这个美国政府——它不过是一种传统，尽管其历史还不久，但却竭力使自己原封不动地届届相传，可是每届却都丧失掉一些自身的诚实和正直。它的活力和气力还顶不上一个活人，因为一个人就能随心所欲地摆布它。对于人民来说，政府是支木头枪。倘若人们真要使用它互相厮杀，它就注定要开裂。不过，尽管如此，它却仍然是必不可少的，因为人们需要某种复杂机器之类的玩意儿，需要听它发出的噪声，借此满足他们对于政府之理念的要求。于是，政府的存在表明了，为了人民的利益，可以如何成功地利用、欺骗人民，甚至可以使人民利用、欺骗自己。我们大家都必须承认，这真了不起。不过，这种政府从未主动地促进过任何事业，它只是欣然地超脱其外。它未捍卫国家的自由，它未解决西部问题。它未从事教育。迄今，所有的成就全都是由美国人民的传统性格完成的，而且，假如政府不曾从中作梗的话，本来还会取得更大的成就。

但是，现实地以一个公民的身份来说，我不像那些自称是无政府主义的人，我要求的不是立即取消政府，而是立即要有个好一些的政府。让每一个人都表明能赢得他尊敬的是什么样的政府，这样，也就为赢得这种政府迈出了一步。

到头来，当权力掌握在人民手中的时候，多数派将有权统治，而且继续长期统治，其实际原因不是因为他们极可能是正义的，也不是因为这在少数派看来是最公正的，而是因为他们在物质上是最强大的。但是，一个由多数派作出所有决定的政府，是不可能建立在正义之上的，即使在人们对其所了解的意义上都办不到。在一个政府中，如果对公正与谬误真正作出决定的不是多数派而是良知，如果多数派仅仅针对那些可以运用便利法则解决的问题作出决定，难道是不可能的吗？公民必须，哪怕是暂时地或最低限度地把自己的良知托付给议员吗？那么，为什么每个人还都有良知呢？我认为，我们首先必须做人，其后才是臣民。培养人们像尊重正义一样尊重法律是不可取的。我有权承担的唯一义务是不论何时都从事我认为是正义的事……

那么一个人应当怎样对待当今的美国政府呢？我的回答是，与其交往有辱人格。我绝对不能承认作为奴隶制政府的一个政治机构是我的政府。

人人都承认革命的权利，即当政府是暴政或政府过于无能令人无法忍受的时候，有权拒绝为其效忠，并抵制它的权利。但是，几乎所有人都说，现在的情况并非如此。他们认为，1775 年的情况才是如此。如果有人对我说，这个政府很糟糕，它对运抵口岸的某些外国货课税。我极有可能会无动于衷，因为没有这些外国货，我照样能过日子。所有的机器都免不了产生摩擦，但是这也许却具有抵消弊端的好处。不管怎么说，为此兴师动众是大错特错的。可是，如果摩擦控制了整部机器，并进行有组织的欺压与掠夺，那么，就让我们扔掉这部机器吧。

不公正的法律仍然存在：我们必须心甘情愿地服从这些法律，还是努力去修正它们、服从它们直至我们取得成功，或是立刻粉碎它们呢？在当前这种政府统治下，人们普遍认为应等待，直到说服大多数人去改变它们。人们认为，如果他们抵制的话，这样修正的结果将比原来的谬误更糟。不过，如果修正的结果真比原来的谬误更糟的话；那是政府的过错，是政府使其变得更糟的。为什么政府不善于预见改革并为其提供机会呢？为什么政府不珍惜少数派的智慧呢？为什么政府不见棺材不落泪呢？为什么政府不鼓励老百姓提高警惕，为政府指出错误而避免犯错误呢？为什么政府总是把基督钉在十字架上，把哥白尼和路德逐出教会，并指责华盛顿和富兰克林是叛乱分子呢？……

· 演讲者简介 ·

梭罗（1817～1862），1817 年 7 月 12 日生于马萨诸塞州康科德城。1837 年毕业于哈佛大学。毕业后回到家乡教书，1841 年起转为写作。在爱默生的支持下，在康科德住下并开始了先验主义实践。1845 年 7 月，移居到离家乡康科德城不远的瓦尔登湖畔的次生林里，尝试过一种简单的隐居生活，1847 年 9 月离开。1854 年，出版了《瓦尔登湖》，这本散文集详细记载了他在瓦尔登湖畔两年多的生活经历，书中集中反映了他的精神自由和回归自然的人生哲学。后来，曾经到科德角、阿基奥科楚科和缅因州的卡塔丁山等地旅行。1862 年，因患肺病去世，被安葬于马萨诸塞州康科德城的斯利培山谷公墓。

在一个监禁正义之士的政府统治之下，正义之士的真正栖身之地也就是监狱。当今马萨诸塞州为自由和奋发图强之士提供的唯一妥当的处所，是监狱。在狱中，他们为州政府的行径而烦恼，被禁锢在政治生活之外，因为他们的原则已经给他们带来麻烦了。逃亡的奴隶，被假释的墨西哥囚犯和申诉白人犯下的罪孽的印第安人可以在监狱里找到他们，在那个与世隔绝，但却更自由、更尊严的地方找到他们。那是州政府安置不顺其道的叛逆者的地方，是蓄奴制州里一个自由人唯一能够骄傲地居住的地方。如果有人以为他们的影响会消失在监狱里，他们的呼声不再能传到政府的耳朵里，他们无法在囹圄四壁之内与政府为敌，那么他们就弄错了。真理比谬误强大得多，一位对非正义有了一点亲身体验的人在与非正义斗争时会雄辩有力得多。投下你的一票，那不仅仅是一张字条，而是你的全部影响。当少数与多数保持一致时，少数是无足轻重的，它甚至算不上是少数，但是当少数以自身的重量凝聚在一起时，便不可抗拒。要么把所有正直的人都投入监狱，要么放弃战争与奴隶制，如果要在这二者之间作出选择的话，州政府会毫不犹豫地作出选择。如果今年有一千人不交税，那不是暴烈、血腥的举动，但是若交税则不然。那是使政府得以施展暴行，让无辜的人流血。事实上，这正是和平革命的定义，如果和平革命是可能的话。如果税务官或其他政府官员问我，正如有位官员问我的那样："那么，我怎么办呢？"我的回答是："如果你真希望做什么的话，那你就辞职。"如果臣民拒绝效忠，官员辞职，那么革命就成功了。即使假定这会导致流血的话，难道当良心受伤害的时候就不流血吗，从良心的创伤里流出的是人的气概和永生，将使他永世沉沦于死亡之中。此时此刻，我就看到这种流血……

我已经六年未交投票税了。我还一度为此进过监狱，关了一夜。当我站在牢房里，打量着牢固的石壁，那石壁足有二三尺厚，铁木结构的门有一尺厚，还有那滤光的铁栅栏。我不由得对当局的愚昧颇有感触。他们对待我，就好像我不过是可以禁锢起来的血肉之躯。我想，当局最终应当得出这么个结论：监禁是它处置我的最好办法，而且我还从未想到我还能对它有什么用处。我知道，如果说我与乡亲之间挡着堵石墙的话，那么他们若想要获得我这种自由的话，他们还得爬过或打破一堵比这石墙更难对付的墙才行。我一刻也不觉得自己是被囚禁着。这墙看来是浪费了太多的石头和灰泥了。我觉得，似乎所有公民中，只有我付清了税款。他们显然不知道该怎样对付我，他们的举止就像些没教养的人。他们的威胁恭维，样样都显得荒唐可笑。他们以为我惦记的是挪到这堵墙的另一边。我不禁觉得好笑，我在沉思时，他们却像煞有介事地锁起牢门，全然不知我的思绪就跟在他们身后出了牢房，丝毫不受任何阻碍，而他们自己才真正是危险的。他们既然奈何不了我，便打定主意惩罚我的身躯，就像群顽童，无法惩罚他们憎恨的人，就冲他的狗撒野。我看，州政府是个傻子，如同一位揣着银匙的孤女，怯生生的，连自己的朋友和敌人都分不出来。我已经对它失去了所有的敬意，我可怜它。

州政府从未打算正视一个人的智慧或道德观念，而仅仅着眼于他的躯体和感官。它不是以优越的智慧或坦诚，而是以优越的体力来武装自己。我不是生来让人支使的。我要按照我自己的方式来生活。让我们来看看谁是最强者。什么力量能产生效果？他们只能强迫却无法使我顺从。因为我只听命于优越于我的法则。

他们要迫使我成为像他们那样的人。我还不曾听说过，有人被众人逼迫着这样生活或那样生活。那会是什么样的生活呢？当我遇到的政府对我说："把你的钱给我，不然就要你的命！"我为什么要忙着给它钱呢？那政府可能处境窘迫不堪，而且不知所措。我不能帮它的忙。它必须像我一样，自己想办法。不值得为这样的政府哭哭啼啼。我的职责不是让社会机器运转良好。我不是工程师的儿子。我认为，当橡果和栗子并排从树上掉下来时，它们不是毫无生气地彼此谦让，而是彼此遵循各自的法则，发芽、生长，尽可能长得茂盛。也许直到有一天，其中的一棵超过另一棵，并且毁了它。如果植物不能按自己的本性生长，那么它就将死亡，人也一样……

政府的权威，即使是我愿意服从的权威——因为我乐于服从那些比我渊博、比我能干的人，并且在许多事情上，我甚至乐于服从那些不是那么渊博，也不是那么能干的人——这种权威也还是不纯正的权威：从严格、正义的意义上讲，权威必须获得被治理者的认可或赞成才行。除非我同意，否则它无权对我的身心和财产行使权力。从极权君主制到限权君主制，从限权君主制到民主制的进步是朝着真正尊重个人的方向的进步。民主，如同我们所知道的民主，就是政府进步的尽头了吗？不可能进一步承认和组织人的权利了吗？除非国家承认个人是更高的、独立的权力，而且国家的权力和权威是来自于个人的权力，并且在对待个人方面采取相应的措施；否则就绝对不会有真正自由开明的国家。我乐于想象国家的最终形式，它将公正地对待所有的人，尊重个人就像尊重邻居一样。如果有人履行了邻居和同胞的职责，但却退避三舍，冷眼旁观，不为其所容纳的话，它就寝食不安。如果，一个国家能够结出这样的果实，并且听其尽快果熟蒂落的话，那么它就为建成更加完美、更加辉煌的国家铺平了道路。那是我想象到，却在任何地方都不曾看到的国家。

作/品/赏/析

在《论公民的不服从》中，梭罗开宗明义提出自己的观点——最好的政府是管得最少的政府，主张限制政府的权力。随即他号召公民对政府强奸民意的政策采取消极抵抗，不盲目听从权势的指挥，要保持个人的独立、自由。演说充分体现了他关于人权、民主等政治观念的思考，极为深刻。19世纪末，人们才认识到梭罗思想的价值，《论公民的不服从》成了人权主义的经典之作，对后世产生了重要的影响。托尔斯泰、圣雄甘地、马丁·路德·金都曾从梭罗的思想中汲取营养，从而完善自己的学说。

这篇演讲词，不仅展现了梭罗严密的逻辑能力和深刻的思想，而且还勾勒出一位雄辩家形象。在文中，梭罗使用了大量的实例，使内容显得充实、有说服力；他还用了形象的譬喻增添了文章的色彩，也增强了演讲的吸引力。

反对帝国主义 / 乔治·弗里斯比·霍尔

演讲词档案

演讲者：乔治·弗里斯比·霍尔（1826～1904）
演讲时间：1902年5月
演讲地点：美国参议院
演讲者身份：美国麻省共和党议员

历史背景

19世纪末，美国进入了帝国主义时期，垄断资本财团迫切需要开辟新的市场、投资场所和原料产地。1898年2月，美国船只"缅因"号在哈瓦那港被击沉，美国便以此为借口对西班牙宣战。1898年年底，西班牙放弃了对古巴的主权，把关岛、波多黎各和菲律宾移交给美国管辖。美国对西班牙的战争在美国国内引起了激烈争论，不少人支持战争，而麻省的共和党议员乔治·弗里斯比·霍尔则极力反对。1902年5月，他在参议院会议上发表了这篇演讲，反对美国兼并菲律宾。

原文欣赏

议员们发表各种政见，谈论理想，但他们更注重讲求实际效果的政治主张。总统先生，过去4年里的辩论一直是两种政见之间的争论，双方都提出了许多切实可行的主张，您那一方已经把你们的主张付诸行动，而另一方还在苦苦恳求也让他们的主张得到采纳实行。我们这一方一直坚持一些原则，这些原则是我们革命先辈的理想，从那时一直传到亚伯拉罕·林肯和查尔斯·萨姆纳时代。这些原则是：人类生而平等；政府的正当权力是经被统治者同意而产生的，正是为了保障这种权力，人们才建立政府；每个民族——这里指的不是无组织分散的街坊或村落，也不指人民中一部分暂时感到不满的人，而是指作为一个政治实体的民族——都有权利建立自己的政府，而政府所依据的原则和用以组织其权力的方式必须使人民认为这样才最可能保障他们的安全和幸福。遵循这些原则和主张，许多实际上采用的治国方法已经收到了满意的效果。我们先辈在这些原则的基础上建立了45个州，使南美洲许多国家也建立了共和制，在西半球消灭了专制君主制度，把美国建成了世界上最自由、最强大、最繁荣昌盛的国家。他们使共和制成了世界上最有影响的制度。由于这些原则，美国的星条旗——对热爱它的人来说美如花朵，对恨它的人来说如流星般恐怖——飘扬在世界各地，维护着和平，并在世界贸易中作为爱好和平的至高无上的权力和主权国的象征，在世界各友好

·演讲者简介·

乔治·弗里斯比·霍尔（1826～1904），美国麻省共和党议员，推崇共和思想，反对帝国主义。1902年，在反对兼并菲律宾的辩论中与共和党决裂。

赞成帝国主义的朋友们，你们也有你们的理想与原则，其一是，一旦星条旗在某个地方升起就永远不应该降下来；其二是，你们不愿意与手中拿着武器的民族对话或谈判；其三是，可以用金钱购买某国的主权，而该国人民却不愿出售这种主权；其四是，可以用武力夺取某一国家的主权，作为赃物或战利品。

你们的理想和原则所导致的后果如何呢？你们浪费了6亿美元的财力；断送了将近一万美国人的生命——我们最优秀的年轻人的生命；践踏了外国人民的家园；为了从他们身上得到好处，杀害了无数无辜的人们；你们建立了集中营；你们的将军满载着战利品凯旋，却留下无数伤病残疯的人们在痛苦中呻吟挣扎终其余生。在许多人的眼中，星条旗成了基督教教堂里亵渎的象征，烧杀抢的标志。

3年前，当美国士兵在这些岛屿上登陆时，那里的人民成群结队地尾随着他们，把他们看做是救世主，对他们感激涕零。而你们所采取的政纲却激怒了那里的人民，把他们变成了与我们不共戴天的敌人，与我们结下了世代冤仇……

有时我想，我们可以在首都树起一座美国自由纪念碑，在高度上它可以是首都唯一的可与我们所建造的美丽而又朴素的华盛顿纪念碑相似的建筑物。我想象我们每一代人带着献词来到这唯一的象征自由的纪念碑前，列举他们对自由民主的贡献。

移民到美洲的英国清教徒和胡格诺派教徒那一代人在纪念碑座前，自豪地说道："我们跨过大海，把自由的火炬带到了这片土地上，我们开垦荒野，征服土人和野兽，我们以基督教的自由和法律为帝国奠定了基础。"

下一代人来到纪念碑前说："父辈奠基，我们建造。我们离开了海滩，向荒野进军，我们盖起了学校、法院和教堂。"

接着，殖民地时期的一代人走上前说："我们在许多艰苦的战役中站在英国一边，帮助压下法国的气焰，看到在路易斯堡和魁北克法国败给了英国。我们在马提尼克和哈瓦那，佩戴着圣乔治十字勋章欢庆胜利。大海上风暴时起，我们却熟知它的航线。我们顶酷暑冒严寒，劈波斩浪，走南闯北，追捕鲸鱼，正如伟大的英国演说家所描述的'我的渔船经受了大海大洋的考验，狂风暴雨是我辛劳的见证'。"

接着美国革命时期的一代人走上前，说道："我们与英国发生了冲突，我们宣布独立而且赢得了独立。我们的独立宣言以永存的平等正义为基础，向全世界宣告了这些原则，总有一天全人类都将遵循这些准则。我们使人类的尊严得到了保障，为人民赢得了管理自己的权利。我们制定了防范草率欺骗行为的措施来保障人民的权利，我们创建了最高法院和参议院，开天辟地第一回让人民自治的权利有了保障，我们还建立了各种制度以保障人民永远享有这种权利。"

下一代人说："我们又与英国发生冲突。我们捍卫美国船只在公海上不受骚扰的权利，就像当年我们的父辈创造条件让美国农民安居乐业那样，我们让美国水手走遍天涯海角安全有保障。面对俄、普、奥三国的神圣同盟，我们宣布了门罗主义的原则。在门罗主义的旗帜下，16个共和国组成了联盟，在西半球从五大湖到合恩角，到处都建立了共和国，各国都牢牢地掌握了自己的命运，维护了国家的主权。"

接着下一代人走过来说："我们留下了惊天动地的业绩，你们小时候曾见过，你们的父辈曾给你们讲过，我们挽救了联邦，平息了叛乱，解放了奴隶。我们让所有的奴隶都成了自由人，让所有的自由人都成了公民，又让所有的公民都有了选举权。"

接着走过来的是内战后在和平建设时期立下丰功伟绩的一代人，这伟绩中也包含了我们当中不少人的贡献。他们说："我们守信用，偿还了债务。我们带来了和解安定而不是战争。我们促进各国赞成并实践有关移居国外的规定，我们制定了分给定居移民耕地的制度，让千百万移民在北美大草原和平原上安家落户，建立起强大的州。我们修通了横贯北美大陆连接东西海岸的铁路干线。像当年我们的先辈宣告美国在政治上独立那样，我们宣告美国在制造业方面可以不依赖外国。我们建立起庞大的商业体系，使美国成了地球上最富有、最自由、最强大、最幸福的国家。"

现在轮到我们这一代人了，我们该说些什么呢？我们是否能跻身于这光荣的行列呢？我们是否要在碑上刻下"我们废除了独立宣言，改变了门罗主义，将经被统治者同意的永存的平等和正义的原则改为残忍的自私自利的原则。我们摧毁了亚洲唯一的共和国，对亚洲唯一信奉基督教的民族发动了战争，把原先正义的战争转化成了可耻的非正义的战争。我们玷污了星条旗，在战争中背信弃义，逼迫手无寸铁的人们招供，残杀儿童，设立集中营，践踏外国领土，破坏了一个民族对自由的向往"。

不，总统先生，我们决不能这样说。更好的政纲应被采纳，一个伟大民族的历史发展是缓慢的，事情还没有发展到不可挽救的地步。

让我们至少有这些话可说："我们也坚持了先辈们的原则，我们解放了古巴，使古巴挣脱了西班牙的长期统治，我们欢迎古巴加入到世界民族大家庭中来，我们在胜利面前保持谦虚谨慎，为人类树立了从未有过的榜样……我们行军经过残酷野蛮怀有敌意的国家，既没有被激怒也不图报复，我们以善报恶，以德报怨，我们使美国在东方得到像在西方一样的爱戴。我们忠于菲律宾人民，忠于我们自己的历史，我们没有玷污国家的名誉，我们从先辈手中接过的旗帜完美如初。"

作/品/赏/析

在这篇演讲中，霍尔重申了一个原则：人类生而平等。他指出政府的正当权力来自人民，它也应当服务于人民。他认为共和制是能给世人带来幸福的最有影响力的制度；而帝国主义推行的则是强权政治，不仅给美国，也给其他国家的人民带来灾难。虽然霍尔反对美国兼并菲律宾的主张没有被采纳，但他的《反对帝国主义》所表达的思想却流传于世，成为人类政治史上的宝贵财富。

本篇演讲措词犀利，具有很强的政治评论性。同时，霍尔采用了多种手法，如对比、联想、比喻等，增强了演讲的效果。

我也是义和团

/ 马克·吐温

演讲者：马克·吐温（1835～1910）
演讲时间：1900 年
演讲地点：纽约勃克莱博物馆
演讲者身份：美国著名作家

历史背景

八国联军侵入北京后，清政府卖国求荣，伙同帝国主义列强血腥镇压义和团运动。马克·吐温同情中国人民，支持中国人民进行反抗斗争。1900 年 11 月 23 日，他在美国纽约勃克莱博物馆举行的公共教育协会上发表了这篇演讲。

原文欣赏

我想，要我到这里来讲话，并不是因为把我看做一位教育专家。如果是那样，就会显得在你们方面缺少卓越的判断，并且仿佛是要提醒我别忘了我自己的弱点。

我坐在这里思忖着，终于想到了我之所以被邀请到这里来，是有两个原因。一个原因是让我这个曾在大洋之上漂流的不幸的旅客懂得一点你们这个团体的性质与规模，让我懂得，世界上除了我以外，还有别的一些人正在做有益于社会的事，从而对我有所启迪。另一个原因是你们之所以邀请我，是为了通过对照来告诉我，教育如果得法，会有多大的成效。

尊敬的主席先生刚才说，曾在巴黎博览会上获得赞扬的有关学校的图片已经送往俄国，俄国政府对此深表感谢——这对我来说，倒是非常诧异的事。因为还只是一个钟点以前，我在报上读到一段新闻，一开头便说："俄国准备实行

·演讲者简介·

　　马克·吐温（1835～1910），原名塞谬尔·朗赫恩·克莱门斯，被誉为"美国文学中的林肯"。
　　马克·吐温出身密苏里州佛罗里达一个贫穷的律师家庭，从小出外拜师学徒。先后投资多项产业，均告失败，倒是写作上取得了非凡的成就。
　　马克·吐温是美国批判现实主义文学的奠基人，世界著名的短篇小说大师。他经历了美国从自由资本主义到帝国主义的发展阶段，其思想和创作也随着时代不断变化。他的早期创作，如短篇小说《竞选州长》等，以幽默、诙谐的笔法嘲笑了美国"民主选举"的荒谬；中期作品，如《哈克贝里·费恩历险记》等，则以深沉、辛辣的笔调讽刺和揭露美国的投机、拜金思想狂热，及黑暗的社会现实与罪恶的种族歧视；后期作品批判性减弱，而绝望神秘情绪则有所增长。

马克·吐温像

节约。"我倒是没有料到会有这样的事。我当即想，要是俄国实行了节约，能把眼下派到满洲去的 3 万军队召回国，让他们在和平生活中安居乐业，那对俄国来说是多大的好事。

我还想，这也是德国应该毫不拖延地干的事，法国以及其他在中国派有军队的国家都该跟着干。

为什么不让中国摆脱那些外国人，他们尽是在她的土地上捣乱。如果他们都能回到老家去，中国这个国家将是中国人多么美好的地方啊！既然我们并不准许中国人到我们这儿来，我愿郑重声明：让中国自己去决定，哪些人可以到他们那里去，那便是谢天谢地的事了。

外国人不需要中国人，中国人也不需要外国人。在这一点上，我任何时候都是和义和团站在一起的。义和团是爱国者。他们爱他们自己的国家胜过爱别的民族的国家。我祝愿他们成功。义和团主张要把我们赶出他们的国家。我也是义和团。因为我也主张把他们赶出我们的国家。

我把俄国电讯再看了一下，这样，我对世界和平的梦想便消失了。电讯上说，保持军队所需的巨额费用使得节约非实行不可，因而政府决定，为了维持这个军队，便必须削减公立学校的经费。而我们则认为，国家的伟大来自公立学校。

试看历史怎样在全世界范围内重演，这是多么奇怪。我记得，当我还是密西西比河上一个小孩子的时候，曾有同样的事发生过。有一个镇子也曾主张停办公立学校，因为那太费钱了。有一位老农站出来说了话，说他们要是把学校停办的话，他们不会省下什么钱。因为每关闭一所学校，就得多修造一座牢狱。

这如同把一条狗身上的尾巴用作饲料来喂养这条狗。它肥不了。我看，支持学校要比支持监狱强。

你们这个协会的活动，和沙皇和他的全体臣民比起来，显得具有更高的智慧。这倒不是过奖的话，而是说的我的心里话。

作/品/赏/析

在这篇演讲中，马克·吐温严厉抨击了八国联军对中国的侵略行为，他认为中国人不需要外国人，呼吁俄国把 3 万军队召回国，德国、法国以及其他在中国派有军队的国家都该跟着干。他颂扬义和团的爱国精神，并称自己也是义和团，"主张把他们赶出我们的国家"。接着，马克·吐温讽刺俄国为维持军队而削减公立学校经费的行为，并预言这个措施不会取得成功。这篇演讲打击了帝国主义势力嚣张的气势，声援了中国人民的革命运动。

这篇演讲观点鲜明、爱憎分明，如同马克·吐温的文学作品一样，充满了尖锐的批评和辛辣的讽刺。

纪念拿破仑逝世 100 周年的演说

/ 斐迪南·福煦

演讲者：斐迪南·福煦（1851 ~ 1929）

演讲时间：1921 年 5 月 5 日

演讲地点：拿破仑墓地

演讲者身份：法国元帅

历史背景

第一次世界大战结束后，法国凭借着欧洲第一陆军强国的地位主宰着欧洲大陆。法国政府推行强硬的对外政策，与波兰、罗马尼亚、捷克斯洛伐克和比利时结成军事同盟，对德国形成包围。一时间，法国在欧洲和国际联盟组织内一呼百应，好不威风。

俄国十月革命爆发后，法国又积极策划和参与了武装干涉苏俄革命的行动。但干涉行动遭到了苏俄人民的强烈抗议，军队屡屡受挫。1921 年 5 月 5 日，拿破仑逝世 100 周年的纪念日来临，福煦在悼念仪式上发表了这篇演说。

原文欣赏

只要想一想，1796 年，拿破仑年仅 27 岁已经崭露头角，就不难知道他天赋非凡的资质。他把自己的天才不断地用于一生的丰功伟业之中。

由于秉赋这种天才，他在人类军事史上走出了一条光辉的道路。他高举战无不胜的鹫旗从阿尔卑斯山进军到埃及的金字塔，从塔古斯河之滨到莫斯科河两岸。在飞舞的军旗下，他建立的赫赫武功超越亚历山大大帝、汉尼拔大将和恺撒大帝。这样，他以惊人的天才，不甘守成和好大喜功的本性成为胜过一切其他人的最伟大领袖人物。这种本性，有利于战争，但对维持和平的均势却很危险。

他把战争艺术提高到从未有过的高度，而这就把他推到了岌岌可危的巅峰。他把国家的荣耀和他个人的荣耀视为一体，他要以武力控制各国的命运。他以为

·演讲者简介·

斐迪南·福煦（1851 ~ 1929），1873 年从巴黎综合工科学校毕业后参军。1885 年，进入高等军事学院学习，两年后毕业到参谋部任职。1895 年，回到高等军事学院攻读研究生，毕业后留校任教并升任教授。1908 年，以准将衔担任该院院长。1911 年，晋升中将。第一次世界大战爆发后，曾任法军许多重要职务，战功卓著。战争后期，任协约国联军总司令，统一指挥英、法、美等国军队对德发起总攻，迫使德国求和，为协约国战胜同盟国作出了重大贡献。

1918 年 8 月，福煦获法国元帅军衔。在第一次世界大战后出席巴黎和会，任法国代表团首席军事顾问，主张扩张法国领土。曾获英国元帅和波兰元帅称号，并被选为法兰西科学院院士和最高军事委员会委员。著有《战争原理》、《战争指南》等。

一个人能够以惨痛的牺牲为代价得到一系列的胜利，换来本民族的繁荣；以为这个民族可以靠光荣而不是靠劳动获得生存；以为那些被征服而失去独立的国家不会一朝奋起，列出阵容强大、士气高昂、战无不胜的义师，推翻武力统治，重新赢得独立；以为在文明世界里，道德公理不应比完全靠武力形成的力量为强大，不管这支武力有多大。由于这样的企图，拿破仑走了下坡路。他不是缺乏天才，而是由于他想做那不可能的事。他想以当时财枯力竭的法国使整个欧洲屈膝，岂知当时欧洲已经总结了失败的教训，很快就全面武装起来。

当然，每个人都有自己的责任。但是，比指挥军队克敌制胜更重要的是，按照祖国的需要为祖国服务，使正义在一切地方受到尊重。和平高于战争。

的确，在处理人的问题时，如果只依赖个人的见识与才智，歪曲为尊重个人而制定的社会道德法律，歪曲作为我们文明基础和基督教本质的自由、平等、博爱的原则，那么，即使是最有天才的人，也肯定会犯错误。

陛下，请安息吧。你英灵未泯，你的精神仍然在为法兰西服务。每次国家危难的时刻，我们的鹫旗依然迎风招展。如果我们的军队能在你建造的凯旋门下胜利归来，那是因为奥斯特列茨的宝剑为他们指引了方向，教导他们如何团结起来带领军队取得胜利。你高深的教诲，你坚毅的努力，永远是我们不可磨灭的榜样。我们研究思索你的言行，战争的技艺便日益发展。只有恭谨地、认真地学习你不朽的光辉思想，我们的后代子孙才能成功地掌握作战的知识和统军的策略，以完成保卫我们祖国的神圣事业。

- - - - - - - - - -

作／品／赏／析

在这篇演讲中，福煦对拿破仑进行了比较中肯恰当的评价。他肯定了拿破仑的丰功伟绩，高度赞扬了拿破仑的军事贡献；他也指出了拿破仑的缺陷和过失，分析了拿破仑从胜利走向失败的原因。在当时法国出兵干涉苏俄遭到失败的背景下，福煦这篇演讲在凭吊前人的同时，也达到了激励将士、重振军威的作用。

演讲一开始，福煦便称赞拿破仑的天才的军事资质，历数了拿破仑的辉煌战绩。福煦认为拿破仑超越了亚历山大、汉尼拔和恺撒，因为拿破仑把战争艺术提高到从未有过的高度。接着，他连用了四句排比，指出了拿破仑个人英雄主义的思想根源及武力治国的理念的狭隘性。最后，作为法国元帅，福煦不忘鼓励将士们学习拿破仑的先进军事思想，为保卫祖国而战。

整篇演讲结构严谨，把热情的赞扬和蕴涵哲理的评析有机地融为一体。演讲前半部分热情洋溢，充满了军人的激情；后半部分评析入理，展现了演说者的哲学思辨才华。

在七十寿庆时的讲话 / 萧伯纳

演讲词档案

演讲者：萧伯纳（1856～1950）
演讲时间：1926 年
演讲者身份：爱尔兰杰出的现实主义戏剧家、文艺评论家

历史背景

1882 年是萧伯纳思想发展的重要转折点，这年 9 月，他听了美国经济学家亨利·乔治关于土地问题的演讲，受到启发，开始研究社会经济问题，并成为一个"社会主义者"。1884 年曾参与组织费边社，鼓吹用改良主义方法改变资本主义。第一次世界大战与俄国十月革命的胜利，在萧伯纳的心中掀起了暴风雨般的强烈震动，他意识到，用"费边社"改良主义的调和方法，无法解决资本主义世界的矛盾，这个旧世界必须有一个彻底的改变。萧伯纳借这篇演讲回顾了自己社会思想的变化。

原文欣赏

近年来，舆论界竭力企图把我整垮，此计不成，又处心积虑将我捧成伟人，谁赶上这种事都是一场可怕的灾难。很明显，有人现在要继续这样干下去。为此，对于我的七十寿庆，我完全拒绝发表任何意见。但是，工党的朋友们邀我来这里，我知道应该择善而从。我们发现了一个秘密，即不存在什么伟人。我们还发现了另外一个秘密，那就是世界上根本没有什么伟大的民族，也没有什么伟大的国家。

我们把这种东西留给 19 世纪，留给完全属于它们的那个世纪。谁都知道，我在副业上卓有成效，但是，我并没有"伟人的感觉"。你们也同样如此。在我的同行中，我的前辈莎士比亚曾生活在中产阶级圈子内，但是，还有一个跻身在中产阶级圈内的非中产阶级人物，他原来是个泥水匠。莎士比亚去世后中产阶级就纷至沓来，开始把他的著作编成对开本以示纪念。所有的中产阶级作家谱下一曲曲壮丽的诗歌，讴歌莎士比亚的伟大。奇怪的是，至今唯一被人们引用或者铭记的那段颂词却出自这位泥水匠之手。他说："我犹如所有人崇拜偶像一样喜欢这个人。"

我刚加入工党时，工党正受到自由党和激进党的主张和政策的紧紧束缚。然而，自由党的主张和政策有自己的传统，即 1649 年、1798 年以及 1848 年的传统，那些传统究竟是什么样的传统呢？那就是街垒、内战和弑君。那就是纯血统的自由党党员的传统。我们唯一不能明白它们至今还存在的原因是自由党本身已不复存在。

激进党是征收员和无神论者。在这个伟大的历史阶段，其重大原则是：在最

后一位国王闷死在最后一位神父的肚子里之前，世界就绝不会太平。请他们讲得明确些，用现实的政治来说明时，他们的回答是世界充满了苦难和不公。因为，坎特伯雷大主教年薪有 15000 英镑，而查尔斯二世太太们的后裔又享受着终身养老金。

如今，我们已经成立了一个符合宪法的党。我们这个党是在社会主义的基础上建立起来的。我和我的朋友西德尼·韦伯先生、麦克唐纳先生一开始就明确无误地指出，我们一定要使社会党成为一个合法的党，让每一个受人尊重的敬神者在丝毫无损于他尊严的前提下得以加入这个党。我们抛弃了所有的那些传统；这就是现在的政府为什么对我们比以往任何激进派更害怕的原因。

我们的主张很简单。我们的优势在于人们理解我们的主张。我们以社会主义反对资本主义，我们的一大难题是资本主义者根本不知道什么叫资本主义。实际上，问题却很简单，社会党的理论是，如果你想满足私有财产的需要，将所有的生产资料视为私有财产，并把它们作为私有财产保留，就人与人之间据此缔结的关系而论，那么，生产与分配必定会各行其是。

资本主义者声称，将向全世界保证，在这个国家里人人会获得一份职业。他们并不主张这是一份薪水优厚的职业，因为，假如酬金很高，这个人只要一个星期就能节余足够的钱，下个星期就不再工作了。他们决心使人们不停地工作，以挣得勉强维持生计的最低薪金，并且，还要分出一份积累资本。

他们说，资本主义不仅为劳动者提供了这一保证，而且通过确保巨大财富集中在一小批人手中，这样，无论愿意与否，他们都将把钱储蓄起来，并必须用于投资。这就是资本主义，而这个政府总是与资本主义相抵触。政府既不给人提供就业，又不让他饿死，而是给他一点救济。当然，首先得肯定，他早已为此付足了钱。政府给资本家补贴，又制订了五花八门的规定，破坏他们自己的制度。他们一直在这样干。我们提醒他们这是在自我毁灭，他们却听不进去。

我们批评资本主义时说：你们的制度自宣布诞生以来，没有哪一天信守过自己的诺言。我们的生产是荒谬的。当本该需要盖建更多的房屋时，我们却在生产80 匹马力的汽车。我们在生产最豪华的奢侈品的同时，孩子们却在挨饿。你们已

·演讲者简介·

萧伯纳（1856～1950），1856 年生于爱尔兰首府都柏林，父亲是一位商人，因经营失败而破产。母亲是位有才能的音乐家，这使萧伯纳从小受到音乐的熏陶，为日后的戏剧创作奠定了艺术基础。萧伯纳从中学毕业后因家境困难无法上大学，15 岁就开始谋生。20 岁时去伦敦，开始尝试文学创作。但是他从 1879 年到 1883 年创作的几部小说都被出版商退稿。1888 年，他参加易卜生《玩偶之家》的业余演出，深受感染，开始了戏剧创作。1931 年，访问苏联，在莫斯科度过 75 岁寿辰。1933 年，访问了中国和美国。第二次世界大战期间，反对帝国主义战争政策，坚决站在世界人民一边。

萧伯纳像

在从事戏剧创作的 50 多年中，萧伯纳创作了 52 部剧作，几乎是一年一剧，他以惊人的创作力，超群的幽默与深邃的思想，成为一个传奇式人物。

最精彩的演讲词

第四篇 公平与正义的坚定信念

一四九

把生产本末倒置了。你们不是首先生产国家最需要的东西，却恰恰相反。我们认为，这种分配制度已经变得如此荒谬绝伦，以致在这个4700万人口的国家里只有两个人赞成目前的分配制度——一个是诺森伯兰郡公爵，另一个则是班拍里勋爵。

我们反对这种理论。社会主义明确无误地指出，一定要注意你的分配问题。我们非得从这个问题开始，要是私有财产成了合理分配制度的绊脚石，那么，就得请它让路。

掌握公共财产的人必须按公共规矩行事。比如，我握着手杖，但不能随心所欲，绝不能用它去敲你的脑袋。我们说，如果分配出了差错，就会一错百错——宗教、道德、政府等都会出问题。因此，我们深知，我们必须从分配着手，采取一切必要的步骤，这就是我们社会主义的全部含义。

我认为，我们之所以将此铭记在心，因为我们的职责是要处理好全世界的财产分配。请听我说，正如我曾告诉你们的那样，我认为在我们4700万人口中，只有两个人，也许没有人会赞成现行的财富分配制度。我甚至可以说，在整个世界里，也找不出一个人会赞成现行的财富分配制度。这种制度已经分文不值。这一点，你只要询问任何一位明智的中产者都能证实。

这场分配的关键是对那个婴儿如何分配的问题。如果这个新生儿注定要成为一个名门望族，那么他一定还会获得一宗食品收入，一宗比其他任何人都要优厚的收入。可是，一个婴儿还不懂得什么是道德、个性和勤奋，甚至还不懂得什么是通常所说的体面。政府的首要责任是对那个被遗弃儿负责。这是分配问题的有效例子，它同我们的问题有关，是一个确实能将我们引向胜利的问题。

我认为，我们得以将自己同资本主义者区分开的那一天终究会到来。我们必须将自己的指导思想公之于众。我们应该宣布，我们力求实现的不是旧概念的再分配，而是收入的再分配。我们指的永远是收入问题。

今天晚上真使我心花怒放。我们的主席对我的赞美，你们对我社会地位的如此尊重，对我个人怀有的深厚感情，我完全理解。我不是个感情丰富的人，但是，我不会对所有这一切无动于衷，我懂得这一切的价值。如今，我已年届古稀，时不再来，我说这话也就这一次了。我心潮澎湃，能够说出了许多人不能说的话。

我现在明白，年轻时思想转变，加入了工党，无论怎么说，我选准了自己的道路。

作/品/赏/析

本篇演讲发表于1926年，萧伯纳在演讲中简洁有力地回顾了自己社会思想发展变化的历程，同时简短而系统地分析和批判了资本主义的生产和分配制度，指出："他们决心使人们不停地工作"，"要是私有财产成了合理分配制度的绊脚石，那么，就得请它让路。"在表明自己政治立场方面，作者态度坚决，情绪高昂，"今天晚上真使我心花怒放"。他乐观地预言："我们得以将自己同资本主义者区分开的那一天终究会到来。"全篇演讲主旨鲜明，逻辑清晰，语言如行云流水，妙用比喻，生动形象，所引事实使人信服。

我投反对票 / 李卜克内西

<table>
<tr><td rowspan="4">演讲词档案</td><td>演讲者：李卜克内西（1871～1919）</td></tr>
<tr><td>演讲时间：1914 年</td></tr>
<tr><td>演讲地点：帝国议会</td></tr>
<tr><td>演讲者身份：德国社会民主党领袖，德国共产党创始人之一</td></tr>
</table>

历史背景

1914 年 7 月，第一次世界大战爆发。同年 9 月，德军在马恩河战役受挫，在西线速决战略破产。但这次失败并没有使德国军国主义分子清醒过来，他们继续追加军费、扩充军备，推动战争向纵深发展，并打出"爱国主义"和"反对沙皇制度"等口号，蛊惑国内民众支持罪恶战争。李卜克内西反对军国主义，他积极领导德国社会民主党人同军国主义、好战分子进行斗争。为反对议会增加军费预算，李卜克内西发表了这篇《我投反对票》。当时议会 110 名议员投票赞成"增加军费预算案"，只有他一个人投了反对票。

原文欣赏

我投票反对这项提案，理由如下：

目前的战争是任何一个参战国的人民都不想要的，它不是为了德国或其他任何国家的人民的利益而发动起来的。这是一场帝国主义战争，一场为了实现资本主义对世界市场的统治，为了从政治上控制运用工业资本和银行资本的主要地区而引起的战争。如果从军备竞赛的观点来看，那么这场战争是德国和奥地利的好战集团在半专制制度日暮途穷、秘密外交逐渐失效的情况下，为了先发制人而挑动起来的。同时，这场战争还是一种企图分化和瓦解日益高涨的工人运动的拿破仑式的阴谋。尽管有人粗暴地歪曲事实，但是过去几个月的情况还是日益清楚地证明了这一点。

德国提出的"反对沙皇制度"这个口号，跟现在英国和法国提出的"反对军

·演讲者简介·

李卜克内西（1871～1919），1871 年 8 月 13 日生于莱比锡。青年时期，先后入莱比锡大学和柏林大学攻读法律。1900 年，加入德国社会民主党。1907 年当选社会主义青年国际联合会主席。同年，发表小册子，反对军国主义。10 月，因此书被捕入狱，判处 1 年半徒刑。1912 年，当选德国议会议员，利用议会讲坛进行反对帝国主义战争的宣传。1916 年 3 月，参加社会民主党左派秘密举行的全国代表会议，发表反战讲话。5 月，由于在柏林领导反战示威游行，被军事法庭判处 4 年徒刑。1918 年 10 月获释之后，投身到德国十一月革命中，并参加德国共产党创建工作。次年 1 月 15 日，与卢森堡同遭右派社会民主党临时政府杀害。

坦克在"一战"中首次被英军使用，图为德国人将缴获的坦克为己所用。

主义"的口号一样，其目的在于利用人民的无比崇高的天性、革命的传统和理想，来煽起民族之间的仇恨。德国是沙皇制度的同谋犯，一直到今天还是政治落后的典型，它不配起各族人民的解放者的作用。俄国人民和德国人民的解放，应当是这两国人民自己的事情。

这场战争对于德国来说并不是什么防御战。这场战争的历史性质和截至目前为止的进程，都不能使人相信资本主义政府的这种说法，即诉诸武力是为了保卫祖国。

目前要求迅速实现一种对任何一方来说都不是屈辱的和平，也就是一种不通过征服而实现的和平。在这方面所作的任何努力，都是值得欢迎的。只有当争取这样和平的力量同时在一切交战国内不断地壮大起来，这场血腥的屠杀才能够在这些国家弄得民穷财尽以前被制止。只有在工人阶级国际团结和各国人民自由的基础上发展起来的和平，才可能是巩固的和平。世界各国无产阶级，即使是在目前战争仍然进行的情况下，也必须从事争取和平这项社会主义的共同事业。

我本来可以同意按所要求的数额拨付紧急预算，在我看来这个数额还是远远不够的；同样地，我会同意为改善我们在战场上的弟兄以及伤病员的不幸遭遇所能做的一切，我对这些人的遭遇是无限同情的；这对于我来说，任何要求都不是过分的。但是，由于我反对战争、反对战争的元凶祸首、反对导致战争的资本主义政策、反对战争所追求的资本主义目的、反对破坏比利时和卢森堡的中立、反对军国主义独裁、反对政府和统治阶级至今仍然在政治和社会方面所表现的那种不负责任的态度，因此，我反对所提出的军费预算。

作/品/赏/析

这篇演讲是第一次世界大战期间最著名的演讲之一。演讲一开始，李卜克内西就指出这场战争的实质是"帝国主义战争"，目的是"为了实现资本主义对世界市场的统治，为了从政治上控制运用工业资本和银行资本的主要地区"。接着，他分析了战争的口号的欺骗性，认为只有争取"和平的力量同时在一切交战国内不断地壮大起来"才能真正制止战争。通过四个方面的阐述，他义正词严地表达了自己的观点：反对增加军费预算案。在演说中他尖锐地揭穿战争贩子的丑恶面目，号召群众采取行动抵制他们。李卜克内西的演讲鼓舞了无产阶级的革命斗志，擦亮了千百万劳动人民的眼睛。

整篇演讲气势逼人，铿锵有力。特别在结尾，连续运用了7个"反对"组成排比句，把演讲推向高潮，使演讲具有强大的感染力。

置人类于末日还是弃绝战争 /罗素

演讲词档案

演讲者：罗素（1872～1970）
演讲时间：1957年
演讲地点：科学和世界事务会议
演讲者身份：英国著名哲学家、数学家、逻辑学家

历史背景

第二次世界大战中，美国在日本的长崎和广岛投下了两颗原子弹，造成数十万人丧生。全世界的人都感受到原子弹摧毁一切的强大威力。战后，美国与苏联为了争夺霸权，大搞军事竞赛，巨大的核武器库无时无刻不在威胁人类的存在。作为一位颇具影响力的和平主义者，罗素反对战争，更担心美苏争霸会引发第三次世界大战。为此，他提出"世界政府"的设想，后来认识到这是个空想，转而把精力放在禁用和销毁核武器的努力上。1957年7月，罗素在有10个国家22名科学家参加的"科学和世界事务会议"上发表了这篇演讲，呼吁人类要热爱和平，禁止使用核武器。

原文欣赏

在人类所面临的悲剧性的情况下，我们觉得科学家应当集会对这种由大规模毁灭性武器所引起的危险作出估计，并且按照所附草案的精神进行讨论，以达成一项决议。

我们此刻不是以这个或者那个国家、这个或者那个大陆、这种或者那种信仰的成员的资格来讲话，而是以人类、以其能否继续生存已成为问题的人类成员资格来讲话的。这个世界充满着冲突，而使一切较小冲突相形见绌的则是共产主义

·演讲者简介·

罗素（1872～1970），1872年5月18日生于英国一个贵族世家。4岁时，失去双亲，由祖母抚养。1890年，考入剑桥大学三一学院，学习数学、哲学和经济学。毕业后留校任教，成为三一学院的研究员。1920～1921年，曾到中国讲学。后来，在美国芝加哥大学、加利福尼亚大学担任客座教授。1944年，回到英国，继续三一学院的研究员职位，并在那里完成了最后一部重要的哲学著作——《人类的知识》。1950年，获得诺贝尔文学奖。

在数学上，罗素从事数理逻辑和数学基础的研究，创立"罗素悖论"。在哲学上，他是逻辑实证主义者，提出逻辑原子论和中立一元论。在政治上，反对侵略战争，主张和平主义。

罗素像

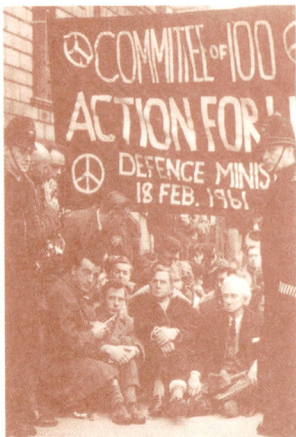

图为罗素与示威者在伦敦国防部门口静坐，抗议英国的核政策。罗素晚年关注政治，1958 年任核裁军运动的主席，1960 年辞任后组织一个激进的核裁军 100 人委员会。

同反共产主义之间的巨大斗争。

几乎每个有政治意识的人，对于这些争端中的一个或几个问题都有强烈的感情。但是我们希望你们，如果可能的话，把这种感情丢在一边，而只把你们自己当做是生物学上一个种的成员，这个种有过极其惊人的历史，我们谁也不愿意看到它绝迹。

我们尽可能不说一句为某一集团所中听而为另一集团所不中听的话。大家都同样处在危险之中，如果理解到了这种危险，就可希望大家会共同避开它。

我们必须学会用新的方法来思考。我们必须认识到向我们自己提出的问题，不是要采取什么措施能使我们所支持的集团取得军事胜利，因为已不再存在这样的措施。我们向自己提出的问题应当是：能采取怎样的措施来制止一场其结局对一切方面都必然是灾难的军事竞赛？

一般公众，甚至许多当权的人都没有认识到使用核弹的战争究竟会引起怎样的后果。一般公众仍然用城市的毁灭来想象。据了解，新的核弹比旧的核弹有更大的威力，一颗原子弹能毁灭广岛，而一颗氢弹就能毁灭像伦敦、纽约和莫斯科那样的大城市。

毫无疑问，在氢弹战争中，大城市将被毁灭掉。但这还只是不得不面临的一个较小的灾难。如果伦敦、纽约、莫斯科的每个人都被消灭了，在几个世纪内，世界还是会从这种打击中恢复过来的。可是我们现在知道，尤其在比基尼试验以后知道，核弹能逐渐把破坏作用扩展到一个非常广阔的范围，这个范围比原来所设想的还要大得多。

据非常可靠的权威人士说，现在能制造出的核弹，威力要比炸毁广岛的大 2500 倍。

这种炸弹，如果在接近地面的空中或者在水下爆炸，就会向上层空气散放出带有放射性的粒子。它们以剧毒的尘埃或雨点的形式逐渐下降到地面。沾染了日本渔民和他们所捕到的鱼的，就是这种尘埃。

现在谁也不知道这种致命的放射性的粒子会扩散得多远，但最可靠的权威人士都异口同声地说：氢弹战争十分可能使人类走到末日。令人担忧的是，如果使用了许多颗氢弹，结果将是普遍的死亡——只有少数人会突然死去，而大多数人会受着疾病和萎蜕的慢性折磨。

科学界的著名人士和军事学的权威都曾发出了多次警告。他们谁也不会说这些最坏的结果是一定要发生的。他们只是说，这些结果是可能的，而且谁也不能肯定说它们不会成为现实。迄今我们还未曾发觉，专家们的这些观点同他们的政治见解或偏见有什么关系。就我们的研究结果所揭示的来说，这些观点只同各个专家的知识水平有关。我们发觉，知道得最多的人，也就最忧心忡忡。

因此，我们在这里向你们提出的，是这样一个严峻的、可怕的、无法回避的问题：我们要置人类于末日，还是人类该弃绝战争？人们不敢正视这样的抉择，因为要废止战争是非常困难的。

要废止战争就要对国家主权作出种种令人不愉快的限制。但是成为理解这种情况的障碍的，除了别的原因之外，更主要的，恐怕还是"人类"这个名词使人感到模糊和抽象。人们在想象中几乎没有认识到，这种危险不仅是对被模糊理解的人类的，而且是对他们自己和他们子孙后代的。他们简直理解不到，他们每个人和他们所爱的亲人都处在即将临头的苦痛死亡的危险之中。因此他们希望，只要现代化武器被禁止了，战争也许还不妨让它继续存在。

这种希望是虚妄的。尽管在和平时期达成了禁用氢武器的协议，但在战时，这些协议就会不再被认为有束缚力，一旦战争爆发，双方立即就会着手制造氢弹，因为要是一方制造氢弹，而另一方不制造，那么制造氢弹的一方就必定会取得胜利。

尽管作为普遍裁军一个部分的禁用核武器的协议并不提供最后的解决办法，但它还是适合于某些重要的目的。

首先，东西方之间的任何协议，就消除紧张局势来说都是有益的。其次，销毁热核武器，如果双方都相信对方是有诚意去这样做了的，就会减轻对珍珠港式突然袭击的那种恐惧，而这种恐惧心理在目前正使双方都保持着神经质的不安状态。所以我们应当欢迎这样一种协议，哪怕只是作为第一步。

我们中间的大多数人在感情上并不是中立的。但作为人类，我们必须记住，如果东方和西方之间争端的解决，对于无论是共产主义者还是反共产主义者，无论是亚洲人还是欧洲人或者美洲人，无论是白种人还是黑种人，都能给以可能的满足，那么就决不可用战争去解决这些争端。我们希望东方和西方都了解这一点。

如果我们这样作出抉择，那么摆在我们面前的就是幸福、知识和智慧的不断增进。难道我们由于忘不了我们的争吵，竟然要舍此而选择死亡吗？作为人，我们要向人类呼吁：记住你们的人性而忘掉其余。要是你们能这样做，展示在面前的是通向新乐园的道路；要是你们不能这样做，那么摆在你们面前的就是普遍死亡的危险。

<hr />

作 / 品 / 赏 / 析

演讲一开始，罗素便呼吁每个有政治意识的人都应该放下个人情感，共同拯救处于危险当中的人类。接着，他提到曾经毁灭广岛的原子弹，提醒人们当前核弹的巨大威力及核战争的毁灭性结果，指出禁用核武器是人类通向幸福新乐园的道路。在这篇演讲中，罗素以一个世界和平主义者高度的历史责任感阐述了一个可怕的命题：核武器战争没有胜利者，结果只能是共同毁灭。那么，如何解决这个问题呢？罗素在分析问题的基础上也给出了答案，那就是禁用核武器、销毁核武器和弃绝核战争。罗素这篇演讲具有巨大的影响力。在这之后的几十年，全世界热爱和平的人们都在他观点的影响下为全面禁止使用核武器而进行不懈的努力。

整篇演讲庄严郑重，说理透彻，把对核武器深切的忧患传递给了每个热爱和平的人。

对广播业的讲话 / 牛顿·迈诺

演讲词档案

演讲者：牛顿·迈诺（1926～）
演讲时间：1961年5月9日
演讲地点：全美广播业者协会
演讲者身份：美国联邦通讯委员会主席

历史背景

第二次世界大战后，美国电视产业发展迅速。绝大多数的电台和电视台都为资本集团所有，它们的商业倾向日趋严重，广播电视业的社会责任感被金钱湮灭了，但政府又不能以强制手段来阻止这一切。在这种情况下，联邦通讯委员会主席迈诺发表了这一演讲，呼吁全国人民行动起来共同纯洁电视节目。

原文欣赏

你们这一行拥有美国最强有力的声音。让它发出明智和主导的声音是该行业不可推诿的责任。短短几年之中，这一令人兴奋的行业已从一种新事物发展成对美国人民具有势不可当影响力的一种手段。它正准备发挥报纸和杂志若干年前所承担的那种主导作用，以使我国人民了解他们的世界。

我们的时代已被称为喷气时代、原子时代、太空时代。我认为它也是电视时代。正如历史将决定当今世界的领袖们用原子毁灭世界还是用原子为人类利益重建世界，历史将决定当今广播业者们用他们强有力的声音使人民充实还是使人民堕落……

跟任何人一样，我头上也有不止一顶帽子。我是联邦通讯委员会主席，同时也是一名电视观众以及另几名电视观众的丈夫和父亲。我已看过许多对我来说似乎很值得看的电视节目，而且我不是在谈论"第九十剧场"和"一号演播室"带来的令人惋惜的往日美好时光。

我所谈的是刚刚过去的这个季度。有些节目非常精彩，例如《令人难以置信的50年代》、《弗雷德·阿斯台尔的表演》和《宾·克洛斯比特别节目》；有些节目富于戏剧性，令人感动，例如康拉德的《胜利》和《边缘地区》；有些节目信息量大，很有教益，例如《我国的未来》《哥伦比亚广播公司报道》和《英勇的岁月》。我还能举出更多的例子，我肯定每个人都觉得这些节目充实了自己的生活，也丰富了全家的生活。当电视好看时，没有什么别的东西——戏剧、杂志或报纸——

·演讲者简介·

牛顿·迈诺（1926～），1961年被肯尼迪总统任命为联邦通讯委员会主席，发起了净化电视节目的运动。为了监督电视媒体的经营，迈诺制定了严格的执照审核制度。他提出在电视广播执照年检时，要举行听证会，让广播者服务的社区人民广泛参与，对广播者的工作给予评估。

比得上它。

可是当电视节目不好时，那就没有什么比它更糟了……

你将看到一连串体育比赛节目、暴力行为、观众参与的表演、关于怪诞家庭的公式化喜剧、流血和恐吓、残害肢体罪、暴力行为、性虐待、谋杀、西部不法之徒、西部的好人、私人侦探、匪徒、更多的暴力和动画片。总是有没完没了的广告节目——充满尖叫、勾引，使人很不舒服。而且大多数节目令人生厌。当然你也会看到一些让你欣赏的节目，但数量少得可怜。如果你认为我夸大其词，那么不妨打开电视试试。

今天在座的人之中是否有人以为广播业已经完美无瑕了呢？……

为什么这么多电视节目如此蹩脚呢？我听到了多种回答：你们的广告商的需求；对节目受欢迎程度的竞争；始终吸引广大观众的需要；电视节目的高制作成本；对节目素材贪得无厌的欲求，等等。无疑，这些确是不易解决的棘手问题。

但是我不信你们已尽了最大努力去解决这些问题。我无法接受这一观点：目前的节目总体安排丝毫不差地切合公众的兴趣爱好。电视台的节目受欢迎程度调查只是告诉我们，多少人打开了电视机，其中多少人收视某一频道，又有多少人收视另一频道。这些数字并未告诉我们，倘若公众另有六个频道可供选择，他们将会看什么节目。节目受欢迎程度的调查至多只是表明，有多少人看了你们奉送给他们的节目。不幸的是，它不能揭示节目打动人心的程度和观众反应是否热烈；它从不能披露倘若你们给观众更好的节目——假如艺术魅力、创造力、勇气和想象力得到充分发挥——他们会怎样欢迎。我相信人民具有良好的辨别能力和欣赏水平，我不信人民的情趣像你们某些人所设想的那般鄙俗低下……

当然，我希望你们同意这个观点：在涉及儿童时，电视节目受欢迎程度的调查结果不会有什么影响。最准确的估计表明，从下午五时至六时，你们观众的60%由12岁以下的孩子组成。信不信由你，如今大多数儿童看电视花的时间与他们待在教室里的时间同样多。我重复一遍，请记住：如今大多数儿童看电视所花的时间与他们待在教室里的时间同样多。过去人们常说，一个孩子受到三方面的深刻影响：家庭、学校和教堂。如今又有第四方面的巨大影响，而它正掌握在你们这些女士、先生手中。

如果家长、教师和牧师们都依从受欢迎程度调查结果来履行他们的职责，那么孩子们就会定时定量吃上冰淇淋，就会有各校的假日，就不会有主日学校。你们的职责又该如何履行呢？难道电视就腾不出时间对我们的孩子进行教育，传授知识，提高、扩展他们的能力吗？难道电视就腾不出时间播放让孩子们加深对其他国家儿童了解的节目吗？难道电视就腾不出时间播送儿童新闻节目，根据他们的理解力水平向他们解释世界事务？难道电视就腾不出时间为孩子们朗读过去的文学名著，向他们教授自由的伟大传统？确实有一些很好的儿童节目，但它们被淹没在动画片和宣扬暴力加暴力的大量节目中。难道这些节目就非得是你们的商标？请你们扪心自问，看是不是无法给你们的小观众——每天有这么多时间由你们指导他们的未来——更多更好的节目了。

成人节目的安排和受欢迎程度调查结果情况如何呢？你们知道，报纸出版商们也向读者调查。结果一目了然：几乎总是报刊上的连环画页占据榜首，其次是对失恋者的忠告专栏最受欢迎。但是女士们先生们，各家报纸的头版仍刊登新闻，社论并未被连环画页所取代，报纸并未变成对失恋者忠告的集大成。然而报纸不需要从政府那里取得营业执照——报纸不动用公共财产。但是在电视领域——其中你们作为公共受托管理人的职责是如此明白无误——一旦调查结果显示西部片受欢迎，立即便会播放模仿西部片的新剧，其速度之快超过用老式同轴电缆从好莱坞拍发电报到纽约……

现在让我谈谈我作为联邦通讯委员会主席的作用，而不是作为一名观众的作用。我想阐明指导我工作的某些基本原则。

第一，人民是空间的主人。无论是星期日早晨六时，还是晚上的黄金时间，人民同样是空间的主人。人民每给你们一小时，你们便欠了他们一笔债。我想看到你们用服务来偿还欠债。第二，我认为继续就暗中贿赂、骗人的知识竞赛节目以及其他以往的过错争论不休是愚蠢和多余的。第三，我相信自由经营制度。我期待广播业得到改进，希望由你们来改进它。第四，我将尽力扶持教育电视。教育电视台数量太少，而我国的那些较重要的电视中心仍缺乏便于使用的教学节目频道。第五，我坚定不移地反对政府检查制度。将不会禁播不合官僚口味的电视节目。第六，我到华盛顿不是来对滥用公共电波的现象袖手旁观，听之任之的。滥用我们的公共电波与浪费任何宝贵的自然资源是同样严重的问题。

先生们，你们通过人民的空间所播送的电视内容影响人民的情趣、知识、观点，影响他们对自己对世界的认识，而且影响他们的未来。图像和声音即刻传送的力量在人类历史上是前所未有的。这是一种令人敬畏的力量。它有无限的行善能力，亦有无限的作恶能力。它承担着巨大的责任——你们和我都无法逃避的责任。

作/品/赏/析

演讲一开始，迈诺便指出电视产业使美国人民充分了解了世界，肯定了电视的巨大作用。他也指出电视产业即将超越报纸和杂志，在传播文化和知识的过程中承担主导作用。正因为如此，他强调电视产业应该考虑公众利益，而不仅仅停留在商业利益层面上。因为传播能力强大的电视台一旦播出不良节目，也能使人民堕落。接着，迈诺从节目制作、儿童教育等方面阐述了相关看法。迈诺认为，人民的品位、知识、观点和对世界的看法受电视节目的影响。因此，电视节目必须考虑公众利益，而不仅仅是为了电视股东的利益。他要求电视节目要富有想象力，而不是枯燥乏味；要具有创造力，而不是简单模仿，千篇一律。迈诺的演讲提出了一个新问题，引发了一场评估电视质量的大辩论。

在这篇演讲里，迈诺舍弃训斥和命令的行政口吻，平静地用讲道理的方式对电视从业者进行规劝，有理有节，恰到好处。

第五篇

对自由和独立
的热烈呼唤

我们已遍地燃起自由的希望 /西塞罗

演讲词档案

演讲者：西塞罗（前 106 ~ 前 43）
演讲时间：公元前 43 年 3 月
演讲地点：罗马
演讲者身份：古罗马政治家、哲学家

历史背景

西塞罗曾在公元前 43 年 1 月发表演讲，想说服元老院表决安东尼为祖国之敌。但当时，元老院心存侥幸，并没有接受西塞罗的提议。不过，最终谈判的结果让元老院大失所望，因为安东尼提出了非常苛刻的条件。元老院不可能接受安东尼的要求，遂于 2 月 2 日对安东尼宣战。与此同时，屋大维也率军正式向安东尼开战。西塞罗深受鼓舞，于是发表了这篇鼓动性的演说。

原文欣赏

罗马人！在今天这次盛会中，你们遇见了这么多人，比我记忆中所见过的都要多，这种场面令我急切地渴望去保卫自己的国家，内心燃起重新把它建立起来的伟大希望，我的勇气一直未曾衰竭过。最令人难熬的时刻，就是像现在——黎明前的微曦时。我恨不得立刻在保卫自由的阵线上，挺身而出成为一位领导者。然而，即使以前我有这种想法并可以去实践，可现在却已不是那种时代了。因为像今天，罗马的子民们（也许你们不相信，这种场面只是我们所面临许多事务中的一些琐事罢了），我们已替未来的行动打下了基础。元老院不再是口头上把"安东尼"视为敌人，而是以实际的行动表示他们已把他视为敌人。直到现在我心里还一直觉得很高兴，相信你们也一样，我们能在这样完全一致、鼎沸的气氛中，一致认为他是我们的敌人，并通过了这项宣言。

罗马人，我赞美你——是的，我非常赞美你们。当你们激起那令人可喜的意志，跟随那最优秀的年轻人，或者甚至说他只是个孩子。他的名字是年轻人，那是由于他的岁数，他的行为已属于永恒而不朽。我曾收集到许多事迹，我曾听过许多事的情节，我也曾谈过许多故事，但是在这个世界上，在漫长的历史中，却不曾见闻过这样的事。当我们被奴隶制度所压迫，当恶魔的数量与日俱增，当我们没有任何保障，当我们深恐马可·安东尼采取致命性的报复手段时，这个年轻人承袭了没有人愿意承担的冒险，他以超越所有我们所能想象的方式来解决问题，他召集了属于他父亲的，一支所向无敌的军队，使安东尼想用武力方式造成国家不幸的那种最不仁义的狂乱遭到了阻力。

只要是在这里的人，谁不看得非常清楚！要不是多亏了恺撒（此处指屋大维，他是恺撒的甥孙及养子）所召集的军队，安东尼的报复不是早将我们夷为平地？因为这次他的回来，意志里燃烧着对所有人仇恨的火焰，身上更沾染着屠杀过市民的血腥，在他的脑海里除了全然地予以毁灭的意念之外，什么也容不下。如果恺撒没有组成这一支他父亲的最勇敢的军队，你们的安全保障和你们的自由靠谁来保护？为了表示对他的赞美和崇敬——为了他如神一般不朽精神的表现，他已被冠以最神圣而不朽的荣耀——元老院已接受了我的提议，通过了一项政令，将把最早的最好的头衔委任于他。

马可·安东尼啊！你还能玩弄什么坏主意呢？恺撒对你宣战，是应该受到极力称赞的。我们应极尽最美丽的言辞来赞美这支队伍，也由此离弃你。这完全是因为你的缘故，如果你不是选择做我们的敌人而是成为议会的一员，这全部的赞美，全是你的。

罗马人！你们面对的不是一个放荡邪恶的人，而是一头没有人性、凶暴的野兽。现在，他既然跌落陷阱中，就将其焚毁吧！要是让他逃了出来，你们就再也难逃暗无天日、苦闷的深渊。然而，他现在正被我们已出发的大军围困，四面紧紧地包围了起来。近日，新的执政官将派出更多的军队去支援。像你们目前所表现的，继续献身于此壮烈之举。在每一次为理想而战的战役中，你们从未表现出比今天更加协同一致，你们从未与元老院之间有过如此诚挚的配合。再也不要彷徨，今天的问题已不再是生活条件的抉择，而是我们如不能全然光荣地活着，就是面临放荡与耻辱的毁灭。

虽然凡人皆难免一死，此乃天性，然而，勇士们却善于保护自己，除去属于不逊或残酷的死。罗马的种族和名称是不容被夺取的，罗马人！我由衷地恳请你们——去保护它！这是我们所留下的产业和象征。虽然每一事物都是易流逝的，暂时而不确定的，唯有美德能够深深地扎下它的根基。它永不为狂暴所中伤、侵蚀，它的地位永远无法动摇。你们的祖先，正是靠了这种精神，才能首先征服了意大利，继而摧毁迦太基、打败诺曼底，在这个帝国的统领下，消灭了那最强悍的国王和最好战的国家。

不久的将来，由于各位与元老院之间史无前例完美而和谐的配合，以及我们的战士和将领们的英勇的表现和幸运的引导，你们可以看到那沦为盗贼的无名小子安东尼被打败。现在显示：很久以来，这是第一次的盛举，我们已遍地燃起自由的希望。

作/品/赏/析

西塞罗为了促使人们积极行动起来，置安东尼于死地，他在演讲中把安东尼描述成一头没有人性、凶暴的野兽，鼓动人们不要彷徨，要为理想而战。与此相反，他把屋大维颂扬为最优秀的年轻人，认为他的行为已属于永恒而不朽。西塞罗对二者的刻画形成鲜明的反差，激起人们强烈的爱憎，不由自主地受到鼓动，拿起武器去进攻那个"邪恶"的敌人。作为一篇具有战前动员令性质的演说，它成功地激发了人们的斗志，为讨伐安东尼作了思想上的准备。公元前43年4月，安东尼被元老院与屋大维军队打败，被迫逃往山北高卢。西塞罗是罗马最杰出的演说家，整篇演讲洋溢着他无处不在的乐观与自信。在这篇演讲中，他针对罗马平民的特点，专注于调动听众的情感，夸张的语句、生动形象的比喻使演讲气势磅礴、具有很强的感染力。

不自由，毋宁死 / 帕特里克·亨利

演讲词档案

演讲者：帕特里克·亨利（1736～1799）
演讲时间：1775 年 3 月 23 日
演讲地点：弗吉尼亚州第二届议会
演讲者身份：美国独立战争时期重要的演说家和政治家

历史背景

　　七年战争结束以后，英国加强了对北美殖民地的统治和掠夺，限制殖民地工商业的发展，使宗主国与殖民地之间的矛盾尖锐起来。北美殖民地面临着历史性的抉择，要么拿起武器，争取独立；要么妥协退让，甘受奴役。为了激励千百万北美人为自由独立而战，帕特里克·亨利在弗吉尼亚州第二届议会上发表了这篇演讲。

原文欣赏

议长先生：

　　我比任何人更钦佩刚刚在议会上发言的先生们的爱国精神和才能。但是，对同一事物的看法往往因人而异。因此，尽管我的观点与他们截然不同，我还是要毫无保留地、自由地予以阐述，并且希望不要因此而被认为是对先生们的不敬。现在不是讲客气的时候，摆在议会代表们面前的问题关系到国家的存亡。我认为，这是关系到享受自由还是蒙受奴役的大问题，而且正由于它事关重大，我们的辩论就必须做到各抒己见。只有这样，我们才有可能弄清事实真相，才能不辜负上帝和祖国赋予我们的重任。在这种时刻，如果怕冒犯别人而闭口不言，我认为就是叛国，就是对比世间所有国君更为神圣的上帝的不忠。

　　议长先生，对希望抱有幻觉是人的天性。我们易于闭起眼睛不愿正视痛苦的现实，并倾听海妖惑人的歌声，让她把我们化作禽兽。在为自己而艰苦卓绝的斗争中，这难道是有理智的人的作为吗？难道我们愿意成为对获得自由这样休戚相

·演讲者简介·

　　帕特里克·亨利（1736～1799），美国独立战争时期一个显赫的人物。1763 年，以律师的身份凭借激昂的演讲，赢得了"教区牧师的起因"案件的胜诉，引起了英国政府的震惊。1765 年，进入弗吉尼亚殖民地的立法机关议院。同年，提出弗吉尼亚邮票法案决议。1775 年 3 月 23 日，作了敦促市民议院对英国殖民统治者采取反抗的报告。美国独立战争期间，为保卫弗吉尼亚作出了不懈的努力。战争结束后，对宪法的修正也作出了很大的贡献。从 1776 年开始，连续担任了两届弗吉尼亚第一州长。晚年与华盛顿总统政见不合，拒绝在新政府中供职。
　　1799 年去世，享年 63 岁。

关的事视而不见、充耳不闻的人吗？就我来说，无论在精神上有多么痛苦，我仍然愿意了解全部事实真相和最坏的事态，并为之做好充分准备。

我只有一盏指路明灯，那就是经验之灯。除了过去的经验，我没有什么别的方法可以判断未来。而依据过去的经验，我倒希望知道，10年来英国政府的所作所为，凭什么足以使各位先生有理由满怀希望，并欣然用来安慰自己和议会？难道就是最近接受我们请愿时的那种狡诈的微笑吗？不要相信这种微笑，先生，事实已经证明它是你们脚边的陷阱。不要被人家的亲吻出卖吧！请你们自问，接受我们请愿时的和气亲善和遍

1765年，英国政府在殖民地通过《印花税法案》，掀起轩然大波。图为帕特里克·亨利在弗吉尼亚下议院发表激烈的演讲，抨击该法案。

布我们海陆疆域的大规模备战如何能够相称？难道出于对我们的爱护与和解，有必要动用战舰和军队吗？难道我们流露过决不和解的愿望，以至为了赢回我们的爱，而必须诉诸武力吗？我们不要再欺骗自己了，先生。这些都是战争和征服的工具，是国王采取的最后论辩手段。我要请问先生们，这些战争部署如果不是为了迫使我们就范，那又意味着什么？哪位先生能够指出有其他动机？难道在世界的这一角，还有别的敌人值得大不列颠如此兴师动众，集结起庞大的海陆武装吗？不，先生们，没有任何敌人了。一切都是针对我们的，而不是别人。他们是派来给我们套紧那条由英国政府长期以来铸造的铁链的。我们应该如何进行抵抗呢？还靠辩论吗？先生，我们已经辩论了10年了。难道还有什么新的御敌之策吗？没有了。我们已经从各方面经过了考虑，但一切都是枉然。难道我们还要苦苦哀告，卑词乞求吗？难道我们还有什么更好的策略没有使用过吗？先生，我请求你们，千万不要再自欺欺人了。为了阻止这场即将来临的风暴，一切该做的都已经做了。我们请愿过，我们抗议过，我们哀求过；我们曾拜倒在英王御座前，恳求他制止国会和内阁的残暴行径。可是，我们的请愿受到蔑视，我们的抗议反而招致更多的镇压和侮辱，我们的哀求被置之不理，我们被轻蔑地从御座边一脚踢开了。事到如今，我们怎么还能沉迷于虚无缥缈的和平希望之中呢？没有任何希望的余地了。假如我们想获得自由，并维护我们多年以来为之献身的崇高权利，假如我们不愿彻底放弃我们多年来的斗争，不获全胜，决不收兵。那么，我们就必须战斗！我再重复一遍，我们必须战斗！我们只有诉诸武力，只有求助于万军之主的上帝。

议长先生，他们说我们太弱小了，无法抵御如此强大的敌人。但是我们何时才能强大起来？是下周，还是明年？难道要等到我们被彻底解除武装，家家户户都驻扎英国士兵的时候？难道我们犹豫迟疑、无所作为就能积聚起力量吗？难道我们高枕而卧，抱着虚幻的希望，呆到敌人捆住了我们的手脚，就能找到有效的

御敌之策了吗？先生们，只要我们能妥善地利用自然之神赐予我们的力量，我们就不弱小。一旦300万人民为了神圣的自由事业，在自己的国土上武装起来，那么任何敌人都无法战胜我们。此外，我们并非孤军作战，公正的上帝主宰着各国的命运，他将号召朋友们为我们而战。先生们，战争的胜利并非只属于强者。他

在帕特里克·亨利的这篇演讲发表三星期后，也就是 1775 年 4 月 18 日，在莱克星顿公有草地上，身着红制服的英军向殖民地民兵开火，从而拉开了北美独立战争的序幕。

将属于那些机警、主动和勇敢的人。何况我们已经别无选择。即使我们没有骨气，想退出战斗，也为时已晚。退路已经切断，除非甘受屈辱和奴役。因禁我们的枷锁已经铸成。叮当的镣铐声已经在波士顿草原上回响。战争已经不可避免——让它来吧！我重复一遍，先生们，让它来吧！

企图使事态得到缓和是徒劳的。各位先生可以高喊：和平！和平！但根本不存在和平。战斗实际上已经打响。从北方刮来的风暴把武器的铿锵回响传到我们的耳中。我们的弟兄已经奔赴战场！我们为什么还要站在这里袖手旁观呢？先生们想要做什么？他们会得到什么？难道生命就这么可贵，和平就这么甜蜜，竟值得以镣铐和奴役作为代价？全能的上帝啊，制止他们这样做吧！我不知道别人会如何行事；至于我，不自由，毋宁死！

作 / 品 / 赏 / 析

著名革命家帕特里克·亨利的这篇讲演《不自由，毋宁死》发表于弗吉尼亚州第二届议会，当时北美殖民地正面临历史性的抉择。本篇演讲直接指出了武装争取独立的必要性，对美国独立战争的爆发产生过重要的积极影响，这篇演讲以热烈激昂的情绪和对事实的分析，在揭露殖民者对殖民地的各种手段的事实之后得出一个无可辩驳的结论，唯有以生命的代价获得真正的独立和自由，才是殖民地摆脱压迫和奴役，获得真正和平幸福生活的途径。紧接着帕特里克·亨利铿锵有力地说："对希望抱有幻觉是人的天性。我们易于闭起眼睛不愿正视痛苦的现实，并倾听海妖惑人的歌声，让她把我们化作禽兽。在为自己而艰苦卓绝的斗争中，这难道是有理智的人的作为吗？难道我们愿意成为对获得自由这样休戚相关的事视而不见、充耳不闻的人吗？就我来说，无论在精神上有多么痛苦，我仍然愿意了解全部事实真相和最坏的事态，并为之做好充分准备。"一旦有了这样一种冲锋陷阵的大无畏精神，则后面所谈的一系列问题就不至于成为纸上谈兵。在会上，亨利热血沸腾地疾呼："难道生命就这么可贵，和平就这么甜蜜，竟值得以镣铐和奴役作为代价？"他的喊声未落，独立战争的第一枪就在三个星期后打响了。

致意大利青年

/ 马志尼

演讲者：马志尼（1805 ～ 1872）
演讲时间：1848 年
演讲地点：米兰
演讲者身份：意大利资产阶级革命家

历史背景

1848 年，意大利爆发了反对奥地利支持的专制政府的革命，马志尼参加了这次革命。但由于革命力量比较薄弱，再加上撒丁国王没有采取坚决的军事行动，一场轰轰烈烈的革命以失败告终。本篇是马志尼 1848 年在米兰为纪念反抗奥地利斗争中牺牲的战友班狄拉等人而发表的演讲。

原文欣赏

年轻人，我受你们委托，在这神庙里，为纪念班狄拉兄弟及在柯先萨与他们同时蒙难的烈士作简单献词，我想，有些听到我讲话的人可能会激于义愤说："伤悼逝者有什么用处？对为自由而献身的烈士，最有价值的悼念是为他们未竟的事业取得胜利；现在，先烈们殉难之地柯先萨还在受奴役；先烈们出生的城市威尼斯还在外敌围困之中。让我们解放这些地方吧！在这之前，除了战争二字，一句闲话也不要出口！"

但是，有人提出了另一个问题："为什么我们还没有取得胜利？为什么我们在意大利北方为独立而战时，南方却失去了自由？为什么我们本应像雄狮那样一举将战场推到阿尔卑斯山麓，现在却拖延了四个月，像被一圈火围住的蝎子趑趄不前？我们这个刚刚复兴的民族原来具有朝气蓬勃、敏感果断的民族意识，为什么会一落千丈，好似病入膏肓的人，辗转反侧、呻吟床席？"啊，如果我们所有人都已振奋精神，树立起烈士们曾为之献身的信念；如果烈士曾高举的圣旗已经引导我们的青年奔赴疆场；如果我们已经达到使烈士如此坚强有力，使我们每一

· 演讲者简介 ·

马志尼（1805 ～ 1872），1805 年 6 月 22 日生于意大利热那亚。1827 年，大学毕业后以律师为业，并为进步刊物撰写文章。1830 年，加入烧炭党，同年被驱逐出意大利。1831 年 8 月，在法国马赛创立青年意大利党。1833 年 7 月，该党在热那亚发动起义，失败后被迫流亡伦敦。

1848 年意大利革命期间，马志尼回到米兰。1849 年 2 月 9 日罗马共和国成立后，被推选为共和国三执政之一，成为政府的实际首脑。后因法国、奥地利、西班牙干涉，革命失败，被迫再次流亡国外。1850 年，建立欧洲民主派中央委员会。1852 ～ 1853 年，先后发动与组织伦巴第反奥起义和米兰反奥起义。1860 年，支持加里波第对西西里和那不勒斯的远征，主张建立共和国。1872 年 3 月 10 日，在比萨去世。

行动都基于同一思想，每一思想都形成一致行动的精诚团结；如果我们已把他们的遗言铭刻心头，向他们学习，认识到自由与独立永不可分，认识到对于每一个要自强建国的民族，上帝和人民、祖国和人类两者是不可分的；如果我们认识到意大利若不成为一个整体，不崇尚平等、爱护子民、信奉永恒真理、忠于自己伟大事业，并成为欧洲各民族中具有高度道德信仰的民族，意大利就不可能得到真正的生命。如果我们认识到和做到上述的一切，战争早就成为过去，胜利早就在握了。那时，柯先萨不用秘密地纪念自己的烈士，威尼斯敢于公开为他们树起纪念碑。我们可以聚集在这里兴高采烈地称颂他们的英名，不用愁眉不展地为莫测的未来命运忧心忡忡了。我们会对先驱们说："愿你们的英灵欢欣鼓舞，因为你们的精神已经融化到弟兄们身上，他们无愧为你们的后来者。"

青年人啊，热爱理想、崇敬理想吧。理想是上帝的语言。高于所有国家和人类的是精神的王国，是灵魂的故乡。在其中，所有人都是兄弟，相信思想不容侵犯，相信我们不朽的灵魂是神圣尊严的。死节殉难是得到这种兄弟关系的洗礼。唯有出自那种崇高境界的原则能够拯救各民族。你们要为实现这些原则而奋起，不要因为邪恶、愤怒、自大、野心以及物质欲望使你们受苦、使你们害怕、使你们难以忍受而奋起。因为这些都是人民与压迫者可以共同使用的武器，即使你们今天用这些武器取得胜利，明天你们还是会失败的。唯有原则单属于人民，压迫者找不到战胜原则的武器。崇高奔放的热情，追求贞洁灵魂的理想和青春的憧憬吧，因为这是灵魂从造物者手中得到的天堂的芳香。你们必须尊重良心，视良心高于一切其他事物。我们口中只能说上帝种于我们心田中的真理。在解放我们国土的一切努力中，要团结一致，甚至要团结和你们意见分歧的人，同时又要高举你们自己的旗帜，大胆地传播你们的信仰。

年轻人啊，如果柯先萨的烈士仍然活着，他们也会对你们说这番话。现在，他们圣洁的灵魂被我们的爱所感动，可能正翱翔在我们的头顶。我号召你们铭记这番话并牢牢珍藏于心。我们口呼烈士的英名，心怀烈士的信仰，就定能战胜将临的狂风暴雨。

愿上帝与你们同在，与意大利同在！

··

作/品/赏/析

马志尼是一位深谋远虑的革命领袖，他没有简单地把这次讲话当做一般性的纪念演讲。借这个机会，他把革命的思想传递给意大利全体血性青年，鼓励受压迫的人们振奋起精神为民族独立而奋战。战友牺牲了，却无法立即报仇，甚至无法公开悼念。马志尼用了连续的4个问句和5个"如果"排比句，来表达他压抑在心中的痛苦，并委婉地批评了那些尚处于麻木状态的人。同时，这也是间接地对他们提出了要求：应该振奋起精神。接下来，他告诫大家，不能因为邪恶、愤怒、仇恨、自负等个人因素而反抗，应该为实现崇高的原则奋起，展示出他无与伦比的高尚情操和崇高追求。整篇演讲层次清晰，结构完整，逻辑严密，前后呼应，语言生动光彩，具有不同凡响的气势。

只有民主的波兰才能获得独立 / 马克思

演讲词档案

演讲者：马克思（1818～1883）

演讲时间：1848年2月22日

演讲者身份：国际无产阶级革命导师、马克思主义创始人

历史背景

1846年，波兰南部城市克拉科夫人民为争取独立自由，举行了反抗沙皇俄国统治的武装起义，在内外反动势力的联合镇压下，起义遭到失败。1848年2月22日，在纪念这次起义两周年的集会上，马克思发表了这篇著名的演说。

原文欣赏

先生们！

历史上常常有惊人的相似之处。1793年的雅各宾党人成了今天的共产主义者。1793年俄罗斯、奥地利、普鲁士瓜分波兰的时候，这三个强国就以1791年的宪法为借口，据说这个宪法具有雅各宾党的原则因而遭到一致的反对。

1791年的波兰宪法到底宣布了什么呢？充其量也不过是君主立宪罢了，例如宣布立法权归人民代表掌握，宣布出版自由、信仰自由、公开审判、废除农奴制等等。所有这些当时竟被称为彻头彻尾的雅各宾原则！因之，先生们，你们看到了吧，历史已经前进了。当年的雅各宾原则，在现在看来，即使说它是自由主义的话，也变成非常温和的了。

三个强国的时代并驾齐驱。1846年，因为把克拉科夫归并给奥地利而剥夺了波兰仅存的民族独立，它们把过去曾称为雅各宾原则的一切东西都说成是共产主义。

克拉科夫革命的共产主义到底是什么呢？是不是由于这革命的目的是光复波兰民族，因而就是共产主义的革命呢？要是这么说，欧洲同盟为拯救民族而反对拿破仑的战争何尝不可以说成共产主义的战争，而维也纳会议又何尝不可以说成是由加冕的共产主义者所组成的呢？也许由于克拉科夫革命力图建立民主政府，因而就是共产主义的革命吧？可是，谁也不会把共产主义意图妄加到伯尔尼和纽约的百万豪富身上去。

共产主义否认阶级存在的必要性，它要消灭任何阶级，消除任何阶级的差别。而克拉科夫革命家只希望消除阶级间的政治差别：他们要给不同的阶级以同等的权利。

到底在哪一点上说克拉科夫的革命是共产主义的革命呢？

也许是由于这一革命要粉碎封建的锁链，解放封建劳役的所有制，使它变成自由的所有制，现代的所有制吧？

要是对法国的私有主说："你们可知道波兰的民主主义者要求的是什么吗？波兰民主主义者企图采用你们目前的所有制形式。"那么，法国的私有主会回答说："你们干得很好。"但是，要是和基佐先生一同再去向法国私有主说："波兰人要消灭的是你们1789年革命所建立的、而且如今依然在你们那里存在的所有制。"他们定会叫喊起来："原来他们是革命家，是共产主义者！必须镇压这些坏蛋！"在瑞典，废除行会和同业公会，实行自由竞争现在都被称为共产主义。《辩论日报》还更进一步，它说："剥夺20万选民出卖选票的收益，这就意味着消灭收入的来源。消灭正当获得的财产，这就意味着是一个共产主义者。"毋庸置疑，克拉柯夫革命也希望消灭一种所有制。但这究竟是怎么样的所有制呢？这就是在欧洲其他地方不可能消灭的东西，正如在瑞士不可能消灭分离派同盟一样，因为两者都已不再存在了。

谁也不会否认，在波兰，政治问题是和社会问题联系着的。它们永远是彼此不可分离的。

但是，最好你们还是去请教一下反动派吧！难道在复辟时期，他们只和政治自由主义及作为自由主义必然产物的伏尔泰主义这一沉重的压力战斗吗？

一个非常有名的反动作家坦白承认，不论德·梅斯特尔或是博纳德的最高的形而上学，最终都可以归结为金钱问题，而任何金钱问题难道不就是社会问题吗？复辟时期的活动家们并不讳言，如要回到美好的旧时代的政治，就应当恢复美好的旧的所有制，封建的所有制，道德的所有制。大家知道，不纳什一税，不服劳役，也就说不上对君主政体的忠诚。

让我们再回顾一下更早的时期。在1789年，人权这一政治问题本身就包含着自由竞争这一社会问题。

在英国又发生了什么呢？从改革法案开始到废除谷物法为止的一切问题上，各政党不是为改变财产关系而斗争又是为了什么呢？他们不正是为所有制问题、

· 演讲者简介 ·

马克思（1818～1883），1818年生于普鲁士特利尔城的一个律师家庭。17岁时，进入波恩大学攻读法律，不久转入柏林大学。1841年，获得美国耶鲁大学哲学博士学位。1842年4日起，开始为《莱茵报》撰稿，随后又担任了该报的主编。普鲁士政府对《莱茵报》的观点十分恼火，1843年查封了该报。马克思遂迁居巴黎，在那里结识了众多的工人运动领袖。1844年8月，恩格斯到巴黎专程拜访马克思，从此开始创立科学世界观的伟大合作。1845年法国遵从普鲁士政府的要求，将马克思逐出巴黎。马克思迁居到比利时的布鲁塞尔，恩格斯也来到这里。两人于1846年在布鲁塞尔建立了共产主义通讯委员会。1847年11月29日，马克思和恩格斯主持召开了共产主义者同盟第二次代表大会，并受大会委托起草同盟的纲领。1848年2月，《共产党宣言》发表，成为无产阶级的思想指南和行动纲领，标志着马克思主义的诞生。1849年，马克思被比利时反动政府驱逐，流亡至伦敦。1867年，出版了一生中最重要的著作《资本论》的第一卷。长期的贫困生活和过度的劳累，严重损害了马克思的健康。1883年3月14日下午，马克思与世长辞。

马克思像

社会问题而斗争吗？

就在这里，在比利时，自由主义和天主教的斗争不就是工业资本和大土地所有制的斗争吗？

难道这些讨论了17年之久的政治问题，实质上不正是社会问题吗？

因而不论你们抱什么观点，自由主义的观点也好，激进主义的观点也好，甚至贵族的观点也好，你们怎么能责难克拉柯夫革命把政治问题和社会问题联系在一起呢？

领导克拉柯夫革命运动的人深信，只有民主的波兰才能获得独立，而如果不消灭封建权利，如果没有土地运动来把农奴变成自由的私有者，即现代的私有者，波兰的民主是不可能实现的。要是你们使波兰贵族去代替俄罗斯专制君主，那只不过是使专制主义改变一下国籍而已。德国人就是在对外的战争中也只是把一个拿破仑换成了三十六个梅特涅的。

即使俄罗斯的地主不再压迫波兰的地主，骑在波兰农民脖子上的依旧是地主，诚然，这是自由的地主而不是被奴役的地主。这种政治上的变化丝毫也不会改变波兰农民的社会地位。

克拉柯夫革命把民族问题和民主问题以及被压迫阶级的解放看做一回事，这就给整个欧洲做出了光辉的榜样。

虽然这次革命暂时被雇用凶手的血手所镇压，但是现在它在瑞士及意大利又以极大的声势风起云涌。在爱尔兰，证实了这一革命原则是正确的，那里狭隘的民族主义政党已经和奥康奈尔一起死亡，而新的民族政党首先就要算是改革派和民主派的政党了。

波兰又重新表现了主动精神，但这已经不是封建的波兰，而是民主的波兰，从此波兰的解放将成为欧洲所有民主主义者的光荣事业。

作/品/赏/析

这篇演讲的开头非常简洁有力，直接提出一个显而易见又发人深省的问题：反动派常常把一切革命的举动都称为共产主义，那么到底什么是共产主义？在这篇演说中，马克思借用了大量反面的事实和说辞，并一一予以反驳，而且分析了在人民的心中记忆犹新的克拉科夫人民起义的性质和意义，进一步有力地阐述了共产主义的本质，高度概括地分析了所有政治制度和经济制度的本质，实际上都是财产问题、所有制问题。语言激烈，逻辑严密，充满极强的感染力和激烈的斗争精神。历史的、现实的、正面和反面的、世界各国的材料在马克思的演说中都是信手拈来，加以深刻的分析，充分显示了他的博学和睿智，马克思的语言风趣幽默，但是非常具有锋芒和战斗力，尖锐地提问、反问以及深邃的思考都能达到振聋发聩的效果。

论不合作 /甘地

演讲词档案

演讲者：甘地（1869～1948）

演讲时间：1920年

演讲地点：马德拉斯

演讲者身份：印度国大党主席

历史背景

1919年4月，英国殖民者当局制造了阿姆利则大屠杀，导致印度反英大起义，次年9月印度国大党通过了"非暴力不合作"方案。本篇演讲是甘地在此方案通过前于马德拉斯发表的。

原文欣赏

有关不合作这个问题，你们已经颇有所闻。那么，什么叫不合作，我们为什么要提出不合作？借此，我愿直抒己见。我们这个国家面临着两个问题：首先是基拉法（又称哈里发运动，为印度穆斯林反对英殖民统治的运动）问题，印度的穆斯林为此心如刀割。英国首相经过深思熟虑的、以英国名义许下的诺言已陷入泥潭。由于印度穆斯林的努力，并经英国政府斟酌再三后作出的许诺，现已化为乌有，伟大的伊斯兰宗教正处于危险之中。穆斯林教徒们坚持认为——我敢相信他们是正确的——只要不列颠不履行诺言，他们对不列颠就不可能有真心实意和忠诚。如果让一位虔诚的穆斯林在忠诚于与不列颠的关系还是忠诚于他

·演讲者简介·

甘地（1869～1948），1869年生于印度西部波尔邦达一个土邦大臣之家，母亲是一位虔诚的印度教信徒，对他思想的形成影响很大。1889年，甘地不顾族人的反对，离开家乡去英国留学。于1891年6月取得律师资格证。12月动身回国，在一家律师事务所任职，不久，应一位印侨富商的邀请前往南非办理一个债务案件。在南非一待就是21年。1914年，从南非回到印度，很快就成为国大党主要领导人之一。第一次世界大战后，因为英国不兑现诺言，甘地开始组织非暴力反抗运动。随后英国殖民当局逮捕了他，并判处6年监禁，后因病被提前释放。1924年，当选为国大党主席。接下来又领导了第二次、第三次非暴力不合作运动。1945年底，在甘地的不懈努力下，英国终于答应印度独立。但为了继续维护英国在印度的利益，1947年英国政府通过了"分而治之"的"蒙巴顿方案"，导致了激烈的教派冲突。为了制止教派冲突，甘地采取绝食的方式来感化大家，要求各教派写出书面保证不再发生宗教冲突，并赔偿巴基斯坦5亿卢比。正是这条要求，激怒了一些印度教徒，在一次祈祷会上甘地被一名激进的印度教徒枪杀。

甘地像

的信仰和穆罕默德之间作出抉择，他会不假思索地作出抉择——他已经宣布了自己的抉择。穆斯林们直言不讳地、公开而又体面地向全世界声明，如果不列颠的部长们和不列颠民族违背诺言，不想尊重居住在印度、信奉伊斯兰教的7000万臣民的感情，就可能失去穆斯林对他们的忠诚。然而，这对其他印度人来说也是一个值得考虑的问题，即是否要与穆斯林同胞一起履行自己的义务。如果你们这样做，你们便抓住了向穆斯林同胞表达友好亲善和深情厚谊的一个千载难逢的机会，并证明你们多年来所说的话：穆斯林是印度教的兄弟。如果印度教徒认为，你们同穆斯林的兄弟般的血肉情谊胜于同英国人的关系，如果你们发现穆斯林的要求是公正的，是出自真挚的感情的，是伟大的宗教情感，那么我要提醒你们，只要他们的事业依然是正义的、为达到最终目标而做的一切是正义的、体面的、无损于印度的，你们就要对穆斯林一帮到底，别无选择。印度的穆斯林已经接受了这些简单的条件。这是在他们发现，他们可以接受印度教徒提供的援助，可以永远在全世界面前证明他们的事业和他们所做的一切是正义的时候，才决定接受同伴伸出的援助之手的。然后，印度教和伊斯兰教将以联合阵线的面貌出现在欧洲所有基督教列强面前，并向后者表明，尽管印度还很懦弱，但她还是有能力维护自己的自尊，并知道如何为自己的信仰和自尊而献身。

基拉法问题的核心就在于此。还有一个旁遮普问题。在过去一个世纪里，没有任何问题像旁遮普问题那样令印度心碎。我并非没有考虑到1857年（1857年印度人民大起义，先由英国土著雇佣兵于5月兵变，后席卷广大地区）暴动，印度在暴动期间曾蒙受极大的痛苦。然而，在通过《罗拉特法案》（英国于1919年通过《罗拉特法案》，残酷镇压一切旨在要求印度解放的"骚乱"）期间和此后所遭受的凌辱，在印度史上却是空前的。因为，在同旁遮普暴力事件（1919年4月13日英军对旁遮普省阿姆利则举行和平示威游行的数千名居民开枪射击，死伤1516人）有关的问题上，你要求从英国那里得到公正，但你不得不寻求得到这种公正的途径和方法。无论是上议院、下议院，还是印度总督和蒙塔古先生，谁不知道印度在基拉法和旁遮普问题上的感情。但在议会两院的辩论中，蒙塔古先生和总督大人的所作所为淋漓尽致地向你证实，他们谁愿意给予属于印度并为印度所急需的公正呢？我建议，我们的领导人必须设法摆脱这一困境。除非我们使自己同印度的英国统治者平起平坐，除非我们从他们手中获得自尊，否则我们同他们之间就根本不可能有互相联系和友好交往。因而，我敢于提出这个绝妙的而又无可辩驳的不合作办法。

有人告诉我，不合作违反宪法。我敢否认这是违反宪法的。相反，我确信，不合作是正义的，是一条宗教原则，是每一个人的天赋权力，它完全符合宪法。一位不列颠帝国的狂热推崇者曾说过，在不列颠的宪法里，甚至连一场成功的叛乱也是全然合法的。他还列举了一些令我无法否认的历史事件以证明自己的观点。只要叛乱就其通常含意是指用暴力手段夺取公正，我认为无论成败都是不合法的。相反，我反复向我的同胞言明，暴力行为不管能给欧洲带来什么，绝不适合印度。

我的兄弟和朋友肖卡特·阿里（基拉发运动领导人之一，后参加不合作运动，以换取甘地的支持）相信暴力方法。如果他要行使自己的权力，抽出利剑去反击不列颠帝国，我知道他有男子汉的勇气，他能够看清应该向不列颠帝国宣战。然而，作为一个名副其实的勇士，他认识到暴力手段不适合于印度，于是他站到我一边，接受了我的微薄援助并保证：只要与我在一起，只要相信这个道理，他就永远不会有对任何一个英国人，甚至对地球上任何人施行暴力的念头。此时此刻我要告诉你们，他言必行，行必果，始终虔诚地信守诺言。在此我能作证，他不折不扣地执行了这个非暴力的不合作计划，同时，我要求印度接受这一计划。我告诉你们，在我们这个英属印度的战士行列中，没有哪个人胜过肖卡特·阿里。当剑出鞘的一刻来临，如果确实来临的话，你们会发现他会抽出利剑，而我就会隐退到印度斯坦的丛林深处。一旦印度接受利剑的信条，我将结束作为印度人的生命。因为我相信印度肩负着独特的使命，因为我相信几百年的历史教训已经告诉印度先辈们，人类的公正不是建立在暴力的基础上，真正的公正是建立在自我牺牲、道义和无私奉献的基础上。我对此忠贞不渝，我将一如既往地坚持这一信念。为此，我告诉你们，我的朋友在相信暴力的同时，也相信非暴力是弱者的一种武器。我相信，一个最坚强的战士才敢于手无寸铁、赤裸着胸膛面对敌人而死。这就是不合作的非暴力的关键所在。因而，我敢向睿智的同胞们说，只要坚持非暴力的不合作主义，这种不合作主义就没有什么违反宪法之处。

请问，我对不列颠政府说"我拒绝为你服务"，难道这违反宪法？难道我们受人尊敬的主席先生恭敬地辞去所有政府授的官衔也违反宪法？难道家长从公立学校或政府资助的学校领回自己的孩子也违反宪法？难道一个律师说"只要法律非但没有提高反而降低我的地位，我就不再拥护法律"也违反宪法？难道一个文职人员或法官指出"我拒绝为一个强奸民意的政府服务"也违反宪法？再请问，如果一位警察或一位士兵，当他知道自己是被征来效忠于迫害自己同胞的政府时，提出辞呈也违反宪法？如果我到克里希纳河畔对一位农民说："假如政府不是用你的税款来提高你的地位，相反地在削弱你的地位，你交税是不明智的"，难道这也违反宪法？我确信并敢于指出，这没有违反宪法，根本没有！况且，我一生就是这样干的，并没有人提出过疑义。在盖拉，我曾在 70 万农民中间工作过，他们停

在这艘象征印度驶向光明、自由彼岸的大船上，手持竹竿的甘地是领路人和掌舵者。紧随其后的是其夫人嘉斯杜白，印度杰出的妇女运动领导人。印度社会中的各阶层不管是穷人还是富人，都加入了这支反抗的大军当中。在他们的共同努力下，印度终于完全摆脱了英国的殖民枷锁，走向自由和新生。

止了交税，整个印度都支持我。没有谁认为这是违反宪法的。在我提出的一整套不合作计划中，无一是违反宪法的。但是，我敢说，在这个违反宪法的政府中间，在这个已经庄严地制定了宪法的国度里确有严重的违反宪法的行为——使印度成为一个懦弱的民族，只得在地上爬行，让印度人民忍受强加于她的侮辱才是严重的违反宪法；让7000万印度穆斯林屈从于对他们的宗教施行不道德的暴力才是不折不扣的违反宪法；让整个印度麻木不仁地同一个践踏旁遮普尊严的非正义的政府合作才是真正的违反宪法。同胞们，只要你们还有一点尊严，只要你们承认自己是世代相传的高尚传统的后裔和维护者，你们不支持不合作立场就是违反宪法，同这样一个变得如此非正义的政府合作就是违反宪法。我不是一个反英主义者，不是一个反不列颠主义者，更不是一个反政府主义者。但是，我反对虚伪，反对欺骗，反对不公。这个政府坚持非正义一天，就会视我为敌一天——把我视为死敌。在阿姆利则的国会上——我对你们开诚布公——我曾跪在你们中的一些人面前，恳求你们同这个政府合作。我曾信心满怀地希望那些通常被认为是英明的不列颠部长们会安抚穆斯林的感情，他们会在旁遮普暴行事件中完全主持公道。因此我当时说，让我们与他们重归于好吧，握住伸向我们的友谊之手吧，因为我认为这是通过皇家宣言给我们传递友谊。正因为如此，我当时才保证给予合作。但是今天，这种信念已烟消云散，这要归咎不列颠部长先生的所作所为。现在我请求，不要在立法委员会内设置无为的障碍，而要采取真正的、名副其实的不合作立场，这样就会使这个世界上最强大的政府瘫痪。这就是我今天的立场。

只有当政府保护你们自尊心的时候，合作才是你们唯一的职责。同样，当政府不但不保护你，反而剥夺你的尊严时，不合作就是你的天职。这就是不合作之真谛。

作/品/赏/析

"圣雄"甘地将托尔斯泰的"勿抗恶"和梭罗的"不合作"等个人思想演变成一项声势浩大的政治运动——非暴力不合作运动，从而走出了人类历史中"以暴易暴"之外的另一条出路：用非暴力的抵抗，不合作的方式，把印度从英国殖民统治下解放出来。作为运动领袖，甘地本人面对着双重压力：世界上最强大的英国殖民政府和自己同胞的误解。甘地的演讲非常出色，他曾被美国《展示》杂志称为近百年来世界最有说服力的八大演说家之一，他的演说不但理论清晰、言辞晓畅，而且贯穿着一种非常顽强的意志力，一种震慑听众的信念。在演讲中，甘地认为，"当政府不但不保护你，反而剥夺你的尊严时，不合作就是你的天职"。而"非暴力"不是弱者的武器，他相信，"一个最坚强的战士才敢于手无寸铁、赤裸着胸膛面对敌人而死"。非暴力是最大程度的谦让，是以最弱者的姿态做着最强者的事业，是柔弱胜刚强的极致。因为甘地，"不合作"已成为人世间将弱者锻造为强者的典范之路。

在普拉的演说 / 铁托

演讲者：铁托（1892～1980）
演讲时间：1956 年 11 月 11 日
演讲地点：南斯拉夫西部海滨城市普拉
演讲者身份：南斯拉夫共产主义者和民族解放的领袖

历史背景

1956 年 2 月 14 日至 25 日，苏联共产党第二十次代表大会在莫斯科举行。大会最后一天上午，苏共中央第一书记赫鲁晓夫出乎世人意料地在会上作了《关于斯大林个人崇拜及其后果》的秘密报告。这一报告引发了世界范围内的大讨论，铁托也在南斯拉夫西部海滨城市普拉发表演说。

原文欣赏

同志们：

昨天我曾经表示希望利用我在布里俄尼治病的机会，到你们这里来，向你们谈一谈我们对于目前非常错综复杂的国际问题的看法。

你们都读报纸，可是报纸并不能包罗一切而加以全面的说明，特别是报纸上没有说明今天匈牙利所发生的事件以及在埃及——在那里，发生了以色列—法国—英国的侵略——发生的事件的原因。今天的形势相当复杂，我们不能够说目前不存在发生大规模冲突的一定危险，但是世界上爱好和平的力量——我国也是其中之一——已经在联合国中表明，依靠它们坚持不懈的努力，它们能够减少发生国际冲突的可能性，而且它们已经使得世界能够希望和平仍然能够保持。

首先，我愿意谈一谈今天匈牙利所发生的事件和波兰发生过的事件，这样我们对于这些事件就会有一个正确的概念。这些事件非常复杂，特别是在匈牙利。在那里，很大一部分工人阶级和进步人士手执武器在街头同苏联武装部队发生了战斗。当匈牙利工人和进步分子开始以示威，接着以抵抗和武装行动来反对拉科西的方法，来反对进一步执行这个路线的时候，我深信，是谈不上革命倾向的。人们只能说，反动派竟能够在那里找到非常肥沃的土壤，使事情逐渐对自己有利，利用匈牙利发生的正当反抗来达到自己的目的，这是令人遗憾的和可悲的。

你们大体上知道造成波兰和匈牙利事件的原因。我们有必要回溯到 1948 年，当时南斯拉夫第一个给斯大林有力的答复，当时南斯拉夫说，它希望保持独立，它希望按照它国内的具体情况来建设它的生活和社会主义，它不允许任何人干涉它的内政。当然，当时没有发生武装干涉，因为南斯拉夫已经是团结一致的。由于我们在人民解放战争中已经消灭了反动派的主力，各种反动分子无法进行各种挑衅。其次，我们有着一个非常强大的、磐石般团结一致的共产党，它经过了战前时期和人民解放战争时期的锻炼，我们也有着一支强大的和经过锻炼的军队，而且，最重要的是，我们有着体现了这一切的人民的团结。

一旦关于我国的真相大白，同那些在那不光彩的决议通过之后跟我们继绝了关系的国家恢复正常关系的时期就开始了，东方国家的领导人表示，希望我们不再提起对我们所做的事，希望我们不究既往，我们同意了，这完全是为了尽速改善同这些国家的关系。但是你们后来就会看到，对于那些今天又在开始诽谤我们的国家，那些在东方国家的，甚至某些西方国家的共产党中占居领导地位的某些人，的确是有必要提醒一下，他们过去在这四五年里，甚至更久一些，对南斯拉夫所做的事。当时我们不得不在各方面进行斗争，来维护我们人民革命的成就，维护我们已经开始建设的东西——社会主义基础，一句话，洗雪他们希望用各种各样的诽谤加在我们身上的耻辱，证明真理在哪里。我们应该提醒他们说，就是这一些人当时用一切可能的办法谴责我国，说我国是法西斯主义者，说我们是嗜血成性的人，说我们正在毁掉我国人民，说我国劳动人民不拥护我们，等等。今天他们又希望把波兰和匈牙利事件的责任推到我们肩上，我们应当提醒他们，叫他们记住这一点。这种背信弃义的倾向起源于那些顽固的斯大林主义分子，他们在各国党内设法继续保持他们的职位，他们再一次希望巩固他们的统治，把这种斯大林主义的倾向强加在他们人民头上，甚至别国人民的头上。关于这一点，我以后还要谈到。现在我只希望告诉你们，我们必须根据整个发展情况来看匈牙利事件。

问题不仅仅是个人崇拜，问题是使得个人崇拜得以产生的制度。

由于苏联的希望和倡议，我们同苏联恢复了正常关系。斯大林死后，苏联的新领导人看到，由于斯大林的愚蠢，苏联处于一种非常困难的境地，处于一条死胡同里，不论是在外交政策和国内政策上都是如此。而且，由于斯大林的吹毛求疵和强迫采用他的方法，在其他人民民主国家里也是如此。他们了解到所有一切

最精彩的演讲词

第五篇　对自由和独立的热烈呼唤

一七五

· 演讲者简介 ·

铁托（1892～1980），1892年生于克罗地亚库姆罗韦茨村的农民家庭。1913年应征入奥匈帝国军队。第一次世界大战爆发时，因从事反战宣传被捕，后被派往前线作战。1915年3月战斗负伤，为俄军俘虏。1917年10月，在鄂木斯克参加"国际赤卫队"。1920年回国，同年加入南斯拉夫共产党。1935年在莫斯科共产国际巴尔干书记处工作。1937年，西班牙反法西斯战争期间，在巴黎等地为西班牙政府军派送南斯拉夫志愿人员，并为国际筹措军需。1940年当选为南共总书记。1941年德、意法西斯军队入侵南斯拉夫时，担任民族解放游击队总司令，领导人民开展反侵略的武装斗争。1943年11月29日，在第二次南斯拉夫人民解放反法西斯会议上，当选为人民解放全国委员会主席和国防委员，被授予元帅军衔。1944年10月贝尔格莱德市解放后，获英雄称号。1945年3月，在盟军配合下，指挥人民军和游击队80万人向侵略者发动总反攻。5月，全歼敌人，解放南斯拉夫全部国土。解放后任联邦政府总理和国防部长。1953年起任共和国总统和武装部队最高统帅，1974年当选为南共联盟主席。1980年5月4日在卢布尔雅那逝世。

铁托像

困难的主要原因在什么地方，他们在第二十次代表大会上谴责了斯大林的行动和他的政策，但是他们错误地把整个事情当做一个个崇拜问题，而不是当做一个制度问题。而个人崇拜，实际上是一种制度的产物，他们没有同这个制度进行斗争，或者，就是说他们进行了斗争，也是在暗地里

1955 年赫鲁晓夫（右）与铁托（左）一起检阅仪仗队

这样做的，而口头上却说，总的来说一切都很好，只是到了最近由于斯大林老了，他开始有点愚蠢起来，犯了各种错误。

我们从一开始就说，这里不仅仅是一个个人崇拜问题，而是一种使得个人崇拜所以产生的制度问题，根源就在这里，这就是需要不断坚持根除的东西，而这也是最难以做到的事。这些根源在哪里呢？在于官僚主义组织机构，在于领导方法和所谓一长制，在于忽视劳动群众的作用和愿望，在于各种各样的恩维尔·霍查之流、谢胡之流以及有些西方和东方国家党的其他领导人，他们抗拒民主化和第二十次代表大会的决议，而且他们对斯大林制度的巩固出了不少的力，他们今天正在努力恢复这个制度，使它继续占上风。根源就在这里，这就是需要纠正的。

作 / 品 / 赏 / 析

铁托发表的演说，是世界社会主义阵营在 20 世纪 50 年代历史上的一件大事，在东欧及亚洲社会主义国家引起极大震荡。当时整个社会主义阵营都面临一个如何对斯大林的历史作出客观正确评价的问题。铁托在演讲中提出，波兰和匈牙利事件的根源，是有人把斯大林主义的倾向强加在他们头上，而斯大林错误的产生，"问题不仅仅是个人崇拜，问题是使得个人崇拜得以产生的制度"，"在于官僚主义组织机构"等。他说："这里不仅仅是一个个人崇拜问题，而是一种使得个人崇拜所以产生的制度问题，根源就在这里，这就是需要不断坚持根除的东西，而这也是最难以做到的事。这些根源在哪里呢？在于官僚主义组织机构，在于领导方法和所谓一长制，在于忽视劳动群众的作用和愿望。"这个大胆的论述使东欧社会主义阵营产生不安，引起国际广泛关注，这跟赫鲁晓夫报告的意见大相径庭，赫鲁晓夫是把整个事情当做一个个人崇拜问题，而不是当做一个制度问题。铁托在演讲中则坚持认为斯大林现象"是一种制度的产物"而不是"由于斯大林老了，他开始有点愚蠢起来，犯了各种错误"。这种对苏联政治体制的直接质疑在当时是罕见的。

愚公移山 / 毛泽东

演讲词档案

演讲者：毛泽东（1893～1976）
演讲时间：1945年
演讲地点：延安中共七大
演讲者身份：伟大的马克思主义者，无产阶级革命家、战略家和理论家，中国共产党、中国人民解放军和中华人民共和国的主要缔造者与领导人

历史背景

1945年，抗日战争马上就要取得最后的胜利。中国共产党于4月23日到6月11日，在延安召开了第七次全国代表大会。《愚公移山》是毛泽东在这次会议上所作的闭幕词。

原文欣赏

我们开了一个很好的大会。我们做了三件事：第一，决定了党的路线，这就是放手发动群众，壮大人民力量，在我党的领导下，打败日本侵略者，解放全国人民，建立一个新民主主义的中国。第二，通过了新的党章。第三，选举了党的领导机关——中央委员会。今后的任务就是领导全党实现党的路线。我们开了一个胜利的大会，一个团结的大会。代表们对三个报告发表了很好的意见。许多同志作了自我批评，从团结的目标出发，经过自我批评，达到了团结。这次大会是团结的模范，是自我批评的模范，又是党内民主的模范。

大会闭幕以后，很多同志将要回到自己的工作岗位上去，将要分赴各个战场。同志们到各地去，要宣传大会的路线，并经过全党同志向人民作广泛的解释。

我们宣传大会的路线，就是要使全党和全国人民建立起一个信心，即革命一定要胜利。首先要使先锋队觉悟，下定决心，不怕牺牲，排除万难，去争取胜利。但这还不够，还必须使全国广大人民群众觉悟，甘心情愿和我们一起奋斗，去争取胜利。要使全国人民有这样的信心：中国是中国人民的，不是反动派的。中国古代有个寓言，叫做"愚公移山"。说的是古代有一位老人，住在华北，名叫北山愚公。他的家门南面有两座大山挡住他家的出路，一座叫做太行山，一座叫做王屋山。愚公下决心率领他的儿子们要用锄头挖去这两座大山。有个老头子名叫智叟的看了发笑，说是你们这样干未免太愚蠢了，你们父子数人要挖掉这样两座大山是完全不可能的。愚公回答说：我死了以后有我的儿子，儿子死了，又有孙子，子子孙孙是没有穷尽的。这两座山虽然很高，却是不会再增高了，挖一点就会少一点，为什么挖不平呢？愚公批驳了智叟的错误思想，毫不动摇，每天挖山不止。这件事感动了上帝，他就派了两个神仙下凡，把两座山背走了。现在也有两座压在中国人民头上的大山，一座叫做帝国主义，一座叫做封建主义。中国共产党早就下了决心，要挖掉这两座山。我们一定要坚持下去，一定要不断地工作，我们也会感动上帝的。这个上帝不是别

人，就是全中国的人民大众。全国人民大众一齐起来和我们一道挖这两座山，有什么挖不平呢？

昨天有两个美国人要回美国去，我对他们讲了，美国政府要破坏我们，这是不允许的。我们反对美国政府扶蒋反共的政策。但是我们第一要把美国人民和他们的政府相区别，第二要把美国政府中决定政策的人们和下面的普通工作人员相区别。我对这两个美国人说：告诉你们美国政府中决定政策的人们，我们解放区禁止你们到那里去，因为你们的政策是扶蒋反共，我们不放心。假如你们是为了打日本，要到解放区是可以去的，但要订一个条约。倘若你们偷偷摸摸到处乱跑，那是不许可的。赫尔利已经公开宣言不同中国共产党合作，既然如此，为什么还要到我们解放区去乱跑呢？

美国政府的扶蒋反共政策，说明了美国反动派的猖狂。但是一切中外反动派的阻止中国人民胜利的企图，都是注定要失败的。现在的世界潮流，民主是主流，反民主的反动只是一股逆流。目前反动的逆流企图压倒民族独立和人民民主的主流，但反动的逆流终究不会变为主流。现在依然如斯大林很早就说过的一样，旧世界有三个大矛盾：第一个是帝国主义国家中的无产阶级和资产阶级的矛盾，第二个是帝国主义国家之间的矛盾，第三个是殖民地半殖民地国家和帝国主义宗主国之间的矛盾。这三种矛盾不但依然存在，而且发展得更尖锐了，更扩大了。由于这些矛盾的存在和发展，所以虽有反苏反共反民主的逆流存在，但是这种反动逆流总有一天会要被克服下去。

现在中国正在开着两个大会，一个是国民党的第六次代表大会，一个是共产党的第七次代表大会。两个大会有完全不同的目的：一个要消灭共产党和中国民主势力，把中国引向黑暗；一个要打倒日本帝国主义和它的走狗中国封建势力，建设一个新民主主义的中国，把中国引向光明。这两条路线在互相斗争着。我们坚决相信，中国人民将要在中国共产党领导之下，在中国共产党第七次大会的路线的领导之下，得到完全的胜利，而国民党的反革命路线必然要失败。

作/品/赏/析

演讲一开始，毛泽东便高度评价了大会所取得的成果——决定了党的路线、通过了新的党章和选举了党的领导机关。接着，他向代表们提出了会后的任务，并以"愚公移山"的精神鼓舞大家。随后，毛泽东对当时国际国内形势进行了概括论述，并进行简要剖析。毛泽东高屋建瓴地指出，中国人民在中国共产党的领导下必将取得新民主主义革命的胜利，而国民党的反革命路线必然失败。闭幕词为中共七大画上了圆满的句号。

整篇演讲结构严谨，眼界开阔，气势宏大；语言通俗，理论高深，展示出主宰神州的策略与豪情，感召力很强。"愚公移山"的典故经此引用，而后传遍中华大地。愚公移山的精神，也成为激励人民为革命事业而努力奋斗的不竭动力。

印度尼西亚控诉 / 苏加诺

演讲词档案
演讲者：苏加诺（1901 ~ 1970）
演讲时间：1930 年 8 月 18 日
演讲地点：万隆地方法庭
演讲者身份：印度尼西亚民族独立运动领袖，印尼总统

历史背景

在反对荷兰的殖民统治，争取民族独立的斗争中，苏加诺曾多次被捕、放逐。1929 年 12 月，荷兰殖民当局逮捕了苏加诺和他的几个同伴，并决定对他们进行公开审判。苏加诺为了借公开审判的机会把民族主义者的立场公之于众，他决定出庭为自己辩护。《印度尼西亚控拆》就是他在狱中用 8 个多月时间写就的辩护词。该辩护词很长，以至于苏加诺在万隆地方法庭的辩护发言时间长达两天，以下节选了部分精彩内容。

原文欣赏

尽管给他权利或不给他权利；给他根据或不给他根据，每一个动物，每一个人，每一个民族，如果他过分感受到某一种贪得无厌的诡计的迫害的痛苦时，最后必然要挺身而起，必然要觉醒起来，必然要发动他的力量！不要说人类，不要说民族，就是蚯蚓，当它感到疼痛时也必然要挣扎起来！

全部世界的历史，乃是人类的各个集团或民族为了摆脱某种痛苦状况而斗争的历史；全部世界的历史，按照赫伯特·斯宾塞的话，乃是"被压迫者的反抗"的历史！我们记得耶稣基督和基督教为了使犹太人和地中海人民从罗马鹰的统治底下摆脱出来而进行的斗争；我们记得荷兰人民为摆脱西班牙的压迫而进行的斗

·演讲者简介·

苏加诺（1901 ~ 1970），1901 年 6 月 6 日生于东爪哇苏腊巴亚。1925 年毕业于万隆工学院，获工学学士学位。1927 年 7 月，创设印度尼西亚民族联盟并任主席。1928 年 12 月，印度尼西亚民族政治联盟成立，当选为主席。1945 年 6 月 1 日，发表"印尼建国五原则"。

1945 年 8 月 17 日，苏加诺发表《独立宣言》，宣布印度尼西亚共和国成立，并当选为总统。1948 年 12 月，荷兰殖民者发动战争，苏加诺遭逮捕并被流放到邦加岛。次年 8 月，荷兰被迫承认印尼独立。12 月，苏加诺再次当选为印尼联邦共和国总统。1955 年，积极倡导并参加万隆会议，促进亚非人民的团结。1965 年"九三〇"事件以后，其总统权力逐步被军人集团剥夺。1967 年 3 月被撤销总统职权，1970 年病逝。

苏加诺像

争；我们记得使欧洲人民在 18 世纪末和 19 世纪初从独裁和专制主义压迫下摆脱出来的资产阶级民主运动；我们变成了企图推翻资本主义宝座的如火如荼的社会主义运动的见证人；我们看到了阿拉比和查格卢尔·巴夏领导下的埃及人民和蒂拉克或甘地领导下的印度人民反对外国的贪婪而进行的斗争；我们看到了中国人民推翻清朝专制主义和反对西方帝国主义所进行的斗争；我们许多年来看到了整个亚洲像沸腾的海洋似的汹涌澎湃着反抗外国帝国主义的斗争，难道这本来不是由于情况的实质所带来的吗？难道这本来不是由于每一种生物为了维持和保护自己的本能的欲望或自卫的欲望所带来的吗？难道这不就是"被压迫者的反抗"吗？

今天的印度尼西亚人民自 1908 年起就已经奋起；今天的自卫的欲望也就是从 1908 年继承下来的！在印度尼西亚进行搜刮的现代帝国主义，到处散布苦难的现代帝国主义已经触怒并使自己的敌人挺身而起了。原来是昏迷的好像没有生命的印度尼西亚巨人，现在已经屹立起来并准备好力量！他每一次受到打击，倒下去，但每一次又重新屹立起来！他好像具有神秘的力量，好像具有创造生命的力量，好像具有"潘查梭纳"法宝和"占德拉比拉哇"法宝（即有，不会被消灭，相反地，信徒却愈来愈多得不可胜数）。

啊哟——人世间有什么力量能够防止争取生存的人民的奋起，人世间有什么力量能够扑灭一个民族的精神，人世间有什么力量能够防止争取生存的人民的奋起，人世间有什么力量能够拦阻社会力量掀起的洪水！

全世界凡不是装聋作哑的人都已经认识到，这种神秘力量并不是人为的，而是进行自我治疗的社会本身制造出来的。全世界正直的人都了解到：这种独立运动就是帝国主义本身制造出来的对立体。它不是"煽动者"制造的，不是"鼓动者"制造的，不是"首谋者"制造的，不是"挑拨者"制造的，这种独立运动是人民的苦难和穷困所制造的！阿尔巴达工学士在下院警告说：

"有责任感或有责任在大众面前谈论时代的事件的人们当中，有的人喜欢把原居民的独立运动及其发展描写成是西方革命思想的果实，并认为这种独立运动是可以用政府的严厉措施和发动警察以及法院来反对的它的宣传家的办法镇压得了的。

"这种观点和战略是极其肤浅的，并且表明他们是没有历史知识和政治知识的……这种独立运动是从社会的情况和它所经历的变化中产生出来的。即使从来没有一个革命的欧洲人去过东印度，这种独立运动也会产生和成长起来的。即使这种运动的所有领导人和宣传家都被消灭了，这种运动也会继续成长起来的……"……

实际上，太阳并不是由于公鸡的啼叫才升起来，而是由于太阳升起来了，公鸡才啼叫！对于那些仍然认为独立运动是由"煽动"者制造出来的人，让我在这里略加改动地把法国著名的、杰出的工人领袖让·若雷士在法国国会对资本家的代表发表的演说的火焰重新点燃起来："啊，各位先生，非常奇怪，你们竟眼目昏眩起来并说宇宙的进化只是由于若干人的行动造成的！难道你们的心没有为广泛开展的因而遍及世界各地的民族独立运动所影响吗？它在任何地方，在一切没

有独立的国家同时出现。最近 10 年来，要描写埃及、印度、中国、菲律宾和印度尼西亚的历史而不谈它们的独立运动，已经是不可能的了！"

而在吸引着彼此间有很大区别的、生活在各种不同气候下的、不论是属于哪一个种族的亚洲人民的总的运动面前——就是在这样的独立运动面前，你们居然谈论关于若干独自行动的煽动者的问题。但是，由于这种指责，他们过分地给了你们所指责的人们以荣誉了，你们把你们所称为煽动者的人看做是极度的不可抗拒的人了。并不是他们各自的工作使如此猛烈的独立运动爆发起来，若干人嘴里的微弱的呼吸是并不足以使亚洲各民族的风暴爆发起来的！

不是的，各位先生，实际的情况是：这种独立运动是从各种事件本身的深处产生出来的；它是从不可胜数的各种痛苦中产生出来的，这些痛苦迄今彼此互不联系，但在高喊独立的口号中它却找到了自己的口号。实际的情况是，印度尼西亚的民族独立运动也是从你们把它当做偶像来崇拜的帝国主义中产生出来的，而且同样地也是从几世纪以来在该国发展起来的经济上的榨取制度中产生出来的……

帝国主义是一个大煽动者，帝国主义是鼓动暴动的大强盗，因此，把帝国主义押到警察和法官的面前吧！

非常正确！"把帝国主义押到警察和法官的面前吧！"

然而……现在站在法官先生的法院面前的，却不是帝国主义，不是帝国主义分子，不是帝国主义的朋友，不是特勒普，不是特立布，不是哥林，不是布鲁尼曼，不是佛伦，不是阿里·幕沙，不是卧幕司尔，而是我们——加托特·曼库普拉贾、马斯昆、苏普利阿迪纳塔和苏加诺！

这有什么办法呢，让领袖们遭受这样的命运吧！我们并不感到犯法。我们感到的自己是清白的，我们并不感到犯了我们被控告的那些罪行，这些我们在下面将要更详细地加以说明。因此，我们的确是期望着和等待着你们判决我们无罪，希望你们宣判无罪！

但是，法官先生，让我继续我的辩护词吧。

作/品/赏/析

苏加诺是印度尼西亚民族党主席，主张民族主义，他发表的《印度尼西亚控诉》表明了他的政治立场。他控诉了荷兰殖民统治，申明印度尼西亚独立是解决其他一切问题的先决条件。《印度尼西亚控诉》很长，本篇所选的只是其中的一部分。苏加诺在这一部分主要申述了独立运动不是由少数人所煽动的，而是每个民族受到压迫时必然要发生的事情。演说言辞激烈、气势宏大。排比和反诘句式多次使用，使得本篇具有强烈的感染力和鼓动性。

虽然最终苏加诺的这次辩护没有达到目的——他被判处 4 年徒刑，但作为一次民族主义思想的宣传却获得了巨大成功，并在印尼社会上引起了巨大的反响。正是因为这次演讲，苏加诺成为印尼人民心目中的民族英雄。

为光复祖国而顽强战斗 / 金日成

演讲词档案
演讲者：金日成（1912 ~ 1994）
演讲时间：1937 年
演讲地点：朝鲜普天堡战场
演讲者身份：朝鲜民主主义人民共和国的创建人

历史背景

1932 年 4 月，金日成创建了"反日人民游击队"，在中朝边境不断袭击日军，1934 年 3 月，他将部队扩大组建成朝鲜人民革命军，在中朝边境和朝鲜境内进行战斗。1934 ~ 1935 年与日军进行大小战斗达 1600 多次，1937 ~ 1938 年进行 3900 余次战斗，3 年歼敌 3 万余人。1937 年 6 月，金日成率军跨过鸭绿江，挺进朝鲜国内攻打了普天堡。《为光复祖国而顽强战斗》就是金日成在普天堡战斗后发表的演讲。

原文欣赏

同胞兄弟姊妹们！

我们是为祖国的光复和民族的解放同日本帝国主义作战的朝鲜人民革命军。

我们能够这样有意义地在消灭了日本帝国主义侵略者的胜利的战场上同怀念已久的祖国同胞见面，感到非常高兴。

我代表朝鲜人民革命军向从物质和精神两方面积极支持和声援我们革命军的诸位以及国内爱国人士，表示深切的感谢。

诸位！

今天，日本帝国主义强盗在整个三千里疆土上布满了军队、宪兵和警察网，炮制出各种反动法令，对无数的爱国者野蛮地加以逮捕、监禁和屠杀，把耻辱的、奴隶式的屈从强加在我国人民身上。

狡猾的日本帝国主义为了阉割我国人民高尚的民族精神，叫嚷什么"日鲜一体"、"同祖同根"，企图对我们民族强行灌输"皇道精神"，甚至企图踩躏和扼杀夸耀五千年悠久历史的我们的民族文化和我们优美的语言。

日本帝国主义强盗变本加厉地加强对我国人民的剥削和掠夺，尽量抢劫我国的宝贵财富。日本帝国主义者甚至把掠夺的魔爪伸到这个偏僻的山村里来，尽量抢走我们宝贵的山林资源。日本帝国主义者驱使你们像牛马一样从事种种苦役，拼命榨取你们的血汗，害得你们连火田也种不好。因此，你们被迫用草根树皮勉强延命，连土布衣服都穿不上，不得不在快要倒塌的破草房里过着充满血泪的生活。

最近，日本帝国主义强盗正在进一步加强侵略中国大陆的活动，同时疯狂地对我国人民进行法西斯镇压和强盗式的掠夺。

的确，今天我们民族正面临着生死存亡的严重关头，整个国土荒芜不堪，变成了黑暗世界、人间地狱。

诸位！

有压迫者的地方必然有斗争。我国的热血青年和爱国人士已经毅然奋起投入了粉碎日本帝国主义高压政策的反日圣战。

朝鲜人民革命军为了开拓我们民族的出路，为了光复祖国，六七年来，手持武器在朝鲜和满洲的旷野上同日本帝国主义侵略者进行了英勇无比的战斗。我们革命军到处消灭敌人，从政治和军事上给了日本帝国主义殖民统治体系以沉重的打击，给怀着亡国奴的悲愤受凌辱的我们民族带来了希望的曙光。

我们的力量加强了，世界革命力量强大起来了，全世界进步人民对我们的斗争的支持也越来越大了。我们必将完成光复祖国的历史事业，取得最后胜利。

在杀出血路前进的我们革命军勇士们英勇无比的活动和辉煌的战果面前惊惶失措的日本帝国主义侵略者，为"讨伐"朝鲜人民革命军进行着种种疯狂活动，最近，愚蠢地妄图阻止我们革命军向国内进军，红着眼睛拼命加强国境警备线。敌人甚至玩弄荒唐的虚假的宣传把戏，说什么"完全消灭"了朝鲜人民革命军。

诸位！尽管日本鬼子如此疯狂活动，但是朝鲜人民革命军依然存在，向全世界显示着它的声威。

这次我们朝鲜人民革命军突破日本帝国主义者吹嘘为"铜墙铁壁"的国境警备线进军到国内，几天前在茂山方面展开纵横驰骋的活动，把复仇的火焰倾泻到敌人身上。今天，又在普天堡这个地方充分显示了我们民族的不屈斗志和崇高气概。

刚才，我们革命军摧毁了警察官驻在所、事务所等日本帝国主义的暴力镇压机构和统治机关，消灭了盘踞在那里把种种不幸和苦役强加在你们身上的同我们民族有着血海深仇的敌人——日本帝国主义侵略者。

诸位！请看那火焰——那熊熊燃烧着的火焰揭示了敌人的下场；那火焰向全世界显示：我们民族并没有死，还活着，只要同日本帝国主义强盗进行斗争，就一定能获得胜利；那火焰将作为希望的曙光，在被虐待和饥饿中呻吟的我们民族的心里大放光芒，并将成为斗争的火种燃遍整个三千里疆土。

朝鲜民族和日本帝国主义者不是"同祖同根"，我们不承认敌人叫嚷的"日鲜一体"。

· 演讲者简介 ·

金日成（1912～1994），原名金成柱，1912年4月15日生于平壤市万景台。1925年随父移居中国东北。1926年10月，创建"打倒帝国主义同盟"。1931年，加入中国共产党。1934年，把东满和南满的抗日游击队合编为朝鲜人民革命军。1936年5月5日，创建祖国光复会，并任会长。1938年任东北抗日联军第二军第六师师长。1940年以后到苏联，在苏联陆军士官学校学习，曾参加苏德战争，任少将。

1945年8月朝鲜解放后，一直担任朝鲜劳动党和朝鲜人民军领导人。1950年6月朝鲜战争爆发，任军事委员会委员长、最高司令官。1953年被授予元帅称号。1972年起，一直担任朝鲜民主主义人民共和国最高领导人，直到1994年7月8日因心脏病突发逝世。

我们朝鲜人民革命军将更加紧握复仇的枪，一定要解放在饥饿和贫穷、无知和愚昧中挣扎的二千三百万同胞，光复祖国，并在独立了的祖国疆土上建立起没有剥削、没有压迫的人民的国家。

诸位！今天，光复祖国是朝鲜民族的生死攸关的要求。

我们大家不要光是坐在那里为在日本帝国主义殖民统治下受屈辱的悲惨处境而叹息，而要在反日民族统一战线的旗帜下更紧密地团结起来，像一个人一样奋起投入打倒日本帝国主义侵略者、实现光复祖国大业的圣战。只有斗争才是活路，才是民族复兴的唯一道路。

你们要克服万难，竭尽一切诚意和热情，同心协力，有力出力，有知识出知识，有钱出钱，一致动员起来投入争取朝鲜独立的反日圣战。

你们要开展各种斗争，彻底粉碎吮吸我们民族的鲜血来喂肥自己的吸血鬼——朝鲜总督府的种种反人民的阴谋活动。

你们要彻底粉碎日本帝国主义侵略者的虚假宣传，始终保卫我国的语言文字和我们的民族精神，从而显示出朝鲜民族的不屈的气概。

你们要抱着只要有百战百胜的朝鲜人民革命军在，我国就一定能获得独立这样的坚定信心和民族自豪感，从物质和精神两方面支援朝鲜人民革命军，并顽强地战斗下去。从而让那火焰在整个三千里疆土上熊熊燃烧起来。

同胞兄弟姊妹们！

最后胜利是属于为光复祖国而战的我们的。

让我们大家都为在光复的祖国土地上重逢，高呼独立万岁，过幸福生活的那一天而奋勇前进吧。

朝鲜独立万岁！

朝鲜革命万岁！

作/品/赏/析

金日成在演讲一开始便历数日本侵略者的种种暴行，揭露了日本帝国主义欺骗朝鲜人民的无耻谎言，指出日本侵略者掠夺奴役朝鲜人民的罪恶企图。在描述朝鲜人民所遭受的种种欺凌之后，他指出美丽的朝鲜已成为黑暗世界、人间地狱。接着，他指出朝鲜人民军的战斗和对日本帝国主义沉重打击给朝鲜的独立带来希望和胜利的曙光，并以普天堡的胜利鼓舞朝鲜人民在民族生死存亡的关头，积极投身"反日圣战"，去追求光复祖国，取得最后胜利。他坚定地指出"只有斗争才是活路，才是民族复兴的唯一道路"，振聋发聩。

整篇演讲言辞铿锵，饱含情感，充满力量，具有强大的震撼力，给了深受日寇欺凌压榨的朝鲜民众极大的鼓励，坚定了他们必胜的信心，金日成也因此成为朝鲜人民心目中的传奇人物和民族英雄。

历史将判我无罪

/ 卡斯特罗

演讲词档案
演讲者：卡斯特罗（1926～2016）
演讲时间：1953 年 10 月 10 日
演讲地点：圣地亚哥的紧急法庭
演讲者身份：古巴共产党第一书记

历史背景

1953 年 7 月 26 日，卡斯特罗组织起 130 多人的武装队伍攻打"蒙卡达兵营"，结果惨遭失败。被捕之后，卡斯特罗在法庭上发表了长达 4 小时的辩护词，以下为部分内容。

原文欣赏

从来没有过任何一个辩护律师得在这样困难的条件下进行工作，也从来没有过任何一个被告遭到过这么多的严重的非法待遇。在本案中，辩护律师和被告是同一个人。我作为辩护律师，连看一下起诉书也没有可能；作为被告，我被关闭在完全与外界隔绝的单人牢房已经有 76 天,这是违反一切人道的和法津的规定的。

讲话人绝对厌恶幼稚的自负，没有心情、而且生性也不善于夸夸其谈和做什么耸人听闻的事情。我不得不在这个法庭上自己担任自己的辩护人，是由于两个原因：第一，是因为实际上完全剥夺了我的受辩护权；第二，是因为只有感受至深的人，眼见祖国受到那样深重的灾难、正义遭到那些践踏的人，才能在这样的场合呕心沥血讲出凝结着真理的话来。并非没有慷慨的朋友愿意为我作辩护。哈瓦那律师公会为我指定了一位有才干有勇气的律师：豪尔赫·帕格列里博士，他是本城律师公会的主席。但是他却不能执行他的使命，他每次想来探望我，都被拒于监狱门外。只是经过一个半月之后，由于法庭的干预，才允许他当着军事情

· 演讲者简介 ·

卡斯特罗（1926～2016），1926 年生于古巴奥连特省一个甘蔗园主家。1950 年，毕业于哈瓦那大学法学院。1953 年，开始组织革命团体；同年 7 月 26 日，领导一个小组攻打圣地亚哥的蒙卡达兵营，事败被捕。1955 年获释，到墨西哥为再次革命作准备，并成立"七二六运动"组织。1956 年 12 月，率领一批战友在奥连特省登陆，并在马埃斯特腊山区建立根据地，展开游击战争。1959 年 2 月，就任古巴总理。1961 年，指挥古巴军民打败美国支持的古巴流亡分子的突袭，取得了著名的吉隆滩之战（美国称为猪湾事件）的胜利。1962 年，任古巴社会主义革命统一党第一书记。1965 年该党改名为古巴共产党后，任中央委员会第一书记。1976 年任国务委员会主席兼部长会议主席和革命武装部队总司令。在 1981 年、1986 年、1993 年、1998 年和 2003 年的选举中获胜，连任国务委员会主席。

报局的一个军曹的面会见我十分钟。按常理说，一个律师是应该和他的当事人单独交谈的，这是在世界任何地方都受到尊重的权利，只有这里是例外。在这里一个当了战俘的古巴人落到了铁石心肠的专制当局手中，他们是不讲什么法理人情的。帕格列里博士和我都不能容忍，对于我们准备在出庭时用的辩护策略进行这种卑污的刺探。难道他们想预先知道我们用什么方法粉碎他们就蒙卡达兵营事件挖空心思捏造的无稽谎言，用什么方法揭露他们所竭力掩盖的可怕的真相吗？于是，当时我们就决定由我运用我的律师资格，自作辩护。

军事情报局的军曹听到了这个决定，报告了他的上级，这引起了异常的恐惧，就好像是哪个调皮捣蛋的妖怪捉弄他们，使他们感到他们的一切计划都要破产了。诸位法官先生，他们为了把被告自我辩护这样一个在古巴有着悠久传统的神圣权利也给我剥夺掉，而施加了多少压力，你们是最清楚不过了。法庭不能向这种企图让步，因为这等于陷被告于毫无保障的境地。被告现在行使这项权利，该说的就说，绝不因任何理由而有所保留。我认为首先有必要说明对我实行野蛮隔离的理由是什么，不让我讲话的意图是什么；为什么，如法庭所知，要阴谋杀害我；有哪些严重的事件他们不想让人民知道；在本案中发生的一切奇奇怪怪的事情其奥妙何在。这就是我准备清楚地表白的一切。

诸位法官先生，这里所发生的现象是非常罕见的：一个政府害怕将一个被告带到法庭上来；一个恐怖和血腥的政权惧怕一个无力自卫、手无寸铁、遭到隔离和诬蔑的人的道义信念。这样，在剥夺了我的一切之后，又剥夺了我作为一名主要被告出庭的权利。请注意，所有这些都发生在停止一切保证、严格地运行公共秩序法以及对广播、报刊进行检查的时候。现政权该是犯下了何等骇人的罪行，才会这样惧怕一个被告的声音啊！

我应该强调指出那些军事首脑们一向对你们所持的傲慢不逊的态度。法庭一再下令停止施加于我的非人的隔离，一再下令尊重我的最起码的权利，一再要求将我交付审判，然而无人遵从，所有这些命令一个一个地都遭到抗拒。更恶劣的是，在第一次和第二次开庭时，就在法庭上，在我身旁布下了一道卫队防线，阻止我同任何人讲话——哪怕是在短短的休息的时候，这表明他们不仅在监狱里，而且即使是在法庭上，在你们各位面前，也丝毫不理会你们的规定。当时，我原打算在下次出庭时把它作为一个法院的起码的荣誉问题提出来，但是……我再也没有机会出庭了。他们作出了那些傲慢不逊

卡斯特罗号召人们誓死保卫祖国

1961 年 4 月，美国雇佣军偷袭古巴。古巴军队和民兵在卡斯特罗的领导下，高呼"誓死保卫祖国"的口号，与入侵的美国雇佣军展开了殊死搏斗。19 日，古巴军民经过 72 小时的战斗，全歼了被包围在吉隆滩的美国雇佣军。

的事之后，终于把我们带到这儿来，为的是要你们以法律的名义——而恰恰是他们，也仅仅是他们从 3 月 10 日以来一直在践踏法律——把我们送进监狱，他们要强加给你们的角色实在是极其可悲的。"愿武器顺从袍服"这句拉丁谚语在这里一次也没有实现过。我要求你们多多注意这种情况。

但是，所有这些手段到头来都是完全徒劳的，因为我的勇敢的伙伴们以空前的爱国精神，出色地履行了他们的职责。

"不错，我们是为古巴的自由而战斗，我们决不为此而反悔。"当他们挨个被传去讯问的时候，大家都这样说，并且跟着就以令人感动的勇气向法庭揭露在我们的弟兄们的身上犯下的可怕的罪行。虽然我不在场，但是由于博尼亚托监狱的难友们的帮助，我能够足不出牢房而了解审判的全部详情，难友们不顾任何严厉惩罚的威胁，运用各种机智的方法将剪报和各种情报传到我的手中。他们就这样地报复监狱长塔沃亚达和副监狱官罗萨瓦尔的胡作非为，这两个人让他们一天到晚地劳动，修建私人别墅，贪污他们的生活费，让他们挨饿。

随着审判的进展，双方扮演的角色颠倒了过来；原告结果成了被告，而被告却变成了原告。在那里受审的不是革命者，而是一位叫作巴蒂斯塔的先生……杀人魔王！……如果明天这个独裁者和他的凶残的走狗们会遭到人民的判决的话，那末这些勇敢而高尚的青年人现在受到判决又算得了什么呢。他们被送往皮诺斯岛，在那里的环形牢房里，卡斯特尔斯幽灵还在徘徊，无数受害者的呼声还萦绕在人们耳中。他们被带到那里，离乡背井，被放逐到祖国之外，隔绝在社会之外，在苦狱中磨灭他们对自由的热爱。难道你们不认为，正像我所说的，这样的情况对本律师履行他的使命来说是不愉快的和困难的吗？

经过这些卑污和非法的阴谋以后，根据发号施令者的意志，也由于审判者的软弱，我被押送到了市立医院这个小房间里，在这里悄悄地对我进行审判，让别人听不到我的讲话，压住我的声音，使任何人都无法知道我将要说的话。那么，庄严的司法大厦又作什么用呢？毫无疑问，法官先生们在那里要感到舒适得多。我提醒你们注意一点：在这样一个由带着锋利的刺刀的哨兵包围着的医院里设立法庭是不合适的，因为人民可能认为我们的司法制度病了……被监禁了……

我请你们回忆一下，你们的诉讼法规定，审判应当"公开进行，允许旁听"；然而这次开庭却绝对不许人民出庭旁听。只有两名律师和六名记者获准出庭，而新闻检查却不许记者在报纸上发表片言只语。我看到，在这个房间里和走廊上，我所仅有的听众是百来名士兵和军官。这样亲切地认真关怀我，太叫我感谢了！但愿整个军队都到我面前来！我知道，总有那么一天，他们会急切地希望洗净一小撮没有灵魂的人为实现自己的野心而在他们的军驱上溅上的耻辱和血的可怕的污点。到那一天，那些今天逍遥自在地骑在高尚的士兵背上的人们可够瞧的了！……当然这是假定人民没有早就把他们打倒的话。

我应该说，我在狱中不能拿到任何论述刑法的著作。我手头只有一部薄薄的法典，这是一位律师——为我的同志们辩护的英勇的包迪利奥·卡斯特利亚诺斯博士刚刚借给我的。同样，他们也将马蒂的著作传到我手中；看来，监狱的检查当局也许认为这些著作太富于颠覆性了吧。也许是因为我说过马蒂是 7 月 26 日

事件的主谋的缘故吧。此外还不让我携带有关任何其他问题的参考书出庭。这一点也没关系！导师的学说我铭刻在心，一切曾保卫各国人民自由的人们的崇高理想，全都保留在我的脑海中。

我对法庭只有一个要求：为了补偿被告在得不到任何法律保护的情况下所遭受的这么多无法无天的虐待，我希望法庭应允我这一要求，即尊重我完全自由地表达我的意见的权利。不这样的话，就连一点纯粹表面的公正也没有了，那么这次审判的最后这一段将是空前的耻辱和卑怯。

我承认，我感到有点失望。我原来以为，检察官先生会提出一个严重的控告，会充分说明，根据什么论点和什么理由来以法律和正义的名义（什么法律，什么正义！）应该判处我 26 年徒刑。然而没有这样。他仅仅是宣读了社会保安法第 148 条，根据这条以及加重处分的规定，要求判处我 26 年徒刑。我认为，要求把一个人送到不见天日的地方关上四分之一世纪以上的时间，只花两分钟提出要求和陈述理由，那是太少了。也许检察官先生对法庭感到不满意吧？因为，据我看到，他在本案上三言两语了事的态度，同法官先生们颇有点儿矜持地宣布这是一场重要审讯的庄严口吻对照起来，简直是开玩笑。因为，我曾经看到过，检察官先生在一件小小的贩毒案上作十倍长的滔滔发言，而只不过要求判某个公民六个月徒刑。检察官先生没有就他的主张讲一句话。我是公道的……我明白，一个检察官既然曾经宣誓忠诚于共和国宪法，要他到这里来代表一个不合宪法的、虽有法规为依据但是没有任何法律和道义基础的事实上的政府，要求把一个古巴青年，一个像他一样的律师，一个也许像他一样正直的人判处 26 年徒刑，那是很为难的。然而检察官先生是一位有才能的人，我曾看到许多才能比他差得远的人写下长篇累牍的东西，为这种局面辩护。那么，怎能认为他是缺乏为此辩护的理由，怎能认为——不论任何正直的人对此是感到如何厌恶——他哪怕是谈一刻钟也不成呢？毫无疑问，这一切隐藏着幕后的大阴谋。

诸位法官先生，为什么他们这么想让我沉默呢？为什么甚至中止任何申述，不让我可以有一个驳斥的目标呢？难道完全缺乏任何法律、道义和政治的根据，竟不能就这个问题提出一个严肃的论点吗？难道是这样害怕真理吗？难道是希望我也只讲两分钟，而不涉及那些自 7 月 26 日以来就使某些人夜不成眠的问题吗？检察官的起诉只限于念一念社会保安法的一条五行字的条文，难道他们以为，我也只纠缠在这一点上，像一个奴隶围着一扇石磨那样，只围绕着这几行字打转吗？但是，我绝不接受这种约束，因为在这次审判中，所争论的不仅仅是某一个人的自由的问题，而是讨论根本的原则问题，是人的自由权利遭到审讯的问题，讨论我们作为文明的民主国家存在的基础本身的问题。我不希望，当这次审判退出时，我会因为不曾维护原则、不曾说出真理、不曾谴责罪行而感到内疚。

检察官先生这篇拙劣的大作不值得花一分钟来反驳。我现在只限于在法律上对它作一番小小的批驳，因为我打算先把战场上七零八碎的东西扫除干净，以便随后对一切诺言、虚伪、伪善、因循苟且和道德上的极端卑怯大加讨伐，这一切就是 3 月 10 日以来、甚至在 3 月 10 日以前就已开始的在古巴称为司法的粗制滥造的滑稽剧的基础。

我认为我已充分地论证了我的观点：我的理由要比检察官先生用来要求判我 26 年徒刑的理由要多。所有这些理由都有助于为人民的自由和幸福而斗争的人们，没有一个理由是有利于无情地压迫、践踏和掠夺人民的人。

因此我不得不讲出许多理由，而他一个也讲不出。巴蒂斯塔是违反人民的意志、用叛变和暴力破坏了共和国的法律而上台的，怎样能使他的当权合法化呢？怎样能把一个压迫人民和沾满血迹和耻辱的政权叫做合法的呢？怎样能把一个充斥着社会上最守旧的人、最落后的思想和最落后的官僚制度的政府叫做革命的呢？又怎样能认为，肩负着保卫我国宪法的使命的法院最大的不忠诚的行为，在法律上是有效的呢？凭什么权力把为

1959 年，大批的古巴农民成群结队地向首都哈瓦那进发，准备庆祝 1953 年 7 月 26 日卡斯特罗攻打蒙卡达兵营 6 周年。

了祖国的荣誉而贡献出自己的鲜血和生命的公民送进监狱呢？这在全国人民看来，是骇人听闻的事；照真正的正义原则说来，都是骇人听闻的事。但是我们还有一个理由比其他一切理由都更为有力：我们是古巴人，作为古巴人就有一个义务，不履行这个义务就是犯罪，就是背叛。我们为祖国的历史而骄傲；我们在小学校里就学习了祖国历史，在我们成长的过程中，不断听人们谈论着自由、正义和权利。我们的长辈教导我们从小敬仰我们的英雄和烈士的光荣榜样，塞斯佩德斯、阿格拉蒙特、马塞奥、戈麦斯和马蒂都是我们自幼就熟悉的名字。我们敬聆过泰坦的话：自由不能祈求，只能靠利剑来争取。我们知道，我们的先驱者为了教育自由祖国的公民，在他的《黄金书》中说，"凡是甘心服从不正确的法律并允许什么人践踏他的祖国的，凡是这样辜负祖国的，都不是正直的人……在世界上必然有一定数量的荣誉，正像必然有一定数量的光明一样。只要有小人，就一定有另外一些肩负众人的荣誉的君子。就是这些人奋起用暴力反对那些夺取人民的自由，也就是夺取人们的荣誉的人。这些人代表成千上万的人，代表全民族，代表人类的尊严"。人们教导我们，10 月 10 日和 2 月 24 日是光荣的、举国欢腾的日子，因为这是古巴人奋起打碎臭名昭著的暴政的桎梏的日子；人们教导我们热爱和保护美丽的独星旗，并且每天晚上唱国歌，这个曲子告诉我们，生活在枷锁下等于在羞辱中生活，为祖国而死就是永生。我们学会了这一切并且永不会忘记，尽管今天，在我们祖国的人们由于要实践从摇篮中起就教导给我们的思想而遭到杀戮和监禁。我们出生在我们的先辈传给我们的自由国家，我们不会同意做任何人的奴隶，除非我们的国土沉入海底。在我们的先驱者百年诞辰的今年对他的崇敬好像要消逝了，对他的怀念好像要永远磨灭了，多么可耻！但是他还活着，没有死去，他的人民是富于反抗精神的，他的人民是高尚的，他的人民忠于对他的怀念！有些古巴人为保卫他的主张倒下去了，有些青年为了让他继续活在祖国

的心中，甘心情愿地死在他的墓旁，贡献出他们的鲜血和生命。古巴啊！假使你背叛了你的先驱者，你会落得什么样的下场啊！

我要结束我的辩护词了，但是我不像一般的律师通常所做的那样，要求给被告以自由：当我的同伴们已经在松树岛遭受可恶的监禁，我不能要求自由。你们让我去和他们一起共命运吧！在一个罪犯和强盗当总统的共和国里，正直的人们被杀害和坐牢是可以理解的。我衷心感谢诸位法官先生允许我自由讲话而不卑鄙地打断我。我对你们不怀仇怨，我承认在某些方面你们是人道的，我也知道本法庭庭长这个一生清白的人，他可能迫于现状不能不作出不公正的判决，但他对这种现状的厌恶是不能掩饰的。法庭还有一个更严重的问题有待处理，这就是谋害70个人的案件——我们所知道的最大的屠杀案。凶手到现在还手执武器逍遥法外，这是对公民们的生命的经常威胁。如果由于怯懦，由于受到阻碍而不对他们施以法律制裁，同时法官们也不全体辞职，我为你们的荣誉感到惋惜，也为玷污司法制度的空前的污点感到痛心。至于我自己，我知道我在狱中将同任何人一样备受折磨，狱中的生活充满着卑怯的威胁和残暴的拷打，但是我不怕，就像我不怕夺去了我70个兄弟生命的可鄙的暴君的狂怒一样。

判决我吧！没有关系。历史将宣判我无罪！

······································

作 / 品 / 赏 / 析

在这次法庭辩论上，卡斯特罗既是被告，同时又充当他自己的辩护律师。阅读全文，我们可以感受到他滔滔不绝的非凡口才。卡斯特罗的语言充满了激情和逻辑力量，昂扬着不屈的斗志，他思想开阔又机智灵活，将自己被捕所受到的不法和不公待遇作为反抗残暴独裁统治的有力证据，使人不得不信服。当然，这也是在法庭上针对自己被捕事件的就事论事，但是卡斯特罗能够由此引发开去，谈到古巴人民所遭受的独裁统治下的被压迫和奴役的现状，并以此来说明自己的行动不是非法的，而是对祖国和人民负责，"我们是古巴人，作为古巴人就有一个义务，不履行这个义务就是犯罪"。这个义务就是"用暴力反对那些夺取人民的自由，也就是夺取人们的荣誉的人"。全篇演讲措辞激烈，针锋相对，慷慨激昂，显示着不可战胜的正义力量："判决我吧！没有关系。历史将宣判我无罪！"

拉丁美洲需要自由与独立 /加西亚·马尔克斯

演讲词档案

演讲者：加西亚·马尔克斯（1927～2014）
演讲时间：1982年
演讲地点：瑞典斯德哥尔摩
演讲者身份：哥伦比亚著名作家

历史背景

被誉为"再现拉丁美洲历史社会图景的鸿篇巨著"的《百年孤独》，是加西亚·马尔克斯的代表作，也是拉丁美洲魔幻现实主义文学作品的代表作。从1830年至19世纪末的70年间，哥伦比亚爆发过几十次内战，使数十万人丧生。该书以很大的篇幅描述了这方面的史实，1982年马尔克斯凭借该书获得了诺贝尔文学奖，《拉丁美洲需要自由与独立》是他获奖时所发表的演讲。

原文欣赏

在拉丁美洲异乎寻常的荒诞的现实里，充满了诗人和乞丐、音乐家和预言家、战士和无赖；要呈现这种现实，并不需要花太多的想象力，因为我们最大的问题，正是找不到一种方式来使人相信我们真实生活的情况。诸位朋友，这正是我们孤寂的关键所在……

跟麦哲伦一起从事首次环球航行的佛罗伦萨航海家皮加费塔，在经过南美洲时，曾忠实地写下了他的见闻，可是读起来却更像一篇引人入胜的虚幻游记。他在游记中写道，他看到了肚脐长在背脊上的猪，看到了无爪的鸟，而且这种鸟的雌鸟将卵产在雄鸟的背上孵化；还有没有舌头的鹈鹕，鸟喙像一把汤匙。他又提到一种奇形怪状的动物：头和耳朵活像骡子，身体却像骆驼，腿又像鹿，嘶叫又如马啸声。他又描绘说，在巴塔哥尼亚当他遇到的第一个土著人在镜子面前看见自己的形象时，竟会被吓得惊恐万分。

在这一部简短而引人入胜的游记里，已显露出我们今天称之为小说的雏形。然而，此书所写的绝非那个时代现实生活中最令我们惊奇的事物。史学家们在《印第安纪事》中告诉了我们许多奇闻逸事，许多人在贪婪地寻找那个传说中的埃尔多拉多，这个纯属虚构的国家竟然多年来不断地出现在各种不同版本的地图上，而且以制图者的不同想象而反复改变它的位置和形状。那位传奇式的人物阿尔瓦尔·德瓦卡为了寻找长生不老之泉，在墨西哥北部探险达8年之久。这支着了魔的探险队出发时多达6百人，后来他们互相残杀以至到人吃人的地步，结果生还者仅有5人。还有一个至今未解的谜，说的是：有一天有11000头骡子，每头骡驮着100磅黄金，从秘鲁的库斯科出发，前去赎回印加王国的最后一位国王阿塔瓦帕，可是这批骡子始终未抵达目的地。后来在殖民时期的哥伦比亚北部卡塔基

纳，有人出售在沙金产地养大的母鸡，在这些鸡的砂囊中有许多小块的金粒。直至现在，我们中间还蔓延着对黄金寻求的贪念。上世纪有个研究兴建一条跨越巴拿马运河的铁路计划的德国代表团，甚至得出这样的结论：只有用黄金而不是用当地缺乏的钢铁来锻造铁轨，这一兴建计划才能行得通。

我们已经摆脱了西班牙的统治而独立，却仍未使我们中的某些人摆脱这种疯癫的行径。曾3次连任墨西哥总统的独裁者安东尼奥·罗帕斯·德·圣安纳将军竟为他在"糕点铺战争"中丧失的右臂举行盛大的葬礼。统治厄瓜多尔达16年之久的独裁者加夫列尔·加西亚·莫伦洛将军，在他死后，尸体还要穿上挂满勋章的全套军礼服坐在总统宝座上。自称能通神的萨尔瓦多暴君马丁内斯将军，曾在一次疯狂的屠杀中使3万农民丧生。他还发明了一种摆锤来检验是否有人在他的食物中下毒；并下令把路灯用红纸包起来，以防止猩红热的传染。在洪都拉斯首都特古西加尔巴的大广场上树立的英雄佛朗西斯·莫拉桑将军的塑像，实际上竟是从巴黎一家旧货店买来的法国元帅奈伊的像。

11年前，当代最伟大的诗人之一，智利的聂鲁达也曾在此发表过精彩的演说，向听众们披露了拉丁美洲的真相。此后，正义的欧洲人，当然也包括居心不良的欧洲人，开始以极大的热情关注起在拉丁美洲辽阔的土地上，那些着了魔似的男男女女无休止的怪诞行为，他们的奇闻怪事竟可以与神话传说相提并论。我们简直没有片刻得到过安宁。一位热爱人民的普罗米修斯式的总统，竟然被围困在火焰冲天的总统府中孤身奋战为国捐躯。两件至今原因不明的空难事件，使另一位正直的总统和一位为恢复本国同胞的尊严而奋斗的民主勇士丧生。在此期间还发生了5次战争、17次军事政变；还出现过一个残暴的独裁者，他假上帝之名进行了当代拉丁美洲第一次种族屠杀。同时，2000万的拉丁美洲儿童不满周岁即告夭折，这项数字比1970年以来欧洲出生的婴儿总数还多。在政府镇压下有12万人失踪，这等于贵国乌默奥全城的人不知去向。许多孕妇被捕后在狱中生育，却无法知道她们的孩子的下落。军事当局则下令把这些孩子交人秘密收养，或被送进孤儿院。在南美大陆有多达20万人无辜丧生，在尼加拉瓜、萨尔瓦多和危地马拉三个中美洲国家，死去的人则有10万以上。

加西亚·马尔克斯像

· 演讲者简介 ·

　　加西亚·马尔克斯（1927～2014），20世纪拉丁美洲魔幻现实主义文学的杰出代表。1927年，生于哥伦比亚马格达莱纳省阿拉卡塔卡镇。自小在外祖父家中长大。13岁时，迁居首都波哥大，就读于当地教会学校。18岁，进入国立波哥大大学攻读法律，并加入自由党。1948年内战爆发时，中途辍学。不久，进入报界，任《观察家报》记者，同时从事文学创作。1954年起，任《观察家报》驻欧洲记者。1959年，担任古巴"拉丁社"驻哥伦比亚办事处的负责人，1961年任该社驻联合国记者。随后，迁居墨西哥，从事文学、新闻和电影工作。1972年，获得拉美文学最高奖——委内瑞拉加列戈斯文学奖。1982年，凭借《百年孤独》，获诺贝尔文学奖。

一向拥有好客传统的智利，近来竟有一百万人外逃，占了该国人口的十分之一。人口仅 250 万的乌拉圭一向被认为是南美洲最文明的国家，但却有五分之一的人流亡国外。自 1979 年以来，萨尔瓦多的内战致使当地几乎每 20 分钟就多出一个难民。如果把拉丁美洲所有难民和流亡者人数加在一起，则远远超过挪威的全国人口。

我甚至可以说，引起瑞典文学院注意的，不仅是拉丁美洲的文学表现，更是因为这种异乎寻常的社会现实。这种情形不是表现在纸上，而是活在我们心中，每天都有不计其数的人死亡，正是受到这种现状摆布的结果。这一现实，却又蕴育出一股充满美好与不幸的永不枯竭的创作源泉。借着这股源泉，我这个流浪及怀旧的哥伦比亚人，侥幸地被选中得奖，为呈现拉丁美洲的现实添加了其中一章。在这种荒诞的现实里，诗人和乞丐、音乐家和预言家、战士和无赖，以及一切要呈现这种异乎寻常现实的人们，无须太多的想象力，因为我们遇到的最大的问题，正是无法运用一种正当的方式使人们相信我们生活的真实现状。诸位朋友，这正是我们孤独之关键所在。

因而，倘使我们自己都遇到了无法表达这种境遇的困难；那么生活在世界另一边的、正陶醉在他们自身文化的有识之士，找不到一种确切的方式来理解我们的拉丁美洲，就毫不奇怪了。他们往往以自身的尺度来衡量我们，忘记了不同的民族在生活道路上遭到的命运大有差异，忘记了我们在追求平等——正如他们曾经经历过的——过程中的艰难和残酷。运用不属于我们的生活模式来解释我们的社会现实，只能使别人更不了解我们，使我们更不自由、更加孤独。具有令人尊敬的往昔的欧洲，假如能回顾他们的历史来对照我们的今天，也许对我们的理解会深入透彻一点。他们应该记得，伦敦的第一座城墙是花了 300 年才建立起来的，后来又过了 300 年才出现当地的第一位主教；罗马更是在黑暗和蒙昧中度过了 2000 年光阴，直至伊达拉里亚的一位君王确立了它在历史上的地位；如今以盛产奶酪和钟表著称于世的瑞士人以崇尚和平为荣，然而他们不应忘记，在 16 世纪时那儿还是一个庞大的兵营，曾对整个欧洲有过野蛮的血洗屠杀。甚至在文艺复兴的高峰时期，还有 12000 名东罗马帝国豢养的德国雇佣军，在罗马烧杀抢掠，使 8000 余当地平民死在他们刀剑之下。

53 年前，托马斯·曼曾竭力表现过他笔下的托尼阿·柯洛格尔的幻想，主张把北方人的朴实和南方人的热忱统一起来。我没有这种幻想，然而我相信，那些思想敏锐而且在努力地建立一个更公正、更人道的社会的欧洲人，如果能重新修正衡量我们的方式，他们将会对我们有更大的帮助。拉丁美洲的人民渴望在世界的变化中占有一席地位，希望外界人民不仅仅是支持我们的幻想，更应该变成具体的行动，否则无法减轻我们的孤独感。

拉丁美洲不希望任人摆布，也没有理由成为他人的附属品。她并没有任何不切实际的幻想，只追求在西半球中的独立地位。航海技术的发达虽然缩短了我们与欧洲之间的距离，然而却拉大了双方之间在文化上的距离。我们在文学上的独创性已经得到了世界的承认，可是我们在要求改变社会方面的努力却遭到了怀疑和拒绝。究竟是什么原因呢？为什么有人认为，拉丁美洲无法和欧洲的进步一样，为在自己的国家也努力造就社会正义而以不同的方式、不同的条件下达到同样的目标呢？我们的历史所呈现出来的无穷无尽的暴乱和痛苦，是世世代代的不公平和难以数尽的苦难导致而成的，而不是由于远隔数千里外的地方策使而成的。可是，许多欧洲的思想家和领袖却不是这样认为，他们忘却了祖辈的奋斗经历，认为整个世界除了任凭两个大国摆布之外就毫无别的选择。诸位朋友，这正是我们孤独之关键所在。

尽管如此，面临种种的压迫、掠夺和卑视，我们决心是生活下去。无论是洪水、瘟疫，还是饥荒、动乱，甚至是连续几百年的战争灾祸，都不能削弱生命战胜死亡的威力。这种威力还在不断长大和加速：每年全世界出生人数超出死亡人数达 7400 万，这些新的生命相当于纽约总人口的 6 倍。但他们中间的大部分都出生在资源缺乏的穷国里，当然也包括拉丁美洲。与此相反，一些经济发达的国家，却积蓄了足以毁灭当今人类百倍的破坏能力，而且可以消灭在这个不幸的星球上存在的所有生物。

我所敬仰的文学大师威廉·福克纳，当年在接受诺贝尔文学奖时也在这个大厅里说过："我拒绝接受人类末日的说法。"我明白，他在 32 年之前拒绝接受这一悲剧观点，在今天从科学角度来判断也仅仅是一种可能。因为自从生命起源以来，人类还是首次拥有如此强大的毁灭力量。要是我没有认识到这一点，我就认为自己没有资格站立在他曾经站立过的地方。面对这出人意外的、自人类产生以来似乎属于乌托邦式的现实存在，我们作为人类寓言的创作者，在这可怕的现实面前，有责任呼吁建立一种与此相反的理想。我们希望在这种新的乌托邦社会里，任何人无权决定他人应该如何生活和如何死亡；在那时，人们可以享受真正的爱情，人人可以追求幸福；而那些曾经被命运注定成为百年孤独的民族，也终将在地球上获得永生的第二次机会。

作/品/赏/析

马尔克斯是一位有着强烈社会责任感的作家。他在诺贝尔文学奖的领奖台上发表的这篇演讲，丝毫不谈有关《百年孤独》的创作心得与成就，而是借这个机会为争取拉美独立与自由大声疾呼。首先，马尔克斯描述了拉丁美洲存在的种种荒诞的现实，引人兴趣也发人深思。接着，他介绍了许多比这些更荒诞的事情，那就是拉丁美洲各国的独裁统治者的愚昧、专横和残暴的疯癫的行径。他指出，这种行径给拉丁美洲人民带来的巨大的灾难，严重损害了拉美人民的权利和自由。因此，马尔克斯呼吁希望外界人民不仅仅是支持他们的幻想，更应该变成具体的行动。本篇演讲情感丰富，表达了演讲者对拉美人民前途与命运的关心与担忧，引起了世界的关注。马尔克斯引用了许多材料，使演讲显得十分生动有趣，引人入胜。

第六篇

捍卫人类和平
的激昂声音

为保卫苏联国土而战斗 / 斯大林

演讲词档案
演讲者：斯大林（1879～1953）
演讲时间：1941年7月3日
演讲者身份：苏联共产党和国家主要领导人，武装力量最高统帅，战略家，苏联大元帅

历史背景

1941年6月22日，德国法西斯背信弃义，撕毁了《苏德互不侵犯条约》，不宣而战。苏联党和政府立即紧急动员，号召苏联红军和苏联人民投入反法西斯的卫国战争，坚决粉碎德国法西斯的进攻。同年7月3日，苏联人民的伟大领袖斯大林发表广播演说，号召苏联人民同红军一道奋起保卫祖国，捍卫每一寸国土。

原文欣赏

同志们！公民们！兄弟姊妹们！我们的陆、海军战士们！我的朋友们，我现在向你们讲话！

希特勒德国从6月22日起向我们祖国发动的背信弃义的军事进攻，现仍持续着。虽然红军英勇抵抗，虽然敌人的精锐师团和精锐空军部队被击溃，被埋葬在战场上，但是敌人又向前线投入了新的兵力，继续向前进犯。我们的祖国面临着严重的危险。

我们光荣的红军怎么会让法西斯军队占领了我们的一些城市和地区呢？难道德国法西斯军队真的像法西斯吹牛宣传家所不断吹嘘的那样，是无敌的军队吗？

当然不是！历史表明，无敌的军队现在没有，过去也没有过。拿破仑的军队

斯大林格勒保卫战

· 演讲者简介 ·

斯大林（1879～1953），1879 年生于高加索格鲁吉亚的哥里城。父亲是个皮鞋匠，在他 11 岁时就去世了。儿童时期的斯大林就读于哥里的一所教会学校。十多岁时进入第比利斯一所正教中学读书，1899 年因宣传推翻政府的思想被学校开除，随后参加了地下的马克思主义运动。

1917 年十月革命爆发，被选入领导起义的革命军事总部，参与组织彼得格勒的武装起义，为夺取十月革命的胜利立下了汗马功劳。1922 年 4 月，依照列宁的建议，当选为党的总书记。1924 年列宁逝世后，成为苏联党和国家的最高领导人。1925 年在党的十四大上作政治报告，提出苏联实现社会主义工业化的方针。在他的领导下，苏联迅速实现了工业化和农业集体化，1937 年苏联的工业产值已跃居欧洲第一、世界第二，仅次于美国。

斯大林像

面对德国法西斯日益严重的威胁，为了赢得战前准备的时间，1938 年 8 月与希特勒签订了《苏德互不侵犯条约》。1941 年 6 月 22 日，德国法西斯对苏联发动突然袭击，第二次世界大战全面爆发。斯大林以钢铁般的毅力和远见卓识，领导苏联人民先后取得了莫斯科保卫战、斯大林格勒会战和库尔斯克战役的胜利，最终打败了德国法西斯，为世界反法西斯战争的胜利作出了重大贡献。

1953 年 3 月 5 日，因中风去世。

最精彩的演讲词

第六篇 捍卫人类和平的激昂声音

一九七

曾被认为是无敌的，但是这支军队却先后被俄国、英国和德国的军队击溃了。在第一次帝国主义战争时期，威廉的德国军队也曾被认为是无敌的军队，但是这支军队曾经数次败在俄国军队和英法军队手中，终于被英法军队击溃了。现在希特勒的德国法西斯军队也是这样。这支军队在欧洲大陆还没有遇到重大的抵抗，只是在我国领土上，德国才遇到了重大的抗击。由于我们的抵抗，德国法西斯军队的精锐师团已被我们红军击溃。这就是说，正像拿破仑和威廉的军队一样，希特勒法西斯军队也是能够被击溃的，而且一定会被击溃。

为了消除我们祖国面临的危险，需要做些什么呢？为了粉碎敌人，应该采取哪些措施呢？首先，我们苏联人必须了解到威胁我国的危险的严重程度，坚决克服泰然自若、漠不关心的心理，克服和平建设的情绪；这种情绪在战前是完全自然的，但是现在，战争使形势根本改变了，这种情绪就会置我们于死地。敌人是残酷无情的，他们的目的是要侵占我们用汗水浇灌出来的土地，掠夺我们凭劳动获得的粮食和石油。他们的目的是要恢复地主政权，恢复沙皇制度，摧残俄罗斯人、乌克兰人、白俄罗斯人、立陶宛人、拉脱维亚人、爱沙尼亚人、乌兹别克人、鞑靼人、摩尔达维亚人、格鲁吉亚人、亚美尼亚人、阿塞拜疆人以及苏联其他各自由民族的民族文化和国家制度，把他们德意志化，使他们变成德国王公贵族的奴隶。因此，这是苏维埃国家生死存亡的问题，是苏联各族人民生死存亡的问题，是苏联各族人民继续享受自由还是沦为奴隶的问题。苏联人民必须了解这一点，不要再漠不关心。他们必须动员起来，把自己的全部工作转到新的战时轨道上，拿出对敌人毫不留情的气概。同法西斯德国的战争，绝不能看成普通的战争。这场战争不仅是两国军队之间的战争，也同时是全体

苏联人民在"二战"中做出了巨大的牺牲，这位苏联母亲正在送别出征的儿子。

苏联人民反对德国法西斯军队的伟大战争。这场反法西斯压迫者的全民卫国战争的目的，不仅是要消除我国面临的危险，还要帮助那些在德国法西斯主义枷锁下呻吟的欧洲各国人民。在这场解放战争中，我们不是孤立的。

同志们！我们的力量是无穷无尽的。骄横的敌人很快就一定会相信这一点。同红军一道对进犯我国的敌人奋起作战的，有成千成万的工人、集体农庄的农民和知识分子。我国千百万人民群众都将奋起作战。莫斯科和列宁格勒的劳动者已经开始成立有成千上万人的民兵队伍来支援红军。在我们反对德国法西斯主义的卫国战争中，在每一个遭到有敌人侵犯的危险的城市里，我们都应当成立这样的民兵队伍，发动全体劳动者起来斗争，挺身捍卫我们的自由、我们的荣誉和我们的祖国。

作/品/赏/析

斯大林的这篇广播演讲发表于反法西斯战争初期，演说开宗明义，首先讲明了卫国战争的局势，强调社会主义祖国正遭受到希特勒法西斯德国进犯。斯大林在演说中首先说明一个道理："历史表明，无敌的军队现在没有，过去也没有过。"这样的表述就大大增强了人们战胜困难的信心和决心。接着，斯大林特别强调了局势的严峻和形势的危急，"这是苏维埃国家生死存亡的问题，是苏联各族人民生死存亡的问题"。这就使人民充分认识到紧迫感和急切性。接着斯大林分析了法西斯对苏联国家和人民的危害，指出坚决与之战斗的必要性和必然性，在充分讲明了这些道理之后，演讲的内容就主要放在对全体人民的动员和部署上。这一部分的论述也是详尽和毫不含糊的：军队的组织和补充、军需物品的制造、国内于形势不利的各种可能问题的应对策略、部队撤退时的方式和策略、敌占区游击战争的开展方式等，战略上的部署非常详尽周密，而这些充分表明，苏联内部是胸有成竹的。然后斯大林分析了国内国际形势，指出国际形势对于反法西斯是非常有利的，也就是说，胜利的到来是必然的。这些建立在事实上的论述具有极大的说服力，对于鼓舞士气起到不可估量的作用。全篇演讲分析深刻全面，说理透彻，具有极大的鼓动性和号召力。

这是自由打败暴政的胜利 / 杜鲁门

演讲词档案
演讲者：杜鲁门（1884～1972）
演讲时间：1945 年 9 月 2 日
演讲者身份：美国第 33 任总统

历史背景

第二次世界大战是人类历史上惨痛的一页，1945 年 9 月 2 日，作为轴心国的日本签署了无条件投降书，第二次世界大战以同盟国和世界人民的胜利而告终。当天，杜鲁门以总统的身份向美国人民发表广播演说。

原文欣赏

全国同胞们：

全美国的心思和希望——事实上整个文明世界的心思和希望——今天晚上都集中在密苏里号军舰上。在这停泊于东京港口的一小块美国领土（根据国际法，停泊在外国或公海上的船只为本国领土）上，日本人刚刚正式放下武器，签署无条件投降书。

四年前，整个文明世界的心思与恐惧集中在美国另一块土地上——珍珠港。那里曾发生对文明巨大的威胁，现在已经清除了。从那里通到东京的是一条漫长的、洒满鲜血的道路。

我们不会忘记珍珠港。

日本军国主义者也不会忘记美国军舰密苏里号。

日本军阀犯下的罪行是无法弥补，也无法忘却的。但是他们的破坏和屠杀力量已经被剥夺了。现在他们的陆军以及剩下的海军已经毫不足惧了。

当然，我们首先怀着深深感激之情想到的是，在这场可怕的战争中牺牲或受到伤残的亲人们。在陆地、海洋和天空，无数美国男女公民奉献出他们的生命，换来今日的最后胜利，使世界文明得以保存。但是，无论多么巨大的胜利都无法弥补他们的损失。

我们想到那些在战争中忍受亲人死亡

纽约的时代广场上，一个刚从战场归来的海军士兵在亲吻一个护士，以此庆祝第二次世界大战胜利结束。

的悲痛人们，死亡夺去了他们挚爱的丈夫、儿子、兄弟和姐妹。无论多么巨大的胜利也不能使他们和亲人重逢了。

只有当他们知道亲人流血牺牲换来的胜利会被明智地运用时，他们才会稍感安慰。我们活着的人们，有责任保证使这次胜利成为一座纪念碑，以纪念那些为此牺牲的烈士。

这次胜利不仅是军事上的胜利。这是自由对暴政的胜利。

我们的兵工厂源源生产坦克、飞机，直捣敌人的心脏；我们的船坞源源制造出战舰，沟通各大洋，供应武器与装备；我们的农场生产出食物、纤维，供应我们海陆军以及世界各地的盟国；我们的矿山与工厂生产出各种原料与成品，装备我们，战胜敌人。

然而，作为这一切的后盾是一个自由民族的意志、精神与决心。这个民族知道自由意味着什么，他们知道为了保持自由，值得付出任何代价。

正是这种自由精神给予我们武装力量，使士兵在战场上战无不胜。现在，我们知道，这种自由的精神、个人的自由以及人类的个人尊严是世界上最强大、最坚韧、最持久的力量。

胜利是值得欢庆的，但同时有其负责和责任。

我们以极大的信心与希望面对未来及其一切艰险，美国能够为自己造就一个充分就业而安全的未来。连同联合国一起，美国是能够建立一个以正义、公平交往与忍让为基础的和平世界的。

我以美国总统的身份宣布1945年9月2日星期日——日本正式投降的日子——为太平洋战场胜利纪念日。这一天还不是正式停战和停止敌对行为的日

· 演讲者简介 ·

杜鲁门（1884～1972），1884年生于美国密苏里州拉玛小镇，出身农家，中学毕业后参加工作。1917年第一次世界大战时参加军队，被派赴法国作战。1917～1918年在俄克拉荷马州西尔堡炮兵学校学习。1919年以少校衔退役，在独立城经营服饰用品店，1921年该店倒闭后投身政界。1922年任杰克逊县法官，1926年任首席法官。1935～1944年任联邦参议员。1944年罗斯福第四次竞选总统时，被提名为副总统候选人，同年11月当选为副总统。次年4月12日罗斯福病逝，杜鲁门继任总统。1948年竞选连任获胜。1945年8月6日和9日，下令向日本长崎和广岛投掷两枚原子弹。在第二次世界大战后的对外政策上，积极谋求世界霸权，同苏联进行"冷战"，对社会主义国家实行"遏制"政策。1947年6月支持国务卿马歇尔提出的"欧洲复兴计划"，以"美援"为手段，打开欧洲门户。1949年提出"开发落后地区"的"第四点计划"，向第三世界进行渗透。对新中国采取敌视政策，并实行军事包围、政治孤立、经济封锁。1950年6月下令出兵朝鲜，同时下令美国第七舰队在台湾海峡巡逻，干涉中国内政，阻挠中华人民共和国恢复在联合国的合法席位。1952年宣布不竞选下届总统，次年1月任期届满后回到故乡独立城。1972年12月逝世。著有《杜鲁门回忆录》。

杜鲁门像

"密苏里"号上的士兵和水手见证日本代表团的到来

1945 年 9 月 2 日，日本投降的签字仪式在停泊于东京湾的美国战舰"密苏里"号上举行。日本外相重光葵代表天皇和日本政府、参谋总长梅津美治郎代表日本帝国大本营在投降书上签字。投降仪式结束后，数千架美式飞机越过"密苏里"号军舰上空，庆祝这个具有伟大历史意义的时刻。

子，但是我们美国人将永远记住这是报仇雪耻的一天，正如我们将永远记住另一天是国耻日一样。

从这一天开始，我们将憧憬一个国内安全的新时期，我们将和其他国家一同走向一个国与国之间和平、友善和合作的更美好新世界。

上帝帮助我们取得了今天的胜利，我们仍将在上帝的帮助下得到我们以及全世界的和平与繁荣。

作/品/赏/析

杜鲁门在演说中首先宣布了日本投降的喜讯，继之谴责了日本军国主义的罪行，同时讴歌了为国捐躯的将士，号召人民"以极大的信心与希望面对未来及其一切艰险"。杜鲁门的演讲铿锵有力，充满了判断和结论式的语言，极具大国风范，而只有这样的表述才能在最简短的语言中概括出这一重大历史时刻对于世界历史和世界文明的意义："日本军阀犯下的罪行是无法弥补，也无法忘却的。""这次胜利不仅是军事上的胜利。这是自由对暴政的胜利。"这样的表述充满感情力量，同时又饱含理性，显示出一种政治意义上的智慧和面对历史的理智与慎重，"胜利是值得欢庆的，但同时有其负责和责任。"广播演说有其自身的特点，决定着其内容一般具有通报、声明性质或者广泛动员、感召的性质，本篇演说虽语言朴素但是具有极强的感染力，其发出的通报信息使人欢欣鼓舞，其判断和结论又发人深省。

要为自由而战斗 / 卓别林

演讲词档案

演讲者：卓别林（1889～1977）
演讲时间：1940 年
演讲者身份：好莱坞著名的喜剧演员及反战人士

历史背景

著名的喜剧大师卓别林是一个正义者，他拍摄了大量自编自导自演的电影作品，在影片中饰演被损害和被侮辱的社会底层小人物形象，他善于用喜剧形式来揭露资本主义社会的罪恶和底层小人物的苦难与欢乐。本文是他在自己编导的电影《大独裁者》中插入的长达 6 分钟的一段演讲，体现了他民主和进步的思想意识。

原文欣赏

遗憾得很，我并不想当皇帝，那不是我干的行当。我既不想统治任何人，也不想征服任何人。如果可能的话，我倒想帮助任何人，不论是犹太人还是基督徒，是黑种人还是白种人。

我们都要互相帮助。做人就是应该如此。我们要把幸福建筑在别人的幸福上，而不是建筑在别人的痛苦上。我们不要互相仇恨，互相鄙视。这个世界上有足够的地方让人生活，大地是富饶的，是可以使每一个人都丰衣足食的。

卓别林在《狗的生涯》影片中的扮相

卓别林是 20 世纪最伟大的批判现实主义电影艺术家，他以独特的喜剧艺术表演风格，尖锐地批判了资本主义社会的罪恶。他喜剧性的表演令人捧腹大笑，但是又使人笑后感到泪水的苦味，充满了对受压迫受欺凌的人们的同情。

生活的道路可以是自由的，美丽的，只可惜我们迷失了方向。贪婪毒化了人的灵魂，在全世界筑起仇恨的壁垒，强迫我们踏着正步走向苦难，进行屠杀。我们发展了进步，但我们反而给我们带来了贫困；我们有了知识，反而看破了一切；我们学得聪明乖巧了，反而变得冷酷无情了。我们头脑用得太多了，感情用得太少了。我们更需要的不是机器，而是人性；我们更需要的不是聪明乖巧，而是仁慈、卓别林（1889～1977），小时候当过流浪儿、小听差、学徒，生活得十分艰辛。然而，卓别林很有表演天赋，能歌善舞，不到 10 岁时就参加了"兰开夏八童伶剧团"，随团在英国多次巡回演出。

1907 年，卓别林被卡尔诺剧团录用，第一场演出就取得了圆满的成功。1910 年，随剧团第一次到美国演出，在《英国杂耍剧场的一个晚上》和《哑鸟》等剧中担当主演，获得了美国观众的热烈喝彩。1912 年，在美国作了第二次演出，名气越来越大。1913 年，和美国制片商签订了合同，开始在美国拍摄电影。1914 年，第一部电影《谋生》问世。这一年，他一共拍了 35 部短片，并自编、自导了其中的 21 部。20 世纪 20 年代，先后拍摄了许多著名影片，如《寻子遇仙记》、《淘金者》、《城市之光》、《摩登时代》等，这些影片都深刻地描绘了小人物在大社会中的坎坷生活经历。1940 年，在纽约首次公映了讽刺战争狂人希特勒的影片《大独裁者》，以自己的独特方式表达了对纳粹德国的憎恶和反感。

第二次世界大战后，因为一部谴责战争贩子和军火商的电影《凡尔杜先生》开罪了美国政府，而受到了迫害。1952 年 9 月，带着家眷去欧洲参加《舞台生涯》的首映礼时，美国司法部发表声明，拒绝他再次进入美国国境。他后来移居瑞士。

1954 年 5 月，在柏林召开的世界和平理事会为他颁发了国际和平奖金。1966 年，在伦敦拍摄了他的最后一部影片《香港女伯爵》。1977 年 12 月 25 日，在瑞士与世长辞，享年 88 岁。

卓别林像

温情。缺少了这些东西，人生就会变得凶暴，一切也都完了。

飞机和无线电缩短了我们之间的距离。这些东西的性质，本身就是为了发挥人类的优良品质，要求全世界的人彼此友爱，要求我们大家互相团结，现在世界上就有千百万人听到我的声音——千百万失望的男人、女人、小孩——他们都是一个制度下的受害者，这个制度使人受尽折磨，把无辜者投进监狱。我要向那些听得见我讲话的人说："不要绝望啊！"我们现在受到苦难，这只是因为那些害怕人类进步的人在即将消逝之前发泄他们的怨毒，满足他们的贪婪。这些人的仇恨会消失的，独裁者会死亡的，他们从人民那里夺去的权力会重新回到人民手中的。只要我们不怕死，自由是永远不会消失的。

战士们，你们别去为那些野兽们卖命啊——他们鄙视你们——奴役你们——统治你们——吩咐你们应当做什么，应当想什么，应当具有什么样的感情！他们强迫你们去操练——限定你们的伙食——把你们当牲口，用你们当炮灰。你们别去受这些丧失了理性的人的摆布了——他们都是一伙机器人，长的是机器人的脑袋，有的是机器人的心肝！可是你们不是机器！你们是人！你们心里有着人类的爱！不要仇恨呀！只有那些得不到爱的人才仇恨别人——只有那些丧失了理性的人才仇恨别人！

战士们！不要为奴役而战斗！要为自由而战争！《路加福音》第十七章里写着："神的国就在人的心里。"——不是在一个人或一群人的心里，而是在所有人的心里！在你们的心里！你们人民有力量——有创造机器的力量，有创造幸福的力量！你们人民有力量建立起自由美好的生活——使生活更有意义。那么，为了民主，就让我们使出力量来吧，就让我们团结一起吧；就让我们进行战斗，建设一个新的世界——一个美好的世界。它将使每一个人都有工作的机会，它将使青年人都有光明的前途，老年人都有安定的生活。

那些野兽也就是用这些诺言窃取了权力。但是他们是说谎！他们从来不去履行他们的诺言。他们永远不会履行他们的诺言！独裁者自己享有自由，但是他们使人民沦为奴隶。现在就让我们进行斗争，为了解放全世界，为了消除国家的弊政，为了消除贪婪、仇恨、顽固，让我们进行斗争；为了建立一个理智的世界——在那个世界上，科学与进步将使我们所有的人获得幸福。战士们，为了民主，让我们团结在一起！

哈娜，你听见我在说什么吗？不管你在哪里，你抬起头来看哪！抬起头来看哪，哈娜，乌云正在消散，阳光照射进来！我们正在离开黑暗，进入光明！我们正在进入一个新的世界——一个更可爱的世界。那里的人将克服他们的贪婪、他们的仇恨、他们的残忍。抬起头来看哪，哈娜，人的灵魂已长了翅膀，他们终于要展翅飞翔了。他们飞到了霓虹里——飞到了希望的光影里。抬起头来看哪，哈娜！抬起头来看呀！

《大独裁者》剧照
此图表现了卓别林在《大独裁者》中饰演的独裁者兴克尔与地球仪共舞的情景。这部讽刺纳粹德国的喜剧片以两支敌对的军队共舞而收尾，展现了卓别林发自真心对和平的期盼。

作/品/赏/析

本篇演讲的观点非常鲜明，立意深刻，措辞激烈，表达直接痛快，而且语言非常朴素、风趣幽默，充分体现了对为恶者的憎恶和蔑视。开篇作者就直接地摆明了自己的思想立场："遗憾得很，我并不想当皇帝，那不是我干的行当。我既不想统治任何人，也不想征服任何人。如果可能的话，我倒想帮助任何人，不论是犹太人还是基督徒，是黑种人还是白种人。"接着，他指出："贪婪毒化了人的灵魂，在全世界筑起仇恨的壁垒，强迫我们踏着正步走向苦难，进行屠杀。"因为这些根本的原因，一切本来可以创造财富的东西反而给我们带来了穷困和灾难。但是卓别林的态度并不是悲观的，他充满自信地召人们去争取自由和幸福，为了民主而团结起来进行斗争。全篇语言生动有力，极富激情，听来令人振奋。

谁说败局已定 / 戴高乐

演讲词档案

演讲者：戴高乐（1890 ~ 1970）
演讲时间：1940 年 6 月 18 日
演讲者身份：法兰西第五共和国的缔造者

历史背景

1940 年 5 月 10 日，德军对法国发动闪电战。法国的马其诺防线没能挡住德军的入侵，不久法军全线溃败。6 月 6 日，总理雷诺改组法国政府，任命戴高乐为国防部副部长，负责与英国的联络工作。形势继续恶化，雷诺被迫辞职，贝当组成新政府。戴高乐知道法国向德军投降的大局已定，为了继续抵抗，6 月 17 日他乘坐英军一架飞机飞往伦敦。在贝当投降的第二天，戴高乐通过英国广播公司发表了这篇讲话。

原文欣赏

担任了多年军队领导职务的将领们已经组成了一个政府。

这个政府借口军队打了败仗，便同敌人接触，谋取停战。

是的，我们的确打了败仗，我们已经被敌人陆、空军的机械化部队所困。

但是难道败局已定，胜利已经无望？

不，不能这样说！

请相信我的话，因为我对自己所说的话完全有把握。我要告诉你们，法兰西并未失败，总有一天我们会用目前战胜我们的同样手段使自己转败为胜。

因为法国并非孤军作战。她并不孤立！绝不孤立！她有一个幅员辽阔的帝国作后盾，她可以同控制着海域并在继续作战的不列颠帝国结成联盟。她和英国一样，可以得到美国雄厚工业力量源源不断的支援。

这次战祸所及，并不限于我们不幸的祖国，战争的胜败也不取决于法国战场的局势。这是一次世界大战。我们的一切过失、延误，以及所受的苦难都没关系，世界上仍有一些手段，能够最终粉碎敌人。

我们今天虽然败于机械化部队，将来，却会依靠更高级的机械化部队夺取胜利。世界命运正在于此。

1944 年 6 月，凯旋的戴高乐受到法国人的热烈欢迎。

戴高乐(1890~1970),1890年生于法国里尔市。1909年,中学毕业后考入圣西尔军校。从军校毕业后,到贝当任团长的第33步兵团担任少尉,不久被提拔为中尉。第一次世界大战期间,英勇作战,获一枚最高荣誉十字勋章。第二次世界大战期间,当法国政府准备同德国谈判停战时,离开法国前往英国,并于1940年6月18日在伦敦发表著名的坚持抗战讲话,组成"自由法国"运动。1944年6月6日,"自由法国"的军队随盟军在诺曼底登陆,8月25日攻下巴黎,9月西方世界各国承认戴高乐所领导的政府是法国的唯一主权政府。1946年1月,由于法国各派矛盾的激化导致政府出现

戴高乐像

危机,戴高乐辞职。此后几年,隐居乡间,撰写《战争回忆录》。1958年阿尔及利亚要求独立,法兰西第四共和国无力解决危机,不得不请戴高乐出山。戴高乐上台后制定了一部扩大总统权力的新宪法,宣布成立法兰西第五共和国,并当选第一任总统。1964年,不顾美国的反对与中国建立大使级外交关系。1968年,由于对学生运动和工人罢工解决不力,被迫辞职,结束了10年的总统生涯。1970年11月9日,因心脏病突发去世。

我是戴高乐将军,现在在伦敦发表广播讲话。我向目前在英国国土上或将来可能来到英国国土上的持有武器或没有武器的法国官兵发出号召,请你们和我取得联系;我向目前在英国国土上或将来可能来到英国国土上的军火工厂的一切有制造武器技术的工程师、技师与技术工人发出号召,请你们和我联系。

无论发生什么情况,法兰西抗战的烽火都不可能被扑灭,也绝对不会被扑灭。

明天我还要和今天一样,在伦敦发表广播讲话。

作/品/赏/析

1940年5月10日,法西斯德国对法国发动闪电战争,不久绕过马奇诺防线,大举入侵法国。因为法军司令部昏聩无能,法军节节败退,德军长驱直入,兵临巴黎城下,贝当政府奉行卖国投降政策,法国沦陷在即。6月18日,戴高乐在伦敦通过广播发表了这篇演说,他以铿锵有力的坚定语气庄严宣告:"无论发生什么情况,法兰西抗战的烽火都不可能被扑灭,也绝对不会被扑灭。"在当时,戴高乐的声音是陌生的,然而这个声音是鼓舞人心的,在陷于混乱和痛苦的法国人心头重新燃起希望之火。戴高乐的演讲篇幅不长,但是却收到了非凡的效果。就演讲本身来看,它之所以取得成功,有以下原因:戴高乐明白晓畅、富于激情的语言和积极乐观的态度,先是简单地讲明了形势,然后进行了对现实局面的反问:难道败局已定?戴高乐很快否定了这个说法,但是并不是空谈,他举出更有力的事实并分析这些事实,说明他的结论是正确可行的。情感真实而饱满,很快就能激起法国人民复兴祖国的爱国情感共鸣,使他们树立起抗击法西斯德国的坚定信念。

中国的自由与反战斗争 / 宋庆龄

演讲词档案

演讲者：宋庆龄（1893 ~ 1981）
演讲时间：1933 年 9 月 30 日
演讲地点：上海远东反战会议
演讲者身份：新中国缔造者之一，爱国主义、民主主义、共产主义伟大战士

历史背景

1932 年，世界反对帝国主义战争委员会决定派调查团来华，重新调查日本侵略东北事件，并在中国召开远东反战会议。宋庆龄担任远东反战会议上海筹备委员会主席，负责筹备远东会议。9 月 30 日，远东反战大会在上海秘密召开，会上宋庆龄发表了这篇题为《中国的自由与反战斗争》的演说。

原文欣赏

同志们和朋友们：

如果没有帝国主义者和国民党当局的恐怖和干涉，而我们能够公开举行一个会议的话，那就会有成千成万的代表，为中国亿万被剥削人民发出他们的呼声。虽然出席这个会议的代表人数为了明显的理由不得不受限制，可是这个较小的集会仍然充分地代表劳苦大众的利益，代表着他们抗议日本以及其他帝国主义者对中国人民的屠杀战争。

我不想笼统地、全面地讲那日益增长的战争危险。可以说，中国早就在战争中，而且侵略中国的战争发展成为世界大战的烈火，只不过是短暂的时间问题了。

目前是资本主义制度垂死的时代。资本主义正在不顾一切地寻求出路，解决自身的矛盾，资本主义者面前的唯一出路，就是加重对人民的剥削和压迫，并准备进行重新瓜分世界市场的新战争。资本主义制度陷入混乱中，越陷越深。日趋衰亡的资本主义的全部特征是：经济制度崩溃，帝国主义对立尖锐化，法西斯主义抬头，民族沙文主义的最野蛮的表现登峰造极，对劳苦大众及其领导者施用了最残酷的压迫、酷刑和残杀，文化与生产的进步停滞。

但是资本主义制度带来了毁灭它自己的阶级——无产阶级。无产阶级凭着它在生产上所占的地位和明确的阶级利益，已经发展了自己的思想意识；而且今天已经取得了领导地位，领导着全世界被剥削和被压迫的人民——一切资本主义国家、殖民地和半殖民地国家里的工人和农民从事斗争。

因此，目前的时代标志了一个新的社会制度——社会主义——的诞生。因为资产阶级和地主的阶级利益与阶级势力妨碍了社会向更高的形式和平地发展，因为如果生产与分配的工具仍然掌握在少数剥削者手里，群众便不能生活下去。所以无产阶级革命便成为我们这一时代最迫切的社会需要了。

资本主义者在战争中寻求自己的生路，劳苦大众必须在革命中寻求自己的生路。

历史很明显地指示我们：战争的破坏性必然一次比一次厉害，战争所带来的灾难必然一次比一次惨重，战争中间相隔的时间必然一次比一次缩短。但同时战争并不能解决而只能加深资本主义制度的矛盾。随着一次次的战争，革命势力积聚了力量，壮大了自己，更加走近它们最后的胜利。

1870 至 1871 年的普法战争产生了巴黎公社；1904 至 1905 年的日俄战争加速了俄国资产阶级民主革命的发展。1914 至 1918 年的世界大战大大地推进了全世界的革命运动，而且使俄国工农革命获得胜利，奠定了大规模的社会主义建设的基础。

很明显的，以日本帝国主义为首的瓜分中国的运动，将加速整个亚洲、中国和整个资本主义世界的革命势力的发展。

我很想在这里说明我自己对于各种不同形式的战争的态度。战争是一种政治工具，是用以实施一种特定政策的工具。多数的战争是为了要征服土地和民族、占领新的市场以及夺取新的原料来源而发生的。所有这些战争都是反人民的。这些战争给终生勤劳的人们带来无穷的忧患和无比的苦痛。战争如不导向革命，便使工人农民遭受更深的奴役。这些战争以及战后的"和平条约"往往增加规模更大的新战争危机。因此，以自己全部的力量来反对这样的帝国主义战争，"把战争变成内战以推翻资产阶级"，以摧毁统治阶级的政权，便成为广大群众的任务了。

现在，帝国主义者为了克服那分裂它们日益尖锐化的矛盾，正竭力企图以重新分割中国和发动反苏的干涉战争来取得暂时的妥协。侵略并不从日本对中国的强盗战争开始。远在日本夺取台湾以前，其他帝国主义国家早已控制了中国的一切战略要地，强迫中国人民吸食鸦片，支配中国的财政经济政策，阻碍中国的经济发展并利用中国的军阀和其他反动分子作他们的爪牙，来达到各帝国主义不同的目标。

孙中山谋求中国独立的努力已经被地主和大资产阶级的国民党所破坏。国民

·演讲者简介·

宋庆龄像

宋庆龄（1893～1981），原籍广东文昌，1893 年 1 月 27 日诞生在上海。毕业于美国卫斯理女子大学。1914 年任孙中山秘书，1915 年和孙中山结婚。1924 年国民党第一次全国代表大会后，坚决拥护孙中山的联俄、联共、扶助农工的三大政策，并投身于北伐战争的准备工作。大革命失败后，多次发表通电、声明和宣言，揭露蒋介石、汪精卫的叛变行为。1927 年去国外，在苏联和欧洲期间，两次当选为反帝国主义同盟大会名誉主席，后又成为世界反法西斯委员会主要领导人。1932 年参加组织中国民权保障同盟。1936 年任全国各界救国联合会执行委员。抗日战争期间，在香港组织保卫中国同盟，致力于战时医药工作和儿童保育工作。抗战胜利后，在上海创建中国福利基金会。1948 年任中国国民党革命委员会名誉主席。次年出席全国政协第一届全体会议，当选为中央人民政府副主席。1981 年 5 月加入中国共产党，并由第五届全国人大常委会授予中华人民共和国名誉主席荣誉称号。

党背叛了 1925 至 1927 年的群众运动，并且自那时起，一贯地采取屠杀工农、敌视苏联、向帝国主义摇尾乞怜的政策。正因为国民党采取了这个政策，才使日本帝国主义能够顺利无阻地侵略中国，夺取东北，深入控制华北，而且现在正野心勃勃地向南窥伺，图谋攫取全中国。

也正是这种政策，鼓励并帮助了英帝国主义者窥伺川西边界。也正是这种政策，帮助了法帝国主义蓄意侵略云南。也正是这种政策，帮助了美国在中国建立财政和政治霸权；帮助了国际联盟（英国和法国）更进一步实施帝国主义共管中国的恶毒诡计。目前还看不到侵略的终结。这还不过是帝国主义在国民党继续不断的卖国行为的帮助下，从事中国历史上最大规模的掠夺的开始而已。如果人民大众不起来阻止帝国主义列强和他们的国民党傀儡的罪恶行为，中国一定会全部被瓜分，中国人民也将遭受更惨重的奴役。

不仅如此。帝国主义列强将来一定还要以中国人民为牺牲来从事彼此间的相互厮杀。战争将继续不断地发生，而在这些战争中，帝国主义列强将利用中国的人力和物力来实现他们自己的目的。今天，中国东北的人民已经在替日本帝国主义当炮灰了；将来，全中国的人民，在中国军阀、地主和资本家的帮助之下，将被迫给各帝国主义者充当炮灰。

日本帝国主义正在把东北建造成将来反苏战争的根据地。它并且在企图扩大它的根据地，想先控制黄河以北的土地，然后加以占领，再进一步侵略内蒙和蒙古人民共和国，最后征服全中国。至于英帝国主义，它和美国有尖锐的矛盾，和日本帝国主义在亚洲的冲突也在增加，对印度革命怀着畏惧，并对苏联怀抱仇恨；它正在拼命设法组织欧洲帝国主义者的反苏集团，以图延缓帝国主义强盗间不可避免的战争。

这是目前局势的真相。希望从任何帝国主义者或国际联盟那里取得帮助是犯了叛国之罪。希望从国民党的政策中获得生路，简直是愚蠢。国民党今天正在更有意识地、缜密地计划着向日本帝国主义及其他帝国主义作全部的、无条件的投降。国民党的领袖只有一个要求和希望，那就是，希望帝国主义者允许他们继续执掌政权，以便分得一份由躁躏和榨取中国人民而得来的利益。

只有从人民大众本身才能获得帮助和生路。中国的亿万民众——在工人阶级领导下的广大农民群众——如果联合起来为粮食和土地而与帝国主义及国民党作斗争，那是不可抗拒的。亿万工人和农民已经在进行这个斗争了。广大的苏维埃区域已经在中国存在了许多年，这个事实便是广大的中国人民将走上这同一条道路的希望、诺言和保证。

只有从这些斗争中才能发展出权力和力量，来解放中国，统一中国，驱逐帝国主义，收回东北和其他失地，给中国人民以土地、粮食和自由，并给各个民族以生存、发展的自由。

只有这些斗争，才能把中国从连年战争的无穷苦难与长期资本主义剥削的残暴行为之中解救出来。只有实现无产阶级革命、土地革命与反帝革命，才可以建立使中国将来发展到社会主义的基础。

帝国主义的支持者问我们："你们既然反对帝国主义战争和白色恐怖，那么

为什么不反对革命中使用武力呢？"

对于这一个问题，我们可以明白地回答："革命阶级为反抗压迫而使用武力，是完全有理由的。被压迫人民为争取民族解放而使用武力，是完全正确的。在这两种情形之下，武装斗争是必需的，因为反动势力永远不会自动放弃它们的权力。"

帝国主义战争、军阀战争、干涉苏维埃中国或是干涉苏联的战争、对民众的压迫和恐怖行动，这一切都是为了反动的目的。反动的武力只能以革命的武力来对抗。只有在这样的立场上，我们才可以明了目前中国民族革命危机中我们的任务。我们并不是反对一切战争。如果是这样，那我们就会直接受帝国主义者的利用，帮助他们来解除中国人民在目前和将来的斗争中的武装。我们是拥护中国的武装人民反对帝国主义的民族革命战争的。

只有在人民千百万地奋起的时候，中国才能获得解放。法国人民在大革命中反对优势的外国侵略者的斗争，俄罗斯的工农击退一切帝国主义者的联合武力的斗争，这种历史的先例指示了中国人民的出路。

现在有句很流行的问话是："中国被压迫的人民如何能够与这样强大的敌人作斗争而获得胜利呢？"可是，我们祖国的历史不是已经给我们一个回答了吗？北伐战争教导我们：革命的武力远胜于反动的武力，而且能够以寡胜众。中国的工农红军屡次与十倍于自己力量的军队作战，而且取得了胜利。武装不是唯一的决定因素；思想意识也有其作用的。

当然，有力的革命意识和精良的武装配合在一起，是战胜帝国主义和反动势力的最好保证。很明显的，东北英勇的义勇军长期间的抗日斗争现在还在继续，假如不是惨遭反动政权罪恶地加以破坏，早就达到更高的程度了。

除却蒋介石政府方面的破坏，还有另一个因素阻挠这运动的进展。抗日义勇军的领袖们畏惧群众，解除了群众的武装，只武装了以地主、豪绅和资本家的阶级观点看来认为"稳健"的分子。东北的工人农民不得不拿起武器来反对这些义勇军的领袖如马占山、李杜之流，同时与日本帝国主义者作战。在这样的情况之下，他们就不可能迅速成功了。

中国人民在击败日本以及其他帝国主义的强大的军事机构之前，首先便要从中国的军阀、地主和资本家的枷锁下解放出来。

国民党还在削弱我们广大劳动群众的抵抗力。国民党对于群众进行抗日斗争的任何形式的运动，都予以镇压。国民党以最残酷的方法镇压工人、农民、学生以及在它的统治区域里的义勇军。国民党动员了一切可用的武力，来大规模地进攻苏区。国民党和日本帝国主义者商谈秘密条件，将东北和华北奉送给日本，而把其余的中国领土贬为帝国主义的殖民地。国民党向外国乞求援助：金钱、武器和子弹，来和中国的人民作战，因此就更加完全依赖帝国主义者。这不是生路，这是中国民族的死路。

我们在进行着反日反帝的民族革命战争的同时，必须为建立真正的中国人民政府而斗争。这样的政府只能由工人农民自己来组织。中华苏维埃共和国临时中央政府给中国劳动人民指示了出路。苏维埃政府和工农红军愿与任何军队订立军事协定，抵抗日本帝国主义（附加的条件是武装人民和给人民以民主权利），这

提议指明苏维埃政府准备与帝国主义作战的认真态度。这些呼吁虽然获得了群众和兵士的同情，但至今还没有得到任何有效的响应。这表明各军事单位的长官要不是亲帝的、国民党的工具，便是没有进行真正斗争的勇气。

总而言之，我们反对帝国主义战争，但是我们拥护武装人民的民族革命战争。只有这样的战争才能把中国从帝国主义的统治下解放出来；也只有在民众从国民党统治下解放出来，建立了自己的工农政府之后（像中国有些地方已经做到的），民族革命战争才能胜利完成。

我们坚决反对中国的军阀战争。各派军阀不断地为争夺地盘进行战争。国民党内的各系派不顾民众的利益，不断地为争权夺利而动武。帝国主义各集团则利用军阀来扩张自身的利益，并削弱中国。这些战争给中国广大人民和兵士带来了无比深重的灾害。很明显的，这些依附国民党和帝国主义者的中国军阀，必须消灭尽。

最后，我们对全体中国人民，对劳苦大众还有一个呼吁，呼吁大家在反对日本和其他帝国主义的斗争中，即在争取中国统一、独立和领土完整的斗争中，团结一致！让我们团结起来，向那些背叛国家，把我们的国土一省一省地出卖给帝国主义者的人们作斗争！让我们团结起来，用我们最大的力量来保卫那已经由帝国主义统治和封建剥削的羁绊中解放出来的中国工人和农民，他们现在正受着国民党军队第五次而且是最大规模的进攻。这次的进攻直接受到美国贷与蒋介石政府的五千万美元中一千六百万美元的帮助，受到美国的飞机、炸弹和飞行教练的帮助，受到日、意、美、法的军舰对国民党的全力帮助（如最近的闽变），受到帝国主义各色各样物质的与精神的帮助。

让我们联合起来保卫苏联，反对干涉苏联的战争！让我们在整个远东，尤其在中国，发动一个强有力的运动，反对帝国主义战争！

作/品/赏/析

在《中国的自由与反战斗争》中，宋庆龄指出"目前的时代标志了一个新的社会制度——社会主义——的诞生"。她认为中国人民只有在革命斗争中才能找到出路。宋庆龄分析了日本侵华及其发展趋势，把制止日本侵华提到全世界战争与和平的战略的高度。她强烈呼吁，反对帝国主义战争、拥护民族革命战争，号召整个远东发动一个强有力的反对帝国主义战争的运动。

这篇演讲通过外国代表在《大美晚报》上公开发布，产生了巨大效果。演讲的发表打击了中外反动势力的嚣张气焰，有力地声援了中国人民的反帝斗争。本篇演讲语言朴实，态度恳切，充分展现了一名真正的国际和平运动伟大战士的风采。

在万隆会议上的补充发言 / 周恩来

演讲词档案

演讲者：周恩来（1898～1976）
演讲时间：1955 年 4 月 19 日
演讲地点：亚非万隆会议
演讲者身份：伟大的无产阶级革命家、政治家、军事家和外交家，
中国共产党和中华人民共和国主要领导人之一

历史背景

1955 年 4 月 18 日，亚非会议冲破了重重障碍终于在万隆隆重召开，29 个亚非国家共计 340 名代表出席了会议，并有 5 个国家派代表团列席了会议。中国代表团基于对当时形势和与会国的复杂性的分析而确定的参加亚非会议的总方针是：争取扩大世界和平统一战线，促进民族独立运动，并为建立和加强我国同亚非国家的关系创造条件，力求会议取得成功。

会议在前两天一般性发言中，少数不明真相的邻国，受西方大国挑拨，发表了一些对中国不友好的言论，一时间，会场气氛十分紧张。为了挫败殖民主义者的图谋，保证大会的顺利进行，轮到周恩来发言时，他当即决定将原来准备的正式发言稿改用书面散发，另外针对形势作了这番即席补充发言。

原文欣赏

主席，各位代表：

我的主要发言现在印发给大家了。在听到了许多代表团团长的一些发言之后，我愿补充说几句话。

中国代表团是来求团结而不是来吵架的。我们共产党人从不讳言我们相信共产主义和认为社会主义制度是好的。但是，在这个会议上用不着来宣传个人的思想意识和各国的政治制度，虽然这种不同在我们中间显然是存在的。

中国代表团是来求同而

万隆会议会址

万隆会议又称亚非会议，是亚非国家第一次在没有西方殖民国家参加下自行召开的会议，是亚非国家民族解放运动史上的一个重要转折点。由印度尼西亚、缅甸、锡兰（今斯里兰卡）、印度、巴基斯坦五国发起，于 1955 年 4 月 18 日至 24 日在印尼的万隆召开。有 29 个国家和地区的代表出席会议，会议讨论了国际形势和有关亚非国家人民共同利害关系问题。会议最后发表公报，共有 10 项，被人们称为"万隆精神"。

不是来立异的。在我们中间有无求同的基础呢？有的。那就是亚非绝大多数国家和人民自近代以来都曾经受过，并且现在仍然受着殖民主义所造成的灾难和痛苦。这是我们大家所承认的。从解除殖民主义痛苦和灾难中找共同基础，我们就容易互相了解和尊重、互相同情和支持，而不是互相疑虑和恐惧、互相排斥和对立。这就是为什么我们同意五国总理茂物会议所宣布的关于亚非会议的四项目的，而不另提建议。

本来，对于美国一手造成的台湾地区的紧张局势，我们很可以在这里提出如同苏联所提出的召开国际会议谋求解决的议案，请求会议加以讨论。中国人民解放自己领土台湾和沿海岛屿的要求是正义的，这完全是内政和行使自己的主权，并得到许多国家的支持。我们也可以提议会议讨论承认和恢复中华人民共和国在联合国的合法地位问题。去年，科伦坡五国总理会议，还有亚非其他国家，都曾经支持中华人民共和国在联合国的地位。而且，中国在联合国所受的不公正待遇，也可以在这里提出批评。但是，我们并没有这样做，因为这样一来，就很容易使

·演讲者简介·

周恩来（1898～1976），浙江绍兴人，生于江苏淮安。1917年于天津南开学校毕业后，留学日本。1919年回国。1920年去法国勤工俭学，发起组织旅欧中国少年共产党。1921年加入中国共产党。1924年回国，先后任中共广东区委委员长、军事部长、黄埔军校政治部主任。1925年任国民革命军东征军总政治部主任，参与领导讨伐军阀陈炯明的东征。1927年3月领导上海工人第三次武装起义，后任中共前敌委员会书记，领导南昌起义。1931年12月到中央苏区任中共中央局书记、红军总政委兼第一方面军政委、中央革命军事委员会副主席。1933年春和朱德指挥中央苏区第四次反"围剿"作战，取得重大胜利。1934年10月参加长征。1936年12月西安事变发生后，作为中共全权代表去西安，和爱国将领张学良、杨虎城一起迫使蒋介石接受"停止内战，一致抗日"的主张，实现西安事变的和平解决。抗日战争时，任中共中央长江局副书记、南方局书记，国民政府军事委员会政治部副部长，长期驻在国民政府所在地武汉、重庆，领导党的工作和从事抗日民族统一战线工作。1946年11月，为抗议国民党政府撕毁《双十协定》，而从南京返回延安。1947年3月国民党军重点进攻陕甘宁边区时，和毛泽东一起转战陕北，并兼解放军总参谋长，参与人民解放战争的领导工作。建国后，担任政府总理，曾兼任外交部长，并任中央军委副主席，全国政协副主席、主席。1954年首倡以和平共处五项原则作为处理国与国之间关系的准则。1955年率中国代表团去印度尼西亚万隆出席第一次亚非会议，高举反帝旗帜，提倡求同存异、协商一致的原则，为会议的成功作出了贡献。"文化大革命"中，同林彪、江青反革命集团篡党夺权的阴谋活动进行了各种形式的斗争，为继续进行党和国家的正常工作、尽量减少"文革"所造成的损失、保护大批党内外干部，作了坚持不懈的努力。在建立中美、中日外交关系的过程中，作出了卓越贡献。在第四届全国人代会上提出了在本世纪内全面实现工业、农业、国防和科学技术现代化的宏伟规划。1976年1月8日在北京病逝。主要著作编为《周恩来选集》。

周恩来像

我们的会议陷入对这些问题的争论而得不到解决。

我们的会议应该求同而存异。同时，会议应将这些共同愿望和要求肯定下来。这是我们中间的主要问题。我们并不要求各人放弃自己的见解，因为这是实际存在的反映。但是不应该使它妨碍我们在主要问题上达成共同的协议。我们还应在共同的基础上来互相了解和重视彼此的不同见解。

现在，我首先谈不同的思想意识和社会制度问题。我们应该承认，在亚非国家中是存在有不同的思想意识和社会制度的，但这并不妨碍我们求同和团结。第二次大战后，亚非两洲兴起了许多独立国家，一类是共产党领导的国家，一类是民族主义者领导的国家。前一类国家并不多。但是某些人所不喜欢的，就是 6 亿中国人民选择了中国共产党领导的、属于社会主义体系的政治制度，而不再为帝国主义所统治了。后一类国家很多，像印度、缅甸、印度尼西亚和亚非许多国家都是。我们这两类国家都是从殖民主义的统治下独立起来的，并且还在继续为完全独立而奋斗。我们有什么理由不可以互相了解和尊重、互相同情和支持呢？五项原则完全可以成为在我们中间建立友好合作和亲善睦邻关系的基础。我们亚非国家，中国也在内，不论在经济上或文化上都落后。我们亚非会议既然不要排斥任何人，为什么我们自己反倒不能互相了解、不能友好合作呢？

次之，我要谈有无宗教信仰自由的问题。宗教信仰自由是近代国家所共同承认的原则。我们共产党人是无神论者，但是我们尊重有宗教信仰的人。我们希望有宗教信仰的人也应该尊重无宗教信仰的人。中国是有宗教信仰自由的国家，它不仅有 700 万共产党员，并且还有以千万计的回教徒和佛教徒，以百万计的基督教徒和天主教徒。中国代表团中就有虔诚的伊斯兰教的阿訇。这些情况并不妨碍中国内部的团结，为什么在亚非国家的大家庭中就不能将有宗教信仰的和没有宗教信仰的人团结在一起呢？挑起宗教纷争的时代应该过去了，因为从挑起那种纷争中得到利益的并不是我们中间的人。

第三，我要谈所谓颠覆活动的问题。中国人民为反对殖民主义所进行的斗争超过 100 年。中国共产党领导的民族、民主的革命斗争也经历了近 30 年的艰难困苦的过程，才终于达到了成功。中国人民在帝国主义、封建主义和蒋介石统治下所受的苦难是数也数不尽的，最后才选择了这个国家制度和现在的政府。中国革命是依靠中国人民的努力取得胜利的，决不是从外输入的，这一点连不喜欢中国革命胜利的人也不能否认。中国古话说："己所不欲，勿施于

周恩来在第一次亚非会议上发言

中国是万隆会议的积极参与者，周恩来率领中国代表团，提出并始终坚持求同存异的方针，为促成会议成功举行作出了重要贡献。周恩来以他的人格魅力、政治智慧和平等态度释疑、解惑、息争，促进了亚非团结事业，赢得了各方的崇敬和钦佩。

最精彩的演讲词

第六篇 捍卫人类和平的激昂声音

二一四

人。"我们反对外来干涉，为什么我们会去干涉别人的内政呢？有人说，中国在国外有 1000 多万华侨，可能利用他们的双重国籍来进行颠覆活动。但是，华侨的双重国籍问题是旧中国遗留下来的，蒋介石至今还在利用极少数的华侨进行对所在国的破坏活动。新中国的人民政府却准备与有关各国政府解决华侨的双重国籍问题。又有人说，在中国有傣族自治区威胁了别人。中国境内有几十种少数民族共 4000 多万人。其中傣族和相同系统的壮族将近千万人。他们既然存在，我们就必须给他们自治权利。好像缅甸有掸族自治邦一样，在中国境内各个少数民族都有他们的自治区。中国少数民族在中国境内实行自治权利，如何能说威胁邻邦呢？我们现在准备在坚守五项原则的基础上与亚非各国，乃至世界各国，首先是我们的邻邦，建立正常关系。现在的问题不是我们去颠覆别人的政府，倒是有人在中国的周围建立进行颠覆中国政府的据点。比如在缅甸边境就存在着蒋介石集团的残余武装分子，对中缅两国进行破坏。因为中缅友好，我们一直尊重缅甸的主权，信任缅甸政府去解决这个问题。

中国人民选择和拥护自己的政府，中国有宗教信仰自由，中国决无颠覆邻邦政府的意图。相反的，中国正在受着美国政府公然不讳地进行颠覆活动的害处。大家如果不信，可亲自或派人到中国去看。我们是容许不知真相的人怀疑的，中国俗语说："百闻不如一见。"我们欢迎所有到会的各国代表到中国去参观，你们什么时候去都可以。我们没有竹幕，倒是别人要在我们之间施放烟幕。

16 亿亚非人民期待着我们的会议成功。全世界愿意和平的国家和人民期待着我们的会议能为扩大和平区域和建立集体和平有所贡献。让我们亚非国家团结起来，为亚非会议的成功努力吧！

......

作 / 品 / 赏 / 析

周恩来在演讲中明确表示：中国代表团是来求团结而不是来吵架的，是来求同而不是来立异的。"求同存异"是他这篇演讲的基调。他指出亚非国家在求同的基础，可以相互了解和尊重、互相同情和支持。接着，他从三个方面阐述了亚非国家求同存异的可能以及表明中国希望能与第三世界国家和平友好、共同发展的诚意。周恩来指出：五项原则完全可以成为在国家间建立友好合作和亲善睦邻关系的基础。这篇演讲提倡的"求同存异，协商一致"原则，得到绝大多数与会国代表的拥护和支持，为会议的成功奠定了基础。

整篇演讲逻辑严密、措辞恰当、理直气壮却又平易近人。周恩来在演讲中不批评任何一个亚非国家，把矛头引向帝国主义、殖民主义者的做法体现了巧妙的斗争策略，为中国赢得了声誉和朋友。

作家和战争 /海明威

演讲词档案
演讲者：海明威（1899～1961）
演讲时间：1937 年 6 月 14 日
演讲地点：美国作家同盟大会
演讲者身份：美国著名作家

历史背景

1936 年 7 月 18 日，西班牙驻摩洛哥的殖民军首领佛朗哥发动叛乱，反对人民阵线政府。西班牙人民奋起反击叛军，内战由此爆发。海明威参加了西班牙反对佛朗哥的战斗。从 1937 年 2 月到 1938 年 11 月，他四次去西班牙，以战地记者身份进行采访，后来干脆直接参加了"国际纵队"，直到战争失败才回国。这篇演讲是海明威 1937 年 6 月 14 日在美国作家同盟大会上的讲话，此前他正在西班牙内战前线，报道法西斯分子围攻马德里之战。

原文欣赏

作家的任务是不会改变的。作家本身可以发生变化，但他的任务始终只有一个。那就是写得真实，并在理解真理何在的前提下把真理表现出来，并且使之作为他自身经验的一部分深入读者的意识。

没有比这更困难的事情了，正因如此，所以无论早晚，作家总会得到极大的奖赏。如果奖赏来得太快，这常常会毁掉一个作家。如果奖赏迟迟不至，这也常常会使作家愤懑。有时奖赏直到作家去世后才来，这时对作家来说，一切都已无所谓了。正因为创作真实、永恒的作品是这么困难，所以一个真正的优秀作家迟早都会得到承认。只有浪漫主义者才会认为世界上有所谓"无名大师"。

一个真正的作家在他可以忍受的任何一种现有统治形式下，几乎都能得到承认。只有一种政治制度不会产生优秀作家，这种制度就是法西斯主义。因为法西斯主义就是强盗们所说出的谎言。一个不愿意撒谎的作家是不可能在这种制度下生活和工作的。

法西斯主义是谎言，因此它在文学上必然是不育的。就是到它灭亡时，除了血腥屠杀史，也不会有历史。而这部血腥屠杀史现在就已尽人皆知，并为我们中的一些人在最近几个月所亲眼目睹。

一个作家如果知道发生战争的原因，以及战争是如何进行的，他对战争就会习惯。这是一个重要发现。一想到自己对战争已经习惯了，你简直会感到吃惊。当你每天都在前线，并且看到阵地战、运动战、冲锋和反攻，如果你知道人们为何而战，知道他们战得有理，无论我们有多少人为此牺牲和负伤，这一切就都有意义。当人们为把祖国从外国侵略者手中解放出来而战，当这些人是你的朋友，新朋友、老朋友，而你知道他们如何受到进攻，如何一开始几乎是手无寸铁地起来斗争的，那么，当你看到他们的生活、斗争和死亡时，你就会开始懂得，有比战争更坏的东西。胆怯就更坏，背叛就更坏，自私自利就更坏。

在马德里，上个月我们这些战地记者一连19天目睹了大屠杀。那是德国炮兵干的，那是一场精心策划的屠杀。

我说过，对战争是会习惯的。如果对战争科学真正感兴趣（而这是一门伟大的科学），对人们在危急时刻如何表现的问题真正感兴趣，那么，这会使人专心致志，以致于考虑一下个人的命运就会像是一种卑鄙的自爱。

但是，对屠杀是无法习惯的。而我们在马德里整整目睹了19天的大屠杀。

法西斯国家是相信总体战的。每当他们在战场上遭到一次打击，他们就将自己的失败发泄在和平居民身上。在这场战争中，从1937年11月中旬起，他们在西部公园受到打击，在帕尔多受到打击，在卡拉班切尔受到打击，在哈拉玛受到打击，在布里韦加城下和科尔多瓦城下受到打击。每一次在战场遭到失败之后，他们都以屠杀和平居民来挽回不知由何说起的自己的荣誉。

我开始描述这一切，很可能只会引起你们的厌恶。我也许会唤起你们的仇恨。但是，我们现在需要的不是这个。我们需要的是充分理解法西斯主义的罪恶和如何同它进行斗争。我们应该知道，这些屠杀，只是一个强盗、一个危险的强盗——法西斯主义所作的一些姿态。要征服这个强盗，只能用一个方法，就是给它以迎头痛击。现在在西班牙，正给这个法西斯强盗以痛击，像130年以前在这个半岛上痛击拿破仑一样。法西斯国家知道这一点，并且决心蛮干到底。意大利知道，它的士兵们不愿意列国外去作战，他们尽管有精良的装备，却不能同西班牙人民军相比，更不能同国际纵队的战士们相比。

德国认识到，它不能指望意大利，在任何一场进攻战中不能依赖这个盟国。不久前我读到，冯·布龙贝尔克参加了巴多略元帅为他举行的声势浩大的演习。但是，在远离任何敌人的威尼斯平原演习是一回事，在布里韦加和特里乌埃戈依

· 演讲者简介 ·

海明威(1899～1961)，1899年7月21日生于美国芝加哥。中学毕业后，到堪萨斯市《星报》担任见习记者。第一次世界大战中，赴意大利做战地救护工作。1921年，担任《星报》驻欧记者。1922年，开始在报刊上发表作品，包括寓言、诗歌和短篇小说。1924～1927年，任赫斯特报系的驻欧记者。驻欧期间，一直坚持写作。1937年，以记者身份赴西班牙，支持西班牙人民的反法西斯斗争。第二次世界大战期间，曾参加解放巴黎的战斗。1954年，获得诺贝尔文学奖。

他的早期长篇小说《太阳照常升起》、《永别了，武器》成为表现美国"迷惘的一代"的主要代表作。20世纪三四十年代他转而塑造摆脱迷惘、悲观，为人民利益而英勇战斗和无畏牺牲的反法西斯战士形象。在艺术上，他那简约有力的文体和多种现代派手法的出色运用，在美国文学中曾引起过一场"文学革命"，许多欧美作家都明显受到了他的影响。

海明威像

之间的高原上，同第十一和十二国际纵队以及里斯特、康佩希诺和麦尔的西班牙精锐部队作战中遭到反攻并损失三个师，那就是另一回事了。轰炸阿尔美利亚和占领被出卖的不设防的马拉加是一回事，在科尔多瓦城下死伤七千人和在马德里的失败的进攻中死伤三万人则又完全是另一回事。

我开始时说过要写得好而真实是多么困难，说过能够达到这种技巧的人都一定会得到奖赏。但是，在战时（而我们现在，正不由自主地处于战争时期），奖赏是要推迟到将来的。描写战争的真实是有很大危险的，而探索到真实也是有很大危险的。我不确切知道美国作家中有谁到西班牙寻求真实去了。我认识林肯营的很多战士。但是，他们不是作家。他们只会写信。很多英国作家、德国作家到西班牙去了，还有很多法国作家和荷兰作家。当一个人到前线来寻求真实时，他是可能不幸找到死亡的。如果去的是 12 个人，回来的只是两个人，但是，这两个人带回来的真实，却将实实在在是真实，而不是被我们当做历史的走了样的传闻。为了找到这个真实，是否值得冒这么大的危险，这要由作家自己决定。当然，坐在学术讨论会上探讨理论问题要安全得多。各种新的异端，各种新的教派，各种令人惊叹的域外学说，各种浪漫而高深的教师，对那些人来说，总是可以找到的——他们也似乎信仰某种事业，但却不想为这个事业的利益而奋斗。他们只想争论和坚持自己的阵地，这种阵地是巧妙地选择的，是可以平平安安占据的。这是由打字机支撑并由自来水笔加固的阵地。但是，对于任何一个希望研究战争的作家来说，现在正有，而且在相当长的时期内一直都会有可去的地方。看来，我们还会经历很多不宣而战的年代。作家们可以用不同的方式参加这些战争。以后也许会有奖赏。但是，作家们不必为此而感到不好意思，因为奖赏很久都不会来的。对此也不必特别寄于希望，因为，也可能像拉尔夫·福克斯和其他一些作家那样，当领取奖赏的时间到来时，他们已经不在人间了。

· ·

作 / 品 / 赏 / 析

演讲一开始，海明威阐述了一些基本的文学创作观点。但作为一个亲身经历过战争，对法西斯无比痛恨的作家，他是不可能只谈论文学方面的问题的。接下来，他痛陈法西斯的罪恶，指出法西斯主义对作家与文学的破坏。由此引出了他要讲的主题：作家的使命是什么？海明威认为作家应该到前线去，去了解战争发生的原因，分析战争双方的正义与非正义。"要征服这个强盗，只能用一个方法，就是给它以迎头痛击。"他号召作家们对法西斯的罪恶不能停留在仇恨上，要进行斗争。整篇演讲充满了作家对法西斯的憎恨之情。

演讲产生了强大的感召力，激发了广大作家反对法西斯的革命热情。海明威用语含蓄简洁，演讲使人听后回味思考，余音不绝。

让新的亚洲和新的非洲诞生吧 / 苏加诺

演讲词档案
演讲者：苏加诺（1901-1970）
演讲时间：1955 年 4 月 18 日
演讲地点：万隆会议
演讲者身份：印度尼西亚民族独立运动领袖，印尼总统

历史背景

苏加诺素有"演讲台上的雄狮"之称，1955 年，在印尼的万隆举行了亚非首脑会议，4 月 18 日，苏加诺在开幕式上用英语发表了这篇演说作为开幕词。这是一篇具有宏大气魄、深邃思想和饱含深情的演说。

原文欣赏

阁下们，

各位女士，各位先生，

各位姊妹，各位兄弟：

我能够在这个历史性的日子代表处在主人地位的印度尼西亚人民和政府欢迎诸位来到印度尼西亚，感到非常荣幸。假使我国有些条件不符合诸位的期望，我请求诸位谅解和原谅。我向诸位保证，我们已经尽了最大努力使诸位在我们中间的逗留对于宾主双方都是难忘的。我们希望，我们的热烈欢迎将补偿可能会有的任何物质缺点。

在我环顾这个大厅和在此聚会的贵宾的时候，我内心十分感动。这是人类有史以来第一次有色人种的洲际会议。我对我国能够款待诸位，感到自豪；我对诸位能够接受 5 个发起国家的邀请，感到高兴。然而，当我回想起我们许多国家的人民最近经历的苦难的时候，我不由得感到悲伤。这些苦难使我们在生命、物质和精神方面都付出沉重的代价。

我认识到：我们今天在这里聚会，是我们的祖先、我们自己一代和年纪更轻的人牺牲的结果。我看到，这个大厅不仅容纳了亚洲和非洲国家的领袖们，而且容纳了先我们而去的人们不屈不挠的不可战胜的不朽精神。他们的斗争和牺牲，为世界上最大两洲的独立主权国家的最高级代表的这个集会开辟了道路。

亚非两洲各国人民的领袖能在他们自己的国家内济济一堂讨论和商议共同有关的事项，这是世界历史上的新的起点。不过在几十年前，我们各国人民的代表往往不得不到其他国家甚至别的洲去，才能聚会。

在这方面，我想起大约将近 30 年前在布鲁塞尔举行的"反对帝国主义和殖民主义同盟"的会议。在那个会议上，许多今天在场的杰出代表曾聚在一起，在他们争取独立的斗争中找到了新的力量。

但是，那是一个在数千英里之外、在异邦人中间、在异邦的国土上、在别的洲上的会议地点。在那个地方集会，并不是由于选择，而是由于必要。

今天，对比很鲜明。我们各个民族和国家不再是殖民地了。现在，我们已经取得自由、主权和独立，我们重新当家做主，我们不需要到别的洲去开会了。

在亚洲土地上，已经举行了几次亚洲国家的重要会议。

如果我们寻找我们这次伟大的集会的先驱者，那么我们必须望着科伦坡——独立的锡兰的首都——和 1954 年在那里举行的五国总理会议。而 1954 年 12 月的茂物会议表明，走向亚非团结的道路已经扫清了，今天我荣幸地欢迎各位来参加的会议就是这种团结的实现。

我国是你们的东道主，我感到很骄傲。

但是我想到的并不全是印度尼西亚今天享受的荣誉。不，我的一部分心情由于其他的考虑而黯淡下来。

你们并不是在一个和平、团结和合作的世界中聚集一堂的。在国与国之间，国家集团与国家集团之间，存在着巨大的裂痕。我们不幸的世界支离破碎，受着折磨，所有国家的人民都怀着恐惧的心情，担心尽管他们没有过错而战争的恶犬仍会再一次被放出笼来。

如果尽管各国人民作了一切努力，竟仍然发生这种情形，那时将会怎样呢？我们新近恢复的独立将会怎样呢？你们的子女和父母将会怎样呢？

出席这次会议的代表们的责任是不轻的，因为我知道，这些关系人类本身生死存亡的问题一定会放在你们的心上，正像它们放在我的心上一样，而亚洲和非洲国家是无法逃避它们对于寻求这些问题的解决办法所负的责任的，即便他们想逃避也做不到。因为这是独立本身的责任的一部分，这是我们为我们的独立而愉快地付出的代价的一部分。

许多代以来，我们这些国家的人民一直是世界上无声无息的人民。我们一直不被人注意，一直由那些把自己的利益看得高于一切的别的国家代为作出决定，一直生活在贫困和耻辱中。于是我们各个民族要求独立，并且为独立而战，最后终于获得了独立。随着独立的获得，就担负了责任。我们对我们自己，对世界和那些还未出生的后代负有沉重的责任。但我们并不因负有这些责任而懊悔。

在 1945 年，我们民族革命的第一年，我们印度尼西亚人碰到了在我们最后获得独立时——我们从不怀疑我们将获得独立——我们对独立怎样办的问题。我们知道如何反对和破坏，然后我们突然碰到了必须给予我们的独立以内容和意义的问题。不仅是物质的内容和意义，而且还有伦理的和道德的内容，因为没有伦理内容和道德内容的独立，将是我们所寻求的东西的一种可怜的赝品。独立的职责和负担，独立的权利、义务和特权，必须看做是独立的伦理内容和道德内容的一部分。的确，我们欢迎使我们负起新的负担的变化，我们都决心尽我们的一切力量和勇气来承担这些负担。

兄弟姊妹们，我们的时代是多么有生气呀。我记得，几年以前我曾有机会公开分析过殖民主义，我当时曾促请大家注意我所说的"帝国主义的生命线"。这条线从直布罗陀海峡起，穿过地中海、苏伊士运河、红海、印度洋、南中国海和日本海。在这个遥远的距离的大部分，这条生命线两边的土地都是殖民地，那里的人是不自由的，他们的前途抵押给了一种外国的制度。沿着这条生命线，帝国主义吮吸着殖民主义赖以生存的鲜血。

今天在这个会议厅里聚集的，就是那些国家的人民的领袖。他们已经不再是殖民主义的受害者了，他们已经不再是别人的工具和他们不能影响的势力的玩物了。今天，你们是自由的人民，在世界上有着不同的身份和地位的人民的代表。

苏加诺抵达万隆

万隆会议通过了《关于促进世界和平与合作的宣言》，宣言提出了处理国际关系的十项原则。这十项原则体现了亚非人民为反帝反殖、争取民族独立、维护世界和平而团结合作、共同斗争的崇高思想和愿望，被称为万隆精神。

是的，"亚洲有风暴"，非洲也是如此。在过去几年中发生了巨大的变化，许多民族和国家从许多世纪的沉睡状态中苏醒过来了。被动的人民已经过去了，表面的平静已让给斗争和活动。不可抗拒的力量横扫了两个大陆。整个世界的心理的、精神的和政治的面貌已经改变了，这种改变的进程还没有完结，世界上到处产生新的情况、新的概念、新的问题、新的理想。民族觉醒和复苏的狂风横扫了大地，震撼它，改变它，把它改变得更好。

20世纪是一个具有巨大活力的时期。近50年来的发展和物质进步，或许比以往500年所发生的还要多。人学会了控制一度威胁他的许多天灾。他学会了缩短距离。他学会了把他的声音和形象穿过海洋和大陆传到远方。他深入地探测自然的奥秘而学会了如何使沙漠开花，使地球上的植物增加产量。他学会了如何把封锁在最小的物质分子中的无限力量解放出来。

但是，人的政治技能是否和技术的和科学的技能同时并进呢？人能够控制闪电，但是他能否控制他所生活的社会呢？答案是不能！人们的技术技能已经远远超过他的政治技能，他不能肯定地控制他所制造的东西。

这种情况产生了恐惧，人们渴望安全和道义。

目前的社会、政府和政治家的态度也许比世界历史上任何其他时候都更需要以道义和伦理的最高准则为基础。在政治方面，什么是道义的最高准则呢？那就是一切都要服从人类的幸福。但是，我们今天面对的情况是，人类幸福并不总是在人们的考虑中占首要的地位。许多掌握大权的人却是在想如何控制世界。

的确，我们生活在恐惧的世界中。今天人们的生活受到恐惧的腐蚀，而且因为恐惧而变得很痛苦。恐惧将来、恐惧氢弹、恐惧意识形态。这种恐惧也许是比危险本身更大的一种危险，因为恐惧使得人们采取愚蠢的行动、轻率的行动和危险的行动。

兄弟姊妹们，我恳求你们，你们在讨论中不要为这些恐惧所左右，因为恐惧是一种酸素，把人们的行动腐蚀得怪模怪样。请大家以希望和决心为指针，以理想为指针，并且以梦想为指针！

我们属于许多不同的国家，我们有许多不同的社会背景和文化条件。我们的

生活方式是不同的，我们的民族特性、色彩或主旨——你们愿意怎样称呼它都可以——是不同的，我们的种族是不同的，甚至我们的肤色也是不同的。但是这有什么关系呢？人们是由于这些东西以外的考虑而分裂或团结的。冲突并不起于肤色的不同，也不起于宗教的不同，而起于欲望的不同。

我深信，我们大家是由比表面上使我们分开的东西更为重要的东西联合起来的，例如：我们是由我们对不论以什么形式出现的殖民主义的共同厌恶联合起来的，我们是由对种族主义的共同厌恶联合起来的，我们是由维护和稳定世界和平的共同决心联合起来的。这些不就是你们接受的邀请书中提到的那些目的吗？

我坦白地承认，对于这些目的，我不是漠不关心的，也不是为纯粹和个人无关的动机所驱使的。

怎么可能对殖民主义漠不关心呢？对于我们来说，殖民主义并不是什么很遥远的东西，我们知道它的全部残酷性。我们曾看到它对人类造成的巨大破坏，它所造成的贫困，以及它终于无可奈何地在历史的不可避免的前进下被赶出去后留下的遗迹。我国人民和亚非两洲许多国家的人民都知道这些事情，因为我们曾都亲历其境。

的确，我们还不能说，我们这些国家的全部地区都已经自由了。有些地区仍然在皮鞭下受苦，没有派代表到这里来的亚非两洲某些地区也仍然在这种情况下受难。

是的，我们这些国家的某些地区现在还不是自由的。这就是为什么我们大家还不能认为现在已经达到目的地的原因。只要祖国的一部分还不是自由的，任何民族都不能认为他们是自由的。像和平一样，自由是不可分割的。半自由的事情是不存在的，正如半生半死的事情不存在一样。

我们时常听说："殖民主义已经死亡了。"我们不要为这种话所欺骗或甚至为这种话所麻痹。我告诉你们，殖民主义并没有死亡。只要亚非两洲的广大地区还不自由，我们怎么能说它已经死亡了呢？

我请你们不要仅仅想到我们印度尼西亚人和我们在亚非两洲各个地区的兄弟们所知道的那种古典的殖民主义。殖民主义也有它的现代化的外衣，它可以表现为由一个国家之内的一个小小的，然而是外国的集团进行经济控制、思想控制、实际的物质上的控制。它是一个狡猾的、坚决的敌人，它以各种各样的伪装出现，它不轻易放弃它的赃物。不管殖民主义在何地、何时、如何出现，它总归是一个邪恶的东西，一个必须从世界上铲除的东西。

反对殖民主义的斗争是一个长期的斗争，诸位知道今天是这个斗争的一个著名的纪念日吗？就在180年前的今天，在1775年4月18日，保罗·里维尔在半夜骑着马穿过新英格兰的乡间，警告人们说英国军队来了，美国独立战争——历史上第一次胜利的反殖民战争——已经开始了。关于这件午夜骑马奔驰的事，诗人朗弗洛写道：

一个反抗的而不是畏惧的呼唤，

一个黑暗中的声音，一阵敲门声，

一个将永远萦绕的呼声。

是的，这个呼声将永远萦绕，正如在我们斗争的最艰苦的日子里使我们感到宽慰和安心的其他反殖民的话语将永远萦绕一样。但是请记住，180 年以前开始的斗争还没有完全取得胜利；在我们能够环顾我们自己的这个世界，说殖民主义已经死亡以前，这个斗争就没有完全取得胜利。

　　所以，在我谈到反殖民斗争的时候，我并不是超然的。

　　在我谈到争取和平的斗争的时候，我也不是超然的。我们中间谁又能对和平采取超然态度呢？

　　就在不很久以前，我们提出理由说，和平对我们是必要的，因为要是在世界上我们所在的这个地区爆发战争的话，那就会危及我们不久以前以十分重大代价赢得的宝贵的独立。

　　今天，景象更黑暗了，战争不仅意味着对我们的独立的威胁，还可能意味着文明、甚至是人类生命的毁灭。在世界上这么一种已经解放出来的力量，没有人真正知道它有多么大的造成恶果的潜力。哪怕是在战争的演习和预演中，它的影响很可能扩大成为某种不测的恐怖。

　　不太久以前，我们还可以多少引以自慰的是：战争如果发生的话，说不定还能够以所谓"常规武器"，即炸弹、坦克、大炮、人力等来解决。但是在今天，我们连那么一点点安慰也得不到了。因为事情已经很明显，将来必然要使用极端恐怖的武器，各国军事计划工作也是在这个基础上进行的。非常规武器成了常规武器，而且谁知道会发现其他什么用非其所、穷凶极恶的科学技术祸害人类呢？

　　不要认为浩瀚大洋能保护我们。我们吃的食物，喝的水，就连我们呼吸的空气都能够染上数千英里以外的毒，而且即使我们自己侥幸逃过的话，我们后代畸形的身体上也可能留下标记，说明我们没有能控制已经在世界上解放出来的力量。

　　没有比维护和平更迫切的任务了。没有和平，我们的独立就没有什么意义，我们国家的复兴和建设也就没有什么意义，我们的革命就无法进行到底。

　　那么我们能做些什么呢？亚非人民所拥有的物质力量是很小的，就连他们的经济力量也是分散而薄弱的。我们不能迷恋强权政治。外交对我们说来也不是一件挥舞大棒的事情。我们的政治家大体上都不是有密集的喷气轰炸机队伍作后盾的。

　　那么，我们能做些什么呢？我们能做许多事情。我们能把理智的声音贯注到世界事务中。我们能够动员亚非两洲的一切精神力量、一切道义力量和一切政治力量来站在和平的一边。是的，我们！我们亚非两洲有 14 亿人民，远超出世界总人口的一半。我们能够动员我称之为各国的道义暴力来拥护和平。我们能够向在其他各洲的世界上的少数派表明，我们多数人是要和平而不要战争的，并且表明，我们所拥有的一切力量总是要投到和平方面的。

　　这个斗争已经取得了一些胜利。我想大家都承认，邀请诸位到这里来的发起国的总理们的活动在结束印度支那战事方面，发挥了不是不重要的作用。

　　请看，亚非人民发出了声音，全世界都倾听着。这不是一个很小的胜利，也不是一个可以忽视的先例。这五位总理没有进行威胁，他们没有发出最后通牒，他们没有动员军队。相反地，他们共同磋商，讨论问题，集合他们的意见，并汇

集他们各自的政治才能，提出健全而合理的建议，这些建议形成了解决印度支那长期斗争的基础。

我从那时起就经常自问道，为什么这五位总理获得成功，而其他具有长期外交经验的人却不成功，并且事实上曾让恶劣的局势更加恶化下去，以致冲突有扩大的危险呢？是不是因为他们是亚洲人呢？也许这是一部分答案，因为战火已经烧到他们门口了，战火的任何进一步扩大将会造成对他们自己住房的直接威胁。但是我认为，答案实际上在于这一事实：这五位总理对问题采取了一种新的看法。他们并不是谋求自己国家的好处，他们没有实行强权政治的企图，他们所关心的只是一件事，那就是如何结束那里的战事并且进而增加保持和平和稳定的可能性。

我的兄弟姊妹们，这是一件有历史意义的事件。自由亚洲的某些国家发言，世界各国倾听。他们所谈论的是同亚洲有直接关系的问题。他们这样做表明，亚洲的事务是亚洲人民自己的事，亚洲的前途可以由遥远的其他的民族来决定的日子现在早已一去不复返了。

但是，我们不能够、也不敢把我们的关心限于我们自己的大陆的事务。今天，世界各国是互相信赖的，没有一个国家能够把自己孤立起来。光荣的孤立也许一度是可能的，但是情况再也不是这样了。全世界的事务也就是我们的事务，我们的将来有赖于一切国际问题——不论这些问题看来可能与我们多么无关——的获得解决。

当我环视这个大厅的时候，我的思想回到了亚洲各国人民所举行的另一个会议。1949年初——从历史上说，还是不久以前——我国在宣告独立后从事于生死存亡的斗争。我们的国家被包围、围攻，我们广大的领土被占领，我们很大一部分的领袖被监禁或放逐，我们国家的生存受到威胁。

问题不是在会场里决定而是在战场上决定。当时我们的使节就是步枪、大炮、炸弹、手榴弹和竹枪。我们在物质上和精神都受到了封锁。

就是在我们国家历史上这个悲惨然而光辉的时刻，我们的好邻邦印度在新德里召开了一次亚洲和非洲国家会议，来抗议对印度尼西亚的非正义行为并支援我们的斗争。精神上的封锁被打破了，我们的代表飞抵新德里，亲身体会对我们争取民族生存的斗争的巨大支持。亚洲和非洲国家人民为援救一个处境危殆的亚洲兄弟国家而表现的这种团结一致在人类历史上是空前的，我们的亚洲和非洲邻邦的外交家、政治家、报纸和普通人全都支持我们。这样我们有了新的勇气来继续进行斗争，直到最后胜利。我们再次充分体会到德斯穆林话的真理："不要怀疑自由人民的全能。"

万隆会议部分代表团的代表合影

万隆会议与会国既有中国、印度这样人口众多的大国，也有菲律宾、尼泊尔等人口较少的国家；既有儒家文明，也有印度文明和非洲文明的代表。29个不同的国家共聚一堂，表明不同文化、各种文明的国家完全可以求同存异，和睦相处。

也许，今天在这里举行的会议有几分起源于 6 年前亚非国家的这种团结一致的表现。

无论情况如何，事实仍然是，诸位每一个人都负起重责，我要向上苍祈祷，大家勇敢地明智地履行责任。

兄弟姊妹们，让这个会议取得伟大的成就吧！尽管与会者之间存在差异，让这个会议取得伟大的成就吧！

不错，我们之间是有差异的，谁也不否认。派代表出席会议的大小国家的人民所信奉的宗教几乎是世界上每一种宗教：佛教、基督教、儒教、印度教、耆那教、锡克教、拜火教、神道及其他宗教。我们在这里几乎可以碰到每一种政治信仰：民主主义、君主主义、神权政体和它们的数不尽的派别。几乎每一种经济学说都有代表在这个大厅里面：各种各样的不同的和混合的平民主义、社会主义、共产主义。

但是，只要有团结一致的愿望，多样化又有什么害处呢？这个会议不是要互相反对，而是一个兄弟会议。它既不是伊斯兰教会议，也不是基督教会议，也不是佛教会议。它既不是马来人会议，也不是阿拉伯人会议，也不是印度雅利安人会议。这不是一个排他性的俱乐部，也不是一个设法反对任何其他集团的集团。它可以说是一部分开明的具有宽容精神的舆论，它要让全世界所有的人和所有的国家在太阳底下都有他们的地位，要让全世界知道有可能在不失个别的特殊的情况下在一起生活，共聚一堂，互相交谈，而有助于对共同关心的问题获得普遍的谅解，并促进这样的真正的认识：各国为了自己的幸福和在世界上生存就要互相信赖。

我知道，亚洲和非洲比世界上其他各洲有更多的宗教、信仰和信念。但这完全是自然的事情。亚洲和非洲是那些已经传布全世界的各种信仰和概念的古老的诞生地，因此，我们应该特别注意保证那个通常称为"自己活也让别人活"的原则——请注意我不是说那个已经陈腐的"放任和自流"的自由主义的原则——首先由我们自己的亚洲和非洲的地区以内最充分地加以实行，然后才能把它充分地推广到我们和各邻国的关系方面，以及推广到更远的关系。

宗教是非常重要的，尤其是在世界上这一部分地区。大约这里的宗教比世界上其他地区的宗教更多。而且，我们这些国家都是宗教的诞生地。难道我们一定要让我们宗教生活的多样性把我们分开吗？不错，每一个宗教都有它自己的历史，有它自己的特点，有它自己的"宗旨"，有它自己的信仰特别引以自豪的地方，有它自己的使命，有它所希望宣传的特殊的真理。但是除非我们认识到所有伟大的宗教都启示我们要宽容，要坚持"自己活也让别人活"的原则，除非每一种宗教的信徒们都愿意对于任何地方的别人的权利都给以同样的考虑，除非每一个国家都能尽到职责来保证对于各种信仰的人们都给以同样的权利，除非做到这一切，否则宗教就会堕落，它真正的宗旨就会被歪曲。除非亚非各国认识到它们在这个问题上的责任，并共同采取步骤来履行这些责任，否则应该成为团结的源泉和反对外国干涉堡垒的宗教信仰的力量本身就会使它分裂，并且结果可能毁灭亚非大部分地区由于共同行动而获得的得来非易的自由。

兄弟姊妹们，印度尼西亚是亚洲和非洲的缩影。它是一个拥有许多宗教和许多信仰的国家。在印度尼西亚，我们有穆斯林，我们有基督教徒，我们有湿婆教徒，我们有信仰其他教义的民族。此外，我们还有许多种族单位，例如亚齐人、马达人、中苏门答腊人、巽他人、中爪哇人、马都拉人、托拉贾人、里人等等。但是感谢真主，我们有团结的意志，我们有我们的建国五原则，我们实行"自己活也让别人活"的原则，我们彼此容忍。殊途同归是印度尼西亚的立国格言，我们是一个民族。

因此，让这个亚非会议取得伟大成就吧！使"自己活也让别人活"的原则和殊途同归的格言成为团结的力量；使我们团结起来，通过友好的没有拘束的讨论，设法使我们每个国家能和平融洽地过自己的生活，并让其他国家也能按照它们自己的方式来过活。

如果我们在这方面获得成功，那么这在整个世界对人类自由、独立和幸福的影响是很大的。谅解的光芒已经再度燃起，合作的威信已经再度树立，会议成功的可能性已经由于各位今天来到这里而得到了证实。我们的任务是给予会议以力量，使会议具有鼓舞的力量，把会议的言论散布到全世界。

会议如果失败，那将意味着在东方刚露出的谅解的光芒，过去在这里诞生的所有伟大的宗教所期望的这种光芒，将再一次被不友好的乌云所掩盖，使人们得不到它温暖的照耀。

但是让我们充满着希望和信心吧。我们是有着非常多的共同之处的。

相对地说，我们今天在这里聚会的都是邻邦，我们几乎都有身受殖民统治的经验的联系。我们之中许多国家有着共同的宗教。我们之中许多国家有着共同的文化基础。我们之中许多国家，所谓"落后国家"，有着或多或少相似的经济问题，因此我们能够从彼此的经验中得到好处，进行帮助。我认为我也许可以说，我们都很珍视民族独立和自由的理想。是的，我们有这么多的共同之处，但是，我们互相了解却这么少。

如果这个会议使有代表在这里开会的东方人民彼此更能了解一些，彼此更能尊重一些，对彼此的问题更能同情一些，如果能做到这几点，那么这个会议当然是值得召开的，不论它可能取得其他什么成就。但是，我希望这个会议将不仅取得谅解和建立善意。远在国外的一个外交家说："我们将把亚非会议变成一个午后茶会。"我希望会议将揭破和证明这种说法是无稽之谈。我希望，会议将证明这样的事实：我们亚洲和非洲的领袖们都了解到，亚洲和非洲只有团结起来才能得到繁荣，若没有一个团结的亚洲和非洲，甚至全世界的安全也不能得到保证。我希望，这个会议将给人类以指导，指出他们取得安全和和平所必须遵循的道路。我希望，它将证明亚洲和非洲已经再生了，不，新的亚洲和新的非洲已经诞生了！

我们的任务首先是彼此取得谅解，从谅解中将产生彼此间的更大的尊重，从尊重中将产生集体的行动。我们应当记住亚洲最伟大的儿子之一所讲过的话："说易行难知最难，一旦知后行就易。"

最后，我祈求真主，但愿诸位的讨论有很多收获，但愿诸位的智慧从今日环境的坚硬燧石上击出光明的火花来。

让我们不记旧怨，让我们的目光坚定地注视未来。让我们记住，真主的任何祝福也不如生命和自由甘美。让我们记住，只要是有的国家或国家的一部分仍未得到自由，全人类的气概就为之减色。让我们记住，人类的最高目的是，把人类从恐惧的羁绊中，从人类堕落的羁绊中，从贫困的羁绊中解放出来，把人类从长久以来阻碍多数人发展的肉体、精神和智识的羁绊中解放出来。

兄弟姊妹们，让我们记住，为了这一切，我们亚洲和非洲人必须团结起来。

作为印度尼西亚共和国总统并代表印度尼西亚8000万人民，我欢迎你们来到这个国家。我宣布亚非会议开幕，我祈求真主祝福这次会议，使会议的讨论有益于亚洲和非洲人民以及一切国家的人民。

真主啊！祝诸位成功！

作 / 品 / 赏 / 析

20世纪亚非拉民族独立解放斗争和所争取到的独立自主的成就显然是激动人心的，来之不易的和平也是令人感动和感慨的，作为世界现代史上具有深远意义的一次第三世界大会，万隆会议承担着巨大的历史使命并开创了辉煌的国际外交新局面，苏加诺的这篇开幕词对这次会议显然产生了巨大的影响。作为一名杰出的政治家和演说家，苏加诺的演说不仅仅表现出一种普遍意义上的外交风范，而是充满对人类，尤其是对被压迫民族政治前途的真切关注和忧虑。苏加诺在演讲中首先高度评价了亚非拉民族解放独立的重大历史意义和世界政治意义，指出亚非国家和民族团结的重大现实意义，同时坦率地表明了自己的焦虑：人民渴望和平，然而怎样才能保证和平？人民生活在恐惧中，怎样才能克服和消除这种恐惧？科学技术文明在20世纪取得了空前的发展，然而人类的政治文明是否取得了进步？或者说我们有没有能力拥有这样的政治技术上的进步来控制科技文明进步给我们带来的恐惧和灾难？寻求一种更为文明的政治和外交，在人类的今天显得尤为迫切。苏加诺在演讲中表明了他对大会的期待，也就是在这些问题上，产生了显著的效果，"目前的社会、政府和政治家的态度也许比世界历史上任何其他时候都更需要以道义和伦理的最高准则为基础"，苏加诺的期望也是当时世界政治的主题。

和平属于我们大家 / 萨达特

演讲词档案

演讲者：萨达特（1918～1981）
演讲时间：1977 年 11 月 20 日
演讲地点：以色列国会
演讲者身份：埃及总统

历史背景

1973 年，第四次中东战争结束之后，阿以矛盾尖锐，关系十分紧张。1977 年，埃及总统萨达特冲破重重内部阻力，毅然赴以色列进行和平外交。这篇演说，便是他访问以色列时在其国会上发表的。

原文欣赏

总统先生，女士们，先生们，你们好。愿真主怜悯你们。

蒙真主允许，和平属于我们大家。

和平属于我们大家，属于在阿拉伯土地上的，在以色列的，在这个充满着血淋淋的争斗、为尖锐的矛盾所困扰、不时遭受流血战争威胁的广袤世界的每一个地方的所有的人。人类制造战争，以此最终消灭自己的兄弟——人类。在人类所建树的一切的废墟上、在人类牺牲者的尸骨中间，是没有征服者和被征服者的。真正的被征服者永远是人类——真主创造的最高之物、真主创造的人类。正如和平的圣徒甘地所说："为了建设生活、为了崇拜真主而奔走。"

今天，我以坚定的步伐来到你们这里，为的是我们大家——生活在这个地球上、真主的土地上的所有穆斯林、基督教徒、犹太教徒——一起来为了建立和平而创造一种新的生活。我们崇拜真主，此外，我们没有任何别的崇拜。真主的教诲和戒律是友爱、信任、纯洁与和平。

在经过长时期的思考以后，我确认对真主、对人民的责任的忠诚要求我走遍天涯海角，而且要到耶路撒冷去，去向以色列人民的代表、国会成员说明我考虑已久的全部事实，然后让你们自己考虑并作出你们的决定。最后，让真主按照他的意旨为我们安排一切。

·演讲者简介·

萨达特（1918～1981），1918 年生于埃及米努夫省迈特阿布库姆村。1936 年，进入开罗军事学院。1939 年，秘密建立"自由军官"小组，从事反英活动，曾两次被捕入狱。1950 年，加入纳赛尔的自由军官组织。1952 年 7 月，参加了推翻法鲁克王朝的七月革命。1964～1970 年，曾两度担任副总统。1970 年 10 月 15 日纳赛尔逝世，萨达特继任总统。1977 年 11 月，与以色列总理会晤，打破阿以政治僵局。1978 年，获诺贝尔和平奖。1981 年 10 月 6 日，遇刺身亡。

女士们，先生们：战争的牺牲品是人类。在战争中灭亡的生命是人的生命——不管是阿拉伯人还是以色列人；失去丈夫的妻子是应该生活在幸福家庭中的妇女，不管是阿拉伯的还是以色列的妇女。

失去父亲的照料和爱抚的儿童是我们大家的孩子。无论是在阿拉伯的还是以色列的土地上，我们都应该担负起为他们创造快乐的今天和美好的明天的巨大责任。

为了这一切，为了保卫我们所有孩子和兄弟的生命，为了我们社会的安居乐业，为了人类的发展，使他们幸福，给他们以崇高的生活权利，为了我们对子孙后代的责任，为了降生在我们土地上的每一个孩子的欢笑，为了所有这一切，我甘冒一切风险，我决定来到你们这儿，发表我的意见。

我曾经担负起、现在仍然担负着历史责任提出的要求。为此，几年以前，确切地说是在 1971 年 2 月 4 日，我宣布我准备同以色列签订一项和平条约。这是阿以冲突开始以来阿拉伯负责人发表的第一个公开声明。出于领导责任应有的这一切动机，我在 1973 年 10 月 16 日在埃及人民议会宣布呼吁召集一次国际会议，以便确立持久的公正的和平。

让我们用没有任何隐晦曲折的直截了当的语言和明确的思想进行坦率的交谈，让我们今天坦率地交谈。包括东方和西方在内的整个世界都在注视着这个珍贵的时刻，它可能成为世界这一地区——如果不是说整个世界的话——的历史进程中的根本转折点的时刻。

让我们坦率地回答这样一个重大问题：怎样才有可能实现持久、公正的和平。

在我向你们公布我的回答以前，我希望向你们强调，我在这个明确的、坦率的回答中，根据的是任何人都必须承认的若干事实：第一个事实：任何人的幸福都不能建立在别人的痛苦上。第二个事实：我从来没有，也绝不会用两种语言说话，我从来没有，也绝不会用两种政策同别人打交道。我只用一种语言、一种政策、一个面貌同任何人打交道。第三个事实：直接对话和直截了当的路线是达到明确目标的最近也是最成功的道路。第四个事实：建立在尊重联合国各项决议基础上的持久、公正和平的主张今天已经成了全世界的主张，它明确无误地表达了国际社会的意志；这种意志既反映在制定政策、作出决定的官方首都，也代表了影响制定政策、作出决定的全世界的公众舆论。第五个事实，这也许是最突出、最明显的事实：阿拉伯民族不是从一种软弱或动摇的地位出发为争取持久公正和平而进行活动的。恰恰相反，它拥有实力和稳定的基础。因此，它的意见出自对和平的真诚意愿，发自为了避免将要落在我们和你们以及全世界头上的一场灾难的明智理解。没有任何东西可以取代确立公正的和平。核弹不能撼动它。怀疑不能损害它。不管是别有用心还是隐晦曲折的意图都不能动摇它。

这里，我再回来回答这个重大的问题：我们怎样实现持久公正的和平？我在这个讲坛向全世界宣布，我的意见是，回答不是不可能的，不是困难的，尽管在血的仇恨、愤怨、憎恶中，尽管在完全的隔膜和根深蒂固的敌意中经过了几代人的情况下，已经经过了漫长的岁月。

回答是不困难的，不是不可能的，如果我们以全部诚挚、忠诚沿着正直的方针前进的话。

你们愿意同我们一起共同生活在世界的这个地区。

我十分真诚地告诉你们：我们欢迎你们平安地、忠恕地生活在我们中间。

这本身就构成具有决定意义的历史转折中的巨大的转折点。

我们同你们之间有一堵巨大的高墙，在四分之一世纪的时间里你们一直在努力建造这堵墙。但是，它在 1973 年被摧毁了。这是一堵一直在燃烧，逐步上升的心理战的墙。

这是一堵用能够把整个阿拉伯民族扫荡殆尽的力量进行威胁的墙。

这是一堵散布关于我们已经成为一具动弹不得的尸体的民族的墙；甚至你们有人说即使再过五十年，阿拉伯人也不可能重新站起来。这是一堵以能够达到任何地方、任何距离的长臂来进行威胁的墙。

这是一堵警告我们，如果我们想要行使解放我们被占领的土地的合法权利的话，就要遭致毁灭和灭亡的墙。

我们都应该承认这堵墙已经在 1973 年垮台了，摧毁了。但是还有另一堵墙。

这另一堵墙造成了我们彼此之间复杂的心理障碍。

同时也造成了怀疑和疏远的障碍，对任何做法、行动和决定都产生担心受骗上当和错觉的障碍，对每一件事情或每一次谈话都作出错误的小心翼翼的解释的障碍。

这一心理障碍，就是我在历次正式声明中所说的，问题的百分之七十都是由它造成的。

今天，在我对你们的访问中，我要问你们：为什么我们不诚恳地、坚定地、坦率地伸出我们的双手来一起摧毁这一障碍呢？

为什么不能以诚恳、信任和忠实的态度使我们的愿望一致起来，以便共同消除一切恐惧的疑虑、背信弃义、隐晦曲折和隐瞒真实意图的现象呢？

为什么我们不能以男子汉的英雄气概、以那些把毕生的精力献给一个最崇高目标的英雄们的胆略一起采取行动呢？

为什么我们不能以这种勇气和胆略一起采取行动，以便建造一座受到保护而不受到威胁的和平大厦，为我们的子孙后代放射出人道主义的光芒，使他们朝着建设、发展和人类尊严的方向前进呢？

为什么我们要为这些后代留下流血、杀害生灵、制造孤儿寡妇、毁灭家庭、使牺牲者辗转呻吟的后果呢？

为什么我们不相信哲人苏莱曼·哈基姆格言所引证的造物者的睿智呢？格言说："求恶之心多欺诈，倡导和平有欢乐。""和平中的一口粗茶淡饭，胜于敌对中的满屋佳肴珍馐。"

为什么我们不能吟诵旧约中大卫先知的雅歌呢？雅歌说："主啊，我向你呼喊，如果我向你求助，请听取我恳切的声音。我把手举到你圣所的正位，不要把我同坏人、同为非作歹者、同那些对朋友口蜜腹剑的人拉在一起。你根据他们的行动、根据他们行为的丑恶，给他们以报应吧！我要求平安，我为它而努力。"

女士们，先生们，我向你们实说，只要和平不是建立在公正基础上，就绝不

会有名副其实的和平。和平不能建立在占领别国领土的基础之上。

让我毫不犹豫地对你们说，我来到你们中间，来到这个圆顶大厅，不是为了恳求你们从被占的土地上撤退。从 1967 年后占领的阿拉伯土地全面撤退是不容争辩的明显的事，任何人都不要对此抱什么幻想，或者对别人抱这种幻想。

在你们用武装力量占领着阿拉伯土地的时候，任何关于持久、公正和平的言论，任何保证我们平安、安全地一起生活在世界这一地区的步骤都是毫无意义的，因为在占领别人的土地的情况下，不能建立和平。

女士们，先生们，和平不是在几行官样文章上签个字，而是重新撰写历史。

和平不是为维护某种贪欲或掩盖某种野心的宣传竞赛。和平在本质上是反对一切野心和贪欲的重大斗争。

古今历史经验也许能告诉我们大家：火箭、炮舰和核武器不能建立安宁。恰恰相反，它将破坏安宁所建树的一切。

我们应该：为了我们各国人民，为了人类所创建的文明，保卫各地的人们不受武力的控制。

我们应该以提高人类地位的道德观念和原则的全部力量，提高人道主义的威力。

如果你们允许我在这个讲台上向以色列人民发出我的呼吁的话，那么我要向以色列的每个男人、女人和孩子发表诚恳的、忠诚的讲话：我从祝福争取和平的神圣使命的埃及人民那里给你们带来了使命。

我给你们带来了和平的使命——埃及人民的使命；埃及人民不懂得偏见，它正以穆斯林、基督教徒、犹太教徒的每个人都具有的友爱、友好、谅解的精神生活着。

这就是埃及；它的人民要我忠实地肩负起神圣的使命，安全、平安、和平的使命。

以色列的男人、女人和孩子们，鼓励你们的领导为和平而斗争，让他们把力量集中到建造和平大厦上来，而不要以毁灭性的火箭建造碉堡和坚固的掩体。

为全世界提供世界这一地区的新人的形象吧！并使之成为现代人类、在各地的和平人类的榜样。

告诉你们的孩子们，最后一次战争、痛苦的最后阶段已经过去，新生活的新起点已经来到；这是友爱、幸福、自由、和平的生活。

失去儿子的母亲，失去丈夫的妻子，失去父兄的孩子，一切战争的牺牲者，你们要对和平满怀希望，要使歌曲成为活生生的富有成果的现实，要使希望成为工作和斗争的准则。各国人民的意志就是真主的意志。

女士们，先生们，在我来到这个地方以前，在我在阿克索清真寺进行节日礼拜时，在我访问复活教堂的时候，我以赤诚的心向至高无上的真主提出祈求，祈求他给我力量，祈求他实现我的坚定信念：这次访问将达到为了幸福的现在和更加幸福的明天我所期望的目的。

我已经决定跳出一切交战国所通行的先例和传统。尽管阿拉伯土地还在被占领之中，尽管我宣布准备来到以色列一事是使许多人感情上受到震动和思想上感到茫然的非常之举，甚至有些人怀疑这一举动的意图，尽管如此，我还是以纯洁

的信仰、以完全忠实地表达我的人民意志和愿望的感情作出了这一决定，选择了这条艰难的道路，甚至是很多人认为非常艰难的道路。

我决定坦率地、光明磊落地来到你们这里。我决定给全世界为争取和平所作出的努力以这样一个推动力。我决定在你们的家里向你们提供不带任何偏见和倾向的真相。

我不是为了故作姿态。

我不是为了赢得一个回合，现代历史上最严峻的回合和战斗。

这是公正和持久和平的战斗。

这不仅是我的战斗，也不仅是以色列领导者们的战斗。

这是生活在我们土地上的、有权生活在和平之中的全体人民的战斗。这场战斗对蕴藏在千百万人心中的天良和责任感来说是必要的。

当我提出这一主动行动时，很多人问到我关于这次访问可能达到的结果的设想和对这次访问的期望。

作为对询问者的答复，我要向你们宣布，我并不是从在访问期间可能实现的结果作为出发点来考虑进行这一倡议的。我来到这里是为了转达一项使命。我做到了这点没有？真主啊，你可以作证。

真主啊！我要重复先知扎克利亚的一句话：“你们热爱正义和和平吧！”

我引用珍贵的睿智的古兰经中的一段话，它说：“你说相信真主吧，相信真主对我们的启示吧，相信他对易卜拉欣、伊斯梅尔、伊斯哈克、雅各布和对犹太部族的启示吧！相信穆萨、耶稣和先知们从他们的真主那里得到的启示吧！我们不歧视他们中间的任何人；我们是信仰真主的穆斯林。”

“伟大的真主是至诚的。”

祝你们和平！

作/品/赏/析

在敌国的国会发表有关和平的演讲，需要极大的勇气、极坚定的决心和高超的技巧，所幸萨达特全都拥有。他用真诚的语言突破双方敌对的心理障碍，告诉听众，他是经过长时间思考，本着对真主、对人民负责的态度来演讲的，并用几个“为了”来说明自己发表这篇演讲的原因。言辞中闪现出的人格魅力，让人无法再对他的演讲怀有抵抗的心理。

接着，萨达特提出了“怎样才有可能实现持久、公正的和平”这一核心问题，在强调存在着的、任何人都必须承认的事实后，萨达特指出“回答不是不可能的，不是困难的”，只要人们愿意真挚地对待对方。战争摧毁了现实中的墙，却没有摧毁国家之间人们心中的墙，萨达特认为和平与否百分之七十取决于这无形的墙。他连续用7个“为什么”的句式，表达了想拆除这堵墙的强烈愿望。萨达特的这篇演讲呼吁结束带给人们苦难的战争，呼吁和平，引起了敌国人民的强烈共鸣。这次演讲获得了空前的成功，两年之后，代表着和平的协议签订，以色列撤军。

睦邻友好的新起点 / 拉宾

演讲词档案

演讲者：拉宾（1922～1995）
演讲时间：1993 年 9 月 13 日
演讲地点：华盛顿
演讲者身份：以色列总理

历史背景

以色列宣布建国后，阿拉伯国家先后与以色列进行了 5 次大规模战争。以色列多次击败阿拉伯联军，占领了大量的巴勒斯坦领土。巴勒斯坦的阿拉伯人为了争取民族独立，开始了针对以色列的长期武装斗争。战争给双方人民带来巨大灾难，制造了无数悲剧。进入 20 世纪 90 年代，在国际社会的斡旋下，认识到谁都无法消灭对方的巴以双方开始寻找政治解决的途径。1992 年，拉宾出任以色列总理，他顶着种种压力，历尽艰难，以无畏的勇气与巴勒斯坦领导人阿拉法特达成和平协议。1993 年 9 月 13 日，巴以和约在华盛顿签订，这是拉宾在签约仪式上的演讲。

原文欣赏

今天在此签署的以色列——巴勒斯坦原则宣言，无论是对以色列战争的一名军人来说，还是对以色列人民和散居在世界各地的犹太人来说，都是不容易的。这些犹太人正抱着希望和忧虑的心情注视着我们。对于战争、暴力和恐怖活动的受害者的家属来说，这当然也是不容易的。他们遭受的痛苦是永远无法治愈的。对于以其自身的生命保卫我们的生命、甚至为了我们而牺牲他们的生命的成千上万人来说，这也是很不容易的。显然，对他们来说，这个签字仪式的举行为时太晚了。

今天，在实现和平，也许也是结束暴力活动和战争的前夕，我们永远铭记着

· 演讲者简介 ·

拉宾（1922～1995），1922 年生于耶路撒冷。中学毕业后，到美国伯克利加利福尼亚大学留学，学习灌溉工程专业。第二次世界大战后，弃笔从戎，加入反对轴心国的军事组织。1964 年，被任命为以色列国防军参谋长。1967 年，亲自指挥"六五战争"，打败了约旦、埃及和叙利亚联军。1968 年，退役从政，出任驻美国大使。1974 年，出任以色列总理，后因妻子拥有非法账户而下台。1984 年以色列成立联合政府，他担任国防部长。1992 年，在大选中击败沙米尔，再度出任总理。1993 年 11 月 13 日，以色列和巴勒斯坦在美国白宫签署了第一个和平协议——《加沙—杰里科自治原则宣言》。1994 年 10 月，以色列与约旦签署了和平条约。1995 年 11 月 4 日，在特拉维夫国王广场上举行的 10 万人的和平集会上，拉宾在演讲后离开集会之际，被一名犹太极端分子刺杀身亡。

他们中的每个人，并永远对他们怀着敬爱的心情。我们来自犹太人民古老和永恒的首都耶路撒冷。我们来自遭受痛苦和悲伤的国度。我们来自这样的人民和家庭：那里的母亲没有一年，甚至没有一个月不为她们的儿子而哭泣。我们到这里来是为了设法结束这种敌对行动，以便让我们的子子孙孙不再经受战争、恐怖和暴力行动带来的磨难。我们来到这里是为了不使他们的生命受到伤害，是为了减轻他们因想到过去而产生的痛苦。我们抱着希望到这里来并祈求和平的到来。

巴勒斯坦人，让我对你们说，我们命中注定要共同生活在同一声土地、同样的土壤上。我们的军人已从鲜血染红的战场上回来；我们亲眼目睹了我们的亲朋好友在我们的面前被杀害；我们参加了他们的葬礼，却不敢正视他们父母的眼睛；我们来自一块父母掩埋孩子们的土地；我们同你们巴勒斯坦人作战，今天，我们用洪亮而又清晰的声音、饱含着鲜血和热泪的声音对你们说："够了！"

我们不想报复，也不想记恨你们。和你们一样，我们也是人——都想建立一个家、想栽一棵树，希望友爱，和你们一道像人、像自由人那样体面、和睦地生活在一起。我们今天给了和平一个机会，我对你们说，再次对你们说："够了！"让我们祈祷，我们共同战斗的一天终将来临。我们希望，我们共同生活的悲惨历史掀开一个新的篇章，一个相互承认的篇章，一个睦邻友好的篇章，一个相互尊重的篇章和一个相互理解的篇章。我们希望，将开辟一个尊重的篇章和一个相互理解的篇章。我们希望，将开辟一个中东历史新时期。

今天在这里，在华盛顿的白宫，我们将在两个民族的关系中，在厌倦战争的父母的关系中，在不知道战争为何物的孩子们的关系中，拉开一个新的帷幕。

作 / 品 / 赏 / 析

这篇演讲在中东和平历史上有着重要的意义。经过几十年的战争，和平来之不易，拉宾在演讲的开始就说，巴以和约的签订，无论对军人，对以色列，还是对犹太人来说，都是很不容易的，并感叹道："这个签字仪式的举行为时太晚了。"接着，他结合战争给人们带来的苦难，表明了以色列希望求得和平的恳切之情，强调巴、以生活在同一片土地上，之前的战争已经足够了，现在需要的是和平。拉宾向巴基斯坦人说："我们不想报复，也不想记恨你们。和你们一样，我们也是人——都想建立一个家、想栽一棵树，希望友爱，和你们一道像人、像自由人那样体面、和睦地生活在一起。"这句话让人不禁想象一番和平的景象，给人以美好的憧憬。拉宾认为，巴以和约的签订会给中东历史打开一个新的篇章，并特别强调了和平对父母和孩子的有利影响，这更能引起人们对和平的共鸣。

第七篇

倡言平等和尊严
的不朽演说

西雅图酋长的演说 / 西雅图酋长

演讲词档案

演讲者：西雅图酋长（1786 ~ 1866）

演讲时间：1854 年 12 月

演讲地点：西雅图市

演讲者身份：印第安部落酋长

历史背景

1846 年英美战争之后，西北部的俄勒冈地区也归属了美国，但是这片土地上依然生存着印第安人的部落。1850 年以后，美国为了进一步扩张领土，给居住在西部的印第安部落下达了迁居到划定的"保护区"去的命令。这是西雅图酋长答复美国政府之前，在一次集会上发表的演讲。

原文欣赏

……说不清有多少世纪了，苍天为我的人民洒下了多少动情的泪水，它在我们看来是永恒不变的，但却可能要变了。今天晴空万里，明天却可能乌云密布。不过，我的话却像那些星星，永世不变。如同日落日出，四季周而复始是不容置疑的一样，西雅图酋长说的一切，华盛顿的大首领同样也无须置疑。白人头领说，华盛顿的大头领向我们表示友谊和善意。这是他的好意，因为我们知道，他根本无须我们以友谊作为回报。他们人多，多得就像那覆盖着广阔草原的青草。我的人民人少力薄，就像风暴肆虐后零星留在平原上的树木。白人大首领，我姑且认为他是善良的首领，捎信给我们，说他希望购买我们的土地，不过愿意允许我们拥有足够我们安逸生活的土地。这看来的确是公正，甚至是慷慨的，因为红种人不再拥有他必须尊重的权利了；这可能也是明智的，因为我们已不再需要辽阔的乡土了。

我们的人民曾一度像大风搅乱的大海覆盖着布满贝壳的海床一样覆盖着这片土地，但是，那时代早已同庞大的部落一道成为过去，而那些部落现在只不过是一桩令人忧伤的回忆。我不想细述或哀悼我们不合时宜的衰败；我也不想斥责那些加速了我们衰败过程的白脸兄弟，因为我们对此可能也有责任。

青年是容易感情冲动的。当我们的年轻人对某些真正的或臆想的冤屈而气愤

· 演讲者简介 ·

西雅图酋长（1786 ~ 1866），美国华盛顿州境内的印第安人部落的领袖。信奉天主教，主张与白人和平共处，并同西雅图的创立者之一戴维·斯温森·梅纳德建立了深厚的私人友谊。西雅图市得名于他，就是出于梅纳德的建议。由于他对白人很友好，白人居民还在他的墓地上建立了纪念碑。

的时候，他们用黑颜料来改变他们的面容。这表明他们的心是黑的。他们常常是残暴冷酷的，我们年迈的老头子和老太婆无法约束他们。事情向来如此。当白人最初将我们的祖先往西赶时，情况就是这样。不过，让我们希望我们之间的敌意永远别再复生。我们将丧失一切，而一无所获。年轻人又琢磨着报仇了，即使牺牲他们自己的生命，也在所不辞。但是，那些在战时留在家中的老年人，那些将失去儿子的母亲比较明智些，他们不会答应的。

……你们的上帝不是我们的上帝！你们的上帝疼爱你们的人民，但却憎恨我的人民。你们的上帝用他有力的胳臂疼爱地搂着白人，保护他，像父亲领着幼儿一样手把手地领着他——但是，他却遗忘了他的红种子女——如果他们真是他的子女的话。我们的上帝是伟大的神灵，但他似乎也遗忘了我们。你们的上帝使你们的人口日益增长，很快他们就将充斥整个大地。而我们的人口，却像迅速退去而且永不再涨的潮水一样，越来越少。白人的上帝不可能疼爱我们的人民，不然他就会保护他们的。他们就像无依无靠的婴儿。这样，我们怎么能成为兄弟呢？你们的上帝怎么会成为我们的上帝呢？你们的上帝怎么会再现我们的繁盛，唤醒我们心中要求重新强大起来的梦想呢？如果说我们同有一位天国之父，那么他一定是偏心的——因为他只看望他的白人子女。我们从未见过他。他赋予你们法律，可是对他的红种子女却没有片言只语，尽管他的这些子女曾人丁兴旺，一度充斥这片广袤的大陆，就像繁星充斥了太空一样。不！我们是两个不同的种族，起源不同，命运也不同。我们之间没有什么共同之处。

祖先的骨灰对我们来说是神圣的，他们安息之场所是圣地。你们远离祖先的墓地漫游，并且似乎毫无任何遗憾的感觉。你们的宗教是你们的上帝用他铁一般的手指，书写在石碑上，这样你们就不会遗忘。红种人永远无法理解，也无法记住你们的宗教。我们的宗教是我们祖先的传统——是伟大神灵在深夜庄严的时刻交给我们老人的梦想，是我们酋长心中的幻象。我们的宗教就写在我们人民的心中。

你们的死者一旦迈进坟墓的门槛，便远游星际，不再钟爱你们，不再钟爱养育了他们的故土。他们很快便被遗忘，也永远不再回返。我们的死者永远不会忘却那给予他们身心的美丽家园。他们依旧留恋那碧绿的山谷，潺潺的流水，巍巍的丛山，与世隔绝的溪谷，镶着翠绿堤岸的湖泊和海湾。他们甚至柔情脉脉地思慕那些仍然活在世间的心中寂寞的人们，常常从欢乐的狩猎场抽身回来探望、指引、抚问和安慰他们。

昼夜不能同在。红种人一向在白种人来临时遁去，就像晨雾在晨曦前逃逸一样。

不过，你们的建议看来还公平。我想，我的人民会接受，并且将退到你们为我们提供的保护区内。那时，我们就将分别生活在和平之中，因为白人大首领的话似乎就是那冥冥无知的自然对我的人民说的一样。

我们的余生在何处度过没有多大关系。反正所剩的时日也不多了。印第安人的夜看来是漆黑一片。地平线上连颗希望之星都没有。凄风在远处呻吟。冷酷无情的命运看来是跟定了红种人的足迹。无论他走到哪里，都会听到凶残的杀手逼近的脚步声。他木然地准备迎接死亡，就像受伤的母鹿听到猎人逼近的脚步声时一样。

再过几个月，再过几个冬天——昔日在伟大神灵庇佑下，驰骋在这片辽阔的土地上或安居在幸福家园的强大主人们，到头来将连一个在坟头哀悼的后人都不会留下——那是一度曾比你们更强大、更有希望的民族的坟冢啊。不过，为什么我要对我的人民过早夭折的命运哀悼呢？一个部落取代另一个部落，一个民族取代另一个民族，就像大海的波浪，一浪接一浪。这就是自然的法则，悔恨是无济于事的。你们衰败的时日也许还很遥远，但是它终究会到来，因为即使白人与他的上帝一道漫步、交谈，有如朋友，白人也逃脱不了相同的命运。我们最终可能成为兄弟。我们等着瞧。

我们将考虑你们的建议，一旦我们作出了决定，便会通知你们。不过，倘若我们接受了你们的建议，此时此地我要提出这个条件，我们将有权不受干扰地祭扫我们祖先、朋友和子女的坟墓。在我的人民看来，这儿的每一寸土地都是神圣的。每一个山坡，每一条山谷，每一块平原和树林都由于一些在那早已消逝的岁月里的悲伤或愉快的事件，而变成了圣地。岩石貌似麻木、毫无生气，但却在那阳光普照的静悄悄的海岸边淌着汗水，颤栗着回想起那些与我的人民联系在一起的动人往事；那片就在你们脚底下的沙土响应他们脚步比起响应你们脚步来，要带着更多的爱与情，因为它饱含着我们祖先的鲜血，而我们赤裸的双足能感觉到它满怀同情的爱抚。我们逝去的勇士、慈祥的母亲、欢快的少年，甚至还有孩童，他们曾在这儿生活，曾在这儿庆祝过短暂的时光，他们将热爱这些幽暗僻静的地方。当潮汐平息时，他们在这儿迎候返乡人的身影。倘若最后一位红种人也泯灭了，关于我的部落的回忆将成为白人之间的传说。这些海岸将充满我部落中冥冥不可见的死者，当你们孩子的孩子以为他们是独自呆在田野上、商店里、店铺里、公路上或者寂静无径的树林里时，他们却并不孤单。在这地球上，没有僻静的地方。深夜，当你们的城市、乡村的街道寂静无声的时候，你们以为这些街道已经被人舍弃了，而实际上，它们却熙熙攘攘挤满了那些还乡的主人。他们曾经充斥了这些街道。他们仍然钟情于这片美丽的土地。白人永远不会孤单的。

愿他公正善良地对待我的人民。死去的并不是无能为力的。死去的？我这么说了吗？世上没有死亡，只有转世。

作/品/赏/析

这篇演讲通篇抒情，感情深沉，催人泪下。富含感情的演讲让人回顾了印第安人从以前的那种自由快乐的生活，到现在被驱赶的现实。和每一个印第安人一样，西雅图酋长也充满了不满和不舍，哀怨地诉说着心中的痛苦。虽然他对白人很友好，但是在演讲中还是发出了心中的愤怒。接着，他向政府提出请求，请允许他们有权祭拜自己祖先和亲人的坟墓，并公正善良地对待他的人民。最后，他只能用毫无希望"世上没有死亡，只有转世"的话来安慰自己的同胞。因其深沉的哀伤，人们把这篇演讲称作"葬礼演说"或"天鹅临终之歌"。

生命的最后一刻 / 约翰·布朗

演讲词档案

演讲者：约翰·布朗（1800～1859）
演讲时间：1859年11月
演讲者身份：美国废奴运动领袖

历史背景

美国南北战争前夕，废奴运动领袖约翰·布朗于1859年10月16日在弗吉尼亚州发动武装起义，遭到奴隶主的残酷镇压，布朗受伤后被俘。同年11月2日，州法院以"谋反罪"判处他绞刑。本篇演说是他被判处死刑后在法庭上即兴发表的。

原文欣赏

如果法庭允许的话，我有几句话要说。

首先，除了我始终承认的，即我的解放奴隶计划之外，我否认其他一切指控。我确实有意完全消灭奴隶制。如去年冬天我曾做过的，当时我到密苏里，在那里双方未放一枪便带走了奴隶，通过美国，最后把他们安置在加拿大。我计划着扩大这行动的规模。这就是我想做的一切。我从未图谋杀人、叛国、毁坏私有财产或鼓励、煽动奴隶造反、暴动。

我还有一个异议，那就是：我受这样的处罚是不公平的。我在法庭上所承认的事实已经得到相当充分的证明，我对于证人提供的大部分事实的真实和公允是很钦佩的。但是，假如我的作为，是代表那些富人、有权势者、有才智者，即所谓大人物的人，或者是代表他们的朋友——无论是其父母、兄弟、姐妹、妻子、儿女，或其中任何人的利益，并因此而受到我在这件事上所受到的痛苦和牺牲，那就会万事大吉。这法庭上的每个人都认为，我的行为不但不应受罚，而且值得奖赏。

我想，这法庭也承认上帝的法律是有效的。我看到这里有一本你们吻过的书，

· 演讲者简介 ·

约翰·布朗（1800～1859），1800年生于美国康涅狄克州托林顿一个白人农民家庭。童年是在美国北部山林中度过的，后来当过硝皮匠，经营过牧羊业。1834年，组织了一个废奴主义团体。1854年，南方种植园奴隶主派遣武装匪徒窜犯堪萨斯，激起了美国人民的反对。布朗听到堪萨斯血战的消息后，立即派他的5个儿子前往当地参加战斗。不久自己也赶去了，并在达奇亨利渡口歼灭了一批敌人，从此，他的名字传遍各地。1859年10月16日晚，布朗在哈帕斯渡口发动武装起义。起义失败，布朗等人被俘。1859年12月2日，英勇就义。

约翰·布朗像

为了点燃奴隶暴动的火种，1859年10月16日，布朗率领由20个人组成的武装队伍袭击了哈珀斯费里。第二天，一支海军陆战队袭击了工厂，并逮捕了布朗。

我想是《圣经》或至少是《新约全书》。它教导我：要人怎样待我，我也要怎样待人；它还教导我：记着缧绁中的人们，就如同和他们被监禁在一起一样。我努力遵循这训条行事。我说，我还太年轻，不能理解上帝是会偏袒人的。我相信，我一直坦率地为上帝穷苦子民所做的事，并没有错，而且是正确的。现在，在这个奴隶制的国度里，千百万人的权利全被邪恶、残暴和不义的法制所剥夺，如果认为必要，我应当为了贯彻正义的目的付出我的生命，把我的鲜血、我子女的鲜血和千百万人的鲜血流在一起，我请求判决，那就请便吧！

请让我再说一句。

我对在这次审讯中所受到的处置感到完全满意。考虑到各种情况，它比我所料想的更为宽大。但是，我不认为我有什么罪。我开始时就已经说过什么是我的意图，什么不是我的意图。我从未想过要去破坏别人的生活、要去犯叛国罪、去煽动奴隶造反或发动全面起义。我从未鼓动任何人去这样做，却总是打消任何这种想法。

请还允许我说一句那些与我有关的人们所说的话。我听到他们中有人说我引诱他们与我联合，但事实恰恰相反。我这样说并非要伤害他人，而是深为他们的软弱感到遗憾。他们与我的联合没有一个人不是出于自愿的，而且他们中大部分是自费与我联合的。他们中间有很多人直到来找我的那天，我从未与他们见过面，也没有与他们交谈过，这就是为了我已经阐明的目的。

现在，我的话已经说完了。

作/品/赏/析

本篇演说的最大特点是突破了一般演讲的程式，没有什么开场白，也没有严谨的结构，各段落之间似乎没有什么逻辑上的必然联系，每段各陈述和论证一个问题。但是阅读全篇，就会发现，布朗通篇都是在用事实设辩，以谴责敌人滥杀无辜为主旨，无情地揭露了在"公允"论辩后面的政治偏见和阶级私利，断然否认法庭强加给他的一切"叛国"指控，演说在这样的一个主题下浑然成为一个整体。演说的语言朴实无华，用词准确犀利，具有很强的论辩性质。演说的最后，布朗以双方都承认的权威理论《圣经》设辩："我看到这里有一本你们吻过的书，我想是《圣经》或至少是《新约全书》。它教导我：要人怎样待我，我也要怎样待人。"布朗通过这样的引证严正地指控法庭的非正义和不公正，充分地发挥了引证法在辩论中的作用。整篇辩护演讲层层深入，表现了一位废奴领袖为真理和正义而献身的大无畏精神。

对美利坚合众国黑奴们的演说 / 亨利·海兰德·加尼特

演讲词档案

演讲者：亨利·海兰德·加尼特（1815～1882）
演讲时间：1843 年
演讲地点：纽约布法罗全美黑人大会
演讲者身份：美国废奴运动的领袖

历史背景

1830 年，美国的废奴运动蓬勃兴起，1833 年 4 月，全国性的反对奴隶制协会成立，总部设在纽约。到 1840 年，参加废奴协会的人数超过 20 万，形成声势浩大的废奴运动。废奴主义者不仅通过各种形式进行宣传活动，而且还组织"地下铁道"，指引和协助大批黑人奴隶逃离南方。1840 年以后，废奴运动出现分化，有人主张采取政治斗争，有人力主武装斗争。加尼特本人积极支持废奴运动，主张武装斗争，这是他在纽约布法罗全美黑人大会上发表的激烈演说。

原文欣赏

你们在北部、东部和西部的同胞们常常举行全国大会表达对彼此的同情之心，为你们的不幸处境哭泣流泪。在这些大会上，我们向所有自由的阶级发出了呼吁，但还从未对你们说过一句慰问和建议之词。我们迄今只停留在按兵不动地对你们的苦难表示哀痛，诚心希望神圣的自由早该回到你们身边。但是，我们的希望落空了。时光已经流逝，成千上万的人们在血流冲刷着的永恒的海滩上降生。你们所经历的压迫我们感同身受；只要你们还是奴隶，我们就谈不上自由。因此，正因为我们彼此命运相连，我们就向你们写下这番话。

你们之中许多人和我们命运相连，不仅是由于我们之间有人性的共同纽带，而且还因为我们之间存有父母、妻子、丈夫、姐妹和朋友的更具亲情的关系。因此，我们满腔挚爱地向你们说话。

奴隶制在你们和我们之间挖下了一条深沟，它使你们受不到你们的朋友们乐意给予的同情和抚慰，更使你们遭受到在魔鬼横行的地狱里都罕见的磨难和迫害。但是，仁慈、万能的天父还是留给了我们一线希望之光，在阴云密布的空中闪耀

· 演讲者简介 ·

　亨利·海兰德·加尼特（1815～1882），1815 年生于马里兰州的一个奴隶制种植园。19 世纪 20 年代，美国废奴主义者采取极为隐蔽的形式，经由秘密的路线和食宿站，协助大批黑人奴隶逃到北方或加拿大。1824 年，9 岁的加尼特成为幸运的一员，在公谊会教友的帮助下逃到纽约，成为一名自由人。之后，他在纽约的奥奈达神学院上学，毕业后便成为了牧师。他在传教的时候不忘鼓动解放黑奴，成为废奴运动史上最负盛名的领袖之一。

着孤星似的微亮。人类正在变得愈来愈聪慧、善良——压迫者的势力正在削弱，你们也一天天耳目灵通，力量日益壮大。兄弟姐妹们，你们有许许多多的哀怨；在这篇短短的发言里，我们不能期望向这个世界列数这个国家里出现的所有罪恶，而这也实在没有必要，因为这是你们每天都感受到的；这个世界全体文明的人们也惊愕不已地目睹了这些罪恶。

227 年前，我们饱受伤害的民族首次被带到美洲的海滩上来。他们并非是心怀喜悦地来这个新世界里建立家园的。他们也并非是心甘情愿地来这里接受这片丰饶的土地给予他们天伦享乐之祝福的。他们与那些自称基督徒的人第一次打交道，就感受到了腐败、龌龊透顶的人心种种。他们也因此确认，在贪欲的驱使下，哪怕在文明人的眼里，任何残忍、任何邪恶、任何劫掠都是不足为过的。他们也不是乘着自由的双翼来到一片自由的乐土上来的。相反，他们怀着一颗颗破碎的心远离亲爱的故土来到这里，辛勤劳作，毫无报偿，沦落在悲惨的深渊。即便是死亡都不能解脱他们身上的枷锁，因为枷锁一代又一代地相传下去。成百上千万的人们从混沌降生于世，再回到魂灵的世界，一辈子受美国奴隶制度的诅咒和摧残。

奴隶制的繁衍者和他们的接班人们很快就发现了这个制度愈发膨胀的邪恶，也私下许诺说要将其摧毁。现在拥有奴隶的民族自己原来是为了自由才"漂洋来此"的，他们严重的自相矛盾如此显而易见，不容全然忽视。自由之声呐喊道："解放你们的奴隶"；人们热泪盈眶地哀告释放来自非洲的子孙们；智慧女神庄重地提出她的恳求；流血的囚徒们喊冤叫屈，面向对着十字架痛哭流涕的基督教义；耶和华向这个恶毒的制度紧皱双眉；上苍电闪雷鸣，复仇的火焰呼之即出，欲劈死维护奴隶制罪恶的卑鄙之徒。然而，所有这一切都徒然无功。奴隶制还是展开了它漆黑的死亡翅膀，在这块土地上遮天盖日。教会在袖手旁观——教士发出虚假的预言，而人们又情愿如此。奴隶制的王权业已建立，它统治在握，得意非常。

法律和舆论(在这个国家它比法律还强大)禁止近 300 万你们的公民同胞读《生命之书》。你们的智慧尽其可能地被摧残。他们企图扑灭你们心存的一丝火花。压迫者们自己在此企图中也身陷囹圄。他们变得软弱无能、荒淫无耻、贪得无厌——他们诅咒了你们，他们也诅咒了自己，他们还诅咒了他们践踏在脚下的大地。

奴隶制！这三个字包藏了多少灾难！哪一颗心不会在这令人毛骨悚然的三个字前抽搐痉挛？人人珍藏热爱自由之心，除非上帝的形象

这幅 19 世纪的木版画描绘了弗吉尼亚州的奴隶们在向富有的种植园主及其家人鞠躬问候的情形。奴隶制的存在已严重阻碍了资本主义在美国的发展。

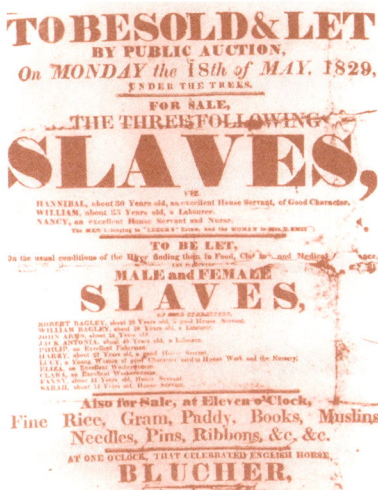

当时登载有奴隶买卖的报纸广告

已在人的灵魂中抹去。一个在刚果的野地里漫跑、未开化的非洲人，对自由权利的热爱丝毫不亚于一个目光炯炯的政治经济学家；每个人同其他任何人一样都有充分享受自由的权利。自由的种子孕育在每个人的心田里。谁将他的同胞贬置于对奴隶制心满意足的境地，谁就对上帝和人类犯下了滔天罪行。

弟兄们，时机已到，你们该为自己行动起来了。老话说得对："世代奴隶要想自由，就该打出自己的拳头。"你们能够为自己的事业摇旗呐喊，能够比其他任何人更能为自己赢得解放……想想非洲这个古老的名字所孕含着的不朽的光辉吧——也别忘了自己是土生土长的美国公民。既然如此，你们理应享受赋予最自由的人们的所有权利。想想看你们含辛茹苦却一无所得；用自己的鲜血养肥的这块土地上你们挥洒了多少的泪水！然后，找到趾高气扬的奴隶主们，直截了当地说你们决心已定：要自由。唤醒他们的正义感，对他们说他们没有权利压迫你们，正如你们没有权利奴役他们一样。要求他们卸掉强加在你们身上的重负，赋予你们的劳动以报偿。答应他们说如果你们的劳动得到了应有的报偿，你们是会重新在土地上辛勤耕耘的。告诉他们，《解放法案》在英属西印度群岛公布后，给当地带来了更多的快乐和繁荣。明确无误地对他们说奴隶制罪恶滔天，将受到末日审判，受到愤怒的上帝给予的应得报应。告诉他们你们要求的是自由，其他任何东西都不足使你们满意。就这样做吧，再也不要为那些鞭笞辱骂你们、让你们一无所有的恶霸卖命了。要是他们为此想置你们于死地，那么，应承当后果的不是你们，而是他们。如果你们想继续生为奴隶、让你们的后代继续遭受你们的苦难，那你们最好一死了事——现在就死吧。

同胞们！默默的受难者们！请注意，你们最宝贵的权利正惨遭作践；你们的儿女们正受到杀戮；你们的妻子、母亲和姐姐正沦为娼妓。以上帝的名义，为了珍贵的生命，让我们再也不要争论选择自由还是死亡孰好孰坏了。

1822年，南卡罗来纳州的登马克·维希为解放他的同胞订了一个计划。在整个人类历史上还从来有人为推翻奴隶制的统治而制订出比这更详尽、更宏伟的计划了。然而，他自己的同胞背信弃义告发了他。维希死为自由的烈士。许多勇敢的英雄们倒下了，但历史信守她的职责，将他们的英名镌刻在摩西、汉普登、退尔、布鲁斯、华莱士、图森－路维杜尔、拉菲特、华盛顿等人的同一座纪念碑上。

纳撒尼尔·特纳是登马克·维希的追随者。邪恶和不公把他逼得走投无路。专制暴政将他的名字钉在耻辱柱上，而人民却世代景仰他，将他视为高尚、无畏的人。

接下来是不朽的约瑟夫·辛克，阿密斯达的勇士。他在非洲土生土长。在上帝的护佑下，他在公海解救了整整一艘船的同胞弟兄。此时，在非洲阳光铺洒的山峰上，在故乡的棕榈树下，高歌欢唱自由，聆听雄狮的吼叫，感到自己与森林之王一样自由自在。

还有麦迪逊·华盛顿，那颗自由的明星，在真正英雄主义的星座上占有一席之地。他与104名其他黑奴一起关在里士满的"克里奥"号双桅帆船上，运往奴隶大市场新奥尔良州。他们19个人拼死为自由而搏斗，结果死了一人，而全体其他人都得到了解放。帆船最后驶往新普罗维登斯的拿骚。

高尚的人们！那些为自由而献身者，真诚而敬畏上帝的子孙后代会永世铭记着他们的。那些活着的人们，他们的名字环绕着荣誉的祥光。

弟兄们，站起来，站起来吧！为你们的生命和自由战斗吧！时机已来临，让这块土地上的每一个奴隶都起身战斗，奴隶制灭亡之日不会久远了。你们已受尽了压迫，你们已受尽了残暴，宁可死为自由人，不可生为奴隶。记住，你们有400万人！

你们的信条是抵抗！抵抗！抵抗！受压迫者没有不经抵抗而获得自由的。采取什么方式来抵抗，则要根据你们所处的具体情况而定，也要见机行事。弟兄们，再见吧！望你们坚信无所不在的上帝，望你们为人类的和平而努力。记住，你们有400万人！

作 / 品 / 赏 / 析

演讲中加尼特运用对比的手法来引导听众的思维。他首先描述了奴隶们正在遭受压迫的现实，言辞激烈，"我们不能期望向这个世界列数这个国家里出现的所有罪恶"，犀利的语言如同当头棒喝，令人惊醒。接着他回顾了白人们的历史，"现在拥有奴隶的民族自己原来是为了自由才'漂洋来此'的"。是的，为了自由而来的人们却剥夺了别人的自由，奴隶们还有什么理由不对他们的行径感到愤怒呢？

加尼特的演讲极具鼓动性，他希望奴隶们能够站起来反抗压迫者们，而不再是沉默。他向黑人呼吁："老话说得对：'世代奴隶要想自由，就该打出自己的拳头。'你们能够为自己的事业摇旗呐喊，能够比其他任何人更能为自己赢得解放……"加尼特提倡奴隶们进行暴力反抗，而不是通过和平的谈判和立法。

加尼特在演讲结尾的激烈言辞，把演讲推向了高潮，"弟兄们，站起来，站起来吧！为你们的生命和自由战斗吧！""你们的信条是抵抗！抵抗！抵抗！"这极大地鼓舞了黑人的战斗情绪，也为黑人暴力斗争打下了舆论的基础。

我们需要与男人同等的权利

/伊丽莎白·凯蒂·斯坦顿

演讲词档案

演讲者：伊丽莎白·凯蒂·斯坦顿（1815～1902）
演讲时间：1854年2月
演讲地点：纽约州立法会议
演讲者身份：美国女权运动的领袖

历史背景

19世纪中叶，女权运动的中心从欧洲转向美国。1848年，美国女权主义者要求制定妇女权利法案，并陈述了妇女受歧视的社会现状。7月19日至20日，在斯坦顿、莫特和安东尼等人的推动下，在纽约州召开了美国第一届妇女权利大会，发表了《妇女伤感宣言》，呼吁妇女争取男女平等，争取"生命权、自由权和追求幸福的权利"。此后，整个美国掀起了轰轰烈烈的妇女参政运动。1854年2月，斯坦顿与安东尼一起出席了纽约州立法会议。在会议上，斯坦顿发表了这篇重要讲话。

原文欣赏

先生们，在共和制的美国，在19世纪，我们作为1776年革命英雄的女儿，要求你们洗雪我们的冤屈——修定你们的州宪法——制定一部新的法典。请允许我们尽可能简要地提请你注意使我们吃尽苦头的所谓法律上的无资格。

第一点，请看看妇女作为女人的地位。依照法律，我们可以生存、呼吸，有权从我们法律上的保护人处索取生活必需品——为我们所犯的罪过受罚；但是，仅仅如此是不够的。我们是人，是本地人，生来就是自由民，是财产持有者，是付税人；可是，人们却拒不允许我们享有选举权。我们养活我们自己，而且还部分地负担了学校、大学、教会的费用，部分地负担了你们的贫民院、监狱、陆军、海军和整个国家机器的费用。但是，我们在你们的议会里却没有发言权。除了性别之外，我们完全符合宪法规定的合法投票人所必备的条件。我们讲道德，守贞节，聪明理智，在各个方面都与骄傲的白人男子不相上下。可是，你们的法律却把我们同白痴、疯子和黑人划归一类。尽管我们觉得这样一种地位并不会给我

· 演讲者简介 ·

伊丽莎白·凯蒂·斯坦顿（1815～1902），1815年生于纽约州的约翰镇，是美国女权运动的先驱之一，同时也是优秀的作家和演说家。1848年，由斯坦顿作为主要发起者的美国第一次妇女权利大会在纽约州的赛尼卡福尔斯召开，标志着美国妇女运动的开始。1869年，她与苏珊·布朗威尔·安东尼成立了全国妇女选举权协会。1902年，斯坦顿在纽约市逝世。她把自己的一生都献给了女权运动。

们带来任何荣耀，但是实际上，我们的法律地位比他们还要低。因为，如果黑人拥有 250 美元，便有权成为投票人；疯子可以在他理智清醒的瞬间投票；白痴，只要是男性，只要不是彻头彻尾的傻瓜，就也能投票。可是我们呢？我们领导了伟大的慈善运动，设立了慈善机构，编辑杂志，出版论述历史、经济和数理统计的著作；我们领导了国家、军队，出任教授，给当代的学者讲授哲学与数学；我们发现星球，驾驶船舶漂洋过海。可是，人们却拒不给予我们公民的最神圣的权利，其原因，就因为，天哪，我们来到这个共和国时未被赋予男人的尊严！……难道说，在这个我们认为没有皇家血统，没有使徒后裔的地方，在这个宣称人人生而平等的地方，在这个宣称政府的正当权力来自被治理的人民的同意的地方，你们却一心要建立这样一种贵族制度，它将无知、粗俗的人置于有教养的、高雅的人士之上，将外人和苦力置于当代作家、诗人之上，将儿子置于生养了他们的母亲之上吗？……

　　第二点，请看看妇女作为妻子的地位。婚姻事实上是建立在英国的古老习惯法之上的，是一个仅仅由于文明进步才得到一点改善的种种野蛮习俗的混合体。你们有关婚姻的法律公开违背了我们关于正义、关于我们本性中最神圣的感情的开明观念。如果你们对婚姻持最神圣的看法，视其为神圣的关系，是唯有爱情才能建立和满足的关系，那么，人类立法所能做的当然仅仅是承认这种关系。人既不能人为地系上也不能松开婚姻的约束，因为这个特权仅属于上帝，是上帝创造了男人与女人，以及将他们结合在一起的吸引法则。但是，如果你们视婚姻为民间契约，那么就让它服从制约所有其他契约的同样法则。不要把婚姻弄成一种半人半神的机制，一种你能建立但却不能管理的机制。你们不要为这种契约制定特殊的法令，从而将自己卷入最荒唐、最严重的矛盾之中。

　　根据你们的法律，凡是不满 21 岁的人不得签约购买马匹或土地，而且，如果签约中有欺骗行为，或签约人未完全履约，那么他还可以不受该契约的束缚。根据你们法律，所有民事契约的签约方，只要仍保留他们签约前的身份、能力和独立性，便有充分的权利以任何理由按他们自己的意愿和选择来解除合作关系和契约。那么，你们是根据什么民事法律原则，允许 14 岁的男孩与 12 岁的女孩违背一切自然法则地订立比任何其他契约都更具有巨大重要性的契约，并且，不论发生什么情况，即使他们感到失望，感到受骗上当，感到痛苦，他们也必须终生恪守这个契约呢？而且，签署这种契约意味着签约的一方立刻丧失其公民权利。仅仅在昨天还傲视跪地求婚者的女子，昨天在人类天平上的读数还高到足以与一位骄傲的撒克逊男子以同等条件签定契约的女子，今天便全无公民的权利，全无社会自由了。妻子不能继承财产，其法律地位与南方种植园里的奴隶毫无两样。她什么也不能占有，什么也不能出售。她甚至连支配自己赚来的工资的权利都没有。她的身子，她的时间，她的劳动都是另一个人的财产……

　　第三点，请看看妇女作为寡妇的地位。每当我们试图指出法律对妻子的不公正时，那些总要我们相信法律已无法改善了的人便向我们指出寡妇的特权、权力和要求权。让我们稍微看看这些吧……瞧瞧法律的宽宏大量吧：它允许寡妇终生保留、享有地产的三分之一利息，享有丈夫个人财产的二分之一，而法律自己却

美国妇女在争取选举权的斗争中遇到了很大的阻力，男权主义者甚至用医学观点来为自己反对妇女选举权作辩护。例如，马萨诸塞州的立法者曾宣称："如果给妇女选举权，你就得在每个县建立疯人院，在每座城镇建立离婚法庭。女人太神经质和歇斯底里，不能介入政治。"尽管遇到了强大的阻力，妇女运动争取选举权的斗争还是相继取得了成功。

占有了大部分的财富！如果妻子先于丈夫去世，那么房产和土地却仍将全部属于丈夫。没人胆敢干扰他家的清静，或骚扰他神圣的忧伤避难所。请问，如此区别对待男人与妇女，能叫作正义吗？……

人们多次而且常常一本正经地问我们，"你们女人缺什么呢？你们的目的是什么呢？"许多人表现出一种值得称颂的好奇心。他们想知道，在共和制的美国，妻子和女儿有什么可抱怨的。她们的先生和儿子曾经那么英勇地为了自由而战，并且光荣地赢得了独立，将所有的暴政、偏执和等级制度统统踩在脚下，向企盼着的世界宣布了一条神圣的真理——人人生而平等。在这样的政府下，妇女能缺少什么呢？承认在性别上的根本差异，那么你就得要求获得不同的地位——有如水之于鱼，空气之于鸟雀一样。

人们无法使南方的种植园主相信他的奴隶同他一样有感觉，能思维。人们无法使他相信，对于他的奴隶来说，非正义与压迫就像对他一样痛苦。人们无法使他相信：他的奴隶也像主人一样强烈地感受到按照他人意志生活的屈辱，感受到听凭他人癖性的支配，任凭他人情欲的摆布的奴役性。如果你能强迫他违心地看一幅黑人蒙受冤苦的写照，使他的灵魂一时受到震动，那么他的逻辑会立刻使他得到安慰。他会说，奴隶感觉不到我所感觉到的。先生，这就是我们困难之所在。当我们面对共和国的议员和学者，为我们的事业辩护时，他们无法接受男人和女人是相像的观点。只要这些人都处于这种错觉之中，那么公共舆论对于所揭示的妇女地位的不公正和低下所表示的惊讶，将比不上对妇女终于觉醒、并且意识到这一不公正事实所表示出的惊讶……

但是，先生们，如果你们以男人与女人相像为由，进而认为你们是我们忠实的代表的话，那么，你们为什么要为妇女制定出这些特殊的法律呢？难道同一部法典不能满足所有类似的需要吗？基督的金科玉律胜过所有凡人才子能够设想想出的特殊法令，"己所不欲，勿施于人"。先生兄弟们，这就是我们对你们的要求。我们要求的权利，仅仅是与你们为你们自己制定的相同的权利。我们需要的保障，仅仅是现行法律为你们提供的保障。

最后，让我们代表全州的妇女声明，我们所要求的，正是你们自从"五月花"号在普利茅斯港抛锚以来，在开发过程中你们为自己所要求得到的。理由很简单——每个人的权利都是相同的，彼此一样的。你们可能会说，本州的大部分妇女并未提出这个要求，提出要求的只是一些失望的、令人讨厌的老处女和没有子女的女人。

你们错了。广大妇女是通过我们来发言的。本州绝大部分妇女自食其力，而且还供养孩子，许多人还供养她们的丈夫……

那么，你们真的认为这些妇女不希望掌握她们挣来的工资，不希望拥有自己购买的土地和自己建起的房子吗？你们真的认为她们不希望将自己的孩子置于自己的支配之下，而不必遭受一位一钱不值、花天酒地的懒汉的没完没了的干涉和躁躏吗？你们以为任何女人都是如此虔诚、驯服，以至于心甘情愿地终日缝纫，却仅仅挣得可怜的50美分吗？你们以为她们希望遵照你们的法律，享受那个为丈夫支付烟钱和酒钱的无法言喻的特权吗？试想想，一个十足畜生一样的酒鬼，他的妻子会同意与他分享她的家和她的床吗，如果法律和公共舆论允许她解除这种粗野的伴侣关系的话？很明显，她绝对不会不同意！……

我们为所有的这些妇女说话，如果在这长长的单子上，你们再加上那些大声疾呼要求赔偿她们没完没了的劳动的妇女；再加上那些在我们的私立女子学校、高等学府和公立学校任教，却仅仅换来微薄收入的女子；再加上那些被无情课以税款的寡妇；再加上那些被关在感化院、贫民院和监狱里的不幸的妇女；那么，我们还有什么人不能代表呢？我们不能代表的只不过是一些时髦的轻浮女子，她们像蝴蝶一样，在短暂的夏日里，追逐阳光和花朵，但是秋季的凉风和冬天的白霜很快便会驱走阳光和花朵，那时，她们也将需要、也将寻求保护。到那时，将轮到她们通过别人的嘴向你们提出争取正义与平等的要求。

作/品/赏/析

斯坦顿开篇点题，急切呼吁议会修改宪法和法律。但是她没有接着就阐述希望法典包含的内容，而是分析了妇女们在法律上不合理的无资格。叙述过程中，斯坦顿用事实说话，夹叙夹议，清晰、透彻地讲述了妇女在法律上的不平等，引人深思。"妇女们到底要什么呢？"斯坦顿接着说道："人们多次而且常常一本正经地问我们，'你们女人缺什么呢？你们的目的是什么呢？'"美国在独立的时候宣告人人平等，而妇女们想要的也只是这一点平等，"我们要求的权利，仅仅是与你们为你们自己制定的相同的权利。我们需要的保障，仅仅是现行法律为你们提供的保障"。斯坦顿针对"本州的大部分妇女并未提出这个要求"的怀疑，作出了回答，她运用了一系列的反问句解除疑问，加强了语气，增大了说服力度。

斯坦顿的演讲整体结构层次分明，观点突出，语言切题而又准确，且气势宏大。也正是她的这篇演讲给女权主义者树立了榜样，加速了妇女争取平等权利的进度。

在罗切斯特的独立日演说 / 弗雷德里克·道格拉斯

演讲词档案

演讲者：弗雷德里克·道格拉斯（1817 ~ 1895）
演讲时间：1852 年 7 月 4 日
演讲地点：罗切斯特
演讲者身份：美国演说家、作家、人道主义者和政治活动家

历史背景

1852 年，美国独立 76 周年之际，南方的一些州仍然存留着奴隶制度，而即使是在主张废奴的北方，黑人也依然受到歧视，黑人们没有享受到自由和平等。主张社会正义和公平的人道主义者呼吁解放黑奴，并发起了声势浩大的废奴运动。由于北方与南方各州在废奴问题上的分歧日益严重，黑奴问题成为当时美国的焦点。作为坚定的废奴主义者，道格拉斯在罗彻斯特庆祝美国独立 76 周年集会上发表了这篇演讲。

原文欣赏

公民同胞们，对不起，请允许我问一声：为什么今天叫我在这里发言？你们的国家独立与我以及我所代表的人们有何相干？那个《独立宣言》里所体现的政治自由和天定公道的伟大原则也适用于我们吗？所以，我是否被叫到这里，向国家的祭坛奉献上我们微不足道的牺牲贡品，然后，由于你们的独立赐福了我们而要我连声谢谢、感恩戴德吗？

为了你们也为了我们，但愿上帝真能听到对这些问题的肯定回答。如真是这样，我的任务就容易了，身上的担子也就挑得轻松愉快了。有谁会如此铁石心肠以至于一个国家的慰问都不能使之感动？有谁会如此顽固不化、缺乏感激之心而不感谢得到了这些无以估价的恩惠呢？又有谁是如此淡漠和自私，以至于手脚上奴役的锁链被解开时都不放开嗓门高唱这个国家欢乐的哈利路亚呢？我不是那样的人。在这样的情况下，哑巴都会开口雄辩，"瘸子会像鹿儿般欢跃"起来。

但情况并非如此。我这么说，是因为我痛切地感受到我们之间有着差异。今天辉煌的周年盛会是把我们排斥在外的。你们光荣的独立仅仅表明我们之间存有

不可逾越的鸿沟，并非所有人都享受到了你们为之高歌欢唱的种种幸福。你们分享到了你们的先辈留下的正义、自由、繁荣和独立的丰厚遗产，而我却没有。阳光带给你们光明和抚慰，带给我们的却是鞭痕和死亡。7 月 4 日属于你们，而不属于我，你们可以欢欣雀跃，而我却要伤心悲叹。将一个身着镣铐的人拖进自由的雄伟光辉的圣殿，叫他和你们一起高唱欢乐的圣歌，不啻是惨无人道的嘲弄和亵渎神明的讽刺。公民们，你们是否是为了嘲弄我才请我发言？要是这样，你们要因自己的行为自食其果。我要警告你们，不要覆蹈这样一个国家的前辙：在那里，万能的主一声叹息，这个国家所犯的滔天罪行就倾覆而下，使其永世夷为废墟！今天，我要把一个皮肉活剥、饱经苦难的民族的悲叹之声传达给你们！

"在巴比伦河之滨，我们落座。是啊！想起锡安山，我们哭泣着。我们把我们的竖琴悬挂在柳树上，因为就在此地，将我们沦为俘虏的人要我们唱一支歌；蹂躏我们的人叫我们欢笑起来。他们说，唱一支锡安山的歌吧！但我们怎能在一块陌生的土地上唱起主的圣歌呢？噢，耶路撒冷，如果我竟忘掉了你，就让我的右手瘫痪吧！如果我忘掉了你，就让我的舌头粘在上腭顶吧！"

公民同胞们，在你们举国喧嚣的欢乐声中，我听到成百上千万人的哀号！他们身上的锁链，昨日已是沉重难忍了，而今日，你们的欢呼声又使他们的苦痛越发难熬。如果我真的忘记了，如果我不能切切牢记那些今日尚流淌着鲜血的孩子们，那么，"就让我的右手瘫痪吧，就让我的舌头粘在上腭顶吧！"如果忘了他们，如果对他们的屈辱置若罔闻，如果还在此与众人一块同声鸣唱，就无异于最可耻、最耸人听闻的背叛，就会使自己在上帝和世人面前受尽谴责。因此，公民同胞们，我发言的主题是美国的奴隶制。我要从奴隶的角度，来看今日此时，以及它对公众的意义，我身同美国黑奴，他们的屈辱就是我的屈辱。我以自己的整个心灵，毫不犹豫地声明：在我看来，今天这个 7 月 4 日里，这个国家的黑暗德性和罪行，显得从所未见得鲜明昭著！不论我们回顾美国往日的声明，还是倾听其今日的诺言，它的所作所为都同样显得骇人听闻、令人作呕。美国对过去是虚伪的，对现在是虚伪的，对未来也恣意虚伪。此时此地，我站在上帝和遍体鳞伤、鲜血淋淋的黑奴一边，以惨遭凌辱的人性之名义，以身着桎梏的自由之名义，以受到抛弃和践踏的《宪法》和《圣经》之名义，挺身而出，尽我具备的所有力量，对一切使奴隶制——深重的罪孽、美国的耻辱——永世长存的企图发出我的抗议，发出我的谴责！"我不会闪烁其辞，我不会客套"：我要用的是我最激烈的言辞，而任何判断力不受偏见所蒙蔽的人，任何内心里不想继续奴役黑人的人，都会承认我说的每句话都是正确、公道的。

然而，我设想我的有些听众会说："正是现在，你和你的废奴主义兄弟们没有给公众以良好印象。如果你们能多说理少责难，多劝戒少训斥，你们事业成功的希望就大得多了。"但是，我认为，当一切都显而易见时，说什么道理就是多余的了。关于反奴隶制的纲领你们要我说明哪一点呢？这个问题在哪一个枝节上我们的国民还需点拨呢？我还须着手证明奴隶也是人吗？这点已属公认，没人有所怀疑。奴隶主们在实施他们政府的法律时都承认了这一点。当他们惩罚奴隶们的反抗时就承认了这一点。弗吉尼亚州列出 72 项罪行，一个黑人（无论他多么

不知情）犯了其中任何一项都要处以极刑，而其中只有两项才能使一个白人受到同样惩罚。这不正说明了奴隶是有道德、有理智、有责任的人吗？奴隶具有人性，这也属公认。事实证明了奴隶的人性：南方的法令条例都规定禁止教育奴隶读书写字，否则将受到高额罚款和严厉的处置。假如你们能指出有谁曾对田里耕作的牛马也规定过这样的法律，那么也许我会同意讨论奴隶是否有人性。假如街上的小狗、空中的飞鸟、山上的牛羊、海里的游鱼、地上的爬虫都分辨不出奴隶和野兽的区别，那么我会和你们讨论奴隶是不是人的！

此时此刻，只要肯定黑色人种同样具备人性也就足够了。我们耕耘、种植、收获；我们使用各种器械工具，建房、修桥、造船；我们利用各种金属，铜、铁、金、银；我们读书、写字、计算；我们当职员、商人、秘书；我们中间有律师、医生、牧师、诗人、作家、编辑、演说家和教师；我们从事其他人所从事的一切活动，在加利福尼亚开采金矿，在太平洋里捕鲸捉鱼，在山坡上放养牛羊；我们生活着、奔忙着、行动着、思考着、计划着；在家中我们是丈夫、妻子、儿女。最重要的是，我们承认和崇奉基督教的上帝，祈求来世的洪福永生。而在此情况下，还要我们证明我们是人，岂不令人惊讶万分！

难道你们要我证明人有自由的权利，证明人是自身的正当主人？你们早已声明如此了。我还须证明奴隶制的邪恶吗？这对共和主义者们还是个问题吗？这个问题竟如此困难，需要推敲其道义原则的合适性，这样深奥难解以至于要展开逻辑分析和辩论吗？当着美国人的面，我要是在发言中对此问题条分缕析、又核对又实证、又否定又肯定地证明人生来享有自由，那么我会给你们以什么印象呢？这样做我会显得荒唐可笑，也是对你们的理解力的不尊不敬。在天穹底下无人不晓奴隶制对他是不公正的。

将人变为野兽、剥夺他们的自由、使他们劳无所获、使他们对自己与他人的关系一无所知、对他们棍棒交加、用皮鞭抽打他们的肉体、将他们的四肢锁上镣铐、带着狼犬追捕他们、把他们拍卖于集市、让他们妻离子散、敲碎他们的牙齿、燎烙他们的皮肤、用饥饿迫使他们听话而屈从于主人——还用得着我来证明这一切都是不公正的吗？我还须证明一个血腥污臭的制度是邪恶的吗？不！我不愿。我的时间和精力要花在更值得干的事情上，而不是用来作此求证。

那么，还剩下什么需要论证呢？要证明奴隶制不是天意、上帝并没有建立它吗？要证明我们的神学博士们是错的吗？这样想本身就是亵渎。非人道的东西不会是天意！有谁能够以此为题作出论证？那些能做到这一点的人也许会这样做，但我不能。现在已不是作此论证的时候了。

今日此刻，需要的是灼热的钢铁，而非令人信服的论证。啊！要是我有此能力，要是我能让全国都听到我的呼声，今天我就会以滚滚巨流之势发出我尖刻无情的嘲笑、粉碎一切的谴责、摧枯拉朽的讽刺、声色俱厉的训斥。因为我们需要的不是光亮，而是火焰；我们需要的不是和风细雨，而是电闪雷鸣。我们要风暴，要飓风，要地震。国家的感情必须激励，国家的良知必须唤醒，国家的温良必须打破，国家的虚伪必须揭露。它对上帝和人类犯下的罪行必须公之于众，加以迎头痛击。

你们的 7 月 4 日对美国黑奴有何意义？我的回答是：一年之中，没有哪一天比今日更使他们感到让自己无时不被沦为牺牲品的那种滔天的不公和残忍了。对他们来说，你们的庆典是欺人之道；你们鼓吹的自由是放肆的亵渎；你们的国家的伟大是虚荣的浮夸；你们的喜庆欢悦是空虚和无情的；你们对暴君的谴责是不要脸的厚颜无耻；你们自由平等的欢呼声是空洞的冒牌货；你们的祈祷和赞美诗，你们的布道和感恩，加上所有的宗教游行和仪式，不过是面对上帝的装腔作态、虚假欺骗、不虔的亵渎和虚伪的做作——不过是在野蛮人都会感到羞耻的罪行上覆盖的一层薄薄的纱巾。此时此刻，世界上还没有任何一个野蛮民族，没有任何一个其他民族，像美国人那样犯下了如此骇人听闻、鲜血淋淋的罪恶勾当。

不论你们走到哪里，不论你们在哪里寻觅，游遍旧大陆的所有君主国和专制国家，踏遍整个南美洲，收集所有残忍的记录直至穷尽；然后把你们的调查结果与美国每天发生的事作个比较，你们就会与我一样得出结论：在令人发指的野蛮和厚颜无耻的伪善方面，美国的确是举世无双了。

作/品/赏/析

演讲伊始，道格拉斯就用一组问句，表达自己的不满，而这出人意料的演讲也紧紧抓住了听众的注意力。接下来的内容还是控诉，他用饱含感情的语言，叙述了美国在独立 76 年以后，国土上仍然有正在遭受禁锢和蹂躏的黑人，在举国欢庆的日子里，仍然可以听到成百上千万人的哀号。他们身上沉重的锁链，因为今天的欢呼声而变得更为沉重，黑人们在苦难中越发煎熬。道格拉斯由此得出，白人的庆典是不包括那些还没有自由的黑人。道格拉斯运用有力的事实证明黑人和白人应该获得同等的权利，白人并不比黑人优越，他们同样都是人。这不仅指出了美国存在的问题，还维护了黑人的人性和尊严。道格拉斯用犀利的言辞，揭露了美国政府对黑人所犯下的罪行，批判了奴隶制度中的非正义、不道德的行为。

道格拉斯运用了设问、反问等手法阐述自己的观点，在一定程度上加强了演讲的力度。整篇演讲犹如战场上的千军万马，锐不可当，把"敌军"彻底地打败了。

论妇女选举权 / 苏珊·安东尼

演讲词档案

演讲者：苏珊·安东尼（1820～1906）

演讲时间：1873 年

演讲者身份：美国女权运动先驱，全美妇女选举协会主席

历史背景

作为早期美国女权主义运动的领袖，苏珊·安东尼在 1872 年的总统大选中带领一群纽约州的妇女到当地投票地点参加投票。因为当时妇女投票是非法的，所以她被逮捕，并于 1873 年 6 月被传讯。在此之前，她前往纽约州北部大部分地区进行了演讲，说明剥夺女性的选举权是不合理的。这篇演讲是她在传讯时的辩护词。

原文欣赏

朋友们、公民们：

今晚我站在你们面前，被控在上次总统选举中，因没有法定权利参加投票而犯有所谓的选举罪。今晚我要向你们证明，我参加这次选举不但没有犯罪，相反只是行使了我的公民权。我国宪法保证我和全体合众国公民拥有公民权，任何一个州都无权剥夺。

联邦宪法的序言写道："我们合众国人民，为建设更完善的联邦，树立正义，保证国内安定，筹设共同防务，增进公共福利，确保我们自己和子孙后代永享自

·演讲者简介·

苏珊·安东尼（1820～1906），1820 年生于美国马萨诸塞州的亚当斯。1845 年，随家庭迁到纽约州的罗切斯特。美国内战爆发前，曾参与反奴隶制和禁酒运动。1851 年，遇到需要抚养一大群孩子的伊利莎白·凯蒂·斯坦顿。在很长一段时间里，安东尼能够到外地进行演讲和组织工作，而斯坦顿却只能待在家里照看孩子。很快她们成了工作中的伙伴，并终身保持着这一关系，而她们的这种关系决定了美国女权主义运动的进程。在 1872 年的总统大选中，安东尼带了一群来自纽约州罗切斯特的妇女到投票地点参加投票。因为当时妇女投票是非法的，所以她被逮捕并遭到起诉。安东尼于 1873 年 6 月被传讯。在此之前，她前往纽约北部的大部分地区进行演讲，说明剥夺妇女的选举权是不合理的。她最终被判有罪并处以罚款。但她拒付罚金，而且也没有人向她索款。晚年她致力于国际妇女运动，为国际妇女理事会和国际女权运动联合会创始人之一。

苏珊·安东尼像

由幸福，特为美利坚合众国制定本宪法。"

组成联邦的是我们人民，不是男性白人，也不是男性公民，而是全体人民。我们组成联邦，不是为了赐予自由幸福，而是为了确保自由幸福，不是为了确保我们中的一半人及子孙后代中的一半人的自由幸福，而是为了确保全体人民的自由幸福——女人和男人都包括在内的自由幸福。参加投票是这个民主共和政体所提供的、确保自由幸福的唯一手段。因此，一方面侈谈妇女享有自由幸福；另一方面却又剥夺她们的投票权，这是一个极大的讽刺。

任何州政府，如果把性别作为参加选举的资格，必然导致人口中的整整一半被剥夺公民权。这等于通过一项剥夺公民权的法令，或一项具有追溯效力的法令。因此，这样做违背了我国最高法律，使妇女及其后代中的所有女性被永远剥夺了自由幸福。对妇女来说，这个政府也就没有来自被统治者赞同的正常权力。对她们来说，这个政府就不是民主政体，不是共和政体，而是可憎的专制，是可恶的性别独裁，是地球上迄今为止最可恨的专制。因为，富人统治穷人的富人独裁，有教养者统治无知者的劳心者独裁，甚至撒克逊人统治非洲人的种族独裁，人们或许尚能忍受；而这种性别独裁，却使得每家每户的父亲、兄弟、丈夫、儿子，成为母亲、姐妹、妻子、女儿的统治者，使一切男人至高无上，一切妇女沦为奴婢，因而给全国每家每户带来了不和、纷争和反叛。

韦伯斯特、伍斯特和布维尔都认为，所谓合众国公民，就是有权投票和有权供职的美国人。

现在唯一要解决的问题是：妇女是不是人？我相信，任何反对我们的人都不敢斗胆说妇女不是人。妇女既然是人，那么就是公民。任何州都无权制定某种法律，或重操某种旧法律，来剥夺妇女的特权和豁免权。因此，今天，某些州的宪法和法律中所有歧视妇女的条款，正如所有歧视黑人的条款一样，都是无效的。

· · · · · · · · · · · · · · · · · · · ·

作/品/赏/析

苏珊·安东尼的这篇演讲简洁有力，逻辑论证严密，她依据合众国宪法，使反对者没有反驳的余地。在演说中，安东尼开篇就直接讲明了事情的原委：因为在选举中投了票而被指控有罪。但是她说："今晚我要向你们证明，我参加这次选举不但没有犯罪，相反只是行使了我的公民权。我国宪法保证我和全体合众国公民拥有公民权，任何一个州都无权剥夺。"接着，她引述了宪法的内容来说明她行使权利的正当性，这些都是正面的论述，在于说明：如果一个国家因为性别而剥夺人权，就是一个独裁的性别寡头统治。安东尼的下一个诘问是，如果宪法承认人权，那么，女人是人吗？这是一个非常严厉而具有讽刺意味的提问，必然使被问者瞠目结舌。安东尼继续推论：女人既然是人，按照宪法，她就是公民，因此，一切歧视女人的在宪法之下的法律法规都是无效的。在这篇演说中，我们找不到一句废话，安东尼也不依靠情感来打动人，她只是依据根本的宪法和逻辑力量。

工人要求什么 / 塞缪尔·冈伯斯

演讲词档案

演讲者：塞缪尔·冈伯斯（1850～1924）
演讲时间：1890年5月1日
演讲地点：路易斯维尔
演讲者身份：美国工人运动领袖

历史背景

1889年，第二国际代表大会将每年5月1日定为"国际劳动节"。1890年5月1日，为纪念这个节日，美国路易斯维尔举行了一次集会，工人领袖冈伯斯在集会上发表了以下演讲。

原文欣赏

朋友们，我们今天在这里集会，为实行八小时工作日制度的要求呐喊。在国内，这一要求已促使路易斯维尔和新奥尔巴尼成千上万的工人们上街游行，激励了芝加哥的工人一批又一批地行动起来，激发了纽约工薪劳动大军的热忱，并使他们意识到这个问题的重要性。在国际上，这一要求鼓舞了英国、爱尔兰、德国、法国、意大利、西班牙和澳大利亚的劳动者，他们不顾世界上专制君主的禁令，宣布在1890年5月1日，全世界的工人将举行罢工，声援美国工人的斗争，要求实行8小时工作日制度，让工人有8小时睡眠、8小时自由支配的时间。

有人一再指责说，要是我们有更多的闲暇时间，我们只会狂饮暴食，养成恶习，也就是说，我们会喝得烂醉。我想用下面的话来回敬这种指责：一般来说，社会上喝醉酒的人有两种：一种是钱太多游手好闲的人；另一种是失业无活可干的人，后一种人表面上看起来醉了。我认为在我们的社会中，最清醒的是这一阶层的人：他们能够靠一天合理的劳动时数争取合理的工资而又不过分劳累。每天劳动了12、14甚至16小时的人需要一些人为的刺激来使他们的身体从一天的疲劳中得到恢复。

我们应该能够在更高的水平上来讨论这个问题，我很高兴地说，我们所从事的运动将促使我们朝这一方向前进。他们对我们说无法实行8小时工作日制度，原因是这将妨碍工商业的发展。我认为我国在工商业方面的历史所表明的事实恰恰与此相反，这个问题不是经济问题而是社会问题，我们应该把它作为社会问题

·演讲者简介·

塞缪尔·冈伯斯（1850～1924），1850年出生于伦敦，1863年移居纽约。曾参与创建美国劳工联合会，并撰文论述劳联的目的。1889～1891年，领导工人开展8小时工作日运动。从1886年起，直到1924年，一直担任美国劳工联合会主席职务。后来，主张行业工会主义、提倡劳资和谐，思想日趋保守。

来讨论。要是他们把这个问题说成是经济问题，我愿意和他们辩论，如果这运动意味着使工商业停滞不前，我愿意回顾我为推动这一运动的发展所采取的每一个步骤。可是，事情不是这样，8小时工作日运动将使工商业更加繁荣，使民族更加进步，使人民更加先进、聪明、高尚……

在日工作时数为8、9或10小时的英国和美国，雇主和工人们工作效率更高，更富有成果，这难道不是事实吗？难道我们没有发现他们的产品售价更低吗？我们用不着让现代的说教家来告诉我们这些事情。在所有劳动时间长的工业中，人们会发现那里工人的发明创造力发挥得最差。哪里的劳动时间长，哪里的劳动力就便宜；哪里的劳动力价廉，哪里就不存在发明创造的必要性。我们怎能期望一个人在每天劳动10、12或14小时之后还有精力发明机器或发现新规律或动力？他要是有幸拿起报纸阅读，也许连两三行都看不完就要睡着了。

当劳动时数减少时，比如说每天减少一小时，想一想这意味着什么。如果让原来每天工作10小时的人把日工作时数减少到九小时，或者让原来每天工作九小时的人把日工作时数减少到8小时，这意味着什么呢？这意味着有无数绝好的时刻与机会让人们思考。有的人也许会说，你们会去睡大觉。好吧，有的人也许一天能睡16个小时，一般的人可以试试看，他会发现无法长期这样做，他总得做些事情。晚上，他也许会去看看戏，听听音乐会，但是他也无法每天晚上都这样做。他也许会对某一方面的研究产生兴趣，那么他就会把减少体力劳动的时间花在脑力劳动上，他一小时脑力劳动所创造的财富将大大超过他12个小时体力劳动所创造的财富。

在日工作时间较短的制度下，人们不仅有机会自我提高，而且有可能为他们的雇主带来更大的成功，我认为这是千真万确的。朋友们……西班牙、印度、俄国、意大利的情形又是如何呢？放眼看看世界，观察一下迫使大自然为人类生产必需品的工业，你们将会发现，哪里的工作时间最短，哪里的机器发明创造就发展得最快，人民的生活就最富裕。雇用廉价劳力是发展的最大阻碍，哪里的劳力便宜，哪里的发展就迟缓。正是由于我们伟大的劳工联合会的影响，我们富有理智的会员们才能够往前，往高处继续前进，我们的进步与改革运动正为世人所密切关注。

日工作时间长的人，除了维持最低的生活水平以便能继续劳动外没有别的需求。他睡觉梦见干活，早上起床去上班，带着节俭的午餐去干活，回到家又躺在那勉强拼起的床上稍稍休息，以便能再去上班干活。他只不过是一台名副其实的机器，他活着是为了干活，而不是干活为了生活。

朋友们，除了生活必需品外，劳动人民需要的唯一的东西是时间。我们的生命随着时间开始亦随之结束。我们需要用于陶冶自身情操的时间，需要用于使我们的家庭充满欢乐的时间。时间把我们从最低级的原始社会带到最先进的文明社会，我们需要时间来把我们推向更高级的社会。

朋友们，你们将会发现这一事实：已查明，我们有100多万的兄弟姐妹——身强力壮的男女——流落在街头、大路和偏僻的乡村小路旁，他们愿意工作却找

不到活干。大家知道，我们政府的理论是我们可以随心所欲地决定要就业或要辞职，这只是理论而已，不是事实。我们确实可以辞职，如果我们要这么做，可是，只要还有100万失业的男女流落在街头寻找工作，我就不认为我们想就业就可以找到工作。可以随意就业或辞职的说法是骗局、圈套，是个弥天大谎。

我们要考虑的有：第一，使我们的职业更有保障；第二，使工资更加固定；第三，为穷人们提供就业的机会。劳动者一直被当做生产物品的机器……而在劳动这一现象后面还有人的灵魂、真正的目的和抱负。你们不能像政治经济学家和大学教授那样把劳动说成是可以买卖的商品。我们是继承了我们伟大先辈的传统的美国公民，我们的先辈为了事业牺牲了除荣誉之外的一切东西。我们的敌人希望看到劳工运动夭折，到寒冷的阴间去见阎王爷，他们希望在天气稍微暖和一些时看到这。可是，我要对大家说，劳工运动已经扎下根不走了。像《麦克白》中班柯的鬼魂一样，劳工运动永不消逝。劳工运动是既成的事实，它由于人们的需要而产生，虽然有些人希望它失败，可是它依然在人们心中牢牢地扎下了根。我们将继续努力直至取得胜利。

我们要求完全实行8小时工作日制度。有人谴责我们自私，说我们会得寸进尺提出更多的要求，说我们去年日薪提高了10美分，现在又要求更多一些。我们确实要求更多一些。人的欲望通常是无止境的。去问问流浪汉要些什么，假如他不要饮料，他会要一顿丰盛的饭菜；问一天挣两美元的工人要什么，他会要求把日薪提高10美分；要是问一天挣5美元的人，他会要求每天增加15美分；要是问年薪为5000美元的人，他会要求将年薪增加到6000美元；而拥有80万或90万美元的人会想再要10万美元凑成100万；而百万富翁还想拥有每一样能弄到手的东西，然后提高嗓门，反对想每天多挣10美分的穷光蛋。我们生活在财富成百倍地增长的电力和蒸汽的时代，我们认为这些财富是劳动者的聪明才智和辛勤劳动的结晶，而当我们感到生产比以往更容易时，却发现生活越来越艰难。我们确实要求更多，而且当我们得到更多后，我们还要进一步要求更多。在我们得到我们应得的劳动成果之前，我们决不会停止要求更多一些……

作/品/赏/析

冈伯斯在演讲的开始就用事实激励和鼓舞了工人们的士气，他说纽约、芝加哥、英国、爱尔兰、德国、法国、意大利等全世界的劳动者，都齐集在1890年5月1日这一天声援美国争取8小时工作日的制度。接着他针对有些人指责工人们如果有更多的闲暇时间会狂暴饮食、养成恶习等的说法，作出了自己的回敬。他幽默而又尖锐的语言获得了工人们的掌声。他借着高涨的情绪把工人们和上百万的失业人群联系起来，强调工人不是机器，不是为了干活而活着，道出了工人们的心声，从而引导工人要为自己的权利而继续斗争。

冈伯斯的这篇演讲，在当时的情况下极大地鼓舞了工人们，是工人阶级为生存和斗争所发出的呐喊，是劳工运动中一件无形但却锋利的武器。

在亚特兰大博览会上的演讲 /布克·华盛顿

演讲词档案
演讲者：布克·华盛顿（1856～1915）
演讲时间：1895年9月18日
演讲地点：亚特兰大博览会
演讲者身份：美国政治家、教育家、作家

历史背景

19世纪90年代中期，美国的工业获得巨大发展，但是，在广大的劳工群体中，黑人一直受到歧视和压迫，生活在社会的最底层。美国教育家布克·华盛顿对这种情况深感不满，便大力兴办学校，希望通过对黑人进行技术教育改变黑人的现状。这是他1895年在亚特兰大博览会上发表的演讲。

原文欣赏

南方人口的三分之一是黑人。任何想在南方取得物质、文化、道德方面巨大成就的事业家都不能忽视我们人口的这一组成部分。在这盛大的博览会进展的每一个阶段，美国黑人的价值和气概都得到了博览会经理们恰当而又极其慷慨的赏识，我谨在此向会长和理事先生们转达广大黑人同胞的谢意。这种赏识将比我们获得自由以来所发生过的任何事件更能巩固加强我们两个民族之间的友谊。

除此之外，这儿还为我提供了演讲的机会，来唤醒黑人同胞去迎接工业发展的新时代。由于我们无知，又缺乏经验，所以在我们新生活的最初几年里，我们没有从最低点而是最高点开始努力；我们奋力争取在国会和州立法机关的席位，却忽视了培养房地产经营的能力和工业技能；我们被政治会议或树墩演讲所吸引，而觉得经营牛奶场或蔬菜场乏味，这种现象并不奇怪。

一条在海上迷航了几天的船只突然看见一艘友好船只，从遇难的船只的桅杆上可以看到求救信号："水，水，我们快渴死了。"对方立即答复："从你们船上把水桶放下来打水。"遇难船只好再一次发出求援信号："水，水，给我们送水！"得到的答复是："从你们船上把水桶放下来打水。"第三、四次要求送水的信号也得到了同样的答复。遇难船只的船长终于注意到了这一答复，将桶放下去，从

· 演讲者简介 ·

布克·华盛顿（1856～1915），1856年生于维吉尼亚州富兰克林县，父亲是白人奴隶主，母亲是黑奴。1865年，随母亲迁往西弗吉尼亚州，边劳动边学习。16岁时，到弗吉尼亚汉普顿的师范和农业学院（现为汉普顿大学）接受教师培训。1881年，被任命为阿拉巴马州塔斯基吉学院的领导。在1896年和1901年，分别获得哈佛大学和达特茅斯学院授予的名誉文学硕士学位和名誉博士学位。

亚马逊河口打上来满满的一桶清澈的淡水。

对依靠在异国改善生活状况的黑人同胞和低估了发展与南方白人睦邻友好关系的重要性的黑人同胞，我要疾呼：从你们那儿把水桶放下来打水，果断地放下来，与我们周围的各族人民交朋友。在农业、机械业、商业、家庭服务业及其他行业，黑人同胞都应该这样做。关于这一点应该记住，不管可能要南方忍受其他什么罪恶，在纯商业事务方面，南方为黑人在商界提供了像样的机会，本届博览会就是胜于雄辩的事实证明。我们面临的最大危险是，从奴隶制到自由这一飞跃过程中，我们可能会忽视这一点：我们大部分人靠手工生产谋生，而忘记了当我们学会赞美歌颂平凡的劳动，在各行各业中发挥我们的智能和技能时，当我们学会区分生活中表面与实质，华而不实与真正有用的东西之间的差别时，我们将会兴旺发达，获得成功。只有当一个民族认识到种田与写诗是一样高贵时，这个民族才有可能繁荣昌盛。我们应该从生活的最低点而不是最高点开始努力，我们也不应该让我们所受的委屈给我们的机遇投下阴影。

不少白人希望讲不同语言，保持不同风俗习惯的异族人的到来能促进南方的繁荣，如果允许的话，我想对他们重复一下我对黑人同胞讲过的话："从你们那儿把水桶放下来！"放到八百万黑人中来。你们了解他们的脾性，在他们的反叛意味着你们家园的毁灭那种日子里，你们也曾经考验过他们的忠诚与爱。把你们的水桶放到这些黑人中来，他们过去既不举行罢工也不争议报酬，为你们种田、开垦荒地、修建铁路、建设城市，开采宝藏，使南方的巨大发展成为现实，把你们的水桶放到我们黑人同胞中来，就像你们现在正在做的那样，帮助和鼓励他们，在才智、技能和精神这些方面培训他们。你们将看到，他们将购买你们多余的田地，使荒芜的土地结出硕果，他们也将经营你们的工厂。

这样做的时候，你们可以相信，像过去那样，将来围绕在你们及你们家人周围的也将是世界上至今所见到的最耐心、最忠诚、最守法、最不易抱怨的人们。过去我们替你们照看小孩，在病榻前伺候你们的父母，还经常流着眼泪为他们送葬。我们过去已经证明了对你们的忠诚，所以将来，我们也将忠心耿耿地站在你们一边，这种忠诚是任何异族人所不能比的。假如情况需要的话，我们还随时准备牺牲生命保卫你们。我们将在工业、商业、文化和宗教生活各方面与你们交融在一起，使我们两个民族的利益相一致。在一切纯社交性的事务中，我们可以像手指那样分开；但在一切对共同进步有决定意义的事情上，我们必须团结得像一只手一样……

在人类或上帝的法律面前，没有任何人能逃脱不可避免的命运：公正平等的法则永恒不变，把压迫者和被压迫者拴在一起，就像罪恶永远伴着苦难，朝着命运我们肩并肩一起迈进。

将近八百万双的手可能帮你们挑起重担，也可能拉后腿；我们可能构成南方愚昧与罪恶的三分之一甚至更多，也可能构成文明与进步的三分之一；我们可能为南方的工商业繁荣作出三分之一的贡献，也可能成为一具僵尸，延缓、削弱、阻碍国家进步的各种努力。

光临博览会的先生们，当我们在博览会上向你们展出我们的努力所取得的一些小成果时，希望你们对我们不要太苛求。三十年前，我们在各地开始拥有一些被子、南瓜和鸡（从各方收集来的）。请记住：我们是在一无所有的情况下开始发展的。我们搞发明创造，生产农具、轻便马车、蒸汽机、报纸、书本、雕塑，经营药店、银行，我们走过的路是不平坦的，我们是披荆斩棘走过来的。当我们为我们所展出的独自努力的成果而感到自豪时，我们一刻也不曾忘记你们对我们教育事业的帮助。不仅南方帮助了我们，北方也帮助了我们，尤其是北方的慈善家们源源不断的捐赠给了我们极大的支持与鼓励。要是没有你们的帮助，我们的展品会使你们大失所望。

黑人中的有识之士明白挑起社会平等方面的争端是极其愚蠢的。要实现我们能够充分享受一切权利这一理想需要一个过程，必须靠我们艰苦不懈的努力，而不是靠人为的推行推进。能为世界市场提供必需商品的民族是不可能被长期排斥在外的。不错，我们应该享受法律所保障的一切权利，这一点很重要；然而，更重要的是，我们应该为行使这些权利作准备。现在，在工厂里挣一美元钱的机会比起在歌剧院里消费一美元钱的机会更有价值。

最后，请允许我再说一遍，与以往三十年里的各种机会相比，这次博览会所提供的机会给了我们更大的希望和鼓舞，使我们与白人的关系更密切了。这神圣的讲坛可以说是代表了我们两个民族共同奋斗的成果，因为三十年前我们几乎都是从零开始。在这圣坛上，我向你们保证，在你们努力解决上帝为南方所设置的这一重大而又复杂的问题时，你们将随时得到黑人的同情和耐心的帮助。这些展厅里所陈列的来自农田、森林、矿山、工厂和文艺界的成果将推动各行各业的发展，带来更大的成果。可是，我们还应该记住这一点：比物质利益更为重要的是精神方面的更高的追求。让我们祈祷主将降临，消灭区域差别，消除种族仇恨和怀疑，施行法律，让各阶层的人都服从法律的意志。这一点再加上物质上的繁荣，将为我们亲爱的南方开创一个新天地。

· ·

作 / 品 / 赏 / 析

布克·华盛顿一贯主张黑人要学会一般的职业技能，把普通劳动看做是光荣的，要从最低点做起，而不是最高点。在说服黑人和白人之间要加强联系的时候，华盛顿讲述了一个在亚马逊河上迷航的船只呼求淡水的故事，并拿这个故事作比喻，向黑人呼吁与各族人民交朋友，同时也呼吁白人鼓励和帮助黑人，在才智、技能和精神这些方面培训他们。华盛顿在演讲中，言辞恳切，既有鼓励，又有展望。这不仅让听众有了一个美好的想象，也更能激励他们为美好目标付出行动。虽然有一些黑人领袖反对华盛顿的这次演讲，称其为"亚特兰大的妥协"，但是这并没有影响到演说的影响力。华盛顿因此而闻名全国，受到了政界和公众广泛的关注，他同时也成为美国黑人的代言人。

让人们忘记贫困的古老歌曲 / 让·饶勒斯

演讲词档案

演讲者：让·饶勒斯（1859 ~ 1914）

演讲时间：1893 年 12 月 21 日

演讲地点：法国议会

演讲者身份：法国社会主义运动的主要领导人

历史背景

19 世纪末，法国工人阶级队伍不断壮大，社会主义运动再度兴起。工人阶级政党法国工人党和独立社会主义者联盟相继成立，不断推动工人运动的发展。由于斗争路线的差异，法国工人阶级政党分裂为两派，饶勒斯派为右翼，主张通过改良实现社会主义。1893 年 12 月 21 日，在法国议会上，饶勒斯发表了这篇演说，全面阐述了他的社会主义见解和改良主义思想。

原文欣赏

说真的，你们这些人的思想状况实在奇怪。（中间派的席位上发出惊叫声）你们一相情愿地要给人民制定几项教育法，并通过自由的报刊、学校和自由的集会，反复地激发人民的热情，让他们觉醒起来。你们大概没有想到，无产阶级的全体成员都在同一程度上被你们自己要搞的这场思想解放运动把情绪激发起来了。少数几个人比较活跃，声调特别高，这是难免的。他们不脱离人民，相反，他们生活在人民之中，同人民患难与共，并肩战斗，他们不去向心怀叵测的资本家乞求同情，而是同人民一起准备整个阶级——他们自己也是其中的一员——的全面解放，你们竟然异想天开，以为通过几项法律的把戏就可以使他们威信扫地，把他们一网打尽！

你们知道为首分子和煽动分子在哪里吗？他们既不在组织工会——你们正在施展阴谋要把这些工会解散掉——的工人里面，也不在社会党的理论家和宣传家当中。不，主要的为首分子，主要的煽动分子，首先在资本家当中，在政府的多数派当中。（极左派热烈鼓掌，中间派抗议）

· 演讲者简介 ·

让·饶勒斯（1859 ~ 1914），1859 年生于法国卡斯特尔的一个中产阶级家庭，大学毕业后成为一名教师。后涉足政治活动，加入独立社会主义党。主张改良资产阶级政权，逐步过渡到社会主义。他的观点被称为“饶勒斯主义”，持这一观点的社会主义政党被称为“饶勒斯派”。1885 年，当选议员。他博学雄辩，为促使社会主义各派别的统一，不惜放弃本身的政治信仰。1898 年，在选举中失败，便脱离政治活动。1912 年再次当选议员，支持左派。由于他呼吁和平，遏制战争，1914 年 7 月 31 日在巴黎被一个民族主义狂热分子暗杀。

啊！先生们，你们怎么发昏到这种程度，竟然把各地的发展说成是少数几个人搞起来的。你们是不是被社会主义运动的广泛发展吓破了胆？这个运动在世界各国同时爆发了。十年来，你们再也不能离开社会党的历史来谈比利时、意大利、德国和奥地利的历史了。美国和澳大利亚的情况也是这样，甚至被你们看成是个人主义避难所的英国也是如此。英国的工联已经参加到社会主义运动中来；他们已不再单纯地闹点工潮，而是参加到政治斗争中来了。他们摆脱了与世隔绝的状态，参加了历次国际代表大会；他们不愿意再做工人贵族，在资本主义制度中为个人谋点私利。他们已经向各个行业开门，向最下层的、即所谓最卑贱的人们开门。社会主义思想已经在这个所谓个人主义的国家站住脚。英国工联最近在毕尔法斯特召开的代表大会上甚至通过了社会主义的提案。自由党政府在社会主义思想的压力下不得不提出了社会法。这个政府也干预劳资纠纷，不过不像法兰西共和国的那些部长们借此镇压工人（大厅极左边的某些席位和极右边的席位热烈鼓掌），而且让纠纷体面地停息下来，这样至少可以暂时缓和一下对立情绪的发展。

当前，世界各国的人民，不论他们的自然环境和政治制度如何，也不论他们属于哪个民族，他们都被这个世界范围的运动圈了进去，你们就是在这种情况下侈谈什么个别人煽动的问题的。因此，总理先生，你们这样指责他们，给予他们的荣誉未免太大了。你们说他们是为首分子，把他们说得也太神通广大了。掀起这样一个大的运动，不是他们所能做到的，少数几个人吹出的气，软弱得很，根本不会掀起世界无产阶级的狂涛巨澜。（上述席位热烈鼓掌）

不，先生们，事实是，这场运动是从事物的深部发展起来的，是人们不堪忍受无数痛苦的总爆发；在此之前，这些人并没有商量过，后来才在自由这个提法中找到了团结起来的共同点。事实是，在我们的共和制法国，这场社会主义运动是从你们建立的共和制和有着半个世纪历史的经济制度中产生出来的。

你们建立了共和制，这是你们的光荣；你们使得它无懈可击，坚不可摧，但你们也因而在我国的政治和经济之间制造了一种令人不能容忍的矛盾。

（勒内·戈柏来：说得好！）

在这个政治制度中，人民已取得国家的最高权力，他们粉碎了过去各个寡头的统治，但在经济上他们今天还依然受着这类寡头们的统治。附带说一句，总理先生，仅仅对议会说法兰西银行的问题将向议会提出来是不够的，这件事你不说议会也知道；你们应当告诉议会，政府打算怎样解决这个问题。（大厅的极左边和极右边热烈鼓掌）

是的，你们让包括雇用劳动者在内的一切公民通过普选，通过行使国家主权（共和制就是行使国家主权的最终的必然形式），有了至高无上的权力。法律和政府由他们根据自己的意志来产生；他们可以罢免和撤换特使、立法议员和部长。可是就在这些雇用劳动者们在政治上享有最高权力的时候，他们在经济上却处于被奴役的地位。

是的！就在他们可以把部长赶出内阁的时候，他们的工作却毫无保障，被人家从工厂赶了出来。他们的劳动不过是手中握着资本的人爱要就要，爱不要就不要的一种商品罢了。

工厂的规章制度越来越苛刻，越来越没有道理，是专门用来同他们作对、在他们无权过问的情况下制定出来的。他们由于不理睬这些规章制度，随时都遭到被解雇的威胁。

他们完全是听天由命、任人驱使，虽然在政治上享有至高无上的权力，但随时有可能被踢出工厂大门之外。如果他们想行使自己的合法权利，联合起来捍卫自己的利益，大的矿业公司联盟随时会将他们解雇，停发他们的工资，断绝他们的生路。工人们虽然从政治制度上说已不必再向已经被你们推翻的国王付给几百万法郎的俸银，但却不得不从自己的劳动中提取几十亿法郎送给不劳而获的寡头们——主宰全国劳动者的国王。（大厅极左边和极右边的好几排席位长时间热烈鼓掌）

第二国际期间法国工人党印制的明信片

看来只有社会主义能够解决现今社会的这个基本矛盾；因为社会主义主张政治共和必须发展到社会共和；因为它主张不但议会需要共和，工厂也需要共和；因为它主张人民不但在政治上享有最高权力，而且在经济上也享有最高权力，以便铲除不劳而获的资本主义特权；就是由于这些原因，社会主义便从共和运动中产生出来了。因此，共和是最大的煽动分子，共和是最大的为首分子。让你们的宪兵把它带到法庭去接受审判吧！（上述席位又是一阵热烈鼓掌）

其次，你们制定了教育法。既然你们为劳动者在思想上的解放准备了条件，并用法律形式固定下来，你们为什么不愿劳动者在政治上获得解放之后再获得社会上的解放呢？因为你们不仅想实行普及教育和义务教育，还想使教育世俗化，你们做得很好。（许多席位上的人点头同意，中间派发出喧闹声）

阿道尔夫·都来尔：勒米尔神父刚才为你鼓了掌，不过你一说到"世俗化"他就不鼓掌了。（闹声）

路易·朱尔当：不管怎么说，他做了一个榜样，可惜学他的人并不多。应当像他那样多看一看。（闹声）

坚决反对你们的人常常指责你们毁灭了基督教信仰，但你们并没有毁灭基督教信仰，这也不是你们的目标。你们只是想在学校里建立理性教育罢了。过去的宗教信仰并不是你们毁掉的，而是在你们很久之前被下列因素毁掉的：批判的展开，实证主义和自然主义世界观的形成，以及随着人类知识的扩大，对于其他文化和宗教的了解和接受。基督教同现代思想的生动活泼的关系也不是你们破坏的，而是在你们之前就破坏了。不过你们在建立纯理性的教育制度时，你们所做的，所宣称的，就是只有理性是以指导每个人的生活。（大厅极左边的某些席位和极右边的席位热烈鼓掌）

（勒米尔：说得好！说得好！）

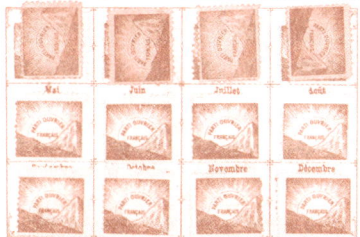

（费尔迪南·拉梅尔：你忘了，饶勒斯先生，由于把教育世俗化，你已经侵犯了你刚才说的自由。）

可是正是这样做的结果，你们使人民的教育同现代思想的成果协调起来了，使人民摆脱了教会和教条的束缚，你们没有破坏我刚说的那个生动活泼的关系，而是把仅存的那种消极的、习惯的、传统的、老一套的关系破坏了。

你们因此而做了什么呢？啊！我可知道，当时在许多人头脑里存在的东西不是宗教信仰，而是一种习惯势力，而且这种习惯势力对某些人来说简直是一帖镇静剂，一种安慰。可是呢！你们把这首让人们忘记贫困的古老歌曲打断了……（上述席位热烈鼓掌）于是贫困被叫嚷声吵醒，它站立在你们面前；要求你们在自然界的阳光下——这是你们唯一没有玷污的地方——给予它足够的位置。

正如地球上白天积蓄的热量夜间要散去一部分一样，人民的力量过去也有一部分是被宗教扩散到广阔无垠的空间去的。

可是你们把这条宗教扩散的渠道堵死了，这样你们也就把人民的热烈愿望和思想都集中到当前社会方面的要求上来了，是你们自己把无产阶级的革命热情提高了。你们现在惊慌失措，这是你们自己造成的！（极左派和极右派热烈鼓掌）

作/品/赏/析

饶勒斯什么也没多说就直接抨击了资产阶级的荒谬论调，"说真的，你们这些人的思想状况实在奇怪"。他演讲中的第一句话就引起了一片惊叫。他指出社会主义运动并不是少数几个野心勃勃的人发起来的，那些比较活跃的人代表的是整个阶级，是为了阶级的全面解放。而真正的煽动者却是资产阶级，饶勒斯的话一语中的，给资产阶级政客当头一棒。演讲刚开始，饶勒斯就让整个会场都沸腾起来，而他的反对者却不知所措。

为了论证自己的观点，饶勒斯分析了世界各地的社会主义运动，指出"这场运动是从事物的深部发展起来的，是人们不堪忍受无数痛苦的总爆发"，"在此之前，这些人并没有商量过，后来才在自由这个提法中找到了团结起来的共同点。事实是，在我们的共和制法国，这场社会主义运动是从你们建立的共和制和有着半个世纪历史的经济制度中产生出来的"。饶勒斯用充分的说理和严谨的逻辑说明了社会主义运动发展的原因，令人信服。最后，他巧用形象的比喻"你们把这首让人们忘记贫困的古老歌曲打断了……"再次激发了听众的情绪。饶勒斯充满活力的演讲，让听众的心随着他演讲的抑扬顿挫而跳动。

娜拉走后怎样 / 鲁迅

演讲者：鲁迅（1881～1936）
演讲时间：1923 年 12 月 26 日
演讲地点：北京高等师范学校
演讲者身份：伟大的文学家、思想家和革命家

历史背景

"五四"时期，在思想解放的大潮中，妇女问题再次成为一个令人关注的话题。《新青年》、《新潮》、《女界钟》、《妇女杂志》等都对妇女问题进行了不同方面的讨论，引起了极大的反响。同时，各种流派、学说也竞相亮相，其中影响最大的是 1918 年《新青年》的"易卜生号"中易卜生的名剧《傀儡之家》。剧中的女主人公娜拉，成为渴望独立自主、婚姻自由的新青年的偶像。鲁迅是在对娜拉的一片喝彩声中发表的这篇演讲，阐述了自己对妇女解放的观点。

原文欣赏

我今天要讲的是"娜拉走后怎样？"

易卜生是 19 世纪后半的挪威的一个文人。他的著作，除了几十首诗之外，其余都是剧本，这些剧本里面，有一时期是大抵含有社会问题的，世间也称作"社会剧"，其中有一篇就是《娜拉》。

《娜拉》一名 Ein Puppenheim，中国译作《傀儡家庭》。但 Puppe 不单是牵线的傀儡，孩子抱着玩的人形也是；引申开去，别人怎么指挥，他便怎么做的人也是。娜拉当初是满足地生活在所谓幸福的家庭里的，但是她竟觉悟了：自己是丈夫的傀儡，孩子又是她的傀儡。她于是走了，只听得关门声，接着就是闭幕。这想来大家都知道，不必细说了。

娜拉要怎样才不走呢？或者说易卜生自己有解答，就是 Die Frau vom Meer，《海的女人》，中国有人译作《海上夫人》的。这女人是已经结婚的了，然而先前有一个爱人在海的彼岸，一日突然寻来，叫她一同去。她便告知她的丈夫，要和那外来人会面。临末，她的丈夫说，"现在放你完全自由。（走与不走）你能够自己选择，并且还要自己负责任"。于是什么事全都改变，她就不走了。这样看来，娜拉倘也得到这样的自由，或者也便可以安住。

但娜拉毕竟是走了的。走了以后怎样？易卜生并无解答；而且他已经死了。即使不死，他也不负解答的责任。因为易卜生是在做诗，不是为社会提出问题来而且代为解答。就如黄莺一样，因为它自己要歌唱，所以它歌唱，不是要唱给人们听得有趣，有益。易卜生是很不通世故的，相传在许多妇女们一同招待他的筵宴上，代表者起来致谢他作了《傀儡家庭》，将女性的自觉、解放这些事，给人

以新的启示的时候，他却答道，"我写那篇却并不是这意思，我不过是作诗"。

娜拉走后怎样——别人可是也发表过意见的。一个英国人曾作一篇戏剧，说一个新式的女子走出家庭，再也没有路走，终于堕落，进了妓院了。还有一个中国人——我称他什么呢？上海的文学家罢——说他所见的《娜拉》是和现译本不同，娜拉终于回来了。这样的本子可惜没有第二人看见，除非是易卜生自己寄给他的。但从事理上推想起来，娜拉或者也实在只有两条路：不是堕落，就是回来。因为如果是一只小鸟，则笼子里固然不自由，而一出笼门，外面便又有鹰，有猫，以及别的什么东西之类；倘使已经关得麻痹了翅膀，忘却了飞翔，也诚然是无路可以走。还有一条，就是饿死了，但饿死已经离开了生活，更无所谓问题，所以也不是什么路。

人生最苦痛的是梦醒了无路可以走。做梦的人是幸福的；倘没有看出可走的路，最要紧的是不要去惊醒他。你看，唐朝的诗人李贺，不是困顿了一世的么？而他临死的时候，却对他的母亲说，"阿妈，上帝造成了白玉楼，叫我做文章落成去了"。这岂非明明是一个诳，一个梦？然而一个小的和一个老的，一个死的和一个活的，死的高兴地死去，活的放心地活着。说诳和做梦，在这些时候便见得伟大，所以我想，假使寻不出路，我们所要的倒是梦。

但是，万不可做将来的梦。阿尔志跋绥夫曾经借了他所做的小说，质问过梦想将来的黄金世界的理想家，因为要造那世界，先唤起许多人们来受苦。他说，"你们将黄金世界预约给他们的子孙了，可是有什么给他们自己呢？"有是有的，就是将来的希望。但代价也太大了，为了这希望，要使人练敏了感觉来更深切地感到自己的苦痛，叫起灵魂来目睹他自己的腐烂的尸骸。惟有说诳和做梦，这些时候便见得伟大。所以我想，假使寻不出路，我们所要的就是梦；但不要将来的梦，只要目前的梦。

然而娜拉既然醒了，是很不容易回到梦境的，因此只得走；可是走了以后，有时却也免不掉堕落或回来。否则，就得问：她除了觉醒的心以外，还带了什么去？倘只有一条像诸君一样的紫红的绒绳的围巾，那可是无论宽到二尺或三尺，也完全是不中用。她还须更富有，提包里有准备，直白地说，就是要有钱。

梦是好的；否则，钱是要紧的。

钱这个字很难听，或者要被高尚的君子们所非笑，但我总觉得人们的议论是不但昨天和今天，即使饭前和饭后，也往往有些差别。凡承认饭需钱买，而以说钱为卑鄙者，倘能按一按他的胃，那里面怕总还有鱼肉没有消化完，须得饿他一天之后，再来听他发议论。

所以为娜拉计，钱——高雅的说法，就是经济，是最要紧的了。自由固不是钱所能买到的，但能够为钱而卖掉。人类有一个大缺点，就是常常要饥饿。为补救这缺点起见，为准备不做傀儡起见，在目下的社会里，经济权就显得最要紧了。第一，在家应该先获得男女平均的分配；第二，在社会应该获得男女相等的势力。可惜我不知道这权柄如何取得，单知道仍然要战斗；或者也许比要求参政权更要用剧烈的战斗。

要求经济权固然是很平凡的事，然而也许比要求高尚的参政权以及博大的女子解放之类更烦难。天下事尽有小作为比大作为更烦难的。譬如现在似的冬天，我们只有一件棉袄，然而必须救助一个将要冻死的苦人，否则便须坐在菩提树下冥想普度一切人类的方法去。普度一切人类和救活一人，大小实在相去太远了，然而倘叫我挑选，我就立刻到菩提树下去坐着，因为免得脱下唯一的棉袄来冻杀自己。所以在家里说要参政权，是不至于大遭反对的，一说到经济的平均分配，或不免面前就遇见敌人，这就当然要有剧烈的战斗。

战斗不算好事情，我们也不能责成人人都是战士，那么，平和的方法也就可贵了，这就是将来利用了亲权来解放自己的子女。中国的亲权是无上的，那时候，就可以将财产平均地分配子女们，使他们平和而没有冲突地都得到相等的经济权，此后或者去读书，或者去生发，或者为自己去享用，或者为社会去做事，或者去花完，都请便，自己负责任。这虽然也是颇远的梦，可是比黄金世界的梦近得不少了。但第一需要记性。记性不佳，是有益于己而有害于子孙的。人们因为能忘却，所以自己能渐渐地脱离了受过的苦痛，也因为能忘却，所以往往照样地再犯前人的错误。被虐待的儿媳做了婆婆，仍然虐待儿媳；嫌恶学生的官吏，每是先前痛骂官吏的学生；现在压迫子女的，有时也就是 10 年前的家庭革命者。这也许与年龄和地位都有关系罢，但记性不佳也是一个很大的原因。救济法就是各人去买一本 notebook 来，将自己现在的思想举动都记上，作为将来年龄和地位都改变了之后的参考。假如憎恶孩子要到公园去的时候，取来一翻，看见上面有一条道，"我想到中央公园去"，那就即刻心平气和了。别的事也一样。

世间有一种无赖精神，那要义就是韧性。听说"拳匪"乱后，天津的青皮，就是所谓无赖者很跋扈，譬如给人搬一件行李，他就要两元，对他说这行李小，他说要两元，对他说道路近，他说要两元，对他说不要搬了，他说也仍然要两元。青皮固然是不足为法的，而那韧性却大可以佩服。要求经济权也一样，有人说这事情太陈腐了，就答道要经济权；说是太卑鄙了，就答道要经济权；说是经济制度就要改变了，用不着再操心，也仍然答道要经济权。

其实，在现在，一个娜拉的出走，或者也许不至于感到困难的，因为这人物很特别，举动也新鲜，能得到若干人们的同情，帮助着生活。生活在人们的同情之下，已经是不自由了，然而倘有一百个娜拉出走，便连同情也减少，有一千一万个出走，就得到厌恶了，断不如自己握着经济权之为可靠。

在经济方面得到自由，就不是傀儡了么？也还是傀儡。无非被人所牵的事可以减少，而自己能牵的傀儡可以增多罢了。因为在现在的社会里，不但女人常作男人的傀儡，就是男人和男人，女人和女人，也相互地作傀儡，男人也常作女人的傀儡，这决不是几个女人取得经济权所能救的。但人不能饿着静候理想世界的到来，至少也得留一点残喘，正如涸辙之鲋，急谋升斗之水一样，就要这较为切近的经济权，一面再想别的法。

如果经济制度竟改革了，那上文当然完全是废话。

然而上文，是又将娜拉当做一个普通的人物而说的，假使她很特别，自己情愿闯出去做牺牲，那就又别是一回事。我们无权去劝诱人做牺牲，也无权去阻止人做牺牲。况且世上也尽有乐于牺牲，乐于受苦的人物。欧洲有一个传说，耶稣去钉十字架时，休息在 Ahasvar 的檐下，Ahasvar 不准他，于是被咒诅，使他永世不得休息，直到末日裁判的时候。Ahasvar 从此就歇不下，只是走，现在还在走。走是苦的，安息是乐的，他何以不安息呢？虽说背着咒诅，可是大约总该是觉得走比安息还适意，所以始终狂走的罢。

只是这牺牲的适意是属于自己的，与志士们之所谓为社会者无涉。群众——尤其是中国的——永远是戏剧的看客。牺牲上场，如果显得慷慨，他们就看了悲壮剧；如果显得觳觫，他们就看了滑稽剧。北京的羊肉铺前常有几个人张着嘴看剥羊，仿佛颇愉快，人的牺牲能给与他们的益处，也不过如此。而况事后走不几步，他们并这一点愉快也就忘却了。

对于这样的群众没有法，只好使他们无戏可看倒是疗救，正无需乎震骇一时的牺牲，不如深沉的韧性的战斗。

可惜中国太难改变了，即使搬动一张桌子，改装一个火炉，几乎也要血；而且即使有了血，也未必一定能搬动，能改装。不是很大的鞭子打在背上，中国自己是不肯动弹的。我想这鞭子总要来，好坏是别一问题，然而总要打到的。但是从哪里来，怎么地来，我也是不能确切地知道。

我这讲演也就此完结了。

<hr>

作 / 品 / 赏 / 析

鲁迅在一片"娜拉热"中，保持了一个学者的冷峻和深忧。他通过娜拉走后会是怎样的设问，引出自己的观点，"娜拉或者也实在只有两条路：不是堕落，就是回来"。出现这样的结局最终是什么原因造成的呢？鲁迅说："钱是要紧的。"至此，鲁迅把演讲切到了主题之上，一个有完全自由的女子必须要在经济上独立，"自由固不是钱所能买到的，但能够为钱而卖掉"，要补救这一点，经济权就显得很重要了。鲁迅的演讲告诉广大女性，出走不是妇女解放的根本出路，要实现解放首先就要通过剧烈的战斗取得经济上的平等权。这场战斗是女性获得解放的第一步和关键一步，但也是最为艰难的一步，它甚至比争取女性的参政权还要艰难，这要求广大女性要有深沉的韧性。

鲁迅的这篇演讲是给那些做梦的青年女性的当头棒喝，让广大的女性清晰地认清形势，做好战斗的准备。这是鲁迅第一次发表自己在妇女解放上的观点，见解深刻独到，成为中国现代妇女解放运动中的经典性文献。

我有一个梦想 / 马丁·路德·金

演讲词档案

演讲者：马丁·路德·金（1929～1968）
演讲时间：1963 年 8 月 28 日
演讲地点：林肯纪念堂前
演讲者身份：美国黑人民权运动领袖

历史背景

尽管美国在第一次世界大战后经济发展很快，强大的政治、军事力量使它登上了"自由世界"盟主的交椅，可国内黑人却在经济和政治上受到歧视与压迫。面对丑恶的现实，马丁·路德·金为争取社会平等与正义，多次发动大型民权运动，尤以 1963 年那次最著名，他在 20 万人面前宣读《我有一个梦》的演说，要求实现人人平等的理想，至今仍为人称颂。

原文欣赏

今天，我高兴地同大家一起，参加这将成为我国历史上为了争取自由而举行的最伟大的示威集会。

100 年前，一位伟大的美国人，即美国第 16 任总统亚伯拉罕·林肯——今天我们就站在他象征性的身影下（示威集会在美国首都华盛顿林肯纪念堂举行，纪念堂前耸立着林肯雕像，故有此说）——签署了《解放黑人奴隶宣言》。这项重要法令的颁布，对于千百万灼烤于非正义残焰中的黑奴，犹如带来希望之光的硕大灯塔，恰似结束漫漫长夜禁锢的欢畅黎明。

然而，100 年后，黑人依然没有获得自由。100 年后，黑人依然悲惨地蹒跚于种族隔离和种族歧视的枷锁之下。100 年后，黑人依然生活在物质繁荣瀚海的贫困孤岛上。100 年后，黑人依然在美国社会中向隅而泣，依然感到自己在国土家园中流离漂泊。所以，我们今天来到这里，要把这骇人听闻的情况公诸于众。

·演讲者简介·

马丁·路德·金（1929～1968），1929 年 1 月 29 日生于美国乔治亚州的亚特兰大。1948 年获得莫尔豪斯大学学士学位，1951 年获得柯罗泽神学院学士学位。1954 年成为浸信会教堂的一位牧师。1955 年 12 月 1 日，一位名叫罗沙·帕克斯的黑人妇女在公共汽车上拒绝给白人让座，而被当地警察逮捕。马丁·路德·金立即组织了一场罢车运动（即泰哥马利罢车运动），从此他成为民权运动的领袖人物。1964 年马丁·路德·金被授予诺贝尔和平奖。1968 年 4 月 4 日，他在演讲时被一名刺客开枪打死。1986 年 1 月，里根总统签署法令，规定每年 2 月的第三个星期一为马丁·路德·金纪念日，以纪念这位民权运动领袖。

马丁·路德·金像

第七篇　倡言平等和尊严的不朽演说

从某种意义上说，我们来到国家的首都是为了兑现一张期票，我们共和国的缔造者在拟写宪法和独立宣言的辉煌篇章时，就签定了一张每一个美国人都能继承的期票。这张期票向所有人承诺——不论白人还是黑人——都享有不可剥夺的生存权、自由权和追求幸福权。

然而，今天美国显然对他的有色公民拖欠着这张期票。美国没有承兑这笔神圣的债务，而是开给黑人一张空头支票——一张打着"资金不足"的印戳被退回的支票。但我们决不相信正义的银行会破产，我们决不相信这个国家巨大的机会宝库会资金不足。

因此，我们来兑现这张支票。这张支票将给我们以宝贵的自由和正义的保障。

我们来到这块圣地还为了提醒美国：现在正是万分紧急的时刻。现在不是从容不迫悠然行事或服用渐进主义镇静剂的时候。现在是实现民主诺言的时候。现在是走出幽暗荒凉的种族隔离深谷，踏上种族平等的阳关大道的时候。现在是使我们国家走出种族不平等的流沙，踏上充满手足之情的磐石的时刻。现在是使上帝的所有孩子真正享有公正的时候。

忽视这一时刻的紧迫性，对于国家将会是致命的。自由平等的朗朗秋日不到来，黑人顺情合理哀怨的酷暑就不会过去。1963年不是一个结束，而是一个开端。

如果国家依然我行我素，那些希望黑人只需出出气就会心满意足的人将大失所望。在黑人得到公民权之前，美国既不会安宁，也不会平静。反抗的旋风将继续震撼我们国家的基石，直至光辉灿烂的正义之日来临。

但是，对于站在通向正义之宫艰险门槛上的人们，有一些话我必须要说。在我们争取合法地位的过程中，切不要错误行事导致犯罪。我们切不要吞饮仇恨辛酸的苦酒，来解除对于自由的饥渴。

我们应该永远得体地、纪律严明地进行斗争。我们不该容许我们富有创造性的抗议沦为暴力行动，我们应该不断升华到用灵魂力量对付肉体力量的崇高境界。

席卷黑人社会新的奇迹般的战斗精神，不应导致我们对所有白人的不信任——因为许多白人兄弟已经认识到：他们的命运同我们的命运紧密相连，他们的自由同我们的自由休戚相关。他们今天来到这里集会就是明证。

我们不能单独行动。当我们行动时，我们必须保证勇往直前。我们不能后退。有人问热心民权运动的人："你们什么时候会感到满意？"只要黑人依然是不堪形容的警察暴行恐怖的牺牲品，我们就决不会满意；只要我们在旅途劳顿之后，却被公路旁汽车游客旅社和城市旅馆拒之门外，我们就决不会满意；只要黑人的基本活动范围只限于从狭小的黑人居住区到较大的黑人居住区，我们就决不会满意；只要我们的孩子被"仅供白人"的牌子剥夺个性，损毁尊严，我们就决不会满意。只要密西西比州的黑人不能参加选举，纽约州的黑人认为他们与选举毫不相干，我们就决不会满意。不，不，我们不会满意，直到公正似水奔流，正义如喷泉涌。

我并非没有注意到，你们有些人历尽艰难困苦来到这里。你们有些人刚刚走出狭小的牢房。有些人来自因追求自由而遭受迫害风暴袭击和警察暴虐狂飙摧残的地区。你们饱经风霜，历尽苦难。继续努力吧，要相信：无辜受苦终得拯救。

回到密西西比去吧，回到亚拉巴马去吧，回到南卡罗来纳去吧，回到佐治亚去吧，回到路易斯安那去吧（这是美国种族歧视最严重的 5 个州），回到我们北方城市中的贫民窟和黑人居住区去吧。要知道，这种情况能够而且将会改变。我们切不要在绝望的深渊里沉沦。

朋友们，今天我要对你们说，尽管眼下困难重重，但我依然怀有一个梦，这个梦深深植根于美国梦之中。

我梦想有一天，这个国家将会奋起，实现其立国信条的真谛："我们认为这些真理不言而喻：人人生而平等。"（引自美国《独立宣言》）

我梦想有一天，在佐治亚州的红色山岗上，昔日奴隶的儿子能够同昔日奴隶主的儿子同席而坐，亲如手足。

我梦想有一天，甚至连密西西比州——一个非正义和压迫的热浪逼人的荒漠之洲，也会改造成自由和公正的青青绿洲。

我梦想有一天，我的四个小儿女将生活在一个不是以皮肤的颜色，而是以品格的优劣作为评判标准的国家里。

我今天怀有一个梦。

我梦想有一天，亚拉巴马州会有所改变——尽管该州州长现在仍滔滔不绝地说什么要对联邦法令提出异议和拒绝执行——在那里，黑人儿童能够与白人儿童兄弟姐妹般地携手并行。

我今天怀有一个梦。

我梦想有一天，深谷弥合，高山夷平，崎路化坦途，曲径成通衢，上帝的光华再现，普天下生灵共谒。

这是我们的希望，这是我将带回南方去的信念。有了这个信念，我们就能从绝望之山开采希望之石。有了这个信念，我们就能把这个国家嘈杂刺耳的争吵声，变为充满手足之情的悦耳交响曲。有了这个信念，我们就能一同工作，一同祈祷，一同斗争，一同入狱，一同维护自由。因为我们知道，我们终有一天会获得自由。

到了这一天，上帝的所有孩子都能以新的含义高唱这首歌：

我的祖国，

可爱的自由之邦，

我为您歌唱。

从塞尔马到泰哥马利抗议进军队伍的领头部分

"上星期日，我们 8000 多人从阿拉巴马的塞尔马出发，声势浩大地拉开了抗议进军的序幕……他们说我们到不了这里，还有人说我们要到这里，除非踩着他们的尸体，然而今天全世界都知道，我们到达这里了，站在阿拉巴马州的强权面前宣布，'我们不会走，没人能让我们回头'。"这段话选自 1965 年 3 月 25 日马丁·路德·金在阿拉巴马州议会大厦的台阶上发布的演说。

这是我祖先终老的地方，

这是早期移民自豪的地方，

让自由之声，响彻每一座山岗。（这首为《亚美利加》的歌曲在南北战争时期广泛流行于美国北方，一度获得非正式国歌地位，直至 1931 年美国国会通过以《星条旗》作为正式国歌）

如果美国要成为伟大的国家，这一点必须实现。因此，让自由之声响彻新罕布什尔州的巍峨高峰！

让自由之声响彻纽约州的崇山峻岭！

让自由之声响彻宾夕法尼亚州的阿勒格尼高峰！

让自由之声响彻科罗拉多州冰雪皑皑的落基山！

让自由之声响彻加利福尼亚州的婀娜群峰！

不，不仅如此；让自由之声响彻佐治亚州的石山！

让自由之声响彻田纳西州的了望山！

让自由之声响彻密西西比州的一座座山峰，一个个土丘！

让自由之声响彻每一个山岗！

当我们让自由之声轰响，当我们让自由之声响彻每一个大村小庄、每一个州府城镇，我们就能加速这一天的到来。那时，上帝的所有孩子，黑人和白人，犹太教徒和非犹太教徒，耶稣教徒和天主教徒，将能携手同唱那首古老的黑人灵歌："终于自由了！终于自由了！感谢全能的上帝，我们终于自由了！"

作 / 品 / 赏 / 析

这是马丁·路德·金最为人熟知的一篇演讲，它的魅力不仅仅在于它所表达的内容，还在于它诗一般优美的语言和其中令人感动的情感和信念。1963 年 8 月 28 日，马丁·路德·金在华盛顿林肯纪念堂前举行的声势浩大的示威集会上发表了这篇演讲，标志着 20 世纪黑人民权运动进入了高潮阶段。这篇演讲的成功首先在于它的语言魅力，这些感人肺腑的诗一样的语言中包含着演讲者真挚的情感，它热烈激越、生动，极富生命力，能够直接植入听众的心灵深处，演讲者的才华在其中发挥得淋漓尽致。演讲者的平民身份、平民的情感是演讲成功的一个重要因素，演讲者将这些深沉的情感亲切而真诚地传达给听众，收到了极好的效果。在修辞上，演讲者大量使用排比句，增强了语言的气势，形成一层层推波助澜的壮观情景，其势如大河奔流，将作者的理想一步步深化，最后形成一股强大的情感洪流，冲击着每一个听众的灵魂。演讲结束后，美国的各大报刊纷纷转载、引用，人们公认它是经典之作，是演讲史上的辉煌篇章。20 年后，当美国数十万人再次来到华盛顿，聚集在林肯纪念堂前播放马丁·路德·金的这篇演讲时，人们仍然为之激动鼓舞。

第八篇

传播科学精神的
精彩演讲

在接受宗教裁判所审判时的演说 / 布鲁诺

演讲者：布鲁诺（1548～1600）
演讲时间：1592年
演讲地点：宗教裁判所
演讲者身份：意大利文艺复兴时期伟大的思想家、自然科学家和哲学家

历史背景

中世纪最显著的特点便是基督教神学统治着整个社会生活和人们的思想，欧洲被漫漫长夜笼罩。文明出现倒退，科学开始徘徊，人们的精神被宗教信仰禁锢。但探索科学的勇士布鲁诺在黑暗中发出呐喊，呼吁人们继续去寻找通向光明的窗口。

原文欣赏

整个说来，我的观点有如下述：存在着由无限威力创造的无限宇宙。因为，我认为，有一种观点是跟上帝的仁慈和威力不相称的，那种观点认为，上帝虽具有除创造这个世界之外还能创造另一个和无限多个世界的能力，但似乎仅只创造了这个有限的世界。

总之，我庄严宣布，存在着跟这个地球世界相似的无数个单独世界。我同毕达哥拉斯一样认为，地球是个天体，它好像月亮，好像其他行星，好像其他恒星，它们的数目是无限的。所有这些天体构成无数的世界，它们形成无限空间中的无限宇宙，无数世界都处于它之中。由此可见，有两种无限——宇宙的无限大和世界的无限多，由此也就间接地得出对那种以信仰为基础的真理的否定。

其次，我还推定，在这个宇宙中有一个包罗万象的神，由于它，一切存在者都在生活着、发展着、运动着，并达到自身的完善。

我用两种方式来解释它。第一种方式是比作肉体中的灵魂：灵魂整个地处在全部之中，并整个地处在每一部分之中。这如我所称呼的，就是自然，就是上帝的影子和印迹。

另一种解释方式，是一种不可理解的方式。借助于它，上帝就其实质、现有的威力说，存在于一切之中和一切之上，不是作为灵魂，而是以一种不可解释的方式。

至于说到第三种方式的上帝之灵，我不能按照对它应有的信仰来理解它，而是根据毕达哥拉斯的观点来看待它，这种观点跟所罗门对它的理解是一致的。即：我把它解释为宇宙的灵魂，或存在于宇宙中的灵魂，像所罗门的箴言中所说的："上帝之灵充满大地和那包围着万有的东西。"这跟毕达哥拉斯的学说是一致的，维吉尔在《伊尼德》第六歌中对这一学说作了说明：

"苍天与大地，太初的万顷涟漪，

那圆月的光华，泰坦神的耀眼火炬，

在其深处都有灵气哺育。

智慧充溢着这个庞然大物的脉络，

推动它运行不息……"

按照我的哲学，从这个被称做宇宙之生命的灵气，然后产生出每一个事物的生命和灵魂。每一事物都具有生命和灵魂，所以，我认为，它是不配的，就像所有的物体按其实体说是不配的那样，因为死亡不是别的，而是分解和化合。这个学说大概是在《传道书》中讲到太阳之下没有任何新事物的地方阐述的。

真理面前半步也不后退。

前进，我亲爱的菲洛泰奥，愿任何东西也不能迫使你放弃宣传你那美妙的学说，无论是无知之徒的粗野咒骂，无论是苟安庸碌之辈的愤慨，无论是教条主义者和达官贵人的愤怒，无论是群氓的胡闹，无论是社会舆论的令人震惊，无论是撒谎者和心怀嫉妒者的诽谤，这些都损害不了你在我心目中的崇高形象，决不会使我离开你。

顽强地坚持下去，我的菲洛泰奥，坚持到底不要灰心丧气，不要退却，哪怕那笨拙无知、拥有重权的高级法庭用种种阴谋来陷害你，哪怕它妄图使用一切可能的手段来抵制那美好的意图、你那种种著作的胜利。

你放心吧，这样的一天总是会到来的。那时所有的人都会明白我所明白的东西，那时所有的人都会承认：对于每一个人来说，同意你的见解并颂扬你是容易做到，就像要比得上你却难以做到一样；所有的人，凡不是从头坏到脚的人，终有一天会在良心驱使之下给予你应得的赞扬。要知道，打开理性的眼睛的，归根到底是内心的教师，因为我们理解思想上的财富并不是从外部，而是从内部，从自身的精神得到的。在所有人的心灵中都有健全理智的颗粒，都有天赋的良心，它耸立于庄严的理性法庭之上，对善与恶、光明与黑暗进行评判并作出公正的判决。你那良好事业的最忠诚最卓越的捍卫者之所以能从每一个人意识的深处终于

·演讲者简介·

布鲁诺（1548～1600），1548年生于意大利那不勒斯附近诺拉城一个没落的小贵族家庭。11岁时，父母将他送到了那不勒斯的一所私立人文主义学校就读。后来，进入了多米尼克僧团的修道院，第二年转为正式僧侣。10年后，获得了神学博士学位。

布鲁诺阅读丰富，其中对他影响最大的是哥白尼的学说。哥白尼的日心说极大地吸引了他，并引发他对自然科学的兴趣以及对宗教神学的怀疑。他写了一些批判《圣经》的论文，并从日常行为上表现出对基督教圣徒的厌恶。

布鲁诺的言行触怒了教廷，他被革除教籍。但他依然坚持自己的观点，毫不动摇。为了逃避审判，他离开了修道院，逃往罗马，又转移到威尼斯。后来他越过阿尔卑斯山流亡瑞士。此后他到过法国、德国和英国，并且多次被捕。

布鲁诺像

但是，他仍然继续宣传自己的宇宙观，写下了十来部批判教会的书。

布鲁诺在欧洲广泛宣传他的新宇宙观，引起了罗马宗教裁判所的恐惧。1592年，罗马教徒把他诱骗回国，并逮捕了他。经过8年的监禁，1600年2月17日凌晨，在罗马的鲜花广场布鲁诺被处以火刑。

点燃起起义之火，要归功于这样的判决。

而那不敢与你交朋友的人，那些胆怯地顽固维护自己的卑鄙无知的人，那些坚持充当赤裸裸的诡辩派与真理不共戴天的敌人的人，他们将在自己的良心中发现审判官和刽子手，发现为你复仇的人；这位复仇者将能更加无情地在他们自己的思想深处惩罚他们，使他们再也无法向自己隐藏这些观点。当敌人给予你的打击被击退的时候，让一大群奇怪而凶恶的爱夫门尼德（希腊神话中的复仇女神，专在地狱中折磨人的灵魂）把他包围起来，让其狂怒倾泻在敌人的内心动机上，并用自己的牙齿将他折磨至死。

前进！继续教导我们去认识关于天空、关于行星与恒星的真理，给我们讲解在无限多的天体中一个与另一个究竟有什么不同，在无限的空间中无限的原因与无限的作用为什么不仅是可能的，而且也是必然的。教导我们什么是真正的实体、物质和运动，谁是整个世界的创造者，为什么任何有感觉的事物都由同一要素和本原组成。给我们宣讲关于无限宇宙的学说，彻底推翻这些假想的天穹和天域——它们似乎应把这么多的天空和自然领域划分开来。教导我们讥笑这些有限的天域以及贴在其上的众星。让你那些所向披靡的论据万箭齐发，摧毁群氓所相信的、第一推动者的铁墙和天壳，打倒庸俗的信仰和所谓的第五本质，赐给人们关于地球规律在一切天体上的普遍性以及关于宇宙中心的学说，彻底粉碎外在的推动者和所谓各层天域的界限。给我们敞开门户，以便我们能够通过它一览广漠无垠的统一的星球世界。告诉我们其他世界是如何像我们这个世界那样，在以太的海洋里疾驰的。给我们讲解所有世界的运动，如何由它们自身内部灵魂的力量来支配。并教导我们，在以这些观点为指导去认识自然的道路上，坚定不移地阔步前进。

作 / 品 / 赏 / 析

1592 年，坚持日心说的布鲁诺被骗回威尼斯，不久即遭逮捕，押送到罗马宗教裁判所。他被囚禁 8 年，始终坚持自己的学说，终被宗教裁判所判为"异端"，于 1600 年 2 月 17 日被教皇克莱芒下令烧死在鲜花广场。本文是他被捕后在宗教裁判所里接受审判时发表的演说，他在开篇即重申了自己的观点："我庄严宣布，存在着跟这个地球世界相似的无数个单独世界。"他的观点并没有完全摆脱神学说，他在否认地心说的同时解释了灵魂，承认存在着包罗万象的神，"由于它，一切存在者都在生活着、发展着、运动着，并达到自身的完善"。陈述了自己的观点之后，布鲁诺的演说开始充满激情和骄傲，表明了他在真理面前的无比自信和坚强信念：真理面前半步也不后退。这种信念用来支持自己所发现的真理，同时表明自己对真理的态度，布鲁诺用排比的手法列举了所有对真理的戕害，他的呼告式的抒情给了自己的战友，文采飞扬，充满乐观的信念和热烈的激情。暴风雨式的表白显示着他斗争的激情和意志，大段的严正的表白正是漫长蒙昧的中世纪暗夜中一道强烈的智慧闪光，使我们感到人类的文明因为他们的存在而不愧为人类的文明。

地球在转动 / 伽利略

演讲词档案

演讲者：伽利略（1564～1642）

演讲时间：1632 年

演讲者身份：意大利著名物理学家和天文学家，近代实验科学的奠基人之一

历史背景

伽利略由于宣传日心说触怒了罗马教廷，他受到宗教裁判所的审判，在 1633 年被判终身监禁。体弱多病的伽利略被用担架抬到罗马，他被迫跪在法庭上作了"认罪"声明。传说他在审判书上签字时，还嘟嘟囔囔地说："可地球仍在转动呀！"

原文欣赏

昨天我们决定在今天碰头，把那些自然规律的性质和功用谈清楚，并且尽量地谈得详细一点。关于自然规律，到目前为止，一方面有拥护亚里士多德和托勒密立场的人提出的那些，另一方面还有哥白尼体系的信徒提出的那些。由于哥白尼把地球放在运动的天体中间，说地球是像行星一样的一个球，所以我们的讨论不妨从考察逍遥学派攻击哥白尼这个假设不能成立的理由开始，看看他们提出些什么论证，论证的效力究竟多大。

在我们的时代，的确有些新的事情和新观察到的现象，如果亚里士多德现在还活着的话，我敢说他一定会改变自己的看法。这一点我们从他自己的哲学论述

· 演讲者简介 ·

伽利略（1564～1642），1564 年生于意大利的比萨城。1581 年，进入著名的比萨大学攻读医学。在比萨大学，伽利略并没有认真学医，而是把主要精力放在了数学、物理学和天文学的学习上。

1590 年，伽利略在比萨塔上给人们演示了著名的自由落体实验。在比萨塔实验后，他名声大震，被聘为帕多瓦大学的数学教授。他在帕多瓦大学从事了 18 年的教学和研究工作，对力学、热学、光学等进行了探索。1609 年，成功研制出人类历史上第一架天文望远镜。

1610 年，伽利略把他的发现写成《星际使者》一书。该书在意大利引起巨大反响，得到许多科学家的高度评价，也受到一些保守学者的猛烈抨击。1616 年，罗马教廷审讯伽利略，要他放弃关于地球和星宿异端学说。1632 年，伽利略出版了其最著名的著作《关于两种世界体系之间的对话》。他在书中用大量科学事实证实了哥白尼"日心说"的正确性，遭到罗马教廷的迫害。1633 年，受到不断迫害的伽利略，被迫公开声称反对哥白尼学说，他的余生一直处于囚禁状态。

伽利略像

方式上，也会很容易地推论出来，因为他在书上说天不变等，是由于没有人看见天上产生过新东西，也没有看见什么旧东西消失。言下之意，他好像在告诉我们，如果他看见了这类事情，他就会作出相反的结论；他这样把感觉经验放在自然理性之上是很对的。如果他不重视感觉经验，他就不会根据没有人看到过天有变化而推断天不变了。

如果我们是在讨论法律上或者古典文学上的一个论点，其中不存在什么正确和错误的问题，那么也许可以把我们的信心寄托在作者的信心、辩才和丰富的经验上，并且指望他在这方面的卓越成就能使他把他的立论讲得娓娓动听，而且人们不妨认为这是最好的陈述。但是自然科学的结论必须是正确的、必然的，不以人们的意志为转移的，我们讨论时就得小心，不要使自己为错误辩护；因为在这里，任何一个平凡的人，只要他碰巧找到了真理，那么一千个狄摩西尼和一千个亚里士多德都要陷于困境。所以，辛普利邱，如果你还存在着一种想法或者希望，以为会有什么比我们有学问得多、渊博得多、博览得多的人，能够不理会自然界的实况，把错误说成真理，那你还是断了念头吧。

亚里士多德承认，由于距离太远很难看见天体上的情形，而且承认，哪一个人的眼睛能更清楚地描绘它们，就能更有把握地从哲学上论述它们。现在多谢有了望远镜，我已经能够使天体离我们比离亚里士多德近三四十倍，因此能够辨别出天体上的许多事情，都是亚里士多德所没有看见的；别的不谈，单是这些太阳黑子就是他绝对看不到的。所以我们要比亚里士多德更有把握地对待天体和太阳。

某些现在还健在的先生们，有一次去听某博士在一所有名的大学里演讲，这位博士听见有人把望远镜形容一番，可是自己还没有见过，就说这个发明是从亚里士多德那里学来的。他叫人把一本课本拿来，在书中某处找到关于天上的星星为什么白天可以在一口深井里看得见的理由。这时候那位博士就说："你们看，这里的井就代表管子；这里的浓厚气体就是发明玻璃镜片的根据。"最后他还谈到光线穿过比较浓厚和黑暗的透明液体使视力加强的道理。

1633 年 4 月，伽利略站到了被告席上，但他自始至终坚持自己的信念，他的《关于两种世界体系之间的对话》对两种不同的哲学思想作了调和的阐述：一种是建立在亚里士多德思想基础上的托勒密学说，另一种是有争议的哥白尼理论体系学说。

实际的情形并不完全如此。你说说，如果亚里士多德当时在场，听见那位博士把他说成是望远镜的发明者，他是不是会比那些嘲笑那位博士和他那些解释的人，感到更加气愤呢？你难道会怀疑，如果亚里士多德能看到天上的那些新发现，他将改变自己的意见，并修正自己的著作，使之能包括那些最合理的学说吗？

伽利略的比萨斜塔实验证明了亚里士多德关于落体方面的理论是错误的。图中伽利略正在讲解他的实验，背景里的斜塔则说明地点在比萨。

那些浅薄到非要坚持他曾经说过的一切话的鄙陋的人，难道他不会抛弃他们吗？怎么说呢？如果亚里士多德是他们所想象的那种人，他将是顽固不化、头脑固执、不可理喻的人，一个专横的人，把一切别的人都当做笨牛，把他自己的意志当做命令，而凌驾于感觉、经验和自然界本身之上。给亚里士多德戴上权威和王冠的，是他的那些信徒，他自己并没有窃取这种权威地位，或者据为己有。由于披着别人的外衣藏起来比公开出头露面方便得多，他们变得非常怯懦，不敢越出亚里士多德一步；他们宁可随便地否定他们亲眼看见的天上那些变化，而不肯动亚里士多德的一根毫毛。

作/品/赏/析

　　这篇演讲重在说理，浓烈的理性色彩是其显著特点。伽利略演讲成功的根本在于他抓住了要害，就是"如果亚里士多德活着，会不会改变自己的观点"，他首先从亚里士多德的论述中提炼了其认知方法：把感觉经验放在自然理性之上。这是一个很巧妙的角度，既然亚里士多德采用这样的认知方法，并且是科学的，那么就可以拿来说明目前的问题。在此基础之上，伽利略还指出了文学艺术等人文社会科学与自然科学在认知方式上的必然区别，他坚信亚里士多德的科学方法和科学态度，而盲目信奉亚里士多德的具体学说的教条者则并没有实际上继承亚里士多德的科学的认知方法和科学的态度。伽利略从各个角度反复论证，并且重点论述了他对亚里士多德人品和学品的认识，坚信即使亚里士多德还活着，也会在科学事实面前改变自己的观点。

支持"物种起源"的学说 / 赫胥黎

演讲者：赫胥黎（1825～1895）
演讲时间：1860 年
演讲者身份：英国博物学家

历史背景

19世纪中叶，达尔文的"物种起源"学说公布以后，在英国引起轩然大波，围绕这个问题，科学与神学进行了激烈较量。面对铺天盖地的指责和谩骂，达尔文没有选择为自己辩护，而是退缩了。这时候，赫胥黎站了出来，成为"物种起源"学说的捍卫者。这篇演讲就是他在一片反对声中为进化论作的辩护。

原文欣赏

我曾经说过，科学家是在理性的最高法庭上对自然界最忠实的诠释者。但是，假如无知成为法官的顾问，偏见成为陪审团的审判长时，科学家诚实的发言又有什么用处呢？就我所知，几乎所有伟大的科学真理，在得到普遍接受以前，那些最有地位的大人物总坚持认为各种现象应直接以神意为依据，谁要是企图去研究这些现象，不但枉费心机，而且简直是对神的亵渎。这种反对自然科学的态度，具有异常顽固的生命力。在每次战役中，上述的反对态度都被击溃、受到重创，但却似乎永远不会被消灭。今天，这种反对态度已经遭到上百次的挫败，但是仍然像在伽利略时代那样猖獗横行，幸而危害性已经不那么大了。

请让我借用牛顿的一句名言：有些人一生在伟大真理海洋的沙滩上拾集晶莹的卵石。他们日复一日地注视着那虽然缓慢，但却确定无疑地上涨的气势磅礴的海潮，这股海潮的胸怀包藏着无数能把人类生活装点得更高尚美好的珍宝。要是他们看到那些现代的克纽斯式小人物，俨然坐在宝座上，命令这股巨大的海潮停止前进，并扬言要阻止那造福人类的进程时，他们会觉得这种做法即使不那么可悲，也是可笑的。海潮涨上来了，现代的克纽斯们只好逃跑。但是，他们不像古时那位勇敢的丹麦人，学得谦虚一些。他们只是把宝座挪到似乎是安全的远处，便又重复地干着同样的蠢事。

大众当然有责任阻止这类事情发生，使这些多管闲事的蠢人声誉扫地。这些蠢人以为不许人彻底研究全能上主所创造的世界，就是帮了上主的忙。

物种起源的问题并不是在科学方面要求我们这一代人解决的第一个大问题，也不会是最后一个。当前人类的思潮异常活跃，注视着时代迹象的人看得很清楚，19世纪将如16世纪般发生伟大的思想革命与实践革命。但是，又有谁能知道在这新的改革过程中，文明世界要经受什么样的考验与痛苦的斗争呢？

赫胥黎（1825～1895），1825年生于伊灵一个教师家庭。少年时代未受过正规教育，后自修法、德、意、拉丁、希腊等语言。17岁时开始在查林·克劳斯医院学医。1845年发表第一篇论文，在伦敦大学获得医科学位，同时取得皇家外科医学院的资格证明书。1846年服役于英国海军，任助理外科军医。1846至1850年随"响尾蛇"号军舰探查和测量澳洲沿海情况。1851年当选为皇家学会会员。次年获皇家奖章。1854～1895年在皇家矿业学校任教授。1873年起任伦敦皇家学会秘书。1883年起任该学会会长，此外还担任过阿伯丁大学、欧文学院、伦敦大学、曼彻斯特大学等大学的校长。他一生从事动物学、比较解剖学、植物学、古生物学、人类学、地质学和进化论的研究，发表过150多篇科学论文。

赫胥黎像

达尔文的《物种起源》一书发表后，他竭尽全力地支持和宣传进化学说，与当时的宗教势力进行顽强斗争，并进一步发展达尔文的思想。他是第一个提出人类起源问题的学者。

赫胥黎主要著作有：《人在自然界中的地位》、《论有机界现象的起因》、《进化论与伦理学》（一部分由严复译成中文后称为《天演论》）等。

最精彩的演讲词

然而，我真诚地相信，无论发生什么情况，在这场斗争中，英国会起到伟大而崇高的作用。英国将向全世界证明，至少有一个民族认为，专制政治和煽动宣传并不是治国的必要选择，自由与秩序并非必然互相排斥，知识高于威严，自由讨论是真理的生命，也是国家真正统一的生命。

英国是否会起这样的作用呢？这就取决于你们大众对科学的态度了。珍惜科学、尊重科学吧，忠实地、准确地遵循科学的方法，将之运用到一切人类思想领域中去，那么，我们这个民族的未来就必定比过去更加伟大。

假如听从那些窒息科学、扼杀科学的人的意见，我恐怕我们的子孙将要看到英国的光辉像亚瑟王在雾中消失那样黯淡下来。等到他们发出像基妮法那样的哀哭时，反悔已经来不及了。

第八篇 传播科学精神的精彩演讲

作/品/赏/析

演讲中，赫胥黎并没有从正面论述进化论是如何如何的正确，而是站在哲学的角度，用锋利的言辞把禁锢人们思想的宗教势力抨击得体无完肤。他强调，宗教总是对新生事物进行无情的摧残。他高声呼喊："假如听从那些窒息科学、扼杀科学的人的意见，我恐怕我们的子孙将要看到英国的光辉像亚瑟王在雾中消失那样黯淡下来。等到他们发出像基妮法那样的哀哭时，反悔已经来不及了。"赫胥黎的演讲很短，但是却有力地打击了打着神的旗号的宗教，开辟了科学通向人们内心的道路。这是一篇激情洋溢的精彩演讲，从头至尾充满了科学的哲理和革命的激情。赫胥黎的这次演讲锋芒毕露，妙语连珠，气势宏大，震撼了每一个听众的心灵。这篇演说，使进化论得到更多人的认同，也得到更大限度的传播。

精神分析的起源 / 弗洛伊德

演讲词档案

演讲者：弗洛伊德（1856 ~ 1939）
演讲时间：1909 年 9 月
演讲地点：美国克拉克大学
演讲者身份：奥地利精神病医生及精神分析学家

历史背景

通过长期的临床治疗和理论思考，弗洛伊德创立了精神分析理论。这一理论被誉为心理学发展史上最伟大的创造，为现代心理学的发展奠定了基石。当然，它的影响远远超出心理学领域，对于世界人文科学的各个领域都产生了极为深刻的影响。20 世纪初，弗洛伊德开始到世界各地演讲，传播他的学说。1909 年，他受美国克拉克大学邀请参加 20 周年的校庆活动，并发表演讲。本篇是他在克拉克大学五次演讲中的第一讲。

原文欣赏

女士们，先生们：

在新世界的学生面前举办这种讲座对我来说是新的经验，从某种意义上讲也使我感到为难。我有幸使自己的名字与精神分析联系在一起，我的演讲便以精神分析为题。我要对这项新的研究与治疗方法的起源和进一步发展，向你们作一番极其简要的历史回顾。

当我还是学生，正忙于毕业考试时，一位维也纳的医师，约瑟夫·布罗伊尔博士正在试验治疗歇斯底里病人的方法。布罗伊尔博士的病人是位 21 岁的姑娘，才智出众。她的病经过两年发展之后出现了一系列身心紊乱，需要认真治疗。她的右侧肢体麻木、严重瘫痪，有时左侧身体也呈同样的病症，还出现了眼球运动障碍，视力也大大减弱。当她想吃东西时，难以保持头部位置，并伴随强烈的神经性咳嗽、恶心。有一次，她接连几个星期丧失了饮水的能力，尽管她遭受干渴的折磨。她的语言能力也减退了，甚至无法说自己的母语，也无法理解。最后，她处于一种"失神"、混乱、谵妄的状态，整个个性发生了改变。我在后面还要详细论述这些状态。这些病症最初出现在她照料父亲的时候。她很爱自己的父亲，严重的疾病后来导致了他的死亡。但她被迫放弃照料父亲的义务，因为她自己发病了……

你们不要以为，诊断出病人患了歇斯底里而不是脑组织疾病时，最好采用药物治疗。对于严重的大脑疾病，药物往往无济于事。医生对于歇斯底里完全无能为力。他只能使其保持良性状态，但不知道何时能够治愈、如何才能治愈。因此，确诊一种疾病为歇斯底里，病人的处境没有多大变化，医生的态度却会有很大的变化。我们可以发现，他对歇斯底里病人采取的行动与对待器质性疾患的病人不同。他对前者没有对后者一样的兴趣，以为他们遭受的痛苦远不如后者那样严重，对这种看法有必要重新作出认真的评价……

在这个病例中，布罗伊尔是无可指责的。他对自己的病人表示同情和兴趣。虽然一开始不知道如何帮助她……满怀同情的观察使他很快就发现了一些办法，首次有可能为病人提供帮助。值得注意的是，病人处于"失神"或心理变态时，常常自言自语地重复几个词。这些词好像是从她那纷乱繁忙的思绪联想中泄漏出来的。这位医生听出这些词之后就让她处于被催眠的状态，一再对她重复那几个词，并观察由此引起的联想。这些提示使那些在"失神"状态时控制她思想的心理产物又重新出现了，并通过简单的言辞泄露出来。老实说，这是一种幻想，往往有诗一般的美。我们可以把它称做白日梦。我们通常把它看成这位守护父亲的姑娘的转折点。每当她产生这些幻想时，她便获得解放，恢复了正常的心理生活。这种健康状况可以持续几小时。第二天又出现新的"失神"状态，可以用同样办法与新的幻想联系起来而解除。这就给人留下印象，在"失神"时表现出来的心理变态源自这类感情冲动的幻觉的兴奋的结果。奇怪的是这位病人发病时能够理解英语，并且只能讲英语。这种新疗法被称为"谈话疗法"，或者是被戏称为"打扫烟囱"。

这位医生很快意识到，用这种方法不仅可以暂时驱散重复出现的心理"乌云"，而且可以净化灵魂。如果在催眠时，病人能够回忆起它们最初出现的情形以及有关的联想，就能为它们所引起的情绪提供发泄口，从而使疾病的症状消失。在一个炎热的夏天，病人渴得要命，却突然不能喝水了。并且看不出有什么明显的理由。她手里拿着一杯水，可是一碰到嘴唇就把它推开，就像得了恐水症一样。显然，在这几秒钟内，她处于失神的状态。她只能吃水果、瓜以及诸如此类的东西来减轻干渴的煎熬。约六星期之后，她终于在催眠中极其厌恶地谈到了自己讨厌的英国保姆。她说，当她走进那位保姆的屋子时，发现保姆的可憎的小狗从杯子里喝水。她出于礼貌保持了沉默。医生发现，在她表达了这种被抑制的强烈愤怒之后，她又

弗洛伊德像

·演讲者简介·

弗洛伊德（1856～1939），1856 年生于奥地利帝国摩拉维亚的一个犹太商人家庭。4 岁时全家迁居到维也纳。1873 年进入维也纳大学学习，1881 年获医学博士学位。1885 年师从精神病专家让·夏尔科。1895 年出版第一部论著《歇斯底里论文集》，1897 年提出"恋母情结"。1900 年，《梦的解析》问世，这是他最有创造性的论著。1902 年弗洛伊德在维也纳组织成立了一个心理学研究小组。1908 年在美国发表了一系列的演讲，震动全世界。弗洛伊德的代表作有《性学三论》、《梦的释义》、《图腾与禁忌》、《日常生活的心理病理学》、《精神分析引论》、《精神分析引论新编》等。

想喝水了，而且毫无困难地喝了大量的水。当她从催眠中醒来时，杯子就在她的嘴唇旁边。那些症状就这样永远消失了。

请允许我对这个试验再啰唆几句。以前从未有人用这种方法治好过歇斯底里病，或者如此深入地理解它的病因。如果这种猜测能够进一步得到证实，那就是一项意义深远的发现，很可能以类似方式产生的主要症状都可以用这种办法解除。布罗伊尔不遗余力地证明这一点，并以井然有序的方式研究其他更严重症状的病理。情况的确如此，几乎所有的症状都是由带感情色彩的经验产生的，如果你们愿意，可以把它看成一种残余物、沉淀物。我们后来称之为"心理创伤"。把这些症状与当时产生它们的情景联系在一起，就可以更清楚地看到他们的本质。用专业术语来讲，这些症状是留下记忆痕迹的情景"决定"的，不能作随心所欲的解释或者把它们描述成神经症莫名其妙的作用。

只有一种例外的情况我们必须提及。引起这种症状的往往不是一种经验，而是几种经验，也许是许多类似的、重复的心理创伤的共同作用造成了这种后果。这就有必要按照时间的顺序再现记忆中发病的全部过程，当然是以相反的顺序，最初的成为最后的，最后的成为最初的。在没有清除那些后来的记忆之前，要想直接触及最主要最基本的创伤是不可能的……

几年之后，我开始对自己的病人采用布罗伊尔的研究方法和治疗方法，我的经验与他的经验完全吻合……如果你们允许我加以推广的话——在简洁的表述中，这是必不可少的——那么我们可以把这些结果用一句话来表达：歇斯底里病人受到记忆恢复的折磨。他们的症状是某种（创伤性）经验的记忆符号或残迹……他们无法摆脱过去也无法忽略对自己有利的现实。心理生活决定致病创

弗洛伊德全家照 摄于 1876 年
父亲雅可布时年 61 岁，母亲玛丽娅 41 岁，弗洛伊德 20 岁，站在后面，介于妹妹安娜与异母兄长伊曼纽尔之间，手放在母亲座椅背上。

伤的固恋，这实际上是精神病最重要的特点。我应该承认，当你考虑到布罗伊尔的病人的历史时可能会提出异议。认为她的所有创伤都是在她照料自己病重的父亲时造成的，因此她的所有症状只能看成是他患病和死亡的记忆符号；认为与悲伤，与关于死亡的想法的固恋对应的症状，在病人死亡之后不久产生不能说是病理性的，而是正常的情绪行为。我承认：布罗伊尔的病人显示的创伤性情感固恋的确没有什么异常的地方……

　　认识到这一点，我们就可以完成关于歇斯底里的纯心理学理论了，这里我们把情感过程放在第一位。布罗伊尔后来的观察迫使我们把它们归因于另一种意识条件，它在决定该疾病的特征方面起着重要的作用。他的病人在正常状态之外，表现出多种精神状态，"失神"、混乱和性格变化。当她处于正常状态时，完全记不起使她犯病的情景及其与症状之间的联系。她忘记了这些情景，或者说使它们与发病脱离关系。当病人被催眠时（这是有可能的），可以很费力地使她回忆起这些情景，这种回忆可以使那些症状解除。若不是催眠的实践和试验，对这个事实的解释，将会使人感到极为困惑，通过对催眠现象的研究，一个初看起来有点怪的概念逐渐为人们所熟悉，这就是几种心理组合在同一个人身上是可能的。它们可以是相对独立的，彼此"完全不相干"，这就可能导致意识分裂……以同样的方式完全可以解释歇斯底里病例中的事实。布罗伊尔得出结论，歇斯底里的症状源自特殊的精神状态，他称为"催眠状态"……以后，我还要说明除催眠状态外的其他影响和过程，但布罗伊尔仅限于这个因素。

　　或许，你也会感到布罗伊尔的研究只是给了你一种不完备的理论和对你所观察到的现象的不充分的解释。但是，完备的理论并不是从天而降的，如果有人观察伊始就有给你提供一种没有漏洞的圆满理论，那么你就有更充分的理由表示怀疑。这样的理论只可能是他思辨的产物，而不是对事实公正研究的成果。

作/品/赏/析

　　"精神分析的起源"是一个非常深奥的科学命题，如果只是纯理论上的论述，听众将不容易理解和接受。弗洛伊德在简单的描述之后，便详细讲述了布罗伊尔用"谈话疗法"治愈一位21岁姑娘的歇斯底里症的病例，并且这个病例贯穿整场演讲。听众不仅没有感到喧宾夺主，相反都觉得非常流畅和生动。除了运用生动详尽的典型病例来说明问题外，弗洛伊德还尽量抛开那些生涩的专业术语，改用简单形象的语言，如把"谈话疗法"称做是"打扫烟囱"、为情绪提供"发泄口"等。弗洛伊德用简洁、新颖的语言，讲解了一个深奥的科学命题，受到了学生们的热烈欢迎。

　　弗洛伊德的演讲，思路清晰，内容有趣，叙述精彩，很吸引听众。他自己对此也颇为得意，这次演说后，他自我评价说："我的感觉就像是难以置信的白日梦获得实现那样：精神分析已不再是一种幻想的产物，它已是现实中极有价值的一部分。"

探索的动机 / 爱因斯坦

演讲词档案
演讲者：爱因斯坦（1879～1955）
演讲时间：1918年4月
演讲地点：柏林物理学会举办的普朗克60岁生日庆祝会
演讲者身份：现代最伟大的科学家

历史背景

爱因斯坦创立了狭义相对论和广义相对论，从根本上改变了人们关于空间、时间和物质的认识。列宁曾说，爱因斯坦是"自然科学的伟大改革家"之一。与此同时，他还是一位出色的社会活动家和著名演讲家，曾作过许多精彩的演讲。1918年4月在柏林物理学会举办的普朗克60岁生日庆祝会上，爱因斯坦发表了这篇演讲，他高度评价了普朗克对科学的激情和为此而献身的崇高精神。

原文欣赏

在科学的庙堂里有许多房舍，住在里面的人真是各式各样，而引导他们到那里去的动机实在也各不相同。有许多人所以爱好科学，是因为科学给他们以超乎常人的智力上的快感，科学是他们自己的特殊娱乐，他们在这种娱乐中寻求生动活泼的经验和雄心壮志的满足；在这座庙堂里，另外还有许多人所以把他们的脑力产物奉献在祭坛上，为的是纯粹功利的目的。如果上帝有位天使跑来把所有属于这两类的人都赶出庙堂，那么聚集在那里的人就会大大减少，但是，仍然还有一些人留在里面，其中有古人，也有今人。我们的普朗克就是其中之一，这也就是我们所以爱戴他的原因。

我很明白，我们刚才在想象中随便驱逐了许多卓越的人物，他们对建设科学庙堂有过很大的也许是主要的贡献；在许多情况下我们的天使也会觉得难以作出决定。但有一点我可以肯定：如果庙堂里只有我们刚才驱逐了的那两类人，那么这座庙堂就决不会存在，正如只有蔓草就不成其为森林一样。因为，对于这些人来说，只要有机会，人类活动的任何领域他们都会大干；他们究竟成为工程师、官吏、商人，还是科学家，完全取决于环境。现在让我们再来看看那些为天使所宠爱的人吧。他们大多数是相当怪癖、沉默寡言和孤独的人，尽管有这些共同特点，实际上他们彼此之间很不一样，不像被赶走的那许多人那样彼此相似。究竟是什么把他们引到这座庙堂里来的呢？这是一个难题，不能笼统地用一句话来回答。首先我同意叔本华所说的，把人们引向艺术和科学的最强烈的动机之一，是要逃避日常生活中令人厌恶的粗俗和使人绝望的沉闷，是要摆脱人们自己反复无常的欲望的桎梏。一个修养有素的人总是渴望逃避个人生活而进入客观知觉和思维的世界，这种愿望好比城市里的人渴望逃避喧嚣拥挤的环境，而到高山上去享受幽静的生活，在那里，透过清寂而纯洁的空气，可以自由地眺望，陶醉于那似乎是为永恒而设计的宁静景色。

除了这种消极的动机外，还有一种积极的动机。人们总想以最适合于他自己的方式，画出一幅简单的和可理解的世界图像，然后他就试图用他的这种世界体系来代替经验的世界，并征服后者。这就是画家、诗人、思辨哲学家和自然科学家各按自己的方式去做的事。各人把世界体系及其构成作为他的感情生活的中枢，以便由此找到他在个人经验的狭小范围内所不能找到的宁静和安定。

在所有可能的图像中，理论物理学家的世界图像占有什么地位呢？在描述各种关系时，它要求严密的精确性达到那种只有用数学语言才能达到的最高的标准。另一方面，物理学家必须极其严格地控制他的主题范围，必须满足于描述我们经验领域里的最简单事件。对于一切更为复杂的事件企图以理论物理学家所要求的精密性和逻辑上的完备性把它们重演出来，这就超出了人类理智所能及的范围。高度的纯粹性、明晰性和确定性要以完整性为代价。但是当人们胆小谨慎地把一切比较复杂而难以捉摸的东西都撇开不管时，那么能吸引我们去认识自然界的这一渺小部分的，究竟又是什么呢？难道这种谨小慎微的努力结果也够得上宇宙理论的美名吗？我认为，够得上的。因为，作为理论物理学结构基础的普遍定律，应当对任何自然现象都有效。有了它们，就有可能借助于单纯的演绎得出一切自然过程（包括生命过

爱因斯坦像

· 演讲者简介 ·

爱因斯坦（1879～1955），1879年生于德国乌耳姆的一个商人家庭，父亲是一个经营电器作坊的小业主。在他两岁那年，举家迁往慕尼黑。爱因斯坦11岁时自学了牛顿力学，12岁时就阅读了黑格尔的著作。1894年，因不满德国窒息自由思想的军国主义教育，只身离开德国前往瑞士，两年后进入苏黎世联邦工业大学学习物理学。1900年，以优异的成绩毕业。

1902年，受聘为瑞士专利局的技术员，负责专利申请的技术鉴定工作。1905年，在《物理学记事》上连续发表3篇论文，分别在物理学的三个不同领域取得了重大突破。同年，以论文《分子大小的新测定法》获得苏黎世大学的博士学位。1908年，被伯尔尼大学聘为编外讲师，次年转到苏黎世大学讲授理论物理学。1914年，应普朗克和能斯脱的邀请，回到故乡德国，担任普鲁士科学院院长和恺撒·威廉物理研究所所长，并兼任柏林大学教授。

回国后不久，第一次世界大战爆发，他利用自己的影响力积极进行反战活动。1915年，在狭义相对论发表10年后，他提出了广义相对论。1916年，发表《广义相对论原理》，系统地阐述了广义相对论原理。20世纪20年代后，主要进行统一场理论的研究，于1929年发表总结性论文《统一场论》。1933年，希特勒攫取德国政权后疯狂迫害犹太人，幸而爱因斯坦当时在美国讲学，未遭毒手。1940年，爱因斯坦放弃德国国籍，加入美国籍。定居美国后，爱因斯坦一直担任普林斯顿高级研究院的教授，直到1945年退休。1955年4月18日凌晨，在普林斯顿与世长辞，享年76岁。

程）的描述，也就是它们的理论，只要这种演绎过程并不超出人类理智能力太多。因此，物理学家放弃他的世界体系的完整性，倒不是一个什么根本原则问题。

物理学家的最高使命是得到那些普遍的基本定律，由此世界体系就能用单纯的演绎法建立起来。要通向这些定律，没有逻辑推理的途径，只有通过建立在经验的同感的理解之上的那种直觉。由于这种方法论上的不确定性，人们将认为这样就会有多种可能同样适用的理论物理学体系，这个看法在理论上无疑是正确的。但是物理学的发展表明，在某一时期里，在所有可想到的解释中，总有一个比其他的一些都高明得多。凡是真正深入研究过这一问题的人，都不会否认唯一决定理论体系的实际上是现象世界，尽管在现象和他们的理论原理之间并没有逻辑的桥梁，这就是莱布尼茨非常中肯地表述过的"先天的和谐"。物理学家往往责备研究认识论的人没有足够注意这个事实。我认为，几年前马赫和普朗克的论战，根源就在这里。

渴望看到这种先定的和谐，是无穷的毅力和耐心的源泉。我们看到，普朗克就是因此而专心致志于这门科学中的最普遍的问题，而不使自己分心于比较愉快的和容易达到的目标上去。我常常听到同事们试图把他的这种态度归结于非凡的意志力和修养，但我认为这是错误的。促使人们去做这种工作的精神状态是同信仰宗教的人或谈恋爱的人的精神状态相类似的，他们每天的努力并非来自深思熟虑的意向或计划，而是直接来自激情。我们敬爱的普朗克就坐在这里，内心在笑我像孩子一样提着第欧根尼的灯笼闹着玩。我们对他的爱戴不需要作老生常谈的说明。祝愿他对科学的热爱继续照亮他未来的道路，并引导他去解决今天物理学最重要的问题，这问题是他自己提出来的，并且为了解决这问题他已经做了很多工作。祝他成功地把量子论同电动力学和力学统一于一个单一的逻辑体系里。

作/品/赏/析

普朗克是一个严谨的科学家，他用精确的数学语言寻求普遍的基本定律，以建立严格精确的理论体系，并且卓有成效。而要准确恰当地表述清楚普朗克的成就，就需要大量运用专业术语，这样势必导致演讲的枯燥。爱因斯坦却恰当地运用哲学的思辨语言和演讲口语，并大量运用生动形象的比喻，加上丰富的想象力，把深奥的道理讲得通俗明白，生动活泼，富于魅力。"一个修养有素的人总是渴望逃避个人生活而进入客观知觉和思维的世界，这种愿望好比城市里的人渴望逃避喧嚣拥挤的环境，而到高山上去享受幽静的生活，在那里，透过清寂而纯洁的空气，可以自由地眺望，陶醉于那似乎是为永恒而设计的宁静景色。"这样的语言如同优美的抒情散文，大大增强了演讲的可接受性。

科学史上的东方和西方 / 乔治·萨顿

演讲者：乔治·萨顿（1884～1956）

演讲时间：1930年

演讲地点：布朗大学

演讲者身份：美国科学史专家

历史背景

萨顿生活的时代，科学史尚未成为一门独立的学科，并且极度缺少可供参考的工具书和文献检索。萨顿采用一种全新的方法，用几十年的时间，来编辑科学史刊物《爱西斯》。这篇演讲，就是他在布朗大学发表的对科学史的精辟见解。

原文欣赏

你听过美国西部牛仔的故事吧，一天他突然来到了科拉多大峡谷的边缘，感叹道："上帝，这里发生了什么事情！"你知道，如果这位牛仔指的是在一定时间内迅速完成的事情，那么他错了。在这个意义上，大峡谷什么也没发生。同样，科学的发展虽然比大峡谷的断裂快得多，但它是一个渐进过程。它看上去是革命的，因为我们没有真正看到这个过程，只看到巨大的成果。

从实验科学的角度（特别是在其发展的现阶段）来看，东方和西方是极端对立的。然而，我们必须记住两件事。

第一，实际上科学的种子，包括实验科学和数学，科学全部形式的种子是来自东方的。在中世纪，这些方法又被东方人民大大发展了。因此，在很大程度上，实验科学不只是西方的子孙，也是东方的后代，东方是母亲，西方是父亲。

第二，我完全确信正如东方需要西方一样，今日的西方仍然需要东方。当东方人民像我们在16世纪那样，一旦抛弃了他们经院式的、论辩的方法，当他们一旦真正被实验精神所鼓舞的时候，谁知道他们能为我们做什么，谁又知道他们为反对我们（上帝饶恕我）而做什么呢？当然，就科学研究领域来说，他们只能

· 演讲者简介 ·

乔治·萨顿（1884～1956），1884年8月生于比利时根特。中学毕业后，进入根特大学学习哲学，中途一度辍学，但最终还是获得根特大学等四所高等学校授予的化学金质奖章。1911年5月，获得博士学位。1912年创办名为《爱西斯》的科学史杂志，并称其为自己的"女儿"。1913年《爱西斯》正式出版，至今仍在，是目前国际上最权威的科学史刊物之一。萨顿一直担任《爱西斯》的主编，长达40年之久。1914年，德国入侵比利时，他逃往美国。1918年7月，被卡内基研究院任命为科学史副研究员。1940年9月，被任命为哈佛大学的科学史教授。1956年3月，在家中逝世。萨顿为科学史发展作出了极为重要的贡献，一生著述颇丰，出版著作15部，发表论文800余篇，代表作是《科学史导论》。

是与我们一起工作的，但是他们的应用可以是大不相同的。我们不要重蹈希腊人的覆辙，他们认为希腊精神是绝无仅有的，他们还忽视犹太精神，把外国人一律视为野蛮人，他们最后衰亡，一落千丈，就像他们的胜利顶峰曾高耸入云一样。不要忘记东西方之间曾经有过协调，不要忘记我们的灵感多次来自东方。为什么这不会再次发生？伟大的思想很可能有机会悄悄地从东方来到我们这里，我们必须伸开两臂欢迎它。

对于东方科学采取粗暴态度的人，对于西方文明言过其实的人，大概不是科学家。他们大多数既无知识又不懂科学，也就是说，他们丝毫也不应享有那种被他们吹嘘得天花乱坠的优越性，而且如果听其自便，他们关于这种优越性的支离破碎的想望，要不了多久就要消灭。

我们有理由为我们的美国文明而骄傲，但是它的历史记载至今还是很短的。只有300年！和人类经验的整体相比是何等渺小，简直就是一会儿，一瞬间。它会持久吗？它将进步，将衰退，抑或灭亡？我们的文明中有许多不健康的因素，如果我们想在疾病蔓延起来以前根除它们，必须毫不留情地揭露它们，但这不是我的任务。如果我们希望我们的文明能为自己辩护，我们必须尽最大力量去净化它。实现这项任务的最好的办法之一是发展不谋私利的科学；热爱真理——像科学家那样热爱真理，热爱真理的全部，愉快的和不愉快的，有实际用途的和没有实际用途的；热爱真理而不是害怕真理；憎恨迷信，不管迷信的伪装是多么美丽。我们文明的长寿至少还没有得到证明，其延续与否，还不一定。因此，我们必须谦虚。归根结底，主要的考验是经历沧桑而存活下来，这一点我们还没有经历过。

新的鼓舞可能仍然、而且确确实实仍然来自东方，如果我们觉察到了这一点，我们会聪明一些。尽管科学方法取得了巨大的胜利，但它也还不是十全十美的。当科学方法能够被利用，并且是很好地被利用的时候，它是至高无上的。但是，若不承认这种利用也会产生两种局限，则是愚蠢的。第一，这种方法不能永远使用。有许多思想领域（艺术、宗教、道德）不能使用它。也许永远不能应用于这些领域。第二，这种方法很容易被错误地应用，而滥用这取之不尽用之不竭的资源的可能性是骇人听闻的。

十分清楚，科学精神不能控制它本身的应用。首先，科学的应用常常掌握在那些没有任何科学知识的人手中，例如，为要驾驶一辆能导致各种破坏的大马力汽车并不需要教育和训练。而即使是科学家，在一种强烈的感情影响下，也可能滥用他们的知识。科学精神应该以其他不同的力量对自身给予辅助——以宗教和道德的力量来给予帮助。无论如何，科学不应傲慢，不应气势汹汹，因为和其他人间事物一样，科学本质上也是不完满的。

人类的统一包括东方和西方。东方和西方正像一个人的不同神态，代表着人类经验的基本和互相补充的两个方面。东方和西方的科学真理是一样的，美丽和博爱也是如此。人，到处都是一样的，只不过是这种特点稍稍显著一些或是那种特点突出一些罢了。

东方和西方，谁说二者永不碰头？它们在伟大艺术家的灵魂中相聚，伟大的

艺术家不仅是艺术家，他们所热爱的不局限于美；它们在伟大科学家的头脑中相会，伟大的科学家已经认识到，真理，不论是多么珍贵的真理，也不是生活的全部内容，它应该以美和博爱来补充。

我们怀着感激之情回忆起我们得之于东方的全部东西——犹太的道德热忱、黄金规则，我们引以为荣的科学的基础——这是巨大的恩惠。没有什么理由说它在将来不该无限增加。我们不应该太自信，我们的科学是伟大的，但是我们的无知之处更多。总之，让我们发展我们的方法，改进我们的智力训练，继续我们的科学工作。慢慢地、坚定地，以谦虚的态度从事这一切。同时，让我们更加博爱，永远留意周围的美，永远留意我们人类同胞或者我们自己身上的美德。让我们摧毁那些恶的东西，那些损坏我们居住环境的丑的事物，那些我们对别人做的不公正的事情，尤其是那些掩盖各种罪恶的谎言，但是让我们谨防摧残或伤害那许多善良、天真事物中最弱小的东西。让我们捍卫我们的传统、我们对往昔的怀念，这些是我们最珍贵的遗产。

按照事物的本来面目认识事物——当然如此，但是我的灵魂的最高意向，我对那看不见的事物的怀恋之情，我对于美与公正的渴求，这些也都是真实的和珍贵的东西。那些我所不能理解的东西并不一定是不真实的。我们必须准备经常去探求这些感觉不到的真实，正是它赋予我们的生活以高尚的情操和最根本的方向。

光明从东方来，法则从西方来。让我们训练我们的灵魂，忠于客观真理，并处处留心现实生活的每一个侧面。那不太骄傲的、不采取盛气凌人的"西方"态度而记得自己最高思想的东方来源的、无愧于自己的理想的科学家——不一定会更有能力，但他将更富有人性，更好地为真理服务，更完满地实现人类使命，也将是一个更高尚的人。

．．

作/品/赏/析

萨顿引用一个西部牛仔的故事作为开篇，指出科学的发展是一个渐进的过程。接着，萨顿给听众讲述了科学史上必须要知道的两件事："实际上科学的种子，包括实验科学和数学，科学全部形式的种子是来自东方的。""我完全确信正如东方需要西方一样，今日的西方仍然需要东方。"这两件事的论述，让听众知道了东方科学在科学史上的作用，点明了主题。此次演讲，廓清了长期以来人们对东方科学的偏见，在人类的科学史上占有重要的地位。这篇演讲用语大胆、准确、周密，如"对于东方科学采取粗暴态度的人，对于西方文明言过其实的人，大概不是科学家。他们大多数既无知识又不懂科学"。在描述东西方科学的关系时，萨顿说："实验科学不只是西方的子孙，也是东方的后代，东方是母亲，西方是父亲。"这样很好地增添了演讲的生动性。

科学的春天 / 郭沫若

演讲词档案

演讲者：郭沫若（1892～1978）
演讲时间：1978 年 3 月 31 日
演讲地点：全国科学大会闭幕式
演讲者身份：杰出的作家、诗人，马克思主义历史学家

历史背景

文化大革命结束后，中国各行各业百废待兴，急需一场卓有成效的改革。1978 年的全国科学大会便是推进科学改革的重大举措。在这次大会上，邓小平同志发表了重要讲话，提出了"科学技术是生产力"、"知识分子是工人阶级的一部分"等科学论断，给知识分子莫大的鼓舞。在大会闭幕式上，身为中国科学院院长的郭沫若已身患重病，但他以激情的语言作了这篇著名的书面发言。

原文欣赏

亲爱的同志们：

我们民族历史上最灿烂的科学的春天到来了。我是上一个世纪出生的人，能参加这样的盛会，百感交集，思绪万千。

在旧社会，多少从事科学文化事业的人们，向往着国家昌盛，民族复兴，科学文化繁荣。但是，在那黑暗的岁月里，哪里有科学的地位，又哪里有科学家的出路！科学和科学家，在旧社会所受到的，只不过是摧残和凌辱。封建王朝摧残它，北洋军阀摧残它，国民党反动派摧残它。我们这些参加过"五四"运动的人，喊出过发展科学的口号，结果也不过是一场空。大批仁人志士，满腔悲愤，万种辛酸，想有所为而不能为，真是英雄无用武之地。我们不少人就是在这种暗无天

·演讲者简介·

郭沫若（1892～1978），原名郭开贞，字鼎堂，笔名沫若。幼年入私塾读书，1906 年入嘉定高等学堂学习。1914 年，赴日本九州帝国大学学习医科，后弃医从文。1919 年"五四"运动爆发，投身于新文化运动，写出了《凤凰涅槃》、《地球，我的母亲》等不朽诗篇。1923 年后，开始系统学习马克思主义理论。1926 年参加北伐，担任国民革命军政治部副主任。1928 年因受蒋介石通缉，旅居日本。1937 年抗日战争爆发后回国，团结进步文化人士从事抗日救亡运动。中华人民共和国成立后，历任中央人民政府委员、政务院副总理兼文化教育委员会主任、全国人民代表大会常务委员会副委员长、中国科学院院长等职。1978 年 6 月 12 日在北京逝世。

郭沫若像

日的岁月中，颠沛流离，含辛茹苦地度过了大半生。伟大领袖和导师毛主席领导中国共产党进行了艰苦卓绝的斗争，建立了新中国，人民得到了解放，科学得到了解放。毛主席和周总理又亲自为我国规划了建设社会主义现代化强国的宏伟蓝图，对科学事业和科学工作者给予了无微不至的关怀。我国的科学事业有了突飞猛进的发展。回忆起这些情景，一桩桩、一件件的往事都涌上心头，好像就在眼前一样。饮水思源，我们怎能不万分感激和无限缅怀伟大领袖毛主席和敬爱的周总理呢！万恶的"四人帮"对科学工作百般摧残，对科学工作者横加迫害，妄图重新把我们的祖国拉回到愚昧、落后、黑暗的旧社会去。但是，"蚍蜉撼树谈何易"。党中央一举扫除了这伙祸国殃民的害人虫，使我们得到

20 世纪 20 年代郭沫若在日本留学时与妻子安娜及子女的合影

了第二次解放。现在，我们可以扬眉吐气地说，反动派摧残科学事业的那种情景，确实是一去不复返了！科学的春天到来了，从我一生经历，我悟出了一条千真万确的真理：只有社会主义才能解放科学，也只有在科学的基础上才能建设社会主义。科学需要社会主义，社会主义更需要科学。看到今天这种喜人的情景，真是无比感慨和兴奋。"老夫喜作黄昏颂，满目青山夕照明"。敬爱的叶副主席的光辉诗篇，完全表达出了我们这一代人的心情。

我们中华民族在人类文明发展史上，曾经有过杰出的贡献。现在，在共产党的领导下，我们民族正在经历着一场伟大的复兴。恩格斯在谈到 16 世纪欧洲文艺复兴时曾经说过，那是一个需要巨人而且产生了巨人的时代。今天，我们社会主义祖国的伟大革命和建设，更加需要大批社会主义时代的巨人。我们不仅要有政治上、文化上的巨人，我们同样需要有自然科学和其他方面的巨人。我们相信一定会涌现出大批这样的巨人。

科学是讲求实际的，科学是老老实实的学问，来不得半点虚假，需要付出艰巨的劳动。同时，科学也需要创造，需要幻想，有幻想才能打破传统的束缚，才能发展科学。科学工作者同志们，请你们不要把幻想让诗人独占了。嫦娥奔月，龙宫探宝，《封神演义》上的许多幻想，通过科学，今天大都变成了现实。伟大的天文学家哥白尼说：人的天职在勇于探索真理。我国人民历来是勇于探索，勇于创造，勇于革命的。我们一定要打破陈规，披荆斩棘，开拓我国科学发展的道路，既异想天开，又实事求是，这是科学工作者特有的风格，让我们在无穷的宇宙长河中去探索无穷的真理吧！

我祝愿我们老一代的科学工作者老当益壮，为我国科学事业建立新功，为造就新的科学人才作出贡献。

我祝愿中年一代的科学工作者奋发图强，革命加拼命，勇攀世界高峰。你们是赶超世界先进水平的中坚，任重而道远。古人尚能"头悬梁，锥刺股"，孜孜不倦地学习，你们为了共产主义的伟大理想，一定会更加专心致志，废寝忘食，刻苦攻关。赶超，关键是时间。时间就是生命，时间就是速度，时间就是力量，趁你们年富力强的时候，为人民作出更多的贡献吧！

　　我祝愿全国的青少年从小立志献身于雄伟的共产主义事业，努力培育革命理想，切实学好现代科学技术，以勤奋学习为光荣，以不求上进为可耻。你们是初升的太阳，希望寄托在你们身上，革命加科学将使你们如虎添翼，把老一代革命家和科学家点燃的火炬接下去，青出于蓝而胜于蓝。

　　我这个发言，与其说是一个老科学工作者的心声，无宁说是对一部巨著的期望。这部伟大历史巨著，正待我们全体科学工作者和全国各族人民来共同努力，继续创造。它不是写在有限的纸上，而是写在无限的宇宙之间。

　　春天刚刚过去，清明即将到来。"日出江花红胜火，春来江水绿如蓝"。这是革命的春天，这是人民的春天，这是科学的春天！让我们张开双臂，热烈地拥抱这个春天吧！

- -

作/品/赏/析

　　这是一篇集议论和抒情于一体的演讲佳作。从一开始就说中国科学的春天来了，接下来的每一部分都是为这一主题服务的。在表达自己的喜悦之情后，郭沫若用了两组对比，第一组是新旧社会的对比，第二组是粉碎"四人帮"前后的对比，来说明中国的科学终于度过了寒冬，科学的春天来了。郭沫若感慨地从自己的一生经历中得出一条真理："只有社会主义才能解放科学，也只有在科学的基础上才能建设社会主义。"然后通过对科学的阐述，指出了科学的春天需要所有科学工作者的共同努力，勉励老中青三代科学工作者发愤图强，写出一部属于中国的科学巨著。

　　整篇演讲结构严谨，紧扣主题。演讲的文字优美，表达方法多种多样，不仅引用了古代诗句，还运用了比拟、排比、对偶等修辞手法，让人听后精神振奋。

郭沫若留学日本时在千叶市的住房

以广阔的视野思考问题 / 李约瑟

演讲者：李约瑟（1900～1995）
演讲时间：1990年9月4日
演讲地点：日本福冈市
演讲者身份：英国著名科学家、英国皇家学会会员

历史背景

1990年，日本福冈市政府设立福冈亚洲文化奖，奖励为亚洲文化的保存和创造作出杰出贡献的个人和团体。同年7月，福冈亚洲文化奖委员会经过讨论，决定把首届亚洲文化奖授予中国作家巴金、科学史权威李约瑟博士等5人。9月，李约瑟博士亲赴福冈领奖，这篇演说便是他在领奖时发表的。

原文欣赏

我觉得我的事业很大程度上受益于给我人生带来很大影响的……忠告——"要以广阔的视野思考问题"和"要找到能激励自己去执着追求的东西"。

我于1900年12月9日生于伦敦南区的克拉彭公园。父亲是位医生。我小时候，他还只是一个普通的私人医生。后来，父亲在哈里街有了房子，成了麻醉师。在我们的家庭中，有沿用"约瑟夫"这个名字的传统。我现在用的就是这个名字。我母亲是音乐家，也是作曲家，名叫艾莉西亚·阿德莱德·尼达姆，旧姓蒙哥马利。母亲当时很有名气，那时她在近卫军乐队中担任指挥。她创作的歌曲大都很有名，如《我的黑玫瑰》这首歌差点儿被选为爱尔兰的国歌。

我父母之间关系的不和谐，慢慢地我也感觉到了。至今我还记得，在我小时候，有一次，母亲敲打着上了锁的父亲诊所的门窗，埋怨让我识字太早。这样的争吵在房间里常常可以见到。那时我可能有6岁了。我父亲有间很漂亮的书房，因此我能自由自在地读到一些书。其中，给我印象最深的是施利格斯的《哲学的历史》这本书，至今我还保存着它。

· 演讲者简介 ·

李约瑟（1900～1995），早年从事生物化学研究，20世纪前期出版了《化学胚胎学》及《生物化学与形态发生》，在国际生化界享有很高的声誉。1937年，对中国古代文明产生兴趣，开始转向研究中国古代科学。1942年秋，受英国皇家学会之命，到中国援助战时科学与教育机构，结识了大批的中国科学家与学者。在中国4年的时间里，最大范围地考察和研究了中国历代文化遗迹与典籍。1946年，离开中国，赴巴黎担任联合国教科文组织自然科学部主任。两年之后，返回剑桥，开始编写系列巨著《中国科学技术史》。李约瑟长期致力于中国科技史研究，为中国培养了一批优秀的科技史学家。1994年被选为中科院首批外籍院士。李约瑟一生成就斐然，被誉为"20世纪的伟大学者"、"百科全书式的人物"。

我深深地为父亲的治学精神所打动，所以有意识地模仿父亲。但是，后来我又觉得从母亲那里也受益匪浅。如果说我单单受我父亲的影响，那么恐怕我就难以致力于像"中国科学技术史"这样庞大的课题了。在昂德尔公学学习时，校长F.W.桑德森的谆谆教导给了我极大的影响。在我14岁即第一次世界大战爆发的时候，我被送进了这所公学。校长先生常常对我说："要以广阔的视野思考问题"。"中国科学技术史"这一研究课题我想就是"以广阔的视野思考问题"的最好的实例了。他还常常对我说："如果你能找到激励起自己执著追求的东西，那么你就能把它干好。"中国的科学与技术就是我找到的能唤起我执着追求的东西，而且可以说实现了。这些情况，还是另找机会再谈吧！在昂德尔公学，其实也并不太快乐。我这样说是因为这所公学把重点特别放在体育运动上。那时，我编了一本名叫《铁房子》的家庭杂志。到了学校放假的时候，就跟着父亲到怀尔医院、第三伦敦综合医院以及乔治皇家医院去。在那儿我给人家当手术助手，做给外科医生递递缝合线和钳子之类的工作。我第一次看做手术是在9岁时，那是由约翰·布兰德—萨顿爵士主刀的阑尾切除手术。父亲对我见到血没有晕过去非常满意，给了我几枚金币。后来，真正有资格的医师严重不足，以至谁都能从事医疗工作，我也被卷了进去。说老实话，我在第一次世界大战结束前，看到过许许多多的手术，而且有的外科手术就像是做木工活儿。我自己想进一步学习，想做些更为复杂的工作，因此就没有成为外科医师。

我是个独生子，无法依靠兄弟姐妹，但我想谁都能起搭桥的作用。我这样说，是因为许多父母的孩子常常想让父母和好，但没有实现，所以我就想起个中间人的作用，从中搭桥，从中调解。再譬如，我大学时代想在学问和宗教之间架起桥梁；紧接着，后来我成了有名的胚胎生物化学学者，想在形态学与生物化学间架起一座桥梁；再后来我就决定在中国和西欧间架设桥梁了。就这一点，我想详细讲一讲。

我在1918年作为医科大学学生，进了剑桥大学冈维尔—基兹学院。战争结束时，我已是海军外科中尉军医。但既没通过医学考试，又没有制服，更谈不上出海了。这些军医的任务只是根据水兵伤势情况作出送基地医院或就在护卫舰或驱逐舰上治疗的建议。我在基兹学院作过人体解剖，并通过了第1次及第2次医学学士考试。不久，我深深地被非常有趣的弗雷德里克·高兰·霍普金斯爵士所讲授的课程所吸引住了，促使我开始生物化学的研究。霍普金斯博士是从来不给学生课题的。但是，一旦学生自己把握住要干什么时，他便会从各个方面给予帮助和支持。那时，我看到了一篇由一战时死去的名叫克莱恩的年轻学者写的论文。文中指出，鸡蛋中促进生长的因子在成长初期时为0mg，到抱卵3周后竟达到310mg。我把这篇论文拿到霍普金斯博士那儿，告诉他这一伟大发现——鸡蛋是多么了不起的化学工厂啊！当时他就劝我研究下去。我开始研究是在1921年，最终出现了《化学胚胎学》和《生物化学与形态发生》这两部书。这两部书最大的不同是：前者想解释清楚胚胎在成长过程中的化学变化以及合成；后者则想就"形态发生形成体"自身的生物化学阐述一些已知的东西。金·布拉谢特在他的书中，称我为"胚胎生物化学之父"，但他只是说了这一点，而对我发现了什么并没有说明。

在我 37 岁时，来了 3 位想在剑桥攻读博士学位的中国研究生。他们当中，沈诗章是由丹麦的林登斯特罗姆兰格介绍来与我一起研究两性动物卵内不同地方的呼吸比率的。他当时正在研究称为"呆巴子"的超微测微器。再就是和我前妻一起研究肌肉生物化学的鲁桂珍。还有在戴维·凯林和莫尔特诺研究所研究的王应睐。后来，他们三人各自过着不同的生活。沈诗章就职在耶鲁大学，直到去世。王应睐回到中国，担任上海国立生物化学研究所所长，后又担任中国科学院上海分院院长。鲁桂珍第二次世界大战期间是在美国度过的。她曾一度生活在加利福尼亚、纽约哥伦比亚医疗中心及亚拉巴马州伯明翰等 3 个地方。在亚拉巴马州，她研究了人所共知的蜀黍红斑（糙皮病）。后来在南京做了营养生物化学教授，不久又被召到巴黎联合国教科文组织。9 年后她返回剑桥。她来剑桥的原因，一则是我在康福德—麦克荣林基金会中心担任司库，再则她认为自己在剑桥的生物化学研究所搞研究更适合。现在，她在我工作的研究所中任副所长。

在我去中国前，我们曾约好，要在中国科学技术史方面作点文章出来。基于有人在罗马国会上主张"迦太基不灭，我们就要被灭亡"这种思想，我们在各自未选择研究方向前订下了关于研究"中国科学技术史"的粗略计划。这三位中国研究生给予我的影响远比剑桥给予他们的影响大得多。因此，我开始学习汉语，也学习比会话难得多的汉字。我一直觉得，为了东亚研究的课题，以优异成绩通过语言考试而在教室学习汉语，和不带功利目的、作为一件有趣的事而学习，这两者之间是有区别的。从那以后，我阅读中文开始摆脱初级的 ABC 阶段，进入了如夏日遨游江河那样的畅达阶段。

1942 年，英国政府要派一位科学家去中国，担任设在重庆的英国大使馆科学参赞。当时，在英国科学家里可以说几乎找不到懂汉语的，于是选中了我。由于这个原因，我在第二次世界大战期间在那里度过了 4 年。在中国的 4 年，对我的命运具有决定性的意义。我们在那里设置了中英科学合作馆。为此，我们进行了长达几千英里的旅行，到了非日本人占领区的地方，访问了那里的所有大学、科学研究所、铁路工厂、兵工厂以及各类与科学有联系的企业。最初与我合作的是黄兴宗，后来他去了牛津大学，他的工作由曹天钦接替。

1946 年，我收到了我的朋友——联合国教科文组织第一任总干事朱利安·赫胥黎的一封电报。电报上写道："速归，帮助我组建联合国教科文组织自然科学部。"于是我回到巴黎，在这个组织工作了一年又 6 个月。鲁桂珍后来也在那里工作过 9 年。联合国教科文组织自然科学部主要是本着下面两点组建的：第一，帮助召开国际科学联盟定期会议；第二，开设和经办仿照中英科学合作馆建立的世界各地科学办事处。这些办事处现已不是联合国教科文组织的当地办事处了，但在里约热内卢、开罗、新德里和南京，一直到今天还设置着这种机构。

我原配妻子多萝西·梅亚丽·莫伊尔·尼达姆，于 1987 年去世，时年 91 岁。我们共同度过了 64 年幸福生活。后来，我和鲁桂珍于 1989 年结婚。结婚仪式是在基兹学院的礼拜堂内，由学院院长同时也是我的导师约翰·斯特德主持举行。那是在仪式结束后举行的三明治午餐会上的话了，两个 80 开外的人站在一起，或许看上去有些滑稽，但我的座右铭是："就是迟了也比不做强！"

迄今为止，包括出版和预定出版的共有 24 册的这套《中国科学技术史》的巨著已出版 15 册。现在我正在埋头于较为困难的医疗科学部分的编写工作。最初与我合作的是我在四川李庄第一次见到的王铃（王静宁），他是傅斯年领导的中国科学院历史语言研究所的助理研究员。他的研究成果反映在第 5 卷第 7 分册对中国火药史的详细阐述上。起初，我们考虑科学部分用 7 卷就可详尽写出，但后来因资料过多，一卷又分成几部分，这样每一部分就自然成册了。这样合计起来，至少得出书 24 册。我们把起初的几卷叫"天卷"，把以后按分册出的叫"地卷"。接下来发行的将是以有关弓、石弓以及在火药出现前的大炮和包围战为内容的第 5 卷第 6 分册。再下面发行的将是关于纺织品及织布机历史的第 5 卷第 10 分册。这期间，第 7 卷对中国的经济、科学的社会性、知识性背景的研究有相当发展，第 7 卷第 1、2、3 分册不久有可能同时出版。其中加进了西欧伟大的社会学家格利高里·布尔和研究现代中国与日本的历史学家德莫西·布鲁克对传统的中国社会本质观的两部分论述。这卷由我的朋友凯内斯·鲁宾孙编辑，他对这个研究课题也作出了很大贡献。虽然我恐怕无法亲眼看到这部《中国科学技术史》各卷全部完成，但至少我对它能成功地完成这一点是深信不疑的。

回顾我的一生，我觉得我的事业很大程度上受益于给我人生带来很大影响的 F.W. 桑德森这位昂德尔公学校长和他对我的忠告——"要以广阔的视野思考问题"和"要找到能激励自己去执著追求的东西"。

最后，我谨向那些在我的成长过程中、在我受教育的过程中倾注心血的每一位，其中有我的父母，有在昂德尔公学的我的校长先生，以及在我的人生道路上给予我帮助、支持的所有先生表示我的谢意。

作/品/赏/析

在演讲中，李约瑟讲述了自己学习的经历、研究的进步、事业的发展，还有一生的情感，时间跨度近一个世纪，可以说是一篇面面俱到的小型自传。内容虽多，却不杂乱，因为李约瑟用"要以广阔的视野思考问题"的主题，将它们紧密地联系在一起。李约瑟在演讲中省去了无关紧要的细节，只把自己一生中重要的事件讲述出来，中间还加入了人物线索，让听众觉得自己是在听一个情节吸引人的故事。光看这篇演讲的文字，就让我们感受到一种亲切感，何况是当时在场的听众。李约瑟的这次演讲语言朴实无华，讲述的全是自己的亲身经历，不但没有削弱主题，反而使之更加突出。李约瑟用优秀的演讲技巧、亲切的演讲风格赢得了广大的听众。

科学技术是第一生产力 / 邓小平

演讲词档案

演讲者：邓小平（1904～1997）
演讲时间：1988 年 9 月
演讲地点：会见捷克斯洛伐克总统胡萨克和听取价格和工资改革初步方案汇报会
演讲者身份：伟大的无产阶级革命家、政治家、军事家，改革开放的总设计师，
邓小平理论的创立者

历史背景

20 世纪 80 年代，世界经济的发展日新月异，改革开放下的中国，面临着科学技术上的挑战。作为国家领导人，邓小平始终关注着整个世界的发展趋势。他深知"下一个世纪是高科技占主导地位的世纪"，中国的发展更需要高科技的支持。因此，邓小平在 1988 年 9 月 5 日会见捷克斯洛伐克总统胡萨克和 9 月 12 日听取价格和工资改革初步方案汇报时的谈话中，两次以短而精的语言阐述了"科学技术是第一生产力"的观点。

原文欣赏

一

世界在变化，我们的思想和行动也要随之而变。过去把自己封闭起来，自我孤立，这对社会主义有什么好处呢？历史在前进，我们却停滞不前，就落后了。马克思说过，科学技术是生产力，事实证明这话讲得很对。依我看，科学技术是第一生产力。我们的根本问题就是要坚持社会主义的信念和原则，发展生产力，改善人民生活，为此就必须开放。否则，不可能很好地坚持社会主义。拿中国来说，五十年代在技术方面与日本差距也不是那么大。但是我们封闭了二十年，没有把国际市场竞争摆在议事日程上，而日本却在这个期间变成了经济大国。

二

从长远看，要注意教育和科学技术。否则，我们已经耽误了二十年，影响了发展，还要再耽误二十年，后果不堪设想。最近，我见胡萨克时谈到，马克思讲过科学技术是生产力，这是非常正确的，现在看来这样说可能不够，恐怕是第一生产力。将来农业问题的出路，最终要由生物工程来解决，要靠尖端技术。对科学技术的重要性要充分认识。科学技术方面的投入、农业方面的投入要注意，再一个就是教育方面。我们要千方百计，在别的方面忍耐一些，甚至于牺牲一点速度，把教育问题解决好。

要注意解决好少数高级知识分子的待遇问题。调动他们的积极性，尊重他们，会有一批人做出更多的贡献。我们自己的原子弹、氢弹、卫星、空间技术不也搞

起来了吗？我们的正负电子对撞机工程在全世界也是居于前列的。知识分子待遇问题要分几年解决，使他们感到有希望。北京大学一位老教授说："我的工资从建国时候开始就是这么多，但是现在物价涨了，我的生活水平降了三分之二。"我们不论怎么困难，也要提高教师的待遇。这个事情，在国际上都有影响。我们的留学生有几万人，如何创造他们回来工作的条件，很重要。有些留学生，回来以后没有工作条件，也没有接纳他们的机构，有些学科我们还没有。可以搞个综合的科研中心，设立若干专业，或者在现有的一些科研机构和大学里增设一些专业，把这些人放在里面，攻一个方面，总会有些人做出重大贡献。否则，这些人不回来，实在可惜啊。科教投资的使用要改进，这也是改革的重要内容。要把"文化大革命"时的"老九"提到第一，科学技术是第一生产力嘛，知识分子是工人阶级一部分嘛。

1984 年 1 月 29 日，邓小平视察珠海经济特区。

当然，我这里说的关于教育、科技、知识分子的意见，是作为一个战略方针，一个战略措施来说的。从长远看，这个问题到了着手解决的时候了。

作/品/赏/析

马克思曾经说过"科学技术是生产力"。在这两次简短的谈话中，邓小平在此基础上提出了新的论断——"科学技术是第一生产力"，揭示出科技在生产力和社会发展中占据的无可取代的地位。这是对马克思思想的继承和发展，也是邓小平对世界的一大贡献。

在第一段演讲中，邓小平列出了中国和日本经济技术上之所以有这样大的差距，是因为没有"开放"，指出了一个国家自我封闭的可怕后果，使听众认识到必须重视科技的力量。第二段谈话中，他在列举中国在教育、科技和人才方面的落后情况后，引用北京大学一位老教授的话，进一步强调了问题的严重性。谈话虽然简短，但是让人感觉到了一种急迫的危机感。不用过多的强调，听众就知道这些问题到了必须解决的时候了。

这两篇讲话，观点鲜明，语气中肯，表达自然，措辞朴实。邓小平务实的言行风格和高远的政治目光在其中尽展无遗。

科学家为什么应该普及科学 /卡尔·萨根

演讲词档案

演讲者：卡尔·萨根（1934～1996）
演讲时间：1988年6月24日
演讲地点：康奈尔大学
演讲者身份：美国当代天文学家

历史背景

作为著名的天文学家和科学活动家，萨根的科普作品不但"含金量"高，而且体现出透彻的哲理性和超乎寻常的洞察力，他被推崇为"历史上最成功的科学普及家"。为了向科学家们介绍科学普及的意义，萨根特意作了这次演说。

原文欣赏

为什么物理学家或其他领域的科学家竟然花大量时间和精力向公众普及科学知识呢？这里所说的不仅是为《科学美国人》写文章（它是提供给科学爱好者和其他领域的科学家阅读的），也不仅是教本科生入门课程，而是真正尽力通过报纸、电视、杂志和对一般公众的讲演，来传播科学知识和科学方法。

科学研究的资助主要来自公共基金。由此容易得出片面的看法：科学家要向纳税人解释自己所做的工作。若仅以此来看，便会吃惊地发现更多的科学家并不从事科学普及工作。从大的方面来说，存在着大量的重大社会问题，从温室效应和臭氧层空洞到核竞赛和艾滋病，解决这些问题关键在科学。科学的结果导致其中一些问题的产生和恶化。同时很显然，没有深入的科学研究，不可能有解决这些问题的方法。我们的真正危险在于构造了一个基本上依赖于科学和技术的社会，却几乎没有人懂科学和技术。这就是问题的"症结"（例如，在国会535名议员中，大科学家出身的人屈指可数）。但这里我想要讨论的是普及科学的其他原因，这种科学普及工作是科学家职业日程的重要部分。

我们是能思考的生物。这正是我们的长处所在。我们不如其他动物跑得快、会伪装、善于挖洞、长于飞翔和游泳。但我们善于思考。并且由于有双手，我们善于建造。这是我们的特殊天赋，也是人类延续的主要原因。如果我们仅自己最

· 演讲者简介 ·

卡尔·萨根（1934～1996），1934年生于美国纽约市布鲁克林区的一个犹太家庭，父母都是俄罗斯移民。1951年，进入芝加哥大学学习。1960～1962年，担任加州大学伯克利分校研究员。1962～1968年，在马萨诸塞州的史密松天文物理台工作。之后到康奈尔大学任职，1971年成为该校终身教授。1972～1981年，担任康奈尔大学无线电物理学和空间科学研究中心副主任。1996年，因一种罕见的骨髓癌去世。

萨根长期担任行星研究专业刊物《伊卡洛斯》的技术总监和编辑，并撰写了多部优秀的科普图书，还参与制作了电视系列片《宇宙》，享誉全球。

明智地运用这些能力而没有鼓励他人运用，那就否认了我们人类善于思考的天生权利。因而我认为没有被鼓励着去积极思考的人是不幸的。理解世界是一种享乐。我每每看到人们，一些普通的人们，当懂得了一些他们从前一无所知的自然知识——为什么天空是蓝的、为什么月亮是圆的、我们为什么会有脚趾时，他们是多么兴奋不已。这兴奋一是由于知识本身的乐趣，二是由于这给了他们某种才智上的鼓励。他们发现，他们并不是如某些人所说的那么不可教。我们的教育系统培养出来的许多人确信他们缺乏理解世界的能力。

科学不仅是知识的本体，更主要的，它是一种思维方法。这种思维以严格的怀疑观与对新思想的开放性的结合为其特征。在我们生活的各个领域——社会、经济、政治、宗教等，都绝对地需要科学。科学也是一种智能探险，它更易于被青年接受。科学对青年特别具有感召力的原因是：未来是属于青年的，他们懂得科学与他们未来生活的世界有某种联系。

另外，每种文化都有一个创世的神话。它通常是很好的，有时也很不完美。它是一种试图解释我们根源的尝试：每个民族是怎么来的，人类、景物、地球、太阳、恒星、行星是怎么来的，及最主要的问题——如果宇宙存在开端的话，它是如何开始的。你会发现世界上各种传说、神话、迷信、宗教——我们人类的许多伟大的文学作品——都试图解决这些深奥的问题。对于这些问题中的每一个，科学都已给出某种近似的答案。如此，科学回报了人类古老的紧迫的需求。电视连续剧《宇宙》在世界范围内产生了反响，我们发现如此众多的公众对宇宙演化的描述产生共鸣。它影响人们几乎达到了宗教的程度。

由于以上所述的原因，我认为，任何一个社会，如果希望在下个世纪生存得好，且其基本价值不受影响的话，那么都应该关心国民的思维、理解水平，并为未来作好规划。我坚持认为，科学是达到上述目的的基本手段——它不仅是专业人员所讨论的科学，而更是整个人类社会所理解和接受的科学。如果科学家不来完成科学普及的工作，谁来完成？

作 / 品 / 赏 / 析

此篇演讲最大的特点就是在开头和结尾都用到了问句，虽然问题不需要听众回答，但却能很好地调动听众的情绪，引导他们随同演讲者一同思考。萨根没有着重说明科学家普及科学知识是他们本身的责任，而是把重点放在了其他原因上——人本身、科学的本质、文化的需要。他认为人是能思考的动物，如果"仅自己最明智地运用这些能力而没有鼓励他人运用，那就否认了我们人类善于思考的天生权利"；科学是一种思维方法，在生活中的每一个领域都需要它；另外科学还可以解释文化中的"不完美"。这三点极为重要的原因，决定了科学必须要得到普及。在叙述原因的过程之中，萨根还说了科学普及的社会意义。这篇演讲思想深刻，叙述环环相扣，节奏紧凑，可以称得上是演说中的精品。

第九篇

经济规律的
发现与阐扬

培育人才 / 松下幸之助

演讲词档案

演讲者：松下幸之助（1894～1989）
演讲时间：1978 年
演讲者身份：日本著名企业家

历史背景

早在创业之初，松下幸之助就意识到，企业要想在竞争激烈的市场中获得成功，就必须拥有优秀的人才。在他发展事业的过程中，他始终将"人才的储备和培养"作为重中之重来抓，并制定了一套选拔和培养人才的制度。关于企业与人的关系，松下幸之助说过这么一句话："企业即人，成也在人，败也在人。"本篇演说，是他为阐述人才重要性而发表的。

原文欣赏

"事业在人"，这句话是千真万确的。任何经营只有在有了称职的人才之后才能发展下去，无论具有怎样优秀历史和传统的企业，如果没有正确继承其传统的人，也将会逐渐衰败。经营的组织、手段固然重要，但掌握并使之发生效力的仍旧是人，不管创造了多么完善的组织，引进了多么新的技术，如果没有使之发生效力的人，也就无从取得成果，也就不能完成其企业使命。可以说，企业能否既对社会作出贡献，又使本身昌盛地发展下去，其关键在于人。

就事业经营而言，最重要的首先是寻求人才，培育人才。

还在公司规模很小的时候，我就常常对职工们说："如果有人问'你们那是做什么的？'就请你们回答'松下电器公司是培育人才的。我们公司生产电器产品，但在出产品之前，首先培育出人才。'"生产优质产品是公司的使命，为此必须培育出与之相适应的人才，有了人才自然就能生产出优质产品。我在当时富于年轻人的志气，就用上面那些话表达了这个意思。至于怎么说都无关重要，但这种思

松下幸之助像

· 演讲者简介 ·

松下幸之助（1894～1989），日本松下电器的创始人，20世纪对世界影响最大的企业家之一，被称为"经营之神"。他只受过 4 年的小学教育。父亲生意失败后，离家到大阪当学徒。1918 年，在大阪建立了"松下电气器具制作所"，连续推出了包括电子管、真空管、晶体管等在内的一系列成功的产品。松下幸之助把自己的经营哲学概括为"首先要细心倾听他人的意见"。此外，他还创造出了"事业部制"、"终身雇佣制"、"年功序列"等日本企业管理制度。

想一直贯穿在我的经营之中。

那么，怎样培育人才呢？恐怕这是要具体问题具体分析的，但最为重要的乃是要具有基本的观点，就是说，一定要明确"企业为什么存在？怎样从事经营？"这一问题，换言之，作为企业应该具有正确的经营观念和使命观。如果公司的基本思想和方针是明确的，那么，经营者和管理监督者就能够据此施行强有力的领导，而且每个人也都能根据这一基本思想和方针去判断是非，这样就容易培育出人才。但是，如果没有这些基本思想和方针的话，经营者或管理监督者对部下的领导就会缺乏一贯性，很可能被每时每刻的情势变化或个人感情所左右，不易于培育人才。因此，如果经营者想得到人才，其先决条件就是应该具有坚定的使命观和经营观念。

幼年时的松下幸之助与母亲合影

其次，要经常地将经营观念和使命观灌输、渗透给职工。假如经营观念只是写在纸上的文章，那是一文不值的，它要成为每个人的血肉，才能发挥作用。因此，必须借助一切机会反反复复地把企业的经营观念和使命观灌输给职工。

再者，这并不意味着经营者单纯地讲解观念，而是在实际的日常工作中去说那些应该说的话，纠正那些应该纠正的事情。从个人的人情角度来说，不应过多地提醒别人、申斥别人，倘若有可能就应尽量避免这类事。可是，企业是以对社会作贡献为使命的公有物，在企业里的工作也就是公事。企业不是私有物，企业的工作也不是私事。所以，从公的立场出发，对不能置之不理的，不能允许的事情，应该说的必须说，应该申斥的必须申斥，这不是根据个人的感情来做的，而是站在使命观的高度上的提醒和申斥。由于这种严格的管理，被申斥的人开始觉悟并成长了。不用说，假如不申斥的话，对部下来说是满意的，对经营者、对上级来说也是安逸的。然而，我们一定要铭记，这种苟且偷安的方法是决不会培育出人才的。

与此同时，还有重要的一点，就是要敢于大胆地分派工作，并让担任了工作的人能够在自己的责任和权限范围之内自主地进行工作。所谓培育人才，归根结蒂就是要培育出懂经营的人，培育出能够用经营意识去从事任何一项细小工作的人。为了培育出这样的人才，不能什么事都左一道命令，右一道命令，那样只会培育出一些唯命是从的人来。由于敢于大胆地分派工作，所以，担任了工作的人就会下功夫开动脑筋想办法，充分发挥出自己所具备的能力，而且也就相应地成长起来了。我们松下电器公司的事业部制，从某种意义上来说，就是将这些做法形成了制度化。我从自己的经验中感到，按照这种制度去培育人才是有很多优点的。事业部并不只是一种经营体，其中的每项工作都具有这种思想，并将这一思想灌输到一切工作之中去。这便是我的经营。

当然，虽然应该在广泛的范围之内分派工作，但必须牢牢地把握住基本方针。否则，分派工作后，各行其事，整体就会变成一盘散沙。说到底，就是要基

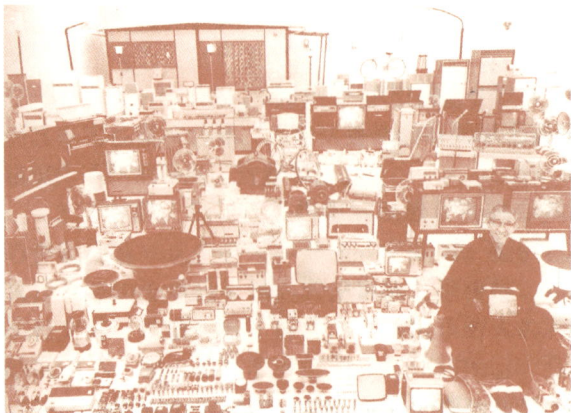

松下幸之助坐在松下电器众多的产品中间

于一定的方针给予权限。因而，公司的基本思想和经营观念在这里仍然是极其重要的。可以说，只有个人根据经营观念去从事自主性的工作，才能培养出人才。

所谓培育人才，并不是说只培育出能干工作、技术精湛的人来就可以了。这一点也需要特别加以注意。本领和技能的确很重要，企业不能没有这方面的人才，这是很自然的事情。然而理想的是，这些人，作为一个人也好，作为一个社会人也好，同样都应该是个优秀的人。尽管能够出色地完成工作，但作为社会人如果有缺陷的话，仍然不是令人满意的当今时代的产业者。假如考虑到各个企业以及日本国的日益增多的国际活动，那么这一点就更应该说是重要的了。

当然，作为一个人、一个社会人的教育和教养，本应在家庭和学校里去完成，然而现实的问题是企业所要完成的这方面的任务非常之多，而且将会越来越多。所以，我认为在培育人才时，我们应该充分注意到我们所培养的对象，无论是作为职业人也好，还是作为社会人也好，都应该是个优秀的人才。

作/品/赏/析

这篇演讲以"事业在人"这句简洁明了的俗语开头，直入主题。随后，松下幸之助指出，企业在经营过程中最要的事情就是寻求人才、培育人才。在阐述这一观点的时候，他以松下公司和自己的亲身经历为例，极大地增强了演讲的可信度和说服力。作为知名的企业家，松下幸之助从四个方面详细地论述了企业应该如何培育人才。论述中理念和措施并存，既把演讲上升到一定的高度，又不失其实用性。此外，他还在演讲即将结束的时候特别强调："所谓培育人才，并不是说只培育出能干工作、技术精湛的人来就可以了"，还要是具有优秀素质的社会人，而且企业要在这方面担负起重要的责任。也只有做到这一点，企业的优秀人才才能成为受社会欢迎的人。松下幸之助的这次演讲，明确地表达了自己对人才深刻而又新颖的理解，值得我们铭记和学习。

用货币政策调节经济 / 弗里德曼

演讲者：弗里德曼（1912～2006）
演讲时间：1967年
演讲地点：美国经济协会
演讲者身份：美国著名经济学家

历史背景

1956年，弗里德曼提出了货币主义理论。这一理论强调要把控制货币发行量作为调节经济的主要手段，反对凯恩斯主义的通货膨胀和赤字财政政策。1967年，弗里德曼当选为美国经济协会主席，本篇是他的就职演说。

原文欣赏

人们对经济政策的主要目标问题的看法是广为一致的：即高就业率，稳定的价格，及迅速的经济增长。然而，在这些目标是否彼此协调的问题上人们的看法却不是那么一致，或者，在那些认为这些目标彼此并不协调的人当中，人们对这些目标可以且应该以何种代价相互替换的问题的看法也不是那么一致。人们在对下述问题的看法上意见是最不一致的：即在取得这几个目标的过程中，各种政策工具可以且应该发挥什么样的作用。

今晚我的中心议题是这类工具中的一种——货币政策的作用问题。货币政策能有哪些贡献呢？而且为了使货币政策发挥最大作用我们应如何指导它呢？关于这些问题众说纷纭。在新创造的联邦储备系统第一次激发起人们的热忱时，许多观察家将20世纪20年代的相对稳定归功于（用一句适当的时髦话说就是）该系统良好的协调能力。人们普遍地相信：一个崭新的时代到来了，在这一时代里，商业周期已因货币技术方面的进步而变得过时了。尽管毫无疑问还存在着某些异议，但这种看法却为经济学家及外行人所共同持有。大萧条摧毁了这种天真的想法。于是，人们的看法又转向了另一极端，货币政策是绳索一根。你可以拉它以中止通货膨胀，但是你却不可以推它以防止衰退。你可以将马引到水边，但你却无法使它喝水。这种格言式的理论很快地便为凯恩斯的更有活力的、更加深奥的分析所代替。

凯恩斯同时还提出了一种解释，以说明货币政策在抑制衰退方面所谓的无能为力，这是关于衰退问题的一种非货币解释，是货币政策的替代物，用以对付衰退。凯恩斯的建议得到了热烈的欢迎。如果流动偏好是绝对的或近似于绝对的——正如凯恩斯在严重失业时期所认为的那样——那么利率将不可能通过货币措施而降低。如果投资与消费受利率的影响极小——正如汉森及凯恩斯的许多美国支持者所认为的那样——那么较低的利率（即使可以实现的话）所能起到的作用也很小。货币政策受到了双重限制。据认为，由投资崩溃或投资机会短缺、或顽固的节俭等因素带来的经济紧缩，是不可能为货币措施所中止的。然而还有另外一种办法，那就是财政政策。政府支出可以弥补不充分的私人投资。税收减免可以破坏顽固的节俭习惯。

经济学界对这些观点的广泛接受，意味着：在大约二十几年的时间里，除少数具有叛逆精神的人以外，大多数人都认为新的经济知识已使得货币政策变得陈腐过时。货币根本不重要。它的唯一作用是这样一种微不足道的东西：使利率保持较低，以便在政府预算中减少利息支付，促进"食利者的消亡"，也许还将极大地刺激投资，从而在维持高水平的总需求方面对政府支出起辅助作用。

这些观点致使廉价的货币政策在战后得到了广泛的采用。然而，当这些政策先后在一国又一国中遭到失败时，当一个又一个中央银行先后被迫放弃它们可以不确定地将利率保持在一较低水平上这一夸口时，这些观点受到了猛烈的冲击。在美国，尽管直到 1953 年才正式取消盯住政府债券价格的政策，但根据联邦储备系统——财政部记录，公开停止这种做法是在 1951 年。为廉价的货币政策所刺激的通货膨胀，结果却成了当代的"正常"现象。这一结果使得人们对货币政策之能力的信心开始复苏。

在经济学家当中，这一复苏强烈地为下述理论发展所推动，这些理论发展为海伯勒所首创，然而是以庇古的名字来命名的。这一理论发展指出了一条途径，即财富的变动，通过这条途径，即使不改变利率，实际货币数量方面的变动也会对总需求产生影响。这些理论发展未能对凯恩斯的下述论点提出有力的反驳：即在流动偏好为绝对的情况下，传统的货币措施将无能为力。这是因为，在绝对流动偏好的情况下，通常的货币活动只涉及货币对其他资产的替代问题，而不涉及总财富的变动。但是，这些理论发展确实指出了以其他方式产生的货币数量变动，如何得以对总支出产生影响。同时，更为根本的，这些理论发展确实驳斥了凯恩斯的下述主要论断：即使在一价格灵活可变的世界里，充分就业下的均衡位置也不可能存在。所以，失业同样地必须由刚性或不完善来解释，而不能作为充分运行的市场过程的必然结果。

对 1929 ~ 1933 年期间货币作用的重新评价，也促进了人们对货币政策效能之信心的恢复。凯恩斯及那一时代的大部分经济学家都认为：尽管货币当局实行了攻击性的扩张政策，但美国还是发生了大萧条——也就是说，货币当局已尽了最大的努力，但仍然无能为力。近期的一些研究已证明：事实与他们的看法完全相反，美国货币当局当时奉行的是高度通货紧缩的政策。在经济紧缩的过程中，

· 演讲者简介 ·

弗里德曼（1912 ~ 2006），1912 生于美国纽约一个工人阶级的犹太人家庭。高中毕业后凭奖学金进入罗格斯大学修读数学，1933 年进入芝加哥大学修读经济学硕士。1941 ~ 1943年，出任美国财政部顾问。1946 年，获哥伦比亚大学颁发的博士学位，之后在芝加哥大学教授经济理论。在任教的 30 多年里，提倡自由主义经济，主张减少政府对经济的干预，控制货币增长，打造出著名的"芝加哥学派"。1976 年，获得诺贝尔经济学奖。1988 年，获得美国"国家科学奖章"。2006 年 11 月 16日在旧金山三藩市家中因心脏病逝世。

弗里德曼像

美国的货币数量下降了1/3。而且，货币数量下降的原因并不是人们不愿意借款——并不是因为马不愿意饮水。货币数量下降的原因是联邦储备系统迫使或允许货币基础的急剧下降，是联邦储备系统未能行使联邦储备法案赋予它的职责，即为银行系统提供流动资产。大萧条是对货币政策之力量的悲剧性证明，而不是像凯恩斯及如此之多的凯恩斯支持者所认为的那样，是货币政策之无能的证据。

在美国，对财政政策之幻想的日益破灭（人们对财政政策影响总需求之能力的幻想的破灭程度，轻于人们对如此使用财政政策的实际可行性与政治可行性的幻想的破灭程度），也促进了人们对货币政策之效能的信心的恢复。支出对于按照经济活动的进程而对其所作的种种调整反映迟钝，且时滞很长，所以，人们将侧重点转移到税收上面。这里，许多政治因素掺杂其中，妨碍了人们对实际需要作出迅速的调整。从我开始撰写此篇文章到现在这几个月中所发生的事情，生动地说明了这一点。在这个电子时代，"协调一致"是一个极有感召力的词句，但它与可能存在的实际情况相去甚远——也许我应该补充一句，那就是：可能存在的实际情况并不总是意味着灾祸。

经济学界在货币的作用问题上的看法已发生了根本性的变化，要认识到这一变化的程度是非常困难的。今天的经济学家很难接受二十几年前的一些观点，而这些观点在当时是得到公认的。

尽管如此，我要强调的仍然是20年代后期占主导地位的那些观点与现在流行的那些观点之间的同一性。这是因为：我担心现在又会像过去那样，经济学观点之重心可能会偏移得太远；我担心现在又会像过去那样，我们将处于这样一种危险之中，即赋予货币政策以过大的作用，以致超出了它力所能及的范围，即要求货币政策完成它所不能完成的任务。这样一来，我们又将处于这样一种危险之中，即妨碍了货币政策作出实际上它有能力作出的贡献。

因为我绝少诋毁货币之重要性，所以，作为第一项任务，下面我将着重谈谈货币政策力所难及的一些方面。然后我将就我们目前的知识水平——或无知水平，对货币政策力所能及的方面加以概括，并指出货币政策如何才能发挥出最大作用……

作/品/赏/析

演讲首先从公民的角度指出经济政策的主要目标——充分就业、稳定物价。但是在这个目标的实现过程中，不同的政策却发挥了不同的作用，从而也指出了货币主义和凯恩斯主义的分歧。接着弗里德曼用较大的篇幅讲述了美国40年来货币政策的变化，并说明了凯恩斯主义流行一时的原因。在讲述时，弗里德曼运用了对比的方法，列举了当前的经济形势和凯恩斯主义盛行时的经济形势的不同，指出凯恩斯主义的弊端。通过对比，让货币主义理论更加清晰地展示在听众的面前。这篇演讲中弗里德曼运用严谨的风格、平实的语言，挥洒自如地传播了自己的观点，抨击了凯恩斯主义的种种弊端，同时也比较全面地介绍了货币主义学说。

分析经济学中的最大原理 / 萨缪尔森

演讲词档案
演讲者：萨缪尔森（1915～2009）
演讲时间：1970 年 12 月 11 日
演讲地点：瑞典斯德哥尔摩
演讲者身份：美国经济学家

历史背景

　　萨缪尔森是一位天才的经济理论学家，他在自己涉足的经济学领域几乎都有开创性贡献。他的研究，对当代宏观经济学和微观经济学发展，都产生了一定的影响。由于"他发展了数理和动态经济理论，其研究涉及经济学全部领域"，瑞典皇家学院决定授予他诺贝尔经济学奖。1970 年 12 月 11 日，萨缪尔森到瑞典斯德哥尔摩领奖，这便是他的获奖演说。

原文欣赏

　　我的题目，经济学，本身提示经济化或最大化。但是政治经济学从经济学故乡出发已经走了很远路了。确实只是在本世纪的最后三分之一，在我自己作为一个学者的一生中，经济理论才似乎有许多理由说是自己对实务企业家或官员有用。

·演讲者简介·

　　萨缪尔森（1915～2009），祖籍波兰，1915年 5 月 15 日生于美国印第安纳州的加里城。1935年毕业于芝加哥大学经济系，同年入哈佛大学深造，1936 年获哈佛大学文学硕士学位，1937～1940 年为哈佛大学研究生会会员；1941 年获哈佛大学哲学博士学位，同年博士论文《经济理论的运算上的意义》获哈佛大学授予的大卫·A.韦尔斯奖。1940 年，接受麻省理工大学的聘请，任该校助理教授，1947 年提升为经济系教授。1945 年担任美国战时生产局顾问。1945 年，获约翰·贝茨·克拉克奖章，成为该奖设奖以来的第一位得主。1953年当选为美国经济学会会长，并历任美国数届政府财政部经济顾问委员会、联邦储蓄系统、预算局等机构的顾问和肯尼迪总统的经济顾问。他还曾担任美国《新闻周刊》杂志经济专栏撰稿人。1968 年起任国际经济学会终身荣誉会长。因为在经济学上作出的杰出贡献，1970 年成为第一个荣获诺贝尔经济学奖的美国人。萨缪尔森的主要著作有：《经济分析基础》（1947 年）、《经济学》（1948 年）、《线性规划与经济规划》（1958 年，与罗伯特·道夫曼、罗伯特·梭罗合作）、《萨缪尔森论文集》（1966～1983 年间已出版 5 卷）。

萨缪尔森像

我好像记得上一代的一位伟大的经济学家，剑桥大学的 A.C.庇古，有一次故意问："谁会想到雇用一名经济学家来经营一家酿酒厂呢？"今天很好，在运筹学和管理经济学的名义下，我们的最奇特的经济工具正在被用于政府企业和私人企业。

所以就在我们的主题的基础那里，涉及到最大化。我的老师，约瑟夫·熊彼得走的远得多。不满足于只说经济学必须求助于伦理学和理性经验研究，熊彼得提出引人注目的论点，人作为一个能作系统经验归纳的伦理动物操作的能力，本身是达尔文的生存竞争的直接产物。正和人的拇指在谋生竞争中进化——以对付他的经济问题——一样，人脑也在对经济问题作出反应中进化。走在民族学中康拉德·劳伦兹和尼古拉斯·丁伯根最近发现之前四十年，这是一个相当突出的灼见。如果超过仅仅提一提熊彼得在创建经济计量学新主题时阐明的进一步见解，会使我离开现在的题目。他说过，物理学家或其他自然科学家研究数量是在主题的相当晚和复杂的阶段。这样说，因为研究人员有定量方法可用，更要归功于伽里略和牛顿的追随者们采用了数学方法。但在经济学中，熊彼得说，题材本身是以定量形式出现的：取消价格和物物交换比例的数字，留给你的就没有什么东西了。会计没有从算术得到什么好处；它就是算术——据熊彼得说，早期的算术就是会计，正好像早期的几何就是测量一样。

我必须不给你们留下这样的印象，分析经济学讨论主要与提供职业手册给实务决策人有关的最大化原理。甚至回到上一代，在经济学有资格声称自己对实务家有用之前，我们经济学家已在研究最大值和最小值。1890 年以后的四十年中主要著作，阿尔弗雷德·马歇尔的《经济学原理》，不少讨论在最大净利润之点的最优产出。并且在马歇尔以前很长时间，A.A.古诺在 1838 年的经典著作《财富理论的数学原理研究》，使微分法在最大利润的产出的研究中起作用。成本最小化的考虑追溯到远超过一个世纪以前，至少追溯到冯·屠能的边际生产率观念。

这些日子里，谈论同一性危机是时髦的。人们不要犯归咎爱德华·吉朋在写《罗马帝国衰亡史》时的错误。据说吉朋有时把他自己和罗马帝国混同起来。我知道在这些日子的舞台剧中——并且这时我应该补充，在量子力学的理论中——观众和演员之间，观察的科学家和被观察的豚鼠或原子之间的区别常常变得模糊了。由于我将联系自然科学中最大原理的作用讨论，一个下落苹果的铅垂线轨迹和一个运动的行星的椭圆轨道可能用一个能求解的规划问题的最优解来描述。但是没有人会堕入感情误置的逆形式，而认为苹果或行星有选择自由并且自觉地有意识最小化。不过，如果说"伽里略的球滚下倾斜平面似乎为了使行动积分最小，或使汉弥登积分最小"，确实证明对急于得出自然界的可预测规律的观察物理学家们有用。

科学家们发现，能够把行为的实证描述联系到一个最大化问题的解是有用的，用处是什么？那是我自己早期的许多工作的对象。从我的第一批谈"显示的偏好"的论文那时开始，一直到完成《经济分析基础》，我发现这是一个迷人的题目。科学家和家庭主妇一样，发现他的工作实际上永远做不完。正在最近几星期中，我一直研究了解随机投机价格的很困难的问题——例如，在伦敦和纽约交易所里可可的价格如何波动。在面对一个无法对付的非线性差分等式和不等式系统的时候，我对在数学文献中能找到甚至对存在一个解的证明绝望了。但是一闪念间，问题突然变为能解了，其时我从多少层记忆中挖出一条，我的实证描述关系式可以解释为一个良好定义的最大问题的必要和充分条件。但是，如果我给你们一个印象，最大原理的价值仅仅作为不能无所不知的分析家的一根方便的拐杖，我就走在我的故事的前面了。

70 年前，诺贝尔基金初次成立的时候，恩斯特·马赫的方法论见解曾享有它们现在不再有的声誉。你们将记住，马赫说过，科学家寻求的是对自然界的一种"经济的"描述。关于这一点，他并不是说，商人的航海需要命令牛顿的世界体系必须诞生。他的意思毋宁说是好的解释是一个易于记忆的简单解释和适合许多不同观察事实的解释。用毛帕求斯的自然神论见解，自然规律是一个简单目的论目的的实现，来说明这一点，会是一个吉朋式的错误。马赫不是说，自然界是一位经济学家；他说的是，形成观察经验现象规律的科学家，基本上是一位经济学家或经济家。

不过，我必须指出，我们这样说几乎由于重合，这些不同的作用是密切相关的。物理学家如果能用一个最大原理形成观察的规律，他常常得到一个更好的、更经济的自然界的描述。经济学家常常能用同一种方法得到一个更好的、更经济的经济行为的描述。

作/品/赏/析

萨缪尔森是新古典综合派的代表人物。他在经济学上的主要贡献在于把凯恩斯主义和传统的微观经济学说结合起来，开创"新古典综合派"的理论体系。演说伊始，萨缪尔森就点出了主题：经济学，本身提示经济化和最大化。换句话说就是，经济学研究的是人的行为，是理性人的利益最大化行为。他指出，在现实生活中，完全可以用某个最大（最小）化问题的解，来阐述人类的许多经济行为。萨缪尔森在这篇演讲中谈到了自己的一次亲身经历，他在伦敦和纽约的交易所里研究商品价格是如何波动的，一开始毫无头绪，不知道该如何下手，但是一闪念间问题突然变为能解了，突然悟到交易所里商品价格市政描述可以解释为一个良好定义的最大问题的必要和充分条件。这次经历的加入，让演讲马上变得生动起来。诺贝尔经济学奖的获奖演说有很高的学术性，通常情况下，一般听众是难以听懂其中蕴含的深义，然而，萨缪尔森却做到了用简单、朴实的语言，深入浅出地讲述经济学中某个根本性的问题。

质量是企业的生命

/ 石川馨

演讲者：石川馨（1915～1989）
演讲时间：1981 年
演讲者身份：日本著名企业家

历史背景

1973～1975 年世界经济危机过后，西方经济陷入长期的"滞胀"。世界经济的重心开始由欧美向亚太地区转移，日本经济经过长期的高速发展，已经超越德国，成为世界第二大经济强国，日本的高速发展得益于企业界先进的管理理念。欧美企业经营粗放，产品质量问题较大，而日本企业则普遍重视产品质量，重视产品质量管理理论的研究和实践。石川馨是日本当时最著名的质量管理专家，他把质量问题提高到一个战略高度，并对质量问题有着自己独到的见解。这篇演说，阐述了他对质量问题的看法。

原文欣赏

实行质量第一，从长期来看利润会增长；在短期内实行利润第一，从长期来看会在国际竞争中失败，会失去利润。以质量第一的思想进行经营，消费者的信赖就会逐步提高，产品的销路就会逐步扩大，从长期来看会得到大的利益，能够进行稳定的经营。实行利润第一，即使在短期内得到利益，但从长期来看常常会在竞争中失败。

质量第一说起来简单，但一遇到实际问题马上就容易转向利润第一。虽说作为方针是质量第一，可到现场一看，净在讨论降低成本的事。而且，现在还有人认为：提高质量，成本会提高，利润会降低。当然，提高设计质量，一般来说成本会提高的。设计质量必须根据消费者的需要和国际形势而定。

然而，提高了实际质量，不良缺陷就会减少，直通率就会提高，废料、返修、调整、检查的成本就会减少，成本就会大大降低，生产率就会提高。不这样做，工序的自动化便不能实现，无人工厂也不能建立。而且设计质量提高了，销售额就会骤增，结果是成本降低，利润增长。

· 演讲者简介 ·

石川馨（1915～1989），"质量控制圈"之父，日式质量管理的集大成者。1915年，生于日本。1939年，从东京大学工程系毕业。1960年，获得工程博士学位。他写的《质量控制》一书曾获"戴明奖"、"日本 Keizai 新闻奖"和"工业标准化奖"。1971年，他的质量控制教育项目获得美国质量控制协会"格兰特奖章"。

这一点通过日本和美国的汽车、彩色电视机、集成电路、钢铁等产业的竞争结果也可表明。近来，美国的一些有识之士也终于开始认识到这一点。美国还残存着旧式的资本主义，由股东、会长或董事会来选拔公司经理。被选拔上的公司经理不迅速提高利润就有被解职的危险，所以顾不上考虑长期利益，而实行短期利润第一，结果在与日本的竞争中失败了。

例如汽车，美国从 1970 年前就为了与日本车对抗而生产中型汽车。卖一台车的利润额，大型车比小型车多 5 ～ 10 倍，所以他们没有热心研究小型汽车。其结果消费者纷纷购买尽管价格较高，但可靠性高，又节省能源的日本车。

不论是在钢铁业，还是在汽车、集成电路产业，美国人都没有尽力进行设备投资来谋求长期利益，在设备的现代化上落后了。而且最近，美国的证券交易所规定每三个月发表一次决算书，这越发使经营者变得"近视"了。此外，还有的经营者因为没有精力从事企业经营了，所以想把公司卖掉就此了事，舒舒服服地度过晚年。如果不考虑企业的社会责任，不考虑职工，则不可能使与企业有关的人们幸福，则难以获得长期利益。

一般说来，越是上级经营者、管理者，其上级就越要以长期的眼光来评价他们。例如对公司经理、事业处长、厂长等，如果不以 3 ～ 5 年的长期成绩来评价，他们就会为短期利益奔跑，忘掉质量，不进行设备投资，失去长期利益。

作/品/赏/析

在演讲中，石川馨从质量和利润的关系出发，阐述了企业长远利益和当前利益的关系。"实行质量第一，从长期来看利润会增长；在短期内实行利润第一，从长期来看会在国际竞争中失败，会失去利润。以质量第一的思想进行经营，消费者的信赖就会逐步提高，产品的销路就会逐步扩大，从长期来看会得到大的利益，能够进行稳定的经营。实行利润第一，即使在短期内得到利益，但从长期来看常常会在竞争中失败。"以此为据，石川馨自然地提出自己的观点：质量问题必须放到战略的高度，引起足够的重视。随后，他分析了美国在彩电、集成电路、钢铁业上败于日本的原因，进一步强化了演讲的主题，让"质量第一"的意识深入人心。同时，石川馨还指出，要实现质量第一，就要改革企业管理体制，对公司经理的评价要以长期为主，才能使他们不过分追求短期利润。

这篇演讲紧紧围绕质量第一的主题，说理透彻，切中实际。石川馨不仅提出了观点，也给出了相关措施，对日本企业的发展有着不可估量的指导意义。

经营必须以用户为中心 / 科特勒

演讲词档案
演讲者：科特勒（1931～　）
演讲时间：1986 年 6 月
演讲地点：北京外贸大学
演讲者身份：美国著名营销学家

历史背景

为了促进营销学研究的发展和在实践中的正确应用，中国企业界和学界展开了广泛的国际交流。在这样的背景下，营销学大师科特勒来到中国，通过这次演讲阐述了他的营销理念。

原文欣赏

从中国历史上看，我发现中国社会阶层中，最高一层是学者，即中国人所说的"士"，最低层则是商人。当然，这只是在过去。现在时代变了，中国也希望商人能壮大起来，为社会作出贡献，而学者们则为他们出谋划策。

中国发展经济，市场营销会受到越来越多的重视。现在，我想以市场营销学者的身份来谈谈这方面的问题。

许多人并不了解市场营销，他们认为营销就是努力推销已生产出的产品，而实际上，市场营销的新观念却是生产那些能够卖出去的产品。所以我们应当把市场营销与推销区别开来。市场营销是一个含义更广的概念，在你还没有生产出什么产品之前，它已经开始了。"生产什么产品"是一个市场营销问题，即："如何设计产品？""顾客在购买一种产品时，他们的实际需要是什么？想得到什么利益？"这些问题，都要通过营销调研来解决，在产品生产出来之后，我们要开展促销活动和推销活动；产品售出之后还要考虑服务问题。因此，市场营销活动是没有止境的，在产品投产之前，市场营销已经开始，在生产和销售过程中以及在售出之后，我们还要确定顾客是否已得到满足。市场营销的目的是满足人类需要。人类需要是到处可见的，可通过各种不同方式来满足。市场营销所采取的方式是使产品具有吸引力，定价合理，使买主感到满意。这就是我们对市场营销的理解。

现在，我用一种特定方法来描述市场营销，我称之为"10P's"法，大家都知道"4P's"，但我要给你们一个更广的概念——"10P's"，中国将是最早听到我这个概念的国家之一。"4P's"可以这样表述：如果公司生产出适当的产品，定出适当的价格，利用适当的分销渠道，并辅之以适当的促销活动，那么该公司就会获得成功。这已经成为一个有用的公式。我把"4P's"称为市场营销的战术。这里的问题是，你如何确定适当的产品、价格、渠道和促销？这就要由市场营销战略来解决了。

下面我来解释战略上的"4P's"。战略"4P's"的第一个"P"是探查。这是一个医学用语。医生检查病人时就是在探查，即深入检查。因此，"4P's"的第一个"P"就是要探查市场，市场由哪些人组成，市场是如何细分的，都需要些什么，竞争对手是谁以及怎样才能使竞争更有成效。真正的市场营销人员所采取的第一个步骤，就是要调查研究，即市场营销调研。

第二个步骤是分割，即把市场分成若干部分。每一个市场上都有各种不同的人，人们有许多不同的生活方式。有些顾客要买汽车，有的要买机床，有的希望质量高，有的希望服务好，有的希望价格低。分割的含义就是要区分不同类型的买主，即进行市场细分。

但是，你不能满足所有买主的需要，必须选择那些你能在最大程度上满足其需要的买主，这就是第三个步骤：优先。哪些顾客对你最重要？哪些顾客应成为你推销产品的目标？假定你到美国去推销丝绸女装，你必须了解美国市场，必须分出各种不同类型的买主，即各类女顾客，必须优先考虑或选择你能够满足其需要的那类顾客。

第四个步骤是定位。定位的意思是，你必须在顾客心目中树立某种形象。大家都知道某些产品的声誉。如果你认为"梅西德斯"牌汽车声誉极好，那就是说，这个牌子的市场地位很高；而另一种汽车声誉不好，就是说它的市场地位较低。因此，每个公司都必须决定，你打算在顾客心目中为自己的产品树立什么样的形象。你一旦决定了如何定位，便可以推出四个战术上的"P"。如果我想生产出世界市场上最好的机床，那么我就应该知道，我的产品的质量要最高，价格也要高，我的渠道应该是最好的经销商，促销要在最适当的杂志上作广告，还要印制最精美的产品目录，等等。如果我不把这种机床定在最佳机床的位置上，而只是定为一种经济型机床，那么我就采用与此不同的营销组合。因此，关键是怎样决定你的产品在国内或国际上的

科特勒像

· 演讲者简介 ·

科特勒（1931～　　），现代营销学的集大成者，被誉为"营销学之父"。他是美国西北大学凯洛格管理研究生院国际营销学终身教授，曾获得芝加哥大学经济学硕士学位和麻省理工学院经济学博士学位。在对美国40年来经济发展的观察和研究中，科特勒成就了完整的营销理论，培养了一代又一代大型公司的企业家。他著述甚丰，其中《营销管理》一书更是被奉为营销学的圣经，此外还有多部著作被采用为教科书。他的理论贡献体现在营销战略与规划、营销组织、国际市场营销、社会营销以及高科技市场营销等领域。他提出的诸如"反向营销"、"社会营销"等概念，被许多企业广泛应用和实践。

地位。

　　现在你也许要问，另外两个"P"是什么？我把另外两个"P"称为"大市场营销"。我认为，现在的公司还必须掌握另外两种技能，一是政治权力。就是说，公司必须懂得怎样与其他国家打交道，必须了解其他国家的政治状况，才能有效地向其他国家推销产品。二是公共关系，营销人员必须懂得公共关系，知道如何在公众中树立产品的良好形象。

　　现在我已讲完了10个"P"，我再说一遍，一个营销人员必须精通产品、地点、价格和促销。为了做到这一点，你必须先做好探查、分割、优先和定位，最后，还有权力和公共关系。

　　此外，还有第11个"P"，我称之为"人"。或许，这个"P"是所有"P"中最基本的一个，它的意思是理解人，了解人。这一点对所有的营销人员都是重要的。如果你经营一家旅馆、一家航空公司，或是一家银行，你必须擅长管理人——你的下属，因为是这些人与顾客打交道。你必须训练他们学会礼貌待客。帮助你的下属做好工作的问题，叫做"内部营销"；满足顾客需要的问题，叫做"外部营销"。有时一个公司的最大问题是内部营销的问题：使你的下属承担起全部为顾客服务的义务。整个市场营销的要领，在于满足顾客的需要。因为我们都希望有不断重复的销售，希望顾客再次登门购买。而达到这一目标的唯一途径，就是满足顾客的需要。一个得到满足的顾客就会再来购买，也会告诉他的朋友，说你的产品非常好。这就是舆论。你当然希望有好的舆论。如果顾客没有得到满足，他就会向他的朋友抱怨你的产品，而且，一个不满意的顾客会传给10个人，一个满意的顾客只会传给5个人。所以应当十分注意提供良好服务的问题。

　　日本有一种了解顾客态度的新方法，他们叫"顾客时刻反馈"。这是什么意思呢？这就是假如他们卖给某人一辆汽车，两个星期后，他们打电话给这位买主，问他"喜不喜欢这辆车？"买主说"喜欢"，他们又问"如果想改进这种汽车应当怎样改进？"那人就会说，"我希望车尾行李箱大些"，或者"我希望前窗和后窗都有刮水器……"他们记下这些意见，并转给工厂，要工厂改进产品。于是，他们从"顾客时刻反馈"，发展到"时刻改进产品"。这就使他们的产品日新月异，质量不断提高。因此，我们希望所有的人（工人和管理人员）都来关心产品，都要问一问自己："我是否愿意买这种产品？"经理也要问一问"我是否愿意让我妻子来买这种产品？"只有当你认为应该让你的妻子和亲属来买你公司的产品时，你才能为你公司的产品感到自豪。这就是市场营销哲学。

　　有这样一个很著名的故事。美国一家制鞋公司正在寻找国外市场，公司总裁派一个推销员到非洲的一个国家，让他去了解那里的市场，这个推销员到非洲后发回一封电报："这里的人不穿鞋，没有市场。"于是公司派出了第二名推销员，他在那里待了一个星期发回了电报："这里的人不穿鞋，市场巨大。"现在让我们来判断一下，哪一个推销员是市场营销人才？第一个显然不是，而只是一个收取订单的人，没有订单，他也就无所事事。第二个也不是营销人员，而只是个推销员，因为他认为，"我可以推销任何东西，尽管人们不穿鞋，我也能让他们穿上"。什么是营销人员呢？第三个才是。他在非洲待了三个星期，发回了电报："这里的人不穿鞋，但有脚疾，需要鞋；不过我们现在生产的鞋太瘦，不适合他们，我们必须生产肥些的鞋。这里的部落首领不让我们做买卖，除非我们搞大市场营销。我们只有向他的金库里进一些贡，才能获准在这里经营。我们需要投入大约 1.5 万美元，他才能开放市场。我们每年能卖大约 2 万双鞋，在这里卖鞋可以赚钱，投资收益率约为 15%。"你看他做了些什么呢？他并没说我可以"卖鞋"，他说明了这里需要什么鞋，投资收益率如何，怎样通过卖鞋赚钱。所以，营销人才必须懂得市场调研、产品设计、财务核算，等等。

总之，市场营销是一门复杂的学问，在经济增长过程中，市场营销能起很大作用。令人不安的是，大多数发展中国家在制定经济计划时，只让经济学家参加，但我知道，经济学家在考虑问题时与营销人员有所不同，经济学家常思考一些宏观经济问题，但不了解市场上的行为，譬如，买方和卖方对不同的刺激因素实际上有什么反应。因此，我希望政府各部门在制定经济计划时，吸收优秀的、经过良好训练的市场营销人员参加，因为他们了解市场上的人类行为、投资行为、工人行为，等等。这样会使计划更有效。

作/品/赏/析

一开始，科特勒简单叙述了商人在中国的地位，拉近了与听众的距离。在结合 4P's 理论阐述他自己的 10P's 理论时，他用中国将是最早听到他这个概念的国家以吸引听众的注意力，"现在，我用一种特定方法来描述市场营销，我称之为 '10P's' 法，大家都知道 '4P's'，但我要给你们一个更广的概念——'10P's'，中国将是最早听到我这个概念的国家之一"。之后，他结合 4P's，详细阐述了自己的理论，让听众对自己的理论有个全面准确的理解。最后，科特勒指出了中国在营销方面存在的问题和隐忧，鼓励听众认同营销、关注营销，而且他呼吁政府也要重视在这方面的认识。这篇演讲给中国的营销事业带来新的理念，注入了新的活力。

营销学是一门非常复杂的理论，要让听众接受和理解，就必须用通俗的语言表述，科特勒做到了这一点。他的演讲倾向于口语化，句式和语言都很简单，条理也比较清晰，而且还用事例来作说明，收到了很好的效果。

谈"变革时代的领导力"

/卡莉·菲奥莉娜

演讲词档案

演讲者：卡莉·菲奥莉娜（1954～　）
演讲时间：2004 年 3 月 12 日
演讲地点：清华大学
演讲者身份：惠普公司前董事会主席兼首席执行官

历史背景

卡莉·菲奥莉娜曾连续多年被《财富》杂志评为美国"最有权威的商界女性"。在 1999 年 7 月，她加盟惠普，担任 CEO。在执掌惠普期间，她对惠普进行了大刀阔斧的改革，重组惠普的企业架构，然后是大规模裁员。接下来，启动了对康柏公司的并购。由于她在业界的巨大影响，2004 年，清华大学邀请她来作了这次演讲。

原文欣赏

"谢谢！下午好！"这是我会说的仅有的两句中文，其实不止，我还能说第三句："你好！"

谢谢大家占用了紧张学习的时间到这里来，我知道对于你们来说时间很宝贵，你们可以用这段时间工作、学习或上网游戏。非常感谢邀请我到这里来演讲。

我所在的公司，其品牌和形象的一部分就是"发明"，我时常在演讲开始时就告诉大家，60 多年来，发明和创新已经成为惠普公司的基因组成部分。目前我们的科学家和工程师每天都会推出 11 项专利。我们每年在研发方面的支出达 40 亿美元。所以说"发明"是我们历史的一部分，也是我们未来的一部分。

这些听上去令人印象深刻，但比比中国的历史，就会发现五千多年来，"发明"一直是中国的基因组成部分。美国的每个小学生都知道中国带给世界的很多贡献，从发明造纸术、火药、手推车、指南针、针灸，到第一个鼓风炉和铸铁技术的使用，可以一直追溯到 6 世纪。

惠普公司特别要感激一个人，他叫毕昇，早在公元 1045 年他就预见并发明了世界上最早的活字印刷术，是第一台印刷机的前身，而在此整整 300 年以后，古腾堡才发明了令西方世界发生变革的活版印刷。所以今天我想特别表示对毕昇

·演讲者简介·

卡莉·菲奥莉娜（1954～　），在马里兰大学、麻省理工大学和斯坦福大学学习并毕业，拥有斯坦福大学的中世纪史和哲学学士学位，马里兰大学 Robert H. Smith 商业学院的工商管理硕士学位以及麻省理工大学 Sloan 学院的理科硕士学位。1980 年进入 AT&T。1995 年，参与 AT&T 分拆朗迅科技的计划。1998 年升职为朗迅科技全球服务供应业务部的行政总监。1999 年 7 月底，出任惠普公司首席执行官。2001 年 9 月 4 日，惠普公司与康柏公司达成并购交易，菲奥莉娜出任新惠普公司首席执行官。2005 年初，她结束了在惠普 6 年的职业生涯。现在是思科系统董事会成员。

的感谢，他的远见和早期实践最终给惠普公司带来了 200 亿美元的生意。

清华一直保持着发明和创新的良好传统。在这里有一些世界上最好的导师在培养着一批最好的科学家和工程师。有讽刺意味的是，这所学校在近 100 年前成立的时候是为了输送中国青年到美国和其他西方国家学习的，而现在，我认为世界上其他地方要向中国学习的东西很多。

我总是觉得发明的过程有点像做大学生的过程。毕竟，一个发明家在实验室里，他对要实现的目标会有一个很强但模糊的想法。通过努力工作、实验、边学边干并参考前人的经验，他沿着通向发现之路不断前进。结果可能与起步时不一样，甚至与预期的不一样，但一旦他成功了，另一个困难的过程就会开始，就是使他的发明应用于周围的世界。

像发明家一样，你们中的很多人在过去四年的大学生活里经历了同样的过程。现在的你们，你们现在的目标和现在的梦想，和你们刚来这里时可能不一样。而现在，你们正在准备好把你们在这里学到的东西应用于周围的世界。

我确信现在的年轻人毕业以后进入的世界，比历史上其他时期更充满希望和光明。我知道这有时候听上去很奇怪，因为我们总是想到周围的世界充满危险与挑战。但我是研究过历史的，我确实相信这是一个充满希望和机会的时代。

如果大家看过我们的广告，其中最后一句是："万事皆有可能。"也许有人说这只是营销的口号，但我真的相信这个说法。我不是说每一件事都轻而易举，也不是说每件事都能够马上发生，但是我相信所有的事情都是有可能的。

近些年来，我们所见到的足以改善世界的重大进展中，没有一项能与信息技术的力量相媲美。10 年后，它会将我们带入一个难以想像的世界。

中国是世界上发展最快的经济体，它引领着外资的投资取向，是世界上最大的贸易国之一，也是主要的信息技术的生产国和消费国。中国会在未来发挥巨大的作用，而从清华大学毕业的学生将对未来的科技作出前所未有的贡献。

我知道和所有大学生一样，你们前面的道路还有很多未知数。但是，如果说我在这个领域的 20 年中学到了一件事，那就是虽然你们在清华校园内学到一些道理，而校园外有更真实的道理可学。我所说的道理是：那些伟大的领导者，如大型机构、大公司、伟大的国家，他们之所以伟大，不是从他们的能力来定义的，是因为他们的品质。不仅仅取决于是什么公司，而是如何运营这公司。不仅取决于成功本身，而且正如清华教导学生那样，自强与承诺社会责任并重。

坦率地说，我希望我可以说，我的学习之路是平坦的，我希望我能够告诉你们，我大学毕业的时候就知道如何综合考虑一切，从第一天起就明确自己想做什么，从那之后我的生活就是一条规划好的平稳的直线。其实不然，在我开始自己的职业时，并不是技术领域。也许是得益于孔子的名言，他教导人们"温故而知新"，我在斯坦福大学选择了学中世纪史和哲学。你们可能会羡慕，在我大学毕业的时候，社会上对是否有学位的要求还不那么高。

我读完大学后还不太清楚要做什么，所以就上了法学院，因为我父亲想让我去读法律。但我后来发现我不喜欢法学院，对法律一点兴趣都没有，所以一学期后我就退了学。然后开始在社会上晃荡，做了一些没做过的事。我进入了一家商务中介公司去打字、接听电话，也就是说当秘书。然后我去了意大利，给意大利商人教英语。最后，我决定进入商学院。在那里我学到了营销、运营、统计以及其他商务方面的必要知识。但也许更重要的是，正如你们现在所体验的，我得到了教授们的启迪，他们教我用不同的观念去考虑可行性，他们要我以新的眼光去看待生活。所以我认为，这就是领导力的主要内涵，这就是教育的内涵，也是品质的内涵。

我认为一个领导者所具有的最重要的品质就是他要有发挥别人潜能的能力、魄力和强烈的愿望。领导力从根本上说是帮助其他人达到他们认为自己达不到的程度，是帮助人们看到自己更多的发展前途。

很多次别人问我，在品质和领导力方面我有没有一些经验可循。我想我有三个方面的经验，直到今天都一直指导着我的事业和生活。

第一个方面的经验就是，价值观很重要、品质很重要，不论客观世界如何改变，基本的价值观不能变。对于那些刚刚开始职业生涯的人来说，他们会发现，在领导的工作中，正如在生活中一样，最重要和最困难的决定往往是独立作出的决定。在作这些决定的时候，有可能受各种因素的左右和影响，如习惯的明智之举，从众的情绪，可能还有嘲讽或疑虑。

我认为领导力需要有一个坚强的内部方向仪，我称之为方向仪是因为它的指南作用。当风暴席卷而来，天空乌云密布的时候，没有导航的参照物，方向仪可以告诉你正确的方向在哪里。我认为一个人在困境中，在孤独的时候，就要靠这个方向仪。我是谁？我相信什么？我是不是出于正确的理由，用最好的方式在做正确的事情？有时候这些就是我们要面对的。

关于品质和领导力，我的第二个经验是，领导力就像成功一样，它是一个历程，而不是一个目标。也许这句话是老生常谈，但这是事实，领导力是一个历程。无论我们是经营一家公司还是经营一个家庭，或者是经营一个国家，在我们的生活中唯一持续的就是变化。这种变化从未像今天这样持续存在。

在商界区分输赢两家的分界线，在区分那些真正对 21 世纪有所贡献的人和无所作为的人之间的分界线，就是一条区分拥抱变革的人和逃避变革的人之间的分界线。在这分界线两边，一些人是力图引领变革的，另一些人是安于现状躲避困难的。

我的第三个经验是，真正的权力来自于对所有事情的协调。最为重要的是，真正的权力体现在人与人之间的协调关系。权力不是来自那些突出的个人，而是来自那些能够同他人进行良好合作，善待他人，并实现既定目标的人。找到这些协调的纽带，并处理好这些纽带关系，是领导力的内涵。

作为领导，千万不要忘记人们都想把工作做好，他们希望被人体谅和尊重，他们希望体验到工作中的成就感，他们希望自己的意见被接受，工作成绩被认可。人们希望感觉到自己能处于一种超越自身的氛围，在为一种更高的视野，更有价值的目标而工作。

我个人认为，谁都可以在任何地方、任何时候起到领导作用。领导能力和你手下有多少人、你的机构有多大，或者你的头衔是什么、你的预算有多少没有任何关系。

谁都可以在任何地方、任何时候起到领导作用。这句话的意思是，我认为品质和领导能力是一种选择，是发挥积极的影响。谁都可以发挥积极的影响。有些领导能力体现在重大举措上，而有些领导能力体现在很小的事情上。这就像往一个池塘里面扔石头一样，它能产生很大的涟漪，领导力的小作用可以带来大成果。当然，既然说谁都可以选择在任何地方、任何时候起到领导作用，那么领导人的作用就是找到其他的领导，去发挥他们的潜力，去起到积极的作用。所以我认为这些就是品质的内涵。

那么能力又是什么呢？对于你们大家所选择的科学家或者工程师的职业，如通讯和信息技术、自然科学领域，能力以及这个领域的真正潜能，就在于找出事物内部的潜力并发挥出来，无论这些事物是指机构、社会，还是指机器或者人。

我认为今天的技术形势正在以三种基本方式发生转变。我们看到的技术上第一个大的转变就是所有的工序及其包含的内容，都在从物理和模拟向数字、移动和虚拟的方向转变。这有很多实例，就拿摄影作为简单的例子，摄影技术从物理的过渡到数字的，现在正在从数字的过渡到移动的，所有的内容也正在成为虚拟的，任何人在任何地方都能够以需要的形式来使用。这种从物理到数字、移动和虚拟的转变将会发生在每一道工序、每一个行业和每一种事物中。

我们见到在技术上第二个大的转变是对简便、易操作、可适用性的要求。因为一方面技术确实是一切的核心，另一方面技术确实还是太复杂，太难于运用，复杂性总是构成障碍。

第三个大的转变，我们认为现在的世界正在变成一个并行发展、结构各异却密切相连的世界。不管你是一个想提高效率的首席执行官，还是想调整员工队伍的中小企业，或者是一个消费者希望将一大堆分散的设备装到一起使用，这都关系到横向连接的问题，关系到使结构各异的世界能够共同运转并使用共同的语言。我所说的不仅仅是设备，而是将企业、公司、职工、供应商和客户都连接起来的网络和连接技术。

随着技术从人民生活和事业的边缘走向核心，对技术的需求在不断增长，也变得越来越重要。现在我们的客户不再愿意让步了，实际上我们所有的客户都想要技术所能提供的一切。他们想要那些买得起而又新颖、可靠、安全、简便、易操作和相互连接的东西。

如果我今天的演讲是关于惠普的，我就会告诉你们这就是我们试图创造的未来。我们看到了我们的作用就是加速这种从物理到数码的变革。作为世界上拥有最多消费者的技术公司，作为服务于中小企业的最大的技术公司，作为技术公司的龙头企业之一，我们认为我们的公司不同于其他任何公司，是在我们所参与竞争的每一个领域都占有着领先的地位。今天我们拥有 800 亿美元资产，在全世界 176 个国家中有 142000 名员工。我们正在致力于推动未来企业的发展并建立事物间的联系。

在清华大学所受的教育将使你们踏上同样的征途。当你们把在这里学到的知识应用到周围的世界时，我希望你们也作出努力，用你们的能力去创建不仅富有而且更好的社会，评判你们的业绩不只是看连接了多少网络，而是看连接了多少民众；希望你们不仅能够帮助公司发展得更好，而且能够使社会和世界发展得更好。

正是出于同样的想法使我们率先进入中国。22 年前惠普在中国的第一个办事处

就设在北京的一个老厂房里。在开张前一天，地板上还有木屑，我们的两个工程师忙着准备工作，就睡在折叠床上在厂房中过夜。当我们的办公楼开张时，它成为了由中华人民共和国政府和外国公司合办的第一家合作机构。1985 年，我们的董事长夫帕卡德和当时的信息产业部部长江泽民在第一份合资企业协议上签了字。在充满了友好气氛的签字仪式上，我们的代表说：“我们希望通过交流经验，不仅能够为产业的发展和经济的增长作出我们的贡献，而且也为两国的友谊和人类社会作出我们的贡献。”

同样的愿望也是今天我想在这里表达的。我相信，清华大学已经帮你们作好了准备，培养了你们的品质和能力。你们这样年龄的人，有着开拓精神和责任感去发挥自己和他人潜能的人，将是明天的领导者。

实际上年轻人一直都是推动世界前进的动力。伽利略在 22 岁时出版了他的第一本书。惠普的创始人，威廉·休利特和戴维·帕卡德在 20 多岁的时候创立了惠普。比尔·盖茨也是在 22 岁时候创立了微软。这所学校的创始人之一，清华的四大名师之一赵元任，他通晓 10 种欧洲语言和数十种中国方言，在 28 岁时陪同英国哲学家罗素遍访中国并将他的英文译成所到之处的当地方言。不要忘记世界上第一个用计算机编程序的人是一位年仅 20 多岁的女性，她叫艾达·洛夫莱斯，她生活的年代是 150 年前，她的导师——著名的数学家查尔斯·巴贝奇设计了一种有解析功能的仪器，是现代计算机的前身。艾达大大扩展了她导师的工作，今天，有一种计算机语言是用她的名字艾达来命名的。

你们的工作，你们的大好机会，就是在变革的洪流中激流勇进，无论进入哪一个领域，都能完全抓住身边的机遇。领导力体现在大大小小的行动中，领导力不仅是首席执行官和首相们拥有的，普通民众也有，只要他们相信别人也有潜力可以发挥。

我希望你们无论做什么，都要记住发挥自己的能力，献身于清华悉心培养你们要去做的事业，献身于发挥别人的潜力，同时相信自己的潜力，使这个时代成为人类历史上最激动人心的时代，去拨开云霾，证明世事皆有可能。

谢谢大家！

作/品/赏/析

这是一篇关于领导力的演说。在演讲中，菲奥莉娜结合自己的学习和工作历程告诉听众，一个成功的领导者要不断地摸索着前进。在重点强调了教育的重要性之后，她谈了自己作为业界领袖领导公司的经验：“价值观很重要、品质很重要，不论客观世界如何改变，基本的价值观不能变”；“领导力就像成功一样，它是一个历程，而不是一个目标”；“真正的权力来自于对所有事情的协调”。菲奥莉娜指出，如果理解并做到这三点，任何人在任何时间和地点都可以做领导人。接着，她还指出了当今技术形势的三个基本转变，并给学生们传授了几点有用的知识。最后还不忘用名人们年轻时的非凡作为来鼓励一下年轻的学子。

整篇演讲层层递进，逐渐接近演讲的主题，能很好地凝聚听众的注意力。演讲并没有泛泛而谈，而是适时地提出了实用的观点和建议，是一篇值得所有大学生珍藏的演讲。

对国际货币体系的思考 / 罗伯特·蒙代尔

演讲词档案

演讲者：罗伯特·蒙代尔（1932 ~ ）
演讲时间：2007 年 5 月 3 日
演讲地点：亚洲协会香港中心
演讲者身份：世界品牌实验室主席，"最优货币区理论"首创者

历史背景

2000 年以后，美国放宽信贷，美国人的消费和投资需求大大增加，这种需求推高了房地产价格，并反过来刺激信贷更大规模的扩张，再加上投资公司在此基础上大量制造次级债产品，并层层转售，美国房地产系统和金融体系存在着巨大的资产泡沫。2007 年上半年，美国次贷危机正在蔓延，大规模的金融危机尚未爆发，作为对美国乃至整个世界金融业都有深入了解的经济学家，蒙代尔对全球金融业有着深深的担忧。2007 年 5 月，在亚洲协会香港中心他发表了这篇有关国际金融风险的演讲。

原文欣赏

非常感谢罗尼精彩、热情的介绍。大约 10 天之前，我正要离开纽约。我不得不在 2 点钟离开公寓时，听说了查理·罗斯要采访汉克·鲍尔森，因此我打开电视机，正好赶上前半小时的采访。那时，他正在回答第一个问题——他被问到了一些细节的问题，但他回答说"我想先谈一些大体上的情况"，即在他看来，世界经济正处于最佳状态。在他的一生中，他从不知道世界的经济会存在一个比当前状态更好的时期。我完全同意这一观点。

我认为这是一个非同寻常的时期。在这个时期内，五大经济体系——当然我们关心的是整体经济，美国、欧洲、日本、中国和印度这五个至关重要的经济体正在快速地共同发展，当然速度各不相同，但是这种情况已经多年未见。日本在很长一段时间内都处于萧条、停滞的状态，因为在 1985 ~ 1995 年这段时期内，

·演讲者简介·

罗伯特·蒙代尔（1932 ~ ），享有"欧元之父"的美誉。曾就读于英属哥伦比亚大学和伦敦经济学院，并获得麻省理工学院的哲学博士学位。1961 年，在国际货币基金组织任职。1966 ~ 1971 年，担任芝加哥大学的经济学教授和《政治经济期刊》的编辑。1974 年起执教于哥伦比亚大学。1999 年获得诺贝尔经济学奖。

蒙代尔著作颇丰，主要作品有：《国际货币制度：冲突和改革》、《人类与经济学》、《国际经济学》、《货币理论：世界经济中的利息、通货膨胀和增长》、《全球失衡》、《建设新欧洲》、《中国的通货膨胀与增长》、《欧元作为国际货币制度的稳定器》等。

日元兑美元的汇率增长了三倍，这对于日本经济来说具有毁灭性的打击。

然后鲍尔森开始了他最喜欢的话题：中国。据说他在担任财政部长期间，曾经65次访问中国。我只去过中国40次，所以我认为他比我知道的多得多。但接下来当他开始谈论在中国发生的事情时，他是站在美国立场上的，比如中国的汇率虽然有少许的上升，但上升的速度还不够快，他所谈到的这些老一套内容我们已经听了很多年。他还谈到了美国赤字的问题，以及由它们引发的全球失衡。

说起全球失衡，人们总把它当做美国贸易赤字的代名词——8000亿美元，是美国去年、前年GDP的6%和7%。但是即使如此，世界经济仍处于有史以来的最佳状态，而巨大的贸易赤字问题就像断层一样横亘在经济中，这是不是一个很有趣的现象？你还可以加上一些其他糟糕的事情。去年9月份在新加坡举行的国际货币基金组织会议上——国际货币基金组织一年一度的会议——一个重大的问题是，国际货币基金组织正在亏损。它虽然不会倒闭，但它处于亏损中，因为它的收入已经减少。因此这些似乎对经济不利的情况，以及两大问题——美国赤字和国际货币基金组织的问题（这其实并不是一个真正的问题，只是看起来像）——联系到了一起。

首先，看一看国际货币基金组织的问题。当世界依靠新兴市场而运转良好的时候，是不需要投入资金的。人们没有必要向基金组织贷款，所以国际货币基金组织对此也不加以注意，因为世界是健康的。就像人人健康的时候，医院就会倒闭，国际货币基金组织就像是一位金融医生，它与世界经济的健康息息相关。

另一方面可能有些难以理解，即美国赤字对世界经济有着特殊的作用。其他国家的经济健康，很大程度上是因为它们大多在国际收支方面有很大的盈余。不仅是中国——当然中国的盈余更加高一些——俄罗斯和许多其他国家也是这样。这些国家大多数都处于良好运转的状态——比它们过去的任何状态都要好。但是，如果没有美国的赤字，它们不可能拥有这么多盈余。对于世界经济而言，美国的赤字就像是一种燃料。它提供了流动性。我们也正生活在一个流动性极强的世界中。也许这个世界的流动性从来没有像现在这样强过。这样有好的一面，也有不好的一面，因为它可能造成某种程度上的通胀压力，但事实上是美国赤字经济的运转创造了这一切，这不是任何一个有财政赤字的国家都可以达到的。许多国家都有财政赤字，但能够推动世界经济额外增长的只有美国的赤字经济。

这是为什么呢？因为第一次世界大战开始之后，美国从1915年开始转为债权国，美元代替英镑成为主导货币。在接下来的20世纪中，美元一直是主导货币，并在某种意义上统治着世界经济。我不想就这一情况如何产生作长篇大论的演讲，但请大家想一想，在一战前夕，美国的经济实力就已经比之后三个经济大国加起来还要强大。因此，美元早已做好了准备，伺机取代英镑成为主导货币。当英镑在一战期间开始变得不可兑换时，美元一举完成了这一计划。随着时间的推移，我们经历了我称之为"五个美元标准"的时期。

"第一代美元标准"发生在 1915 至 1924 年间，那时美元是唯一的主要货币，并且已经成为一种价值单位。而后，世界急剧倒退回金本位制，直到 1931 年英国放弃这一制度；1933 年，美国开始实行浮动汇率。但是在接下来的"第二代美元标准"时期，美国加速美元的贬值，抬升黄金价格，一直持续到 1971 年。此后的通货膨胀和很多事情都是由此而起。黄金的价格保持不坚挺，但供给日渐不足，在当时的制度下，美国不得不拿出自己储存量一半以上的黄金来出售。在 1971 年的某个时间，美元和黄金脱钩，从而结束了"第二代美元标准"。在 1971 年中接下来的四个月，美国退回了一种纯粹的美元标准，即美元不能与黄金自由兑换。这种情况仅仅持续了一年半的时间，被称为"第三代美元标准"。1973 年，世界各国全面实行浮动汇率制度，不过这并没有结束美元标准，因为在世界经济中，美元依旧是占主导地位的价值单位，是支付媒介和国际储备的首选，就像今天一样。从 1973 到 1999 年是"第四代美元标准"，然后欧元也参与了进来。欧元开创了"第五代美元标准"，也就是我们现在身处的这一时期。欧元带来的变化在于，它改变了国际体系中的力量配比，因为自从英镑在一战过后闪现的一点希望之后，再没有什么可以挑战美元的地位，直到欧元的出现。

欧元诞生后，立即将日元推上了世界排名第三的位置，自己也成为了世界第二大货币。这是一个注定要成长起来的地区——现在已经拥有 13 名成员，斯洛文尼亚也在今年加入其中。接下来的一两年内会有其他 7 个国家加入欧元区，按照我的设想，最终会有 27 个成员国，而且欧盟的所有成员国都会在几年之内加入。也许英国会是一个例外，当然这只是也许。至于瑞典，又有谁能说得准呢？丹麦，我相信它很快就要加入其中。除了英国不能确定之外，所有的欧盟成员国都会在不久的将来都加入欧元区。英国可能成为例外是因为，英国显然是未加入欧元区的国家中最大的一个，而且有着自己的历史角色。英镑就是英国的历史角色，它与英国密不可分。英国人沉湎于英镑的历史地位中，却没有意识到英镑现在已经在世界货币中排行第五了。在过去的两年中，它已经被人民币从第四位挤到了第五位上，尽管人民币仍然不可自由兑换。

以上就是过去发生的事情。但是这些和美元标准又有什么关系呢？在座的一些上了年纪的人应该还记得 20 世纪 60 年代发生的论战。在 20 世纪 60 年代，固定汇率体系以美元为基础，美元被设定为可以自由兑换黄金。随之而来的重大问题是，一方面美国的国际收支出现逆差，另一方面是如果美国消除这一逆差将会带来怎样的风险。

当时有一位在耶鲁大学任教的比利时教授——著名的货币经济学家罗伯·特里芬，他以自己的名字命名了"特里芬难题"。这个难题是：如果美国解决了国际收支问题，也就是让其他国家停止购买美元资产，减少造成美国贸易逆差的美元资产数量……如果美国解决了这个问题，那么世界将会缺乏流动性，也许还会出现 1929 年那样的通货紧缩。而从另一方面来讲，如果美国不解决这一问题，则

会出现美元危机，因为美国无法将美元兑换成黄金。所以这是一个悖论。

然而，现在我们却正在重复这个故事，只不过这次不是赤字。问题并不在于将美元兑换成黄金或者其他，而在于如果美国没有解决收支平衡的问题——在过去的两年中美国每年都要亏损8000亿美元——它将面临什么样的后果。现在亏损依旧，而且将来变得只会多不会少。美国能够负担8000亿元的赤字吗？如果它能做到这一点，那么会不会出现破产或者类似的情况？这便是风险所在。另一方面，如果他们解决了这个问题，世界将会大大停滞，因为世界上不再有可供其前进和发展的流动性资金。因此，从某种程度上看，这似乎就是目前的情况。

我陈述的这些观点使我看起来像是一个美元悲观论者，但事实上我并不是。美国的地位并不像它所表现的那样处于劣势。美国有8000亿美元的赤字，相当于现在GDP的6%，但这在美国总资本中只占很小比例，它其实只占美国资产总额的1.5%，这是很小的一个数额。或者换一种方式来看，每当美国出现赤字时，它的债务也在增加，因此我们看到美国现在有将近3万亿美元的债务。也许美国有13万亿美元的债务和10万亿美元的海外资产，所以才有了这3万亿元的赤字，这些不足GDP的25%虽然这个数字在增长，赤字也在增长，但是GDP的25%却只占美国资产总额的6%或7%，这听起来不算太糟糕，而且这种情况还能维持很长一段时间，因为只要美国的资本存量与国外债务按照同比率增长，就没有必要过于紧张。

现在，这一赤字会对美元造成威胁吗？当然会。但是自从我们在1970年采用了浮动汇率制后，美元便经历了一轮深刻的周期循环：在上个世纪70年代末下跌；在80年代初里根的扩张政策影响下回升；80年代到90年代初期，也就是1994年，再次下降；90年代末期到2001年底急剧上涨；之后全球发展态势放缓，美元随之下跌；然后上涨，随后再下跌。这就是循环发展的过程，经历的时间并不算长。事实是，每逢美国经济衰退，美元就会被削弱。如果美国经济放缓，那么美元会随之下跌。如果美国经济继续扩张，那么美元也会保持强势。这就是这个体系的规律。

那么，为什么会有8000亿美元的赤字？为什么赤字还将持续下去？其实道理非常简单。你可以通过一个非常简单的模型来考虑赤字问题。你不必考虑美国的预算赤字，因为美国现在的预算赤字很小，只占GDP的1.5%，远远低于日本、欧洲和大多数的国家，所以谈不上是预算赤字。美国的贸易赤字，也就是经常账目下的赤字，才是真正受需求影响。这种影响不单单来自于美国，还包括世界上的其他国家和他们对美元资产的需求。这就是我能够想出来的简单模型。一些学者很可能会认为这还不够复杂，但是请好好想一想，想想其他国家持有的美国9万亿美元的债务和资产。为了简便，我将它们化为了整数。美国的资产是9万亿美元，世界其他国家的GDP总和是45万亿美元。因此美国拥有的国外资产是用9除以45，结果是1/5，或者0.2。这是一个基本逻辑，接下来让我们沿着这一假设展开。假设名义国内生产总值上涨了10%。"名义"意味着增长乘以通货膨胀。

这个数值也许有点高，但我们姑且这样假设。当然，中国的名义 GDP 正在以 14% 的速度增长，不过我们假设世界的增长率是 10%。那意味着，如果我们认为其他国家所持有的美国资产比率保持不变，那么这些国家的资产将会在现有基础上增长 10%，他们所拥有的 9 万亿美元资产上涨 10% 换句话说，他们的资产每年都会增加 9000 亿元。这是他们对资产的需求，也正是美国赤字的所在。

接下来的问题是美国如何提供这些资产。美国是世界上唯一一个能够产生未来收入流的国家，因为人们对美国的信心、人口的增长，以及美国未来的发展态势都极其强劲，正是这种收入流提供了资产。与其相辅相承的是，资本的流入保持了较低的利率和较高的支出，财政完全处于支出超过收入的状态，从而形成了美国的赤字。美国赤字的数目，就是它消费超过收入的部分。换句话说，它的消费比产出多了大约 6%。

现在，情况听上去很糟糕，不过随着美国的不断强大，它完全可以处理这些问题，这并不是什么大问题。但是我们不得不给予足够的关注，我们知道，在某些情况下，它确实会成为问题。因为如果世界上其他的国家开始产生优于美国的收入流，或者美国的收入流变得不受信任，那么接下来情况就会发生转变，并可能导致危机。不过我认为这种情况在接下来的 2 年、3 年或者 5 年中都不会出现。我更倾向于认为那是 10 年或 15 年之后的事情，况且我们还在思考它是否真的会发生。这不是一个大问题，但它有可能会成为问题，并且在一些人看来，问题比我认为的要严重得多。

那么，接下来会怎么样呢？你看，世界上所有的公司都希望自己的投资组合中有美元资产。美元已经和作为一个国家而言的美国大大地分离开来，因为美元是国际货币，是价值单位，所有人都希望得到美元资产，或者是得到以美元计价的资产，并为此不懈地努力。它可能是保险公司，也有可能是外国的央行。现在外国的央行大约持有 5 ~ 6 万亿美元的外汇储备，这决定了外国央行对国际资本流动性具有一定的掌控力。中国拥有其中的 1/4，日本拥有不到 1/4。因此这些国家在体系中有着举足轻重的地位。

现在，当美国继续发展并且谈到这些问题时，不会讨论以下的内容，我们首先必须考虑中国的经济。让我们先回顾一下历史，关于美国赤字的历史是怎样的？人们对它有什么看法？

在整个 19 世纪中，美国都存在着赤字问题。它靠借款来修建铁路、扩大国土，到了 1915 年，美国已成为债务大国。但是在 1915 年，欧洲、英国和日本将他们在美国的资产售出，从而使美国成为债权国和盈余国，开始形成美国贸易顺差。在 1915 年之前，美国是一个债务国，而且大多都会出现赤字，但是在 1915 年之后，它成了债权国，并且有盈余出现。此后美国几乎一直处于盈余状态，从 1915 持续到 1975 年。自 1915 年之后，美国的盈余情况持续了将近 60 年的时间，每年都会盈余 40 ~ 50 亿元，美国由此确立了自己债权国的地位。这样的状况在

1975 年达到了顶峰，然后情况开始出现逆转。我们开始采用浮动汇率制，情况开始转变，美国开始出现赤字。1975 年美国处于债权国的顶峰，之后从这一位置滑落并持续地下降，赤字就随之一直存在。1990 年已经达到了基准线，美国从债权国变为债务国。之后，下降依然持续，美国欠下的债务越来越多，现在——就像我之前说过的——已经达到了 3 万亿美元的赤字，或许还要更多一点。

在这一连串的事件中，中国没有参与其中的任何一件，与它们没有任何的关系。美国在债权国地位和债务国之间的地位变化有其自身的规律。根据国际收支平衡的理论，以及美元在浮动汇率下所扮演的越来越重要的角色，这一点可以得到很好的解释，因为随着汇率浮动，人们需要比在固定汇率下更多的储备。在上个世纪 70 年代，提倡浮动汇率制的人说道：“哦，有了浮动汇率，你就不再需要储备。”但事实却恰恰相反，每个人在浮动汇率制下都需要越来越多的储备。贸易和每一件事情牢牢地联系在了一起，因此整个理论发生了改变。

现在，我们来看看赤字其他方面的问题。如果美国有 8000 亿万美元的赤字，那么盈余去了哪里呢？目前为止，在过去的三年中相对于美国赤字而言，盈余最大的国家是那些石油出口国。石油价格上涨使石油出口国的盈余增加，这些国家的盈余总和大约有 4000 到 5000 亿美元，这是目前所有盈余中最重要的一部分。

为什么鲍尔森先生、美国人民和国际货币基金组织绝口不提石油出口国的流通问题，而只是谈论中国呢？因为他们根本无法一本正经地讨论它，这个问题太荒谬了。在浮动汇率制下想要不妥善处理与石油相关的收支平衡问题，这实在是可笑至极。

盈余的另一部分来自中国和日本，这两个国家的盈余总和将近 4000 亿美元。去年中国的盈余第一次超过了日本，而日本的盈余状况却回到了 20 世纪 80 年代的水平。自 1980 年以来，日本的国际收支和经常项目账户上年年出现盈余，在 20 世纪 80 年代的里根总统时期就达到了 1500 亿美元。尽管这期间有涨有跌，但现在仍然维持在 1750 亿美元的水平。在这期间，日本始终保持着盈余的状态。上世纪 80 年代，美国不满意日本的这一状况，所以说日元必须升值。因此在 1985 年，以美国为首的 5 国——SGR 之外的 5 个最大的国家——起草了《广场协议》，降低美元的价值，这是日元升值的又一个迹象。在 1985 年签订的《广场协议》中，1 美元可兑换 240 日元。10 年之后，1995 年的 4 月份，美元贬值到 1 美元兑 78 日元；取整 80 日元的话，即从 240 降到了 80 日元。在这 10 年期间，日元相对美元上涨了三倍。当然，所有这些惊人的情况都体现在当时的日本经济上。尽管石油产业和所有其他产业都在试图挽回损失，但最终，这次升值还是几乎断送了日本的经济。它制造了银行体系中的不良贷款，并在很长一段时间造成了经济上的萧条。

一年前我在日本和小泉探讨了这个问题，他说他非常……报纸上首次表示日本已经结束了通货紧缩，日本在很长一段时间内都处于通货紧缩的状态。上一次我到日本去是在 3 月份，恰好看到报纸报道，自 1990 年以来，房地产价格第一次没有下降。从 1990 年到今年的 3 月份，房地产的平均价格一直在低位上徘徊，然后开始回升。因此这一惊人的影响……

因此现在没有人会再说出那样的话，而在几年前的 7 国会议上，这些国家曾经表示，亚洲国家应当让自己的货币升值。但是现在"亚洲国家"已经不再是日本和中国的代名词，而是只针对中国，因为在日本遭受毁灭性的打击之后，没有人再去强调日元升值的问题了。人们开始认识到，日本的经常账目盈余在很大程度上来源于它的统计方式。日本人习惯于为养老而进行存款和对外进行投资，这对他们来说是很自然的事情。现在问题转向了中国，中国在盈余国家属于"后起之秀"。中国的盈余仅仅是在最近的 3 至 4 年中才开始变得显著起来，并引来其他国家的瞩目。

然而中国发生的这些情况无法解决美国遇到的困难，它不能有助于解决美国的赤字问题。连格林斯潘都曾经表示，即使改变中国的贸易顺差状况，这部分盈余也只是会转移到其他国家去。这就是他的理论，因此这不是解决问题的方法。

因此把问题归因于对华政策的观点，也许是错误的。在 1994 年，中国在国际货币基金组织的主张下有过一次人民币贬值，美元兑人民币的比率从 5.5 升高到了 8.7，然后下降到 8.3 和 8.28。这很可能是一个错误，因为接下来的两年内物价上涨了 40%。这说明如果货币贬值得太严重，很可能会引发通货膨胀。1997 年中国消除了通胀，亚洲危机却又接踵而至。

亚洲危机发生的主要原因是美元的急剧升值和日元的贬值。因为从 1995 到 1998 年——我印象中 1995 年 4 月美元兑日元的汇率是 80，到了 1998 年上升到 148，从中可以看出美元惊人的升值和日元惊人的贬值。日本的 FDI，即外国直接投资本来是东南亚经济增长的原动力，但是一旦日元贬值，这一动力立即完全枯竭。这是停滞不前的第一个原因，除此之外，日元盯住美元，但二者却一升一降，加上之前人民币又经历了大规模的贬值，这些便是引发亚洲金融危机的主要原因。对于人民币将要贬值到 9.5 的说法，朱镕基总理站出来表示：在可预见的未来，人民币兑美元的汇率将不会发生改变。于是 FDI 立即回到了中国，经济增长得到了恢复，亚洲局势也随之稳定，这实在值得赞叹。但是唯一的问题是，美国自身的经济正在经历硅谷 IT 革命，并在上世纪 80 年代里根总统大幅减税的经济政策下——这一经济政策使美国经济得到了更加有效的发展——正在进行供给方面的改革。有了硅谷的扩张，有了 IT 业的改革，有了美元真正意义上的增值，这就意味着，当美元不得不相对其他货币升值时，这些盯住美元的货币会发生一定的通缩。美国的价格水平上涨了 3%，人民币、中东地区的货币和巴拿马货币，所有这些与美元挂钩的货币都出现了紧缩。掌握了这个规律之后，你就可以通过美国现在发生的情况预测未来的紧缩状况。

然而局面在 2001 年发生了逆转。全球经济减缓、美元下跌，于是人们看到

了相反的情况。所有与美元挂钩的国家都出现了一定的通货膨胀，如此一来，中国轻微的通缩被抵消了，并且在 2004 年中其通货膨胀率达到了近 4%。这个数字并不高，但中国在此之前却从未有过。在那之后，通胀结束了，一切趋于平缓，并且到现在为止中国通胀率一直远低于这个数字。

对于中国经济来讲，汇率至关重要。汇率固定之所以非常重要，是由于二个或者三个不同的原因。首先，在固定的汇率下，中国不必担心。只要汇率是固定的，你就不必担心通货膨胀率，因为通胀率将基本等于"锚"货币的通胀率，即美国的通胀率。临时性的生产力因素或许会产生一些抵消作用，但总的来说，这就是我们的通胀率。正因为这一点决定了通货膨胀率，因此是中国遵循的基本政策。

有些人问："为什么不把价格水平作为目标？为什么不让中国的价格水平稳定，让汇率波动，实行通货膨胀目标制呢？"原因在于毕竟中国的货币法律在1985 年才出台。当时我花了几个月的时间学习它，之后我们在中国人民银行开会讨论。货币法律要求货币稳定。人民币应该保持稳定。但是如何定义货币的稳定性呢？它可以相对外国货币保持稳定，也可以相对一揽子价格水平保持稳定。比方说，你选择后者，想让货币相对"篮子"内的商品保持稳定，那么，你的"篮子"是什么？你可以采用中国的"篮子"，现在占世界经济比重的 5%，或者你可以采用更大的美元"篮子"——如果美元稳定的话——占世界经济比重的 30%。那么，保持相对世界经济的 5% 稳定和相对世界经济的 30% 稳定，哪一个更好呢？中国认为，对于中国来说，相对世界经济的 30% 保持稳定更为有利，因为这样在是否需要对资产价格或者其他的方面加以留意的问题上，不会再次产生相同的问题，因此，大一些的"篮子"更好。如果我们能够重建"布雷顿森林体系"，将整个世界经济作为一个"篮子"，那么情况将会更好。这样每个国家都能根据"世界篮子"来保持货币的稳定，这是更好的选择。

那么，中国现在是什么样的政策呢？让我再举例来证明为什么保持美元对人民币汇率的稳定对于中国来说非常重要。因为中国的经济在很大程度上依然被国有企业所控制，我们很难知道国有企业的成本。你知道如果有人站出来试图指责中国，或者像中国这样的国家存在倾销行为，会发生什么情况吗？倾销是指低于成本价格销售，但是你怎样才能知道中国的成本是多少呢？我想起了一个案例，在这起倾销案中，人们研究印度的成本，然后用印度的价格或成本来衡量中国的成本，因为除此之外别无他法。这是非法的，法庭上有过很多类似的例子。因为其中的优势是，如果中国保持人民币盯住美元，那么它就能够借助美国的稀缺关系和成本关系，从而使中国经济更为有效地发展，因为它利用了世界上最大、最高效的经济体，并引入了稀缺关系。因此，保持汇率的稳定是最有利的。

反之，如果中国按照欧盟、欧洲货币联盟和欧洲中央银行所说的去做——它们都采用通货膨胀目标制，并且十分成功。他们使通胀率相对于整个"欧洲篮子"维持在 2% 左右，没有太大的变动，但是与之相伴的是美元兑欧元比率的剧烈震

荡——将会削弱人民币的地位，对中国内部造成破坏，因为你无法将中国经济看做是一个单一的经济体。它至少是双重经济体系，因为沿海地区和内陆地区遵循着不同的规则。一些政策可能对沿海地区起作用，于是人们便根据这一模式，声称人民币应该大幅升值，而且中国能够承受这种升值。之前，人们一直在说中国应该让 1 美元降低到兑换 5 元人民币，等等。这是荒谬的说法，这样做将给内陆地区造成毁灭性的通货紧缩，因为那里的情况与沿海地区完全相反。

因此，无论如何，中国必须有所行动，因为中国在国际收支方面存在失衡。在过去的四五年中，中国在国际收支上有着近 2000 亿美元的盈余。因此世界上其他的国家与中国形成了对立的观点，并且试图以这种方法迫使人民币升值。升值会给中国经济带来非常不利的影响，一切糟糕的事情都会随之而来，不仅仅是不良信贷一类的事情，还会有更加恶劣的问题：农业的通缩、出口的减少、失业的增加等，所有这些都和升值紧密相关。想想日本发生的事情，就能知道中国将会怎样。

中国需要做的是，在当前的汇率下恢复国际收支平衡，并且我认为，需要逐步停止升值。这样做是因为中国拥有固定的汇率，一旦中国作出改变，就会引发有关是否保持汇率固定的争论。当时，我相信中国会保持固定汇率，但是中国却在 2005 年的 6 月改变了政策。现在中国无法回到过去了，因为这一次，中国不能再像十年固定汇率时期那样习惯性地声称自己无法操纵事态，所以中国必须制定出新的政策，在可信的基础上过渡到一个新的平衡点。我认为可以做到这一点的方法是平衡国际收支。

为此，要完成两到三件事情。第一点是放松外汇控制。我并不提倡完全的可兑换，但一个有着 1.2 亿万美元外汇储备的国家应该朝着可兑换的方向努力，特别是允许企业和外国企业将资本出口到国外，并且为了中国的商业能够长期保持健康，允许建立海外基地。这将缓解资本流入和外汇储备增高的压力。这是其中的一部分。第二点是消除冲销。冲销是为了在维持中国货币政策不变的同时，继续保持国际收支的盈余。当中国人民银行以买入汇率购进 2000 亿的美元时，会自动产生 7.7 倍的人民币，这满足了中国的需要，反映出需求。国际收支的盈余通常反映了国内过剩的货币需求，当你买入外汇、央行创造的额外的本币后，你会感到满足，可收支却会因此而不平衡。但是如果国家回过头来出售债券，就能够冲抵这种不平衡，国家将这部分储备收回，并保持对货币的超量需求，然后保证在接下来的一年中会有盈余，于是它就能永远存在。在 2004 年、2005 年和 2006 年中，中国几乎每年都能获得 1500 ~ 2000 亿美元的盈余，这很大程度上来源于冲销。因此这两个主要的问题是，消除冲销和尽快放宽对外汇的管制。

不要再犹豫了，再也不要相信浮动汇率是自由市场下的观点，它根本不是，这个观点是一种与商品市场进行错误类比得出的结论。在商品市场中，生产成本与价格挂钩，但是货币却不一样。货币由中央银行垄断，由政府垄断，因此设想一个自由市场被两个或者更多政府垄断是非常荒谬的。关于你们说到的应该向着

改变汇率的方向前进，而不是消除或者减少对外汇的管制，这是反自由主义的极端观点。你们不应该朝这个方向发展。

现在，我要说到的最后一点就是著名的三元悖论，当然我们要说的不是圣父、圣子和圣灵。我们要谈论的是一个事实，即你不可能同时做到以下三点，最多只能达到其中两点。这三点是：资本的自由流动、独立的货币政策、固定的汇率。你最多只能实现这三件事中的两件。

这个结论是创造性的，尽管听上去似是而非。有些人甚至把它归功于我，可我并不知道这是谁最先提出来的。米尔顿·弗里德曼写过一篇关于它的文章，将它归因于凯恩斯，但是凯恩斯从未提出过这样的观点。既然这不是他提出来的，那就仍然是一个谜。但是，这个观点是错误的，而且犯了一个根本性的错误，因为事实上这与资本流动没有任何关系。从长期来看，不可能有固定的汇率和独立的货币政策，你只能在被动的货币政策下保持固定汇率，只有这样才能确保汇率的平衡。现在，资本开始流动，如果在体系中不存在资本的流动，这就是无关紧要的。资本流动不会带来什么不同，但是这对中国的解释会造成致命的影响，因为中国有人说过："噢，我们可以实现，我们可以做到。我们有固定的汇率（大体上是固定的，但并不完全固定）。我们有固定的汇率，也有独立的货币政策。我们能同时做到这两点，是因为我们控制着资本的流动。"有时中国人会这样认为，因为他们控制了资本的流动，所以他们能够同时拥有固定的汇率和独立的货币政策。这是非常错误的想法，这正是问题的关键所在，也是需要加以纠正的地方。我希望在未来的几个月中，这一问题能够得到解决。

谢谢大家。

作/品/赏/析

蒙代尔的这篇演讲并不是单纯地论述金融危机，而是从国际货币的角度，分析金融危机产生的根源以及应对措施。演讲中着重讲述了美国、中国和日本，尤其是美国和中国。蒙代尔认为当今世界中，美元的地位在逐渐下降，欧元、人民币的地位则在不断上升。他详细地分析和回顾了美元是如何在世界上确定主导地位和为什么美国会出现赤字，以及中国的汇率问题。最后，他借着著名的三悖论，阐述了"资本的自由流动"、"独立的货币政策"、"固定的汇率"之间的关系，并提出了关键性的问题——控制了资本的流动并不能同时拥有固定的汇率和独立的货币政策，并且希望这一问题能够得到尽快的解决。蒙代尔从货币角度的演讲，改变了很多人对金融危机的原有看法，帮助听众克服对金融危机的恐慌。

蒙代尔在演讲中用了大量自问自答的手法，几乎所有问题的过渡，他都是用的这种形式，这不仅让演讲中的过渡变得更加自然，也调动起了听众的兴趣，让他们加入到思考之中，增强了演讲的效果。

有关金融危机的讲话 / 亨利·鲍尔森

演讲词档案

演讲者：亨利·鲍尔森（1946～ ）
演讲时间：2008年9月19日
演讲者身份：美国财政部长

历史背景

2008年，由于美国次贷危机引起的金融海啸席卷全球。全球股市暴跌，世界贸易萎缩，各国实体经济也相继受到严重冲击，失业率迅速上升。为挽救世界经济，各国单独或联合推出经济刺激计划，但形势依然令人悲观。作为美国财政部长，面对危机，亨利·鲍尔森多方奔走，力图拯救美国经济。本篇就是他针对金融危机发表的讲话。

原文欣赏

昨晚，美国联邦储备委员会主席本·伯南克、美国证券交易委员会主席查尔斯·考克斯和我同国会领导人一起，开了一次漫长且富有成效的会议。我们就采取一种全面的措施来缓解我们的金融机构和市场压力的必要性，进行了实质性的讨论。

近几周内，我们针对房利美和房地美的具体情况，采取行动努力解决存在于其中的问题；和市场参与者一起为雷曼兄弟公司的破产做好准备，并向美国国际集团贷款，使其可以有序地售出部分资产。今天早上我们采取了一系列强有力的战略性措施，提高体系中的信心，包括为美国货币市场的共同基金行业建立一个临时的保险计划。

亨利·鲍尔森像

·演讲者简介·

亨利·鲍尔森（1946～ ），1946年生于美国佛罗里达州。中学时代学习勤奋，1964年考入达特茅斯大学。1968年，进入哈佛大学商学院学习，并获得哈佛大学MBA学位。从哈佛大学商学院毕业后，担任国防部长幕僚助理。在尼克松任总统期间，担任过白宫内务委员会成员。1974年"水门事件"后，加入高盛芝加哥分部，担任银行业务助理，由于工作出色，获得不断升迁。1999年5月，出任高盛集团董事长兼首席执行官。布什当上总统之后，盛情邀请鲍尔森入阁。2006年7月，正式出任美国财政部长。曾70多次访华。

尽管有了这些防御措施，但我们还有更多的事要去做。我们现在必须进一步展开果断的行动，全面、彻底地铲除我们的金融体系问题的根源。

我们当今金融体系中的潜在弱点，是非流动性的抵押资产随着房地产业改革而失去了价值。这些非流动性的资产，阻碍了对我们经济发展极为重要的信贷的流动。当金融体系正常运作时，货币和资本在家庭和企业之间流动，用于支付家庭贷款、学校贷款和创造就业机会所需的投资。由于非流动性资产阻断了这一体系，金融市场上的淤塞很可能会对我们的金融体系和经济发展造成重大的影响。

我们知道，在这十年的前期，宽松的借贷行为导致了不负责任的贷出和借入，这使得很多家庭陷入了无力偿还贷款的困境。我们看到了这一问题对房主们的冲击：现在有 500 万房主违法拖欠债务，或者已经丧失房屋的赎取权。由次级贷款衍生出的问题已经开始向其他低风险贷款蔓延，并导致房屋过剩，履约房主的房产贬值。

类似的情况出现在那些贷款机构身上，以及那些购买这些贷款、将其重新打包，并向投资者转售的券商身上。这些出现问题的贷款，现在在银行和其他金融机构的资产负债表中被停滞或冻结，使它们无法继续进行良性贷款。由于无法确定它们的价值，更加深了抵押资产的不可靠性，甚至连有关机构的财政状况也随之变得难以估量。对于几乎所有种类的贷款，正常地买进或卖出已经成为了一种挑战。

这些非流动性的资产堵塞着我们的金融体系，并且逐渐削弱其他健全的金融机构的实力。这样造成的结果是：美国公民的个人储蓄受到威胁，消费者和企业的借贷、支付、投资、创业能力都将遭到削弱。

为了恢复我们的市场和金融机构的信心，使它们能够重新步入正轨并走向繁荣，我们必须解决潜在的问题。

联邦政府必须尽快实施计划，清除这些损害我们的金融机构、威胁我们经济的非流动性资产。这项资产救援计划一定要深思熟虑，扩充其规模，以便发挥其最大的影响力，同时还要尽可能地保护纳税人的利益。对最终纳税人的利益的保护，将会为我们金融体系的资产救援计划提供稳固的保证，因为金融体系中涉及了大量纳税人的投资。我相信与其他方法相比，这一大胆的做法将会使美国家庭的开支大大降低——金融机构中一系列持续的失误和信贷市场的冻结停滞已经无法支持经济的扩张。

我相信，许多国会议员都会同意我的观点。这个周末，我会和两党的国会议员一起，对可以缓解不良信贷带给我们体系压力的相应措施进行审查，使信贷可以在美国消费者和企业之间再次流通起来。我们的经济健康需要我们共同努力，需要我们尽快展开两党间的合作。

在未来的一周，我们将会和国会一起通过这项法案，同时，我们还会立即采取其他行动进行救援。

首先，为了向我们的抵押贷款市场紧急提供额外的资金，房利美和房地美两家政府赞助企业将会增加其对抵押支持债券的购买。这两家企业一定要履行它们的义务，支撑住抵押信贷市场。

其次，为了提高新增住房贷款资金的效用，财政部将会依照我们在本月初的宣布，扩大对抵押支持债券的购买计划。这将对政府提供赞助企业的资金起到补充作用，并且使抵押贷款更具有效性和可行性。

这两项措施将对抵押贷款资产提供最初的支持，但仅这样还是不够的。大多数堵塞我们体系的非流动性资产并未达到规定要求，因此无法被政府赞助企业或财政部正常收购。

我期待着能与国会合作，通过必要的法规清理我们金融体系中的这些出现问题的资产。我们一定会度过这段困难时期，到那时，我们接下来的任务必将是加大发挥监管机构的作用，使过去的悲剧不再重演。此次危机给我们上了生动的一课，让我们看到了财政法规结构中还存在着不够理想、重复和过时等问题。我已经提出了我的想法，搭建一个与现代经济体制相匹配的现代化监督结构，与我们的管理体系分进合击、紧密相连。这是将来需要讨论的一个重要问题。现在，我们的重点应放在恢复金融体系的实力上，使其能够再次支持经济的增长。所有美国公民的金融安全——他们的退休金、房产价值、学费贷款能力和更多高收入就业的机会——取决于我们能否让我们的金融机构回归到一个稳定的平台上。

作 / 品 / 赏 / 析

鲍尔森首先讲述了应对金融危机的初步打算和防御措施，这是对听众的一个交代，让他们对金融危机发展的具体情况有所了解。然后他指出当今金融体系中潜在的弱点——非流动性的抵押资产随着房地产业而失去了价值，论述了宽松的信贷导致的不良后果，表明要恢复市场和金融机构的信心，使它们能够重新步入正轨并走向繁荣，必须解决潜在的问题，呼吁美国政府尽快行动起来，清除这些威胁。此外，他还介绍了两项救援措施。最后他强调，救援工作的重点应该放在恢复金融体系的信用和实力上，使其能够再次支持经济的增长。

在金融危机全面爆发的形势下，这篇演讲发表得极为及时，起到了很好的安抚民心的作用。同时，其为美国外交政策的辩护也是很有价值的。

国际金融危机 / 萨科齐

演讲词档案

演讲者：萨科齐（1955～）
演讲时间：2008 年 9 月 25 日
演讲地点：巴黎
演讲者身份：法国总统

历史背景

2008 年，源于美国次贷问题的金融危机迅速席卷全球，给世界经济造成严重冲击。法国政府多次救市，甚至与欧盟其他国家联合行动，都未能使法国经济好转。为安抚民心，避免混乱，法国总统萨科齐作了本篇演讲。

原文欣赏

我要在今晚向法国人民进行这次演讲，因为我们国家的局势要求我必须这样做。在这个与我们自身息息相关的特殊时期，我意识到，重任已经落在了我的肩上。

全球金融危机

一场前所未有的信心危机正在席卷全球的经济。多数金融机构都受到了威胁，全世界数百万的小型储户将他们的积蓄投入了股票市场，却要眼见着它们逐日贬值；数百万的人曾为抚恤基金付出过努力，现在却为他们的退休金感到恐慌；数百万收入不高的家庭被不断上涨的物价逼入困境。

和世界上所有的国家一样，法国人民也在担心自己的存款，担心自己的工作，担心自己的购买能力。

……

法国人民想要知道真相，我相信他们已经做好了接受的准备。否则，他们认为我们正在掩藏事实的真相，疑惑便会油然而生。如果他们确信我们并没有隐瞒什么，那么他们将会发掘自己的力量克服此次危机……将真相告知法国人民，意味着告诉他们当今的危机将会对今后几个月的经济增长、失业和购买力造成影响……

总之，存在着一个确切的观点：金融资本主义将自己的理论强加在整体经济之上并破坏了经济自身的运行轨迹；当金融资本主义走到尽头的时候，全球化也将宣告失败。

关于全能的市场不应受到法规或政府干涉的观点是疯狂的。

认为市场总是正确的想法是疯狂的。

几十年来，我们都在为能使企业获得短期盈利而创造条件。

当人们沉湎于获取越来越高的超额利润时，日益增长的风险却被隐藏了而发展起来。

薪酬制度的实施，驱使着经销商承担起越来越多的、极为轻率鲁莽的风险。

人们自欺欺人地认为，通过分散风险可以让风险消失。

银行被允许在市场上进行投机买卖，而其本职工作——为了经济的发展而激励储蓄以及信贷风险分析——则被抛诸脑后。

融资成功者是投机商，而不是企业家。

评估机构和投机基金完全不受任何人或机构监管。

企业、银行和保险公司被迫根据市场价格评估他们的资产价值，而市场价格却在投机商的操纵下忽上忽下地变动。

银行遵循着会计规则，而这些会计规则不能为规范的风险管理提供任何担保；在此次危机中就是如此，会计规则非但没有给冲击带来缓解，反而加剧了局势的恶化。现在我们终于为这个疯狂的举动付出了代价！

在这个体系中，应该对这次灾难负责的人可以乘着"黄金降落伞"飘然而去；一个商人可能会在无人知晓的情况下失去自己 50 亿欧元的银行存款；人们总想着要从生意场上得到高出真正经济增长价值 3 到 4 倍的回报——这个体系已经不再平等，这不但挫伤了中产阶层的积极性，还助长了房地产、商品和农产品市场上的投机买卖行为。

但这个体系并不是市场经济，也不是资本主义——这一点一定要说明，因为这是事实。

市场经济是规范的，它作为促进发展的工具，服务于社会和民众。它并不是弱肉强食的法则，也不会为了某些人牟取暴利而让其他人成为牺牲品。市场经济代表着竞争、降低价格、消除不劳而获，并使消费者受益。

……

当然，如果什么都不做，什么都不去改变，单单靠加重纳税人的负担去弥补一切损失，仿佛什么事情都没发生过，一样会成为历史性的错误。

……

新的措施

当前的危机必将促使我们在努力遵守职业道德基础上，建立更加健全的资本主义体制；这次危机必将促使我们恢复自由和法规之间的必要平衡；恢复集体和个人责任之间的平衡。

当世界各国政府都在采取强迫性的干涉行为来挽救银行体系的崩溃时，我们一定要在国家和市场之间建立一种新的平衡。通过建立新的规则，一种新的关系必须在经济和政治之间建立起来。

自我调控不再是解决所有问题的万灵丹。

放任主义已经终结。

无所不能、始终正确的市场已经终结。

我们必须从此次危急中吸取经验教训，防止其再次发生。我们仅仅是稍微远离了灾难，世界也仅仅是稍微远离了灾难，我们再也不能承担灾难再次降临的风险。

如果我们想要重建一个可行的金融体系，那么提高金融资本主义的道德标准是首先要考虑的事情。

我毫不犹豫地表示，从现在开始，必须限制高管人员和经销商的薪酬。他们的报酬超出了应得的太多，也闹出了太多的丑闻。因此，要么金融业拿出一套可以接受的方案，要么政府在今年年底之前，通过立法解决这一问题。

　　高管人员绝不能同时享有经理人的身份和与劳动合同相联系的保障，他们不能获取免费的股份，其薪酬也必须要与企业的实际经济绩效挂钩。当他们造成失误或者给公司带来巨大问题时，他们不能要求"黄金降落伞"。如果高管人员从公司的运营中享受到了利益，这当然是一件好事，只是其他的员工，特别是低收入者，也一定要分得奖金。如果高管人员拥有股票的买卖权，那么其他员工也必须同样拥有；即使不能做到这一点，也要保证员工们都能够在分红制度下获利。

　　这是基于一般观念和基本道德的简单原则——对于这些原则，我不会让步。

　　高管人员之所以能够得到高薪，是因为他们肩负着重大的责任。一个人不可能在不想承担自己责任的情况下，还指望获得高收入。这二者是相辅相成的。

　　……

　　我们必须找出问题所在，并让这次事件的责任人至少受到一些经济上的惩罚。

　　然后，我们必须通过调控银行来对整体经济进行监管，因为银行在经济体系中居于核心地位。

　　……

　　我们经历的这次危机将导致全球的银行部门大规模改组。从之前发生的事件以及冒险对我们未来经济发展的重要性，我们可以得出结论：法国在此次危机中起到了积极的作用。

　　我们要解决储蓄产品过于复杂和交易不透明的问题，使每个人都能对自己接受的风险有一个真实的评估。

　　但是，我们同样必须重视那些引起共愤的问题，例如避税和一些特殊环境。在这种环境下，经销商可以通过卖空来出售他们未曾持有的股份进行投机，可以借助全天交易在任何时间进行买卖——我们知道这些行为在市场逐渐失控的过程中所扮演的角色，也知道正是这些行为创造了投机的泡沫。

　　我们必须要审视在市场价格下定义资产价值的职责；这场危机向我们证明了市场价格是多么的不稳定。

· 演讲者简介 ·

　　萨科齐（1955 ~ ），1955年1月28日生于巴黎，父亲是匈牙利移民，母亲是法国人。他曾在巴黎政治学院学习，获法律硕士学位。毕业后曾担任过律师。1977年，开始踏入仕途。1983年，出任讷伊市市长，成为法国历史上最年轻的市长。1988年，当选法国国民议会议员。1993年，担任预算部长兼政府发言人。2002年5月，担任内政部长。2004年出任法国经济、财政和工业部长，同年10月，当选为人民运动联盟主席。2005年5月，再次出任内政部长。2007年3月，辞去内政部长职务，准备参选总统。2007年5月，在总统选举中获胜，5月16日正式就职。

萨科齐像

我们将不得不对评估机构加以监管——我要强调这一点——因为他们在工作上已经出现失职的情况。

……

但是在没有看到货币市场混乱结束的情况下，我们无法彻底地理清金融体系。

此次金融危机的核心问题是汇率，因为在所有扭曲全球贸易的因素中，汇率居于核心地位。如果我们不予以关注，货币倾销最终将会引发极度激烈的贸易战争，从而为糟糕的贸易保护主义铺平道路。

……

因此，我要重申刚刚提到的内容：我认为，此次危机涉及到的主要国家和政府的首脑极有必要在年底到来之前进行会晤，从金融危机中吸取教训，并为恢复信心协调一致、共同努力。

……

我认为，藏匿在全球金融和货币体系中的顽疾已经根深蒂固，因此我们必须对其进行一次从根系到分支的完整修葺，就像在二战结束后，制订了"布雷顿森林体系"那样。这能够帮助我们全球性管理的工具，而全球性管理又在当今贸易的全球化中至关重要。我们不能用 20 世纪陈旧方法来管理 21 世纪的经济，就好比我们不能用昨天的思维去打造明天的世界。

各国央行每天都在将现金注入各个银行，美国的纳税人正在拿出 1 万亿美元防止大规模的破产。所以在我看来，我们不需要再对公共管理机构干涉金融体系运作的合法性提出质疑了！

……

在这个每个人都必须行动起来的特殊时刻，我呼吁欧洲反思其应对紧急情况的能力，重新考虑自己的法规和原则，从全世界正在发生的危机中吸取经验教训。当形势需要时，欧洲必须积极行动起来，而不是一味地菲薄自己无所作为。

如果欧洲想要维护自己的利益，想要在全球经济的改组中享有发言权，那么领导们就应该共同考虑欧洲的竞争策略——在我看来，竞争只是一种手段，而不是目的——共同考虑欧洲在调动资源和为将来进行筹划方面的能力，共同考虑经济政策的手段和货币政策的目的。我知道这很困难，因为欧盟中有 27 个国家，但是当世界改变的时候，欧洲也一定要随之改变，欧洲一定要有能力彻底改变自己的信条……作为欧盟的轮值主席，我将在 10 月 15 日举行的下届欧洲理事会上按照刚才的思路提出倡议。

法国储户

至于我们的国家，让我来告诉那些担心他们存在银行和金融机构的财产的法国公民：法国的银行正在努力地克服当今的困难。我郑重承诺，如果是因为投机买卖使银行陷入困境，那么我不会因为金融机构无法履行承诺，而接受任何一个储户失去任何一个欧元的结果。那些信任我们的银行、我们的企业和我们国家金融机构的储户，不会看到他们的希望破灭。他们不应该为管理人员和股东们犯下的草率的错误付出代价。我们的国家将永远恪守它的职责。

今晚我郑重地承诺：无论发生什么，我们的国家都会保证银行和金融体系的

安全性和完整性。

同样，我肯定地告诉大家：如果目前的困境导致信贷受到限制，从而使国家和企业，特别是中小型企业丧失了投资的资金来源，那么为了确保其现金的流动，国家将会介入其中，支付这笔资金。为了实现这一支付，国家可以发行债券、实施担保、进行注资，或者对银行的法规作出修订，而这样做的目的是阻止经济进入长期衰退的恶性循环，那将是我们不能承受之重。

法国的改革

由于受到危机的影响，我们改革的步伐必须加快，不能放慢。

我想要告诉法国人民，除了必要的努力之外，没有任何奇迹可以使我们的国家避免危难。

当然，我们必须从那些危机之前生活便已经很艰难、危机之时根本无法生存下去的人开始进行考虑。此时此刻，我们一定要和这些身处困境的人们紧密地团结在一起。这就是为什么我要创建低收入家庭补助金、最低生活保障、最适当的养老金，以及准予那些位于福利底层、购买力得不到保障的家庭享受这一补助。这项特殊的补助与家庭津贴和抚恤金不同，它可以弥补家庭收益跟不上物价实际上涨所造成的这部分损失。当你想要告诉法国人民事情的真相时，你一定要告诉他们全部的真相，那就是国家不可能永远地为现在的开销融资，也不可能永远地为团结而借贷。总有一天，我们要偿还我们的借款。

……

因此，我们要为国家将来的发展留出一些转圜的余地，国家的运行支出必须下降。明年，公务员将减少30,600个就业机会，这是前所未有的现象。之后，公共事业政策的修订将尽快完成。

……

在对"司法地图"作出彻底修订和对军事基地重新调整之后，我们接下来要对政府部门和公务员体系进行下一步的整顿。在接下来一年中，我们将着手开始第二阶段的改革。

我宣布，在明年的一月，我们将展开对地方政府的改革。现在是时候对地方政府的层级进行重新评估了——层级过多、职责重复使得效率降低，并且增加额外的开支。我们的经济一定要具备竞争力。如果我们想要拥有一个具有竞争力的经济体制，那么我们就不能再让它背负着过分繁重的公共开支的负担。我会担负起有关工作人员的裁减和改革法国各级地方政府的工作。关于这个问题，我们已经空谈了太久，现在我们要行动起来，我们要作出决定。

在这里我还要告诉你们的是：在当前的经济形势下，我不会采取经济紧缩政策，因为紧缩会加剧经济的衰退。我不会增加税收或者社会保障缴款，这样做会使法国人民的购买力降低。我们的目标是恢复法国人民的购买力，而不是让它下降。

我不赞同提高对企业的收费，因为那样会削弱其竞争力，相反地，（降低收费）可以使企业的竞争能力增强。

……

法国要想渡过难关，就应该更加努力，而不是无所事事。

每周 35 小时的工作制会带来严重的危害，政府已经勒令停止。我们免除了加班费的税收，保留了低收入者的免税政策，建立了低收入家庭补助金，并且推进了法定与自愿分红制度的实施。所有的措施都由一条主线贯穿：保证更低的企业劳动力成本，作为这些付出的回报，劳动力市场将会得到解放。

即将完成的法定及自愿分红政策，将始终如一地围绕着恢复资本和劳动力之间的平衡这一目标来进行。企业所得的利润不再全部归董事和股东所有，而是将大部分利润分发给为企业带来收益的员工。这样我们就能够在不增加公司固定费用的情况下，使员工的购买力得到恢复，进而使资本主义重新回到正轨。这是我们需要进行的另一项改革。

我要补充的是，在当前全球的经济形势下，任何试图提高劳动力成本的做法都将是自取灭亡。

……

在资本主义体制中，需要促进其价值增长的另一方面是企业家。一面是金融资本主义，另一面是企业家资本主义。依靠着劳动力的价值，我们一定要让企业的进取精神回归到经济的价值体系核心中来。这就是使经济适应现代化需要的措施背后的所有理论，也是经济政策应考虑的首要事项。

我们要认可工人的努力，反对投机商的轻松获利；我们要支持那些敢于担负起自己企业中一切风险的企业家，反对金融市场中的匿名者；我们要支持的是具有生产力的资本主义，而不是短期的资本主义行为。当金融套索出现松动时，我们第一要考虑到的是我们的企业，这是我们追求的经济政策的整体目标。

环境

最后，我要告诉法国人民这样一个事实——尽管不是所有人都乐于听到这样的消息——我们正在从一个资源充足的世界走向一个资源稀缺的世界，即从前仿佛取之不尽、用之不竭的资源正逐渐枯竭，这是人们每天都在关注的问题。

……

法国必须要换一种方式进行生产，并采用不同的消费方式。人们必须学会不断地努力，节约那些再也禁不起浪费的珍贵的资源。

污染和全球变暖威胁着地球的未来。我们每一个人都要付出努力，改变自己的行为，减少污染。

……

将来，"污染者付费"原则将在世界各地实施。如果我们不这样做，那么我们留给子孙后代的将是一个生命无法存活的世界。

我们有必要减少对投资的税收、减少对劳动力的税收、减少对努力和成功设置的障碍、减少清洁产品的税收，而相反，我们必须在污染方面加大税收力度。

如果我们想要带来行动上的根本改变，那么利用税收制度克服环境带来的挑战就是至关重要的。

就目前许多法国人面临着购买力降低的情况而言，我们不得不取消对主要商品的

涨价，我想说的是我完全相信"奖惩系统"的作用。在八个月中提供给汽车行业的50万份"奖金"的经验就是明证：环保型车辆的投放需求大大增加了。"奖惩系统"带来的强大刺激，正在逐年加速改变人们的消费模式。我们要将这一系统扩展到其他产品上，这其中还要经过充分的协商，并且需要逐步实施。但是它终将实现，这是一个保证。正如我所郑重承诺的，所有在环境协商会议中所拟定的条款都会得到实施。

……

我相信（我们需要）可持续性发展。

……

实施环境协商会议的条款意味着将为公共交通工具（例如公共汽车和有轨电车）增加四倍的专用通道，意味着要再建造2000公里长的高速铁路。我们为欧洲委员会总部所在地的首府斯特拉斯堡感到自豪，但是让我告诉你，我们花了这么多年才把高速火车修到斯特拉斯堡，这根本不会为我们的国家增添光彩。如果我们想要斯特拉斯堡成为欧洲的中心，那么我们必须以更快的速度建设欧洲东线高速火车，这是由弗朗索瓦·菲隆让一路易·博洛和我所作出的决定。

履行环境协商会议的条款还意味着改造所有的住房和公共设施，使它们得以有效利用。

……

面对同一场危机，总会出现两种态度：一种是像鸵鸟一样将头埋进沙子里，报以逃避的态度，等待危机过去，等待经济复苏，按照常理推断情况一定会是这样；另外一种——也是我们正在实施的政策——利用这次危机，使其成为进行改革的一次机会，这些改革已经被延误太久，也正是我们的国家所需要的，我们将会从中获得最大程度的经济复苏。

……

我希望我们能够大力发展新能源研究项目——我们虽然拥有核能源，但这并不意味着我们不需要参与新能源的研发。我们需要新的能源和核能源。我们将在新的运输系统中投入大量的清洁技术，例如电车的使用。我们要尽快地启动新一代的发电站，取代现有的核电站。我们还需要尽快地完成公共交通基础设施的制定方案。这些会给我们的商业带来大量的工作。我希望看到，我们能对主要城镇的公共交通设施现代化建设进行一次深入的研究与规划，因为这些地区的情况已经变得十分危急。

……

知识经济

我们要想实现数字化变革，就不能再等下去，要尽快在培训、研究和创新等方面进行投入。

……

这就是为什么……我希望我们的大学生能够独立，为什么法国电力集团将部分资产出售，用来投资大学的现代化建设。我还想授予那些有了新的发现探索的大学知识产权，将资源提供给他们以便得到充分利用。我们会在这个方面进行进一步的开发。

在研究方面，研发税收减免增加到（研发所需投资的）30%。我们现在拥有最好的、最为进取的体系来支持着我们的研究事业。我们的公共研究系统将继续得到改进，直至完成。我们将确立一项国家性的研发战略项目。

无论现在发生了怎样的困难，我们都要继续将培训和研究的经费放在预算的首位。

……

所有这些挑战都是巨大的。

但是法国，我们所热爱的法国，终将会解决它们。我对法国人民充满了信心，对法国的力量充满了信心。我坚信我们的改革将会起到作用。我坚信，通过我们的努力，法国会在当今世界上确立其应有的地位。我坚信，我们能够在坚实的基础上恢复我们的资本主义。

我从未意识到，自1958年开始，在如此短暂的时间内会发生这么大的变化。当全球经济再次改善时——情况一定会向更好的方向发展，因为人类的历史就是一部遇到危机、从危机中站起的历史——当它发展得更好时，我们将会看到我们在稳定财政、就业、购买力和每个人的福利上付出的所有努力所换来的成果。虽然我对此次危机的严重性不抱任何幻想，然而法国的力量依然让我感到很乐观。

我决心无论存在着怎样的困难，都要使我们的经济和社会向着现代化方向发展，除此之外，我们再没有其他的选择，因为我相信对于法国来说，没有其他的捷径可选。这是我发自内心的想法。

随着陈旧的思想和结构被抛弃，我们的战略将会是富于创造的、一往无前的。

我们有两种选择：拒绝改变，或者带头改变。我已经作出了选择。

我亲爱的同胞们，身处困难中，我们一定要冲在前面，而不是落在后边。只有这样法国才能真正地展现自己，才能直面历史，实现她的价值。

女士们，先生们，共和国万岁！法国万岁！

作/品/赏/析

萨科齐这篇有关金融危机的演讲是全面的，他对金融危机的起因、政府将要采取的措施、安抚储户、提倡改革、保护环境、知识经济6个方面作出了分析和论述。

在金融危机的起因上，萨科齐告诉法国人民这是一次世界性的金融危机，虽然严重，但也没有必要恐慌。随后，萨科齐向听众阐述了应对危机的新措施，暗示政府将干预经济。同时，萨科齐向国民作出郑重的承诺："无论发生什么，我们的国家都会保证银行和金融体系的安全性和完整性。"他坚定的语气给了人们极大的安慰和信心。他还强调了环境的重要性，并提出可持续性发展的思路。知识经济是改革中重要的环节，萨科齐指出，在金融危机的情况下政府也不会减少培训和研究的预算。

在演讲最后，萨科齐高呼"共和国万岁！法国万岁！"为演讲注入强大的精神力量。总之，本篇演讲使法国人民对金融危机有了一个比较全面的认识，给了他们和金融危机作斗争的勇气，树立了政府在改革中的威信。

文学和艺术的
永恒之光

莎士比亚纪念日的讲话 / 歌德

演讲词档案

演讲者：歌德（1749 ~ 1832）
演讲时间：1771 年 10 月 4 日
演讲地点：德国法兰克福莎士比亚命名日纪念大会
演讲者身份：德国著名文学家

历史背景

启蒙运动是继文艺复兴之后的第二次资产阶级思想解放运动。17、18 世纪，欧洲资产阶级的力量日益壮大，但垂死的封建制度成了他们继续发展的巨大障碍。于是一些启蒙思想家以科学和理性为武器，对腐朽的封建制度和天主教会进行猛烈抨击。歌德就是启蒙运动后期的代表人物之一。这篇是歌德于 1771 年 10 月 4 日在德国法兰克福莎士比亚命名日纪念大会上的演讲。

原文欣赏

我觉得我们最高尚的情操是：当命运已经把我们带向正常的消亡时，我们仍希望生存下去。先生们，对我们的心灵来说，这一生是太短促了，理由是：每一个人，无论最低贱或最高尚，无论是最无能或最尊贵，只有在他厌烦了一切之后，才对人生产生厌倦；同时没有一个人能达到他自己的目的，尽管他渴望着这样做，因为他虽然在自己的旅途上一直很幸运，往往能亲眼看到自己所向往的目标，但终于还是掉入只有上帝才知道是谁替他挖好的坑穴，并且被看成一文钱不值。

一文钱不值啊！我！我就是我自己的一切，因为我只有通过我自己才能了解

· 演讲者简介 ·

歌德（1749 ~ 1832），1749 年生于莱茵河畔的法兰克福镇，父亲是著名的律师，家境富裕。16 岁时，以优异的成绩考入莱比锡大学攻读法律，后因病辍学。1770 年进入斯特拉斯堡大学，并于次年获法学博士。但他并不喜欢从事法律工作。在母亲的熏陶下，他热衷于文学创作。1774 年，发表了成名作《少年维特之烦恼》，名声大噪。

1775 年，歌德应邀前往魏玛公国担任枢密顾问。此后一直在魏玛公国为官，并一度掌握公国大权。他力图推行一些改良社会现实的措施，但阻力重重，没有取得实效。1786 年，心灰意冷的歌德化名前往意大利，潜心研究学术。1788 年，返回魏玛，但辞去了政治职务，只担任剧院监督。这期间他完成了戏剧《哀格蒙特》、《托夸多·塔索》，并开始着手写《浮士德》的第一部。1790 年，他发现了人的腭间骨，为生理解剖学的发展作出了重大贡献。

1794 年，歌德结识了德国另一位大文学家席勒。在席勒民主思想和空想社会主义思想的影响下，歌德重新写了《浮士德》第一部，并于 1808 年出版。此后，歌德把主要精力放在了《浮士德》第二部的创作上，终于在 1831 年完成。

1832 年 3 月 22 日，在完成《浮士德》的第二年，歌德在魏玛与世长辞。

第十篇　文学和艺术的永恒之光

一切！每个有所体会的人都这样喊着，他阔步走过整个人生，为彼岸无尽头的道路做好准备。当然各人按照自己的尺度。这一个带着最结实的旅杖动身，而另一个却穿上了七里靴，并赶过前面的人，后者的两步就等于前者一天的进程。不管怎样，这位勤奋不倦的步行者仍是我们的朋友和伙伴，尽管我们对他的阔步表示惊讶与钦佩，尽管我们跟随着他的脚印并以我们的步伐去衡量着他的步伐。

先生们，请踏上这一征途！对这样的一个脚印的观察，比起呆视那国王入城时带来的千百个驾从的脚步更会激动我们的心灵，更会开阔。

今天我们来纪念这位最伟大的旅行者，同时也为自己增添了荣誉，在我们身上也蕴藏着我们所公认的那些功绩的因素。

这幅名为《歌德的诞生》的寓意画，象征了真正的德国文学的降临。

你们不要期望我写出许多像样的话来！心灵的平静不适合作为节日的盛装，同时现在我对莎士比亚还想得很少；在我的热情被激动起来之后，我才能臆测出，并感受出最高尚的。我读到他的第一页，就使我这一生都属于他了；当我首次读完他的一部作品时，我觉得好像原来是一个先天的盲人，这时的一瞬间，一只神奇的手赋予了我双目的视力。我认识到，他很清楚地领会到我的生活是被无限地扩大了，一切对于我都是新鲜的，陌生的，还未习惯的光明刺痛着我的眼睛。我慢慢学会看东西，这要感谢天资使我具有了识别能力！我现在还能清楚地体会到我所获得的是什么东西。

我没有踌躇过一刹那，去放弃那遵循格律的戏剧。地点的一致对我犹同牢狱般的可怕，情节的统一和时间的一致是我们想象力的沉重桎梏。我跳到了自由的空气里，这才感到自己的手和脚。现在，当我认识到那些讲究规格的先生们从他们的巢穴里给我硬加上了多少障碍时，以及看到有多少自由的心灵还被围困在里面时，如果我再不向他们宣战，再不每天寻找机会以击碎他们的堡垒的话，那么我的心就会愤怒得碎裂。

法国人用作典范的希腊戏剧，按其内在的性质和外表的状况来说，就是这样的：让一个法国侯爵效仿那位亚尔西巴德却比高乃依追随索福克勒斯要容易得多。

形象开始是一段敬神的插曲，然后悲剧庄严隆重地以完美的单纯朴素，向人民大众展示出先辈们的各个惊心动魄的故事情节，在各个心灵里激动起完整的、伟大的情操：因为悲剧本身就是完整的，伟大的。

在什么样的心灵里啊！

希腊的！我不能说明这意味着什么，但我感觉出这点。为简明起见，我在这里根据的是荷马、索福克勒斯及忒俄克里托斯，他们教会我去感觉。

同时，我还要连忙接着说：小小的法国人，你要拿希腊的盔甲来做什么？它对你来说是太大了，而且太重了。

因此所有的法国悲剧本身就变成了一些模仿的滑稽诗篇。不过那些先生们已从经验里知道，这些悲剧如同鞋子一样，只是大同小异，它们中间也有一些乏味的东西，特别是经常都在第四幕里，同时他们也知道这该又是如何按照格律来进行的。这就无须多花笔墨了。

我不知道是谁首先想出把这类政治历史大事题材搬上舞台的。对这方面有兴趣的人，可以借此机会写一篇论文，加以评论。这发明权的荣誉是否属于莎士比亚，我表示怀疑，总而言之，他把这类题材提高到至今似乎还是最高的程度，眼睛向上看是很少的，因此也很难设想，会有一个人能比他看得更远，或者甚至能比他攀登得更高。

歌德画像及其代表作中的场景、人物

莎士比亚，我的朋友啊！如果你还活在我们当中的话，那我只会和你生活在一起；我是多么想扮演配角匹拉德斯，假如你是俄来斯特的话！而不愿在德尔福斯庙宇里做一个受人尊敬的司祭长。

先生们，我想停笔，明天再继续写下去：因为现在滋长在我内心里的这种心情，你们也许不容易体会到。莎士比亚的戏剧是个美妙的万花镜，在这里面，世界的历史由一根无形的时间线索串连在一起，从我们眼前掠过。他的构思并不是通常所谈的构思；但他的作品都围绕着一个神妙的点，在这里我们从愿望出发所想象的自由，同在整体中的必然进程发生冲突。可是我们败坏了的嗜好是这样迷糊住了我们的眼睛，我们几乎需要一种新的创作，来使我们从这暗影中走出来。

所有的法国人及受其传染的德国人，甚至于维兰也在这件事情上和其他一些更多的事情一样，做得不太体面。连向来以攻击一切崇高的权威为职业的伏尔泰，在这里也证实了自己是个十足的台尔西特。如果我是尤利西斯的话，那他的背脊定要被我的王笏打得稀烂！

这些先生当中的大多数人对莎士比亚的人物性格表示特别反感！

我却高呼：自然，自然！没有比莎士比亚的人物更自然的了！

这样一来，于是乎他们一起来扭住我的脖子。

松开手，让我说话！

他与普罗米修斯竞争着，以对手作榜样，一点一滴地刻画着他的人物形象，所不同的是赋予了巨人般的伟大——正因为如此，我们才认不出他们是我们的兄弟——然后以他的智力唤醒了他们的生命。他的智力从各个人物身上表现出来，因此大家看出他们之间的亲属关系。

我们这一代凭什么敢于对自然加以评断？我们从什么地方来了解它？我们从

幼年起在自己身上感到的以及在别人身上所看到的，这一切都是被束缚住的和矫揉造作的东西。我常常站在莎士比亚面前，内心感到惭愧，因为有时发生这样的情形：在我看了一眼之后，我就想到，要是我的话，一定会把这些处理成另外一个样子！接着我便认识到自己是个可怜虫，从莎士比亚描绘出的是自然，而我所塑的人物却都是肥皂泡，是由虚构狂所吹起的。

虽然我还没有开过头，可是我现在却要结束了。

那些伟大的哲学家们关于世界所讲的一切，也适用于莎士比亚；我们所称之为恶的东西，只是善的另外一个面，对善的存在是不可缺少的，与之构成一个整体，如同热带要炎热，拉伯兰要上冻，以致产生了一个温暖的地带一样，莎士比亚带着我们去周游世界；而我们这些娇生惯养、无所见识的人遇到每个飞蝗却都要惊叫起来：先生，它要吃我们呀！

先生们，行动起来吧！请你们替我从那所谓高尚嗜好的乐园里唤醒所有的纯洁心灵，在那里，他们饱受着无聊的愚昧，处于半睡半醒的状态，他们内心里虽充满激情，可是骨头里却缺少勇气，他们还未厌世到致死的地步，但是又懒到无所作为，所以他们就躺在桃金娘和月桂树丛中，过着他们的萎靡生活，虚度光阴。

作/品/赏/析

发表这篇演讲时歌德只有22岁，看看这个慷慨激昂、文采飞扬的少年之作，它几乎使许多过往者和后来者羞愧难当。歌德的演讲完全是针对诗和莎士比亚的，他在演说中表现出使人信服的对莎士比亚在学识上和美学领悟上的把握，这是最难得的。这篇演讲交织着理性的学识和感性的慷慨情绪，表达了歌德对莎士比亚的高度认同和无限热爱，作者的表达盛满充沛的诗意，事实上它就是一首完美的诗，一个即将形成的美学和艺术哲学的宣言。歌德在极力称颂莎士比亚，高度赞扬他的艺术成就的同时，以莎士比亚本身为参照，批判了法国小市民粗浅的所谓悲剧或喜剧的艺术。他有机会把这次演讲当成一次美学斗争，文章开头即劈头盖脸、无可置疑地说出："我觉得我们最高尚的情操是：当命运已经把我们带向正常的消亡时，我们仍希望生存下去。"歌德这样说当然有他的目的，接下来他肯定了莎士比亚的生命和创造所造就的伟大激情和生命的意蕴，并且以莎士比亚作为武器，来批判一种世俗萎缩的灵魂处境和它的衍生物——"所有的法国悲剧本身就变成了一些模仿的滑稽诗篇"。歌德宣称："没有比莎士比亚的人物更自然的了。"高呼着："松开手，让我说话！"一个属于思想和艺术斗争的时代便开始了。

音乐，带电的土壤 /贝多芬

演讲词档案

演讲者：贝多芬（1770～1827）
演讲时间：1811 年
演讲者身份：德国最伟大的音乐家

历史背景

1808 年，贝多芬遇见了一个年轻的女子。这名女子名叫特蕾泽·玛尔法蒂，是别人介绍给贝多芬的女学生。经过一段时间的相处，贝多芬对她产生了强烈的好感，爱情在伟大的音乐家心中萌发。此后，贝多芬向特蕾泽写了许多封情书，倾诉感情，并且认为："是你把我从耳聋的危机之中解救出来，我将证明我不会让你失望，我会更加勤奋地创作。"这一时期，贝多芬心情非常甜美、舒畅，创作了大量的作品。这次演说，其实是贝多芬向特蕾泽诉说自己有关音乐创作的自白书，也是他对艺术创作的深刻感悟。

原文欣赏

有关于我的创作的一切情由，在我的感觉中都是那么神秘而不可捉摸。但我急于要说明的是，当一个主题被自然地放在了面前时，我的旋律就从热情的源泉，不择地涌现出来；我追踪它，再次热情地抓住它；我眼看着它飞逝而去，在一团变幻激情中消失得无影无踪，然后我又激情满怀，再次捕捉到了它，要我同它分离是不可能的，我只有急急忙忙地将它转调，加以展开，最后，我还是把它占有了——这就是一部交响曲啊！音乐，尽管变化多端，它归根到底是精神生活与感官生活之间的调解者。我想同歌德谈谈这个问题，他会理解我吗？

把我的意思告诉歌德吧，跟他说，要他听听我的交响曲，他就会同意我这样说是对的，音乐是种无形的东西，目标是向认识的王国挺进。这王国包括人类，

· 演讲者简介 ·

贝多芬（1770～1827）很早就显露了音乐才能，8 岁就开始登台演出。1792 年到维也纳深造，艺术上有了很大的进步。贝多芬信仰共和，倡导自由博爱的思想，崇尚英雄。贝多芬的一生坎坷，没有建立家庭。26 岁开始耳聋，晚年全聋。贝多芬不仅是古典音乐的集大成者，也开辟了浪漫时期音乐的道路，被尊称为"乐圣"。1827 年 3 月 26 日，贝多芬在维也纳逝世。他的作品有：作品集第三交响曲（英雄）、第五交响曲（命运）、第六交响曲（田园）、第九交响曲（合唱）、第一钢琴协奏曲、第三钢琴协奏曲、第五钢琴协奏曲、D 大调小提琴协奏曲、第八钢琴奏鸣曲（悲怆）、土耳其进行曲，等等。

人类却不能包括它……我们不知道认识究竟能给我们带来什么。被包裹着的种子只有在潮湿、带电和温暖的土壤中才会发芽、思考和表现自己。音乐便是这种带电的土壤；在音乐中，我们的头脑可以思考，可以生活和建设一切。哲学便是头脑带电本质的结晶；哲学的目标是寻求基本原理的基础；头脑是需要借助于哲学才能达到崇高境界的；虽然头脑并不能超越产生他的东西，但它在超越的过程中却会得到幸福。所以，每种现实的艺术创造都是独立的，而且比艺术家本人更有力量，它通过艺术的表现回向神圣。艺术创造和艺术家也只有回向神圣，才能证明神圣的东西在他身上获得了调解。万物都带电，它刺激头脑去创造音乐，创造流动性的、不断往外涌现出来的东西。

我的本性也是带电的，我一定要改变我的智慧不易外露的习惯，为了表达我的智慧，我可以做到心里是怎样想的，口头上就怎样说，写信告诉歌德，问问他是否明白我所说的意思。

创作中的贝多芬

贝多芬创作的音乐，赞美了人性中克服痛苦的伟大坚忍力，描述了奋斗之后的冷静和沉着，也反映出他与坎坷命运奋斗的最后胜利。时至今日，我们依然可以从他壮丽的乐曲气氛中感受到他是如何战胜耳聋带给他的打击的。

作/品/赏/析

演讲中，贝多芬充分表达了对音乐的热爱，刚开始他就说："当一个主题被自然地放在了面前时，我的旋律就从热情的源泉，不择地涌现出来；我追踪它，再次热情地抓住它……"从中我们不难看到贝多芬对音乐的巨大热情和对音乐创作的忘我与投入。此后贝多芬以精确的语言，给出了音乐的本质"精神生活与感官生活之间的调解者"。作为一种艺术，音乐来自哪里呢？贝多芬给出了自己的理解，来自深刻的哲学思考和对崇高境界的追求，"音乐是带电的土壤"，要想有所创造音乐家需要"回向神圣"。最后，贝多芬热情地表达，自己勇敢地"表达我的智慧"，创作更多的音乐作品。

贝多芬的演说，思想深刻，语言精妙。此外，他还运用了形象的比喻来解释音乐的本质和创作。这些比喻使得说理更加透彻、生动。这番演讲就像是他创作的美妙的音乐，蕴含着独有的思想，散发着独特的光芒。

巴尔扎克葬词 / 雨果

演讲词档案
演讲者：雨果（1802～1885）
演讲时间：1850 年 8 月 20 日
演讲地点：拉歇斯神甫公墓
演讲者身份：法国著名诗人、小说家、政治活动家

历史背景

巴尔扎克于 1850 年 8 月 18 日逝世，8 月 20 日，在拉歇斯神甫公墓举行了隆重的葬礼。雨果面对冒雨前来送葬的人们发表了这篇演讲，它是一个文学天才对另一个先行离开的文学天才的盖棺定论。

原文欣赏

各位先生：

方才入土的人是属于那些有公众悲痛送殡的人。在我们今天，一切虚构都消失了。从今以后，众目仰望的不是统治人物，而是思维人物。一位思维人物不存在了，举国为之震动。今天，人民哀悼的，是死了有才的人；国家哀悼的，是死了有天才的人。

各位先生，巴尔扎克的名字将打入我们的时代，给未来留下光辉的线路。

巴尔扎克先生参与了 19 世纪以来在拿破仑之后的强有力的作家一代，正如 17 世纪一群显赫的作家（法国 17 世纪古典主义作家高乃依、拉辛、莫里哀和拉封丹等，他们在黎希留之后共同促成了法国 17 世纪古典主义文学的兴盛），涌现

· 演讲者简介 ·

雨果（1802～1885），贯穿他一生活动和创作的主导思想是人道主义、反对暴力、以爱制"恶"。他的创作期长达 60 年以上，作品包括 26 卷诗歌、20 卷小说、12 卷剧本、21 卷哲理论著，合计 79 卷之多，给法国文学和人类文化宝库增添了一份十分辉煌的文化遗产。

雨果出生在法国贝桑松的一个军官家庭。他在中学时代就对文学产生了浓厚兴趣。他的文学活动是从他为《文学保守派》杂志写稿开始的。由于家庭的影响，雨果最初的诗歌大都歌颂保王主义和宗教。1830 年七月革命后，在政治上进一步走上左翼的道路。

1848 年"二月革命"开始时，雨果已成为坚定的共和党人，并当选为制宪会议的成员，成为法国国民议会中社会民主左派的领袖。1851 年，路易·波拿巴发动反革命政变。雨果立即发表宣言进行反抗，不幸遭到失败。同年 12 月，雨果被迫逃亡到布鲁塞尔。

在长达 19 年的流亡生活期间，雨果始终坚持对拿破仑三世独裁政权的斗争，并坚持写作。雨果一生追随时代步伐前进，是法国文学史上一位重要的作家。

1885 年 5 月 22 日，在巴黎与世长辞。

出黎希留（法王路易十三的宰相，执政期间注意网罗人才使他们服务于王权）之后一样，就像文化发展中，出现了一种规律，促使精神统治者承继了武力统治者一样。

在最伟大的人物中间，巴尔扎克是第一等的人；在最优秀的人物中间，巴尔扎克是最高的一个。他的理智是壮丽的、颖特的，成就不是眼下说得尽的。他的全部书仅仅形成了一本书：一本有生命的、有光亮的、深刻的书，我们在这里看见我们的整个现代文化走动、来去，带着我说不清楚的、和现实打成一片的惊惶与恐怖的感觉。一部了不起的书，他题作喜剧，其实就是题作历史也没有什么，这里有一切形式与一切风格，超过塔席特，上溯到徐艾陶诺（塔希特、徐艾陶诺：罗马帝国时期的历史学家）；经过博马舍，上溯到拉伯雷；一部又是观察又是想象的书，这里有大的真实、亲切、家常、琐碎、粗鄙，但是骤然之间就是现实的帷幕撕开了，留下一条宽缝，立时露出最阴沉和最悲壮的理想。

愿意也罢，不愿意也罢，同意也罢，不同意也罢，这部庞大而又奇特的作品的作者，就在自己不知道的时候，加入了革命作家的强大行列。巴尔扎克笔直地奔到目的地，抓住了现代社会脉搏。他从各方面揪过来一些东西，有虚象，有希望，有呼喊，有假面具。他发掘恶习，解剖热情。他探索人、灵魂、心、脏腑、头脑与各个人有的深渊。巴尔扎克由于他天赋的自由而强壮的本性，由于理智在我们的时代所具的特权，身经革命，更看出了什么是人类的末日，也更了解了什么是天意，于是面带微笑，心胸爽朗，摆脱开了那些令人望而生畏的研究，不像莫里哀，陷入忧郁；也不像卢梭，起憎世之心。

这就是他在我们中间的工作。这就是他给我们留下来的作品，高大而又坚固的作品，金刚岩层雄伟的堆积——纪念碑！从今以后，他的声名在作品的顶尖熠熠发光。伟大人物给自己安装基座，未来负起安放雕像的责任。

他的去世惊呆了巴黎。他回到法兰西有几个月了。他觉得自己快要死了，希望再看一眼祖国，就像一个人出远门之前，要吻抱一下自己的亲娘一样。

他的一生是短促的，然而也是饱满的——作品比岁月还多。

唉！这强有力的、永不疲倦的工作者，这哲学家，这思想家，这诗人，这天才，在我们中间，过着暴风雨的生活，充满了斗争、争吵、战斗，一切伟大人物在每一个时代遭逢的生活。今天，他安息了。他走出了纷扰与仇恨。他在同一天步入了光荣，也步入了坟墓。从今以后，他和祖国的星星在一起，熠耀于我们上空的云层之上。

你们站在这里，有没有羡慕他的心思？

各位先生，面对着这样一种损失，不管我们怎样悲痛，就忍受一下这些重大打击吧。打击再伤心、再严重，也先接受下来再说吧。在我们这样一个时代，不时有伟大的死亡刺激充满了疑问与怀疑论的心灵，因而对宗教发生动摇。这也许是适宜的，这也

雨果像

许是必要的。上天使人民面对着最高的神秘，对死亡加以思维，知道自己做的是什么。死亡是伟大的平等，也是伟大的自由。

上天知道自己做的是什么，因为这是最高的教训。一个崇高的心灵，气象万千，走进另一个世界，他本来扇着天才的看得见的翅膀，久久停在群众的上空，忽而展开人看不见的另外的翅膀，骤然投入了不可知。这时候个个人心所能有的，只是庄严和严肃的思想。

雨果时代的法国是浪漫主义的中心，而巴黎更是伟大的浪漫主义者聚集的地方。图中演奏钢琴者为著名的钢琴大师李斯特，周围是雨果（左二）、大仲马（左一），以及法国浪漫主义女小说家乔治·桑（右一）、意大利作曲家与19世纪主要小提琴演奏大师帕格尼尼（左三）等。

不，不是不可知！不，我在另一个沉痛的场合已经说过了，我就不疲倦地再说一遍吧：不，不是夜晚，而是光明！不是结束，而是开始！不是空虚，而是永生！你们中间有谁嫌我这话不对吗？这样的棺柩，表明的就是不朽。面对着某些显赫的死者，人更清清楚楚地感到这种神圣的命运，走过大地为了受难、为了洗净自己。大家把这种理智叫做人，还彼此说：那些生时是天才的人，死后就不可能不是神灵！

作/品/赏/析

在巴尔扎克墓前，雨果穷尽了溢美之词，但是我们丝毫没有感到夸张，"从今以后，众目仰望的不是统治人物，而是思维人物。一位思维人物不存在了，举国为之震动。今天，人民哀悼的，是死了有才的人；国家哀悼的，是死了有天才的人"。雨果对巴尔扎克的全部溢美之词是建立在他对巴尔扎克的全部理解之上的，它是一个伟大灵魂对另一个伟大灵魂的理解："他的全部书仅仅形成了一本书：一本有生命的、有光亮的、深刻的书，我们在这里看见我们的整个现代文化走动、来去，带着我说不清楚的、和现实打成一片的惊惶与恐怖的感觉。"雨果认为巴尔扎克的著作是"一部了不起的书"，"有一切形式与一切风格"，"一部又是观察又是想象的书，这里有大的真实、亲切、家常、琐碎、粗鄙，但是骤然之间就是现实的帷幕撕开了，留下一条宽缝，立时露出最阴沉和最悲壮的理想"，他的"作品比岁月还多"。雨果不愧是浪漫主义的天才人物，他敏锐的洞察力使他在巴尔扎克的葬礼上迅速地捕捉了时代变化的脉搏，他的语言是激动和无法节制的，爆发着诗性的智慧和激情。

普希金纪念像揭幕致词 / 屠格涅夫

演讲词档案
演讲者：屠格涅夫（1818～1883）
演讲时间：1880年6月6日
演讲地点：斯特拉斯特内伊广场
演讲者身份：俄国著名作家、诗人和剧作家

历史背景

　　普希金是俄罗斯最伟大的诗人，被称为"俄罗斯文学之父"。作为一个贵族革命诗人，他歌颂自由、同情人民、反对暴政，创作了大量的文学作品，最著名的如政治抒情诗《致恰达耶夫》、《自由颂》；叙事长诗《叶夫盖尼·奥涅金》等。普希金的作品多关注专制制度与民众的关系，以及农奴问题。他的作品是反映俄国社会的一面镜子，促进了俄国社会思想的进步。为纪念普希金这轮"俄罗斯的太阳"，俄罗斯人民在莫斯科市中心的斯特拉斯特内伊广场为他建造了一座纪念像。1880年6月6日，普希金纪念像揭幕，屠格涅夫在揭幕式上发表了这次演讲。

原文欣赏

女士们、先生们：

　　为普希金建造纪念像得到了素有教养的全俄罗斯人民的参与、赞同，我们这么多优秀的人物，来自乡村、政府、科技、文学和艺术各界的代表在此聚会庆祝，这一切向我们表明了社会对它的一位优秀成员的由衷爱戴。我们尽量简练地阐述一下这种爱戴的内涵和意义。

　　普希金是俄罗斯第一位诗人艺术家。艺术这个词从广义上理解应包括诗歌在内。艺术是理想的再现和反映。理想存在于人民的生活根基内，决定了人民的道德风貌。艺术活动是人的基本特性之一。在人类本性中早已发现了的、明确了的艺术活动——艺术，事实上是模仿，即使在人类生存的最早期，它也已经表达出崇高精神和人类某种最优秀的东西。石器时代的野蛮人用尖石块在适当的断骨片上画熊或麋鹿头，此时其实他们已不再是野蛮人、动物类了。但人类只有到了天才们用创造力自觉、充分、有特色地表现自己艺术的那一刻，它才获得了自己的精神面貌和自己的声音，从而有了宣布自己在历史中自身地位的权利。于是，它开始和那些承认它的民族友好共处。怪不得希腊被称为荷马的国家、德国为歌德的国家、英国为莎士比亚的国家。我们不想否定人民生活在宗教、国家等领域内其他现象的重要性，而我们现在所指的特性是人民从自己的艺术、自己的诗歌那里得到的：人民的艺术是它活生生的个体灵魂、它的思想、它高层次含义上的语言，这也就不足为奇了。艺术一旦得以充分的表现，它甚至比科学更能成为全人类的财富，因为它是有声响的、人类的、思索着的灵魂，这一灵魂是不死的，因为它能比自己的人民，自己的肉体存活得更久。希腊给我们留下了什么？留下的是她的灵魂。宗教形态以及随后科学形态的东西同样比表现它们的人民存活得长久，这是由于在它们里面有着共同的、永恒的东西；诗歌、艺术的长存是由于有着个体的、生动的东西。普希金，让我们再重复一遍，是我们第一位诗人艺术家。诗人充分表达了人民性本质，在他身上融合了这一本质的两个基本原则：相容性原则和独立性原则，我们可大胆地补充解释成女性和男性原则。俄国人加入欧洲大家庭比别的民族来得迟，这两种原则在我国染上了特殊的色彩。我们的相容性是双重的：既对本国的生活也对其他西方民族的生活相容，其中对西方生活中的所有精华以及有时在我们看来是苦涩的果实都能相容，我们的独立性也获得一种特殊的、不平衡的、阵发性的，但有时又是很完美的力量。这种独立性必须同外界的复杂情况、同自身的矛盾作斗争。请回忆一下彼得大帝吧！他的本性与普希金有点相似，难怪普希金对彼得大帝怀有特殊的仰慕、敬爱之情。我们现在所讲的这种双重的相容性意味深长地反映在我们诗人的生活之中：首先，他诞生在旧贵族老爷的家里，其次，贵族学校的外国化教育，由外部渗透进来的当时社会的影响，伏尔泰、拜伦、和1812年伟大的人民战争，最后是俄国腹地的放逐，对人民生活、民间语言的沉迷，以及那著名的老奶妈讲的平凡的故事。至于涉及独立性，那么它在普希金身上很快就被激发出来，他不再摸索、徘徊，他进入了自由创作的天地。

女士们、先生们，任何艺术都是把生活拔高到理想境界，持日常琐碎生活观点的人总是低于这一境界。这是一个应该努力去攀登的高峰。不管怎么说，歌德、莫里哀和莎士比亚始终是真正含义上的人民诗人，即民族诗人。让我们作一比较，例如：贝多芬或莫扎特，无疑都是民族的，德国的作曲家，他们的音乐大部分是德国音乐，然而在他们所有的作品里你非但找不到一点从平民百姓那儿借用来的音乐痕迹，甚至也找不到与它们有相似的地方，这正是因为这种民间的、还处于自然阶段的音乐已经渗入他们的血肉之中，促使他们活跃。这好比艺术理论完全消溶于他们体内，也好像语法规则在作家活生生的创作中无影无踪一样。在另外一些脱离日常生活观点更远一点，更封闭一点的艺术领域内，"民间性"的提法是不可思议的。世界上有民族画家拉斐尔、伦勃朗，但却没有民间的画家。我顺便指出，在艺术、诗歌、文学领域里提出民间性口号只会是那些弱小的民族，他

·演讲者简介·

屠格涅夫（1818～1883），1818年生于俄国奥廖尔省。1833年进入莫斯科大学文学系，一年后转入圣彼得堡大学哲学系语文专业，毕业后赴德国柏林大学学习。1843年春，和李根共同发表叙事长诗《巴拉莎》，受到别林斯基的好评。1847～1851年，在进步刊物《现代人》上发表成名作《猎人笔记》。此作品主张废除农奴制，触怒了当局。政府以屠格涅夫发表追悼果戈里文章违反审查条例为由，将其拘捕、放逐。1860年以后，屠格涅夫主要在西欧生活，结交了如左拉、莫泊桑、都德等著名作家、艺术家，并参加了在巴黎举行的"国际文学大会"。屠格涅夫在俄罗斯文学与欧洲文学的沟通方面起到了重要作用。

屠格涅夫像

们尚未成熟或者处于被奴役、被压迫的状态下。他们的诗歌当然要去服务于另一个十分重要的目的：维护好民族自身的存在。上帝保佑，俄罗斯并不处于类似的环境中，它既不弱小也不奴役其他民族，它用不着为自身存在而担惊受怕，用不着死死地固守着独立性，它甚至可以去爱那些能指出它缺点的人。我们还是回到普希金的话题来吧！有人问，他是否能称之为与莎士比亚、歌德和其他大艺术家相提并论的诗人？这一点我们暂且不谈，但他创造了我们诗歌的文学的语言，我们和我们的后代只需沿着他的才智所开辟的道路前进就可以了。从我们以上所说的话中，你们已经可以相信，我们不会同意那些当然是好心肠人的意见。他们认为，根本就不存在什么俄罗斯的标准语，而只是民众和其他一些慈善机构为我们创造的。我们反对这种说法，在普希金创造的语言里我们看到的是所有生命力的条件：俄罗斯的创作、俄罗斯的相容性，在这壮丽的语言中它们严谨地融合在一起。普希金本人就是一位出色的俄罗斯艺术家，的确如此，俄罗斯的！他诗歌的核心本质、所有特性正是和我国人民的特点本质相一致的。

　　一切正是这样？但是我们能否有权利称普希金为世界级的民族诗人呢？（这两种表达法往往是相吻合的）就好比我们这样称呼莎士比亚、歌德、荷马一样呢？普希金还不能与他们完全相提并论。我们不该忘记：他孤身一人却必须去做两项工作，在其他国家是相隔整整一个世纪甚至更长时间来完成的。这两项工作分别是：创立语言和造就文学，再加上残酷的命运又增加了他的负担，命运之神几乎是幸灾乐祸地对我们的天才穷迫不舍，把他从我们身边夺走，当时，他未满 37 岁。可是，我们不去局限在这些悲剧的偶然性上，正因为这种偶然性，也就富有悲剧色彩。我们从黑暗中再返回光明，重来谈谈普希金的诗歌。我没有篇幅和时间一一列举他单独的作品，别人会把这件事做得更好。我们仅仅想指出，普希金在自己的创作中为我们留下了许多典型范例、典型形象（这是天才人物的又一无可置疑的特点），它们仍将在我们以后的文学创作中体现出来。请你只要回味一下《鲍里斯·戈都诺夫》中小酒馆的场面《格罗欣村的编年史》等便可以了。而诸如毕明以及《上尉的女儿》中的主要角色难道不就证明了他心目中的过去同样存活在今天，存活于他所预见过的未来。

　　然而，普希金终未逃脱诗人艺术家、创业者所共有的结局。他感受到了同时代人对自己的冷漠；以后的几代人离他就更远了；不再需要他，不再以他的精神来教育自己。直到前不久我们才渐渐看见重新着手读他诗歌的局面。我们已经指出了一个值得庆幸的事实，青年人重又回头阅读、研究普希金了，但我们不能忘记，好几代人延续不断地从我们眼前经过，在他们看来，普希金的名字也就像其他名字一样总会被人遗忘。我们也不想过分怪罪于上几代人，我们只想扼要说明，为什么这种遗忘是不可避免的，但我们也不该不为回归诗歌的境况感到欣慰。我们特别高兴，是因为我们的青年人回头阅读，并不是像那些追悔莫及、万念俱灰、被自己的失误拖得精疲力竭的人那样寻找着他们曾经抛弃的避风港和安身处。我们很快就发现，这种回归是满足的表现，尽管只有一点满足。我们还找到了以下情况的证证：某些目标，不管是被认为可以达到，还是必须达到的，都是在于把一切与生活无关的东西清除掉，把生活压缩在唯一的轨道上运行，于是，人们承

认这些目标达到了，未来又会预示向其他目标进取。然而，已经没有任何东西会妨碍以普希金为主要代表的诗歌在社会生活众多合法现象中占有自己一席合法的地位。曾几何时，美文学几乎成了再现当时生活唯一的方式，但接着又完全退出生活舞台。美文学当时的范围过于宽大，而诗歌又被压缩到几乎等于零。诗歌一旦找到了自己自然的界限，便会永远巩固住自己的地盘。在老一代的，并不是老朽的导师的影响下，我们坚信，艺术的规则、艺术的方法又会起作用，谁精通这些呢？也许会有某位新的、尚无人知晓的、超过自己导师的天才问世，他完全可以无愧于世界级民族诗人这一称号。这个称号我们还没决定赋于普希金，但也不敢从他身上剥夺去。

无论如何，普希金对俄罗斯的功绩是伟大的、值得人民感激的。他把我们的语言进行了最后的加工，以至于使它在文字的丰富性、力度感、形式美方面甚至得到了国外语言学家的首肯，几乎被认为继古希腊语之后的第一流语言。普希金还用典型形象、不朽的音响影响了整个俄罗斯的生活风尚，最终是他第一个用强劲的大手把诗歌这面旗帜深深地插入了俄罗斯大地。如果在他去世后，论战掀起的尘土暂时遮盖住了这面光辉的旗帜，那么今天尘土已开始跌落，由他升起的常胜大旗重又辉耀高空。发出光辉吧，就像矗立在古老首都中心位置的伟大青铜圣像一样；向未来的一代又一代人宣告吧，我们有权利被称为伟大的民族，因为在这一民族中诞生了一位和其他伟大人物一样的人物：正像人们一提起莎士比亚，则所有刚识字的人都必然会想成为他的新读者。我们同样也希望，我们每一个后代都怀着爱心驻足在普希金的雕像前理解这种爱的意义。这样也就证明，他像普希金一样成了更俄罗斯化、更有教养、更自由的人了！女士们、先生们，这最后一句话请你们不必惊奇！在诗歌里蕴含着解放的力量，因为这是一种高昂的道德力量。我们更希望在不久的将来甚至那些至今仍不想读我们诗人作品的平民百姓们的儿女也会明白，普希金这个名字意味着什么？他们会自觉地反复念叨一直在我们耳际回响的喃喃自语声："这是一座为导师而立的纪念像！"

作/品/赏/析

屠格涅夫把演讲的主题定位为"阐述一下这种爱戴的内涵和意义"。他从"艺术"一词谈起，充分表达了他对普希金的思念和无限崇敬，高度赞扬了普希金在文学上的不朽贡献。他认为普希金是"俄罗斯第一位诗人艺术家"，他的诗使俄语成了"继古希腊语之后的第一流语言"。屠格涅夫指出，普希金一个人完成"创立语言和造就文学"的伟大使命，而且是在残酷的命运下。他肯定普希金的成就，说"无论如何，普希金对俄罗斯的功绩是伟大的、值得人民感激的"，而且认为普希金不应该被人遗忘，并为青年人开始回顾普希金的作品而感到高兴。屠格涅夫说出了建立纪念像的必要性，得到听众们的认同。屠格涅夫用一句"这是一座为导师而立的纪念像"作为结尾，使得整个演讲戛然而止，既扣住了演讲的主题，又引人深思。

在荷默斯七十寿辰时的致词 / 马克·吐温

演讲词档案

演讲者：马克·吐温（1835 ~ 1910）
演讲时间：1879 年 12 月 3 日
演讲地点：波士顿
演讲者身份：美国著名作家

历史背景

1867 年，马克·吐温受一家报社的委托，以记者的身份去地中海地区旅行。在途中，他完成了 50 篇通讯。1869 年，这些作品结集为《老实人在国外》出版。书中幽默的语言和令人回味的内容，轰动了整个美国。因为这部书的部分内容涉嫌剽窃，马克·吐温因此结识了美国另一位文坛巨匠荷默斯。不打不成交，随后两人成为挚友。1879 年 12 月 3 日是荷默斯七十大寿，马克·吐温在祝寿会上发表了这篇贺词。

原文欣赏

主席先生，各位女士、先生：

为了亲临对荷默斯博士的祝寿，再远的路程我也要前来。因为我一直对他怀有特别亲切的感情。一个人一生中初次接到一位大人物的信时，总是把这当成一件大事。你们所有的人都会有这样的体验。不管你后来接到多少名人的来信，都不会使这第一封失色，也不会使你淡忘当时那种又惊喜又感激的心情。流逝的时光也不会湮灭它在你心底的价值。

第一次给我写信的伟大人物正是我们的贵客——奥列弗·温德尔·荷默斯。他也是第一位被我从他那里偷得了一点东西的大文学家。这正是我给他写信以及他给我回信的原因。我的第一本书出版不久，一位朋友对我说："你的卷首献词写得漂亮简洁。"我说："是的，我认为是这样。"我的朋友说："我一直很欣赏这篇献词，甚至在你的《老实人在国外》出版前，我读到这篇献词时就很欣赏了。"我当然感到吃惊，便问："你这话什么意思？你以前在什么地方看到这篇献词？""唔，几年前我读荷默斯博士的《多调之歌》一书献词时就看过了。"当然啦，我一听之下，第一个念头就是要了这小子的命，但是想了一想之后，我说可以先饶他一两分钟，给他个机会，看看他能不能拿出证据证实他的话。我们走进一间书店，他果真证实了他的话。我确实实偷了那篇献词，几乎一字未改。我当时简直想象不出怎么会发生这种怪事；因为我知道一点，绝对无庸置疑的一点，那就是，一个人若有一茶匙头脑，便会有一分傲气。这分傲气保护着他，使他不致有意剽窃别人的思想。那就是一茶匙头脑对一个人的作用——可有些崇拜我的人常常说我的头脑几乎有一只篮子那么大，不过他们不肯说这只篮子的尺寸。

后来我到底把这事想清楚了，揭开了这谜。在那以前的两年，我有两三个星期在三明治岛休养。这期间，我反复阅读了荷默斯博士的诗集，直到这些诗句填满我的脑子，快要溢了出来。那献词浮在最上面，信手就可拈来，于是不知不觉地，我就把它偷来了。说不定我还偷了那集子的其余内容呢，因为不少人对我说我那本书在有些方面颇有点诗意。当然啦，我给荷默斯博士写了封信，告诉他我并非有意偷窃。他给我回了信，十分体谅地对我说，那没有关系，不碍事；他更表示相信我们所有的人都会不知不觉地运用读到的或听来的思想，还以为这些思想是自己的创见呢。他说出了一个真理，而且说得那么令人愉快，帮我顺顺当当地下了台阶，使我甚至庆幸自己亏得犯了这剽窃罪，因而得到了这封信。后来我拜访他，告诉他以后如果看到我有什么可供他作诗的思想原料，他尽管随意取用好了。那样，他可以看到我是一点也不小气的；于是我们从一开始就很合得来。

从那以后，我多次见过荷默斯博士；最近，他说——噢，我离题太远了。我本该向你们，我的同行、广大公众的教师们说出我对荷默斯的祝词。我应该说，我非常高兴地看到荷默斯博士的风采依然不减当年。一个人之所以年迈非因年岁而是身心的衰弱。我希望许许多多年之后，人们还不能肯定地说："他已经老了。"

作/品/赏/析

在这番祝寿词中，马克·吐温不落俗套，围绕《老实人在国外》中的一次"无意的剽窃"，来谈论他和荷默斯相识的经过。虽然这只是一件微不足道的小事，但是在这样的场合中讲出来，却表现出马克·吐温与荷默斯之间不同寻常的关系。

当然，马克·吐温并非有意剽窃。但如果从法律的角度上来看，这的确是一件可以对簿公堂的事情。不过，这个严肃的事件从这位幽默大师的口中说出来，却让人忍俊不禁。"可有些崇拜我的人常常说我的头脑几乎有一只篮子那么大，不过他们不肯说这只篮子的尺寸。""那献词浮在最上面，信手就可拈来，于是不知不觉地，我就把它偷来了。"这些幽默、诙谐的语言，给这件严肃的事情中加入了轻快的随意。这显示了马克·吐温的演讲天赋，也是这篇演讲的魅力所在。本文不仅是演讲中的典范，也为我们处理日常生活的一些误会提供了借鉴。

这是马克·吐温的代表作《汤姆·索亚历险记》中的情景，图中调皮的汤姆正划着小木筏进行着他神圣的探险。

在莫泊桑葬礼上的演说 / 左拉

演讲词档案

演讲者：左拉（1840～1902）
演讲时间：1893 年
演讲地点：莫泊桑葬礼
演讲者身份：法国著名作家

历史背景

1874 年，莫泊桑通过福楼拜结识了左拉。此后，左拉成为莫泊桑的老师、兄长和朋友。1879 年，左拉、莫泊桑以及保尔·阿莱克西等六人，结成了自然主义的"梅塘集团"。在莫泊桑的创作生涯中，左拉对他的成功起了非常重要的作用。在莫泊桑逝世后，左拉深感痛心。在莫泊桑葬礼上，左拉发表了这篇悼念演讲。

原文欣赏

那些规模庞大的系列作品，能够留传后世的从来都不过是寥寥几页。

请允许我以法兰西文学的名义讲话，作为战友、兄长、朋友，而不是作为同行向吉·德·莫泊桑致以最崇高的敬意。

我是在居斯塔夫·福楼拜家中认识莫泊桑的，他那时已在 18 岁到 20 岁之间。此刻他又重现在我的眼前，血气方刚，眼睛明亮而含笑，沉默不语，在老师面前像儿子对待父亲一样谦恭。他往往整整一个下午洗耳恭听我们的谈话，老半天才斗胆插上片言只语；但这个开朗、坦率的棒小伙子焕发出欢快的朝气，我们大家都喜欢他，因为他给我们带来健康的气息。他喜爱剧烈运动，那时流传着关于他如何强悍的种种佳话。我们却不曾想到他有朝一日会有才气。

《羊脂球》这杰作，这满含柔情、讥嘲和勇气的完美无缺的作品，爆响了。他下车伊始就拿出一部具有决定意义的作品，使自己跻身于大师的行列。我们为此感到莫大的愉快；因为他成了我们所有看着他长大而未料想到他的天才的人的兄弟。

· 演讲者简介 ·

左拉（1840～1902），1840 年 4 月在巴黎出生。1859 年，中学毕业会考失败，无缘大学。在以后两年间，尝尽了失业的辛酸，但却因此体验了劳苦大众的生活。1862 年，进入阿歇特出版社工作。1864 年，第一部短篇小说集《给妮侬的故事》出版。1866 年，被迫辞职。1867 年，首次把自己在文学上的理论付诸实践，写出《黛莱丝·拉甘》，第二年又写了另一部科学实证小说《玛德莱纳·菲拉》。1877 年，完成著作《小酒店》，从此一举成名。接着，他用 16 年时间完成了 13 部著作，其中比较著名的有：《娜娜》、《萌芽》、《金钱》、《崩溃》、《巴斯卡医师》等。1902 年 9 月 28 日，因煤气中毒在巴黎去世。

左拉像

而从这一天起，他就不断地有作品问世，他高产，稳产，显示出炉火纯青的功力，令我惊叹。短篇小说，中篇小说，源源而出，无限地丰富多彩，无不精湛绝妙，令人叹为观止；每一篇都是一出小小的喜剧，一出小小的完整的戏剧，打开一扇令人顿觉醒豁的生活的窗口。读他的作品的时候，可以是笑或是哭，但永远是发人深思的。

啊！明晰，多么清澈的美的源泉，我愿看到每一代人都在这清泉中开怀畅饮！我爱莫泊桑，因为他真正具有我们拉丁的血统，他属于正派的文学伟人的家族。诚然，绝不应该限制艺术的天地：应该承认复杂派、玄妙派和晦涩派存在的权利；但在我看来，这一切不过是堕落，如果您愿意的话，也可以说是一时的离经叛道，总还是必须回到纯朴派和明晰派中来的，正如人们终归还是吃那营养他而又永不会使他厌腻的日常必吃的面包。

莫泊桑在十五年中发表了将近二十卷作品，如果他活着，毫无疑问，他还可以把这个数字扩大三倍，他一个人的作品就可以摆满一个书架。可是让我说什么呢？面对我们时代卷帙浩繁的产品，我有时真有点忧虑不安。诚然，这些都是长期认真写作的成果……不过，对于荣誉来说这也是十分沉重的包袱，人们的记忆是不喜欢承受这样的重荷的。那些规模庞大的系列作品，能够留传后世的从来都不过是寥寥几页。谁敢说获得不朽的不可能是一篇三百行的小说，是未来世纪的小学生们当做无懈可击的完美的典范口口相传的寓言或者故事呢？

先生们，这就是莫泊桑光荣之所在，而且是更牢靠、最坚实的光荣。那么，既然他以昂贵的代价换来了香甜的安息，就让他怀着对自己留下的作品永远富有征服人心的活力这一信念，香甜地安息吧。他的作品将永生，并将使他获得永生。

作/品/赏/析

作为逝者的挚友，左拉在演讲的开头首先回忆了自己与莫泊桑第一次在福楼拜家中相识的情景。虽是简单的描述，但是这引起了在场听众的共鸣。在这次演讲中，左拉高度评价了莫泊桑的《羊脂球》，并且赞扬他的每一篇小说"都是一出小小的喜剧，一出小小的完整的戏剧，打开一扇令人顿觉醒豁的生活的窗口"。演讲中，左拉毫无保留地表达了自己对莫泊桑的爱。接着，左拉借莫泊桑留下的作品的数量，发出了对这样一位伟大的作家中年辞世的惋惜，"如果他活着，毫无疑问，他还可以把这个数字扩大三倍"。之后，他再次特别提起莫泊桑的短篇小说，评价道："谁敢说获得不朽的不可能是一篇三百行的小说，是未来世纪的小学生们当做无懈可击的完美的典范口口相传的寓言或者故事呢？"人虽然不在了，但是他的作品却是可以永远存于世的。

左拉的演讲平静、自然，既表达了自己悲伤、惋惜的心情，也充满了缅怀与赞美。这是一篇充满敬意的优秀悼念演讲。

向塞尚致意 / 克莱夫·贝尔

演讲词档案

演讲者：克莱夫·贝尔（1881～1964）

演讲时间：1939 年

演讲者身份：英国艺术评论家

历史背景

塞尚是法国后印象主义派的画家，他非常重视形以及构成形的线条、色块和体、面。塞尚的画在结构和色彩上表现出了独特的带有诗意的美感。这与贝尔的论断"艺术是有意味的形式"相吻合，为此，贝尔对塞尚大为赞赏。

原文欣赏

随着塞尚的成熟，一个新的运动业已开始。人们常说，凭一个人的力量就能够激发整个一个时代。而塞尚就正是激发了当代的运动的人。然而，又不能说他完全置身于这个运动之中，因为他太伟大了，把他局限于某一个历史发展期的框架之内是不合适的。他是主宰一个时代的大人物之一，不适于被放到进化论者为我们安排好的干净的小鸽子窝里。他在他的大半生里没有引起人们的注意，而且当他悄悄地露出头角的时候，也未被人们发现。显而易见，我们欠下了他的债有多么大，而他欠下大家的债又是多么少。对我们来说，是不难看出高更和凡高逝世之前向塞尚借了些什么东西。当然，事实也并非完全如此，因为他们确实有敏锐的目光，在新世纪的黎明即将到来之前，他们就看出塞尚已经为一个新运动奠基了。

不管一位伟大的艺术家是否能被看做是一个坡道的起点的标志，塞尚却能当之无愧地代表一个运动的起点。我们不知道以后的年代要如何感谢塞尚，也很难说当代艺术要感谢他什么。没有他，那些才华横溢的艺术家们，那些以他们那丰富的意味和独创性感动我们的人，将会举步不前，分辨不出他们的目标，缺乏前进所必需的图表、方向盘和罗盘。塞尚是发现"形式"这块新大陆的哥伦布。他

·演讲者简介·

克莱夫·贝尔（1881～1964），当代西方形式主义艺术的理论代言人。起初在剑桥大学攻读历史学，后来对绘画产生强烈兴趣，改为研究绘画，其妻子是女画家丝蒂芬。贝尔曾经参加过英国著名学术团体布鲁姆斯伯里集团，并成为其中主要的成员。他的主要著作有：《艺术》、《法国绘画简介》、《自塞尚以来的绘画》、《欣赏绘画》、《19 世纪绘画的里程碑》等。《艺术》一书集中体现了他的形式主义理论。他认为"有意味的形式"是一切视觉艺术的共同性质，在不同的艺术作品中，线条、色彩等的组合构成了它们的美感，也激起了观众的审美情绪。

于 1839 年出生在艾克斯·恩省，他耐心地沿着他的导师皮萨罗的画法搞了 40 年的绘画。在世人看来，他刚刚崭露头角就好像是一位受人尊敬的二、三流的印象派画家。他崇拜莫奈，他是佐拉的朋友。他站在正确的一方，当然是印象派一方，站在那些忠实的，不为功利的艺术家一方，反对学院派和文学庸人。

塞尚是一个完美的艺术家的典型。他是专业画家、诗人或音乐家的完美的典范。他创造了形式，因为只有这样做他才能获得他生存的目的——即对形式意味感的表现。

玩纸牌者　塞尚

这幅作品描绘了两个正在玩纸牌的农民形象，被公认为塞尚最伟大的人物画。

他毕生不断努力去创造在他的灵感到来的时刻他所感觉到的东西的形式。毫无灵感的艺术观念，即公式化的绘画观念，在他看来本来就是荒唐可笑的。他的一生的真正任务不是绘画，而是独立和自救。值得庆幸的是，他只用绘画为我们做到了这一点。任何两张塞尚的画都一定会从根本上有所不同。这便是为什么整整一代本来并非同一的艺术家都从他的作品中吸取了灵感的原因。这便是为什么当我说这场新型运动的最大特点就是它从塞尚那里派生出来的时候，这话没有包含一点点对于任何一位健在的艺术家的污蔑的原因。

塞尚，做一个艺术家就足够了。多少有才华的人，甚至天才都不是因为他们想当其他什么家而错过了成为真正的艺术家的机会吗？

作/品/赏/析

贝尔认为塞尚是凭一个人的力量，激发了当代的运动的人。正如演讲的主题"向塞尚致意"，贝尔整篇演讲都充满了对塞尚的敬意。他认为，在艺术领域里，塞尚发现了"形式"，在某种程度上说，塞尚是艺术界发现"新大陆"的哥伦布。就像贝尔说的，"我们不知道以后的年代要如何感谢塞尚，也很难说当代艺术要感谢他什么。没有他，那些才华横溢的艺术家们，那些以他们那丰富的意味和独创性感动我们的人，将会举步不前，分辨不出他们的目标"。贝尔最后说到"塞尚，做一个艺术家就足够了"，看似平淡的一句话，却隐含了对塞尚艺术成就的高度赞扬。演讲的最后一句话是反问句，贝尔再次加强了赞美之情。本篇演讲虽然是对塞尚的评论，却丝毫没有一般性评论的那种死板，而是用优美的抒情语言完成，让听众兴致盎然。

在孤独中前行 / 聂鲁达

演讲词档案

演讲者：聂鲁达（1904～1973）

演讲时间：1971年12月10日

演讲地点：瑞典斯德哥尔摩

演讲者身份：智利著名诗人

历史背景

聂鲁达是拉美文学史上最伟大的诗人之一。在长期的创作生涯中，他创作了包括《诗歌总集》在内的一批优秀诗歌。他的诗感情浓烈、想象丰富，赞颂了拉丁美洲人民争取独立、民主、自由的光辉而艰难的历程。1971年，因为他的"诗歌具有自然力般的作用，复苏了一个大陆的命运与梦想"，获得诺贝尔文学奖。这是他在颁奖典礼上发表的演讲。

原文欣赏

我现在要谈谈那漫长的旅途。那个地方与瑞典相距遥远，在地球的两端，景色与形状却颇为相似。那是一直延伸到地球南端的我的国家。智利南北走向，她的一端几乎与南极相接，所以，地形与瑞典非常相似，瑞典北端属于积雪深埋的地球最北方。

在祖国如此广袤辽阔的土地上，我有一个在今天仍不愿遗忘的经历。当时，为了探寻祖国智利与阿根廷的边界，我必须横跨安第斯地区，苍郁的森林下宛如隧道，覆盖着这片难以接近的地方。我们必须秘密行动，所以只能凭着极少的标志。没有前人通行过的痕迹，也没有小径。我和四个伙伴骑着马，避开大树、无法横渡的河流、大岩石、积雪等阻碍，攀缘侧身前进，以求身体的自如。伴随我的同伴，都很了解这片浓密的森林，但仍然骑着马挥着厚刀，不断剥下大树皮作为标志，希望回程能更安全。他们就这样边留下标志边往前行。

我们在无边的孤独中前行，巨树、大藤蔓、几百年前留下的腐土、蓦然挡住去路、阻止了我们行进的半倒着的树干，就在这样绿白相间的环境中，我们沉默着前进。四周都是令人眼花缭乱的神秘大自然，同时，也承受着寒冷、白雪和追逐者逐渐迫近的威胁。孤独、危险和我迫切的使命搅合在一起。

时时发现模糊不清的足印，可能是走私者或者罪犯逃亡时留下的足迹。他们大多数可能已被严冬的魔手所捕杀。在安第斯山中，可怕的雪崩有时会吞噬行人，埋得好深好深。

路旁荒野中，我发现一些人们到过的痕迹，那是好几个冬天前堆积的树枝。是饯别树枝，是长久以来通过这里的几百位行人献给未达目的地就长眠雪中的人的，是由高大树枝做成的坟墓。我的同伴又用厚刀砍下从树身低垂到头顶上的树枝。那大树在冬天的暴风雨来临时，以残存的树叶发出沙沙的响声，我给每座坟墓都赠送了礼物，那礼物就是树木的名片——装饰陌生行人坟墓的树枝。

在这片大密林中，有一个奇异的所在等待着我们。我们蓦地看见展现在山麓上的一个美丽的小牧场，看起来像是幻境。水色清澄，牧草碧绿，野花遍地，小河低语，天宇碧蓝，没有树叶遮蔽的阳光直泻而下。

我们宛如陷入魔法，像朝圣者一样，不自觉地停下了脚步。之后，我所参加的仪式"更为神圣"。向导都下了马。就像要举行某种仪式那样，牧场中央安放着雄牛的头盖骨。我的同伴一个一个沉静地走过去，把硬币和食物放入骨头的洞孔。我也加入其中，向可能在死牛眼窝中找到面包和帮助的迷途旅人和各种逃亡者献点东西。

这难忘的仪式并未就此结束。我的乡下朋友脱下帽子，跳起奇妙的舞蹈。他们单脚踏着前人足迹的轮廓，认真地跳。我望着朋友们做出的这种难以理解的举动，模模糊糊有所省悟：

"不相识的人之间也能沟通。在这世界上最边远、人迹罕至的地方，也有关怀、愿望与感应。"

我们又继续前进，到达距离祖国边界最近的一道山峡时，太阳已西下。我们看到一盏灯火，那儿必定有人。走近一看，发现是几幢临时搭起的半倒的小破屋，走进其中一幢，在火焰的闪亮处，我们发现房中央的一根大树干、甚至可以说是巨树的胴体在燃烧，不分昼夜地燃烧，从天花板空隙冒出的烟雾，有如蓝色的厚面纱，在黑暗中飘荡。屋里堆满了当地做的干酪，火旁静静躺着几个汉子，仿佛袋子或什物似的放在那里。沉默中，我们又听到了吉它伴奏的唱歌声。这些从黑夜炭火中发生的语言是我们在旅途中第一次听到的人类的声音。那是爱与隔绝之歌。是爱的叹息与对"遥远的春天"、"舍弃的故乡"、"无限扩展的人生"的渴望。他们不知我们是谁，对我这个人也一无所知，更不知我的诗和我的名字。啊，也许他们知道？在当前的现实中有的只是大家围着火唱歌、饮食而已。之后，在黑暗中，我们走进几间原始的小屋，穿过这几个小屋，有温泉在流动。那是从火山口喷涌出的热水，我们被迎入它温暖的怀里。

身子深浸在热水中，喧闹地泼着水，大家都驱除了马背上的疲劳，身心又都充满了活力，黎明时我们走上了最后几里路程。精神奕奕，心情愉快，在马背上唱着歌往前走。迄今，我仍清晰记得，起程时，为了对唱歌、食物、温泉、屋顶、

· 演讲者简介 ·

聂鲁达（1904～1973），1904年生于智利帕拉尔城。少年时代就非常喜欢写诗，13岁开始发表诗作，16岁进入圣地亚哥智利教育学院学习法语。1923年，发表第一部诗集《黄昏》。1924年发表成名作品《二十首情诗和一支绝望的歌》，从此登上了智利诗坛。1928年进入外交界，担任驻外领事、大使等职。1937年后，创作进入全盛时期，完成了著名长诗《西班牙在我心中》和代表作《诗歌总集》。1945年被选为国会议员，并获智利国家文学奖。1949年，因政局变化而流亡国外。1950年，获斯大林国际和平奖。1952年回国，1957年任智利作家协会主席。1971年获诺贝尔文学奖，1973年逝世。

木柴这些意外的馈赠表达谢意，拿出了一些金钱，他们断然拒绝：

"这只不过是一件小事，没有什么。"

在这几个字里，岂不是包含了许多话语、理解和梦想？

女士们，先生们：

我不曾从书本里学得作诗的方法，因此我也不认为会给后来的诗人留下写诗的知识。我在这演讲中所以要谈过去的事情，所以要在这不合时宜的地方叙述绝不敢遗忘的事，主要是因为我想指出：在我的人生旅途中随时都可以找到必要的帮助。这种必要的帮助并非只够描写一次的素材而已，它们一直等待我，让我能够了解我自己。

我在这漫长的旅途中找到了写诗的要素。我从大地与人的灵魂得到莫大的资产。于是，我认为，写诗是刹那间的严肃行动，其中含有孤独与团聚、感情与行动、对自己或他人的接近与自然的神秘启示，两者相对而平等。进而，我又以同样的信念想到：一切——人及其阴影、人及其行动、人及其诗情——这一切都得到随时间而扩大的社区、以及梦想和现实永远在我们心中合而为一的行为模式的支持，因为诗情会把这些统一、混合。经过漫长的岁月，到了今天，我们仍然不知道，在横渡那骇人的河流时，在牛的头盖骨四周跳舞时，在用高台上的净水沐浴时，我得到教益是为了再传达给许多人？还是别人送给我的咨文？那瞬间体验的诗以及后来我所歌咏的经历，到底是真实的，还是虚幻的？是刹那间的，还是永恒的？我不知道。

我的朋友们，诗人必须向别人学习，这是从我刚才所说的所有事物中体悟到的。没有不能克服的孤独。所有的道路都通向一点，那就是把我们原有的形象传达给别人。因此，要抵达可以跳原始之舞、唱叹息之歌的圣城，就必须慢慢超越孤独与严酷、孤立与沉默，在这舞蹈与歌唱中，满含着远古以来的仪式：相信人之所以为人的自觉和人的共同命运。

即使有一些人或许多人认为，我是一个有很强党派性的人，不能同时坐在友谊与责任的圆桌旁，我也不想辩驳，因为指责和辩驳不是诗人的工作，也就是说，任何诗人都不曾控制过诗。如果诗人中有人指责同行，不管合理与否，就挺身而辩，我相信那是虚荣使他们困惑。我认为，诗的敌人不是拥抱诗、庇护诗的人，而是那些与诗人没有共同心境的人们。因此，诗人最可怕的敌人就是不能得到他那时代最易被遗忘、最受压榨者的理解。这是任何时代、任何国家都一样的。

诗人不是"小小的神"，呵，决不能是"小小的神"，不能受他神秘的使命所左右，神秘的使命往往被视为比从事其他生计或职业的人的工作更为珍贵。过去我常常说，最好的诗人就是日常给我们面包的人，就是从不梦想自己是"神"的面包店老板。他从事的是了不起的朴实的工作，并视之为行业的义务。他每天都把面粉放入灶中烤成面包并交给我们。如果诗人把自己应承担的工作交给别人，去参加绝不会终止的斗争，理解并献身于日常的工作，那诗人——呵，不，我们诗人就可以共享汗水、面包、葡萄酒以及全人类的梦。只有经由这条凡人的道路，我们才能使各时代慢慢展露的广袤性再度回归诗的世界。

引导我获得相对真理的错误，以及使我一再犯错误的真理，都不会引导我走向

写作过程和到达难以臻及的文学顶峰，也不能教给我这些。我曾有过一种感觉：我们常常任性地创造神话、制造幻影。我们制造、或想制造的灰泥，到后来往往会堵塞我们自己前进的道路，我们一定要走向现实和现实主义。换句话说，要强烈地意识到我们四周的一切事物与其变化的规律。即使到我们觉得太迟的时候，也应发觉我们已建造了太厚的墙壁，不仅没有使生命萌芽开花，反而扼杀了活生生的东西。虽是事后发现，但如不肩负起比砖头还重的现实主义，甚至连我们曾设想的不可缺少的部分建筑也建不起来。另一方面，如果我们无视现实及现实的堕落，我们马上会被闭锁于不可知的世界中，陷于树叶、泥泞和雪的沼泽，而在窒息的感觉中艰难地呼吸。

尤其是就我们所知，我们这些在幅员辽阔的美洲地区的作家，我们不断地聆听到这样的呼唤：用血肉填满这广大的空间吧！我们已感觉到我们作为建设者的义务——在这人口稀少，但不公正，惩罚和苦难却不少的世界里，促进沟通已是我们不能推卸的义务，而且我们觉得有责任唤起往昔的梦，这梦不仅沉眠在石像和半塌的纪念碑下，也沉眠在这辽阔大地的沉默中，在深深的密林里，在雷鸣般咆哮的河流中。这大陆有许多遥远的土地还沉浸在沉默中，必须用语言填满这些地区。说话或命名的工作使我们沉迷。我现在这种态度是有理由的。如果此言不虚，我这夸张的表现，我的作品和我的话语，对于美洲的需要来说，实是最单纯的。希望我的每篇文章都能凝固为可以实际触及的东西；希望我的每首诗都会成为有助于实际工作的工具；希望我的每只歌都会成为路标，成为人们可在上面刻上新标志的石块与木板，对这个世界有所帮助。

不管对或者错，把诗人的义务升华到最终的目的，就是即使力量微薄，也要努力去帮助别人，这种努力才是对社会与人生应有的态度。我已下了这样的决心，我是看到那些光荣的失败、孤独的胜利与辉煌的挫折后才下这决心的。置身于美洲的战场上，我领悟到自己作为一个人的使命，那就是要以鲜血和整个心灵、热情和希望去参加广大群众有组织的活动，因为只有从这浩瀚澎湃的激流中才能孕育出作家和民众所需要的变革。即使我的态度曾经遭受激烈的反对和亲切的驳斥，或许今后仍会引起这种反对与驳斥，只要希望能在黑暗中开花，只要那些不知道读我们的书、或不识字、不能书写、不知道写信给我们的几百万人，能够坚守人之为人的那不可缺少的尊严，那么在这个辽阔而残酷的美洲国家里，作家所能走的道路也就只有这么一条。

我们民族继承了几个世纪以来在惩罚中苟延残喘的不幸的命运。这个民族以石块和金属建造出奇妙的高塔，光洁照人的器物，却猛烈遭遇至今犹存的殖民主义的恐惧时代，遭受掠夺，被封住了嘴巴。

指示我们方向的星辰是战争和希望。但是，没有一个人的战斗，也同样没有只有一个人的希望。遥远的时代、忍耐、错误、苦难、现代的紧迫、历史步履，已被人们混糅为一。然而，如果我以某种形式去帮助维持美洲的封建传统，我将会变成怎样？如果我丝毫不以参加我国目前的变革为荣，我今天又怎能在瑞典颁赐给我的这项荣誉面前昂首无愧？黑暗之神已将侮辱和掠夺强加给美洲人民，但为什么会有许多作家不愿意采取行动呢？要了解这一点，就必须看看美洲的地图，

就必须面对那历史的往复和环绕在我们的空间的宇宙性宽容。

我选择了分担责任的艰难道路，而不再将个人奉为太阳系的太阳和中心。我宁愿在一支光荣的军队中谦卑地服役，这支军队尽管时时犯错误，但是永远勇往直前，每天都同那些落后于时代的顽固者和急躁不安的固执己见者作斗争。因为我认为，我作为一个诗人的职责不仅同玫瑰、匀称、高尚的爱和无尽的渴望紧密相连，而且同人类始终不懈的工作密不可分，我已将之融汇到我的诗歌之中。

有一个不幸而又杰出的诗人，所有绝望的灵魂中最令人敬畏的灵魂，在距今整整 100 年前，写下了下面的预言：

"我们在燃烧的忍耐中武装，随着拂晓进入光辉的城镇。"

我相信兰波的这一预言。我来自被黑暗笼罩、地形险峻、与世隔绝的国家。我是最孤独的诗人。我的诗具有地域性，像雨一样悒郁。我决不会放弃希望。或许正是因为这一点，我才带着我的诗和旗帜攀登上了我现在所达到的高峰。

最后，我想告诉各位善良的人，劳工和诗人们，所有的前途全包含在兰波这句话中，只有靠"燃烧的忍耐"，我们才能拥有能赐予全人类光明、正义和尊严的"光辉城镇"。

这样，诗歌才不会徒然吟唱。

作/品/赏/析

演讲前部分，聂鲁达讲述了自己曾经和几个伙伴为了寻找祖国智利与阿根廷的边界，而进行的一次孤独、惊险的旅行。在极其危险的处境中，聂鲁达和伙伴们在雄牛的头盖骨中放上一些随身携带的食物，希望能给后来者以帮助。由此聂鲁达省悟："不相识的人之间也能沟通。在这世界上最边远、人迹罕至的地方，也有关怀、愿望与感应。"聂鲁达"在不合时宜的地方"讲述自己难忘的旅行，是为后半部分的议论作铺垫。他从难忘的旅行得出的结论，在人生的旅途中随时都可以找到必要的帮助，由此阐述了诗人的责任和义务就是：即使力量微薄，也要去努力地帮助别人。演讲的前半部分色彩鲜明、感情饱满，以描写和抒情为主，后半部分则是以议论为主。但这两部分却完成了很好的过渡，让人觉得整个演讲自然而流畅。

聂鲁达不愧是一位出色的诗人，他把自己获奖时的演讲都诗化了，整篇演讲中洋溢着诗的优美和激情，蕴含着深刻的哲理。试想，这番语言优美、思想深刻的演说，会有谁能不被它感染？

人们一思索，上帝就发笑 / 米兰·昆德拉

演讲词档案

演讲者：米兰·昆德拉（1929～ ）
演讲时间：1985 年
演讲地点：耶路撒冷
演讲者身份：捷克著名小说家

历史背景

耶路撒冷文学奖是以色列最重要的文学奖项。1985 年，米兰·昆德拉以《生命中不能承受之轻》而获得此奖。这篇演说，就是昆德拉接受这项文学大奖时发表的。

原文欣赏

小说家不是代言人。严格说来，他甚至不应为自己的信念说话，当托尔斯泰构思《安娜·卡列尼娜》的初稿时，他心目中的安娜是个极不可爱的女人，她的凄惨下场似乎是罪有应得。这当然跟我们看到的定稿大相径庭。这当中并非托氏的首选观念有所改变，而是他听到了道德以外的一种声音。我姑且称之为"小说的智慧"。所有真正的小说家都聆听这超自然的声音。因此，伟大的小说里蕴藏的智慧总比它的创作者多。认为自己比其更有洞察力的作家不如真实性改行。

可是，这"小说的智慧"究竟从何而来？"小说"又是怎么回事？我很喜欢一句犹太谚语："人们一思索，上帝就发笑。"这句谚语带给我灵感，我常想象拉伯雷有一天突然听到上帝的笑声，欧洲第一部伟大的小说就呱呱坠地了。小说艺术就是上帝笑声的回响。

为什么人们一思索，上帝就发笑呢？因为人们愈思索，真理离他愈远。人们愈思索，人与人之间的思想距离就愈远。因为人从来就跟他想象中的自己不一样。当我们从中世纪迈入现代社会的门槛，他终于看到的真面目：堂吉诃德左思右想，他的仆役桑丘也左思右想。他们不但未曾看透世界，连自身都无法看清。欧洲最早期的小说家却看到新环境，从而建立起一种新的艺术，那就是小说艺术。

……

无论是有意还是无意，每一部小说都要回答这个问题：

"人的存在究竟是什么？其真意何在？"

·演讲者简介·

米兰·昆德拉（1929～ ），1929 年生于捷克布尔诺市。20 世纪 50 年代初，作为诗人登上文坛，创作了《人，一座广阔的花园》、《独白》、《最后一个五月》等诗集。30 岁左右，开始投身小说创作。1967 年，第一部长篇小说《玩笑》出版，在捷克引起了广泛的关注。1975 年，离开捷克到法国。在法国，完成了《笑忘录》、《生命中不能承受之轻》、《不朽》等作品，成为最受欢迎的作家之一。

斯特恩同时代的费尔丁认为答案在于行动和大结局。斯特恩的小说答案却完全不同：答案不是在行动和大结局，而是行动的阻滞中断。

因此，也许可以说，小说跟哲学有过间接但重要的对话。18世纪的理性主义不就奠基于莱布尼兹的名言："凡存在皆合理。"

当时的科学界基于这样的理念，积极去寻求事物存在的理由。他们认为，凡物都可计算和解释。人要生存得有价值，就得弃绝一切没有理性的行为。所有的传记都是这么写的：生活总是充满了起因和后果，成功与失败。人类焦虑地看着这连锁反应，急剧地奔向死亡的终点。

……

今天，时光又流逝了50年，布洛克的名言日见其辉。为了讨好大众，引人注目，大众传播的"美学"必然要跟"Kitsch"同流。在大众传媒无所不在的影响下，我们的美感和首选慢慢也Kitsch起来了。现代主义在近代的含义是不墨守成规，反对既定思维模式，决不媚俗取宠。今日之现代主义（通俗的用法"新潮"）已经融会于卖力地迎合既定的思维模式。现代主义套上了媚俗的外衣，这件外衣就叫Kitsch。

那些不懂得笑，毫无幽默感的人，不但墨守成规，而且媚俗取宠。他们是艺术的大敌。正如我强调过的，这种艺术是上帝笑声的回响。在这个世态领域里，没有人掌握绝对真理，人人都有被了解的权利。这个自由想象的王国是跟现代欧洲文明一起诞生的。当然，这是非常理想化的"欧洲"，或者说是我们梦想中的欧洲。我们常常背叛这个梦想，可也正是靠它把我们凝聚在一起。这股凝聚力已经赶超欧洲地域的界限。我们都知道，这个宽宏的领域无论是小说的想象，还是欧洲的实体是极其脆弱的，极易夭折的。那些既不会笑又毫无幽默感的家伙老是虎视眈眈盯着我们。

在这个饱受战火蹂躏的城市里，我一再重申小说艺术。我想，诸位大概已经明白我的苦心。我并不是故意回避谈论大家都认为重要的问题。我觉得今天欧洲文明内外交困。欧洲文明的珍贵遗产——独立思想、个人创见和神圣的隐私生活都受到了威胁。对我来说，个人主义这个欧洲文明的精髓，只能珍藏在小说历史的宝盒里。我想把这篇谢词归功于小说的智慧。我不应再饶舌了，我似乎忘记了，上帝看见我在这儿煞有介事地思索演讲，他正在一边发笑。

作/品/赏/析

演讲一开始，米兰·昆德拉就指出，他是作为小说家来接受这个奖的。如此表达，意在表明演讲中反复提及的"智慧"，说的就是小说的智慧。借用"人们一思索，上帝就发笑"的著名格言，通过对各个知名的小说家的评述，昆德拉展开了对小说智慧的探讨。演讲中，昆德拉还拿哲学的智慧和小说的智慧作比较，使听众对小说智慧的印象更加深刻。他认为小说不是从理论精神中产生而是从幽默精神中产生，因此，在这个不宣战的永久的战争年代，在这个命运如此悲惨和残酷的城市，他决定只谈小说。昆德拉的演讲蕴含深意、充满激情。虽然篇幅比较长，但从他颇具讽刺意味的语言中能寻找到快乐的元素。